KNAUR

MARKUS HEITZ

DIE SCHWARZE KÖNIGIN

ROMAN

KNAUR

Besuchen Sie uns im Internet:
www.knaur.de
Facebook: Knaur Fantasy & Science Fiction
Instagram: @KnaurFantasy

Originalausgabe August 2023
Knaur Hardcover

Ein Imprint der Verlagsgruppe
Droemer Knaur GmbH & Co. KG, München

Dieses Werk wurde vermittelt durch die AVA international GmbH
Autoren- und Verlagsagentur, München
Redaktion: Hanka Leo
Covergestaltung: Guter Punkt, München
Coverabbildung: Anke Koopmann, Guter Punkt, München
unter Verwendung mehrerer Motive von Shutterstock.com
Die vor Capitulum III C angeführten Textauszüge stammen aus:
von Worms, Abraham. Die Egyptischen Großen Offenbarungen, in Sich Begreifend Die Aufgefundenen Geheimnißbücher Mosis; Oder Des Juden Abraham Von Worms Buch Der Wahren Praktik in Der Uralten Göttlichen Magie Und in Erstaunlichen Dingen, Wie Sie Durch Die Heilige Kabbala Und Durch Elohym Mitgetheilt Worden. Sammt Der Geister Und Wunder-Herrschaft, Welches Moses in Der Wüste Aus Dem Feurigen Busch Erlernet, Alle Verborgenheiten Der Kabbala Umfassend. Aus Einer Hebräischen Pergament-Handschrift Von 1387 Im XVII. Jahrhundert Verteutscht Und Wortgetreu Herausgegeben. Nebst Zwei Anhängen: I. Theophrastus Paracelsus, Geheimniß Aller Geheimnisse. II. Die Beschwörungen, Bannereien, Weihungen Etc. Der Kapuziner. [Erscheinungsort nicht ermittelbar]: [Verlag nicht ermittelbar], 1870. Print.
Satz: Adobe InDesign im Verlag
Druck und Bindung: CPI books GmbH, Leck
ISBN 978-3-426-22781-7

4 5

DRAMATIS PERSONAE

GEGENWART

DIE MENSCHEN

Lenny »Len« Nikolaus Lenau: Teilnehmer der Busrundreise
Klara Groller: Teilnehmerin der Busrundreise, Nichte von Herta Mokka
Herta Mokka: Teilnehmerin der Busrundreise, Großmutter von Klara
Jiří: Fremdenführer in Prag
Jolana Černá: emeritierte Professorin für Mittelalterliche Geschichte in Prag
Alison »Shiverz« Martin: Vloggerin aus London
Aneta Svoboda: Kriminalkommissarin in Prag
Tomas Novák: Kriminalkommissar in Prag
Eliska: Bewohnerin von Prag
Anton Kratki: Bewohner von Prag
Geneve Cornelius: Heilkundige in Leipzig
Eanraig Dagda: Bestatter

DIE VAMPIRE

Zita: Viesczy
Ignaz: Vampir
Hamza: Ubir
Matyas: Strigoi
Ondrej Novotny: Nachtportier, Strigoi
Marek Dvorak: Pán, Strigoi Nobilis
Tereza Minunat: Dvoraks Assistentin, Strigoi Vii

VERGANGENHEIT

DIE MENSCHEN

Barbara von Cilli: Königin von Ungarn
Sigismund von Luxemburg: König von Ungarn, Barbaras Gemahl
Maria von Ungarn: Königin von Ungarn, Sigismunds erste Frau
Magdolna: Hofdame
Johann »Yanko« Hunyadi: Ritter
Mircea: Woiwode der Walachei
Vlad II.: politische Geisel, Mirceas Sohn
Sorin: Vlads Vertrauter und Diener
Arina: Vlads Schwester
Firat: osmanischer Bote
Musa: osmanischer Prinz
Mehmed: osmanischer Prinz
Stephan: Ispán von Thorenburg
Abraham: jüdischer Gelehrter aus Lyptzk (Leipzig)
Zacharias: Abrahams Schüler
Hauptmann Marci: Befehlshaber der Burg Tudás
Aladar: Burgsoldat in Tudás
Dumitru: Bewohner von Izvorul

DIE STRIGOI

Lucian: Strigoifürst, Murony
Draga: Lucians Geliebte, Strigoi Nobilis
Cosmin: Strigoifürst, Viesczy
Ema, Estera und Eta: Cosmins Gemahlinnen
Valea: Vertraute Cosmins
Octavian: Strigoi Nobilis
Cornel: Spion

Malphas: Rabe

GLOSSAR

VAMPIRE

Strigoi: Bezeichnung für Vampire in den Gebieten Transsilvaniens, der Walachei und Moldawiens

- Strigoi Morţi: ein untoter Vampir
- Strigoi Vii: eine eventuell verfluchte Person, die nach ihrem Tod zu einem Morţi wird
- Nobilis: groß gewachsene Strigoi mit besonderer Abstammung; ob sie Morţi sind, ist ungeklärt

Murony: schwarzmagisch aktive Vampire
Nex: Vampire, die Seuchen und Krankheiten unter die Menschen tragen
Tenjac: sogenannte Aufhocker, die Menschen im Schlaf verführen
Upire: niedere Vampire ohne besondere Fähigkeiten
Vampir: allgemeiner Sammelbegriff für Blutsauger
Viesczy: Vampire, die von Hexen abstammen und Tiergestalt annehmen
Ubir: Vampire, die zu anderen Tageszeiten als nachts unterwegs sein können, z. B. von Mittag bis Mitternacht

Vârcolac: Werwölfe, die sich nach ihrem Tod erneut wandeln
Drăculeşti: direkte Nachfahren der Linie Vlads II.

BEGRIFFE

Balzo: turbanähnliche Kopfbedeckung
Gospoda: Anrede, »Herr« oder »Fürst«
Handrohr, Feuerbüchse: handgehaltene Schwarzpulverwaffe, Vorläufer von Arkebuse und allem, was danach kam
Hennin: hoher Frauenhut, meist mit Schleier
Hörnerhaube: Doppelhennin, mit Schleier bedeckt

Ispán: Graf
Pán: Anrede, »Herr«
Schecke: geknöpfte Jacke, von unterschiedlicher Saumlänge
Schehsade: Bezeichnung für einen osmanischen Prinzen
Schnabelschuhe: Schuhwerk mit gekrümmten Spitzen
Sendelbinde: turbanartig gebundene Kopfbedeckung, aus leichtem Seidenstoff angefertigt, konnte unterschiedlich getragen werden
Woiwode: Adelstitel

ENTFERNUNGEN IM KÖNIGREICH UNGARN

königlicher Schritt: 111,72 Zentimeter
königlicher Fuß: 18,62 Zentimeter (1 k. Schritt = 6 k. Fuß)
Gradus = 88,704 Zentimeter
Ungarische Meile = 6000 Schritte = 8937,4 Meter
Leuca = 1500 Schritte = 2234,4 Meter

PROLOG

Vom Südwesten her über den Solling stieg es schwarz herauf in den düstern Abendhimmel. Nicht ein finsteres Sturmgewölk, sondern ein Krähenschwarm, kreischend, flügelschlagend: ein unzählbares Heer des Gevögels, ein Zug, der nimmer ein Ende zu nehmen schien. Und vom Norden, über den Vogler und den Ith, zog es in gleicher Weise heran in den Lüften, wie in Geschwader geordnet, ein Zug hinter dem andern, denen vom Süden entgegen.
[…]
Es war ein Wirbel von Tausenden und aber Tausenden von Streitern in der Luft, hier im Knäuel geballt sich drehend, dort im Einzelkampf der Führer aufeinander stoßend und nicht voneinander lassend, bis der Unterlegene sterbend oder tot zur Erde niederflatterte oder -schoß.
[…]
Ein spukhaft Gewoge von Leidenschaft, Grimm und Haß!

aus: Wilhelm Raabe, Das Odfeld.
Leipzig 1889

***

KÖNIGREICH UNGARN, IN DER NÄHE VON OFEN/BUDA,
17. MAI ANNO DOMINI 1395

Die beschlagenen Hufe trommelten unablässig über den lichten Waldboden und hinterließen tiefe Abdrücke, rissen die grün bewucherte Krume auf und schleuderten harzduftende Erde davon.
Der Galopp brachte das im Takt der Bewegung schnaubende Pferd und seine Reiterin näher an den spurtenden Fuchs, der sein Heil in der verzweifelten Flucht vor seiner Häscherin und dem Rudel Bluthunde suchte.

Aber die Meute ließ sich in dem unterholzarmen Tannenforst nicht abschütteln.

Die gnadenlose Hatz ging schon eine Weile, die Kräfte des Raubtiers schwanden. Die bellenden und kläffenden Hunde gewährten keine Gnade und trieben es sogleich aus jedem noch so kleinen oder gewieften Versteck.

»Schneller!«, rief Maria Meute und Stute gleichermaßen zu. Sie hielt den langen, leichten Speer waagrecht mit einer Hand seitlich von sich, die andere führte die Zügel. Über der Schulter trug sie einen Bogen, und der gefüllte, geschlossene Pfeilköcher lag um ihre Hüfte.

Ihr Jagdausflug in den Bergen war nicht mit dem Hof abgesprochen. Sie hatte sich allein davongestohlen, um ihren neuen Sattel einzuweihen; ein Geschenk ihrer Schwester Hedwig, perfekt gepolstert, mit Gold verziert und gelbem Samt bespannt.

Bei offiziellen Anlässen saß Maria im Seitsitz auf einem Sambue, einem mit Stroh gefüllten Kissen mit Lehne und Fußstütze, doch zum Jagen bevorzugte sie den Mannessitz auf einem klassischen Sattel. Beides war sicherer und erlaubte abrupte Manöver und gestreckten Galopp, um das Wild zu verfolgen. Nur als Königin von Ungarn, als Mitregentin an der Seite ihres Mannes, war sie die Sittsame.

Mit einem Sprung setzte die Schimmelstute über einen liegenden Baumstamm.

Maria ging aus dem Sattel und federte den Schwung beim Aufsetzen geschickt ab. »Rasch! Bald haben wir ihn!« Sie liebte das Donnern der Hufe, den Wind im Gesicht und in den Haaren. Jagdfieber hatte sie gepackt.

Sie nahm an, dass es ihre letzte Hatz sein würde. Die voranschreitende Schwangerschaft machte sich zunehmend bemerkbar, das Bäuchlein wuchs. Der kommende Thronfolger durfte keinesfalls gefährdet werden. Ihr Hofstaat hätte den Ausritt strikt untersagt, weswegen sie weder den Truchsess noch den Marschall in Kenntnis gesetzt hatte.

Von daher genoss Maria die Treibjagd besonders. Den Pelz dieses Fuchses würde sie ihrem Kind zur Geburt schenken; dass es ein Knabe war, bezweifelte sie nicht. Für Marias Zukunft war es wichtig, Sigismund nach acht Jahren endlich einen Stammhalter zu gebären.

Dass ihr Gemahl derweil begonnen hatte, anderen Frauen nachzustellen, nahm sie stoisch hin. Während er sich auf seinen Reisen austobte, übernahm sie die Regierungsgeschäfte in Abwesenheit ihres Gatten. Dennoch gelang es ihr nicht, aus seinem Schatten zu treten.

Noch nicht.

Maria hielt den Blick fest auf ihre eigene Zukunft gerichtet, auf den Kaiserthron, auf dem sie in ein paar Jahren neben Sigismund sitzen würde. Je mehr Kinder sie bekam, desto besser. Dies war der Beginn einer Dynastie.

Die Meute schoss einige Schritte vor ihr einen steilen Abhang hinab und verschwand außer Sicht. Das Kläffen, Jaulen und Bellen klang nun wie ein Echo, als jagten verborgene Geisterhunde den Fuchs.

Maria zügelte die weiße Stute, damit sie nicht in vollem Galopp die Senke hinabpreschte und womöglich stürzte. Als das Donnern der Hufe verklang, wurde Maria sich der Stille gewahr, die urplötzlich im Nadelhain herrschte. Die Bluthunde schienen ihre Stimme verloren zu haben.

Sie sind doch nicht in einer Klamm zu Tode gestürzt? Gute Jagdmeuten waren schwer auszubilden. Es dauerte Monate, bis sich eine Gruppe eingespielt hatte.

Langsam lenkte sie das Pferd an den Rand des Abhangs und sah hinunter. Die vielen Pfotenabdrücke führten als breite Bahn im weichen Boden hinab und schlängelten sich um einen hausgroßen Felsbrocken, der vor dem Eingang in eine Schlucht lag. Nebelfäden krochen aus dem Hohlweg wie tastende Fühler.

Wieso höre ich die Hunde nicht?

Behutsam brachte sie das Pferd hinab in die Senke, über Schenkeldruck lenkte sie die Stute am zerklüfteten Felsen vorbei.

Dahinter öffnete sich eine Schlucht, deren Hänge trichterförmig gut zwanzig Schritte aufragten. Dazwischen verlief ein Weg von einer Manneslänge Breite, dessen Boden durch die Gespinste kaum zu sehen war.

Heiliger und großer Gott, steh mir bei! Was ist das für ein verdammter Ort, der Hunde verschlingt, ohne dass sie einen Mucks von sich geben? Maria klemmte den oberen Speerschaft unter die Achsel und hielt die Spitze stoßbereit nach unten, um auf einen Angriff aus den Gespinsten reagieren zu können, die bis an die Knie des Pferdes waberten. Mit der anderen

Hand bekreuzigte sie sich und legte das geweihte Amulett des heiligen Oswald über das grüne Kleid, das den Märtyrer mit seinem Raben darauf zeigte.

»Heya, hey«, rief Maria nach der Meute und erhöhte den Schenkeldruck.

Unvermittelt wieherte die Stute unruhig und blieb stehen. Tänzelnd wehrte sie sich gegen den Befehl, weiter voranzugehen.

Da erst nahm Maria die roten Sprengsel auf dem Steinbrocken neben sich wahr. Blutspritzer reichten am Fels von der Nebelgrenze bis über ihren Kopf hinauf. Es glänzte und glitzerte frisch, rann in schmalen Bahnen über die raue Oberfläche. Zu viel für einen Fuchs, der von ihrer Meute erfasst und zerrissen worden war. Eher wirkte es, als blutete der Felsen selbst. *Dies ist kein gutes Omen.*

»Du hast recht«, raunte sie dem ängstlichen Pferd zu. »Wir kehren um. Die Jagd ist beendet.« Sie wendete den Schimmel.

Da schoss ein massiger Körper aus dem Nebel, wuchs neben Königin und Stute empor. Grollend reckte sich ein breiter Kopf mit weit aufgerissener, blutiger Schnauze bis auf die Höhe von Marias Gesicht.

Ein monströser Braunbär brüllte sie an, Fellfetzen zwischen den Zähnen verrieten ihn als Mörder der Bluthunde. Die Augen waren milchigtrüb. *Wie bei einem Blinden,* schoss es Maria durch den Kopf – wären nicht die rot leuchtenden Pupillen darin gewesen. Kirschblütenknospenklein und hell wie sengendes Licht aus geschliffenen Linsen starrten sie hasserfüllt auf die Königin.

»Zurück, Dämon!« Maria blieb furchtlos, stach mit der schmalen Lanze zu und traf das Tier in die speckige Seite.

Gleichzeitig zuckten die mächtigen, rotfeuchten Tatzen vor – und krachend brach der schmale Speer entzwei. Die langen Krallen schnitten in weißes Fell und Fleisch, Blut spritzte auf den Waldboden. Die erschrockene Stute machte einen großen Satz zur Seite und keilte aus.

Die Hufe trafen den brüllenden Angreifer auf Schnauze und Brust, schleuderten ihn zurück in den Nebel.

Durch den Ruck des bockenden Pferdes konnte sich Maria nicht im Sattel halten. Aufschreiend stürzte sie durch die Nebelschwaden und landete auf dem weichen Boden. Etliche Pfeile fielen aus dem aufgesprungenen Köcher an ihrer Seite, der Bogen drückte schmerzhaft auf das Rückgrat.

»Großer Gott und heiliger Oswald, beschützt mich.« Sie sandte ein Stoßgebet und küsste das geweihte Amulett. Sodann nahm sie den Bogen ab und legte einen Pfeil auf die Sehne, während sie sich aus den hüfthohen Schwaden erhob. Ihr Unterbauch schmerzte leicht, die linke Schulter brannte und ließ sich nur unter Pein bewegen.

Schnell drehte sich Maria um die eigene Achse und hielt nach dem Braunbären Ausschau.

Die Stute stand einige Schritte entfernt am Eingang der Senke und schnaubte auffordernd. Blut tröpfelte aus den tiefen Schnitten, aber das treue Pferd verließ seine Reiterin nicht.

In dem rollenden, wogenden Nebel erklang das Schnuppern und zornige Brummen des gigantischen Raubtieres, doch Maria konnte nicht ausmachen, wo genau sich der Bär befand. Sie erkannte einen Schatten links von sich und schoss zwei, drei Pfeile danach. Aber den Geräuschen nach verfehlte sie ihn. Erneut der Schatten, diesmal auf der anderen Seite. Er umkreiste sie.

Am Boden bin ich einfache Beute.

Ohne zu zögern, warf sich Maria den Bogen erneut über und erklomm den Felsen am Eingang zur Trichterschlucht, der mit seinen Spalten und Aufbrüchen genug Halt für Finger und Fußspitzen bot. Das Ziehen im Unterleib warnte sie davor, es mit der Anstrengung zu übertreiben, und die linke Schulter knackte laut bei der Beanspruchung. Doch was sollte sie sonst tun?

Kaum dass sie drei Schritte über der Erde war, grollte der Bär auf. Das Trappeln seiner Tatzen näherte sich, gleich darauf scharrte und kratzte es hinter der Königin.

Maria sah nach unten und erkannte, dass sich das Raubtier geschickt mit den Furcht einflößenden Krallen im Stein hielt – und ihr nachstieg.

»Großer Gott!« Sie kletterte geschwind empor, bis auf die schräg abgeflachte Oberseite des Brockens, legte erneut ein Geschoss auf die Sehne.

Und traf.

Das Tier reagierte nicht.

Pfeil um Pfeil setzte sie in den dämonenhaften Braunbären, ignorierte die Qual in der Schulter. Die gefiederten Schäfte ragten bald aus Nacken und Schädel des Ungetüms und machten den Anblick noch grotesker. Nichts schien die Bestie in ihrem Verlangen nach Menschenfleisch aufhalten zu können.

Maria fiel es schwer, sich vom roten Leuchten in den weißen Augen zu lösen, um das letzte Geschoss aus dem Köcher zu ziehen.

Die Ausgeburt der Hölle ist gleich oben! Sie schloss die Lider und atmete ihre Furcht weg. Aufgeben lag ihr nicht. *Der Schuss muss sitzen. Sonst steht es schlecht um mich und mein Kind.*

Als Maria über den Rand des schmalen Plateaus blickte, war der Bär verschwunden.

Der Nebel am Boden wallte, als habe etwas Großes die Gespinste in Aufruhr versetzt.

Ist er gestürzt? Ohne einen Laut?

Maria lehnte sich weiter vor, und wieder stach es leicht in ihrem Unterbauch. Das ungeborene Leben ließ sie wissen, dass es unter der Aufregung und der Anstrengung litt. Maria würde nicht eher vom Felsen steigen, bevor sie sicher war, die Bestie bezwungen zu haben.

Unvermittelt wieherte die Schimmelstute – und neben Maria hob ein tobendes Brüllen an. Rechts von ihr wuchtete sich der Braunbär über den Rand des Plateaus und setzte sogleich zum Sprung an. Mit einem gewaltigen Satz, die Vorderpranken ausgestreckt, flog er auf Maria zu, die blutige Schnauze mit den tödlichen Zähnen weit geöffnet.

Die Königin riss die Sehne so weit zurück, wie es ihre Schulter zuließ. Sie zielte auf das linke Auge des nahenden Monstrums, öffnete die drei Zugfinger und ließ sich sofort fallen.

Der riesige Körper flog über sie hinweg und verlor dabei die Spannung. Der breite, pfeilgespickte Kopf des Braunbären sackte kraftlos herab, die Tatzen mit den Krallen senkten sich.

Dann prallte die Bestie hinter der jungen Königin auf den Stein, schlitterte über die Kante und landete hörbar auf der Erde.

Tot!, jubelte Maria und kroch über das Blut des Monstrums bis an den Rand. *Ganz sicher tot!*

Am Fuße des aufragenden Felsens und jenseits des schwächer werdenden Nebels lag der Bär, inmitten geborstener Pfeilschäfte, ein Geschoss bis zum Gefieder im Auge. Das unheimliche rote Leuchten war verloschen.

»Zurück in die Hölle mit dir, Bestie!«, schrie Maria euphorisch, und ihre Stimme trug weit durch Forst und Schlucht. »Du kriegst mich nicht, Teufel!« Im Aufstehen küsste sie das Amulett erneut. »Gott und Oswald beschützen mich.«

Sie machte sich langsam an den Abstieg.

Derweil überlegte sie, wie sie den überschweren Bären nach Ofen bewegen könnte, um ihn dort zu präsentieren. Sie musste sich eingestehen, dass es ihr nicht gelänge, selbst wenn ihre Stute keine Verletzung erlitten hätte. Sie würde daher zurückreiten und eine Jagdgesellschaft organisieren, die ihr das Monstrum in einem Stück auf die Burg brachte. Hernach würde der beste Jäger des Hofs den Bären ausbeinen und den skelettierten Schädel haltbar machen, um ihn auszustellen. Die Knochen wollte Maria auskochen und zu Spielzeug für den Thronfolger schnitzen lassen, mit denen er auf dem weichen, braunen Pelz spielen konnte.

Maria erreichte mit schmerzenden Gliedern den Boden.

Die Gespinste in der Trichterschlucht hatten sich aufgelöst und gaben den Blick auf die zerrissenen und zerfetzten Hunde frei.

Maria erbleichte bei dem grausamen Anblick. *Mir wäre es beinahe ebenso ergangen.* Sie umrundete rasch den Sockel des Felsens, der ihr Schutz geboten hatte.

Ihre Stiefelspitzen verharrten vor dem bezwungenen Bären. Zerbrochene Pfeile lagen auf dem eingedrückten Boden rund um das Wesen, dessen Augen im Tod die herkömmliche Färbung angenommen hatten.

»Ich weiß, was ich gesehen habe, Bär des Teufels«, wisperte Maria schaudernd und küsste das Heiligenamulett. »Gelobet seiest du, allmächtiger Gott, und all deine Heiligen.«

Langsam ging sie zu ihrer Stute und packte das Halfter, strich beruhigend über die weichen Nüstern und betrachtete die Verletzungen, welche die Krallen in den Leib des Pferdes geschnitten hatten. Blut rann über das weiße Fell, zog Bahnen bis zum Bauch und tropfte in die Erde. Der gelb-goldene Samtsattel ihrer Schwester hatte der Schimmelstute das Leben bewahrt.

»Das wird wieder«, sagte Maria und streichelte den Hals.

Dabei bemerkte sie den Fuchs, der auf einem Felsen am Rand der Senke saß und auf sie herabschaute. Nach einem langen Gähnen, das einem hämischen Lachen ähnelte, erhob er sich und schnürte davon.

Das verwundete Pferd sah die Königin aus weit aufgerissenen Augen an, die Furcht wich dem Schmerz.

Maria stellte den Stiefel in den Steigbügel und drückte sich ab, packte die samtbezogene Lehne, um sich hinaufzuziehen. »Vergib uns. Dafür bekommst du –«

Mit einem Knall riss der beschädigte Gurt, und der schwere Sattel kippte mitsamt der Königin zur Seite.

Da sie den Fuß bereits im Bügel hatte, konnte Maria nicht ausweichen, Ledersitz und Schabracke prallten gegen sie. Rücklings ging sie zu Boden und bekam den Sattel auf die Brust.

Der zweite Steigbügel schoss durch den Schwung in die Höhe, surrte am Gurt herum und krachte ihr gegen die Stirn. Benommen blieb Maria liegen, ihre Sicht wurde unscharf.

Zwischen ihren Schenkeln wurde es plötzlich warm, in ihrem Unterbauch flammte ein schneidender Schmerz auf.

Mein Kind! Maria versuchte, den Sattel von sich zu schieben. Doch der Teufel selbst schien ihn festzuhalten und sie nicht entkommen lassen zu wollen. *Nein, gnädiger Gott! Nicht mein Kind!*

Da bemerkte sie den dunklen Schemen, der auf dem Sattel saß, wie zu einem Ausritt bereit.

»Hinfort, Dämon«, krächzte Maria und tastete nach ihrem gesegneten Amulett. Die Benommenheit erlaubte ihr keinen klaren Blick auf die Erscheinung und die Umgebung. Alles bestand aus wechselnden Farben und groben Umrissen. »Im Namen des –«

»Du bist mutig, junge Königin«, unterbrach sie der Schemen vom Sattel herab, seine Stimme war sonor und ruhig. »Angemessen für den Thron. Du wärst zu anderen Zeiten die richtige Gemahlin für Sigismund.« Der dunkle Umriss lehnte sich vor, der Druck auf Marias Brust nahm zu. Das runde, rötliche Leuchten verriet, wo sich die Augen der Kreatur befanden. Es waren die gleichen Pupillen wie beim Bären. »Und doch bist du die Falsche.«

»Weiche von mir, Satanas«, entgegnete Maria schwer atmend.

»Ich bin kein Wesen der Hölle, junge Königin. Ganz im Gegenteil. Ich *bekämpfe* ihre Heerscharen. Dazu bedarf es *deines* Platzes.« Der Schemen verharrte über sie gebeugt. »Um die Schlünde der Bosheit zu schließen und die Diener der Finsternis zu vernichten, muss sich eine Weissagung erfüllen, die mir die Sterne verraten haben.«

Maria unterdrückte den Schmerzensschrei, das heiße Sengen in ihrem Bauch steigerte sich im Herzschlagtakt. »Du opferst meinen Ungeborenen dafür«, sagte sie ächzend. »Deine Schuld ist –«

»Wie du stirbt auch er, um das Land, das er einst regiert hätte, vor dem Bösen zu retten. Denn nur die Linien des Drachen und der Schwarzen Königin vermögen den Sieg über die Dunkelheit zu erringen. *Gemeinsam*«, verkündete die Gestalt mit ihrer ruhigen, dunklen Stimme. »Der künftige Drache ward geboren, wie es die Sterne verhießen. Seine Nachkommen werden folgen. Sein Pfad ist gewiss.« Der Schemen richtete sich auf. »Aber der Frau muss zum Thron verholfen werden, damit sie zur Schwarzen Königin wächst. Aus eigenem Bestreben gelingt es ihr nicht. Erst so wird der Drache zum wahren Drachen werden, seine Schwingen spreizen und Tod bringen.«

Maria spürte Verzweiflung und stetig steigende Schmerzen. »So sandte *sie* dich?« Wärme rann unablässig aus ihrem Schritt, es roch nach Blut. Ihrem Blut. »Wer ist es? Eine Hübschlerin meines Gemahls, der er beilag? Wer wagt es –«

»Sie ist arglos und unschuldig. Ich bin der Wissende, der dafür sorgt, dass geschieht, was geschehen muss. Allerdings konnte ich nicht ermessen, wie tapfer du gegen den Bären kämpfst. Für dich und dein Kind.«

Mit einem wütenden Schrei und unter Aufbietung aller Kräfte wollte Maria Sattel und Gestalt von sich wuchten – und scheiterte. Sie fiel mit dem Kopf zurück auf den Waldboden und vergoss stumme Tränen.

»Das verhexte Tier leistete die Vorarbeit.« Der Umriss erhob sich unvermittelt und gab die junge Königin frei. »Ich tue den Rest.«

Maria gelang ein langer Atemzug, der ihr neuen Mut einflößte. Erneut versuchte sie, den Sattel anzuheben, und ihre Sicht klarte auf.

Der Schemen entpuppte sich als Mensch in einem grauschwarzen Überwurf, eine Gugel verhüllte Kopf und Antlitz. Er stand neben der schnaubenden Schimmelstute und führte sie zurück zur Reiterin, als wollte er die Königin zur Belohnung für ihren Mut entkommen lassen.

Dann legte er die freie Hand auf die tiefen Schnitte im Fell des Pferdes – und riss sie auf.

Wie heiße Klingen durch Butter gruben sich die Finger durch Fleisch und Rippen, schlitzten die gesamte Seite des Tieres samt Bauchdecke auf.

Die Stute versuchte schrill aufwiehernd einen letzten rettenden Schritt und stürzte.

Der Unbekannte lenkte das fallende Pferd via Halfter und Kraft genau auf Maria, die den Sattel gerade von sich geschoben hatte und sich erheben wollte.

Umspült von stinkenden Darmschlingen und dem warmen Magen der Stute, wurde die Königin von der Taille abwärts unter dem schweren Tier begraben. Mehrfach knackend brachen Knochen in ihren Beinen und im Becken.

Gellend schrie Maria auf. Deutlich fühlte sie, wie in ihrem Unterleib etwas zerplatzte, und mehr Wärme flutete zwischen ihren Schenkeln heraus.

Aus der Ferne erklangen Jagdhörner, das Bellen und Kläffen einer entfernten Hundemeute schwappte heran. Das eigenmächtige Verschwinden der Königin war bemerkt worden, ihr Hof suchte nach ihr.

»Man wird dich und dein fehlgeborenes Kind finden. Man wird dich betrauern und deinen Mut rühmen, mit dem du dich auf der Jagd gegen den Bären zur Wehr gesetzt hast«, sagte der Schemen, der nun auf dem Pferdebauch stand und auf sie herabblickte; in der dunklen Kapuze erkannte sie lediglich das stechend rötliche Glimmen. »Wisse, dass du den Thron für eine Bessere freigibst. Für das Gute. Zum Wohle –«

»Du bist niemals das Gute!«, stieß Maria sterbend aus. »Du bist der *Teufel!*« Sie umfasste das geweihte Amulett und küsste es mit blutigen Lippen. »Wer immer mir nachfolgt, ich verfluche sie! Beim Leben meines ermordeten Sohnes: Ich verfluche die Hure, die mir Gemahl, Kind und Krone raubt! Heiliger Oswald, ich flehe dich an: Ein himmlischer Rabe soll sie töten! Sie und ihren Drachen! Hörst du, Dämon?«, schrie sie den Unbekannten an; rote Tropfen sprühten über ihre Lippen und benetzten den Saum der grauschwarzen Robe. »Ein …« – das Herz tat einen letzten

Schlag, und Marias Blick verlor sich im nahenden Tod – »himmlischer Rabe wird …«

Ihr Kopf sank zur Erde, die Kraft wich gänzlich aus ihrem Körper. Die Pupillen weiteten sich und erfassten nichts mehr.

Eine letzte Träne rann aus dem linken Augenwinkel. Im Sterben tröstete Maria ein einziger Gedanke: Ihr heiliger Fluch war nicht umzukehren.

KAPITEL 1

TSCHECHISCHE REPUBLIK, HAUPTSTADT PRAG, VIERTEL HRADČANY, GEGENWART, WINTER

Der kalte Weihrauch, der seit Jahrhunderten im alten Gemäuer haftete, hatte gegen die penetrante Duftmelange aus gebrannten Mandeln, frischem Gebäck und Bratwurst des nahen Weihnachtsmarktes längst verloren. Doch das schmälerte Lens Eindruck vom Inneren des eindrucksvollen Veitsdoms nicht, in dessen nicht minder beeindruckender Wenzelskapelle er stand.

Den Kopf in den Nacken gelegt, betrachtete der junge blonde Mann die hohe, aufwendig verzierte Decke, bevor er den Blick über die mit goldenen Stuckarbeiten und Halbedelsteinen verkleideten Wände wandern ließ. Dabei lauschte er den Worten des Reiseführers, die durch das Stimmengewirr der übrigen Reisegruppe und der Touristen um ihn herum drangen.

Die Zahl der Besucher in der Kapelle wurde begrenzt. Beim regen Andrang zur Weihnachtszeit im Dom und einem *der* Wahrzeichen von Prag ein besonderer Luxus.

»Achten Sie auf die kleine Tür mit sieben Schlössern in der südwestlichen Ecke der Kapelle«, sagte Reiseführer Jiří, ein untersetzter Mann Mitte fünfzig und von hinreißendem Charme, mit dem er seine Gäste glänzend unterhielt. »Sie führt zur Kammer der Kronjuwelen und zum Domschatz. Die Schlüssel dazu sind im Besitz der höchsten Repräsentanten des tschechischen Staates. Nur gemeinsam kann man alle Schlösser öffnen.«

Etliche Köpfe wandten sich in die angegebene Richtung, und es wurde beeindruckt gemurmelt.

Len hatte den hohen Steinsarkophag entdeckt, in dem Wenzels sterbliche Überreste lagen, und gab sich Mühe, nicht zu Klara zu blinzeln, die mit ihrer Großmutter danebenstand.

Klara war ungefähr in seinem Alter, Anfang zwanzig, und bildete mit ihm zusammen die junge Abteilung der Reisegesellschaft, die überwiegend aus Mittsechzigern bestand. Er hatte sich ihr mit *Len* vorgestellt, weil er seinen richtigen Namen nicht sonderlich mochte. Sie hatte ihn natürlich dennoch herausgefunden.

Klara und er hatten sofort einen guten Draht zueinander gehabt, seit sie sich beim Einladen des Gepäcks in den Bauch des Reisebusses zum ersten Mal begegnet waren. Lachen, scherzen, Blickkontakt. Len hatte sich fortan keine Gedanken mehr darüber gemacht, dass die Reise bei allem kommenden Wissenswerten langweilig werden könnte. Auch mit ihrer Großmutter, die sich als »Oma Mokka« vorgestellt hatte, kam Len wunderbar klar.

In dem weiß-bunt gemusterten Mantel mit falschem schwarzem Pelz an Kragen, Ärmel und Saum war Klara eine Erscheinung. Es fiel Len schwer, nicht ständig Kontakt zu ihr zu suchen und mit ihr zu plaudern. Ihre Ausstrahlung besagte, dass ihr alles gelänge, was immer sie anpackte, wie zum Beispiel ihr anstehendes Masterstudium in Dublin.

Er hingegen fühlte sich eher wie ein Verlierer, ein Zauderer und Zögerer, was auch an den Geschehnissen der jüngeren Vergangenheit lag. Die Rundreise, die er stellvertretend für seine Großmutter angetreten hatte, sollte ihn auf andere Gedanken bringen. Klaras Anblick half dabei ein wenig.

»Der gute Wenzel liegt nicht ganz vollständig in seinem Sarkophag«, erklärte Jiří. »Einige Teile seines Leichnams wurden als Reliquien in andere Kirchen gebracht, und sein Schädel befindet sich separat im Fundus des Domschatzes.«

Wieder machte die Reisegruppe beeindruckte Gesichter.

Lens Aufmerksamkeit wanderte zu einer Touristin, die stylische Kleidung und die braunen Haare in einem asymmetrischen Kurzhaarschnitt trug. Sie mochte Mitte zwanzig sein und gehörte definitiv nicht zu ihrer Reisegruppe, blieb jedoch wie selbstverständlich bei ihr stehen und filmte die Ausführungen mit einer Outdoor-Kompaktkamera, die an einen zu groß geratenen Spielwürfel erinnerte.

»Erwähnen möchte ich unbedingt die sagenhafte Wenzelskrone, die Karl der Vierte anlässlich seiner Krönung zum böhmischen König 1347 anfertigen ließ und die jenseits der Tür mit den sieben Schlössern gut verwahrt im Safe lagert«, erzählte Jiří. »Zweieinhalb Kilogramm schwer, gemacht aus zweiundzwanzigkarätigem Gold, besetzt mit zahlreichen Edelsteinen.«

»Entschuldigung, aber gab es nicht einen tödlichen Fluch, der auf der Krone lastet?«, schaltete sich die Unbekannte auf Englisch ein, ohne das Filmen zu unterbrechen. Ihre Sprechweise klang sehr britisch. »Wissen Sie etwas davon?«

»Aber natürlich, junge Dame.« Jiří senkte die Stimme und ging ans Kopfende des Sarkophags. »Die Legende besagt, dass jeder, der sie zu Unrecht aufsetzt, innerhalb eines Jahres einen gewaltsamen Tod erleidet. Ebenso sein ältester Sohn. Nazi-Reichsprotektor Reinhard Heydrich kannte die Legende – und setzte während einer symbolischen Schlüsselübergabe am 19. November 1941 in der Kronkammer« – er deutete auf die Tür – »die Wenzelskrone auf. Eine Provokation, um zu zeigen, dass er sich vor dem Fluch nicht fürchtete und die Nazis die Kontrolle über Tschechien hätten.« Seine Blicke wanderten über die gespannten Gesichter. »Ich nehme an, Sie ahnen, wie er endete?«

»Er ist nach einem Attentat gestorben«, warf ein älterer Herr ein. Len hatte seinen Namen vergessen, doch er roch immer nach Knoblauch und Sportsalbe.

»Ganz richtig!«, lobte Jiří wie der Moderator einer Quizsendung und sah zur jungen englischen Touristin. »Jetzt kommt der Schönheitsfehler: Diese Legende um den Fluch der Krone entstand erst *nach* Heydrichs Tod. Ein moderner Mythos, wenn Sie so möchten, angedichtet, um der Krone mehr Mystik zu verleihen. Aufsetzen würde ich sie trotzdem nicht.« Er zeigte unter dem leisen Lachen der Gruppe direkt in die Kameralinse. »Machen Sie diese Aufnahmen privat, Miss?«

»Ich habe einen Reisevlog«, antwortete sie. »Ich gehe Legenden und Sagen vor Ort auf den Grund. Die Sache mit der Krone musste ich unbedingt erfahren.« Sie nickte dankend und senkte das kleine Gerät.

»Dachte ich mir fast.« Jiří nahm eine Visitenkarte aus der Tasche und reichte sie ihr. »Schreiben Sie meinen Namen bloß richtig! Wenn Sie noch weitere Fragen haben, nur zu.«

Sie grinste. »Die habe ich tatsächlich.«

Jiří zog seine rote Schlägermütze aus der Jackentasche und setzte sie auf, damit man ihn im Gewimmel jenseits der Kapelle besser ausmachen konnte, und schwenkte zum Ausgang. »Abgesehen von Wenzel, dient der Veitsdom zahlreichen Königen und Kaisern nebst Gemahlinnen als letzte Ruhestätte. Auch wenn es nicht alle nach ihrem Tod bis in den Dom geschafft haben, ist es doch eine illustre Sammlung. Die Grabmäler werden wir im Anschluss anschauen, so noch Zeit ist und Sie nicht genug vom Grabsightseeing haben.« Langsam ging er vor. »Und im Anschluss wartet der Weihnachtsmarkt mit köstlichen Stärkungen auf uns. Die haben Sie sich redlich verdient.«

Es gab begeisterten Zwischenapplaus, bevor man aufbrach.

Das Tempo, in dem sich die zwanzigköpfige Reisegruppe aus der Wenzelskapelle zurück in den besser besuchten Dom bewegte, war gemächlich. Die älteren Damen und Herren setzten ihre Schritte auf dem unebenen, abgeschliffenen Untergrund mit Bedacht. Stürzen wollte niemand, schon gar nicht zu Beginn der Reise, die sie über Prag weiter nach Brno, Wien, Bratislava, Budapest und Timişoara führen würde.

Len glitt durch den Strom der Menschen in Richtung Klara, die ihrerseits neben der Unbekannten lief und eine Unterhaltung begonnen hatte. Die Kamera der Vloggerin blieb offenbar ausgeschaltet.

»Das ist der Mann, der mit mir zusammen das Durchschnittsalter drückt«, erklärte Klara, als Len neben ihr einscherte.

»Ich bin Alison. Du kannst mich Shiverz nennen. Mein Künstlerinnenname«, stellte sich die junge Frau in geschliffenem Englisch vor und gab Len die Hand. »Schön, euch beide kennenzulernen.«

»Ganz meinerseits. Was für ein Vlog ist das dann?«, fragte Len.

»Báthory News nennt er sich«, übernahm Klara die Erklärung. »Wie viele Abonnenten waren das noch gleich?«

»Knapp neunhunderttausend. Die Million soll mit dieser Reise endlich geknackt werden«, antwortete Alison stolz. »Ich bin eine professionelle *dark tourist*. In meiner Freizeit.« Sie prüfte den Batteriestand der Kamera. »Aber eigentlich studiere ich Literatur am King's College in London. Mir ist es wichtig, nicht einfach nur Gruselstorys zu sammeln, sondern ein bisschen Anspruch in die Sache zu bringen.«

Len behielt die rote Schlägermütze im Auge, damit sie nicht vom Reiseführer abgeschnitten wurden. »Nun also Prag?«

»Ja. Wie ihr. In der Stadt gibt es einiges für Freunde von Literatur und Unheimlichem. Ist für euch aber nur eine Durchgangsstation, hat Klara gesagt.« Alison musterte Len. »Du bist anstelle deiner Großmutter dabei?« Sie lächelte. »Nichts für ungut, aber jemand wie du sollte doch mit Leuten wie *mir* reisen, oder?«

Nickend gab er ihr recht.

»Dann hat es noch einen speziellen Grund?«, bohrte sie nach.

Bestimmt würde Len nicht sein Herz vor einer Vloggerin ausschütten, die er keine fünf Minuten kannte. Weder würde er über die Tragik der letzten Jahre oder den Tod seiner Eltern berichten noch über sein eigenes Hadern mit dem Lebensweg, auf dem er nicht glücklich war. »Es ist Omas Reise. Sie ist krank geworden. Ihr Wunsch war, dass ich die alte Heimat meiner Familie für sie besuche.«

»Und wo ist die alte Heimat?«

»Siebenbürgen und Banat«, hakte Klara erneut ein. »Wie bei meiner Oma und mir und allen anderen in der Reisegruppe.« Dann rempelte sie Len an und öffnete den Mund zu einem Satz, den er noch mit angedeutetem Kopfschütteln zu verhindern suchte. »Wobei *er* eine echte Besonderheit ist.«

Zu spät. »Nein, bin ich nicht.« Deutlich gab Len ihr mit Blicken zu verstehen, dass er nicht darüber sprechen wollte.

Alison hatte längst die Witterung für eine Story aufgenommen, wie man an ihrem Gesicht ablesen konnte. »*Jetzt* muss ich es wissen.«

Er lachte freudlos auf. »Nein, lieber nicht. Du könntest es filmen.«

Sie verzog das Gesicht. »Natürlich nicht ohne deine Einwilligung. Das wird sonst teuer, wenn du mich verklagst.«

»Er ist ein Drăculeşti«, platzte Klara heraus. »Ein echter und direkter Nachfahre von Vlad dem Zweiten!«

»Ein Drăculeşti.« Alison blieb stehen und musterte ihn fasziniert. »Aus *der* berühmten Linie?«

Len sah seufzend auf ihre Hand, in der die Kamera ruhte, um herauszubekommen, ob sie nicht heimlich den Aufnahmeknopf drückte. Erst als er sicher war, dass das Gerät nicht aufzeichnete, rückte er mit der Sprache raus und dämpfte dabei seine Stimme. »Behauptet meine Oma. Mütterlicherseits.«

In der gleichen Sekunde bereute Len, es ausgesprochen zu haben. Aus seinem Munde schien es mehr Gewicht zu bekommen, von den Wänden und Säulen im Veitsdom widerzuhallen und sich zu verbreiten, sodass es alle gehört haben mussten. Len wunderte sich, dass sich niemand zu ihm umwandte und ihn anstarrte.

»Ich glaube, sie hat diese Dracul-Familiengeschichte erfunden, um mir als Kind viele Abenteuergeschichten über unsere Abstammung erzählen zu können«, sagte er. »Keine Ahnung, ob das stimmt.«

»Kein Scheiß?« Alison hatte sich noch immer nicht von der Stelle bewegt. »Wobei *Lenny* jetzt nicht unbedingt …«

Len winkte ab. Er hasste diesen Namen, weil viele dachten, er sei ein Mädchenname. Ein Trauma seit Kindertagen. Klara musste ihn der Britin verraten haben. »Wie gesagt, meine Oma hat es sich bestimmt nur ausgedacht. Aber wenn ich schon nach Temeswar und Umgebung komme, kann ich ja mal nachforschen.«

»Aber … ich meine … Ein *Drăculeşti!* Die gelten als ausgestorben!« Alison hob ansatzweise ihre Würfelkamera. »Ich darf es echt nicht mitschneiden?«

»Nein. Ich habe schon genug Probleme.« Len sah, dass Klara ein schuldbewusstes Gesicht machte. Mit Schaudern dachte er an die neunhunderttausend Abonnentinnen und Abonnenten, die eine mögliche Episode über ihn noch teilen und weiterverbreiten konnten.

Er drängte die Vorstellung zur Seite, doch das kalte Gefühl wich auch nach einigen Atemzügen nicht.

Je mehr Len dem Grund für seine aufgestellten Nackenhärchen nachspürte, umso sicherer wurde er, dass es etwas anderes sein musste, was ihn in Schrecken versetzte. Die Gewissheit, beobachtet zu werden, stellte sich von einem Herzschlag auf den nächsten ein.

»*Gosh!* Unser Zusammentreffen *kann* kein Zufall sein«, redete die Vloggerin begeistert. »Bitte, Len! Nur ein paar Worte darüber, wo die Verbindung deiner Familie zu den Drăculeşti sein soll. Aus welchem Jahrhundert und welcher –«

»Tut mir leid. Meine Oma hat das gewusst, aber ich hab das alles schon wieder vergessen. Ist Jahre her.« Er suchte nach der roten Kappe im Kopfgewusel der Domtouristen und fand sie nach einigen Atemzügen. Jiří hatte die Betagtentruppe an einem Sarkophag versammelt und winkte dem Trio zu, es möge sich beeilen. »Los, die warten auf uns.« Schon beschleunigte Len seine Schritte. »Ich wette, das ist besser für deinen Vlog geeignet.«

Alison verzog halb enttäuscht, halb beleidigt den Mund. Sie hob die Kamera und näherte sich dem vortragenden Reiseführer. Nebenbei drückte sie Len ihre Visitenkarte in die Hand. »Falls du deine Meinung änderst.«

»Werde ich nicht.«

»Oh, wart's ab. Es wird gleich interessant für dich.« Alison prüfte die Einstellungen des kantigen Geräts. »Vielleicht redest du danach mit mir.« Sie bahnte sich unter freundlichen Worten einen Weg durch die Gruppe nach vorne, um Jiřís Vortrag aufzuzeichnen.

Was hat sie damit gemeint?

»Entschuldige. Ich habe zu spät verstanden, dass es dir unangenehm ist.« Klara legte eine Hand auf Lens Schulter. »Ich hätte das nicht tun dürfen. Kommt nicht wieder vor.«

Er lächelte sie an und freute sich über ihre Berührung, bildete sich ein, ihre Körperwärme durch die dicke Daunenjacke zu spüren.

»Ging ja noch mal gut.« Er tat so, als wäre ihr Vorpreschen eine Lappalie für ihn. »Sie hat das bald schon vergessen.« Len nutzte die Lücke in der Menge, welche die Vloggerin geschaffen hatte, um ihr zu folgen. Auch wenn er sich nicht von ihr interviewen ließ, war er neugierig.

»… die Gebeine von Ladislaus Postumus, der gleich mit drei Titeln protzen kann: Herzog von Österreich, König von Böhmen und König von Ungarn. Das allerdings unter dem Namen Ladislaus der Fünfte«, referierte Jiří und nahm kurz die rote Schlägermütze ab, als erwiese er dem Toten seinen Respekt. »Geboren wurde er *nach* dem Tod seines Vaters, deswegen das *Postumus* in seinem Namen. Er ist der Sohn Elisabeths von Luxemburg, der einzigen Tochter Kaiser Sigismunds.«

»Was ist mit ihrer Mutter Barbara von Cilli?« Alison schwenkte die Kamera über den Sarkophag von Ladislaus. »Ich habe gelesen, dass ihre Ruhestätte in der königlichen Gruft in Prag ist.«

Jiří machte ein entschuldigendes Gesicht und wiederholte die auf Englisch gestellte Frage für die Gruppe. »Davon weiß ich nichts.« Er sah in die Runde. »Für Sie als Hintergrund: Barbara von Cilli war die Gemahlin von Sigismund von Luxemburg, seines Zeichens König von Ungarn und Kroatien, römisch-deutscher König, König von Böhmen und römisch-deutscher Kaiser. Barbara von Cilli war eine sehr selbstbewusste Frau, die zeitweise in Abwesenheit ihres Gatten die Regierungsgeschäfte führte. Von hoher Intelligenz und Schönheit, sagen die mittelalterlichen Quellen.«

»Gefährliche Kombination. Ein Wunder, dass man sie nicht verbrannt hat«, raunte Klara.

»Kann es nicht sein, dass man ihren Leichnam ausgegraben und verscharrt hat?«, wollte Alison wissen. »Ich habe gelesen, dass man ihr nachsagte, eine mächtige Alchemistin und Astronomin zu sein, die wenig mit dem katholischen Glauben zu schaffen hatte. Und man sagte auch, dass sie als Okkultistin mit den Mächten des Bösen im Bunde war und beim Konzil von Konstanz als Vampirin durch die Stadt gewandelt ist. Daher bekam sie ihren Beinamen: *die Schwarze Königin.*« Die Vloggerin hielt die Linse unbarmherzig auf Jiří gerichtet, der erkennbar keine Ahnung hatte, wovon sie sprach. »Was nicht allzu weit hergeholt ist, oder? Bei ihrer Freundschaft mit Vlad dem Zweiten, genannt Dracul, dem Vater des späteren Vlad Țepeș, des Pfählers. Sie kannten sich gewiss gut. Sie lebten jahrelang am gleichen Hof.« Alisons Stimme drang vernehmbar in den Dom. Ihre Abhandlungen lockten weitere Touristen an, die innehielten und zuhörten. »Und ich nehme an, dass sie dem grausamen Vlad Draculea ebenso verbunden war. Nicht zuletzt soll sie einem Forscher zufolge Vorbild für Sheridan le Fanus Vampirheldin namens Carmilla in der gleichnamigen Kurzgeschichte gewesen sein. Was wissen Sie darüber?«

Jetzt verstand Len Alisons Andeutung.

Und er musste sich eingestehen, dass es ihn als vermeintlichen Drăculeşti ein bisschen interessierte, wie sein möglicher Urahne und die mysteriöse Königin zusammenhingen. Davon hatte seine Oma nämlich nichts erzählt. Was allerdings dafür sprach, dass sie die Abstammung wirklich nur erfunden hatte. Eine royale Verbindung wäre bei ihr niemals in Vergessenheit geraten.

»Also, da kann ich wenig beisteuern«, gestand Jiří. »Natürlich kenne ich diese Schauergeschichten über die Schwarze Königin …«

»Oh, Schauergeschichten! Die wollen wir alle hören«, rief Klaras Großmutter begeistert auf Englisch und wandte sich zur Vloggerin. Oma Mokka war offensichtlich in ihrem Element. »Darling, was wissen Sie denn alles über diese Barbara von Cilli? Ich übersetze gerne für die anderen.«

»Schon so einiges. Ich bin nach Prag gekommen, um unter anderem über sie zu recherchieren«, antwortete Alison. »Vermutlich bin ich da einer gewaltigen Sache auf der Spur. Hoffe ich. Und die beginnt mit dem verschwundenen Grab der Schwarzen Königin.«

»Das Grab ist nicht verschwunden«, schaltete sich eine sonore Frauenstimme in die Unterhaltung ein. Schon mit dem ersten Wort löste sie eine Gänsehaut bei Len aus, so viel Wucht, Herrschaftlichkeit und Machtbewusstsein lagen darin. »Es hat einen anderen Grund, warum Barbara von Cilli nicht mehr in der kaiserlichen Gruft ruht.«

Langsam drehte Len den Kopf, um nach der unbekannten Fürsprecherin der Schwarzen Königin zu sehen. Tief in seinem Unterbewusstsein wisperte eine warnende Stimme, dass es mit dem Anblick der Frau kein Zurück mehr für ihn gäbe.

Nur zurück von was?

CAPITULUM I

Verschriftlichung der diktierten Tonaufzeichnung, dramatisiert, basierend auf persönlichen Aufzeichnungen, verfasst nach dem Studium von originalen, bislang unausgewerteten Quellen von und um Barbara von Cilli.
Preisgabe der zeitgenössischen Schriftstücke/Quellen nicht genehmigt.

Die nachfolgenden Geschehnisse beschreiben das allererste Zusammentreffen von Vlad *[dem Zweiten, Vater des späteren Pfählers]* und Barbara als junge Erwachsene/Heranwachsende.
Beide sind zu dem Zeitpunkt etwa 14/15 Jahre alt.

Jahr: Ende 1405
Historischer Hintergrund: Barbara hat Sigismund um den 19. November geheiratet (Burg Krapina?) und wurde am 6. Dezember in Székesfehérvár/ Stuhlweißenburg zur Königin von Ungarn gekrönt.
Von da ging es weiter nach Ofen/Buda.

***

KÖNIGREICH UNGARN, OFEN/BUDA, MITTE DEZEMBER ANNO DOMINI 1405

Barbara hatte sich dick in Kleid, Schal und Mantel eingepackt und streifte durch den betagteren Teil des Burgpalasts, der über einhundertsiebzig Jahre alt und bei dem nicht sonderlich auf Wohnlichkeit geachtet worden war. Damals hatte König Béla IV. die erste Befestigung zusammen mit einer Stadt auf dem schmalen Plateau nach dem Mongolensturm errichtet, um künftigen Angreifern etwas entgegensetzen zu können.

Auch wenn Barbara erst seit Kurzem im anderen Teil der Burg, mit den neueren Gebäuden, wohnte, der vor vier Dekaden entstanden war, mochte sie es, durch die alten Gemäuer zu streifen. Die deutlichen Unterschiede erlaubten eine kleine Zeitreise.

Immerhin gab es einige nachträglich eingebaute Annehmlichkeiten wie Butzenglasfenster, die Wind und Kälte abhielten. In jenen Zimmern ohne Kamin standen portable Öfen oder – im schlimmsten Fall – schlichte Feuerschalen in den Gängen, um den Winter mit Holz, Torf und Kohle aus den Räumen zu vertreiben, sofern es einen Abzug gab, der verhinderte, dass man an den Folgen des Rauchs starb.

Ihr zwanzig Jahre älterer Gemahl hatte ihr bei einem ihrer seltenen Zusammentreffen von seinen Plänen zu Umbau und Erweiterungen berichtet. Es würde bald Großes auf dem Burgberg geschehen.

Am meisten mochte Barbara die Küchen. Dort war es immer warm, und es duftete nach Essen oder frisch gebackenem Brot.

Nach ihren alltäglichen Lectiones, in denen es nicht nur um Handarbeit, sondern auch um Staatswesen, Stammbäume der europäischen und einheimischen Adelsgeschlechter, Reiten, Jagd, Sprache, Tanz und Musizieren ging, spazierte die Fünfzehnjährige gerne umher. Allein und ohne besonders auffällige Garderobe wie jetzt, bevor es sie zurück zu ihrer geliebten Alchemie zog, für die sie sich tatsächlich interessierte. Eine Muschelfrisur für die langen schwarzen Haare und eine wärmende weiße Sendelbinde darüber genügten, der schlichte Mantel verbarg das kostspielige rote Kleid. Aufmerksamkeit bekam sie in ihrem Dasein als Königin überreichlich.

Das Klirren von aufeinanderprallenden Klingen, gefolgt von einem unterdrückten Schmerzensruf, lautem Fluchen und dem freundlichen Lachen einer zweiten Person, zog Barbaras Aufmerksamkeit auf sich. Offenbar wurde jemand in einem nahen Raum im Fechten unterrichtet, denn die Wachleute hielten sich in diesem Teil der Burg für gewöhnlich nicht auf.

Leise näherte sie sich der angelehnten Tür und schaute durch den Spalt.

»Gib besser acht!« Ein junger Mann, ungefähr in ihrem Alter und mit spärlichem Bartwuchs, schüttelte die rechte Hand aus, die trotz des dicken Lederschutzes einen peinvollen Treffer abbekommen hatte. »Das hätte mich die Finger kosten können!« Die dunklen Haare trug er kurz, das Gesicht mit den ebenmäßigen Zügen nachlässig rasiert.

Barbara mochte ihn auf den ersten Blick, ohne dass sie den Grund erfassen konnte.

Sein Äußeres?

Ein unsichtbares Band?

Oder schlicht: Einbildung?

Ihr Herz schlug rascher.

Dem Getroffenen gegenüber stand ein breit gebauter Mann um die dreißig mit dichtem Dreitagebart, langen braunen Haaren und buschigen Augenbrauen. Er stützte sich mit beiden Händen auf die Parierstange des stumpfen Übungsschwertes. »Hat es aber nicht, Herr. Ich war achtsam.«

Die Kleidung der beiden ungleichen Männer war einfach, aber nicht schäbig und keinesfalls abgetragen. Sie trugen geknöpfte, schwarz-weiße Scheckenjacken, die bis zur Hüfte reichten, und Strumpfhosen in Braun und Grün. An den Füßen steckten seitlich geschnürte Halbstiefel. Weder gehörten die beiden zur Besatzung noch zur engeren Hofgesellschaft.

»Der Angriff auf meine Finger war nicht rechtens, Sorin!«, protestierte der Jüngere und fuhr sich durch das schwarze Haar.

»Im Gefecht gibt es kein *rechtens.* Man wird stets versuchen, dich kampfunfähig zu machen oder zu töten, Herr. Mit allen Mitteln. Ritterlichkeit ist eine Tugend, die sich die wenigsten auf dem Schlachtfeld leisten. Nur in den Lobgesängen danach, damit die Recken edel erscheinen.« Er hob das Schwert und sprang in einem Ausfall vorwärts. »Die wahrhaft Ritterlichen sterben meistens zuerst.«

Barbara sah fasziniert zu, wie der Angegriffene behände unter dem geraden Stich nach links wegtauchte, mit seiner Klinge die Waffe des Gegners geschickt zur Seite schlug und ihm einen wuchtigen Fausthieb ins Gesicht schmetterte.

Laut krachte es. Sorins Kopf zuckte herum, die langen braunen Haare flogen.

Barbara hielt gebannt die Luft an. Jeden anderen Mann hätte es von den Füßen geworfen, doch der ältere Recke sah nicht nur stark aus, er konnte auch einstecken.

»Nicht schlecht, Herr. Aber bedenke, dass sich Strigoi und sonstige Dämonengestalten von einem einfachen Faustschlag nicht aufhalten lassen. Du solltest zu Hause einen Ring aus Silber oder derlei tragen. Am besten geweiht.«

»Als würde ich jemals meine alte Heimat wiedersehen.« Der Jüngere führte einen Probeschlag mit dem stumpfen Schwert durch die Luft, es surrte dunkel. »Wir werden hier sterben, ich sage es dir.«

»Du weißt nicht einmal, wie deine Heimat aussieht, so lange weilen wir schon in Buda. Wie auch? Als Knabe brachte ich dich in dieses Land, fast noch als Säugling.« Sorin lächelte voller Nachsicht. »Was deine Faust angeht: Du reifst mehr und mehr zu einem Mann.«

Barbaras Faszination stieg, sowohl für den unbekannten jungen Mann als auch den Gegenstand der Unterhaltung. Sie hatte den Begriff *Strigoi* schon einmal gehört. Es musste in einem hiesigen Märchen oder in einer Sage gewesen sein, die sie unterwegs aufgeschnappt hatte. Genau erinnerte sie sich nicht mehr. In der weit entfernt liegenden Grafschaft ihrer Familie gab es solche Wesen nicht, vor denen man sich in großen Teilen des Königreichs fürchtete – und in Ofen bereiteten sich die beiden Männer sogar auf einen Kampf mit den Kreaturen vor?

Sie musste unbedingt mehr darüber erfahren!

In den Büchern, die sie zu lesen bekam, fanden sich solcherlei Dinge nicht. In einer Bekanntschaft mit den ungleichen Männern mochte jede Menge Unterhaltung, Abwechslung und Spannendes stecken.

»Ich weiß nicht, weswegen du mich darauf vorbereitest«, beschwerte sich der Jüngere und betrachtete das schartige Übungsschwert. »Seit unserer Ankunft habe ich kein einziges Höllenwesen zu Gesicht bekommen.«

Sorin lachte laut auf. »Herr, du bist als Kleinkind von deinem Vater fortgegeben worden. Tu nicht so, als hättest du an meiner Seite bereits Hunderte von ihnen bezwungen.«

»Aber es wäre wohl meine Aufgabe gewesen, oder etwa nicht?«

»Dein Vater sähe das anders. Derzeit jedenfalls.« Sorin wackelte nachdenklich mit dem Kopf. »So ich die Nachrichten aus Curtea de Argeş richtig deute.«

»Wie kann er die Blutsauger in ihren unterirdischen Städten und Palästen unbehelligt lassen?«, brauste der Jüngere auf.

»Er hat genug Aufgaben zu tun. Vergiss nicht: Es sind *Geschichten*,

Herr«, entgegnete Sorin mit einem neuerlichen Lachen. »Gib nicht zu viel darauf.«

»Ein schöner Lehrmeister bist du!«, hielt sein Schützling dagegen. »Erst erzählst du mir davon und lässt mich glauben, es ist die Wahrheit, und jetzt ruderst du zurück?«

»Du wolltest nicht einschlafen, Herr«, verteidigte sich Sorin. »Ich musste dich unterhalten.«

»Albträume hast du mir beschert! Sehr *unterhaltsam*«, wetterte der andere und stimmte ins Lachen ein. »Welche Abenteuer in Curtea de Argeş auf mich gewartet hätten! Stattdessen sitze ich in Buda herum.«

»Und wie schnell du dabei gestorben wärst«, stichelte Sorin feixend. »Wir arbeiten besser an deinem Wissen und deinen Fechtkünsten. Morgen gehen wir in den Wäldern nach Hölzern suchen, die man für gute Pflöcke benötigt. Ich sah in der Nähe einen guten Weißdorn.«

Strigoi, Pflöcke, unterirdische Städte von Blutsaugern? Barbara hielt es nicht länger aus. Sie wollte sich unbedingt mit den Männern darüber unterhalten – und dem jüngeren ein Stück näher sein. Die Anziehungskraft war ihr unheimlich. Sie kannte derlei nicht von sich. Das aufkommende schlechte Gewissen, dass sich dieser Art Empfindung als Gemahlin des Königs nicht ziemte, schob sie beiseite.

Barbara räusperte sich und öffnete die Tür, sah dabei hinter sich, als habe sie keine acht, wohin sie ginge. »Wenn ich nur wüsste …«, murmelte sie laut genug, um gehört und bemerkt zu werden. Erst dann wandte sie sich um und tat, als entdeckte sie die beiden Männer just in diesem Moment. »Oh.« Sie blieb zwei, drei Schritte hinter der Schwelle stehen. »Ich grüße euch. Verzeiht mir die Störung.«

»Guten Tag, junge Frau«, erwiderte Sorin freundlich und deutete eine Verbeugung an. Der einfache Mantel der Besucherin und die Kopfbedeckung täuschten ihn, wie sie es erhofft hatte. »Verlaufen, nehme ich an?«

»Nur den falschen Gang genommen. Dabei vernahm ich einige Worte eurer Unterredung.« Die Männer tauschten einen schnellen Blick. »Ich gestehe, dass ich sie spannend fand.« So ersparte sich Barbara das peinliche Geständnis, schon eine Weile gelauscht zu haben.

»Ach, gib nichts drauf. Wir alberten herum. Es soll dir keine schlechten Träume bescheren«, sagte Sorin leichthin. »Wohin musst du? Ich kann dir beschreiben, welchen Gang und welche Treppen du nehmen solltest.«

»Verzeih.« Der junge Mann machte einen unbeholfenen Schritt, der seiner Geschmeidigkeit im Übungskampf widersprach. Barbaras Anblick brachte ihn buchstäblich aus dem Tritt. Diese nie gekannte Wirkung schien sie beide zu treffen, was Barbara insgeheim freute. »Es ist unhöflich, uns nicht vorzustellen. Ich bin Vlad« – er verbeugte sich und errötete grundlos – »und das ist Sorin, mein Vertrauter.«

»Diener, Lehrmeister und was sonst ansteht«, warf er grinsend ein.

»Es ist mir eine Freude.« Barbara fühlte Wärme in den Wangen aufsteigen, ihr Herz behielt den schnellen Takt bei. Sie sah auf die Schwerter in den Händen der Männer und konnte sich nicht zurückhalten. »Sagt, bitte: Was hat es mit den Strigoi auf sich? Und den Städten, tief unter der Erde? Und was wollt ihr mit den Pflöcken?«

»Oh, dieser Gang muss *sehr* lang gewesen sein und den Schall unserer Stimmen weit getragen haben, junge Frau, deren Namen wir nicht vernahmen«, gab Sorin amüsiert zurück. »Du wirst am Ende doch nicht vor der Tür gestanden haben?«

»Es ist nichts, was dir Sorgen bereiten muss.« Vlad sah sehr bemüht aus, ihr jegliche Angst zu nehmen. »Wir sind nicht aus Buda. Wir sprachen über unsere Heimat. Hier ist es ungefährlich.«

Sorin hob die buschigen Augenbrauen wie zum stummen Protest.

»Ich habe keine Angst«, entgegnete Barbara sogleich und fühlte sich gut, glücklich, beinahe euphorisch in der Nähe des jungen Vlad. »Meine Absicht ist es, mehr davon zu erfahren. Je mehr Wissen man hat, desto weniger Grund gibt es, sich vor einer Sache zu fürchten. Denn man kann etwas dagegen tun oder sie besser verstehen. Nicht alles ist schlecht, nur weil es anders ist.«

»Wie ungewöhnlich diese Einstellung ist«, stellte Sorin fest und rieb sich über den Stoppelbart, das Leder des Handschuhs erzeugte ein Kratzen. Die Haare mussten sehr hart, fast borstig sein. »Am Ende kannst du auch noch reiten wie ein Krieger, dazu jagen und kämpfen?«

»Der Umgang mit dem Schwert fehlt mir noch.« Sie lächelte. »Ansonsten gebe ich dir recht, und es wird noch viel mehr hinzukommen, bis hin zu Alchemie und Astronomie. Gerne auch Kenntnisse über die Strigoi und deren Geheimnisse aus eurer Heimat. Die befindet sich wo?«

»Wir kommen aus Curtea de Argeş«, antwortete Vlad und musterte Barbara. »Du kennst es vielleicht unter dem Namen Argisch. Die Hauptstadt des Fürstentums Walachei.« Es war in seinen braunen Augen abzulesen, dass ihm gefiel, was er sah, und dass er sich zugleich darüber wunderte. Seine Pupillen waren groß, als wollten sie alles von ihr wahrnehmen, aufsaugen.

»Wenn du als Kleinkind von deinem Vertrauten nach Ofen gebracht wurdest, musst du etwas Besonderes sein.« Barbara hatte eine Ahnung, wen sie vor sich hatte. Ihr Gemahl hatte den Namen ein, zwei Mal erwähnt. »Bist du ein Mündel?«

»Eine Geisel«, stellte Vlad säuerlich richtig. »Gegeben von Mircea, dem Woiwoden der Walachei, an König Sigismund, als Zeichen seiner Treue zu Ungarn und zur Absicherung. Frage mich nicht, wann meine ehrenvolle Aufgabe erfüllt ist.« Sein Ton wurde bitter und beißend. »Aber ich spreche schon mehr Sprachen als mein Vater.«

»Wenigstens bekommst du eine umfassende höfische Ausbildung. Die hättest du in Argeş niemals erhalten«, warf Sorin ein. »Du darfst mit auf Reisen, siehst etwas vom Königreich …«

»Aber die Hochzeit haben wir verpasst! Wann und wie oft darf man bei solch einem außerordentlichen, prächtigen Ereignis dabei sein? Die Gäste waren hochwohlgeboren und handverlesen«, schwärmte Vlad und verzog den Mund. »Und wir? Auf Botengang für Sigismund.«

Sorin sah zu Barbara. »Aber du hast gewiss davon gehört, unbekannte junge Frau?«

»Warst du dabei?«, hakte Vlad sogleich nach.

Barbara ging das Bild der unterirdischen Blutsaugerpaläste nicht mehr aus dem Sinn. Es löste zugleich Schaudern und den seltsamen Wunsch aus, das gruselige Wunder mit eigenen Augen zu sehen. Am liebsten mit Vlad an ihrer Seite.

»Das war ich wirklich. Aber die Strigoi interessieren mich um ein Tausendfaches mehr«, erwiderte sie. »Was haltet ihr davon, wenn ich euch in eurer Unterkunft besuche, und wir erzählen uns gegenseitig von den

Scheusalen, die es den Legenden nach geben soll?« Ihr Herz tat bei dem kühnen Vorschlag sogleich einen Schlag mehr.

»Was heißt denn ›geben soll‹? Wir haben Aufzeichnungen darüber«, warf Vlad rasch ein. Sorins beschwichtigende Handbewegung erfolgte zu spät. »Mein Vertrauter hat gesiegelte Unterlagen dabei, die er mir an meinem sechzehnten Geburtstag überreichen wird. Oder erinnere ich mich falsch?«

»Nein, Herr. Das ist richtig.« Das Geständnis schien innere Schmerzen bei dem Lehrer auszulösen.

Vlad deutete eine Verbeugung an. »Um auf deine Frage zu antworten: Es wäre mir ein sehr großes Vergnügen, mehr Zeit mit dir verbringen zu dürfen.«

»Ich hoffe, das wird bald sein. Ich kann es kaum erwarten. Sowohl ... deinen Geburtstag als auch unsere Unterredungen.« Barbara vertraute darauf, vorher schon Geschichten aus den Mündern von Vlad und Sorin zu vernehmen. »Was kann ich euch im Gegenzug anbieten? Vielleicht etwas beibringen, was ihr noch nicht beherrscht? Ich bin recht gut im ... Unterweisen.« Beinahe hätte sie verraten, dass sie einige Mägde und Hofdamen in Handarbeit und Sprachen unterrichtet hatte.

Sorin kreuzte die breiten Arme vor der fassartigen Brust und machte ein wichtiges Gesicht. Er rieb sich über den braunen Bart. »Vlad wollte unbedingt das Sticken erlernen.«

»Und Sorin das Lautenspiel«, fügte Vlad todernst hinzu. »Um euch Frauen zu besingen. Ihr hört ihn sodann rechtzeitig nahen und könnt die Flucht ergreifen.«

Beide Männer lachten.

Barbara lächelte. »War dies eine Neckerei gegen mich oder gegen euch selbst?«

Ehe eine Antwort erfolgen konnte, trat Hofdame Magdolna, auf deren Kopf eine imposante Hörnerhaube aus hellem Stoff saß, durch die Tür.

»Hier seid Ihr, meine Königin!« Ihr besticktes weißes Oberkleid fiel weit, um die Hüfte saß ein perlenbestickter Stoffgürtel, an dem Rosenkranz, Handschuhe sowie ein Schlüsselbund hingen. Ein dreieckiger Ausschnitt ließ das hellblaue Unterkleid der Mittvierzigerin durchscheinen. Gegen die Kälte schützte sie sich mit einem Mantel, an dessen Kragen Eichhörnchenpelz angesetzt war. »Ich habe Euch überall gesucht.« Sie verbeugte sich. »Die nächsten Lectiones stehen an, vorrangig die Besprechung der Abläufe innerhalb des Reiches. Damit die Staatsgeschäfte reibungslos vonstattengehen, meine Königin.«

Barbara warf ihr ein misslungenes Lächeln zu. »Danke, Magdolna.« Damit waren ihre Herkunft und ihre Person offenbart. »Ich komme gleich.«

Die Hofdame blieb auffordernd am Ausgang stehen. »Ich geleite Euch besser, meine Königin.«

Vlad und Sorin schauten sie verdutzt an, als sie begriffen, mit wem sie ganz unbedarft und frei gesprochen und gescherzt hatten. Nach einem kurzen Schrecken verbeugten sie sich tief.

»Vergebt uns, Herrin«, bat Vlad aufrichtig, doch nicht unterwürfig. »Wir kamen erst um die Mittagszeit von einem Botengang zurück und verpassten Euren Einzug in Buda. Sigismund ließ uns wissen, dass er uns am Abend sprechen wird. Sonst hätten wir Euch gewiss bereits gesehen und erkannt. Wir ahnten nicht, wer Ihr seid …«

»Keine Entschuldigung nötig«, unterbrach Barbara ihn. In ihr stieg Groll auf Magdolna empor. Die Hofdame hatte aus einer erfrischend unsteifen Begegnung und dem Beginn einer unterhaltsamen Bekanntschaft das Übliche gemacht: Zurückhaltung, kein offenes Wort und ständige Bedachtheit. Der ungarische Hof war weniger zeremoniell und steif als die des westlicheren Abendlandes, aber auch hier sprach man mit einer Königin anders. »Ich möchte dennoch viel mehr von *dem* erfahren, über was wir eben geredet haben.«

»Wie Ihr befehlt, Herrin«, kam es aus Vlads Mund.

Sie seufzte. »Nein, nicht weil ich es euch beiden befehle. Sondern weil ich es schön fände, mich mit euch zu unterhalten. Wie … gute Bekannte.« Barbara wagte wegen ihrer gefühlten Verbundenheit Offenheit ihm gegenüber. »Denn du und ich, Vlad« – sie senkte die Stimme – »teilen eine Gemeinsamkeit.«

»Die da wäre, Herrin?«

»Du wurdest von deinem Vater an Sigismund gegeben als Geisel und als Zeichen der Loyalität gegenüber dem Thron.« Barbara deutete an sich herab. »Ich wurde von meinem Vater an Sigismund gegeben als Lohn für seine Mühen, dem König zurück zu seinem Thron verholfen zu haben. Ich bin ein Geschenk, um das Ansehen meiner Familie zu heben.« Sie senkte die Stimme weiter, damit Magdolna ihre nächsten Worte nicht vernahm. »Wahrlich, aus freien Stücken sind weder du noch ich in Ofen. Das ist doch eine Allianz, die sich sehen lassen kann.«

Vlad grinste verschwörerisch. »Die beste.«

Sorin lachte auf.

»Und deswegen wirst du mich niemals mit *Herrin* ansprechen, wenn wir alleine sind.« Barbara wandte sich zum Ausgang des Raumes. »Wir sehen uns bald wieder. Ich freue mich auf die Unterhaltungen.« Langsam ging sie los und musste sich regelrecht vom Anblick des jungen Mannes losreißen. Seine Nähe war wie ein Sog. Diese Begegnung war eine Fügung, von welchen Mächten auch immer, um gemeinsam Großes zu erreichen.

»Nach dir sucht man ebenfalls, Vlad. Auf dich wartet ein Bote«, sprach Magdolna unterdessen eisig und richtete den Blick auf den jungen Mann. Darin wohnte etwas Strafendes und Herablassendes. Sie machte keinen Hehl aus ihrer Abneigung.

»Von meinem Vater?«, fragte er verwundert.

»Nein. Einer deiner Schwestern, so ich es richtig verstand. Du findest den Mann am Eingangstor des Burgpalastes. Zutritt wird ihm nicht gewährt. Ohne den Geleitbrief deines Vaters und die Eskorte wäre er nicht einmal bis nach Ofen gelangt.« Magdolna wandte sich grußlos um und schloss zu Barbara auf. »Bitte, meine Königin, schleicht Euch nie wieder davon.«

»Und wenn doch?«, gab sie ungehalten zurück.

»Nun, Ihr solltet alsbald eine gute Mutter für viele Kinder des Königs sein, Herrin. Dann hat es sich ohnehin ausgeschlichen.« Das Lächeln, das ihr die Hofdame mit der Hörnerhaube zuwarf, war des Teufels würdig. »Welche Ehre. Lobet Gott den Herrn.«

***

Vlad ging neben Sorin durch den alten Burgteil, in dem sie der König unterbrachte, wenn sie nicht gemeinsam auf Reisen waren; die schweren Mäntel hatten sie über die Schulter geworfen.

Einen wichtigen Teil seiner Geschichte hatte er Barbara verschwiegen. Vlad war *ein* Sohn von Mircea, dem Woiwoden der Walachei, nicht *der* Sohn und designierte Nachfolger auf dem Thron. Ein Bastard.

Das machte es seinem Vater leicht, Vlad als Pfand abzugeben. Auf Jahre hinweg.

Die Grenzen der Walachei hatten sich stets verschoben, das Land war Spielball und Austragungsort verschiedenster Interessen gewesen, bis Mircea an die Macht gekommen war. Er erwies sich als erfolgreicher Herrscher. Mit Pakten, Bündnissen und geschickten Verhandlungen brachte er seit über dreißig Jahren Ruhe in das Land sowie Beständigkeit in die Beziehungen mit den Nachbarn, band sich an das Königreich Ungarn. Sogar einen Sieg gegen die Osmanen hatte er errungen, auch wenn dies länger zurücklag.

Insofern betrachtete Vlad seinen Vater als Vorbild, was dessen Vorgehensweise anging. Aber eine Bindung oder Beziehung zu ihm gab es nicht, vor allem da er den ungarischen König besser kannte und öfter gesehen hatte als seinen eigenen Erzeuger in der fernen Walachei. Den Namen seiner Mutter wusste er nicht einmal.

Umso neugieriger war Vlad, was ihm seine Schwester Ana geschrieben hatte. Auch sie kannte er nur von Briefen und aus Nachrichten.

Und nun spukte ihm Barbara durch den Verstand.

Ihr Anblick, das schwarze Haar, ihr würzig-florales Duftwasser, ihre Stimme und der warme Ausdruck in ihren blauen Augen, als sie ihn angeblickt hatte, ließen ihn nicht mehr los. Nie hatte er eine schönere Frau gesehen, die Haut weiß wie Milch und neckende Sommersprossen um und auf der schlanken Nase.

Wie es um ihre Empfindungen stand, konnte er nicht ermessen, doch er fühlte sich hingezogen auf eine Weise, die über das Äußere weit hinausging und die er sich nicht zu erklären vermochte. Als habe er auf sie gewartet, ohne es zu wissen, und sie dann sogleich erkannt. *Und sie ist die Königin, verflucht.*

»Ihr wärt ein schönes Paar geworden, Herr«, merkte Sorin von der Seite an.

»Wer?« Vlad fühlte sich ertappt.

»Barbara und du. Gleiches Alter, neugierig, klug und mit eigenem

Kopf ausgestattet.« Sein Vertrauter warf die langen, braunen Strähnen nach hinten. »Auch wenn sie die Gemahlin des Königs ist, ist dir sicher nicht entgangen, welch schlanken, ansprechenden Wuchs sie hat.« Er rempelte Vlad an. »Wie sie erst in ihrem Nachtgewand aussehen wird?«

»So hinreißend wie in diesem Mantel und allen Kleidern, dass man sich die Mäuler über sie zerreißen wird. Viele Männer werden sie begehren und nicht bekommen. Daher reden sie bald schlecht über sie«, erwiderte er. »Und über sämtliche Recken, die in ihrer Nähe sein werden.«

»Wie klug du redest, Herr. Weil wir uns bald selbst mit der Königin für Geschichten am Kamin einfinden werden.« Sorin grinste. »Denkst du, man lästert mehr über mich oder über dich?«

Vlad stieß die Luft aus. »Aber ja, du hast recht. Mir würde sie sehr gefallen.«

»Das lassen wir Sigismund besser nicht hören.«

»Zwanzig Jahre Unterschied«, murmelte Vlad vor sich hin. »Er könnte ihr Vater sein.«

»In den Kreisen der Mächtigen und Vornehmen sind solche Ehen nichts Besonderes.« Sorin öffnete den Ausgang und ging voraus in den Burghof. »Und wir wissen, dass es keine Verbindung aus aufrichtiger Liebe ist. Es geht um Macht. Das Geschlecht der Grafen von Cilli ist ehrgeizig.« Eisiger Wind fegte über die Mauern und drückte lichte Schneeflocken auf die gefrorene Erde. »Ich sehe, du hast über ihre Bitte nachgedacht?«

Vlad musste nicht darüber nachdenken. Das hatte er nie. »Natürlich. Das werden schöne Unterhaltungen. Blutsauger, dämonische Kreaturen – sehr passend für eine Königsgemahlin.«

Sie warfen sich die Mäntel über, zogen unter die Gürtel geklemmte, bunt bestickte Barette heraus und setzten sie auf; die langen Kapuzen schützten zusätzlich gegen die Witterung.

»Barbara ist aufgeschlossen, neugierig und wissbegierig.« Sorin ging voraus und hielt auf das große Haupttor zu. »Es werden spannende Zeiten mit ihr, Herr.«

»Ich denke, wir weihen sie in alles ein.« Vlad sah seinen überraschten Vertrauten aus der Kapuze heraus an. »Das ist mein Ernst. Ich habe das

Gefühl, dass ich sie … kenne. Dass das Zusammentreffen geführt und geleitet ist von höheren Mächten. Diese Allianz *muss* entstehen!«

»Wir werden sehen, Herr. Ich rate zur Vorsicht. Gerade mit dem ›*alles*‹«, erbat Sorin.

Vlad hatte den Entschluss längst gefällt. »Doch, *alles.* Es wird ihr zeigen, dass es keine Schauergeschichten sind, wie du mir anfangs weismachen wolltest.«

Hinter dem Fallgatter saß ein einzelner Reiter auf einem hellgrauen Pferd, den Kopf ein- und die Schultern hochgezogen, den eisigen Böen ausgesetzt. Seine Eskorte mit dem walachischen Banner stand unter einem Vordach und löffelte heiße Suppe aus einem Kessel, während sich Stallburschen um ihre Pferde kümmerten.

»Sie bleiben nicht lange, wie es aussieht.« Dann erkannte Vlad, weswegen man den Boten mit seiner Nachricht nicht in die Burg gelassen hatte. »Ein Osmane«, entfuhr es ihm verwundert, als er die ungewöhnlich bunten Gewänder unter dem schweren, weißen Umhang voller Reiseschmutzflecken erkannte. Auf dem Kopf saß ein schmaler Turban, im dunkelhäutigen Gesicht des Mittzwanzigers stand ein langer, gepflegter Bart. Er hielt eine Lanze, an deren Spitze ein ausgefranster Wimpel mit Halbmond und darunter ein weißes Fähnchen flatterte, als Zeichen der Friedfertigkeit. Unterhändler durften nicht angegriffen werden.

Ohne Eskorte wäre er trotzdem nicht weit gekommen, Geleitbrief hin oder her. Wenn er eine Nachricht hatte, kam der Brief nicht von Ana, wie Vlad irrtümlich angenommen hatte, sondern von Arina. *Was mag das bedeuten?*

Ihr Vater hatte sie Musa zur Frau gegeben, um sich mit dem angehenden osmanischen Sultan gutzustellen. Auf jede Niederlage folgte ein neuer Pakt oder eine Vereinbarung.

Musa war ein Schehsade, ein Prinz, der mit weiteren Prinzen um den Titel des Sultans im Osmanischen Reich kämpfte. Sigismund hatte beim Mahl berichtet, dass ein Interregnum, eine Zeit des herrschaftlichen Durcheinanders, wie er es nannte, ausgebrochen sei. Gut fürs Abendland, wie er meinte. Musa galt als aussichtsreichster Schehsade, jedenfalls nach Ansicht Mirceas. Also hatte er seine Tochter Arina an ihn gegeben.

Ehen sichern Einfluss. Vlad musste an Barbaras Schicksal denken, als er und Sorin von den Wachen hinaus vor das Burgtor gelassen wurden.

»Ich bin Vlad, Sohn von Mircea, dem Woiwoden der Walachei«, stellte er sich dem Boten vor und sprach laut gegen den heulenden Wind an. Mit Mühe hielten Mantel und Kapuze die Böen ein bisschen ab. Ihm wurde trotzdem kalt, die engen Strumpfhosen waren im Gegensatz zur Scheckenjacke ungefüttert. »Du hast eine Nachricht für mich?«

»Die habe ich, Herr«, antwortete der Osmane mit starkem Zungenschlag. Er langte unter den dicken Umhang und suchte aus einer umgehängten Ledertasche einen gefalteten, gesiegelten Schrieb heraus. »Du sollst ihn lesen. Unverzüglich. Wenn du Fragen hast, soll ich dir Rede und Antwort stehen.« Mit diesen Worten übergab er die Botschaft.

Der Umschlag war schwerer als gedacht, und es befand sich ein flacher Gegenstand darin.

Vlad trat in den Schatten der Mauer, damit der Wind das dünne Papier nicht zerriss oder fortwehte. Sorin schirmte die Naturgewalt mit einem Mantelstück ab.

Trotz der Böen nahm Vlad den dezenten Geruch von süßen Blüten und Rosen wahr. Arina hatte ihre Nachricht mit Duftwasser behandelt.

Beim Öffnen des Siegels glitt ein kleiner kreuzförmiger Anhänger in Vlads Finger. Die Vorderseite bestand aus glattem Silber, die Rückseite aus vier gestreckten Händen, die an den Handballen verbunden waren. In der Mitte der Handflächen saß jeweils ein geöffnetes Auge aus Türkis.

Geliebter Bruder Vlad im fernen Buda,

eine ähnliche Nachricht wie diese sandte ich unseren Geschwistern und unserem Vater.
Jedoch nehme ich nicht an, dass einer von ihnen meinen Worten Glauben schenken wird. Aber ich möchte die Warnung breit streuen, damit sie vielleicht bei einem von euch auf fruchtbaren Boden fällt.
Während du das liest, sitzt ein Vertrauter unseres Vaters bei Sigismund, um den König von einem frühen geheimen Bündnis mit meinem Gemahl, Schehsade Musa, zu überzeugen. Auch wenn die Osmanen unseren Glauben bekämpfen, christliche Städte angreifen und Länder des

HERRn erobern. Mit Musa wäre ein Abkommen zu erreichen, diese Kriegszüge und Überfälle zu beenden.
Vater unterstützt ihn bereits im Kampf um den Titel des Sultans, und auch Sigismund sollte das. Denn Musa ist eine Sache herzlich gleichgültig: die Walachei und Siebenbürgen mit all ihren Geheimnissen.
Ihn interessiert einzig die Anerkennung seines Sultanats. Alles Weitere ließe sich über Verträge und Geld regulieren. Ich kann diesbezüglich auf ihn einwirken, er liebt mich von ganzem Herzen.
Aber hütet euch vor Schehsade Mehmed!
Mehmed ist davon besessen, die tiefen Höhlen unserer Heimat zu erforschen. Allah würde ihm Träume senden und die heilige Pflicht auferlegen, behauptet er. Mal glaubt er, dass sich darin gefallene Engel befinden, mal denkt er, die Schächte seien die Heimat von mächtigen Dschinn, deren Macht er für sich nutzen kann, um ewig zu regieren. Und manches Mal redet er davon, dass sich dort die Hauptstadt der Dämonen befände, im Mittelpunkt der Erde, wo Dschann immer noch ungebrochen als stärkster der Höllengeister herrsche und sie bändige.
Um sich mit eigenen Augen zu überzeugen, was sich in unseren Höhlen verbirgt, wird Mehmed Feldzüge anstrengen, um die Walachei und Siebenbürgen zu erobern.

Ich weiß, du bist in König Sigismunds Nähe, geliebter Bruder. Seit vielen Jahren schon.
Solltest du es irgendwie ermöglichen können, wirke auf ihn ein. Behutsam. Mein Gemahl Musa ist für jedes geheime Abkommen offen. Abendland und Orient müssen nicht in Krieg und Blut versinken.
Anbei übersende ich dir ein einmaliges Geschenk.
Das Kreuz unseres christlichen Glaubens soll dich vor Dämonen beschützen wie die Hände der Fatima, die du auf der Rückseite findest. Sie helfen gegen den bösen Blick und bewahren dich vor der Kraft der Dschinn. Wende die Symbole an, wie es die Lage erfordert.
Versuche dein Bestes, den Ansturm des falschen Sultans zu verhindern, geliebter Bruder!
Hilf unserem Vater und meinem Gemahl Musa – und rette unsere Heimat.

Denn sollte Mehmed wecken und aufrütteln, was in den Höhlen verborgen lebt, wird das Abendland in einer Apokalypse biblischen Ausmaßes untergehen.

Mit größter schwesterlicher Liebe und Zuneigung
Arina

Vlad wandte sich an den Boten, der statuengleich im lichten Schneefall auf seinem Pferd ausharrte, als wärmte ihn jede Flocke wie ein Sonnenstrahl. Die weißen Kristalle betonten den dunklen Teint des Mannes. »Steige ab, damit ich dich fragen kann.«

»Nein, Herr. Das wurde mir verboten. Ich soll bleiben, wo ich bin, und mich nicht rühren«, gab der Osmane leise zurück. Die braunen Augen zeigten eine gewisse Gleichgültigkeit und enorme Erschöpfung. »Ich darf nicht in die Burg des Königs.«

Vlad überlegte. »Hat man dir das Betreten der Stadt auch verboten?«

»Nein, Herr.«

»Wie ist dein Name?«

»Firat, Herr.«

Vlad nahm das Pferd am Halfter und wandte sich um. »Suchen wir uns ein Gasthaus, in dem du etwas zu essen bekommst, dich wärmen kannst und wo dein Pferd im warmen Stall nicht zu Eis wird.« Er gab Sorin Anweisung, die Torwachen über das Abbleiben des Gesandten und die baldige Rückkehr in Kenntnis zu setzen.

Der übermüdete Osmane ließ es geschehen. Die Freude, Wind und Schnee zu entkommen, stand ihm ins Gesicht geschrieben. Er wankte leicht im Sattel, klammerte sich an seinen Speer und hielt mühsam das Gleichgewicht.

Das Wetter ließ die meisten Bewohner von Ofen in ihren Häusern verweilen. Die wenigen Menschen auf der Straße warfen ihnen flüchtige Blicke zu.

Vor der Schenke *Zum Weißen Schwan* hielt Vlad an.

»Ich kenne den Wirt«, erklärte er Firat und half dem vor Kälte und Reiten steif Gewordenen beim Absteigen. »Wir werden keine Scherereien bekommen.« Er pfiff durch die Finger, und der bemützte Kopf eines jungen Burschen erschien in der Luke des nahen Stalls. »Heraus mit dir. Kümmere dich um das Pferd. Futter, Wasser, Abreiben, Striegeln.« Er langte unter den Mantel und wühlte eine silberne Münze aus der Börse. »Die ist für dich. Ganz allein.« Mit einem Daumenschnippen ließ er sie hochwirbeln und fing sie. »Wenn es der Stute nachher gut geht.«

»Gleich, Herr.« Der Junge wieselte heraus und führte das Pferd durch den schmalen Durchgang in die Scheune. »Sie wird sich im Handumdrehen erholen.«

Firat beließ es bei einem müden Nicken und folgte Vlad ins Innere des Gasthauses; den Speer schleifte er mehr hinter sich her, als dass er ihn trug. Sorin bildete den Abschluss.

Die Wärme stand dick und dunstig in der Stube. Es roch nach zubereitetem Essen, verschüttetem Wein und Bier, vermischt mit Rauch und Schweiß. Kartenspieler vertrieben sich die Zeit mit einer Partie, sie spielten um kleine markierte Holzstücke, die Münzen ersetzten. Ein Junge lief zwischen den Tischen umher und unterhielt die Leute mit Flötenliedern, die Töne mengten sich unter das Gemurmel und Lachen.

Zuerst kümmerte sich niemand um die drei unterschiedlichen Männer, die am Nachmittag in den *Weißen Schwan* traten. Hier saßen überwiegend einfache Leute, wie die Machart der Hemden, Hosen und Schuhe verrieten. Die Kleider der Frauen waren schlicht und kamen ohne Zierrat aus. Die Bekleidung sollte die Kälte vom Körper fernhalten. Teure Scheckenjacken und Strumpfhosen gab es nicht.

Erst als die Gäste den Osmanen in seinen ungewohnten Gewändern bemerkten, drehten sich einige offensichtlich weg.

Andere hingegen wandten sich offen den Neuankömmlingen zu und ließen sie nicht mehr aus den Augen. Entweder befürchteten sie einen Angriff des bewaffneten Osmanen oder warteten auf einen Anlass, um ihn zu attackieren.

»Herr, du solltest vielleicht etwas sagen, bevor jemand zu viel Mut auf dem Grund seines Bierhumpens findet«, raunte Sorin.

»Liebe Leute, ihr kennt mich«, erhob Vlad die Stimme über den Lärm, »und andere werden sich bei meinem Namen erinnern: Ich bin Vlad und stehe in Obhut von König Sigismund. Dieser Mann ist Firat, ein Bote der Osmanen –«

»Dann soll er in die Burg gehen. Im *Weißen Schwan* ist er nicht willkommen«, unterbrach ihn ein jüngerer Mann mit nackenlangen dunkelblonden Haaren und spuckte auf die fleckigen Holzdielen; dem abgewetzten Hemdkittel, der Hose und ramponierten Halbschuhe nach war er ein Tagelöhner. Leise Zustimmung wurde hie und da gemurmelt. »Der Muslim hat hier nichts verloren.«

»Er sucht auch nichts. Nicht einmal nach Allah. Aber was zu essen hätten wir gern. Das gibt es ganz sicher an diesem Ort«, konterte Vlad und erntete einige leise Lacher. »Lasst ihn in Ruhe, während er sich stärkt und alsbald eurem Wunsch nachkommt, indem er die Stadt verlässt.« Er deutete auf den weißen Wimpel bei dem Halbmondbanner am Speer. »Ein Unterhändler steht unter dem Schutz des Königs. Bedenkt dies.«

»Tun wir«, erwiderte der Dunkelblonde und drehte sich zu seinen Freunden am Tisch um, die ihrer Erscheinung nach ebenfalls Tagner waren. »Uns wird schon was einfallen, ihn loszuwerden. Er soll schnell fressen.«

Vlad deutete auf den freien Ecktisch am Ende des Raumes, und sie setzten sich mit dem Rücken zur Wand. Die Mäntel und den Umhang hängten sie neben sich an Wandhaken, Barette und Turban blieben auf den Häuptern.

Firat trug dicht gewebte, einfache Kleidung, Pluderhosen sowie einen metallenen Brustharnisch, der von schlichter Machart war, darunter ein Kettenhemd. Seine Reitstiefelspitzen waren leicht gebogen wie die bei den beliebten Schnabelschuhen. »Wärme! In Ruhe sitzen! Und gleich ein Mahl – das tut gut«, sagte er leise. »Gelobt sei Allah! Ich sah mich im Sattel festfrieren. Danke für deine Fürsorge, Vlad, Sohn des Mircea.«

Die Schankmaid im braunen Kleid und angeschmutzter heller Schürze brachte ihnen heißen, gewürzten Weißwein, den Firat ablehnte. Stattdessen erbat er sich einen Kräutersud und als Mahl etwas Brot, Käse und eingekochtes Kraut, nachdem er sich bei der Frau vergewissert hatte, dass nichts davon mit Schweinefleisch in Berührung gekommen sei.

Vlad bezweifelte, dass das Weißkraut ohne Schwarten und Schmalz zubereitet worden war, schwieg aber. Allah würde es seinem unwissenden Gläubigen nachsehen. Die Stärkung hatte Vorrang.

»Nachdem ich den Brief gelesen habe, stellen sich mir tatsächlich Fragen«, begann er.

Firat nickte und machte sich über sein flugs gebrachtes Essen her. »Ich hoffe, ich kann dir dabei helfen, Herr. Das *saltanat fasılası*, das …« – er suchte nach einer passenden Übersetzung – »unentwegt pendelnde Sultanat, ist für Ungläubige nicht leicht zu durchschauen. Nicht einmal für unsereins, Herr.«

Vlad gab Sorin mit einem Wink zu verstehen, den Schankraum im Auge zu behalten. »Was kannst du mir über einen Dschinn sagen?«

»Du willst *darüber* etwas wissen?« Firat grinste. »Damit habe ich nicht gerechnet.« Er überlegte zwischen zwei Bissen Kraut, das stark nach Kümmel roch und vor Fett troff. »Einfach gesagt: mächtige Wesen, erschaffen aus rauchlosem Feuer, die gut oder böse sein können. Sie leben mit uns, Engeln und Dämonen gemeinsam auf der Welt.« Mit Freude riss er etwas vom dunklen Brot ab. »Es gibt sie seit Anbeginn der Zeit, lange vor den Menschen. Mal sind sie unsichtbar, mal zeigen sie sich als Mann oder Frau, mal fahren sie in die Körper der Leute ein. Ihr Ungläubigen haltet sie für Dämonen oder Geister. So einfach ist es nicht, Herr.«

»Und was ist Dschann?«

»Deine Fragen werden besser und besser.« Firat sah ihn aufmerksamer an. »Man merkt, dass deine Schwester einem von uns gegeben wurde, Herr.« Er nahm einen Schluck vom Kräutersud, der nach Kamille und Pfefferminz duftete. »Al Dschann ist der Stammvater der Dschinn, Befehlshaber von Dämonen und Geistern, und wurde von Allah vor Adam erschaffen. Seine Macht stieg ihm zu Kopf. Eine Heerschar von Engeln unter der Führung des Dschinns Iblis besiegte und vertrieb ihn aus seinem Reich im Mittelpunkt der Erde. Doch sein Einfluss und seine Nachkommen treiben weiterhin ihr böses Spiel. Selbst der Prophet fürchtete Dschann lange.«

»Das ist gewiss?«

»So steht es im Koran, unserer heiligen Schrift. Daran gibt es keine Zweifel.« Firat nahm das Essen wieder auf, wischte sich Krautsaft mit weichem Brot vom Kinn, bevor es in den langen, schwarzen Bart laufen konnte. Letzte Schneeflocken tauten darin. »Ich hatte mit anderen Fragen gerechnet, Herr. Wieso Dschinn?«

»Ich mag Märchen und Legenden, die –«

»Nein, Herr! Dschinn sind keine Märchen. Es *gibt* sie«, unterbrach ihn

Firat überzeugt. »Sie leben überall, auch hier. Vielleicht bist du einem begegnet, ohne es zu merken?«

Vlad wies ihm die Rückseite des Kreuzes mit den ausgestreckten Händen. »Was tut dieses Symbol? Hilft es gegen sie?«

»Das tut es. Wir nennen es *Hamsa,* die Fünf. Die Hand der Fatima. Fatima war die jüngste Tochter des Propheten, rein von Sünde und jungfräulich. Ihr Zeichen hilft gegen alles Böse und bewahrt vor Dschinn, die überwiegend unsichtbar sind.« Firat hob erklärend seine Rechte in die waagrechte Haltung wie auf dem Amulett. »Eine ausgestreckte Hand steht für Abwehr und Segen gleichermaßen, Herr.«

»Und auf der anderen Seite das Christenkreuz. Welch guter Einfall«, warf Sorin ein. »Aufgemerkt. Wir bekommen Besuch.«

Drei Männer näherten sich ihrem Tisch.

»Wie gut, dass ich mein Mahl beendet habe.« Firat streckte sich und stopfte sich die letzte Brotkruste in den Mund, kaute rasch. »Kein Eis mehr in Muskeln und Knochen, dank dir. Ich kehre besser ans Burgtor zurück, Herr.« Schnell trank er den warmen Sud leer. »Du sollst meinetwegen keine Scherereien haben, Sohn des Mircea.« Halb erhob er sich.

»Warte.« Vlad zog den Osmanen auf den Stuhl zurück. »Ich will hören, was sie sich ausgedacht haben.«

Er nahm den letzten Schluck Würzwein, der ihm ein wenig zu Kopf gestiegen war. Er verübelte dem Trio, die spannende Unterredung unterbrochen zu haben. In seiner vom Alkohol belebten Vorstellung hatten sich die Geschichten über die Strigoi seiner Heimat gerade mit Dschinn und Engeln vermengt. Ein neues Bild entstand daraus. Noch hatte er nicht entschieden, ob es ihm gefiel.

Das Ausmalen des ebenso grandiosen wie Furcht einflößenden Gemäldes wurde vom Auftauchen der Männer verhindert. Sie bauten sich in einem angedeuteten Halbkreis vor dem Tisch auf.

»Uns ist etwas eingefallen. *Dazu*«, begann der Anführer der Tagelöhner und zeigte auf das weiße Unterhändlerbanner. »Das ist eine Windel an seinem Speer. Weil sich der Osmane gerne in die Hosen scheißt. Und daher kann er gar kein –«

»Warum?«, erkundigte sich Vlad ruhig.

»Was *warum?*«, erwiderte der Rädelsführer verblüfft.

»Warum scheißt sich Firat in die Hosen? Was könnte er sehen, das solche Angst auslöst?« Vlad deutete mit dem ausgestreckten Zeigefinger über die drei Tagner. »Ich weiß es! Wegen euch armseligen Gestalten scheißt er sich ein, und zwar *vor Lachen!* So etwas Törichtes wie euch gibt es im ganzen Osmanischen Reich nicht.«

Die Augen des Dunkelblonden verengten sich. »Du magst ein wichtiges Pfand für den König sein, Vlad.« Langsam hob er die Arme wie zu einer Prügelei, die Hände schlossen sich zu Fäusten. »Deinen Wert wirst du nicht durch Beulen, Dellen, Blutergüsse und ausgeschlagene Zähne verlieren.« Er und seine zwei Begleiter schickten sich an, den jungen Walachen hinter dem Tisch herauszuziehen. »Die Abreibung hast du dir …!«

»Kante«, sagte Vlad zu Sorin und setzte den Fuß an die Holzplatte. Sein Vertrauter und Firat taten es ihm nach. »Und anschieben!«

Ihre Beine streckten sich gleichzeitig und katapultierten den Tisch schmerzhaft gegen die Bäuche der drei Tagelöhner, denen die Luft zusammen mit Schmerzenslauten aus den Mündern schoss.

Noch ehe sie sich von der überraschenden Attacke erholen konnten, drückte Vlad seine Seite schwungvoll aufwärts, sodass die Tischplatte in voller Länge gegen die Oberkörper der Tagner flog und sie rücklings zu Boden warf und unter sich begrub.

Einige Gäste lachten, andere murrten und vollführten drohende und verächtliche Gesten zu dem jungen Walachen.

Vlad nahm seinen Mantel vom Haken und stiefelte lachend über die Eingeklemmten hinweg. »Versteht ihr jetzt, dass es keine lächerlicheren Gestalten gibt als euch?« Er warf dem Wirt einige Silbermünzen zur Zahlung und als Entschädigung für den Ärger zu. »Ihr seid nun Legenden der Dummheit.«

Dann verschwanden Vlad, Sorin und Firat aus dem Gasthaus, bevor es ungemütlicher für sie wurde. Im Freien legten sie Mäntel und Umhang an.

Sie holten das Pferd des Osmanen aus dem Stall, das sich ebenso wie sein Reiter sichtlich erholt hatte. Der Junge bekam seinen versprochenen Lohn, und sie kehrten gut gelaunt zur Burg zurück.

Keiner der Tagner folgte ihnen. Die Schlacht im *Weißen Schwan* war gewonnen.

Auf dem Weg den Berg hinauf überlegte Vlad unentwegt, ob wirklich Dämonen und Engel neben den Strigoi in den Höhlen seiner Heimat leben könnten. Auszuschließen war es nicht, solange es niemand untersucht hatte. Dennoch hielt er es für so gut wie unmöglich. Wahrscheinlich handelte es sich nur um die wirren Vorstellungen eines osmanischen Prinzen.

Seine Hand glitt in die Scheckentasche zum Doppelamulett aus Kreuz und Hamsa, das ihm Arina geschickt hatte. Christliche und muslimische Schutzsymbole in einem vereint. Auch wenn er seine Schwester nicht kannte, er war ihr für das Geschenk sehr dankbar.

Und dann dachte er: *Das alles muss Barbara erfahren!*

***

Barbara hatte die Belehrungen durch Magdolna artig über sich ergehen lassen und sich jedes Widerwort erspart, auch wenn sie sich mehrmals auf die Zunge hatte beißen müssen. Es hätte die langweilige Zeit nur verlängert, die sie mit Lernerei über das Staatswesen des Königreichs Ungarn und seine Nachbarn, über adlige Stammbäume und mehr verbrachte.

Daher gab sie die beflissene Discipula, um die Hofdame und ihre wechselnden Lehrer rasch loszuwerden. Denn auf sie wartete aufregende, erleuchtende Lektüre aus verschiedenen Jahrhunderten, von denen sie kistenweise Abschriften mit nach Ofen genommen hatte.

In ihrem Studierzimmer auf der Burg, in dem sie umfassend unterrichtet wurde, stapelten sich gebundene Bücher, lose Sammlungen, die gegen Feuchtigkeit in Wachspapier eingeschlagen waren, und ihre eigenen Notizen und Gedankengänge zu diesem und jenem.

Jedes Körnchen neues Wissen war die Saat für noch mehr Neugier.

Barbara hatte das Gefühl, ihr sterbliches Leben könnte niemals ausreichen, um jegliches Wissen zu erlangen, nach dem sie trachtete.

Nach dem Unterricht nahm sie sich die Abhandlungen zur Alchemie aus der Antike vor und schrieb sich heraus, was sie vertiefen wollte. Selbstverständlich beherrschte sie Latein und Griechisch. Von den Niederschriften Hermes Trismegistos', Ostanes', Demokrits oder Maria der

Jüdin, die enormes Wissen in Alchemie aufzeigte, über die Aufzeichnungen Zosimos' aus Panopolis bis zu denen von Kleopatra der Alchimistin – Barbara sog die Zeilen in sich auf. Bis zu eintausend Jahren lagen zwischen ihr und den gelehrten Menschen, doch jedes Wort las sich gleich einer Erleuchtung.

Dazwischen wandelte Vlad durch ihre Gedanken.

Seit sie ihn erstmals erblickt hatte, dachte sie an ihn. Unentwegt. Auf eine irritierende, nie gekannte Weise. Die Einordnung der Gefühle fiel ihr ungebrochen schwer. In ihr herrschte eine immense Zuneigung und das tiefe Wissen, dass sie miteinander durch etwas verbunden waren, das groß war und größer werden musste. *Wie kann das sein?*

Es klopfte an der Tür.

»Herein«, bat Barbara und legte den Federkiel auf das Tintenfass. Die Spitze war ausgefranst, sie benötigte einen neuen. Ihren Vorrat hatte sie binnen weniger Tage aufgebraucht. Das Nachschneiden der Kiele half nicht, die Vogelfedern waren nur mehr Stummel, die sie nicht mehr richtig greifen und führen konnte.

Vlad trat ein und sah sich mehrmals um, ob sie alleine waren. Auch er trug noch die Kleidung ihres ersten Zusammentreffens mit Schecke, Strumpfhose und Halbstiefeln. Um seine Hüfte lag ein Gürtel mit Taschen und Dolch. »Verzeiht die Störung, Herrin –«

»Was habe ich dir vorhin gesagt?«, unterbrach Barbara ihn überrascht und erfreut zugleich. »Du sollst mich nicht *Herrin* nennen.« Sie winkte ihn herein. »Komm! Wir sind ungestört. Ich habe die Mägde und die Hofdame weggeschickt. Sie stören mich, wenn ich meine eigenen Bücher lese und daraus lerne.« Zum Beweis deutete sie über die vielen aufgeschlagenen Werke.

»Was ist das alles?« Vlad staunte und kam herein.

Sorin folgte ihm und schloss die Tür. Sie brachten den Geruch von Rauch und Essen mit sich.

»Mannigfaches über die Alchemie. Da die Antike, dort einige Übersetzungen arabischer Gelehrter. Nur im Abendland sieht es düster aus«, erklärte sie mit Feuereifer. »Ich bemühe mich, eigene Schlüsse zu ziehen. Experimente in einem Laboratorium werden mich voranbringen. Ich beabsichtige, Großes zu erringen! Oh, was gäbe ich, wenn aus den Ländern, die Marco Polo im Reich der Mongolen bereiste, neues Wissen einträfe! Die Kultur und das Wissen um Medizin und Alchemie sollen unserer sogar voraus sein. Als Königin werde ich Boten und Sucher aussenden, um an die wertvollsten Abschriften zu gelangen. Es muss mehr, noch so viel mehr geben.« Sie sah in Vlads ratloses Gesicht nach ihrem wortreichen Ausbruch. »Entschuldige, ich rede mich in den Furor der Begeisterung. Aber du hast ein anderes Anliegen?« Sie strahlte. »Aber natürlich! Die Paläste unter der Erde! Die Strigoi.« Ein rascher Blick von ihr erfasste die Kargheit ihres Studierzimmers. Es bot wenig Gemütlichkeit, sie hatte keine Zeit gehabt, es behaglicher einzurichten. »Lasst uns doch lieber –«

»Es … geht mehr darum, dich in eine wichtige Sache einzuweihen«, unterbrach Vlad sie. Er trat näher an den Tisch heran und blieb auf der anderen Seite der bestapelten Platte. »Ich bekam eine Nachricht von meiner Schwester.« Er reichte ihr den Brief. »Lies ihn, bitte.«

Barbara nahm ihn gespannt entgegen und überflog die Zeilen. Erneut wurde ihre Neugierde entfacht. Als sie am Ende angelangt war, sank sie gegen die Lehne. »Das … ist ungeheuerlich!«

»Das ist es. Und zugleich ein Geheimnis zwischen dir und mir.« Vlad deutete zu Sorin. »Und ihm, selbstverständlich.«

»Dann leben diese Wesen *gemeinsam* mit den Strigoi in den Höhlen und Palästen unter der Erde?«, fragte sie. »Einerlei ob sie Engel oder Dschinn oder Dämonen sind?«

»Das müssen wir herausfinden. In aller Heimlichkeit«, betonte Vlad. »Um weder Ängste zu schüren noch Begehrlichkeiten zu wecken.« Barbara verstand die Geheimnistuerei.

Ein Teil ihres Verstandes fragte sich bereits, welches Wissen in den Städten der Strigoi stecken könnte. *Gänzlich anderes Wissen über Alchemie und die Geheimnisse der Welt.* Erneut wurde ihr bewusst, dass sie all dies ohne Vlad niemals erfahren hätte. Fügung und gemeinsames Schicksal. »Wieso ziehst du mich ins Vertrauen?«

Vlad räusperte sich leicht verlegen. »Nenne mich bitte nicht einfältig oder töricht. Doch seit du durch die Tür gekommen bist, da weiß ich …«

»Dass wir verbunden sind?«, ergänzte Barbara atemlos. »Dass uns eine gemeinsame Aufgabe erwartet?«

»Ja! Genau das ist es«, brach es erleichtert aus ihm heraus. »Unsere Wege sollten sich kreuzen, um ...« Er deutete auf den Brief seiner Schwester. »... diesen Wesen ein Ende zu bereiten. Die Herrschaft des Schreckens in der Walachei und in Siebenbürgen muss enden.«

»Wen meinst du?«

»Die Strigoi.« Vlad winkte seinen Vertrauten zu sich. »Es mag seltsam klingen, aber für mich sind diese Wesen keine Hirngespinste. Sie haben in der Vergangenheit in die Geschicke eingegriffen und sich die Menschen untertan gemacht, ohne dass wir es bemerkten. Es ist der Wille meines Vaters, dass ich vorbereitet bin und sie zum Teufel jage, der ihnen dient. Denen er dienen muss, ob er will oder nicht. So sagte es mir Sorin.«

»Ich habe noch keinen Strigoi gesehen, aber ...«, setzte Barbara an und deutete über ihre Bücher. »Mein Gebiet ist die Alchemie.«

Vlad sah auf die Buchtürme und aufgeschlagenen Schriften. »Nur weil du keine bemerkt hast, bedeutet es nicht, dass sie nicht existieren.« Er hob ein Buch der Hildegard von Bingen an. »Steht darin nicht irgendwo, was mit Zutaten von Drachen und Einhörnern zu tun sei, um die heilende Wirkung eines Mittels zu entfalten?«

Barbara nickte sogleich. Sie war überrascht, dass der Woiwodensohn von der Heiligen gehört hatte. »Über das Einhorn. *De unicorni.* Der Drache findet seinen Platz unter den Reptilien und das Einhorn unter den Tieren.« Sie hatte die Rezeptur neulich erst gelesen. Die pulverisierte Leber ergäbe mit Eigelb eine Salbe, die jede Art von Aussatz heile – es sei denn, der Kranke sei für den Tod bestimmt und Gott wolle keine Heilung mehr. Ein Gürtel aus der Haut des Einhorns biete Schutz gegen Pest und Fieber, und Schuhe aus seinem Leder verliehen gesunde Füße, Unterschenkel und Gelenke.

»Wie viele Menschen kennst du, die einen Drachen und ein Einhorn mit *eigenen* Augen gesehen und besiegt haben?« Vlad lächelte. »Ich nehme es vorweg: keinen einzigen. Es gibt diese Wesen dennoch.«

Barbaras Verstand arbeitete bereits an einem Vorgehen. »Wir brauchen meinen Gemahl als Verbündeten.«

»Nein!«, wehrte Vlad sogleich ab. »Die Strigoi dürfen nichts ahnen, nichts erfahren. Es muss behutsam vonstattengehen.« Er rollte den Brief zusammen. »Vor allem da wir nun wissen, was noch bei ihnen lebt.«

»Gehen wir es gewiefter an. Du als seine Geisel, ich als sein Weib werden Sigismund beeinflussen«, entgegnete Barbara. »Ein Wort hier, eine Erzählung da. Mein Gemahl ließ mich zudem bereits wissen, dass er viel auf Reisen und Unternehmungen sein werde. Er hat Pläne geschmiedet und hegt große Herrschaftsansprüche. Ich müsse in seiner Abwesenheit die Verwaltung des Reiches übernehmen.«

»Das alles ist von Gott gewollt!« Vlad jubelte auf. »Wir gegen die Strigoi!«

»Erwähne mir Gott nicht«, erwiderte Barbara. »Ich habe nichts gegen ihn, aber mir ist die Wissenschaft lieber. Weder glaube ich an das Leben nach dem Tod noch ...« Sie räusperte sich unterbrechend. »Alchemie ist der Schlüssel. Zu allem«, betonte sie überzeugt. »Auch gegen Strigoi und Dschinn. Du wirst es erkennen.«

»Ich will der kämpfende Arm unserer Bestrebung sein! Wahrlich, unsere Allianz ist einmalig.« Vlad fühlte sich sichtlich beflügelt von ihrer Unterhaltung. »Aber dennoch will ich dir einen Beweis nicht vorenthalten.«

»Der da wäre?«

»Ich habe weder Einhorn noch Drache gesehen, doch sehr wohl ein Wesen, das es mit Strigoi aufnehmen kann.« Vlad bedeutete Sorin, seine Schecke über der Brust zu öffnen. »Und vor dem sie sich fürchten.«

Widerwillig löste der Mann die Knöpfung, schob die Jacke auseinander und lupfte das Unterhemd.

Vlad zog seinen Dolch – und rammte ihn bis zum Heft unterhalb des Sonnengeflechts in den Leib des Mannes.

Barbara sprang entsetzt auf, das Tintenfass kippelte bedrohlich und sandte mehrere Tropfen auf ihre Notizen wie schwarzes Blut. »Was tust du ihm an?«

Sorin ächzte einmal auf und grollte tief, animalisch und wie ein riesiger Wolf. »Herr, wir hatten abgemacht, dass ein Schnitt genügt.«

»Was beweist schon ein Schnitt?« Vlad zog die Klinge ruckartig aus dem Körper. Etwas Blut haftete auf dem Metall, tropfte auf den Steinboden und hinterließ zwei rote Kleckse. »*Das* ist viel eindrucksvoller.«

Barbara sah, wie sich die tödliche Wunde schloss, kaum dass der Dolch das Fleisch verlassen hatte. Weder wankte Sorin, noch brach sein Blick. Nach einem langen Einatmen existierte die gerötete Stelle nicht mehr. Leicht hüstelnd verzurrte der Mann Hemd und Schecke.

»Was bei den …?«, brachte sie endlich heraus.

»Sorin ist ein ganz besonderes Lebewesen. Manche nennen seine Art Vârcolac, andere Pricolici. Die Bezeichnungen sind vielfältig wie für die Strigoi, die mal Upire, mal Vampire genannt werden. Je nachdem, wo die Menschen leben, welche von Blutsaugern heimgesucht werden«, erklärte Vlad und hielt die Klinge ins Kaminfeuer, in dem das Blut seines Vertrauten kochte und sich auflöste. »Er ist ein Wolfswandler, der über mein Wohl wacht. Der mich im Auftrag meines Vaters unterweist und auf den Kampf gegen die Blutsauger samt ihren Kräften vorbereitet.« Er hob leicht das Kinn. »Ich mag nicht der rechtmäßige Thronfolger der Walachei sein, aber ich werde meiner angestammten Heimat und meinen Leuten dienen.«

Mehr Beweise bedurfte es für Barbara nicht, um sie restlos zu überzeugen.

Und sie begriff, woher die Verbundenheit zwischen ihr und Vlad rührte. Während sich Sigismund mit Vasallen, Prinzen, Königen und Osmanen um Macht und Einfluss schlug, wollte Vlad nur eine einzige Sache: dem Guten zum Sieg verhelfen. Niemals hatte sie einen kühneren, entschlosseneren jungen Mann gesehen.

Fortan würde dies auch Barbaras Aufgabe sein, ihre Mission für ihr Königreich.

»Alchemie und Wissen werden bezwingen, was dem Schwert entkam«, sprach sie feierlich wie zum Schwur. Sie nahm Vlads Hände und drückte sie. »Wir wurden von guten Mächten auserkoren.«

»Das wurden wir.« Er strahlte sie glücklich an.

Für einige Herzschläge sah Barbara mehr als Verbundenheit in der Bestimmung. Doch dem würde sie nicht nachgeben.

Nicht an diesem Tag.

Sie konnte sich eine Verstoßung wegen Untreue nicht leisten, weder für ihre Familie noch für ihr eigenes Unterfangen.

Plötzlich überkam es Vlad, und er ging um den Tisch herum, drückte sie an sich und lachte dabei fröhlich. »Wir werden wie Bruder und Schwester sein. Ich tue alles, um dich zu beschützen.«

»Wie Bruder und Schwester«, stimmte Barbara sogleich ein und löste sich viel zu langsam von ihm.

Der Blick in Sorins sorgenumwölktes Gesicht sagte ihr, dass alle drei in der Kammer wussten: Dies war eine Lüge.

KAPITEL 2

TSCHECHISCHE REPUBLIK, HAUPTSTADT PRAG, VIERTEL HRADČANY, GEGENWART, WINTER

So beeindruckend die Stimme der Frau war, so unauffällig kam ihre Erscheinung daher. Len schätzte sie auf um die sechzig, im langen schwarzen Haar blitzten ein paar silberne Fäden auf.

Der beigefarben-graue Funktionskleidungsmix ließ sie aussehen wie eine Touristin, die in der Großstadt nicht auffallen wollte, ihre lederne Bauchtasche trug sie schräg vor der Brust. Das Einzige, was sie von der Menge abhob, war das goldgefasste Monokel vor dem rechten Auge, die sichernde Goldkette verschwand unter der Jacke. Doch so anachronistisch das Accessoire erschien, zu ihr passte es.

»Barbara von Cillis Grab wurde weder geschändet noch geplündert«, erklärte sie auf Englisch mit osteuropäischem Akzent und kam auf Alison zu. Sie umfasste die Outdoorkamera und drückte damit den Arm nach unten; Len vernahm ein leises Knacken. »Es ging schlicht und ergreifend verloren. Während der vielen Umbauten des St.-Veits-Doms. Und ich will nicht im Internet zu sehen oder zu hören sein, Miss … Shiverz.«

»Sie kennen meinen Vlog?« Alison verzichtete darauf, die Kamera noch einmal zu heben. Die Unbekannte hatte ihr Missfallen deutlich gemacht.

»Der junge Mann hat Ihre Visitenkarte verloren.« Sie hob die linke Hand, an der zwei Goldringe an den ungewöhnlich kräftigen Fingern aufleuchteten, und reichte sie Len zurück. »Ich bin Jolana Černá, emeritierte Professorin für Mittelalterliche Geschichte. Ich bin mit meiner Gruppenführung fertig und habe Ihre Frage gehört.« Sie nickte Jiří zu. »Einem Kollegen helfe ich doch gern aus der Wissenspatsche.«

Der Mann tippte sich dankend an die rote Schirmmütze. »Machen Sie ruhig weiter, Professorin. Sie sind bei dem Thema wesentlich besser aufgestellt als ich.«

Jolana Černá deutete eine Verbeugung an. »Barbara ereilte nach ihrem Tod das Schicksal, das viele aufgeschlossene, moderne, mächtige, gebildete und gut aussehende Frauen der Vergangenheit teilen«, erklärte sie weiter. »Sie wurde von ihren Feinden und dem Patriarchat diffamiert. Zu Lebzeiten übrigens auch schon.«

Len nickte wissend. Als einstiger Student der Theologie kannte er die Vorgehensweise des Klerus zu gut. Wer das etablierte System in Gefahr brachte, musste dafür büßen.

»Aber es ist sicher, dass sie eine Alchemistin war«, hielt Alison dagegen. »Sie hat es nicht mal geleugnet. Und es gibt mindestens eine historische Quelle dazu.«

»Durchaus. Und Astrologin und Astronomin. Sie war an vielem interessiert; eines war sie jedoch gewiss *nicht:* eine Vampirin«, erwiderte Černá und erntete leises Gelächter. »Bleiben wir doch besser bei den Fakten und der realen Welt, Miss Shiverz. Báthory News muss ohne reißerische Neuigkeiten auskommen. Barbara von Cilli ist auch so spannend genug.«

»Und wer steckt hinter den Verleumdungen?«, wollte Klara wissen. Sie war Len nicht von der Seite gewichen.

»Zu Lebzeiten waren es in erster Linie politische Gegner, denen es nicht gefiel, dass Barbara Statthalterin ihres Mannes war«, führte Černá souverän aus. »Der Alchemie als Teil der Naturwissenschaften widmeten sich damals etliche ganz offiziell. Aber eben nur: Männer.« Die Rentnerinnen und Rentner lachten leise, manche Dame rempelte ihren Begleiter neckend in die Seite. »Maßgeblich an der buchstäblichen Verteufelung beteiligt sind die dynastisch konkurrierenden Habsburger. Und der spätere Papst Pius II. Als Verfasser des literarischen Schmutzes hieß er noch Enea Silvio Piccolomini. Seine bösartige Textvorlage wurde immer wieder genutzt.«

»Die was besagt?«, hakte Alison ein.

»Sie können den genauen Wortlaut im Internet finden. Er nennt Barbara 1493 ein schändliches, boshaftes Weib, die sich über Nonnen lustig gemacht habe und nicht an das Leben nach dem Tod glaube.« Jolana Černá sah die Vloggerin an, das goldene Monokel blinkte auf. »Leib und Seele sterben gemeinsam, soll sie gesagt haben. Eine Ungeheuerlichkeit, die man ihr vorwarf. Was sich aber schriftlich nicht belegen lässt.«

»Shitstorm und Trollarmee im Mittelalter«, befand Len. »Tote wehren sich nicht.«

»Der beste Beweis, dass sie keine Vampirin war«, fügte Černá hinzu. »Meine Damen und Herren, behalten Sie Barbara von Cilli als mutige, gelehrte und lebenslustige Frau in Erinnerung. Fallen Sie nicht auf die Schmähungen und Lügen herein. Machen Sie sich kundig, und bewundern Sie sie gerne ein bisschen dafür. Sie wird es mögen – wo immer ihre Gebeine auch liegen.« Sie verbeugte sich und setzte damit das Ausrufungszeichen hinter ihren kleinen Vortrag.

Der Applaus war anhaltend.

Jiří lupfte die Kappe und verbeugte sich tief. »Recht herzlichen Dank, Professorin. Jetzt bin ich auch etwas schlauer.« Er deutete auf den Ausgang des Doms. »Hier endet der gemeinsame Teil des Abends, liebe Reisegruppe. Haben Sie viel Spaß mit dem prächtigen Weihnachtsmarkt. Genießen Sie Flair und Atmosphäre, gönnen Sie sich leckere Dinge. Abfahrt morgen ist um elf Uhr. Nicht vergessen.«

Erneut kam Beifall auf, die Gruppe zerstreute sich.

»Ich frage rasch, was Oma machen will. Du kannst gerne mit uns kommen.« Klara wandte sich zu ihrer Großmutter.

»Ist gut.« Len steckte die Hände in die Taschen und verfolgte, wie die Professorin Alisons Versuche, ein Interview für ihren Vlog zu bekommen, freundlich, aber bestimmt abwehrte.

Dann sah die junge Engländerin bestürzt auf ihre winzige Kamera und deutete auf die gesprungene Linse. Jolana Černá zuckte mit den Schultern, und Alison eilte fluchend aus dem Dom.

Len ging die Geschichte der Schwarzen Königin nicht aus dem Kopf. Er hatte bis zu diesem Moment noch nie von Barbara von Cilli gehört. Das würde er nachholen. »Entschuldigen Sie bitte, Frau Professorin?«

Černá richtete die lederne Gürteltasche vor der Brust. »Ja?«

»Haben Sie eine Buchempfehlung für mich? Ein Werk über die Schwarze Königin mit den wichtigsten Primär- und Sekundärquellen?«

Die Sechzigjährige lächelte. »Sie sind Student?«

»War ich mal.« Len wollte den Aspekt nicht vertiefen.

»Ich schicke Ihnen gerne eine Auswahl zu. Haben Sie eine Mailadresse für mich, Herr …?«

»Lenau.« Len nannte ihr seinen elektronischen Briefkasten. »Danke, sehr freundlich, Professorin.«

»Ich freue mich über jeden, der sich für die Wahrheit über Barbara interessiert.« Černá reichte ihm ihre Karte, die er in die Tasche steckte. »Darüber erreichen Sie mich. Falls ich die Mail vergessen sollte. Mein Gedächtnis war früher besser. Das merke ich gerade besonders.«

»Weil?«

»Ich an meiner zweiten Dissertation sitze und die Arbeit nicht so rundläuft. Die kleinen grauen Zellen haben doch abgebaut.« Černá setzte das Monokel ab. »Es geht natürlich um die Schwarze Königin. Machen Sie sich schon mal auf einen Stapel von Quellenbelegen gefasst, junger Mann.«

»Oh, das klingt … umfangreich.« Len war gespannt, was er zu lesen bekam.

»Im Gegensatz zu Miss Shiverz finde ich Sie durchaus sympathisch. Das kommt Ihnen zupass, Herr Lenau.« Jolana Černá sah zu Klara und ihrer Großmutter. »Hatte ich das vorhin richtig mitbekommen? Sie sind ein Drăculeşti in direkter Nachfolge?«

Len winkte rasch ab. »Hören Sie bloß damit auf. Ist sicher nur die Erfindung meiner Oma.«

»Aber Sie und Ihre Vorfahren stammen aus dem Banat?«

»Ja.«

»Na, wer weiß?« Die Professorin zwinkerte. »Ich habe eine spannende Quelle dazu gefunden, dass es zwischen Vlad dem Zweiten und Barbara vielleicht mehr gab als eine platonische Freundschaft. Und warum die beiden den Drachenorden gegründet haben. Daher rührte der spätere Beiname Dracul. Ihr Ahne und die Drăculeşti waren übrigens vieles, aber keine Vampire. Das zu Ihrer Beruhigung.« Sie sah auf die Uhr. »Ich hätte Sie und Ihre Begleitung unter anderen Umständen zum Essen eingeladen, um ein wenig über die Historie zu plaudern. Leider habe ich noch einen Termin.«

»Schade.« Len bedauerte es tatsächlich. Er fand die Professorin ausgesprochen unterhaltsam und mit ihrem Monokel dazu antiquiert-modern. In Berlin hätte man sie dafür gefeiert.

»Morgen sind Sie schon unterwegs. Aber melden Sie sich gerne auf dem Rückweg bei mir, sollten Sie Zeit und Lust haben. Wir reden über die Quellen zur Schwarzen Königin und Ihre Ahnen.« Jolana Černá bewegte sich auf den Ausgang zu. »Versuchen Sie als Drăculeşti unbedingt die Trdelník, Herr Lenau.«

»Was ist das?«

»Gebäck. Es stammt aus Siebenbürgen.« Sie grinste breit und zeigte zwei Reihen weißer Zähne, die gemacht sein mussten, so gut und perfekt sahen sie aus. »Der Name kommt vom Wort *trdlo* und bedeutet *Holzpflock*. Passt doch sehr gut zu einem Drăculeşti, oder?«

Len lachte auf. »Oh, danke für den Hinweis.« Natürlich wusste er, dass Vlad III. sich einen Namen als Pfähler gemacht hatte und mit Siebenbürgen verbunden war. Genau wegen dieser und anderer Grausamkeiten hatte ihn Bram Stoker als Vorbild für seinen Graf Dracula genommen.

»Sie finden das Gebäck auf dem Markt.« Sie winkte einmal zum Gruß. »Schönen Abend, Herr Lenau.«

»Ihnen auch, Frau Professorin.«

»Wir gehen zurück zum Hotel«, sagte Klara neben Len. »Oma ist müde. Draußen kaufen wir uns was für auf die Hand. Nur eine Kleinigkeit.«

»Ich habe eben die Trdelník empfohlen bekommen.«

»Was ist das?«

»Pflöcke«, antwortete Len und musste lachen. »Nein, keine Ahnung. Irgendein Gebäck. Sehen wir nach.«

»Und du?«

»Ich komme mit ins Hotel. Mir ist kalt.« Das war nicht gelogen, aber nicht der Hauptgrund für das frühe Ende des Abends. Er wollte in Klaras Nähe bleiben. »Kommen Sie, Frau Mokka.« Er bot der älteren Dame seinen Arm an. »Suchen wir die Trdelník.«

»Unbedingt«, sagte die Mittsiebzigerin, deren Morbus Bechterew den oberen Rücken fast um neunzig Grad nach vorne gebeugt hatte. Der graue Dutt steckte unter einer Strickmütze, auf der schmalen Nase die Lesebrille, die sie aus Gewohnheit immer trug. Es gäbe ständig was zu lesen, lautete ihr Credo. Sie kam aus dem gleichen Dorf wie Lens Großmutter und kannte natürlich die Drăculeşti-Story. »Die habe ich schon lange nicht mehr gegessen.«

»Ach, du kennst das?« Klara hakte sich auf der anderen Seite bei ihr ein.

Gemeinsam verließen sie den Veitsdom und betraten den Platz auf der Prager Burg.

Der Geruch von Zimt, gebratenem Schinken und weiteren Köstlichkeiten wehte ungebrochen über den Platz, zusammen mit kleinen Schneeflocken. Eine weiße Pulverschicht hatte sich auf den Dächern der gut siebzig Buden gebildet und rundete das Bild eines Wintermärchens ab. Menschenmengen schoben und drängten sich, die gute Laune stand jedem im Gesicht.

»Trdelník haben wir früher oft gemacht, deine Großmutter und ich«, sagte Oma Mokka zu Len. »Ein bisschen wie Baumkuchen. Der Teig wird auf die Stangen aufgerollt und vor offenes Feuer gehängt, mit Zucker und Nussraspeln umhüllt und gebacken. Vielleicht am Ende noch eine Hülle aus Eischnee, damit es fluffig-knusprig wird.«

Len spürte, wie ihm das Wasser im Mund zusammenlief. Man sah es ihm nicht an, aber er aß ständig die fettigsten, gehaltvollsten Sachen. Sein Körper verbrannte Kalorien geradezu magisch zu nichts. »Das klingt lecker.«

»Wenn der Trdelník fertig ist, kommen Puder- und Vanillezucker darauf. Köstlich!«

»Und dann beißt man ab?« Klara deutete auf einen Stand, über dem dick *Trdelník* leuchtete.

»Es wird aufgeschnitten und verteilt.« Oma Mokka kicherte vorfreudig. »Wir kaufen am besten einen ganzen Pflock. Für unterwegs.«

Die zarten Stimmchen eines Kinderchores schallten atmosphärisch untermalend über den Weihnachtsmarkt, während das Trio Trdelník für alle erstand. Im Anschluss bewegten sie sich an den Buden voller traditioneller Weihnachts- und Geschenkartikel vorbei den Berg abwärts von der Burg in die Innenstadt. Hier wurde alles feilgeboten: Keramikengel, Glasnikoläuse und Holzspielzeuge, vom Christbaumschmuck über Weihnachtsdekoration bis zu Lebkuchen.

Len kaute den süßen, verboten leckeren Bissen und musste grinsen. *Drăculeşti und Pflockgebäck aus Siebenbürgen.* Die Professorin hatte Sinn für Humor.

Oma Mokka wurde der Weg zu lang, sie nahm sich am Fuß der Burg ein Taxi und entführte damit eine große Portion Trdelník. Und Klara.

Lens Laune sank. Der Abend war gelaufen. Oma Mokka teilte sich mit Klara das Doppelzimmer, und die treu sorgende Enkelin brachte die alte Dame stets zu Bett. Das dauerte. Klara hatte vorhin schon mehrmals gegähnt und würde vermutlich sofort danach einschlafen. Die Hoffnung auf einen gemeinsamen Tee an der Bar ging in Dampf auf.

»Du kannst mit uns fahren«, schlug die junge blonde Frau im Einsteigen vor.

»Nein, ich … esse meine Portion noch und lasse das winterliche Prag dabei auf mich wirken.« Sie musste seine Enttäuschung nicht sehen. »Ist nicht mehr weit.«

»Hast du nicht gesagt, dir wäre kalt?« Klara runzelte die Stirn.

»Geht schon.« Len schlug die Tür hinter ihr zu und rang sich ein Lächeln ab. »Bis morgen beim Frühstück! Neun Uhr?«

»Neun Uhr.« Klara schien beruhigt.

Er winkte mit einem Trdelník, und der Wagen fuhr los.

»Ach, Scheiße«, entfuhr es ihm frustriert. *Ob ich mich je trauen werde, sie anders als rein freundschaftlich anzusprechen?*

Langsam ging er los und schwenkte am Turm vorbei auf die Karlsbrücke ein, welche die Altstadt und die sogenannte Kleinseite verband: Malá Strana und Staré Město. Dabei futterte er das leckere Gebäck, auch wenn es an Süße und Verlockung eingebüßt hatte.

Der Schneefall hatte nachgelassen. Von irgendwo kam ein warmer Luftstrom und erschuf Nebel auf der Moldau, der das Bauwerk aufsteigend umschmeichelte und die Brückenlaternen dimmte. Die Lampen erhielten Gloriolen, als hinge an jeder ein gefangener Mond.

Das Gefühl, beobachtet oder sogar verfolgt zu werden, kehrte schlagartig zurück. Die Episode im Veitsdom, der Plausch mit der Professorin und der Gang von der Burg hinab hatten Len davon ablenken können.

Damit war es vorbei.

Scheißidee, alleine zu gehen.

Die Karlův most, wie sie auf Tschechisch hieß, zählte zu den ältesten Steinbrücken Europas. Auf sechzehn Bogen führte sie über den Fluss.

Hatten tagsüber noch Händler und Musiker den Übergang bevölkert, gehörte er nun den Flaneuren der Nacht, deren Zahl rasch abnahm. Besucherinnen und Besucher flanierten auf ihr, tauchten aus den Schwaden auf und verschwanden darin wie Geister aus der Moldau.

Len mochte die Atmosphäre, die unversehens herrschte, nicht besonders. Sie hatte etwas von einem Gruselfilm. Die zahlreichen Heiligenfiguren, welche die Ränder der Brücke säumten, schienen bedrohlich auf ihn niederzustarren. Ob es Christopherus, Joseph oder Johannes der Täufer war, machte für ihn keinen Unterschied. Bei der Stadtführung hatte er gehört, dass der bekannteste, Jan Nepomucký, im 14. Jahrhundert von dieser Brücke in die Moldau gestürzt und ertränkt worden sei.

»Echte Unheilige«, murmelte er schaudernd, während er unter ihnen vorbeiging.

Len konnte durch den dichten Nebel nicht abschätzen, wie weit es bis zum anderen Ufer war. Das letzte Stückchen Trdelník verschwand in seinem Mund, und er warf die Schale in einen Abfalleimer nahe der Brüstung.

Das Gluckern und Rauschen der Moldau, deren Schwärze unter ihm in den weißlichen Schwaden dahinglitt, klang aggressiv und feindselig. Es hatte nichts von den zarten, schmelzenden Klängen, mit denen Komponist Bedřich Smetana sie charakterisiert hatte. Ab und zu erklang ein leises Rumpeln, wenn kleinere Eisschollen vorbeitrieben und an den schützenden Holzbauten vor den Pfeilern zerschellten.

Das unangenehme Gefühl des Verfolgtwerdens wurde im selben Moment unerträglich. Am liebsten wäre Len gerannt, um auf sicheren, festen Boden zu gelangen.

Unvermittelt griff eine starke Hand in sein Genick, zwang ihn in eine Vorbeuge. »Her mit deiner Kohle, dem Smartphone und den Kreditkarten, Tourist«, raunte eine Stimme in gebrochenem Englisch. »Sonst stech ich dich ab und werf dich in den Fluss!«

»Ist gut! Ist gut!« Len rang die Panik nieder und gehorchte der Anweisung. Seine Freeclimberfertigkeiten halfen überhaupt nichts bei einem Überfall. Klettersport war kein Kampfsport. Langsam nahm er den Geldbeutel aus der Tasche.

»Schneller, los!« Die Messerspitze drang zum Beweis ihrer Existenz seitlich leicht durch Mantel und Kleidung darunter. Mit etwas mehr Druck ginge sie durch die Rippen in die Lunge.

Der Moment des Überfalls war perfekt gewählt, die vielen Überwachungskameras auf der Brücke würden wegen des Nebels nichts oder nur Umrisse aufzeichnen. Len wirkte auf den Monitoren mit Sicherheit wie jemand, der seinen Glühwein in die Moldau kotzte und von seinem Kumpel gehalten wurde.

Handy und Geldbeutel samt Kreditkarten wechselten unauffällig den Besitzer.

»Was noch?« Der Unbekannte ließ den Nacken los. »Uhr? Hast du 'ne Uhr? Schmuck?« Er tastete Len mit einer Hand ab. »Schmuck, los! Schmuck!«

Len schüttelte behutsam den Kopf. Er zitterte vor Furcht.

»Da hat was geblinkt. Rechts. Was ist das für ein …?«, setzte der Räuber nach und wollte den Ärmel des Anoraks hinabstreifen, um nach Armbändern zu suchen – als sowohl seine tastenden Finger als auch das Messer ruckartig von Lens Körper verschwanden.

Gleichzeitig gellte ein lauter Schmerzens- und Angstschrei durch die Nacht.

Len sah über die Schulter und wagte sich nicht vom Fleck, klammerte sich an die Brüstung, um weder hinabzustürzen noch weggezerrt zu werden.

Sein Angreifer, der das Gesicht unter einer Sturmmaske verborgen hatte, lag rücklings auf den Steinen, neben ihm sein abgetrennter rechter Arm; die Finger hielten das Messer umschlossen. Blut schoss im Takt des rasch schlagenden Herzens aus dem zerfransten Stumpf unterhalb der Schulter.

Über ihm stand eine Mischung aus Irischem Wolfshund und Dobermann, das schwarzgraue Fell ragte im Nacken und den Rücken entlang drohend auf. Die Lefzen und das Maul waren rot vom Blut des Mannes, der abwehrend den anderen Arm in die Höhe hielt. Ein dunkles Grollen rollte aus dem Schlund, der Atem quoll dicker als der Nebel aus der Schnauze.

Der Mann sagte unterwürfig etwas auf Tschechisch und versuchte, unter dem riesigen Hund hervorzukriechen. Sein Blut bildete erste Lachen, in denen das Steinpflaster versank.

Blitzschnell schnappte das Tier zu und riss die Kehle des Räubers mit einem Ruck aus dem Hals. Fetzen von Luft- und Speiseröhre baumelten aus dem Maul. Das Blut sprühte weit und landete leise prasselnd rings um Len. Das Reißen und Krachen von Fleisch, Haut und Sehnen würde er sein Lebtag nicht mehr vergessen.

Anstatt die Beute zu verschlingen, spuckte der Hund sie aus und wühlte mit der langen Schnauze in der Kleidung des Getöteten. Die Zähne rissen am Stoff, ratschend wurden Hose, Hemd und Jacke zerfetzt. Noch mehr Wunden entstanden im Leichnam.

Plötzlich rannte der gigantische Hund in den Schutz von Finsternis und Nebel. Die Krallen kratzten ein, zwei Sekunden hörbar über den Untergrund, dann wurde es still.

Durch die treibenden Gespinste sah Len aus dem Augenwinkel einen Turm aufragen, der das andere Ende der Brücke markierte. Weit konnte es nicht mehr sein.

Er zwang sich, das Geländer loszulassen, ohne den Blick von dem zerfetzten Kadaver wenden zu können. Noch konnte er nicht von der grauenhaften Brücke fliehen. Irgendwo mussten seine Habseligkeiten sein: Brieftasche, Smartphone, Kreditkarten.

Der Mann war als solcher kaum mehr zu erkennen, die Zähne des Tieres hatten schwer gewütet.

Sosehr Len es seinem Körper befahl, die Beine weigerten sich, einen Schritt auf die verstümmelte Leiche zuzumachen. Auch seine Arme hoben sich nicht, die Finger wollten in den blutgetränkten Stoff nicht eintauchen.

»Oh my god«, erklang eine erstickte Männerstimme aus dem rollenden Nebel.

»Help! Police!«, folgte gleich darauf der Ruf eines weiteren Touristen.

Die Leiche war entdeckt worden und Len nicht mehr alleine mit dem Toten. Wenn er jetzt nach seinen Sachen suchte, machte er sich verdächtig. Blut an der eigenen Kleidung und den Händen ließe sich schwer erklären. *Außer mit erster Hilfe.* Aber hier gab es nichts mehr zu helfen, das war offensichtlich.

Panisch sah sich Len um, ob dieser Höllenhund zurückkehrte.

Stattdessen wurden es immer mehr Schemen, die aus den Schwaden traten, durcheinanderriefen, ihre Smartphones zückten oder Reißaus nahmen, sobald sie den Tatort mit dampfendem Kadaver und Blut wahrnahmen.

Gleich darauf rückte die Polizei von zwei Seiten an. Zu Fuß und mit Motorrädern bewegten sie sich heran, mit gerufenen Anweisungen, Sprechfunkgeräuschen und wirbelnden Blaulichtern.

Len presste sich gegen die Balustrade und atmete wie nach einem Hundert-Meter-Sprint. Langsam schloss er die Augen und sagte sich, dass alles gut werden würde. Die Beine trugen ihn gerade noch, aber Weglaufen war unmöglich. Wohin auch?

Als könnte er durch die geschlossenen Lider sehen, blieb das Bild des zerbissenen, zerstückelten Räubers auf seiner Netzhaut wie eingebrannt. Dass sich hörbar mehr Leute um ihn herum einfanden, gab ihm keine Sicherheit.

Ganz im Gegenteil.

Das Gefühl, verfolgt und beobachtet zu werden, kehrte sogleich zu ihm zurück. Zehnfach.

***

TSCHECHISCHE REPUBLIK, HAUPTSTADT PRAG,
VIERTEL STARÉ MĚSTO, GEGENWART, WINTER

»Ich wäre wirklich gerne mit euch gekommen.« Len lag im Hotelzimmer und sah hinaus ins nachmittägliche Schneetreiben, das vor den Fenstern tobte und je nach Windrichtung leise raschelnd Flocken gegen die Scheibe warf. »Aber die Botschaft hat mir geraten, lieber in Prag zu bleiben.«

Gelegentlich pfiff eine Böe durch eine Dichtung. Das Hotel hatte schon bessere Zeiten gesehen, war aber für eine Zwei-Sterne-Plus-Kategorie sehr brauchbar und bezahlbar, trotz der guten Lage.

Und es hatte schnelles WLAN.

Damit konnte Len über seinen Tabletcomputer mit Klara und Oma Mokka sprechen. Sie saßen im Bus und befanden sich auf dem Weg nach Brno.

Die Reisegruppe hatte geschockt auf den Vorfall reagiert und bis zum frühen Nachmittag gewartet, wie sich die Dinge entwickelten. Aber ohne Ausweis, Geld und Kreditkarten gab es vorerst kein Weiterkommen für Len. Der Botschafter hatte ihm einen zinslosen Notbargeldkredit von fünfhundert Euro überlassen, den er nach Regelung der Angelegenheit zurückzahlen konnte.

Was ihn am meisten ankotzte: Klara entfernte sich Kilometer um Kilometer weiter von ihm. *Wäre ich gestern Abend mal mit ins Taxi gestiegen.*

»Wärst du gestern Abend mal mit ins Taxi gestiegen, mein Junge«, warf Oma Mokka von der Seite ein. »Das hätte dir einiges erspart.«

»Oma! Jetzt mach ihm keine Vorwürfe. Er kann wirklich nichts dafür.« Klara drehte ihr Handy so, dass sie nicht mehr reinreden konnte. Ihr hübsches Gesicht zeigte Sorge, die blaugrünen Augen blickten aufmerksam. »Was hat die Polizei gesagt?«

»Dass sie den Toten untersuchen, um herauszufinden, ob das sein kann, was ich ausgesagt habe.« Len wusste, was er gesehen hatte. Einen riesigen Hund. Die Beamten hatten ihm daraufhin verschiedene Fotos von Hunderassen gezeigt. Ein Kangal kam dem, was den Mann getötet hatte, am nächsten, aber passte nicht hundertprozentig. »Ich bin leider der Einzige, der ihn gesehen hat. Sehen musste«, verbesserte er sich.

»Die halten dich nicht für einen Verdächtigen, hoffe ich?«

»I wo! Dafür sind die Spuren zu eindeutig nicht menschlich.« Len gab sich Mühe beim Lächeln. »Aber sie haben mich gebeten, Prag bis zum Abschluss der Untersuchung nicht zu verlassen.« Er hatte ein paar Blutspritzer abbekommen, die noch auf seiner Kleidung hafteten und dem Waschmittel aus der Tube trotzten. Es waren zu wenige, um als Beteiligter an dem Gemetzel in Betracht zu kommen. »Was wegen der fehlenden Papiere sowieso nicht geht. Die Botschaft kümmert sich um Ersatz.«

»Ah, sehr gut.«

»Sie haben mir auch geraten, in Prag zu bleiben und mitzuarbeiten. Es würde alles einfacher machen.« Len vertraute den diplomatischen Mitarbeitern, die sich kümmerten, seit er ihnen das Problem geschildert hatte. Die Berichterstattung in den Medien und den sozialen Netzwerken lief auf Hochtouren. Bislang jedoch, ohne seinen Namen zu nennen.

»Ich habe gelesen, dass es die wildesten Spekulationen gibt, woher der

Kangal kam«, steuerte Klara bei. Sie hatte eine dunkelblaue Kappe auf den kurzen blonden Haaren, sodass ihr Gesicht betont wurde.

»Vielleicht war das Viech auf Portemonnaies abgerichtet und hat deine Sachen, mein Junge?«, schaltete sich Oma Mokka aus dem Hintergrund ein. »Es hat den Dieb beobachtet und im richtigen Moment zugeschlagen.«

Klara verdrehte die Augen. »Bestimmt, Oma.«

Len gefiel der Gedanke, auch wenn er ihn nicht ganz ernst nehmen konnte. »Das sage ich der Polizei. Interessanter Aspekt.«

»Also, bitte! Ihr müsstet euch mal hören! Ein Kangal als Räuberberauber?« Klara verdrehte die Augen. »Ich hoffe, es stimmt nicht, was eine Zeitung geschrieben hat: Tollwut.«

»Ich bleibe dabei«, sagte Oma Mokka resolut. »Es gibt bestimmt mehr als nur eins von den Viechern.«

Len konnte sich gegen das knappe Grinsen nicht wehren. Vor seinem inneren Auge sah er eine Heerschar ausgebildeter Pekinesen und Chihuahuas, die sich im gesamten Stadtgebiet auf Taschendiebe und Räuber stürzten.

»Wahrscheinlich sind die Sachen von der Brücke geflogen, als der Hund den Mann komplett zerrissen hat«, sagte er. »Sobald die Polizei grünes Licht gibt und die Botschaft mir Ersatzdokumente ausgestellt hat, komme ich nach.«

»Oh, das ist ja toll!«, erwiderte Klara freudig. »Dann wäre die Reise gerettet.«

Len wusste nicht genau, wie sie das meinte, ging aber einfach vom Besten aus. »Ich habe schon mit meiner Oma telefoniert. Die sagt auch, dass ich das machen soll. Ist ja schließlich alles bezahlt.«

»Und wie geht es dir? Schon besser als heute Morgen?«, erkundigte sich Klara. »Du hast ziemlich fertig ausgesehen.«

»Das war ich auch.« War er immer noch, das würde er jedoch nicht zugeben. »Ist schon viel besser, danke. Ich werde mir gleich etwas zu essen besorgen, dann ein paar Tassen Kaffee. Danach sieht die Welt anders aus.« Dass er das Blut und den Gestank der zerfetzten Gedärme immer noch roch, verschwieg er. Die Bilder, die Geräusche, das Grollen des titanischen Hundes hafteten in seinem Verstand. Wahrscheinlich hatte er ein Trauma davongetragen. *Was soll's,* dachte er. *Auf eins mehr kommt es auch nicht an.*

»Was machst du heute Abend Schönes?« Klara gab sich Mühe, ihn auf andere Gedanken zu bringen.

»Vielleicht auf einen Weihnachtsmarkt gehen und mich ablenken.« Was nicht unbedingt gelogen war. »Mal sehen.«

»Ablenken ist nicht die schlechteste Idee. Wir können heute Abend gerne wieder sprechen, bevor wir ins Bett gehen. Sagen wir gegen 23 Uhr?«

Len hätte sie am liebsten umarmt. Wäre er nicht bereits ein bisschen verliebt in sie, hätte sie ihn spätestens jetzt am Haken. »Gerne. Danke!«

»Aber keine Gruselgeschichten erzählen«, mahnte Oma Mokka aus dem Hintergrund, die jedes Wort mithörte. Was erstaunlich war, weil sie unentwegt behauptete, sie verstünde sonst kaum mehr etwas. Selektives Hören war im Alter weit verbreitet.

Klara lachte und schüttelte den Kopf. »Die Verbindung wird schlechter. Wir reden heute Abend über WLAN vom Hotel.« Sie winkte ihm und lächelte hell wie ein Stern. »Bis nachher!«

»Bis nachher! Ich freue mich auf …«

Ansatzlos war das Bild schwarz.

»Scheiße.« Len legte das Tablet aufs Bett, fuhr sich durch die blonde Surfermatte und sah erneut hinaus. Weihnachtsmärkte schön und gut. Solange es schneite wie verrückt, würde er aber keinen Fuß vor die Tür setzen. Sand und Flocken gelangten in jede Ritze, das hatte er gelernt. Durch sein geringes Gewicht war er für Kälte leichte Beute. Er wollte nicht frieren, und das Zimmer war gemütlich.

Als sein Blick auf die dreifach ausgewaschene und noch immer blutfleckige Jacke wanderte, die zum Trocknen über der wummernden, tickenden Heizung hing, bemerkte er die Visitenkarte der Professorin. Sie musste irgendwann aus der Tasche auf den Boden geglitten sein.

Ächzend wuchtete sich Len auf dem Bett nach vorne und streckte die Hand nach dem Kärtchen aus.

Darauf standen nur eine Telefonnummer, eine Mailadresse und eine Kennung für Internetchat. Keine Adresse.

Ablenkung. Ein gutes Essen und Geschichten über die Schwarze Königin vertrieben sicher die Erinnerungen an mordlüsterne Hundebestien, Gemetzel und Blutlachen, in denen sich das Laternenlicht spiegelte. *Garantiert.*

Daher schrieb Len der Professorin eine Kurznachricht, dass er doch noch in der Stadt sei und er sich über eine Unterhaltung mit ihr freuen würde.

Einige Minuten später bekam er Antwort inklusive angehängter Literaturliste und einer großen Entschuldigung.

Lieber Herr Lenau,
verzeihen Sie mir meine Vergesslichkeit. Anbei die Quellen und die Sekundärliteratur, die ich Ihnen versprach.
Gerne treffe ich mich mit Ihnen auf eine anregende Unterhaltung über eine der missverstandensten, faszinierendsten Persönlichkeiten des späten Mittelalters.
Seien Sie gegen 18 Uhr vor dem St.-Veits-Dom. Dann bin ich mit der letzten Gruppe durch und freue mich auf gutes Essen, gutes Bier und gute Gesellschaft. Sie sind wegen meines Versäumnisses mit der Liste herzlich eingeladen.
Lassen Sie mich wissen, ob es für Sie passt.

Mit den besten Grüßen
Ihre Jolana Černá

Len bestätigte rasch die Verabredung und sah auf die Uhr. Noch eine knappe Stunde.

Dass ihn die Professorin einlud, war ihm recht. Zwar könnte er mit seinem Tablet elektronisch zahlen – Prag war diesbezüglich sehr gut aufgestellt, der Vorteil einer Touristenstadt –, aber nicht immer spielte die Technik mit. Und von den fünfhundert Euro der Botschaft wollte er möglichst wenig nutzen.

Lieber zu früh als zu spät, dachte er sich und machte sich fertig. Die lange Unterhose gönnte er sich, es gab niemanden, der ihn damit sehen würde und dafür auslachen konnte. Dunkelblaue Jeans, Unterhemd, Shirt, grüngelber Pulli, darüber die grausilberne Outdoorjacke. Im Gehen setzte er sich die lilafarbene Dockmütze auf, die Handschuhe kamen in die Tasche.

Gleich darauf eilte Len das Treppenhaus hinab und durch die winzige Lobby, die aus einem rustikalen Empfangstresen und zwei in die Ecke gequetschten, durchgesessenen Stoffsesseln bestand. Die Dielen knarrten unter ihm.

Kurz bevor er die Tür öffnen konnte, traf ihn eine Frauenstimme in perfektem Englisch in den Rücken.

»He, Drăculeşti! Einen Moment.«

Alison. Die nervige Vloggerin mit ihren Báthory News hatte ihm noch gefehlt. Len wusste, dass eine Flucht unmöglich war. Sie würde erst lockerlassen, wenn sie einige Worte gewechselt hatten. Dummerweise hatte er eine ganz miese Vorahnung, welche Worte sie hören wollte.

Er wandte sich gemächlich um. »Ah, Alison. Auch in dem Hotel?«

Sie erhob sich in winterwettertauglicher, schwarzer Kleidung aus dem rechten Sessel. »Nein. Ich mache immer Airbnb in Gruselbuden. Hat mehr Lokalkolorit und 'nen besseren Hintergrund beim Aufzeichnen.« Alison legte eine Hand auf ihre weiße Umhängetasche. »Keine Sorge. Ich filme nicht.«

Len schaute genau hin, ob er nicht doch irgendwelche Knopflinsen erkannte. »Dann hast du mich gesucht?«

»Ja. Wegen des Vorfalls auf der Karlsbrücke.« Alison zog ihr Handy aus der Tasche und wischte auf dem Display herum, bis sie es ihm hinhielt. Das Standbild zeigte schemenhaft ihn, einige andere Touristen und die zerfledderte Leiche des Räubers. »Das am Geländer bist du.«

Len schluckte. *Fuck.* »Ja. Und?«

»Ein Drăculeşti. Eine übel zugerichtete Leiche. Keine Zeugen. Was soll ich dabei denken?«

»Ich kann dir sagen, was ich denke.« Er durfte sie erst gar nicht in ihrem Wahn bestätigen.

»Ja?«, machte sie erwartungsvoll.

»Dass du ein bisschen viel von deinen eigenen Beiträgen geschaut hast.« Len öffnete den Ausgang. »Sorry, das ist mir zu blöd.«

»Ein Hund, ja? Das soll die Erklärung sein?«, rief Alison ihm nach und folgte ihm, wie er es befürchtet hatte.

»Es gibt bestimmt irgendeine Sage in Prag, die du für die Báthory News ausschlachten kannst. So was wie bei den Baskervilles.«

»Habe schon nachgeschaut. Gibt es nicht. Und der Geist des Hundes am Standbild von Nepomuk ist es nicht.« Alison marschierte neben ihm durch das Schneetreiben. »Nein, Drăculeşti. Da geht etwas vor. Entweder hast du etwas damit zu tun, oder es rankt sich etwas um dich.«

»Schwachsinn.« Len blieb stehen. Er wirkte aufgrund seiner Schlaksigkeit nicht übermäßig beeindruckend, hoffte jedoch ein bisschen, sein Blick könnte es richten. »Lass mich bitte in Ruhe. Mach über alles Mögliche Reportagen, aber halte mich raus.«

»Okay.«

»Aber?« Er hörte an ihrem Ton, dass sie etwas dafür wollte. Erpressung.

»Sobald du was von der Polizei gehört hast, sagst du mir Bescheid. Wenn sie den *Hound von Praha* haben. Am besten mit Ortsangabe, wo ich ihn fotografieren kann.«

»Den *Hound von Praha?*« Len fasste es nicht. »Das hast du dir eben ausgedacht!«

»Du hast doch mit Baskerville angefangen.« Sie zuckte mit den Schultern. »Wenn es keine Legende gibt, erfinde ich eben eine. Das macht mich noch bekannter.« Alison vollführte eine scheuchende Handbewegung. »Geh nur. Wir haben eine Abmachung, Drăculeşti. Und solltest du doch ein Vampir sein, sag mir auch Bescheid. Fame und so.«

Len nickte nur, um nichts Beleidigendes zu sagen. Alison gehörte zu einem Menschenschlag, den er nicht sonderlich mochte. Aufmerksamkeit, Ruhm, Internetlegende für ein halbes Jahr. Wenn überhaupt.

»Wohin gehst du?«, hakte sie nach.

»Weihnachtsmarkt. Ich hab Hunger.« Er eilte davon und ließ sie im nachlassenden Schneefall stehen, bevor ihr einfallen konnte, ihm weiterhin zu folgen. Die Vloggerin würde an ihm kleben wie ein nasses Ahornblatt. »Deine Nummer habe ich noch.«

Alison nickte und ging in die andere Richtung, was Len sehr erleichterte.

»Der Hound von Praha«, murmelte er vor sich hin. »So eine blöde Kacke.«

Anfangs hatte er es spannend gefunden, welche Themen die Báthory News aufgriffen. Inzwischen dachte er darüber wesentlich unfreundlicher.

Die beleuchtete, belebte Karlsbrücke näherte sich.

Lens Schritte wurden zögerlicher. Zu gut waren die Ereignisse in seinem Kopf hängen geblieben und warteten darauf, mit ganzer Macht über ihn herzufallen.

Es war dunkel, aber wenigstens hatte das Schneetreiben nachgelassen. Die Sicht war klar, auch für die zahlreichen Kameras auf der Brücke, welche die Menschenmengen zum Schutz vor Taschen- und Trickdieben beobachteten.

Das auflockernde, sich bessernde Wetter hatte viele Besucherinnen und Besucher angelockt, die einen Schnappschuss von sich und dem herrlichen Panorama machen wollten. Instatauglich, storytauglich, allestauglich. Die beleuchtete Brücke, die Prager Burg, der festliche Schmuck der Vorweihnachtszeit machten das Motiv zum weltweiten Einsatz in sozialen Medien perfekt.

Len atmete einmal tief durch und schritt am Turm vorbei, setzte den Fuß auf die Brücke. Schwitzend und angestrengt atmend ging er weiter, hielt Abstand zu den Leuten und nahm das aufragende Bauwerk auf der anderen Seite fest in den Blick.

Erneut zogen Heiligenstandbilder an ihm vorbei, die an diesem Abend freundlicher auf ihn herabschauten als gestern. Als hätten sie Len etwas verziehen, von dem er nicht mal wusste, was es war.

Um einen Künstlerstand drängten sich Schaulustige, die im Schein einiger batteriebetriebener Lampen die Zeichnungen und Skizzen einer Frau begutachteten, die auf zwei Staffeleien parallel zugange war. Eine rötliche Wärmelampe half ihr gegen die beißende Kälte.

Len sah im Vorbeigehen die Entwürfe des monströsen Hundes, wie ihn sich die Künstlerin vorstellte: übergroß, mit glühenden Augen und Fängen, so lang wie Dolche. Sabber floss vom Maul, während sein zerfleischtes Opfer zwischen seinen Pfoten lag. Kolorierte Kohle auf Papier, die Wirkung war beeindruckend. Je Stück verlangte die Frau zehn Euro und kam kaum mehr mit Zeichnen nach.

Nicht im Ansatz wie das Original. Aber es gefällt den Menschen. Len stellte sich vor, wie Alison einen Bericht über die Zeichnerin machen und danach eine Beteiligung für jedes verkaufte Werk verlangen würde.

Als er den Blick wieder nach vorne wandte, stand eine etwa Zehnjährige vor ihm, gekleidet in teure Markenwinterkleidung und eine niedliche rosa Bommelmütze auf den hellen Haaren, die darunter hervorspitzten. Sie sah ihn fragend an, in der Linken ein Blatt Papier.

Len wollte ihr ausweichen.

Da hob sie die Hand – und reckte ihm eine der Bestienzeichnungen entgegen. »Drăculeşti«, raunte sie und lächelte auf eine verstörend freundliche Weise. Übertrieben, falsch und voller Tücke. »Drăculeşti. Eine Gabe für den Auserwählten.«

Erschrocken prallte Len zurück. »Nein. Nein, das will ich nicht«, stammelte er und versuchte, sie zu umgehen und endlich von der verfluchten Brücke zu gelangen. Er schwor sich, den Rückweg anders zu bewältigen. Irgendetwas an dem Kind störte ihn noch mehr als ihr Benehmen.

Die Kleine erkannte jede seiner Ausweichbewegungen im Ansatz und blieb genau vor ihm, die Hand mit der Zeichnung gereckt, als würde sie ihn damit bedrohen und nicht beschenken wollen.

»Hey! Hey, woher hast du das?«, rief die Zeichnerin unvermittelt und sah zwischen ihren Staffeleien hindurch. »*Das* hast du nicht gekauft! Bring es sofort zurück, oder gib mir zehn Euro.«

Das Mädchen ignorierte die Künstlerin. »Du bist ein Drăculeşti. Ein unmittelbarer Nachfahre. Wir spüren es«, wisperte es begeistert. »*Alle* spüren es! Dein wahres Blut ist laut. Sie vernehmen es von Prag bis in deine alte Seelenheimat. Alte Mächte sind erwacht.«

Dann begriff Len, was ihn befremdete: Die knallblauen Augen wirkten viel älter als das Kind. *Als wären sie in den Kopf einer Puppe eingesetzt.*

Unvermittelt erklang ein zorniger Ruf.

Eine von Ekzemen und Pusteln entstellte, schreiende Alte hetzte in zerschlissener Obdachlosenkleidung keine zwei Meter entfernt die Brücke entlang – genau auf Len und die Kleine zu.

Die Leute wichen vor der Greisin zurück, deren faltiges Gesicht wüste Pockennarben zierten. Voller Entsetzen sah Len, dass frische, münzgroße Geschwüre auf den Zügen wuchsen, die aufplatzten und ihren gelblich-schwarzeitrigen Inhalt freigaben. Das Sekret lief über die Wangen, tropfte von Kinn und Unterkiefer.

Dann war sie heran und warf sich gegen das gellend aufkreischende Mädchen, um ihr einen mörderischen Hieb mit beiden Fäusten zu versetzen.

Mitten in das kleine, feine Gesichtchen.

CAPITULUM II

Verschriftlichung der diktierten Tonaufzeichnung, dramatisiert, basierend auf persönlichen Aufzeichnungen, verfasst nach dem Studium von originalen, bislang unausgewerteten Quellen von und um Barbara von Cilli. Preisgabe der zeitgenössischen Schriftstücke/Quellen nicht genehmigt.

Die nachfolgenden Geschehnisse sind prägend für den Zusammenhalt von Barbara und Vlad. Und sie legen letztlich den Grundstein für das rigorose Vorgehen gegen Vampire/Strigoi. Mit Waffen und Alchemie.

Jahr: 1406
Historischer Hintergrund: Bis zum Frühjahr verbringen Barbara und Vlad zusammen mit dem Hof die Zeit in Ofen/Buda.
Danach beginnt eine ausgedehnte Reise, da Sigismund seiner Gemahlin das Reich zeigen will. Und seinen Untertanen die schöne, junge Königin.
Es geht nach Altsohl und im Spätsommer über verschiedene Burgen, die Barbara gehörten (Dédes, Diósgyőr), nach Großwardein (Begräbnisstätte ungar. Könige) und im Herbst von dort in Richtung Temeswar.
Dabei macht der Tross einen schicksalshaften Schwenk über Kolozsvár/Klausenburg und über Torda/Thorenburg.

***

KÖNIGREICH UNGARN, NAHE DER STADT TORDA/ THORENBURG, NOVEMBER ANNO DOMINI 1406

Barbara hatte sich widerwillig mit ihren Hofdamen in den geschlossenen Wagen begeben, auch wenn sie lieber im Sattel saß. Doch das Wetter war alles andere als freundlich zu dem königlichen Tross, der nach dem Aufenthalt in Klausenburg weiter nach Thorenburg reiste.

Sie mochte weder die Enge, bedingt durch die dicken Mäntel und gefütterten Kleider, welche die Frauen trugen, noch das Gerumpel und Geschaukel. Trotz der Kissen wurde jede Bodenwelle, jedes Schlagloch zur Bewährungsprobe für die Kehrseite der Insassinnen. Gerade sie als schlanke Frau hatte wenig Sitzfleisch, das die Stöße abfing. Das Gefährt wiederum war zu schwer, als dass eine simple Lederriemenfederung verbaut werden konnte.

Der Herbst griff die Reisegruppe in schnellem Wechsel mit Nebel und Regen an. Er verlangsamte das Vorankommen und weichte die Wege auf, sodass die Zugpferde Schwerstarbeit zu verrichten hatten. Die Kühle kroch durch die Kleidung, machte sie klamm und schwer, saugte den Menschen die Wärme aus dem Leib.

»Den Abstecher in Klausenburg verstehe ich. Doch was wollen wir in Thorenburg?«, lamentierte Hofdame Magdolna und hielt sich an der Sitzbank fest, als ein weiterer Schlag durch den Wagen lief. Das Holz ächzte unter der Belastung und übertönte das leise Prasseln der Tropfen, die auf die Außenhaut niedergingen. »Wir wären auf der südwestlichen Straße rascher in Temeswar.«

»Weil Thorenburg die Hauptstadt des siebenbürgischen Komitats ist«, gab Barbara zurück. Sie hatte die Lektionen über Staatsgebiete und Besonderheiten verinnerlicht. Siebenbürgen hatte sich unter Beibehaltung einer gewissen Eigenständigkeit in das Königreich Ungarn eingefügt und Sigismund als obersten Herrscher anerkannt.

Die Vorbereitungen auf das Amt der Regentin in Abwesenheit ihres Gatten liefen. Erste Urkunden hatte Barbara bereits eigenständig als Königin gesiegelt und erlassen, aber ihre Ausbildung war längst nicht beendet. Das ärgerte sie insofern, da sie das Studium der Alchemie nicht vorantreiben konnte. Zugleich wusste sie, dass sie freie Hand von Sigismund und dem Hofstaat für ihre eigenen Versuche bekam, wenn sie sich als fähige Regentin bewies.

Bislang gelang ihr das sehr gut. Sie hatte Talent im Umgang mit Geld und Besitztümern. Ihr eigenes Vermögen, Güter und Anzahl der Burgen stiegen.

»Wir sind auf Einladung des *universitas nobilium* unterwegs. Eine Zurückweisung käme nicht gut an«, betonte Barbara und öffnete die Sichtluke, um etwas von ihrer Umgebung zu sehen. Die transsilvanische Generalversammlung des Adels, die unter dem Vorsitz eines von Sigismund aus dem Hochadel eingesetzten Woiwoden stattfand, war neugierig auf die Königin. »Wir brauchen deren Rückhalt und das Wohlwollen.«

Am Wagen zog eine neblige Landschaft vorbei, die überall hätte sein können. Die Schwaden nahmen dem Land die Besonderheit, die ihm eigene Persönlichkeit.

Barbara mochte das Reisen an sich. Es bot Abwechslung, wenngleich es auch Gefahren mit sich zog. Achsschäden oder Radbrüche konnten für schlimme Unfälle sorgen. Räuberbanden gab es überall, und sie schreckten nicht vor dem königlichen Banner zurück. Für die Ruchlosesten unter ihnen bedeutete das Wappen lediglich fettere Beute als gewöhnlich.

Aber der Herbst und der nahende Winter kamen mit Strapazen daher, auf die Barbara verzichten konnte.

Mit einem leichten Ruckeln kam der Wagen zum Stehen.

»Gütiger Gott! Sind wir wieder stecken geblieben?« Magdolna seufzte und rückte die Hörnerhaube auf ihrem Kopf zurecht. »So kommen wir niemals an.«

Hufschlag näherte sich, dann tauchten Vlad und Sorin vor der rechten Spähluke auf.

»Meine Königin, ich lasse Euch wissen, dass wir auf eine Abordnung aus Thorenburg unter der Führung ihres Ispán gestoßen sind«, sagte er und grinste frech durch die Aussparung. Er war sichtlich reifer geworden, sein Oberlippenbart wuchs so kräftig wie der ums Kinn. Er verweigerte sich der Mode der Hofstaatsmänner, sich glatt zu rasieren. Manche sahen ihn deswegen geringschätzig an, nannten ihn heidnisch und barbarisch. Es kümmerte ihn nicht. Ebenso trug er das schwarze Haar nun schulterlang wie sein Vertrauter. Gegen Kälte und Nebelfeuchte hatte er einen dicken Mantel um sich gelegt, der den Harnisch darunter verdeckte.

Barbara wusste, dass ein gewisser Stephan der Ispán von Thorenburg war. »Das bedeutet, dass wir die Geschenke ausgetauscht haben und umkehren können?«, gab sie zurück und lachte. Sie hatte sich für geflochtenes Haar mit einem wärmenden Schleier und Kapuze entschieden. Hüte nahmen zu viel Platz in dem Wagen ein. »Meine Hofdamen und ich frieren arg. Das Reisen bereitet kein Vergnügen, Vlad.«

»Ich weiß, meine Königin.« Da sie nicht alleine waren, musste er die höfische Anrede nutzen. Für Barbara klang es falsch und seltsam. Das vergangene Jahr hatte sie zu Vertrauten werden lassen. »Den Pferden auch nicht.« Er streichelte den Rapphengst, dem der Regen durch das Fell lief. »Ispán Stephan lässt seine Grüße ausrichten und freut sich auf Euch. Er führt uns auf einem anderen Weg nach Thorenburg. Auf dieser Straße sei zu viel Schlamm für die Kutsche.«

»Gott, du Allmächtiger, stehe uns bei. Noch länger in dieser schaukelnden, harten Wiege«, murmelte Magdolna schicksalsergeben und bekreuzigte sich. »Schlimmer als in einem Kahn bei Sturm.«

»Dann sollten wir nicht länger warten«, empfahl Barbara und schenkte Vlad ein langes, warmes Lächeln. Seit ihrem ersten Zusammentreffen war ihre Verbindung gewachsen. Sie hatten unzählige Tage und Abende mit Erzählen verbracht, sich über Strigoi ausgetauscht und Pläne geschmiedet.

Mehr jedoch nicht.

Das Los einer Königin bestand darin, sich um ihr Reich und ihren Gemahl zu kümmern sowie Nachfolger zu gebären, und nicht, nach Blutsaugern zu suchen, um sie mit Schwert und Alchemie auszulöschen.

Immerhin hatte Babara Boten ins Königreich ausgesandt, die Belege für das Auftauchen und die Existenz der Strigoi sammeln und zu ihr bringen sollten. Daraus wollten sie und Vlad eine Karte anfertigen, um die Schläge gegen die Blutsauger zu planen. Jede Nachfrage zu dem ungewöhnlichen Auftrag hatte sie damit beantwortet, dass sie ein Werk über Legenden und Sagen von hiesigen Ungeheuern zu verfassen beabsichtige.

»Es wird gleich weitergehen, meine Königin.« Vlad neigte das Haupt, Wasser lief vom Helm, und der Mantel klaffte auseinander. Die Rüstung mit Harnisch, Arm- und Beinschienen stand ihm gut. Er sah nicht nur aus wie ein Krieger, er beherrschte den Umgang mit vielen Hieb- und Stichwaffen ebenso wie den mit Bogen und Armbrust. Sorin bereitete ihn Tag um Tag auf die gefährliche Aufgabe vor.

Vlad preschte davon, und eine Ladung feuchter Erde wurde von den Hufen emporgeschleudert, gegen die Wagenwand.

Barbara wich einem Klumpen aus, der durch die offene Luke ins Innere flog und zwei Hofdamen traf. Erst dann schloss sie die Klappe und lachte über das Missgeschick.

»Das hat er mit Absicht gemacht«, schnaubte Magdolna und suchte nach einem Tuch, um den Schlamm von ihrem Gesicht und dem Umhang mit dem Eichhörnchenpelz zu wischen. Die Hörnerhaube ließ sie wie eine Furie erscheinen. »Dieser Heide, dieser ... Nichtsnutz.«

»Er beschützt uns. Also ist er kein Nichtsnutz«, entgegnete Barbara und sank an die gepolsterte Rückenlehne. Damit entging sie den Ellbogen ihrer Hofdamen, die wegen der Säuberungsversuche zu allen Seiten stachen und piksten. »Ein Heide noch weniger. Du kennst ihn nicht, wie ich ihn kenne.«

»Das mag sein, meine Königin.« Magdolna stieß missbilligend die Luft aus und sah auf die eingeriebenen Flecken in der Kleidung. »Das will ich auch gar nicht.«

Der Wagen nahm die Fahrt wieder auf. Er beschrieb eine leichte Kurve und schwenkte auf einen Weg ein, der wesentlich holpriger war. Der Untergrund bestand aus Fels, was zwar die Räder vor dem Einsinken in Morast bewahrte, den Aufenthalt im Innern jedoch noch unangenehmer machte. Das Rütteln und Schütteln wollte nicht enden.

Barbara wurde fast schlecht, und die allgegenwärtigen Ellbogen nervten sie. »Es ist genug.« Sie erhob sich und öffnete die Tür des fahrenden Wagens. Sie zog den schweren Mantel enger, schlug die Kapuze über die geflochtenen schwarzen Haare. »Ich reite lieber, als dieses Geschaukel und Gehüpfe länger zu ertragen.«

»Meine Königin, ich bitte Euch! Tut das nicht!« Magdolna wollte ebenfalls aufstehen, wurde aber von der nächsten Bodenwelle zurück auf die Sitzbank geschleudert. Die Hörnerhaube rutschte ihr tief in die Stirn. »Es ist zu gefährlich!«

Barbara schwang sich auf den Außentritt und befahl einer der hinter ihnen reitenden Wachen, ihr Pferd zu bringen, das angebunden am Wagen lief.

Der verdutzte Mann tat, was ihm aufgetragen wurde.

Ohne dass die Kutsche anhielt, stieg Barbara in den Sattel, auf dem sie rittlings Platz nahm. Das schwergängige Gelände machte den Seitsitz zu gefährlich, darin hatte Magdolna recht.

»Ich begebe mich zu meinem Gatten und dem Ispán.« In leichtem Trab zog Barbara an dem Tross vorbei, der noch weitere überdachte und geschlossene Wagen beinhaltete, auf und in denen sich Gepäck sowie die unverzichtbaren Dinge des Hausstandes befanden. Zwar waren die Burgen gut ausgestattet, doch manches blieb unersetzlich für Königin, König und Hofstaat.

Sigismund hatte Barbaras Tavernicus, Mundschenk, Truchsess, Marschall, Schatzmeister und Türhüter ausschließlich mit Männern besetzt, die ihm ergeben waren. Das passte Barbara nicht. Sie wollte eigene Vertraute und keine Spione um sich. Noch konnte sie die Leute nicht entlassen, doch früher oder später würde sie es tun.

Barbara sah nur lange Gesichter, sowohl bei den Wagenlenkern als auch bei den Berittenen, die sie passierte. Kälte, Regen und Nebel zwangen die Stimmung auf den Tiefstpunkt.

Noch dazu wurde es um sie herum stetig dunkler.

Gelegentlich tauchten steil aufragende Felswände aus dem Dunst auf, deren obere Ränder in den Gespinsten verschwanden. Der Ispán von Thorenburg führte den königlichen Tross geradewegs in eine Schlucht, durch die hörbar ein Bach gluckerte, der irgendwo neben ihnen verlaufen musste.

Barbaras Misstrauen erwachte, auch wenn es keinen Grund dafür gab. Sie hatte sich mit Vlad über die siebenbürgischen Adligen unterhalten, die treu zu Sigismund standen. *Es ist nur eine Schlucht,* sagte sie sich.

Je weiter Barbara nach vorne ritt, desto größere Lücken taten sich im Tross auf, bis sie von einem Wagen nicht mehr zum nächsten sehen konnte, der davor fuhr.

Sie trabte voran, ließ den Wagen hinter sich, doch das Heck des vorausfahrenden Gefährtes wollte einfach nicht erscheinen.

Schließlich hatte sie das Gefühl, alleine durch den Nebel zu reiten.

Das kann nicht sein. Sie ließ ihre Stute anhalten und lauschte. *Oder sind sie abgebogen? Verpasste ich eine Abzweigung?*

Weder erklang das Rumpeln der Räder noch das Schnauben der Tiere, weder das Klirren von Zaumzeug noch leises Reiben der Rüstungselemente. Nur das Bächlein plätscherte, und der Regen trommelte auf die karge Natur um sie herum. Von einem Herzschlag auf den nächsten schien das Gefolge verschwunden, verschlungen vom Nebel und den aufragenden Wänden.

Unvermittelt erklang leiser, zweifacher Hufschlag, der sich ihr näherte.

Aus den gespenstigen Reitern, die als düstere Umrisse auf sie zukamen, wurden Vlad und Sorin, die mit sorgenvollen Mienen vor ihr anhielten. Barbaras aufkommende Furcht schwächte sich beim Anblick der vertrauten Männer ab.

»Du?« Vlad sah sie erstaunt an. »Wieso bist du nicht im Wagen?«

»Wo *sind* die Wagen?«, erwiderte sie. »Unsere Leute, der König …?«

»Im Nebel verschwunden. Fürchte ich.« Sorin sah sich aus der Kapuze heraus um, einzelne Tropfen verfingen sich in den langen, herausspitzenden braunen Strähnen. Ihm war kein Helm und keine volle Rüstung gegeben worden, ein Brustharnisch bot den einzigen Schutz. »Ich kenne diesen Ort aus alten Geschichten. Es ist die Tordai-hasadék, die Thorenburger Klamm. Ich dachte, wir wären weiter westlich. Hätte ich geahnt, wohin wir geführt werden …« Er blickte beunruhigt zu Vlad. »Herr, es mag sein, dass –«

»Was ist mit der Klamm?«, wollte Barbara wissen.

»Sie durchbricht das Trascău-Gebirge, zieht sich weit bis in die Nähe der Stadt. Eine Viertelmeile wird es wohl sein. Ihre Wände ragen bis dreihundert Schritte und mehr in die Höhe. Ist man erst einmal darin, gibt es kein Entkommen.« Sorin nickte auf das Schwert an Vlads Seite, um ihm dessen Gebrauch anzuraten. »In den Felsen befinden sich uralte Höhlen, die mit Anbeginn der Zeit entstanden sind.«

Und wo Höhlen sind … »Strigoi!«, entfuhr es Barbara entsetzt. »Es leben Strigoi darin?«

»Was für eine seltsame Falle ist das?« Vlad legte die Hand an den Schwertgriff. »Wollen die Blutsauger uns verschlingen oder als Einzige entkommen lassen?«

Sorin hob das Kinn und sog die Luft ein. »Es kommt jemand.« Wassertropfen sickerten in die Kapuze. »Ein Mensch, doch keiner aus unserer Gesellschaft.«

»Ich hoffe, er trägt Antworten mit sich.« Vlad zog sein Schwert. »Oder bald seinen Kopf in den eigenen Händen.«

»Meinen Gruß, Königin Barbara«, sprach eine freundliche Stimme aus dem Dunst. Die Gestalt eines Mannes trat heran, gekleidet in einen langen, hellblauen Kapuzenmantel, unter dessen Saum die gebogenen Spitzen von Schnabelstiefeln herausschauten. »Ich bin Stephan, der Ispán von Thorenburg, und bringe Euch zu jemandem, der mit Euch sprechen möchte.« Unter dem Rand der Kapuze wurde eine Hutkrempe sichtbar, um seinen Hals lag eine Silberkette mit verschiedenen Insignien, darunter auch das Wappen Ungarns.

»Wo ist mein Tross? Wo mein Gatte?«, verlangte Barbara zu wissen.

»Sie irren durch den Nebel. Seid unbesorgt. Es wird ihnen nichts geschehen – sofern Ihr mich begleitet.« Stephan verbeugte sich. Er war um die fünfzig, hatte tiefe Falten auf seinen Zügen und auf einen Bart verzichtet. »Auch Euch und Euren Freunden soll kein Leid zustoßen, Königin.«

»Wer will etwas von ihr?« Vlad ließ sein Pferd langsam auf den Ispán zugehen, das Schwert lag gezogen in der rechten Faust. »Was soll diese Hexerei mit den Gespinsten?«

»Es dient einzig dem Schutz Eurer Leute.« Stephan zeigte sich von dem Auftreten des Heißsporns unbeeindruckt. »Tut mir etwas an, und keiner von Euch wird diese Klamm lebendig verlassen. Ungarn wird sich eine neue Königin und einen neuen König suchen müssen. Es gibt genügend, die an Eurer statt auf dem Thron Platz nehmen würden.« Er sah aus hellbraunen Augen an Vlad vorbei zu Barbara. »Ich bin sicher, Ihr seid ebenso weise, wie Ihr jung seid, Königin.«

»Vlad, nicht!«, befahl sie, als sie sah, dass die Finger sich fester um den Griff der Blankwaffe schlossen. »Wir gehen mit ihm.«

»Sitzt ab und folgt mir«, verlangte Stephan und verbeugte sich erneut. »Ich geleite Euch.«

»Treffen wir auf Strigoi?«, fragte Vlad, während er aus dem Sattel stieg und Barbara half. Sorin sprang zu Boden und streichelte beruhigend sein Pferd, bevor er es zusammen mit den anderen beiden Tieren an einem Strauch festband. »Was wollt Ihr von uns?«

»Mir ist aufgetragen worden, Euch zu führen. Alles Weitere werdet Ihr nicht aus meinem Mund vernehmen.«

»Gab es in den Höhlen schon immer untotes Leben?« Barbara versuchte, indirekt mehr zu erfahren. Mit einem Nicken ließ sie Vlad das Schwert gänzlich zurück in die Hülle schieben und den Griff freigeben. Das Wagnis musste eingegangen werden.

»Solltet Ihr auf die Strigoi abzielen, Königin, kann ich Euch versichern, dass sie in diesen Landen, von Siebenbürgen bis zu den entlegensten Winkeln der Walachei, und über deren Grenzen hinaus stets ein Bestandteil des Lebens waren. Vom Einbruch der ersten Nacht an. Wir kennen die Sagen der Strigoi von klein auf.« Der Ispán sah zu Vlad. »Und die Wesen kennen uns von klein auf.«

Schweigend erklommen sie über einen gut verborgenen Pfad im weißen Felsen die Klamm, stiegen durch umherziehende Nebelschwaden und Nieselregen aufwärts, bis sie geschätzte zwanzig, dreißig Schritte über dem Boden an den Eingang einer flachen Höhle gelangten.

Nichts daran wirkte behauen. Die Natur hatte sie erschaffen, mit Wasser ausgeschwemmt, ehe es sich in langer Zeit durch das Gestein gefressen und die steilwandige Schlucht geformt hatte.

Neben dem Eintrittsloch stand eine brennende Laterne, die ihren goldwarmen Schein in die Höhle warf. Die Innenwände zeigten Reste von uralten Bemalungen. Barbara konnte die Zeichnungen nicht genau erkennen, sie sahen primitiv aus. Sollten die Paläste ebenso schlicht und unscheinbar sein, wären sie eine große Enttäuschung für ihre eigenen ausgeschmückten Vorstellungen.

Kaum hatten sie die trockene Höhle betreten, nahm Stephan drei grobe, kleine Jutesäcke aus einer Umhängetasche hervor, die er verborgen unter dem Mantel trug. »Streift sie über, und nehmt Euch an den Händen. Ich bin Euer –«

»Niemals!«, unterbrach ihn Vlad aufbrausend und packte ihn mit der Linken am Kragen, ohne auf die Standesunterschiede zwischen ihnen zu achten. Er war nicht mehr als eine jugendliche Geisel, ein Bastard, während der wesentlich ältere Mann als Ispán zum Adel gehörte. »Du kannst uns in den Höhlen im Stich lassen, und wir fänden niemals zurück ans Tageslicht.«

»Wenn er oder seine Gebieter uns hätten umbringen wollen, wären wir längst tot, Herr«, merkte Sorin mäßigend an. »Wir sollten das Wagnis eingehen.«

»Ihr *müsst.* Bedenkt die Konsequenzen, solltet Ihr Euch weigern.« Stephan blieb ruhig und hob die Beutel. »Es wird Euch kein Leid angetan. Es soll nur gesprochen werden.«

Barbara warf Vlad einen bittenden Blick zu, und er gab den Mann mit einem unterdrückten Fluch frei.

Nacheinander zogen sie sich die Säckchen über.

Um Barbara wurde es finster. Selbst die Laterne, die Stephan nutzte, wurde durch den dichten Stoff zu einem dunkelgelben Fleck.

Sie umfasste Vlads gepanzerte Rechte und drückte sie. Er erwiderte den Druck und rieb mit dem Daumen über ihren Handrücken. Trotz des Leders spürte sie seine Wärme, die Geste und die Berührung gaben ihr Sicherheit.

In einer kurzen Kette, aufgereiht wie unterschiedliche Perlen, gingen sie schneller als erwartet voran. Nach einigen Schritten, die sie, mit den Stiefelsohlen an Kanten hängen bleibend, über den unebenen Boden stolperten, wurde der Untergrund glatt und gefällig zu gehen.

Auch herrschten alsbald angenehmere Temperaturen, als Barbara angenommen hatte. Es wurde warm, es roch sauber wie in einer gereinigten Kammer, und die Luft war kein bisschen abgestanden. Einzig der Jutebeutel über ihrem Kopf verströmte einen Eigengeruch nach Flachsfasern und Apfel.

Stephan schwieg, und die drei richteten die Aufmerksamkeit auf Gehen und Lauschen. Schritten sie erst über steile Rampen abwärts, folgten glatte Stufen in gleichbleibendem Abstand. Sie mussten behauen worden sein.

Dann nahm die Helligkeit um sie herum stetig zu. Sie rührte nicht von Stephans Lampe her. Leise Stimmen erklangen, denen sie sich näherten, mal ein Flüstern, mal ein Lachen, mal ein Raunen. Es roch unvermittelt nach Parfum, nach Weihrauch, nach verschiedenen Gerichten: Fleisch, Kraut, Getreidebrei und Brot.

»Wir sind da«, erklärte der Ispán. »Ihr könnt stehen bleiben und die Beutel abnehmen.«

Barbara zog sich die Jute langsam vom Kopf und blinzelte in das erstaunlich helle Licht, das von unzähligen Wandleuchtern und Lüstern um sie herum stammte.

Sie fand sich mit Vlad und Sorin in einem mehr als fünf Schritt hohen Saal wieder, dessen Wände oben felsbelassen und im unteren Teil vertäfelt waren. Etliche riesige Gemälde in Blattgoldrahmen zierten das glatt geschliffene Gestein, hingegen kamen die Holzplättchen der Täfelung in reinem Weiß daher. Vier doppelflügelige Türen gingen aus dem Raum, den Barbara auf zehn mal zwanzig Schritt schätzte.

Nichts hierin erinnerte daran, dass sie sich im Inneren der Erde befand. Es gab sogar Fenster, einige aufgemalt, ein paar echt; die gemusterten Seidenvorhänge erlaubten keinen klaren Blick hinaus. Doch es ging jenseits der großen Kammer ganz sicher weiter.

Aber wie weit? Barbara stockte der Atem angesichts der unerwarteten Pracht, die sich mit jedem Herrscherhaus der ihr bekannten Welt messen konnte.

Mehr als das.

Die Maltechniken und Leuchtkraft der Farben auf den Gemälden schienen der Kunst irdischer Künstler überlegen, die Webfertigkeiten der Vorhänge übertrafen alles Vertraute. Was immer Barbara erblickte, es wirkte schöner und besser als das, was es in ihren königlichen Burgen gab.

Die große Tafel vor ihnen bog sich unter Geflügel und Wild, Gebratenem, Gesottenem, Kraut, Wurst, frischem Brot, Knödel, Käse, Getreidebrei und vielem mehr. Bester Käse und feinste, verzierte Gebäcke vollendeten das Angebot für die Gäste. Dazu gab es geriebenes Eis mit Honig und eingelegten Früchten. Bier und Wein standen in Kannen bereit.

Drei kunstvoll gedrechselte Stühle warteten auf die Besucher und die Besucherin. Sie waren derart ausgerichtet, dass die Blicke von selbst auf den vierten, thronähnlichen Sessel fielen.

Dort harrte ihr Gastgeber deutlich erhöht, fürstlich gekleidet in gesponnener Purpurseide, behängt mit Goldketten und Ringen, einem gepluderten Oberteil, wie es keiner bekannten Mode entsprach, teils geschlitzt und durchbrochen, wodurch neue Farben darunter zum Vorschein kamen. Die Taille war eng gehalten, Oberkörper und Schultern verbreitert.

Die Züge des Mannes waren scharf geschnitten und ohne Bartwuchs, das aschfarbene Haar trug er in einem strengen Topfschnitt. Ohne die bleiche Farbe seines Gesichts wäre er als herkömmlicher und sehr reicher Mensch durchgegangen, der etwa fünfzig Sommer gesehen hatte und seine eigens geschneiderte Garderobe zur Schau stellte.

Aber Barbara wusste sogleich, dass vor ihnen ein Strigoi saß.

»Willkommen, Königin, in meinem Oltalom«, sprach er übertrieben getragen und spöttisch zugleich, um ihr zu verdeutlichen, dass ihr Titel in diesem Saal nichts galt. »Mein Name ist Lucian. Die Wahl meiner Anrede überlasse ich dir: Bán, Pán, Khan, König, Kaiser. Wie du siehst, weilst du in meinem unterirdischen Palast. Einem von vielen. Gleich dir und deinem Gemahl bevorzuge ich es, über mehrere Residenzen zu verfügen, doch mit wesentlich mehr Annehmlichkeiten.« Er vollführte eine einladende Handbewegung. »Nehmt Platz, und genießt die Speisen, die ich für euch habe zubereiten lassen. Nichts davon ist vergiftet, alles wohlfeil abgeschmeckt und mit den besten Zutaten zubereitet. Sogar Gewürze aus fernen Ländern findet ihr in den Tiegelchen. Gebt sie nach Belieben darüber und stärkt euch. Hernach möchte ich reden. Offen und frei.«

Barbara erkannte, dass Lucian sie einer Probe unterzog. *Actio, reactio.*

Daher ließ sie sich nichts anmerken und setzte sich auf den mittleren Stuhl. Sorin und Vlad flankierten sie nach kurzem Zögern. Ihre Mäntel warfen sie über die Lehnen.

»Deine Einladung kam kurzfristig. Es ist üblicherweise nicht meine Art, ohne Geschenke bei Mächtigen zu erscheinen«, gab Barbara zurück. »Und aus deiner Macht machst du wahrlich keinerlei Hehl, Fürst.« Absichtlich wählte sie einen hohen, wenn auch neutralen Titel. Behaupten konnte er viel. Womöglich war der Strigoi vom wahren Herrscher der Unterwelt vorgeschickt worden, um ihr auf den Zahn zu fühlen, bevor der sich ihnen zeigte.

»Du bist beeindruckt, Königin?«, fragte Lucian geschmeichelt. »Gut so! Denn wir werden uns nicht allzu oft sehen und sprechen. Da ist es mir wichtig, dir vor Augen zu führen, mit wem du es zu tun hast.« Er lehnte sich langsam vor und deutete mit dem rechten Zeigefinger aufwärts. Die Ringe an seinen Fingern und die Ketten um den Hals blinkten im hellen Licht auf. »*Mir* gehören die Menschen. *Mir!* Du und Sigismund mögen so tun, als wärt ihr Königin und König über Ungarn und was ihr sonst noch erobern oder verlieren werdet. Das mag die Zeit erweisen. Doch *ich* bestimme in dieser und weiteren Regionen, was geschieht. Über Leute wie Stephan, den guten Ispán von Torda, den Woiwoden Mircea in der Walachei und etliche andere Adlige. Sie tun, was ich von ihnen verlange.« Langsam ballte er die Hand zur Faust. »Kommen du und dein Mann mir bei meinen Geschäften und Vorhaben in die Quere, und ihr lasst nach einer Warnung nicht davon ab, werdet ihr schneller sterben, als ihr zwei einen Schluck Wein die Kehle hinabbringt.« Lucian warf sich mit einem bösen Lachen rückwärts in seinen Thron, die Ketten klirrten um seinen Hals. »Aber, ach, ich greife unserer Unterredung vor. Entschuldigt mein unhöfliches Vorpreschen. Esst! Das Mahl ist leichter zu verdauen als das, was ich euch eröffnen werde.«

Barbara ging auf das Spiel ein.

Je sicherer sich Lucian fühlte, umso mehr bekäme sie etwas aus ihm heraus, was er nicht hatte verraten wollen. Eitelkeit schien seine Schwäche zu sein, gefolgt von Großspurigkeit und einer gehörigen Portion Selbstgefälligkeit.

Daher nahm sie sich von jenen Speisen, an die sie heranreichte, und begann zu essen.

Wieder dauerte es, bis Vlad und Sorin sich ihr anschlossen. Sie aßen mit wenig Genuss. In dem jungen Walachen brodelte es, wie seine Blicke verdeutlichten. Dass der Name seines Vaters genannt worden war, passte ihm nicht.

»Es schmeckt ausgezeichnet, Fürst.« Barbara begann das strategische Schmeicheln. »Ich sollte meine Köche zu den deinen in die Lehre schicken.«

»Das erfreut mich. Kostet unbedingt von dem geschabten Eis mit Sirup, Honig und eingelegten Früchten! Eine Köstlichkeit sondergleichen.« Lucian betrachtete die schmausenden Menschen. »Du bist unerschrockener als viele andere, die vor dir in diesem Saal saßen, junge Königin«, stellte er fest. »Und wesentlich hübscher. Ein flinker Geist, gepaart mit Mut und Schönheit. Man wird dich schon bald hassen. Und begehren. Und nach Zurückweisungen noch mehr hassen.«

»Keine Weissagung, die ich gerne vernehme, Fürst.«

»Dafür muss ich weder magische Kräfte besitzen noch ein Prophet sein.« Lucian nahm seinen Kelch und trank einen langen Schluck. »Du fragst nicht, was ich bin?«

»Ein Strigoi. Wie einfältig könnte ich sein, etwas anderes anzunehmen?«, erwiderte sie freundlich und nahm einen Bissen vom Wildbret. Es schmeckte unbeschreiblich gut, angereichert mit Gewürzen, die Barbara nicht kannte. An die Tiegel mit den Zutaten aus dem Fernen Osten wagte sie sich nicht. Ihr Körper mochte unerfreulich darauf reagieren. »Ich frage mich nur, welche Sorte.«

Lucian lachte einmal auf. »Du hast dich kundig gemacht?« Er setzte den Kelch hart ab. »Das muss der Einfluss des Mircea-Jungen sein. Er und sein Freund, der Vârcolac. Ohne die beiden wärst du gewiss unwissend, verängstigt und eingeschüchtert von mir.« Er grinste und zeigte dabei vier lange, spitze Eckzähne. »Weil du zum ersten Mal etwas erblicktest, was du nicht kennst.«

»Bestimmt. Aber nun ist es eben anders.« Barbara ließ sich weder aus der Ruhe bringen noch vom Essen ablenken. Das Spiel war eine Herausforderung, und sie fühlte sich dem Strigoi durchaus gewachsen. »Nun?«

»Und du gibst nicht auf.« Lucian hielt den Kelch fest. »Das gefällt mir alles sehr gut. Du wirst bestimmt Ärger bereiten. Doch einerlei.« Er ließ den Inhalt des Gefäßes kreisen, den sie von ihrer Position aus nicht sehen konnte. »Ich bin ein Murony. Deine Freunde werden dir sagen können, was es genau bedeutet.«

»Und wo sind die Dschinn versteckt?«, ergriff Vlad das Wort. »Wo hast du sie verborgen? Oder nennt ihr sie gefallene Engel?« Er langte an seinen Hals und zog das Amulett heraus, das er vor einem Jahr als Geschenk erhalten hatte. Erst wies er Lucian das Kreuz, danach die vierfache Hamsa. »Rede, Strigoi! Lebt und liegt ihr gar mit ihnen zusammen?«

Barbara wäre anders und mit Fingerspitzengefühl vorgegangen. Aber das anmaßende, überraschende Vorpreschen führte zu einer aufrichtigen Reaktion auf der eben noch überheblich-amüsierten Miene des Murony.

Und diese sprach Bände.

Auf Lucians überdeutliche Verwunderung folgte Wut. Nicht auf Vlad, das erfasste Barbara sogleich. Sondern dass etwas angesprochen wurde, was nicht in seinem Sinne war. Zwar erfolgte kein Eingeständnis, doch dass die Gerüchte auf einer Wahrheit basierten, war überdeutlich.

»Das ist nur absurdes Gerede«, log der Murony eisig und schob den Kelch entnervt von sich. »Wir wüssten es, gäbe es derlei … wundersame Bewohner in unseren Städten.« Er räusperte sich und fuhr sich einmal über das glatte Gesicht, als richtete er die Züge. Prompt kehrte das alte, überhebliche Lächeln zurück. »Ich würde unverzüglich Miete von ihnen verlangen, da sie in meinem Reich leben.«

Barbara beendete ihr Mahl. Sie hatte etliches gekostet und war nun satt. »Du hast mich herbringen lassen, um mir zu drohen und mir eine Abmachung zu unterbreiten.«

»So ist es, junge Königin.« Lucian nickte und fand zurück in seine Rolle als souveräner Fürst.

»Warum ich und nicht Sigismund?«

»Weil ich die besseren Erfahrungen mit Frauen gemacht habe. Sie sind klüger als ihre Gatten«, gab der Murony herablassend zurück. »Zudem wird dein Gemahl viel auf Reisen sein. Die Zeichen stehen für ihn auf Sturm. Die Osmanen befreien sich bald aus ihrem inneren Durcheinander, und der nächste Sultan könnte sein Reich erweitern wollen. Sigismund ist nicht mehr der Jüngste. Um nach oben zu kommen, muss er sich sputen. Die Kaiserwürde ist es, was er will, nichts Geringeres.« Lucian lehnte sich vor und stützte die Ellbogen auf die Tischplatte. »Dazu muss er viele Gespräche und Kriege führen. Da du seine Geschäfte immer wieder in Ungarn führen wirst, bist du diejenige, die das Sagen haben wird. Oberirdisch.«

Barbara hielt seinen Blick. »Was habe ich davon, deinen Anweisungen zu folgen?«

Lucian legte den Kopf in den Nacken und lachte schallend.

Unterdessen öffnete sich die rechte Tür, und eine brünette Frau trat ein, wie sie Barbara noch nie in ihrem Leben gesehen hatte.

Sie maß beinahe zweieinhalb Schritt, war schlank, aber nicht fehlproportioniert, sondern schlicht größer als eine gewöhnliche Frau. Das Haar lag geflochten um den Kopf und wurde mit polierten Spangen gehalten. Sie kleidete sich weniger bunt als Lucian, ihr silbriges Seidenkleid mit der langen Schleppe, der goldene Schmuck an Armen und Fingern sowie das Geschmeide mit Granat um den Hals verdeutlichten ihre hohe Position. Barbara schätzte sie auf etwa dreißig Jahre. Die Schnürung hob betonend ihre Brüste, das Dekolleté besaß Aussparungen, durch die helle Haut sichtbar war.

Lucian winkte sie zu sich, ohne hinzuschauen. »Draga, mein Herz! Hast du vernommen, was die junge Königin sagte?«

Die riesige Frau trat zu ihm und lehnte sich seitlich an den Thron. »Das habe ich.« Der Größenunterschied ließ den Murony wie ein zum Altern verfluchtes Kind wirken, das neben seiner Mutter saß und beim Essen mit seinen Freunden beobachtet wurde. »Sie hat Mut, Geliebter.«

Vlad wies Barbara heimlich die vier verbundenen Hamsa-Symbole. Sie glommen schwach und warnend. Entweder befand sich ein unsichtbarer Dschinn bei ihnen – oder die Frau selbst war der Auslöser.

»Was soll ich ihr im Gegenzug anbieten?« Lucian wandte sich halb zu ihr um und blickte hinauf. Es störte ihn offenbar nicht, dass sie stets die Größere war. »Dafür, dass ich meine Leute in die universitas nobilium und den Woiwoden als Herrscher bekomme, damit mein Recht gesprochen wird?«

»Dann hat niemand vor mir eine Gegenleistung verlangt?« Barbara lachte absichtlich laut. »Das war töricht.«

»Das war es«, sagte Draga mit einem wissenden Lächeln. »Du willst bestimmt keine Münzen. Wir hörten, du kannst selbst sehr gut damit umgehen.«

»Ich weiß zu wirtschaften.« Barbara überlegte nicht lange. Sie benötigte noch eine ungeschönte Reaktion von Lucian. »Weiht mich in eure Pläne ein, und ich sorge dafür, dass sie schneller wahr werden. Vlad und ich können gemeinsam auf Sigismund einwirken. Wird er wirklich Kaiser, wie du sagtest, ist mit seinem befehlenden Wort *alles* zu erreichen. Oberirdisch. Mit Auswirkungen auf dein Reich.«

Lucians Blick wurde nachdenklich. »Ich verstehe nicht, was *du* davon hättest?«

»Lass mich die Mittlerin, die Wandlerin zwischen den Welten sein. Zwischen dem Oben und dem Unten«, schlug Barbara vor. »Warum nicht beide Welten verschmelzen und zu einer werden lassen?«

Lucian sog laut die Luft ein, als habe sie etwas Unvorstellbares gesagt, und setzte zu einer Erwiderung an.

»Unsere Ahnen versuchten es einst. In grauer Vorzeit. Aber das Experiment ging fehl«, antwortete Draga an seiner statt. »Die übrige unsichtbare Welt lehnte sich dagegen auf, und wir erlitten in dem Aufstand schreckliche Verluste.« Ihre Stimme bebte, der Gedanke an die Geschehnisse nahm sie sichtlich mit.

»Seither verbleiben wir bei dieser Form der Machtausübung. Für alle Zeiten«, fügte Lucian hinzu. »Dir wird etwas anderes einfallen, was du von mir haben möchtest. Alleine für deinen Mut verdienst du das Entgegenkommen.« Er zwinkerte. »Alle anderen vor dir begnügten sich damit, das Leben und ihren Thron zu behalten. Und zu schweigen.« Der Blick aus den Augen, deren Farbe dem Aschgrau der Haare ähnelten, wurde grausam und bedrohlich. »Zumindest schweigen wirst du über unsere Zusammenkunft.«

»Für dich, Mircea-Junge, und deinen Vârcolac-Freund gilt dasselbe«, sprach Draga. Ihre Augen glommen rot wie die Granate um ihren Hals. »Ihr durftet uns sehen und die glanzvolle Macht erahnen, die wir besitzen. Wagt es *niemals,* den Pakt aufzukündigen, den dein Vater aus freien Stücken mit uns geschlossen hat.«

Vlad sprang empört auf. »Das würde er niemals!«

»Hat er vorhin nicht zugehört, was ich sagte?« Lucian tat erstaunt. »Dachte er wirklich, dass sich unsere Abkommen auf die Königin beschränken?« Ruckartig wandte er den Kopf, die aschfahlen Haare im Topfschnitt schwangen. »Was glaubst du, warum dein Vater erfolgreich wurde? Weil er ein guter Regent und Herrscher ist? Wie konnte er wohl die nötigen Unterstützer für seine Vorhaben finden?« Er tippte sich zweimal auf das bunte, gepluderte Oberteil. »*Mir* verdankt er das alles! Du und deine Familie seid meiner Gnade ausgeliefert.«

»Eine infame Lüge!« Vlads Hand legte sich an den Schwertgriff, als befände er sich nicht an einem unbekannten Ort unter der Erde, umgeben von Dutzenden, wenn nicht Hunderten Strigoi. »Er ist nicht dein Hund wie der Ispán!«

»Ziehst du das Schwert auch nur eine Haaresbreite aus der Hülle, Mircea-Junge, stirbt einer aus eurem Tross«, warnte Draga mit tiefer, grollender Stimme. »Ein Toter für jede weitere Haaresbreite sichtbarer Stahl.«

»Vlad, beherrsche dich«, bat Barbara und legte eine Hand auf seinen Waffenarm.

Sie wusste, dass es keinesfalls der Drang war, seinen Vater gegen die Wahrheit zu verteidigen. Er kannte ihn nicht einmal. Ihn zerfraß der Zorn auf Strigoi, die ihnen offenbart hatten, was die Menschen für sie waren: Sklaven. Nichts weiter als Sklaven, die sie nach Belieben nutzten.

Die Knöchel der Führhand wurden weiß, so sehr presste Vlad die Finger um den Griff. Der Blick aus den braunen Augen wurde entschlossener. »Ich kenne eure Schwächen, Strigoi«, sagte er düster. »Mein Vater wollte, dass ich euch bekämpfe und auslösche. Jetzt weiß ich, weswegen!«

»Herr! Reiß dich zusammen«, rief ihm Sorin zu. »Es ist der falsche Ort und die falsche Zeit.«

Abrupt öffneten sich die Seitentüren rechts und links im Saal.

Ein Dutzend schwer gepanzerte Ritter mit geschlossenen Helmen eilte herein, ausgestattet mit langen Turmschilden und zweischneidigen Schwertern. Sie bezogen Stellung rings um Lucian und bildeten einen Wall, um den Fürsten zu schützen, sollte es nötig sein. Vor ihm und Draga ließen sie eine schmale Lücke, um die Sicht auf und für ihn nicht zu versperren.

»Dein Vater trug dir mit Sicherheit *nichts* dergleichen auf! Er weiß, dass damit seine Herrschaft als Woiwode mit der nächsten Nacht endete«, erwiderte Lucian gönnerhaft. »Du bist jung, dein Blut ist wild und heiß. Ich vergebe dir.«

»Die Worte, ja, Geliebter.« Draga nickte zu Vlad. »Aber er hat die Klinge wirklich gezogen. Das sind mindestens zehn Haaresbreiten, Junge.«

Entsetzt sahen Barbara und Sorin auf die Hand des Recken.

»Ich … wollte das nicht. Aber als die Wachen hereinstürmten, da dachte ich, sie würden der Königin …«, stammelte er zu seiner Verteidigung und schob das Schwert rasch zurück, klackend landete die Parierstange auf dem oberen Schaftende. »Es war keine Absicht.«

»Daher lasse ich Milde walten. Ich suche welche aus dem Tross aus, die mir unwesentlich erscheinen. Zehn«, versprach Draga, während sie zur Tür zu ihrer Linken ging; die Schleppe erweckte den Eindruck, als schwebte sie. »Spielen wir ein Spiel. Wenn es dir gelingt, mich in der

Klamm bei meinem Tun aufzuhalten, verschone ich die Übrigen, Mircea-Junge.« Dann war sie aus der Halle verschwunden.

»Geht zurück zu eurem Tross. Der gute Stephan bringt euch hin. Wir wissen nun beide, wo wir stehen, Königin.« Lucian deutete zur Tür in ihrem Rücken, dabei reichte ihnen der Ispán die Jutebeutel. »Ich sende einen Boten mit meinem Angebot an dich. Damit du tust, was ich dir sage, und es sich für dich lohnen soll.«

Barbara zog sich das Säckchen über und streckte die Hand nach Vlad aus. Er ergriff sie sogleich und drückte sie entschuldigend. »Halten wir es so, Fürst. Lass die Offerte nicht unter deiner und meiner Würde sein.«

Damit wandte sie sich blind um und ging los. Dieses Mal befand Barbara sich gleich hinter Stephan. Sie wollte an der Spitze schreiten, wie es sich für eine Königin gebührte.

Sie durchquerten den Saal. Das Licht nahm rasch ab, und das Laufen durch das unterirdische Reich der Blutsauger begann von Neuem.

»Schneller«, befahl sie dem Mann. »Vlad will eine Strigoi töten, auch wenn sie riesig ist.«

»Ich werde in die Höhe springen, um sie zu enthaupten«, versprach er schnaubend.

»Draga ist keine gewöhnliche Strigoi. Ich muss euch warnen«, erwiderte Stephan. »Ihre Größe kommt nicht von ungefähr.«

»Weil sie eine Dschinn ist«, stieß Vlad aus. »Das Hamsa-Amulett meiner Schwester hat sie verraten.«

»*Ein Teil* von ihr ist Blutsaugerin. Das andere vermag ich nicht zu sagen. Aber sie besitzt furchtbare Kräfte, so erzählt man sich.« Stephan ging rascher und leitete sie durch die Gänge im Fels. Es fiel Barbara schwer, dem Drang zu widerstehen, den Stoff etwas in die Höhe zu schieben, um einen Eindruck ihrer Umgebung zu erhalten. »Wer Lucian verärgert, fällt Draga zum Opfer. Einmal riss sie mit bloßen Händen einem ausgewachsenen Pferd den Kopf vom Hals, als pflückte ein Kind eine Butterblume.«

»Das Pferd hat den Fürsten verärgert?«, warf Sorin sarkastisch ein.

»Sein Reiter tat es. Weil der Mann nicht anhalten wollte, rannte sie ihm nach, holte ihn ein und enthauptete das Pferd im gestreckten Galopp mit einem Ruck.« Stephan ging um mehrere Windungen und schwenkte auf steile Aufwärtstreppen ein. »Dem Mann erging es gleich. Danach saugte sie beide aus, setzte dem Gaul den Menschenschädel auf den Hals und den Pferdekopf auf den des Schuldigen.«

»Herr, schlag ihr zuerst die Knie durch. Sonst wird das Enthaupten keine leichte Sache«, riet Sorin mit Galgenhumor.

Die Anstrengung ließ sie bald schweigen.

Stephan führte sie im schnellen Marsch durch das Unbekannte, bis sie frische, kalte Luft einatmeten, zaghaftes Vogelgezwitscher und Rabengekrächze hörten. Aus dem dumpfen Schein der Lampe wurden unvermittelt zwei, drei.

Stephan zog ihnen die Jutebeutel herab und steckte sie ein. Er hatte zwei Fackeln entzündet, die Sonne war in der Zwischenzeit versunken. Die Flämmchen zuckten und knisterten, wenn Wassertropfen in ihnen landeten. »Vergebt mir, meine Königin. Die Dinge nehmen seit Jahrhunderten einen solchen Verlauf.« Er verbeugte sich entschuldigend. »Niemand kann sich der Strigoi erwehren.«

Aus der Dunkelheit und dem Nebel, der ungebrochen in der Thorenburger Klamm stand, erklang ein erster Schrei.

Barbara hatte noch nie einen Menschen gewaltsam sterben sehen oder gehört – und doch wusste sie bei dem Laut, dass ein Leben genommen worden war. Draga hatte sich wie angekündigt an die blutige Arbeit gemacht.

»Du hast dich ihnen verkauft!«, schrie Vlad Stephan an und zog sein Schwert. »Statt dich zu widersetzen und uns zu warnen.«

»Es hätte keinen Unterschied gemacht. An meine Stelle wäre jemand getreten, der ihren Willen erfüllt.« Stephan senkte den Blick vor Scham. »Ganz wie bei deinem Vater.«

Vlad riss eine Fackel aus der Halterung und hob das Schwert zum Schlag, sein Gesicht verzog sich vor Wut. »Schweig!«

»Nein.« Barbara fiel ihm gemeinsam mit Sorin in den Arm. »Lass von ihm ab. Richte deine Wut auf Draga, wenn du schon um dich schlagen musst. Versuche, sie an ihrem Tun zu hindern, und rette jenen Menschen das Leben, statt eins zu nehmen.«

Vlad riss sich mit einem Fluch los und rannte in den finsteren Nebel. »Wo steckst du, Strigoi?«, brüllte er herausfordernd. »Zeige dich!«

»Ich muss ihm nach und ihn aufhalten, bevor sie ihm etwas antut. Ihr wartet besser bei Stephan, Herrin. Der Nebel wird sich lichten, sobald Draga ihr Morden beendet hat.« Sorin bat um Verzeihung und folgte seinem Schützling.

Barbara fiel auf, dass er nicht einmal ansatzweise in Betracht zog, dass Vlad gegen die Blutsaugerin gewinnen könnte.

Sie lehnte sich mit dem Rücken an die Wand und starrte in die Gespinste, die sich im Schein von Fackel und Lampe schleierhaft um Bäume, Felsen und Büsche schmiegten. Stephan sprach mit ihr, doch sie erfasste seine Worte nicht. Er klang weinerlich, selbstmitleidig und zerknirscht.

Es war Barbara einerlei. Sie hing ihren eigenen Gedanken nach.

Die Begegnung mit Lucian hatte ihr vor Augen geführt, dass es nicht so bleiben durfte, wie es war. Sie fühlte sich kein bisschen wie eine Königin, nicht wie die Mitherrscherin über Ungarn, nicht verantwortlich für Wohl und Weh der Menschen, die darin lebten. Der Strigoi-Fürst hatte ihr verdeutlicht, wer in Wahrheit regierte.

Ich werde es beenden. Lucian, Draga, die unterirdischen Städte. Alles, was mit ihnen zusammenhängt. Barbara schloss die blauen Augen, um die aufsteigenden Tränen der ohnmächtigen Wut vor dem Ispán zu verbergen. *Dazu bedarf es mehr Wissen.*

Den schlagenden Arm konnte Vlad übernehmen.

Am besten gab sie ihm die ritterlichsten, stärksten Kämpfer mit, die es im Abendland gab. Die Gründung eines Ordens, dessen Mitgliedschaft hohes Ansehen versprach, wäre ein guter Anfang. Mit entsprechender Einwirkung würde Sigismund der Anregung nachgeben.

Barbara benötigte Wissen über die Blutsauger. Und über Alchemie, okkulte Praktiken und Zauberei. Der Verbund all dieser drei Künste würde Lucians Art ausrotten; Feuer und Schwert allein genügten nicht.

Ich werde die Pest neu erfinden, schwor sich Barbara. *Eine alchemistische Pest, angereichert und zugeschnitten auf Strigoi und alles, was aus ihnen herausgekrochen kam. Mögen die unterirdischen Städte und Paläste stehen bleiben – es wird niemanden mehr geben, der darin wohnt.*

Vlad würde seine Heimat mit Rittern befreien, und sie würde ihm stärkende Tränke und Elixiere brauen, die ihm Kräfte verliehen, gegen die ein Strigoi lächerlich wirkte.

Und wenn es hundert Jahre dauern sollte, es wird mir gelingen. Alchemie ist der Schlüssel. Barbara öffnete die Lider. *Wissen ist der Schlüssel.*

Dann fiel ihr auf, dass die Stimme des Ispán fehlte. Sie sah sich um. Stephan war mitsamt der Lampe verschwunden.

***

Vlad hielt sein Schwert nach vorne in den dichten Nebel gereckt, damit sich Draga bei einem möglichen Angriff aus dem Dunst selbst aufspießte, und zog dazu seinen Dolch mit der Fackelhand. »Wo steckst du, Strigoi?«, rief er. Angst fühlte er nicht, das Amulett seiner Schwester gab ihm zweifache Sicherheit: Kreuz und Hamsa schützten ihn.

Als Antwort erklang ein zweiter Todesschrei aus dem grauweißen Nichts, das um ihn herumwogte und -rollte.

»Gib dir Mühe. Du hast sonst alle zehn auf dem Gewissen, Mircea-Junge«, kam Dragas Stimme aus der Nähe. »Gerade halte ich einen zappelnden kleinen Pagen. So eine zarte Kehle. Kein Bart, keine Stoppeln, die auf meinen Lippen kratzen. Nur weiche Haut. Sein Kopf wird leicht abzureißen sein. Ich trinke das sprudelnde Blut am liebsten aus den Stümpfen. Ein Labsal sondergleichen!«

Vlad ließ sie reden und folgte dem Klang ihrer Worte. Das Amulett lag um die Hand mit dem Dolch, und er schwenkte es mit der Fackel, achtete auf das Glimmen der vier Hamsa-Zeichen. Sie gaben ihm durch die Intensität des Schimmers die Richtung vor. *Du entkommst mir nicht.* Sorin hatte ihn auf einen Moment wie diesen gut vorbereitet.

Vlad schritt an einem angebundenen Pferd vorbei, das bebend und zitternd ausharrte, die Augen weit aufgerissen und auf ihn gerichtet. Das Schnauben ging rasch, weiße Atemluft schoss aus den Nüstern, als wäre das Tier allein für den Nebel verantwortlich.

Daneben ragte Dragas schwarze Silhouette empor, die den kindlichen Pagen von zehn Jahren am ausgestreckten Arm hielt. Die Beine zappelten hoch über dem Boden, das Gesicht war dunkelrot angelaufen. Der Junge in Samtschecke und weißen Strumpfhosen erstickte allmählich. Durch das sinnlose Strampeln hatte er einen Schnabelhalbschuh verloren.

Im schwachen Fackellicht erinnerte die große Strigoi an einen abgestorbenen, verwunschenen Baumstumpf, der durch einen Zauber lebendig geworden war und sich einen Unvorsichtigen gegriffen hatte.

»Da bist du ja, Mircea-Junge.« Draga lachte ihm zur Begrüßung zu. Sie trug noch immer Silberkleid und Schmuck, was sie wie eine vergessene, rachsüchtige Göttin erscheinen ließ, die kam, um ihre abtrünnigen Gläubigen zu strafen. »Das ist der Dritte. Hältst du mich auf, hast du sieben gerettet. Aber ich bezweifle es.«

Vlad steckte die Fackel in eine Felsspalte im Boden und reckte den Anhänger mit den leuchtenden Hamsa-Zeichen entschlossen nach vorne. »Lass ihn los und verschwinde!«

»Ein nettes Spielzeug hast du da. Was soll dein Schmuck gegen mich bewirken?«, erkundigte sie sich. »Muss ich schreiend die Flucht ergreifen?«

Das hatte Vlad gehofft. Anscheinend versagte das Geschenk. »Es hilft –«

»Gegen Dschinn. Aber ich bin kein Dschinn«, fiel ihm Draga ins Wort. »Versuche es erst gar nicht mit dem Kreuz. Du bist kein besonders gläubiger Mensch. Nur *dann* entfaltet es seine wahre Wirkung gegen unsereins.« Sie sah zu dem kindlichen Pagen, dessen Gesichtsfarbe zu Dunkelblau wechselte. »Er hat nicht mehr lange. Was nun?«, fragte sie höhnisch und wandte den Kopf nach links. »Gib es auf, dich anschleichen zu wollen, Vârcolac. Ich habe dich vernommen.«

Den Moment der Ablenkung nutzte Vlad für seinen Angriff.

Das Schwert zielte auf den ausgestreckten Arm der Strigoi, um ihn vom Leib zu trennen und den erstickenden Jungen aus den Klauen zu befreien. Gleichzeitig führte er den Dolch gegen ihre Körpermitte, um sie mit der zweiten Attacke zu verwirren.

Draga versetzte ihm jedoch einen blitzschnellen Tritt vor die Brust, der Vlad rückwärts gegen das Pferd warf. Das Tier wieherte schrill auf und erwachte aus seiner Starre, um sich gleich darauf vom Busch loszureißen und davonzurasen, mitten in den düsteren Nebel. Vlad wurde fast umgerissen, taumelte vorwärts.

»*Das* war dein Versuch, Mircea-Junge?« Sie lachte laut. »Vârcolac! Du bist sein Lehrmeister. Was hast du ihm beigebracht?«

Vlad ließ sich fallen – und durchbohrte den rechten Fuß der Blutsaugerin, die einen wütenden Schrei ausstieß.

Draga gab den Knaben frei und beugte sich rasch nach vorne, streckte die langen Finger nach dem Gegner aus. »Ich reiße dir den Kopf vom Hals und bringe ihn deinem Vater als Warnung!«, kreischte sie gierig. »Lass mich dein Blut kosten.«

Vlad warf das Schwert weg und ließ zu, dass Draga ihn packte: eine Hand um seinen linken Oberarm, die andere fegte den Helm davon und umspannte den Schädel.

Als ihre Muskeln anschwollen und sie ihn unwillkürlich näher zog, zückte er den unterarmlangen Pflock mit der geschliffenen Silberspitze aus der Gürtelhalterung unter dem Mantel und rammte ihn mit ganzer Kraft durch das dünne, silberne Kleid. »Vergehe!«

Das gehärtete Holz verschiedener Baumsorten glitt durch den Stoff in die Haut der Strigoi, drängte sich unterhalb der Brüste durch die Muskeln. Zuerst perforierte der kurze Pfahl die Lunge und danach das pulsierende Herz.

»Was hast du …?« Mit einem Ächzen ließ Draga ihn los und sackte auf die Knie. Sie umfasste das herausschauende Pflockende, während ihr Blut über die Lippen floss und überrot auf das schimmernde Kleid und die steinige Erde troff. Ihr Lebenssaft leuchtete im Fackelschein wie flüssige Lava.

Als sie schwache Anstalten machte, sich das vernichtende Holz aus dem Körper zu ziehen, um dem Tod zu entrinnen, hob Vlad sein Schwert auf und vollführte einen beidhändigen Hieb, der auf den Hals der Strigoi zielte. Noch im Knien war sie so groß wie er. »Du hast mich unterschätzt, Bestie!«

»Nein! Verschont Draga!« Stephan taumelte aus dem Nebel und warf sich in die surrende Klinge, fuchtelte mit der Laterne, als gäbe er verborgenen Helfern Signale. »Sonst vernichtet Lucian mein Thorenburg! Mit allen Bewohnern.«

Vlad konnte den mit enormer Kraft geführten Hieb nicht mehr abfangen. Das Schwert durchtrennte Stephans erhobenen Arm, hackte durch die obere Schulter und blieb im Hals des Ispán stecken.

Gurgelnd und verblutend stürzte er auf den Felsboden. Die Lampe zerbrach, das herausfließende Öl entzündete sich, loderte auf.

»Du hast mich tatsächlich aufgehalten, Mircea-Junge«, sprach Dragas leidvolle Stimme. »Ich gewähre den Übrigen im Tross ihre Leben, wie ich es dir versprach.«

Vlad fuhr herum und sah auf die Stelle, an der sich die Strigoi eben noch befunden hatte. Dort lag nur der blutige Pflock. *Ich muss ihr Herz verfehlt haben.*

»Ich habe dich unterschätzt. Das geschieht niemals wieder«, erklang es schmerzverzerrt aus dem Schutz des feuchtkalten, undurchsichtigen Dunsts.

Ein Schrei aus Enttäuschung und Wut flog aus Vlads Mund. »Zum Teufel mit dir! Ich hole mir eines Tages deinen Kopf, Blutsaugerin!« Er hob das Hamsa-Amulett und sah, wie das Leuchten erlosch. *Verflucht.*

»Das wird niemals geschehen«, erwiderte Draga von weit weg.

»Wie erklären wir dem Tross, was geschehen ist?« Sorin trat unvermittelt aus dem Nebel, als spuckten ihn die Gespinste aus, und begab sich mit gezogenem Schwert neben seinen Schützling.

»Opfer eines Raubüberfalls. Etwas anderes können wir nicht anbieten.« Vlad hob den Pflock mit ihrem Blut daran auf. Ihm kam ein Gedanke. »Riechst du ihre Besonderheit?« Er hielt ihn seinem Vertrauten hin.

Sorin witterte mit etwas Abstand darüber. »Es ist … ungewöhnlich, ohne dass ich zu sagen vermag, was es anders macht«, gestand er ein. »Herr, das nächste Mal wartest du auf mich. Sie hätte dich umbringen können.«

»*Ich* habe *sie* beinahe umgebracht.« Vlad bemerkte das Pochen in seinen Schläfen. Der Druck ihrer kräftigen Finger bescherte ihm Kopfschmerzen. »Wir müssen ihr Blut trocknen und aufbewahren. Mag sein, dass Barbara damit etwas anfangen kann. Sie meinte, dass Alchemie der Schlüssel sei. Finden wir es heraus.« Sein Blick richtete sich auf den von ihm erschlagenen Stephan, aus dessen tiefen Wunden das Blut herausströmte und ins brennende Öl lief. »Ich weiß nicht, ob ich Mitleid mit ihm haben soll oder nicht.«

»Er opferte sich für Thorenburg. Ein Held. Auch wenn er in den Diensten der Strigoi stand, macht es sein Opfer nicht geringer.« Sorin ließ sich auf ein Knie nieder und drückte ihm die Augen zu. »Du hast recht. Wir bleiben bei der Geschichte um die Räuber und den abgewehrten Überfall, Herr. Das macht dich für Sigismund noch –«

»Wertvoller. Als heldenhafte Geisel.« Vlad gingen Lucians Worte über seinen Vater nicht mehr aus dem Kopf. Er hob den verschmierten Pflock und betrachtete das leuchtende Blut daran. »Entweder es gelingt mir noch zu meinen Lebzeiten oder meinen Kindern. Sie werden alle die Wahrheit von mir und dir erfahren. Über Strigoi. Über ihre Taten. Sie sollen sie so sehr hassen, wie ich es tue. Meine Linie bringt zu Ende, was ich begann.«

»Ich bin bei dir, Herr. Und stets mit dir.« Sorin neigte das Haupt, die braunen Haare rutschten nach vorne. »Du hast großartig gekämpft.«

»Dass ich noch lebe und fast gewonnen hätte, ist dein Verdienst.« Vlad atmete ein und aus. »Du hast mich vorbereitet.«

»Ein Vorwurf, Herr?«

»Wie meinst du das?«

»Du sagtest ›fast‹.«

»Daran arbeiten wir beide von nun an.« Er schlug dem Vertrauten auf die Schulter. »Komm, lass uns Barbara zurück zum Wagen bringen. Der Nebel lichtet sich bereits.«

KAPITEL 3

TSCHECHISCHE REPUBLIK, HAUPTSTADT PRAG,
VIERTEL STARÉ MĚSTO, GEGENWART, WINTER

Wie gelähmt verfolgte Len, wie das Mädchen die Skizze mit der Houndbestie fallen ließ und dem doppelten Faustschlag auswich.

Die entstellte, alte Frau konnte die Wucht des eigenen Angriffs nicht abfangen und taumelte, stürzte auf das Pflaster der Brücke und sprang sofort mit einem wütenden, hasserfüllten Schrei zurück auf die Beine.

Sie brüllte etwas auf Tschechisch und verfolgte das flüchtende Kind, das eine enorme Geschwindigkeit erreichte. Viel schneller, als es eine Zehnjährige vermochte.

Passanten riefen durcheinander, und die ersten Polizisten kamen angerannt. Nach dem Vorfall mit dem mörderischen Hund waren die Streifen an dem beliebten Ort verstärkt worden.

Len wich an den Rand der Brücke aus und bewegte sich rasch, aber unauffällig weiter auf die andere Flussseite zu. Dieses Mal würde er sich nicht in die Sache verwickeln lassen. Was immer sich hier abspielte, er wollte kein Teil davon werden.

Zwei, drei mutige Männer versuchten, die erkennbar Erkrankte aufzuhalten, aber die Greisin schloss zu dem Mädchen auf, die Arme lang ausgestreckt und den Mund zu einem anhaltenden Geschrei geöffnet. Die fiebrigen Augen glänzten vor Mordgier.

»Stopp! Polizei! Bleiben Sie stehen«, versuchten es die beiden Uniformierten in verschiedenen Sprachen; sie hatten Pfefferspraydosen gezogen. »Sofort!«

Doch da machte die von Pusteln entstellte Frau einen großen Satz und bekam das Kind im Nacken zu packen, riss es mit sich zu Boden.

Len passierte das Geschehen in weitem Bogen. Was sollte er auch sonst tun? Er war kein Kämpfer und konnte nichts gegen die Rasende aufbieten.

Die Angreiferin saß auf der Zehnjährigen und drosch wie von Sinnen auf sie ein. Aber die zum Block gewinkelten Arme vor dem Gesicht durchstieß sie nicht, sie schlug wie auf eine Verteidigung aus Stahl. Als sie mit bloßen Fingern einen Pflasterstein aus dem verfugten Verbund riss, als wäre es nichts, und mit einem infernalischen Brüllen gegen das Kind einsetzen wollte, peitschten zwei, drei Schüsse.

Die Kugeln aus den Halbautomatikpistolen der Beamten schlugen in die Brust und die Schulter der Angreiferin ein. Schwarzrötliches Blut sprenkelte das Gesicht der Greisin und spritzte auf das unter ihr liegende Mädchen.

Aber die rasende Frau ließ sich nur kurz von ihrem Tun abbringen. Sie zischte die Polizisten an, zeigte zersplitterte Zähne und holte mit dem schweren Stein aus.

Nun feuerten die Männer ihre Magazine leer. Zwei Kolleginnen kamen dazu und setzten ihre Pistolen ebenfalls ein.

Die Irre ließ sich nicht bezwingen, obwohl sich in Oberkörper und Armen mehrere Einschüsse auftaten. Sie schleuderte weitere Steine kreischend nach den Polizisten. Einer fiel regungslos nieder.

Nur weg von hier! Len machte sich klein und ging schneller. Das konnte keinesfalls mit rechten Dingen zugehen.

Die Leute auf der Karlsbrücke duckten sich, um sich vor Querschlägern und Irrgängern zu schützen. Rufe und Aufschreie erklangen von überall.

Derweil wand sich die Zehnjährige schlangengleich unter ihrer entstellten, abgelenkten Peinigerin heraus. Sie blieb unten, um nicht von den sirrenden Projektilen getroffen zu werden – und machte einen großen Satz auf das Brückengeländer, um sich im nächsten Moment mit einem breiten Grinsen hinabzuwerfen.

Ein kollektiver Entsetzensschrei hallte über das Bauwerk. Auch Len blieb stehen.

So wurde er Zeuge, wie sich die Obdachlose wankend erhob, die neuerlich ausgerissenen Steine fallen ließ und auf die Brüstung zuwankte. *Sie will der Kleinen nach!*

Erst nach mehr als einem Dutzend weiteren Schüssen fiel die ächzende Angreiferin rücklings nieder und blieb zuckend liegen, bevor sie den Kopf erschlaffend drehte und ihr Leib die Spannung verlor.

Das war Lens Zeichen. Er war sicher, dass die Kameras dieses Mal alles gefilmt hatten: das Mädchen, das ihn ansprach; die Angreiferin, die sich auf das Kind stürzte; seinen Abgang.

Sollte die Polizei ihn befragen wollen, konnten sie sich bei ihm melden. Sie wussten, wo er abgestiegen war. Derzeit wollte er nur weg von der verfluchten Karlsbrücke und zur rettenden Burg.

Drăculeşti.

Das gewisperte Wort des Mädchens blieb in seinem Verstand wie die Botschaft, die es ihm überbracht hatte. Sein Blut, das alle hören würden.

Wer sollte das sein – alle?

Und welche alte Seelenheimat – das Banat? Siebenbürgen?

Ich bin in einem Horrorfilm gelandet! Len erreichte die andere Flussseite und machte sich rasch an den Aufstieg zur Prager Burg.

Am liebsten wäre es ihm, jemand spielte ihm einen Streich. Ein Hardcore-Schocker-Prank, wie sie zuhauf im Internet kursierten.

Doch eine Auflösung, die Erlösung kam nicht. Niemand fing ihn ab, kein Kamerateam tauchte auf und begrüßte ihn als Gast bei irgendeiner tschechischen Show. Es blieb bei zwei Furcht einflößenden, horrorhaften Ereignissen knapp hintereinander, in denen er zwar nicht im Mittelpunkt gestanden, doch eine deutliche Rolle gespielt hatte.

Es wird nicht lange dauern, bis die Polizei die Überwachungsaufnahmen auswertet. Len flog regelrecht den Hradschin hinauf, vorbei an den Buden und Verkaufsständen, bahnte sich einen Weg durch die Menge. Geschickt zwängte er seinen dünnen Körper durch die Lücken, ignorierte die Beschimpfungen und Mahnungen der Umstehenden. Er wollte nur möglichst weit weg von der Brücke.

Keuchend und ausgelaugt erreichte er den Veitsdom.

Das Licht der vielen Leuchtketten und Scheinwerfer auf den historischen Gebäuden, der Schutz der friedlichen Masse und die dudelnde Weihnachtsmusik verschafften Len etwas Ruhe. An diesem hellen Ort mit glücklicher Atmosphäre würde sich keinesfalls etwas Absurdes wie auf der Brücke zutragen.

Er lehnte sich an eine Mauer und atmete tief ein, aus. Ein, aus. *Ist das vorhin wirklich geschehen?* Umgeben vom Weihnachtsmarkt und einer schier anderen Welt, erschien Len das Erlebte wie ausgedacht, surreal, eingebildet.

»Ah, Herr Lenau«, sagte Jolana Černá unvermittelt neben ihm. »Sie sind pünktlich.«

»Ja. Ich war …«

»Hungrig?« Sie lächelte. »Nach Wissen, schätze ich.« Sie verabschiedete sich von einigen Männern und Frauen aus der Touristengruppe, die sie geführt hatte. »Konnten Sie meine Quellensammlung schon überfliegen?«

Len nickte. Er würde mit keinem Wort erwähnen, was ihm soeben widerfahren war. »Sehr umfangreich. Danke, Professorin.«

»Was hat Sie dazu gebracht, Ihre Reisegruppe im Stich zu lassen?« Jolana trat neben ihn und betrachtete den trubeligen, quirligen Markt. Sie trug die gleichen praktischen Outdoormix-Sachen wie am Tag zuvor. »Doch nicht etwa Ihre Neugier auf die Schwarze Königin?«

»Mir sind Geldbeutel, Papiere und Handy geklaut worden«, sagte er. »Die Botschaft kümmert sich schon. Aber ohne Ausweis keine Weiterreise.«

»Wie schade.« Jolana machte ein böses Gesicht. »Den Dieb soll der Blitz treffen!«

Len verkniff sich zu sagen, dass den Mann etwas anderes getroffen hatte und er den Blitz vermutlich überlebt hätte. *Aber nicht diesen riesenhaften Höllenhund.* Er wollte das Thema vor der Professorin nicht vertiefen – und am liebsten vergessen. »Bestimmt.«

Jolana ging los. »Kommen Sie. Ich zeige Ihnen etwas, Herr Lenau. Sie haben es vielleicht sogar schon gesehen. Aber nicht *so.*«

Er folgte ihr durch das Gewühl über die Burg, entlang der Mauer und stand nach ein paar Abzweigungen in der Zlatá ulička, dem Goldenen Gässchen, wie es genannt wurde.

Len hatte es mit der Reisegruppe besucht und war ein wenig enttäuscht – zudem beschlich ihn wieder die Gewissheit, dass ihn jemand beobachtete. Inzwischen machte es ihm keine Angst mehr. Jedenfalls heute nicht. Es war zu viel geschehen, um sich darum auch noch Sorgen zu machen.

»Ich sehe es an Ihrem Gesicht. Sie haben mit etwas Spektakulärerem gerechnet«, sagte ihm Jolana auf den Kopf zu.

»Na ja. Es ist so ziemlich die berühmteste Straße in Prag.« Len und die Professorin traten an den Rand des engen Weges und ließen die Ströme vorbeiziehen. »Wir waren mit der Gruppe bereits hier. Kafka wohnte dort, und im sechzehnten Jahrhundert sollen Alchemisten da geforscht haben.«

Jolana zog einen Schlüssel aus der Tasche, mit dem sie das erste Haus aufsperrte. »Aber jetzt haben Sie es für sich.« Sie ließ ihm den Vortritt, wimmelte einige erstaunte Touristen ab, die hinterherwollten, und schloss nach sich ab. »Das Goldmachergässchen.« Sie schaltete das Licht ein.

Len fand sich in einem nachgebauten Alchemistenlaboratorium wieder. Feuerstellen, Tiegel, Kolben, Tinkturen, Apparaturen und weitere Instrumente, deren Namen er nicht kannte. »Und sehr … sagen wir …«

»Es hat nichts mit echter Historie zu tun«, sagte Jolana. »Ein bisschen oberflächliches Wissen, um Besucher zu unterhalten und dazu zu bringen, später in den Souvenirläden Geld auszugeben.« Sie setzte sich halb auf den Tisch, hinter dem eine forschende Wachsfigur in mittelalterlicher Robe stand. »Rudolf der Zweite war von Alchemie besessen. Er hatte verschiedene Gelehrten einquartiert, die für ihn Gold und den Stein der Weisen anfertigen sollten. Manche davon haben ihn ordentlich über den Tisch gezogen und sackweise Münzen aus ihm herausgeholt.«

»Das war wann noch mal?«

»1552 bis 1612 war seine Lebensspanne, die gut begann. Hoffnungsvoll. Gebildet, der Kunst zugeneigt, ein gutes Gespür für Politik und Förderer von etlichen Künstlern der damaligen Zeit. Aber dann schlugen vermutlich Schizophrenie und Depressionen durch«, sagte sie bedauernd.

»Das klingt, als wären Sie dabei gewesen.«

Jolana lächelte versonnen. »Sie trauen mir alchemistische Kenntnisse zu, die mir das Leben verlängern, Herr Lenau?«

»Sie sind eine Expertin für die Schwarze Königin. Wer weiß, welche Formeln Sie dabei gefunden haben?«, erwiderte er grinsend.

»Rudolf hat sich zurückgezogen, gesoffen, sich vor Hexen und Giftanschlägen gefürchtet«, fasste sie zusammen. »Sein Ausweg sah er in der Alchemie, der Astrologie und anderen okkulten Praktiken.«

»Auf der Suche nach einem Allheilwundermittel.«

»Sozusagen. Um dem Elend zu entkommen, den Sieg über die inneren Dämonen und die äußeren Feinde zu erlangen.« Jolana deutete auf die Wachsfigur. »Man hat Ihnen bei der Führung bestimmt nichts darüber gesagt, *wer* alles für Rudolf forschte.«

»Nein.«

»Ich erspare Ihnen die detaillierte Aufzählung. Schauen wir auf die Bekanntesten: John Dee und Edward Kelley, der als sein Medium fungierte.«

»Er konnte mit Toten sprechen?«

»Engel waren damals angesagter.« Jolana richtete die Robe der Puppe. »Sie waren beide Mystiker, Alchemisten, Magier. Dee gelang es sogar, zwischendurch wegen schwarzer Magie, Zauberei und Verrat angeklagt zu werden.«

Len staunte. Das hatte man ihm wirklich nicht gesagt. »Ich sehe schon: Die Grenzen zwischen Wissenschaft und Wahn verliefen fließend.«

»Durchaus. Dee und Kelley mussten 1583 auf Druck des päpstlichen Legaten aus Prag verschwinden, kehrten aber einige Jahre später zurück. Rudolf war misstrauisch geworden und setzte Kelley erst mal für ein paar Jahre in den Kerker.« Jolana deutete durch das Labor. »Ernst von Bayern und Friedrich I. von Württemberg ließen ebenfalls in Sachen Alchemie forschen. Aber nur Dee und Kelley erfanden eine neue, magische Sprache, durch die sie mit Engeln kommunizieren und deren Willen verkünden konnten. Die henochische Sprache. Mit ihr sprach auch Gott zu den Engeln, behauptete Dee.«

Len wunderte sich nicht weiter darüber. »Man hat die beiden nicht verbrannt?«

»Nein. Dafür waren sie zu gewitzt. Aber sie führten ziemlich bewegte Leben.« Jolana erhob sich. »Sei es die henochische Sprache oder die vielen anderen Dinge, auf welche die Gelehrten der Alchemie, der Magie, der Sternenkunde zurückgriffen: Ohne die Vorarbeiten der Schwarzen Königin gäbe es all das nicht.«

Len horchte auf. »Wie das?«

»Barbara von Cilli bekam ein bedeutsames Geschenk, als sie auf dem Konzil von Konstanz war. Mit diesem Konzil begannen ihre Schwierigkeiten erst richtig.«

Len lauschte gebannt und verlor das Zeitgefühl. Einzig die Kälte erinnerte ihn, dass einige Minuten verstrichen sein mussten. Wie die Professorin erzählte, sog ihn regelrecht in die andere Welt, in ein sagenhaftes Mittelalter, in dem es wohl doch so etwas wie Magie und finstere Mächte gab. Dass eine Wissenschaftlerin wie sie davon sprach, als sei es Realität, machte es für Len nur glaubhafter.

»Ist das nicht spannend?«, erkundigte sich Jolana, vor deren Mund sich die Atemluft als weiße Wolke auffächerte. »Haben Sie schon mal darüber nachgedacht, dass Ihr Ahne womöglich dicht an allem dran war?« Sie sah ihn ergründend an und setzte das Monokel vors braune Auge, in dem sich goldene Sprengsel zeigten. »Als Drăculeşti.«

Len stöhnte auf. »Nicht Sie auch noch.«

»Vergeben Sie mir, dass mich das Thema nicht loslässt. Vor mir steht, wenn man so möchte, lebendig gewordene Geschichte.« Sie deutete an dem jungen Mann einmal hoch und runter. »Der Nachfahre eines sehr bekannten, leider vollkommen missverstandenen Geschlechts.«

Er runzelte die Stirn. »Was meinen Sie damit?«

»Die Härte und Grausamkeit von Vlad dem Zweiten sowie das blutige Handwerk, das er und seine Söhne ausführten, hatte verborgene, tiefere Gründe als jene, die uns die Geschichtsschreibung berichtet.« Jolana betrachtete ihn nachdenklich. »Darüber forsche ich in meiner Dissertation, und ich reise morgen nach Mělník, wo die Schwarze Königin ihre letzten Tage verbrachte. Offiziell. Dort gibt es in Archiven Hinweise, die meiner Aufarbeitung harren. Und ich frage mich, ob Sie Lust haben, mich zu begleiten. Sie könnten mir zur Hand gehen. Als Hilfswissenschaftler. Ich zahle zwanzig Euro die Stunde.«

Len dachte an den jüngsten Vorfall auf der Karlsbrücke. Abstand zu Prag, zu den grausamen Geschehnissen käme ihm durchaus recht. Außerdem wollte er herausfinden, was es mit seinem Dasein als Drăculeşti auf sich hatte. Das Gerede darüber und das unheimliche Kind, das ihn angesprochen hatte, verlangten danach, mehr Licht auf seine Abstammung zu werfen.

Wer, wenn nicht die Professorin, konnte etwas darüber herausfinden? Mělník wäre ein Anfang.

Len zögerte trotzdem. »Ohne Papiere?« Er brauchte nicht noch mehr Scherereien.

»Es gibt keinen Grund, Sie unterwegs zu kontrollieren. Wir sind innerhalb Tschechiens unterwegs«, erwiderte Jolana beruhigend. »Mělník ist schnelle dreißig Minuten von hier. Und falls die Polizei doch etwas von Ihnen will oder einen Aufstand wegen Ihrer Ersatzpapiere machen will, sage ich zu Ihren Gunsten aus.«

Len überlegte kurz und nickte schließlich. »Ich bin gerne Ihr Mitarbeiter, Frau Professorin.«

»Ausgezeichnet!« Jolana klatschte zufrieden einmal in die Hände. »Vielleicht entdecken die Augen eines Drăculeşti mehr als meine.« Sie tippte sich an das Monokel, es klickte leise. »Sie haben auf alle Fälle die besseren, Herr Lenau.«

»Bevor man mich umbringt, weil ich von einer der Vlad-Linien abstamme, können Sie mir verraten, was man den Drăculeşti nachsagt? Damit ich vorgewarnt bin?« Mit dem halbherzigen Scherz erhoffte sich Len einen Hinweis. »Irgendeine historische Sache?«

Schlagartig wurde Jolana ernster. »Wie meinen Sie das, Herr Lenau?«

»Na ja. Gelte ich als verflucht? Mache ich jemanden durch Berühren zum Ausgestoßenen? Ist irgendwas mit meinem Blut nicht in Ordnung, das mich zu einer Kreatur der Hölle macht?«, zählte er auf. »Was ist mit den Drăculeşti?«

Das Schweigen der Professorin stand lange im Raum. Die Geräusche von draußen drangen nicht in das Innere des nachgebauten Laboratoriums und erschufen die Illusion, sich am einsamsten Ort der Welt zu befinden.

»Sie würden die Kreaturen der Finsternis anziehen, Herr Lenau.« Damit ging Jolana zur Tür und entsperrte sie.

Ein Schauder rann vom Scheitel abwärts über Lens Körper, die Härchen im Nacken richteten sich unter der dicken Kleidung auf. »Sie … kämen vorbei und würden mich als ihren Herrscher ansehen?«, krächzte er. Erneut hatte er es als Scherz zu formulieren versucht, aber der heitere Ton gelang ihm nicht.

»Oh, leider nein. Sie kämen, um Sie zu töten.« Sie öffnete den Ausgang einen Spalt, und das Stimmengewirr der vorbeiströmenden Besucher huschte herein. »Ihre Vorfahren haben eine Schneise des Todes in die Anderswelt geschlagen. Sie erinnern sich an den Vlad Ţepeş, den Pfähler?«

»Ja«, würgte Len heraus.

»Er war der effektivste, herzloseste der Drăculeşti. Und der verhassteste bei den Vampiren.« Jolana lächelte abrupt. »Aber das sind nur Legenden. Prüfen wir die Fakten in Mělník.« Sie ließ ihm den Vortritt. »Ich hole Sie morgen am Hotel ab. Punkt neun. Wir sind schnell in dem bezaubernden Städtchen. Es hat Charme und Flair. Barbara wusste damals schon, was sie an der Landschaft und dem leckeren Wein schätzte.«

Len trat in den Fluss aus Leibern, der ihn augenblicklich erfasste und mitzog. Glühweinseligkeit, der Geruch von karamellisierten Mandeln, laute Unterhaltungen mit und ohne Handys und ein Posaunenchor aus der Entfernung erinnerten ihn deutlich daran, wo er sich befand.

Jolana stand an der Tür des Häuschens und winkte ihm nach.

Dieses Mal nahm sich Len ein Taxi, als er den Fuß der Burg erreichte. Über die Karlsbrücke brachten ihn keine zehn, keine hundert Pferde mehr. Für ihn war der Überweg verflucht. Auf ewig.

Aus Neugier prüfte er mit dem Tablet, was die Nachrichten über die Vorkommnisse auf der Brücke schrieben.

Die sozialen Medien quollen über vor reißerischen Kommentaren und Beiträgen. Es gab Filmchen, die zu Lens Erleichterung erst nach der Attacke einsetzten. Er erschien in keinem davon.

Die seriöseren Nachrichten sprachen von einer verwirrten Frau, die wegen eines tätlichen Angriffs auf ein zehnjähriges Mädchen von der Polizei erschossen werden musste. Es hieß, die Verwahrloste habe an verschiedenen hochansteckenden Krankheiten gelitten, die binnen weniger Stunden zu ihrem Tod geführt hätten. Die Polizei bat Personen, die direkten Kontakt zu ihr gehabt hatten, in Quarantäne zu bleiben und sich telefonisch bei einer Hotline zu melden. Die fraglichen Krankheiten waren absichtlich nicht aufgeführt.

Kontakt? Len schloss für ein, zwei Sekunden die Augen und ging die absurde Szenerie im Kopf noch einmal durch, was ihn immense Überwindung kostete.

Nein, er hatte keinen unmittelbaren Kontakt gehabt.

Das zehnjährige Mädchen war gefunden worden. Es hatte den Sprung von der Karlsbrücke in die eisigen Fluten der Moldau nicht überlebt.

In einem Verschwörungsforum wurde behauptet, dass die Leiche des

Kindes Würgemale und ein gebrochenes Genick aufgewiesen habe. Kein Wasser in der Lunge, kein Ertrinken, das habe die rechtsmedizinische Untersuchung ergeben. Zudem hieß es, dass der Todeszeitpunkt zwei Tage *vor* dem Vorfall auf der Brücke läge. Ein Fehler beim Einpflegen der Daten seitens der Behörden?

Ein Diskussionsteilnehmer wies auf den Polizeibericht hin: Darin stand, dass die Leiche des Mädchens, acht Stunden bevor die Obdachlose auf es losgegangen sei, gefunden worden war. Als Beleg postete er den offiziellen, geschwärzten Fundbericht der sterblichen Überreste.

Len wurde schlecht vor Angst. *Was war das für ein Ding?*

***

TSCHECHISCHE REPUBLIK, STADT MĚLNÍK, GEGENWART, WINTER

Die Fahrt nach Mělník verlief recht ruhig, sowohl was den Verkehr als auch was die Konversation im olivgrünen Lada Niva der Professorin anging. Nach einer kurzen Begrüßung und dem Austausch von Höflichkeiten konzentrierte sich Jolana auf das Lenken des Wagens.

Das gab Len die Möglichkeit, etwas vor sich hin zu dösen.

Er hatte in der vergangenen Nacht kaum Schlaf gefunden und im Internet fieberhaft nach weiteren Berichten zu den Vorfällen auf der Karlsbrücke gesucht, was ihn ebenso wenig beruhigt hatte wie die Legenden rund um die Schwarze Königin.

Gegen Mitternacht hatte er sich gesagt, dass Angst keine Option sein durfte. Sie machte ihn schwach und die Situation noch verrückter. Also hatte er ein Bad genommen und versucht, dem Ganzen mit Struktur beizukommen.

Sollte es stimmen, was das Wesen in Gestalt des Kindes zu ihm gesagt hatte, blieb sein Problem nicht auf Prag beschränkt. Der »Ruf seines Blutes« sei bis in seine Seelenheimat gelangt. Durch sein Erscheinen seien alte Mächte erweckt worden.

Nun saß er mit tausend Fragen, die ihm seine Großmutter vielleicht hätte beantworten können, in der Fremde. Ohne jegliche Papiere. Er erwog, seine Oma anzurufen, doch die Geschichte erschien ihm zu unübersichtlich und rätselhaft, um sie ihr verständlich darzulegen. Er musste die Dinge für sich erst ordnen.

Len hatte im schaumig-blauen Wasser an seiner schmächtigen Statur hinabgeschaut. Nichts deutete darauf hin, dass er aus einer Maurermeisterdynastie stammte. Auch dass er keinerlei Geschick und Interesse diesbezüglich entwickelte, machte seinen Stand in der Familie nicht besser. Er war allenfalls ein dünner Pfahl, aber kein Pfähler wie sein möglicher mittelalterlicher Vorfahr. Len blieb ein Mann des Geistes, des Haderns und Zweifelns.

Daher brauchte er mehr Wissen. Über seine uralten Ahnen, seine gegenwärtigen Gegner und darüber, was ihm bevorstand.

Immerhin mochten ihm die Archive von Mělník die günstige Gelegenheit bieten, schon mehr über die Drăculeşti zu erfahren, um sich vorzubereiten, so gut es ging. Es würde noch andere Waffen geben als unhandliche Holzpfähle.

Mit der Professorin besaß er eine vorzügliche Verbündete. Ihre Neugier bezüglich seiner Abstammung wollte Len nutzen. Vielleicht konnte er sie dazu bringen, Literatur und Aufzeichnungen über die Drăculeşti ausfindig zu machen und nicht nur über die Schwarze Königin zu forschen. Ohne sie und ihre Sprachkenntnisse wäre jede Suche in mittelalterlichen, multilingualen Quellen sinnlos.

Dahindösend erwuchsen Traumgebilde in Lens Verstand. Die zahlreichen volkstümlichen, mitunter grausamen Geschichten über die Schwarze Königin erschufen wunderschön-erschreckende Bilder in seinem Kopf.

Eine attraktive Frau, mit langen schwarzen Haaren und in majestätische, dunkle Kleidung gehüllt, trat aus weißem Nebel und schwebte über opalblauem Wasser. Ihr Blick richtete sich auf Len, während um sie herum verschiedene Tiere erschienen und sich hinter ihr versammelten wie eine Armee. Wolf, Luchs, Wildkatze, Dachs, Marder, Hirsch und Bär funkelten den jungen Mann wütend an.

Dann hob die Frau den linken Arm, der in einem überlangen, schwarzen Handschuh steckte. Wie aus dem Nichts erschien auf dem Handrücken ein großer, nachtdüsterer Rabe mit bläulich roten Augen. Der blutige Schnabel öffnete sich zu einem todverheißenden Krächzen.

Das opalblaue Wasser lief ab, und zu den Füßen der Frau wurde ein Leichenstapel sichtbar. Die Kadaver zeigten Kratzer und Hackspuren im Gesicht, sämtliche Augen waren herausgepickt.

Da breitete der finstere Rabe die Schwingen aus und stieß sich von der Hand der Schwarzen Königin ab. Len hob die Arme zur Abwehr und schloss die Lider – um sich mit dem nächsten Blinzeln auf der Spitze eines Turmes hoch über einer Stadt wiederzufinden.

Vor ihm stand die Schwarze Königin, der majestätische Stoff wehte in einem beständigen Wind, der auch mit ihren dunklen Haaren spielte.

»Ich habe genug von dir, mein Geliebter. Gehe zu den anderen, deren ich überdrüssig wurde.« Noch ehe Len etwas erwidern oder tun konnte, berührte sie ihn an der Brust und stieß ihn von der höchsten Zinne.

Die Stadt und der gepflasterte Boden rasten heran.

Plötzlich war der Rabe wieder da und hackte krächzend auf sein Gesicht ein, die Krallen schrammten über die Haut, zerrissen sie.

»Herr Lenau?«, drang Jolanas Stimme in seinen dämmernden Verstand.

»Ja?« Mühsam hob er die schweren Lider und rieb sich die Augen. Der Rabe war verschwunden und seine Pupillen unbeschädigt. Sein Herz klopfte immer noch rasch. »Sind wir da?«

»Fast. Ihr Tablet macht Geräusche. Ich glaube, Sie bekommen einen Anruf?«

»Danke fürs Wecken.«

Len sah bergiges, ländliches Gebiet ringsherum, auf dem sich eine durchgehende Schneedecke ausbreitete. Die Professorin hatte ihm beim Losfahren von den alten, traditionsreichen Weinbergen rings um Mělník erzählt. Die Rebstöcke erzeugten einen Tropfen von gutem Ruf, in erster Linie Müller-Thurgau, Ryzlink rýnský oder auch Rheinriesling, Modrý Portugal, wie der Blaue Portugieser hieß, und natürlich die traditionelle Sorte Rulandské modré, Spätburgunder. Sie schien ein Faible für Wein zu haben.

Weithin sichtbar stemmte sich Schloss Mělník auf einem Hügel über dem Zusammenfluss von Moldau und Elbe empor. Er kannte das Bild aus dem Reiseführer. Noch wenige Minuten bis zum Ziel.

Als Len das Tablet aktivierte, sah er Klaras Ruf-Icon aufblinken. Schnell steckte er sich die Kopfhörer ins Ohr und öffnete die Verbindung.

Die junge Frau wurde zusammen mit Oma Mokka auf dem Bildschirm sichtbar. Zwei Generationen vereint, die Ähnlichkeit zwischen ihnen ließ sich nicht leugnen. »Hallo, Len! Na, wie …?« Klara bemerkte den Fahrzeughimmel und die sich bewegende Umgebung. »Oh, du bist unterwegs? Zu uns?«

»Nein, in die andere Richtung. Nach Mělník«, sagte Len bedauernd. »Zusammen mit Professorin Černá. Sie hat mich eingeladen, sie bei ihren Recherchen zu unterstützen. Damit ich abgelenkt werde.« Siedend heiß fiel ihm ein, dass er seiner Begleiterin nichts von den Vorkommnissen auf der Karlsbrücke verraten hatte und Klara nichts vom letzten wusste. »Von … dem Überfall.«

»Das ist aber nett von ihr.« Klara wirkte beruhigt und enttäuscht zugleich. Das schwarze Barett, das sie heute trug, gab ihr etwas Verwegenes. »Dann hast du Unterhaltung.«

»Ich vermisse dich und deine Großmutter trotzdem«, betonte er. *Mehr, als du ahnst.*

»Wir dich auch. Ich fühle mich schon direkt viel älter ohne dich an meiner Seite.« Klara grinste. »Und Oma auch.«

»Ja, das tue ich. Die Alten färben ab«, sagte Oma Mokka prompt und lächelte. »Hat die Botschaft schon gesagt, wie lange es dauert, Junge? Die Reise geht zwar noch eine Weile, und wir haben noch einige Stationen. Aber du verpasst so unglaublich viel! Außerdem muss ich dann deiner Großmutter alles erzählen, und darauf habe ich gar keine Lust.«

Klara rempelte sie sachte an und lachte leise.

Len seufzte schwer. »Kann ich leider nicht sagen.«

»Dann habt mal viel Spaß auf Schloss Mělník. Wir reden heute Abend.« Klara warf ihm einen Handkuss zu. »Und nicht wieder ausrauben lassen.«

»Spinnst du? Das Tablet brauche ich! Sonst können wir nicht reden.« Len winkte zurück und beendete das Gespräch.

»Sie und die junge Dame sind ein bezauberndes Paar«, kommentierte Jolana von der Seite.

»Sind wir nicht«, erwiderte er und seufzte nochmals. Das war der Laut seiner Reise. Über Lachen hätte er sich mehr gefreut. »Kein Paar, meine ich. Nur … Freunde.«

»Oh, verzeihen Sie! Ich dachte bei unserem Zusammentreffen, dass Sie beide zusammengehören, Herr Lenau. Sie wirkten sehr vertraut im Umgang miteinander.« Jolana deutete ein entschuldigendes Nicken an. »Was haben Sie vorhin geträumt? Sie erwähnten die Schwarze Königin bei Ihrem Schläfchen. Mělník scheint sich auf Sie auszuwirken.«

»Habe ich das? Oje.« Das war Len peinlich. »Im Vorfeld unseres Besuchs hab ich Sagen und Legenden über sie gelesen. Davon sind einige im Traum zu mir zurückgekehrt.«

»Ah, verstehe. Sie haben die düsteren Verleumdungen über sie gelesen.«

»Ich dachte, ich bereite mich gründlich vor.«

»Welche?«

»Die Sache mit dem abgerichteten Raben, der sich auf Menschen stürzt. Und dass sie den Bestien des Waldes befahl. Und ihre Liebhaber vom höchsten Turm stürzte, wenn sie genug von ihnen hatte.«

»Die kroatische Sichtweise. Das hing alles mit Barbaras Burg Medvedgrad an den Südhängen des Medvednica zusammen. Dort galt sie als Alchemistin, Hexe und Teufelsflüsterin, die ihre Seele dem Leibhaftigen verkauft haben soll, um der Belagerung von Burg und Stadt durch die Türken zu entgehen.«

»Stimmt. Das waren die Vorwürfe.« Und noch einige mehr, an die sich Len kaum erinnerte. »Sie hat sich mit der Hilfe von Unschuldigen vom Pakt befreien können und zahlreiche Leben dafür geopfert.«

»Wie ich schon anmerkte: die Frucht der päpstlichen Propaganda und Verleumdung. Und Menschen *lieben* solche Geschichten!« Jolana orientierte sich kurz und bog von der Landstraße ab. »Die Kroaten erzählen sich auch, dass es Tunnels von Gradec und Kaptol in die Stadt Medvedgrad gibt. Dort liegt angeblich der Schatz der Schwarzen Königin, die ihn in der Gestalt einer Schlange hütet und bewacht.«

Diese Legende kannte Len noch nicht. »Kommt auf den Stapel zu den anderen.«

»Amüsieren Sie sich darüber, aber halten Sie sich wie ich an die Fakten.« Sie lenkte den Lada über die Stadtgrenze und folgte den Wegweisern zur Burg. »Willkommen in Mělník!«

»Danke.« Len fiel es seit den Vorkommnissen auf der Karlsbrücke schwer, die Legenden nicht als Fakten zu betrachten oder ihnen zumindest einen wahren Kern zuzugestehen.

»Ignorieren Sie die generische neue Bebauung, und freuen Sie sich auf die Altstadt. Was Sie da oben sehen, ist das Renaissanceschloss. Der erste Bau bestand aus Holz, im Mittelalter wurde er durch ein Bollwerk aus Stein ersetzt«, referierte Jolana. »Das war Barbaras Alterssitz, wenn Sie so wollen. Sie besaß mehr als eine Burg, wie Sie sich denken können.«

Len gefiel der Anblick. »Aber so prächtig hat es nicht ausgesehen.«

»Nein. Mittelalterliche Burgen hatten wenig Romantisches. Der erste Umbau zum neuen Stil erfolgte 1542. Nach dem Dreißigjährigen Krieg kam der barocke Südflügel dazu.« Jolana bog ab und steuerte einen ausgeschilderten Besucherparkplatz an. Etliche Winzereien und Weinläden waren ebenso auf Hinweisschildern angepriesen wie das Stadtmuseum und die Kirche St. Peter und Paul samt Gebeinhaus. »Seit dem achtzehnten Jahrhundert gehört das Schloss der Fürstenfamilie Lobkowitz, wenn auch mit Unterbrechungen. Es gibt noch viele Dinge zu renovieren und zu rekonstruieren.« Sie parkte den Wagen auf einem freien Stellplatz. »Alte Gemäuer und ihre Geheimnisse, Herr Lenau. Immer spannend.« Sie stieg aus.

»Das ist es wohl.« Len folgte ihr ins Freie, wo ihm strenge Kälte entgegenschlug. Außerhalb von Prag besaß der Winter mehr Kraft. Der eisige Wind vertrieb jeden Ansatz Wärme aus der Umgebung, obwohl die Sonne vom blauwolkigen Himmel schien.

Trotz des dicken Pullis und einer Daunenjacke fröstelte Len umgehend. Einmal mehr wäre er für ein paar zusätzliche Kilos auf den Rippen dankbar gewesen.

Der Professorin schien die Kälte nichts auszumachen, ihre hüftkurze, dünne Weste über dem Hemd stand offen. Sie nahm einen altertümlichen Rucksack aus dem Kofferraum und warf ihn sich über die Schulter; das alte Leder passte perfekt zu ihrer schräg vor der Brust getragenen Bauchtasche.

»Dreiundzwanzig böhmische Königinnen und Prinzessinnen lebten über die Jahrhunderte hinweg in Mělník. Die Schwarze Königin war eine von vielen, denen es an diesem Ort gefiel. Mir auch.« Sie zeigte zum Renaissanceschloss hinauf. »Das Wahrzeichen, zusammen mit St. Peter und Paul.«

Auch Len fand die vor ihm liegende, in Ringen angeordnete Altstadt bezaubernd. Endlich fühlte er sich nicht mehr verfolgt. Das mochte am Sonnenschein und der wunderschönen Lage des Städtchens liegen – oder er war der unentwegten Beobachtung tatsächlich entkommen. Das erleichterte ihn ungemein.

»Fangen wir mit der Erkundung an.« Jolana ging los in Richtung Touristeninformation.

Das passte Len überhaupt nicht. »Bitte, ich brauche keine Stadtführung.« Er sah hinauf zum Renaissanceschloss. Sein schöner Plan drohte ins Wanken zu geraten. Er sah sich bereits Stunden durch die Gassen wandeln, um zwischendurch noch mehr Zeit mit einem Mahl oder einer Weinprobe im Chateau Mělník, wie die Schlosskelterei vermarktet wurde, zu verlieren. So hatte er sich die Recherche nicht vorgestellt. »Ich dachte, wir gehen in die Archive, Professorin?«

»Tun wir auch, Herr Lenau.« Sie blieb nicht stehen.

Verwundert folgte er ihr und betrat die Touristeninformation. Es roch nach feuchtem, kaltem Stein, obwohl die Heizung hörbar rumorte und ein kleiner Wärmelüfter lief.

Die Angestellten wechselten einige rasche Worte auf Tschechisch mit Jolana und reichten ihr zwei laminierte Pässe, von denen sie einen an Len weitergab. Danach erhielten sie zwei Helme und starke Handlampen.

»Wir gehen unter Tage?«, fragte er verblüfft.

»In das Mělníker Kellergeschoss«, bestätigte die Professorin. »Sie werden Augen machen, Herr Lenau.«

Durch eine eigene Tür betraten sie die verborgene Welt.

»Schon im dreizehnten Jahrhundert begann man mit den Grabungen unter der Stadt. Der tiefste Gang liegt fünfundzwanzig Meter unter der Oberfläche«, erklärte Jolana und ging voran. »Der Sandstein und der Mergel des Mělnice-Hügels boten sich dafür an.«

»Sie sind auch hier keine Unbekannte, Professorin. Zu was haben Sie noch alles Schlüssel?« Len setzte den Helm auf. Er fühlte sich wohler damit. Die Lampe ließ er aus, die LED-Lichter im gegrabenen, abgestützten Korridor reichten aus. Teils waren die Wände gemauert, teils spannten sich Tragbogen unter der Decke und leiteten die Last gewölbegleich zur Seite ab.

»Wer forschen will, benötigt Mittel. Die können mannigfaltiger Art sein. Ich bevorzuge gute Verbindungen.« Jolana leuchtete in Seitengänge, vor denen mehrfach abgesperrte Gittertüren angebracht waren, damit die Touristen nicht versehentlich falsch abbogen und verschollen gingen. »Diese Tunnel verlaufen unter der gesamten Stadt. Die Menschen nutzten sie als Keller, Lebensmittel- und Warenlager, man versteckte sich in Brand- oder Kriegsfällen darin. Andere verbargen hier auch ihre Wertsachen.«

»Ist es nicht zu klamm und feucht für Papier und Pergament?«

»Ist es. Dafür waren die Stollen auch nicht gedacht.« Die Professorin zeigte auf das Hinweisschild. »Da ging es lang.«

»Wohin?«

»Zum breitesten Brunnen der Republik, mit etwa viereinhalb Meter Durchmesser, dessen Tiefe nochmals knappe fünfundfünfzig Meter beträgt. Aus dem vierzehnten Jahrhundert. Auf diese Weise hielten es die Verborgenen hier tagelang aus. Und manche Wege führen auch aus der Stadt hinaus.« Jolana blieb vor einer Gittertür stehen und öffnete das Schloss. »Aber wir nehmen diesen Weg.« Sie ließ ihn durchgehen und versperrte den Gang hinter ihnen.

Len schaltete die Handlampe ein und leuchtete einmal über Decke, Wände und Boden. Deutliche Grabungsspuren, alter Stein, Kippenreste, Verpackungen und zwei korrodierte Batterien lagen umher. »Wohin führt der Gang?«

Jolana nahm einen alt wirkenden Plan aus ihrer Brusttasche. »Wichtiger ist, an was er vorbeiführt.« Sie ging voran und leuchtete die Wände ab. »Achten Sie auf Markierungen, Herr Lenau. Vorzugsweise ein alchemistisches Kürzel.«

»Ist gut.« *Als wüsste ich, wie so was aussieht.* »Und dann?«

»Finden wir hoffentlich etwas, wonach ich seit Jahren suche.« Sie fuhr mit der anderen Hand über die gemauerte Wand. »Antworten. In einem ganz besonderen Archiv.«

Schweigsam arbeiteten sie sich den Gang entlang, der immer sauberer wurde, je weiter sie vordrangen. Er musste schon lange nicht mehr betreten worden sein.

»Hat sich nie jemand gewundert, dass es hier nichts gibt?« Len kam sich ein wenig vor wie Indiana Jones, nur ohne tödliche Fallen und Rätsel.

»Es gab etwas. Früher. Die Seitengänge wurden genutzt, um Grabungsdreck zwischenzulagern, später als Vorratskammern für Dinge, die kühl gelagert werden mussten. Einst roch es hier nach Sauerkraut, Salzfleisch und Räucherwaren.« Jolana rieb sich über das Gesicht und setzte das Monokel ein. »Ich werde eindeutig alt.«

Da entdeckte Len Schnörkel an der Wand, die ein Zeichen sein mochten. »Professorin?«

Sie eilte zu ihm. »Ja! Sehr gut! Ich habe es übersehen. Ein Hoch auf Ihre Augen, Herr Lenau.«

»Und was bedeutet es?«

Sie lachte einmal auf. »Natürlich! Verzeihen Sie mir. Woher sollten Sie es auch wissen? Wie gut, dass Sie es überhaupt gesehen haben.« Mit dem kleinen Finger fuhr sie die Gravuren nach. »Die alchemistischen Symbole für Erde, Eisen und Quecksilber.« Sie sah sich im Gang um, leuchtete suchend umher und hob eine abgebrochene, hölzerne Deckenstütze auf.

»Und jetzt brauchen wir –«, setzte Len an, als die ältere Frau das pfeilerartige Stück mit großer Kraft unterhalb des Eisensymbols der Länge nach gegen die Wand schmetterte.

Die Steine gaben unter dem Einschlag sofort nach, die Mauer brach auf mehr als einem Meter Höhe nach innen ein. Ein Loch tat sich auf, durch das sich ein Mensch ohne Anstrengung schieben konnte.

»Alter Mörtel. Feucht hält er nicht«, erklärte Jolana dem staunenden Len. »Das hätten Sie auch so leicht geschafft, Herr Lenau.« Sie sah in die Dunkelheit dahinter und atmete vorsichtig ein. »Riecht ungefährlich. Wir können weiter.«

Da war sich Len nicht so sicher. Und der knochentrockene Speis an den Steinresten wirkte alles andere als marode. Dafür erkannte er an einigen Stellen Unterschiede in der Mauerung. »Frau Professorin.«

»Ja?« Sie hatte sich gerade durch die Bresche schieben wollen.

»Ich glaube, vor uns war schon jemand drin und hat das Loch wieder verschlossen.« Er zeigte auf seine Entdeckung. »Plünderer?«

Jolana leuchtete nach vorne und schob sich ins Innere. »Plünderer hätten sich nicht die Mühe gemacht, ihren Frevel zu verbergen. Kommen Sie, Herr Lenau!«

»Aber was dann?«

»Schlimmeres«, antwortete sie dumpf von drinnen.

Len mochte die Andeuterei nicht im Geringsten. Er hatte sich mit nach Mělník begeben, um in alten Unterlagen zu suchen, und nicht, um in einbruchgefährdeten Stollen und Kammern wie ein Zwerg herumzukrauchen. Und das nur, weil sich die Professorin für eine Archäologin hielt statt für eine Historikerin.

Die Lichtlanzen der schweren Handlampen stachen durch die trockene Finsternis, in der aufgewirbelter Staub flirrte und wie verrückt gewordener Schnee von unten nach oben stob. Hier war es weniger kalt als in den begangenen Stollen.

Ein riesiges Gewölbe von gut acht Metern Höhe und zehn Metern im Durchmesser tat sich vor ihnen auf. Vereinzelte Pfeiler stützten die neuralgischen Punkte der Deckenkonstruktion ab.

Die gebündelten Strahlen wanderten über etliche umherstehende Einrichtungsgegenstände, große, kleine, eckige und runde, die unter rissigen, löchrigen Leintüchern verborgen lagen. Der Stoff hielt Schmutz davon fern, so gut er es bei seinem Zustand noch vermochte. Es blieb ungewiss, was sich darunter befand. Die fünf Meter hohen, langen Regale an der rechten Wand beherbergten wahrscheinlich eine Bibliothek.

Ringsum machte er zwei gemauerte Feuerstellen aus, in die sich ein erwachsener Mann stellen konnte. Die dazugehörigen Kamine waren mit Sicherheit verschlossen, sonst wäre die riesige Halle längst bemerkt worden.

Ein ungewöhnlicher Duft hing in der Luft, eine Mischung aus etlichen chemischen Substanzen, einer Apotheke nicht unähnlich. Nicht ätzend oder reizend, aber verwirrend und unbestimmbar. Woher er rührte, wusste Len nicht auf Anhieb zu sagen. Die bunten Verfärbungen an den Wänden und am Boden ließen ihn vermuten, dass die Chemikalien in den Stein eingezogen waren.

»Da drüben. Das sind Bücher. Oder Aufzeichnungen.« Jolana hatte die großen Regale ausgemacht und bewegte sich darauf zu. Das Licht brannte sich durch die Finsternis, ihre Stimme hallte leicht nach.

Len wollte ihr nach – und entdeckte mit dem nächsten Schwenken der Lampe drei lange Tische, die zu einem Dreieck zusammengeschoben worden waren.

Darauf lagen Dinge mit menschlichen Umrissen, abgedeckt mit dem eingerissenen Tuch.

In der Mitte des Dreiecks befand sich ein geschnitzter thronähnlicher Stuhl, auf dem eine teilmumifizierte Leiche saß; hier und da schimmerten Knochen unter der geplatzten Haut. Der Tote trug eine schwarze Robe, in der im hellen Schein silberne Stickereien aufleuchteten. Auf dem hellgelockten Haupt saß ein kronengleicher Stirnreif, in dem Edelsteine blinkten und glitzerten.

»Oh, Scheiße«, entfuhr es Len, und schnell senkte er seine Lampe. Er wollte das nicht länger sehen. Der Indiana-Jones-Level war ihm deutlich zu hoch.

Die Steine im Reif schimmerten noch immer.

Gleich darauf flammten die Augen des vermeintlichen Toten dunkelblau auf. Ein dumpfes, hasserfülltes »Fekete királyné!« drang aus dem mumifizierten Hals. Dann stieß der Leichnam einen krächzend-heiseren Schrei aus, der Hunderte Jahre in der Kehle gewartet hatte.

Und die drei Toten auf den Tischen rings um ihn richteten synchron die Oberkörper auf.

»Wir versprechen, dass wir ohne Betrug und Hinterlist unserem erwähnten Herrn König und unserer Herrin Königin, seiner Gemahlin, und ihrer Nachkommenschaft beiderlei Geschlechts den rechten Gehorsam und ständige Treue bewahren werden. (…) Wir werden unseren Herrn, den König, die Königin und ihre Nachkommenschaft treu unterstützen und beschützen.«

Aus der Gründungsurkunde des Drachenordens, 12. Dezember 1408

»Ir bischofe und ir edelen pfaffen, ir sît verleitet,
seht wie iuch der bâbest mit des tiuvels stricken seitet.
saget ir uns daz er sant Peters slüzzel habe,
sô saget war umbe er sîne lêre von den buochen schabe.
daz man gotes gâbe iht koufe oder verkoufe
daz wart uns verboten bî der toufe.
nû lêretz in sîn swarzez buoch, daz im der hellemôr
hât gegeben und ûz im leset sîniu rôr.
ir Kardinal, ir decket iuwern kôr,
unser alter frône, der stêt under einer übelen troufe.«

»Ihr Bischöfe und Ihr edlen Geistlichen, Ihr seid verführt!
Seht, wie Euch der Papst mit des Teufels Stricken umgarnt!
Sagt Ihr uns, dass er Sankt Peters Schlüssel besitze,
so sagt, warum er dessen Lehre von den Heiligen Schriften tilgt.
Dass man Gottes Gaben kaufe oder verkaufe,
was uns durch die Taufe verboten wurde,
lehrt ihn sein schwarzes Buch, das ihm der Höllenmohr
gegeben hat. Aus ihm lest seine Briefe,

Ihr Kardinäle, und deckt Euren Chor,
unser Altar des Herrn dagegen, der steht unter einer üblen Traufe.«

Walther von der Vogelweide: Verführte Geistlichkeit,
aus: Unmutston (1213)

»Ja nicht wenige von denen, die sich mit Zauberei abgegeben hatten, brachten die Zauberbücher auf einen Haufen zusammen und verbrannten sie öffentlich. Als man ihre Preise zusammenrechnete, kam der Betrag von fünfzigtausend Drachmen heraus.«

Apostelgeschichte 19,19. Menge-Bibel 1939.

CAPITULUM III A

Verschriftlichung der diktierten Tonaufzeichnung, dramatisiert, basierend auf persönlichen Aufzeichnungen, verfasst nach dem Studium von originalen, bislang unausgewerteten Quellen von und um Barbara von Cilli.
Preisgabe der zeitgenössischen Schriftstücke/Quellen nicht genehmigt.

Die nachfolgenden Geschehnisse erklären, wie Barbara zu ihrem Ruf als Vampirin kam – der nicht nur auf die Schmutzkampagne ihrer Widersacher zurückgeht.
Die Ereignisse während des Konzils von Konstanz erklären zudem, wie Barbara an ihr immenses alchemistisches und okkultes sowie astronomisches Basiswissen gelangte bzw. wie der Grundstein für ihre genialen Formeln etc. gelegt wurde.
Möglicherweise liegt auch darin ein Hinweis, wer für den Tod von Sigismunds erster Frau verantwortlich ist.

Jahr: Ende 1414
Historischer Hintergrund: Barbara und Vlad sind jetzt um die vierundzwanzig.
Ihnen ist es gelungen, Sigismund im Jahre 1408 zur Gründung des Drachenordens zu bewegen, ein Sammelbecken von 22 hochrangigen Kriegern und Baronen, die zum Schutz des Christentums und der Königsfamilie verpflichtet wurden.
Vordergründig.
Vlad und Barbara hingegen sehen ihn als Grundstock für ihre Armee gegen die Vampire.
Im Oktober 1409 brachte Barbara eine Tochter, Elisabeth, zur Welt, was für riesige Freude bei Sigismund sorgte.
Insgeheim waren die Königin und Vlad einige Jahre ein Liebespaar, so vermute ich anhand der sehr persönlichen Quelle. Die Tochter ist jedoch von Sigismund. Die Erziehung der kleinen Elisabeth übernehmen über-

wiegend Ammen, damit sich Barbara auf ihre Aufgaben als Königin konzentrieren kann.
In den Jahren 1412 bis 1414 kam es zu einer langen Trennung zwischen König und Königin. Der machtfreudige Herrscher verfolgte seine Ambitionen in Europa (Konflikte mit Polen und Venedig) und reiste umher. Barbara leitete die Geschäfte des Königreichs Ungarn derweil mit ihrem Hofstaat.
Sigismunds Pläne gingen auf und mündeten in einen immensen Erfolg: die Krönung der beiden am 8. November 1414 in Aachen zu König und Königin des Heiligen Römischen Reiches Deutscher Nation.
Damit steht der Kaiserwürde kaum mehr etwas entgegen.
Bis auf die Frage nach dem Papsttum – denn ohne legitimen Papst gibt es keinen Verleiher der Kaiserwürde.
Also reisten Sigismund und Barbara alsbald durch verschiedene deutsche Städte bis nach Konstanz, wo durch Sigismunds Vermittlung ein Konzil abgehalten werden soll, um die mehr als dreißig Jahre andauernde Spaltung (Schisma) der abendländischen Kirche zu beenden.
Denn es gibt inzwischen drei Päpste samt verschiedenen Unterstützern und unterschiedlichen Interessen.
Sollte Sigismund das Kunststück gelingen, eine Einigung zu finden, käme er dem Kaiserthron bedeutend näher.

Und dann ist da noch der böhmische Prediger und Hochschulgelehrte Jan Hus, der wiederum eine eigene Kirchenlehre entwickelte und enormen Zulauf in Böhmen besitzt. Häresie liegt in der Luft.
Sigismund sagt Hus zwar freies Geleit für eine Unterredung in Konstanz zu, doch das wird von den Vertretern der Kirche nicht eingehalten. Hus landet in einem Kerker der Reichsstadt.
Viel Spannung im Vorfeld und im Verlauf des Konzils.

Nicht zu vergessen Johann »Janko« Hunyadi aus Siebenbürgen, ein Günstling von Sigismund und tapferer Kämpfer, etwas älter als Vlad und Barbara. Dazu ein fanatischer Verteidiger des christlichen Glaubens – mit einem Raben im Familienwappen ...

***

REICHSSTADT KONSTANZ, 25. DEZEMBER ANNO DOMINI 1414

Barbara saß bei Kerzen- und Lampenschein über ihren Büchern.

Da sie mit keinerlei repräsentativen Aufgaben und Besuchern mehr rechnete, hatte sie das prunkvolle, enge blaue Kleid mit den raffinierten Nähten und der einengenden Brustschnürung gegen ein anderes getauscht. Am liebsten wäre ihr ein Mantel über dem Untergewand gewesen, aber dies erschien ihr doch zu gelöst. An den Füßen steckten bequeme, wärmende Schnabelschuhe.

Barbara las in den Werken antiker Alchemisten, um einmal mehr eigene Gedanken zu dieser Wissenschaft niederzuschreiben und Versuchsanordnungen zu notieren, die sie unbedingt in den kommenden Tagen durchführen wollte. Das Feuer knisterte heimelig im Kamin und sandte Wärme in die Kammer.

Die königliche Unterkunft im *Haus zur Leiter* war inzwischen vollständig bezogen, die nötigsten Kisten mit Kleidung und sonstigen Dingen des Hausstandes ausgeräumt. Alles hatte seinen Platz gefunden, auch wenn es nur vorübergehend war. Nach etwas Erholung von der elend langen Anreise wollte Sigismund zum ungarischen Gefolge ins Kloster Petershausen außerhalb der Stadt umziehen.

Aber Barbara lehnte es ab, in der Diaspora zu verharren, wo Konstanz mit seinen achttausend Seelen voller Leben und Neuem steckte. Festmähler, Prozessionen, Tanzveranstaltungen, Turniere und Ausflüge warteten auf sie.

Sie hatte bereits den *Freiburger Hof* für ihren Mann und das *Bündrichhaus* für sich angemietet. Die Gebäude lagen in der Münstergasse, dicht an der Kathedrale, dem Versammlungsort des Konzils. Sie wollte etwas erleben und zugleich eine sichere Bleibe haben – für sich und für jene Dinge, die niemand außer ihr und Vlad sehen sollte.

Schon beim Aufbruch nach Aachen zur Krönung hatte Barbara gewusst, dass die Reise länger dauern würde. Daher war ihre Tochter Elisabeth im sicheren Burgpalast in Ofen geblieben. Das Reisen in dieser Jahreszeit war zu unsicher und konnte den Tod für das einzige Kind des Königs bedeuten. Sei es durch einen Unfall, einen Überfall oder durch

Krankheiten, die mit der Kälte kamen. Die Ammen kümmerten sich um das fünfjährige Mädchen.

Zugleich hatte Barbara alles auf einen der vielen Wagen packen lassen, das sie für ein alchemistisches Laboratorium benötigte. Sie hatte Vlad vorausgesandt, um ein kleines Lagerhaus oder Ähnliches in Konstanz ausfindig zu machen, wo sie ihre Gerätschaften aufbauen und nutzen konnte. Keine leichte Aufgabe. Die Stadt platzte wegen des Konzils aus allen Nähten. Alleine das Gefolge des Königspaars bestand aus zweitausend Mann.

Barbara und Vlad wollten nur kurz in Konstanz verweilen. Zu lange hatten sie den Kampf gegen die Vampire schleifen lassen. Die Beilegung des Schismas und Hus' Prozess kümmerten sie nicht. Die Königin und der junge Walache waren frustriert, weil sie keinerlei Fortschritte errangen und genau wussten, dass Lucian in der Heimat schaltete und waltete, wie es ihm beliebte. Die Pflichten einer nunmehr zweifachen Königin ließen sich jedoch nicht einfach abschütteln.

Es pochte an der Tür.

»Herein«, bat Barbara und hob den Blick, die langen schwarzen Haare lagen unter einem weißen Balzo, der den Kopf ähnlich einem Turban bedeckte.

Vlad trat über die Schwelle, gekleidet in Kettenhemd und Teilharnisch, darüber ein Umhang mit viel Pelzbesatz. Die dicke, hellrote Strumpfhose schützte recht gut vor der Kälte. An seinen geschnürten, braunen Halbstiefeln hing ein Rest Schneematsch, den er am Türrahmen abstreifte. »Erledigt.« Schnell nahm er das Barett ab, und die schwarze Mähne fiel über seine Schultern.

»So rasch?« Barbara mochte seinen Anblick. Der Dreitagebart stand ihm so ausgezeichnet wie das lange Haupthaar.

»Oh, es war alles andere als rasch. Du hast nur die Zeit vergessen.« Er hängte den Mantel mit den überlangen, weiten Ärmeln an einen Haken, setzte sich ihr gegenüber auf den Stuhl und sah sich nach Getränken um. Er roch nach alchemistischen Zutaten, Kälte und etwas Schweiß. »Ich bin schrecklich durstig. Haben dich die Mägde auf dem Trockenen sitzen lassen?«

Barbara fiel nun erst auf, dass sie über das anregende Studium der

Schriften sowie das Aufschreiben ihrer eigenen Erkenntnisse das Trinken völlig vergessen hatte. Ihr Mund war beinahe staubig.

Sie nahm ein Glöckchen vom Fensterbrett und schlug es einmal an.

Sogleich erschien Magdolna, bei der sie heißen Würzwein, Bier und Kräutersud bestellte. Auch eine Kleinigkeit zu essen solle nicht fehlen. Wie stets trug die Hofdame die dämonisch anmutende Hörnerhaube. Die letzten zehn Jahre hatten der Mittfünfzigerin tiefe Falten beschert, deren Entstehung sie auf Barbara schob, wie sie in Unterhaltungen gern fallen ließ. Die Vorliebe für Eichhörnchenpelzkragen am geschnürten, gelben Kleid war geblieben.

»Ich wusste nicht, dass du dein ganzes Laboratorium mitgenommen hast«, sagte Vlad, nachdem die Hofdame gegangen war, und prüfte aus Schicklichkeit, ob der dreieckige Latz der Hose geschlossen war. »Ich habe lange gebraucht, um die Kisten abzuladen und den Inhalt aufzubauen.«

»Das ist nicht alles. Nur das Nötigste. Auf meinen Burgen habe ich sehr viel mehr Ausrüstung, wie du weißt.« Barbara deutete über ihre Aufzeichnungen. »Genug der Theorie. Es ist an der Zeit, dass ich mich an die Versuche begebe. Ich habe einige vielversprechende Formeln ersonnen.«

»Das ist dringend nötig.« Vlad sah aus dem Fenster, vor dem Schnee beständig auf Konstanz hinabrieselte. Er wirkte niedergeschlagen trotz der guten Kunde. »Wir errangen all die Jahre keinen Erfolg gegen Lucian.«

»Sag, wie es wirklich ist: Wir haben nicht einmal damit *begonnen.*« Barbara räumte den Tisch mit wenigen Handgriffen halbwegs auf, um Platz für Essen und Getränke zu machen, die ihnen just von einer Magd unter der Aufsicht der Hofdame gebracht wurden.

Bis Magdolna und die Bedienstete gegangen waren, sprachen sie über die vielen angereisten Abordnungen des Klerus, den eingesperrten Jan Hus und die Erwartungen, die an Sigismund und die Kurie gerichtet wurden, was die Frage nach dem Papst und dessen Residenz anging: Rom oder Avignon. Niemand sollte von den brisanten Geheimnissen unter der Walachei und Transsilvanien wissen. Vernähme es Magdolna oder die Magd, wüsste es alsbald der gesamte Hof.

Erst mit dem Verlassen der beiden Frauen kehrten sie zum Kern ihrer Unterhaltung zurück, während sie aßen und tranken.

»Wann unterrichtest du den Drachenorden vom wahren Grund seiner Existenz?« Vlad griff nach dem Bier.

»Der Kampf gegen die Blutsauger muss sorgfältig geplant sein. Solange sich keine alchemistischen Erfolge einstellen, fehlt es uns an Schlagkraft«, wandte Barbara ein.

»Sorin und ich haben Erkundungen über die Strigoi, Upire, Vampire oder wie die Bestien jenseits Transsilvaniens und der Walachei sonst heißen, eingeholt. Wir haben sie mit dem alten Wissen abgeglichen.« Vlad stürzte das Bier hinab. »Die Blutsauger sind sehr variantenreich. Teils sind die Vorstellungen und Namen bereits von Dorf zu Dorf verschieden, und doch meinen sie stets das gleiche Scheusal.« Genervt langte er nach dem heißen Würzwein. »Ich mach es kurz: Sie sind *überall.* Ohne die vernichtende Wirkung deiner Alchemie ist es wahrlich ein aussichtsloser Kampf.«

Das erhöhte den Druck auf Barbara. »Das ist mir bewusst. Konzentrieren wir uns auf ihre Gemeinsamkeiten.« Sie hob nacheinander aufzählend drei Finger. »Sie brauchen das Blut der Lebenden, man kann sie pfählen, und danach – sind sie tot.«

»Ich würde enthaupten und verbrennen als beste Vorgehensweise ansehen.« Vlad setzte den dickwandigen Becher ab. »Was sollen deine überarbeiteten Rezepturen bewirken? Willst du ihre Schädel zerspringen lassen? Oder die Bestien einen Weißdornsamen verschlucken lassen, der mittig in ihnen zu einem Holzpflock wird?«

»Nein. Aber ihre Körperflüssigkeiten erhitzen, sodass sie von selbst in Flammen aufgehen. Als würden sie von unsichtbarem Feuer innerlich angegriffen«, erklärte Barbara. »Dabei nutze ich jene Säfte, die es in den Untoten selbst gibt. Solange sie nicht aus Sand bestehen oder es sich um gänzlich ausgetrocknete Leichname handelt, vermag ich sie in Brand zu stecken.«

Vlad wirkte beeindruckt. »Das ist gewiss?«

Barbara schüttelte den turbanhaft gezierten Kopf. »Deswegen meinte ich: Ich muss es ausprobieren. An einem Strigoi«, sagte sie wie selbstverständlich. »Wir fangen uns welche, wenn wir in Ofen sind.«

Ein lautes Lachen flog aus Vlads Kehle. »Du klingst, als wäre es so einfach, wie Schlingen für Kaninchen auszulegen!«

»So in etwa werden wir vorgehen. Dank dir und Sorin wissen wir, wo es welche Art von Strigoi gibt, welche Opfer sie bevorzugen, welche Kräfte sie besitzen. Das macht die unauffällige Jagd auf sie wesentlich einfacher. Wir nehmen die tumben Friedhofsblutsauger für meine Experimente. Lucian darf nicht mitbekommen, was wir tun. Wir halten uns von seiner Stadt in der Thorenburger Klamm fern.« Barbara erinnerte sich genau an die Drohung des Vampirfürsten, auch wenn das Zusammentreffen etliche Jahre zurücklag.

Es hatte sich in ihre Erinnerung eingebrannt und würde für immer dort verweilen.

Mehr als einmal war sie nachts aus Albträumen hochgeschreckt, die ihr der Murony aus Gehässigkeit im Schlaf sandte. Ein Gruß, ein Memento mori – und der Beweis, welche Kräfte er besaß. *Verfluchter Zauberer.*

Zugleich konnte es um schädlichere oder größere Hexerei bei ihm nicht gut bestellt sein. Sonst hätte Lucian sie längst verstärkt eingesetzt. Das beruhigte sie etwas. Und sie würde sich eigene Zauberbücher beschaffen.

Erneut pochte es an der Kammertür. »Meine Königin, Ihr habt Besuch«, rief Magdolna durch das Holz. »Wollt Ihr Euch rasch umkleiden, um standesgemäß zu erscheinen?«

»Es ist spät am Abend.« Vlad sah Barbara misstrauisch an. »Erwartest du jemanden?«

»Nein. Und Sigismund würde sich nicht höflich anmelden lassen.« Barbara wurde neugierig. »Sind es weitere Geschenke zur Krönung?«

»Oder ein Barde, der auf Geheiß seiner Herrschaft deine Schönheit besingen will?«, führte Vlad mit einem breiten Grinsen fort. »Dein Wuchs, deine Lebhaftigkeit, dein heiteres Wesen ist Gegenstand von allerlei Gerede in Konstanz. Und du bist kaum einmal zwei Tage in der Stadt. Dein Ruf eilt dir voran. Was wird das erst, wenn du dich unter die Feiernden gemischt hast?« Er nahm einen Schluck Würzwein. »Nicht *einer* lobte dein Geschick im Umgang mit Ungarn, während dein Gemahl umherreiste und Verbündete fand.«

»Ihr Männer. So seid ihr, und so wird es immer sein.« Barbara räusperte sich. »Magdolna, wer ist es?«

»Zwei jüdische Gelehrte«, antwortete die Hofdame.

»Oh, wir lagen beide falsch«, sagte Vlad leise und machte ein gespanntes Gesicht.

Barbara verspürte keine Lust, ihre Garderobe zu wechseln, nur um Präsente in Empfang zu nehmen, ganz gleich, wer sie ihr brachte. Sie schaute auf ihre tintenfleckigen Finger und grinste. Der Besuch sollte ruhig erfahren, wie wissbegierig und fleißig die Königin war, auch zu dieser späten Stunde.

»Magdolna, lass die Besucher vortreten«, sprach sie mit lauter Stimme.

»Aber meine Königin, Ihr seid nicht –«

»Herein mit ihnen«, beharrte Barbara.

Vlad erhob sich unterdessen und übernahm die Aufgabe eines Leibwächters, gerüstet und eine Hand am Griff seines Schwertes.

Sie fand seine Sorge rührend.

Auch wenn die Stadt nur so von Wachen wimmelte, lockte das Konzil allerhand zwielichtige Gestalten, Gesindel und Beutelschneider an. Die Aussicht auf Münzen und Schmuck, die es bei Klerus und Adel in den Wirtshäusern oder auf der Gasse zu holen gab, zog sie an. Aber dass es jemand wagte, die Königin des Heiligen Römischen Reichs und Ungarns in ihrer Unterkunft in Verkleidung zweier jüdischer Gelehrter zu überfallen, hielt Barbara für absolut hanebüchen.

Magdolna öffnete den Eingang mit säuerlicher Miene.

Ein junger und ein älterer Mann traten ein, gekleidet in einfache, helle Gewänder unter dicken Umhängen. Während das Gesicht des jüngeren ein gestutzter dunkelbrauner Vollbart zierte, bevorzugte sein älterer Begleiter einen längeren, weißen Kinnbart, der ihm Würde und Weisheit verlieh.

Beide trugen jeweils einen eingestickten gelben Ring in Brusthöhe auf Gewand und Umhang, der sie als Juden erkennbar machte. Die Kirche hatte vor mehr als zweihundert Jahren schon auf der Kennzeichnung von Andersgläubigen bestanden.

Unmittelbar nach dem Hereinkommen blieben sie stehen und verbeugten sich tief, nahmen die gelben Mützen ab. Eigentlich waren gleichfarbige Spitzhüte als Tracht vorgesehen, doch Wetter und Kapuzen machten das Anlegen unmöglich. Der Jüngere schleppte eine schwere Umhängetasche aus Leder.

»Mögen Euch Jahwe und das Gute ein langes, wundervolles Leben schenken, meine Königin. Ich bin Abraham, und dies ist mein Schüler Zacharias«, stellte der Ältere sie vor. »Wir sind Teil einer größeren Abordnung jüdischer Gemeinden, die Euer Gemahl und einer der Päpste nach Konstanz bat. Nicht offiziell, um die Kurie nicht zu verärgern.« Er legte eine altersfleckige Hand gegen die Brust. »Zacharias und ich stammen aus Lyptzk.«

Barbara nahm an, dass sie ein Geschenk für ihren Gemahl in der Tasche brachten. Sigismund hatte neulich erst jüdische Gemeinden in verschiedenen Städten unter den Schutz der Krone gestellt. Ein Dank für die Dienste, den Rat und den finanziellen Beistand seitens der Juden für den König. Da man ihren Gatten schwerlich bei den wichtigen Unterredungen stören durfte und die jüdische Delegation nicht dem offiziellen Protokoll angehörte, erschienen sie nun bei ihr.

»Nichts Minderes für euch beide, Abraham und Zacharias.« Barbara machte eine einladende Handbewegung. Dennoch fühlte sie leichte Enttäuschung. Sie hatte auf eine spannendere Unterredung gehofft. »Tritt vor und sprich.«

»Was ich zu sagen habe, meine Königin, ist nur für Eure Ohren bestimmt«, eröffnete Abraham zögerlich. »Ein Geschenk, das *Ihr allein* haben sollt. Das beginnt bereits mit dem Wissen darüber, um was es sich handelt.«

Barbaras Neugier war erneut entfacht. Sie schickte Magdolna von der Schwelle und ließ sie die Tür von außen schließen. »Dieser Mann genießt mein vollkommenes Vertrauen. Vor ihm kannst du reden wie zu mir«, erklärte sie mit Blick auf Vlad.

»Wenn es Euer Wunsch ist, meine Königin.« Abraham ließ Zacharias vortreten.

Geschickt löste der Jüngere zwei Splinte und zog die dünne obere, schützende Lederhaut der Lasche zurück. Darunter kam eine zweite zum Vorschein, die mit allerhand alchemistischen, mystischen und religiösen Schutzsymbolen geprägt war.

»Ihr seht die Symbole darauf und wisst vermutlich, dass es sich bei der Tasche um einen magischen Schutz handelt, meine Königin«, erklärte Abraham. »Es soll die Mächte des Bösen davon abhalten, den Inhalt mit der Kraft von Dämonen und Zauberei zu entwenden.«

Vlad hob langsam die dunklen Augenbrauen. »Haltet ein!« Die rechte Hand schloss sich um den Schwertgriff, die linke hingegen nahm das Amulett aus Kreuz und Hamsa unter dem Harnisch hervor. »Weswegen kommt ihr damit zur Königin? Magie, Hexerei, Dämonen sind nichts, mit dem man sich leichtfertig abgibt.«

»In der gelehrten Welt spricht sich herum, dass die Königin seit Jahren auf der Suche nach Abschriften von alchemistischem Wissen ist, ganz gleich, in welcher Sprache. Ihre Wissbegier nach den Geheimnissen der Welt beeindruckte bereits viele kluge Köpfe«, antwortete Abraham. »Und sie sucht nach Aufzeichnungen über dämonische Wesen, die ihr Strigoi nennt.« Er richtete die hellblauen Augen auf Barbara. »Wir wollen einen Beitrag zu Eurer ehrenvollen Aufgabe leisten, meine Königin, und überbringen Euch ein Instrument, mit dem Bösen fertigzuwerden, das Eure Heimat plagt.«

»Dann muss es etwas Wertvolles sein«, befand Barbara aufgeregt. »Ich hoffe für euch beide, dass es nichts ist, was mein Leben in Gefahr bringt?«

»Das kann es nur, wenn Ihr es ohne Vorbereitung einsetzt und sein Wissen nutzt, meine Königin. Ich erkläre es Euch«, erwiderte Abraham. »Aber lasst mich mit einer Weissagung beginnen, die uns die Sterne verrieten.«

Zacharias strich über die Tasche, murmelte unverständliche Silben, woraufhin die Zeichen aufleuchteten. Das Leder knackte und knisterte. Als die Geräusche endeten, öffnete er die Schnallen und schlug die Lasche zurück. Er hatte den Schutzzauber aufgehoben.

Barbara verspürte nichts als reine Faszination. Sie schöpfte Hoffnung, dass die Tage der Entmutigung ein Ende fanden. »Bevor du und dein Schüler mich mit Sternenweisheit überzieht, lasst mich erst über dich etwas hören«, bat sie. Sie wollte die beiden Gelehrten besser einschätzen. Noch lieber hätte sie Sigismund befragt, der die Delegation nach Konstanz eingeladen hatte. »Ihr seid aus Lyptzk, sagtest du?«

»Ja, meine Königin. Ich verleihe Geld an die Adligen im Umland der

Stadt und handle mit Häusern.« Abraham lächelte und strich über den gelben Kreis auf seinem hellen Gewand. »Ich weiß, was Ihr sagen wollt: noch ein reicher Jude.«

»Weil die Bibel den Christen das Geschäft mit Zinsen verbietet. Was wären die Christen ohne euch? Abgebrannt«, gab Barbara freundlich zurück. »Ich kenne die Missgunst, die eurem Volk deswegen entgegenschlägt, aus der bisweilen großer Hass und gnadenlose Verfolgung werden, ganz gleich, in welchem Reich des Abendlandes.«

»Wie weise Ihr sprecht. Beides kam vor und wird nicht zum letzten Mal geschehen sein, meine Königin. Euer Gemahl ist umsichtig und dankt uns die Dienste mit Schutzerlassen.« Abraham ließ sich von Zacharias eine Lederrolle aus der Tasche geben, öffnete sie und nahm ein Stück beschriebenes Papier heraus. »Ihr interessiert Euch ebenso für Astronomie und die Sprache der Sterne, erfuhren wir.« Er trat behutsam an den Tisch und legte eine Zeichnung darauf ab.

Barbara erkannte Sternbilder, die mit dünnen Linien verbunden waren, auf denen hebräische Anmerkungen geschrieben standen. »Wenn du damit Sterndeutung meinst, bin ich vorsichtig. Ich weiß nicht, ob uns diese leuchtenden Punkte etwas über das Kommende verraten. Mir sind die Gestirne lieb, um mich des Nachts nach der Himmelsrichtung zu orientieren.«

»Und doch eröffneten sie uns Gefahren, meine Königin.« Abraham deutete auf die Punkte. »Die Sternbilder der Cassiopeia, des Draco und des Corvus stehen in einer schicksalhaften Verbindung. Ihr seid Königin Cassiopeia. Draco steht für jemanden aus dem Drachenorden, den Ihr und Sigismund gegründet habt. Und sobald wir Corvus zuordnen …«

»Yanko. Johann Hunyadi. Sein Familienwappen trägt den Raben«, warf Vlad leise ein. Genau wie Barbara wusste er, dass *er* die Person im Orden sein würde. Noch gehörte er dem Ordo Draconis nicht an, doch Sigismund hatte längst signalisiert, dass er ihn bei passender Eignung und Verdiensten aufnähme.

Abraham und Zacharias tauschten einen raschen Blick.

»Dann ist dieser Teil entschlüsselt! Wer immer Euch, meine Königin, bei Euren Belangen und Unternehmungen aus den Reihen des Drachenordens unterstützt, stets wird er mit dem Raben aneinandergeraten. Zwei

Männer, die unter anderen Umständen gemeinsam Bedeutsames hätten erreichen können, werden zu Todfeinden.« Abraham sah gleichermaßen zufrieden und bedauernd von den Linien der Karte auf, rieb sich über den langen weißen Kinnbart. »Das geschieht nicht dieses oder nächstes Jahr. Die Sterne warfen einen sehr weiten Blick in die Zukunft.«

Bei dem Wort *Todfeinde* schlug Barbaras Herz für mehrere Atemzüge schneller. Sie fand die Vorstellung schrecklich. Auch wenn sie der Konstellationsdeutung nicht vertraute, musste sie fragen: »Wird es nicht zu verhindern sein?«

»Nein, meine Königin.« Abrahams betagtes Gesicht zeigte Mitgefühl.

»Und wer von den beiden stirbt?«, warf Vlad lauernd ein. »Der Drache oder der Rabe?«

»Das sagten uns die Sterne nicht. Aber nur einer wird den Zwist überstehen.« Abraham drehte das Pergament um und zeigte eine weitere Sternenkarte mit eingemalten Linien und Beschreibungen. »Das ist so sicher wie der Umstand, dass die letzte Cassiopeia vergehen musste, um Euch den Platz zu geben, meine Königin.«

»Was?« Barbara erinnerte sich dunkel an das tragische Schicksal ihrer Vorgängerin. »Sie starb hochschwanger bei einem grauenhaften Jagdunfall, obwohl sie die Bestie von Bär noch besiegen konnte. Der ungeborene Sohn ging zusammen mit ihr verloren.«

»Die Sterne besagten, dass Drache und Cassiopeia großes Leid beenden können. Aber nicht die *alte* Cassiopeia«, sagte Abraham. »Diese Konstellation wurde im Todesjahr von Königin Maria durch einen kleinen Kometen gekreuzt. Kaum einer nahm ihn wahr.«

»Den Umstand deutete jemand als Todesbotschaft für sie. Ihr Unfall war in Wahrheit eine Falle.« Barbara verstand. »Der Bär war abgerichtet! Aber wer steckte dahinter?«

Abraham hob entschuldigend die schmalen, gebrechlichen Schultern. »Auch wenn Mord etwas Böses ist, geschah er aus dem Willen heraus, etwas viel Schlimmeres einzudämmen. Dazu musstet *Ihr* auf den ungarischen Thron, meine Königin.«

Diese Offenbarung traf Barbara tief.

Sie starrte auf die Linien, die Marias Tod und ihren eigenen Aufstieg bedeutet hatten. Das machte das Opfer ihrer Vorgängerin umso größer.

Sie hatte sich und ihr ungeborenes Kind gegeben. Zur Last der Verantwortung, die Blutsauger in die Knie zu zwingen und auszurotten, kam nun der Tod zweier bedeutsamer, unschuldiger Leben, ohne den Barbara nicht in die Ehe mit Sigismund gelangt wäre. »Weiß mein Gemahl davon?«

»Nein, meine Königin. Das Wissen gilt alleine Euch.« Abraham verbeugte sich. »Es sind Dinge, auf die er sich nicht versteht und die er nur falsch deuten kann. Sigismund ist ein Mann des Throns und der weltlichen Macht.« Sein knöchriger rechter Zeigefinger deutete auf die Karte. »Außerdem sehen ihn die Sterne in dieser Geschichte nicht vor. Lediglich Drache, Rabe und Königin.« Dann wandte er sich zu Zacharias um. »Das Geschenk.«

Vlad und Barbara verfolgten, wie der Jüngere ein in Seiden- und Wachspapier eingewickeltes Objekt herausnahm, quadratisch, von der Länge eines Unterarms und dick wie ein Zeigefinger.

Abraham nahm es entgegen. »Dies ist die originale Abschrift eines Werkes, das ein guter Freund anfertigt und das sich noch im Werden befindet. Aber Ihr sollt aus seinen bisherigen magischen Erkenntnissen Nutzen ziehen, meine Königin. Es mag sogar ein reger Austausch mit ihm entstehen.« Er packte es behutsam aus den Schutzlagen und legte es vor Barbara auf den Tisch. »Es ist auf Deutsch verfasst, falls Ihr das Hebräisch nicht fließend zu lesen versteht. Nichts wurde weggelassen und nichts hinzugefügt. Nutzt es, um das Böse zu verjagen, meine Königin. Aber achtet auf die Zauber, die Ihr einsetzt, und die Geister, die Ihr ruft. Man kann damit sogar Höllenpforten aufstoßen. Absichtlich oder unabsichtlich.«

Sie sah auf den schlichten Ledereinband, auf dem mit glühendem Eisen eingebrannt stand:

Abramelin

Noch bevor Barbara fragen konnte, was sie darin außer Zauberei vorfinde, barsten die geschlossenen Fensterläden, der Rahmen und die dicken Scheiben. In einem Regen aus Splittern und hölzernen Trümmern fegte eine verhüllte Gestalt in die Kammer und streckte die Hände sogleich nach dem Buch aus, das sich nun außerhalb seiner schützenden Hülle befand.

Zugleich schoss eisiger Wind herein und löschte beinahe sämtliche Lampen und Dochte; Schneeflocken stoben ins Innere und raubten den Menschen die Sicht.

Schützend wollte sich Barbara nach vorne über das *Abramelin* werfen, aber ein harter Schlag traf sie von der Seite und warf sie zu Boden.

Ihr Kopf knallte auf die Holzdielen, der Schmerz dröhnte grell in ihrem Schädel und erschuf einen bitteren Geschmack im Mund. Ohne den weichen, weißen Balzo auf den Haaren wäre es schlimmer ausgegangen.

»Du wirst dein Ziel niemals erreichen, Verräterin«, wisperte es in Barbaras Ohr. »Ich werde Lucian berichten und ihm das Buch bringen. Was du gegen uns nutzen wolltest, erhebt uns zu uneingeschränkten Herrschern!«

»Vlad!«, rief sie und tastete nach ihrem Dolch am Gürtel, riss ihn aus der Hülle. Aber der Stich ging ins Leere und surrte durch weißes Gestöber. »Halte den Strigoi auf!«

Durch Flocken und Halbdunkel erkannte sie einen Umriss in weiten, schwarzen Gewändern auf der Fensterbank, der das Buch hielt und sich lachend ins Freie schwang. *Nein!*

Beherzt sprang Vlad mit gezogenem Schwert hinterher.

***

Vlad sah die dünne, schwarz gekleidete Gestalt kaum, die unterhalb des Fensters vor dem *Haus zur Leiter* landete. Die weiten Gewänder und die Kapuze ließen sie wie den leibhaftigen Gevatter Tod erscheinen, der nach einer grimmigen Tat aus der Kammer der Königin floh.

Einige wenige Leute auf der Straße wandten sich erschrocken um. Manche bekreuzigten sich und wichen vor dem Maskierten zurück, andere riefen nach der Stadtwache, als der Unbekannte mit dem unersetzbaren Buch unter dem Arm an ihnen vorbeispurtete oder sie aus dem Weg rammte. Dass es sich um einen Dieb handelte, war allen ersichtlich.

Gleich darauf landete Vlad in der Gasse und spurtete dem Maskierten hinterher. »Aus dem Weg!«, rief er und kniff die Augen gegen Wind und fallende Flocken zusammen.

Der dunkle Schemen vor ihm lief rascher als er, was nicht verwunderlich war. Strigoi wurden nach ihrer Wandlung schneller, stärker und ausdauernder als ein Mensch, wie der Blutsauger durch seinen Sprung durch die geschlossenen Holzläden bewiesen hatte.

Aber Vlad ließ sich nicht abschütteln.

Wo genau er sich im nächtlichen Konstanz befand, wusste er nicht, und dass er ohne Weiteres zum Gasthaus zurückfände, glaubte er nicht.

Aber das spielte keinerlei Rolle.

Vorrangig ging es darum, das *Abramelin* zurückzuholen. Sollten die Strigoi, sollte es gar Lucian in die Finger bekommen und sich den magischen Inhalt zunutze machen, drohte seiner Heimat noch viel größere Gefahr. Lucian hatte sich als Murony bezeichnet, somit verstand er sich auf Hexerei. Das *Abramelin* öffnete ihm schwarzmagische Türen, die unbedingt verschlossen bleiben mussten.

Der Gedanke an die Gefährlichkeit des Buchs beflügelte Vlad.

Er blieb dem Schemen auf den Fersen, auch wenn er in seiner Rüstung schwerfälliger vorankam. Gelegentlich leiteten ihn die überraschten Ausrufe jener Menschen, die unterwegs vor der schwarzen Gestalt erschreckten.

Dann bog der Strigoi in eine Gasse ab, die Vlad in einen unbeleuchteten Hinterhof führte. Lediglich eine schwache Laterne wies ihm den Weg über den engen Hof, über dem sich die Dächer der Fachwerkhäuser zu einem künstlichen, finsteren Himmel zusammenschlossen. Durch einen schmalen Spalt zwischen den Schindeln rieselten die Flocken, der Wind wurde durch die Gebäude ausgesperrt. Indirektes Licht fiel durch zwei Fenster hinaus; es reichte nicht weit. Vom Strigoi keine Spur.

Vlad wusste, dass sich der Blutsauger vor ihm verbarg und auf ihn lauerte.

Langsam wickelte er das Amulett seiner inzwischen verstorbenen Schwester um die linke Hand und zog damit den Dolch, reckte das Schwert nach vorne. *Wo steckt er?*

»Komm, komm. Wage es«, wisperte eine hinterhältige Stimme aus dem Dunkel des Hinterhofs. »Töte mich, und halte mich auf. Sonst wird

Lucian alles erfahren. Der Verrat von dir und Barbara. Das hat schreckliche Folgen!«

»Warum fliehst du nicht?« Vlad ließ sich von dem höhnischen Raunen nicht herausfordern. »Bist du falsch getreten und hast dich verletzt?« Langsam ging er einen Schritt nach vorne, die Klingen nach rechts und links gereckt. »Oder willst du mein Blut kosten?«

»Das will ich nicht nur.« Ein leises Surren verriet den Strigoi, als er zu gierig aus seinem Versteck aufsprang. »Das *werde* ich!«

Für einen Konterschlag war es zu spät, daher drehte Vlad den Dolch in die Sprungbahn des heranfliegenden, fauchenden Blutsaugers.

Die Klinge fuhr in ganzer Länge durch den geöffneten Mund der untoten Kreatur, die Parierstange brach zwei der vier Fangzähne ab. Die Dolchspitze trat aus dem Nacken aus, verfehlte aber das Rückgrat. Solange der Kopf fest auf dem Hals saß, ging der Kampf weiter.

Vlad wurde durch den Zusammenprall von den Füßen gerissen und stürzte rücklings in den dünnen Schnee, der den Aufschlag auf die gefrorene Erde nicht abfederte. Das Schwert löste sich aus seinen Fingern und klapperte davon. *Verflucht!*

Der Strigoi lag auf ihm, versuchte zuzuschnappen und die Kehle seines Gegners zu zerreißen, aber der Stahl zwischen seinen Zähnen verhinderte es. Leise klirrend schlugen sie auf den Dolch, zerbrachen dabei. Unverständliches Gebrabbel kam aus dem Mund des Angreifers, der sich schließlich erheben wollte, um die Waffe aus Kopf und Schlund zu ziehen.

Vlad hatte endlich den Pflock aus dem Futteral gezogen. Die meisten hielten es für eine klobige Zweitwaffe, die an seinem Gürtel baumelte, ohne seine wahre Bestimmung zu erahnen. Mit seiner Führhand bohrte er die geschliffene Silberspitze von hinten durch den Rücken des Blutsaugers, auf Höhe der Stelle, wo das Herz des Untoten sitzen sollte.

Kreischend und gurgelnd bäumte sich der Strigoi auf, riss sich dabei den Dolch aus Mund und Schädel. Dann erstarrte er in der Bewegung und fiel steif wie eine Statue zur Seite, Schaum und Blut rannen aus seinem Mund und benetzten den Boden.

Die Augen blieben weit aufgerissen, die Blicke richteten sich hasserfüllt auf den jungen Krieger.

Vlad richtete sich halb auf, warf die langen schwarzen Haare zurück und atmete tief aus. »Hab ich dich.« Der Pflock bestand aus verschiedenen Holzsorten, die den Blutsauger lähmten, aber in der Kombination nicht umbrachten: Weißdorn, Esche, Wacholder.

Dieses Mal hatte er sein Ziel getroffen und nicht wie bei Draga knapp verfehlt. Außerdem war das Herz kleiner als das der riesigen Strigoi und weniger resistent gegen Verletzungen.

Schnell tastete er den Gelähmten ab und fand das wertvolle *Abramelin* in einer wettergeschützten Tasche unter dem weit geschnittenen schwarzen Mantel. Danach sammelte er sein verlorenes Schwert ein und steckte es wie den Dolch zurück in die Hülle.

Geschafft. Er schwitzte in dem wattierten Untergewand und der Rüstung, der Schweiß lief ihm trotz der eisigen Kälte in Tropfen über die Stirn. *Und sogar noch einen für Barbara gefangen.*

»Herr, da bist du!« Sorin eilte in den Innenhof. »Ich bin deinem Geruch gefolgt, so schnell ich es vermochte. Die Königin sandte mich dir nach.« Er schaute auf den Strigoi hinab. »Ah, du hast ihn immobilisiert. Weswegen?«

»Damit Barbara Versuche an ihm durchführen kann.« Vlad erhob sich, das Kettenhemd klirrte. »Du kommst wie gerufen. Du findest den Schuppen gewiss wieder, in dem ich ihr kleines Laboratorium eingerichtet habe?«

»Sicherlich. Aber wir müssen weg, Herr. Die aufgeregten Leute reden auf den Gassen, dass ein Dämon aus dem Gemach der Königin entflohen sei.« Sorin packte den gelähmten Strigoi und wuchtete ihn ohne Anstrengung über die Schulter.

»Nicht mehr lange, und die losen Münder werden plappern, Barbara habe ihn beschworen und er sei ihr ausgebüxt. Wollen wir wetten?« Vlad nahm einen umherliegenden Jutesack und riss ihn auf, um damit den Kopf des Gefangenen zu bedecken. »Gehen wir.«

»Die Königin sprach von einem Buch, das du wiederbeschaffen sollst. Hast du es?«

»Habe ich.« Vlad nahm es unter seinen Arm und schützte es einigermaßen vor der Witterung. Er pochte auf den Ledereinband. »Ohne eine Beschädigung.« Ihm kam in den Sinn, dass das Buch außerhalb der Tasche schutzlos gegen Hexerei, Dämonen und Magie war. Sollten sich weitere Interessenten in Konstanz befinden, würde er es in wenigen Augenblicken bemerken. »Führe mich zum Laboratorium.«

Sorin setzte sich in Bewegung.

Vlad ging neben ihm und achtete beim Verlassen des Hinterhofs und der Gasse darauf, dass man Sigismunds Farben auf seiner Rüstung sah. Das ersparte ihm Erklärungen, sollten sie mit ihrer seltsamen Fracht unterwegs auf die Stadtwache treffen.

Obwohl die Jagd aufregend und ungewiss gewesen war, sein Rücken und sein Hinterkopf vom Sturz schmerzten, fühlte sich Vlad ausgesprochen gut. Sie hatten einen Probanden für Barbaras alchemistische Versuche und durch das *Abramelin* ein neues Werkzeug erhalten, um gegen Lucian und die Strigoi vorzugehen. Die Reise nach Konstanz hatte sich bereits nach zwei Tagen gelohnt.

Weniger froh machte ihn der Umstand, dass der Blutsaugerfürst sie beobachten ließ. Nicht nur in Ofen.

»Halte Augen, Ohren und deine Nase offen, mein Freund«, sagte Vlad und nickte der Wachmannschaft grüßend zu, als sie die Gerüsteten passierten. Niemand hielt sie auf, die Farben des mächtigen, zweifachen Königs und kommenden Kaisers schüchterten die Männer ein. »Wo ein Spion ist, sind andere nicht weit.«

***

Barbara hatte Magdolna, die Mägde und den halben Hofstaat beruhigt, die nach dem unüberhörbaren Aufruhr und Getöse in die Kammer geeilt waren.

Um ein Haar wären die jüdischen Gelehrten vorauseilend ergriffen worden. Aber die Lüge vom Einbruch eines unbekannten Räubers, die immerhin dicht an der Wahrheit balancierte, bewahrte Abraham und Zacharias.

Da Glas und Rahmen samt Fensterläden zerstört waren und der Winter trotz der schweren Vorhänge in die Kammer drängte, konnte sie nicht darin bleiben. Also packte Barbara mit Abraham und Zacharias die wichtigsten und wertvollsten alchemistischen Bücher weg, damit sie nicht vom Schnee bedeckt und durch Tauwasser beschädigt wurden.

Der Gastwirt versprach sofortige Behebung des Schadens und trommelte zu später Stunde Handwerker herbei, die sich gleich darauf an die Arbeit machten, um das Studierzimmer instand zu setzen.

So zogen die Gelehrten und die Königin in einen anderen Raum um, der für diskrete Beratungen des Königs mit Abgesandten, Adligen und Kaufleuten vorgesehen war. Niemand sollte sie stören. Getränke und Speisen waren gebracht worden, aber keinem war nach essen zumute.

»Ihr denkt, dass Euer Vertrauter den Blutsauger ergreifen wird?«, erhob der sichtlich nervöse Abraham das Wort, als sie alleine waren. »Der Verlust der Abramelinabschrift wäre eine Katastrophe, meine Königin.«

»Auf Vlad ist Verlass. Er und sein Diener werden den Strigoi stellen und bezwingen. Wir haben das Werk im Handumdrehen zurück.« Sie gab sich zuversichtlich und nahm vor Aufregung und Sorge doch etwas vom Wein. Der Alkohol würde sie beruhigen. »Was kannst du mir über die Herkunft des Buchs berichten, Abraham? Woher hat der Verfasser sein Wissen? Du sagtest, er sei ein Freund von dir?«

»Wie ich bereits anmerkte: Es ist im Entstehen begriffen, meine Königin«, begann Abraham, offensichtlich dankbar über die Ablenkung. »Der gute Freund heißt zufällig wie ich.«

Barbara lächelte. »Ein Zufall. Soso. Er wohnt auch im jüdischen Viertel zu Lyptzk?«

Abraham rieb sich über den langen Kinnbart. »Er behauptet etwas anderes. Vielleicht um seine wahre Identität zu verschleiern, um die Mächte des Bösen und seine Neider und Feinde auf eine falsche Spur zu locken?«

»Also *hast* du es geschrieben. Unter einem Pseudonym.« Barbara setzte sich und trank noch einen Schluck. »Erzähle mir von … deinem Freund und seinen Erlebnissen. Was bedeutet Abramelin?«

»Es ist der Name jenes Mannes, der ihn in die magischen Geheimnisse einweihte.« Abraham und Zacharias nahmen auf den Stühlen Platz, gossen sich von dem heißen Kräutersud ein. »Mein Freund ging auf eine lange Reise, die ihn ab dem Jahre 1387 Eurer Zeitrechnung durch viele Länder des Abendlandes und des Orients führte. Um göttliche Weisheit zu finden.«

»Ein Suchender nach dem Sinn von allem«, warf Zacharias lächelnd ein. »Ein wenig wie Ihr, meine Königin.«

Barbara nickte. Sie kannte das Gefühl, forschen, ergründen und aufdecken zu müssen. Allerdings sah sie den Schlüssel nach wie vor in der Alchemie. Hatte sie erst den Stein der Weisen erschaffen, wäre sie allwissend. Magie, Zauberei, Dämonen – das alles konnte tückisch sein.

»Mein Freund traf unterwegs etliche Gelehrte und Zauberer, die dachten, sie hätten jenen Sinn gefunden. Und zwar in dem, was sie tun«, fuhr Abraham fort. »Ihr werdet im Buch von Hexensalbe lesen, von Schneezauberei, von der Verdunklung des lichten Tages, von einem Schwarzmagier in Prag, den ein übles Schicksal ereilte.« Er trank vom heißen Tee. »In der Nähe des Wüstendorfes Araki traf ich … nicht ich, aber …«

»Dein Freund, ich weiß«, unterbrach ihn Barbara mit einem Grinsen.

»Auf den Weisen Abramelin. Für ein Jahr stand er in seinen Diensten, erhielt Unterweisungen und Einblicke in die vielfältigen Künste«, redete Abraham weiter. »Im Jahre 1404 kehrte er in die Heimat zurück und widmet sein Leben seither diesen Lehren. Dazu sind umfangreiche Vorbereitungen nötig. Bedenkt dies, bevor Ihr das *Abramelin* nutzt, meine Königin.«

»Das werde ich.«

»Auch wenn mein Freund mit diesen Erkenntnissen schwarze Magie praktizieren könnte, ist das Buch der Theurgie oder auch weißen Magie zuzuschreiben«, sagte Abraham.

»Unser Volk spricht dabei von der praktischen Kabbala«, ergänzte Zacharias.

»Wir betonen dies, weil wir Juden wahrlich genug zu erdulden hatten. Kämt Ihr auf den Gedanken, mein Schüler und ich ließen uns mit den Mächten der Finsternis sein, zöge dies grauenhafte Verfolgungen und –«

»Habt keine Furcht«, unterbrach Barbara ihn. »Auf den Gedanken käme ich nicht. Ich kenne viele jüdische Menschen, die wegen ihrer Klugheit angefeindet wurden. Oder wegen der Tatsache, dass sie durch ihre Geschäfte reich wurden. Reicher als andere.«

»Dann schwört Ihr mir, dass auch Ihr niemals auf den Pakt mit Dämonen zurückgreifen werdet, um Eure Suche nach Sinn und Weisheit zu beschleunigen?«, bat Abraham. »Vergebt mir, dass ich einer hohen Frau wie Euch diese Zusage abringen möchte.«

»Das schwöre ich. Falls ich mich doch verleiten lasse, soll mich der schlimmste Fluch ereilen, den man sich ausmalen kann.« Barbara fiel der

Eid leicht. »Mein Ansinnen wird einzig sein, die Alchemie mit dem Wirken weißer Magie zu vereinen. Das könnte wahrlich Großes, nein, Größtes bewirken!«

»Eines noch: Was hatte es mit diesem Überfall auf sich, meine Königin? Der Räuber war nicht einer von jenen, die nach dem *Abramelin* trachten. Das habe ich sogleich erkannt«, erkundigte sich Abraham behutsam. »Es muss also jemand sein, der Euch ausspioniert hat. Ihr habt die Bezeichnung Strigoi benutzt. Verfolgen Euch die blutsaugerischen Kreaturen bis nach Konstanz?«

Barbara zögerte. Sie kannte weder Abraham noch Zacharias gut genug, um sie in die Hintergründe einzuweihen. Es fühlte sich nicht richtig an, die Gelehrten so rasch ins Vertrauen zu ziehen.

»Belassen wir es vorerst dabei, dass es sich um einen gefährlichen Widersacher handelt, der nur mich und Vlad etwas angeht«, sagte sie ausweichend. »Ihr beiden verweilt noch länger auf dem Konzil, verstand ich das recht?«

»Ja, meine Königin«, antworteten die Männer gleichzeitig..

»Sehr gut! Nach einem ersten Studium des *Abramelins* werde ich Fragen an dich haben, Abraham. Es wird sich dabei die Gelegenheit finden, dir mehr über diesen Gegner zu berichten, der unsere erste Unterhaltung so rüde unterbrach.«

»Ich verstehe Euch sehr gut, meine Königin. Es kommt auf Vertrauen an.« Abraham deutete eine Verbeugung an. »Wir werden niemandem sonst von dem Zwischenfall berichten.«

»Meinen Dank.«

Schwere Schritte und das Klirren von Metall näherten sich der Tür, die ohne ein Klopfen aufgerissen wurde. Ein verschwitzter Vlad trat herein, ihm folgte Sorin. Er wickelte das kostbare Buch aus einem Stück Wachspapier, das aus dem Laboratorium stammte. »Ich habe das *Abramelin* zurückerobert«, verkündete er und überreichte es ihr.

»Was ist mit dem Räuber geschehen?« Barbara sah ihn warnend an, nicht zu viel zu offenbaren.

Vlad blickte zu den Gelehrten. »Er ist keine Gefahr mehr«, antwortete er knapp. »Er ist an einem Ort, wo ihn Höllenqualen erwarten. So hoffe ich.«

Mit dem Stück Wachspapier als Indiz verstand Barbara, dass es ihm und Sorin gelungen war, den Strigoi lebendig zu fangen und in ihr Laboratorium zu verfrachten.

»Gut. Ich bin zutiefst erleichtert. Wir ziehen uns zurück, meine Königin«, verabschiedete sich Abraham mit einem schwachen Lächeln. »Alles Wichtige zu dem Buch ist gesagt. Habt Ihr Fragen, findet Ihr mich im *Weinhof.*« Er und sein Schüler verließen die Kammer.

Barbara strich einmal versonnen über den ledernen Einband des Buchs und sah danach zu Vlad. »Lucians Zeit wird bald gekommen sein«, raunte sie freudig.

Vlad nahm sich einen Pokal mit Wein. »Darauf trinke ich!« Durstig stürzte er ihn hinab. Der vergorene Rebensaft rann rechts und links an seinen Mundwinkeln vorbei und malte rote Linien auf die Haut.

Fast sah es so aus, als wäre der Krieger selbst zu einem Strigoi geworden, der sich am frischen Blut der Lebenden labte.

Barbara erschauderte.

KAPITEL 4

TSCHECHISCHE REPUBLIK, STADT MĚLNÍK,
GEGENWART, WINTER

Len wich mit einem Schrei vor den vier lebendig gewordenen Toten zurück. Die Angst jagte seinen Puls in astronomische Höhen.

Die drei sprangen von den Tischen, wobei sich die zerschlissenen Abdecktücher um ihre Gebeine wickelten. Es machte sie zu skeletthaften Geisterwesen, die im Vorbeigehen verrostete Klingen unter den Stoffbahnen der Werkbänke hervorzogen. Sie wussten auch nach Dekaden genau, wo sich die Waffen befanden. Sicheln, Dolche, Messer und Scheren lagen fest in ihren knöchern-mumifizierten Fingern.

Währenddessen erhob sich der vierte Untote von seinem Thron, der Stirnreif leuchtete bedrohlich. Das kaltblaue Feuer brannte in den leeren Augenhöhlen, und aus den Falten des silberbestickten schwarzen Stoffes zog er ein Kurzschwert.

»Herr Lenau! Kommen Sie zu mir«, erklang Jolanas Ruf. Unvermittelt wurde es hell in dem Laboratorium, eine beißende, weiße Wolke umwehte ihn. Feuer prasselte.

Len konnte sich nicht rühren. Er sah die drei lebendigen Leichen auf sich zukommen, hörte das Rascheln der trockenen Haut und das Reißen von Stoff und Sehnen. Aber das hielt sie nicht auf. Ihr Anführer reckte das Schwert am ausgestreckten Arm auf die Professorin. »Fekete királyné!«, fauchte er heiser und wütend. Die Edelsteine im Reif verstärkten das Schimmern, als würden sie sich allmählich aufladen.

»Zu mir, verdammt!« Eine Hand packte Len am Kragen und zog ihn mehrere Meter weg von den nahenden Untoten. Dann stand er dicht mit dem Rücken an einem flackernden Feuer, das stinkenden Qualm verbreitete. »Wir haben eine Falle ausgelöst«, erklärte Jolana neben ihm, als sei das selbstverständlich. »Sie war gedacht für die Schwarze Königin.« Sie wies ihn an, eine hüfthohe Kanne aufzuheben und den pulverigen Inhalt in die Lohen zu schütten, was Len umgehend tat.

Noch mehr Rauch und Qualm waren die Folge, dieses Mal in Ockerbraun. Die Schwaden und Gespinste waberten dick und dicker werdend durch das Laboratorium.

»Verliere ich meinen Verstand?«, fragte Len und behielt die Kanne in der Hand, um sich damit verteidigen zu können. Wahrscheinlich, so sagte ihm sein verzweifeltes Hirn, saß er in Wahrheit im Lada auf dem Beifahrersitz, schlief und träumte all das wie die vorherigen schaurigen Episoden. »Das … das kann doch nicht …«

»Später, Herr Lenau. Retten wir zuerst unsere Leben.«

Len griff sich einen Schürhaken, steckte den anderen Arm in die Kanne und hielt sie wie einen Schild vor sich. Er verlegte sich ganz aufs Funktionieren und schob das Nachdenken in den Hintergrund. »Wer ist das?«

Jolana warf ein schweres Säckchen ins Feuer, und eine schwache Verpuffung setzte graublauen Qualm frei, der mit viel Schwung in den existierenden Rauch hineinwallte. »Melchior Cibinensis, wie er ursprünglich hieß. Ein Alchemist und Schwarzmagier. Ich habe ihn am Stirnreif erkannt. Der Schmuck wird in Aufzeichnungen erwähnt.«

»Wie können er und seine Gefolgsleute noch leben?«

»Ein Fluch. Er schwor Barbara ewige Feindschaft. Nachdem sie verschwunden war, wird er dieses Laboratorium aufgespürt und sich auf die Lauer gelegt haben. Als wir das Siegel gebrochen haben, wurde sein Zauber aktiviert.« Jolana gab ein grobes Salz in die Flammen, die nun hoch und knisternd aufstoben. Kleine Fünkchen flogen und produzierten roten Rauch. »Er nannte mich *Fekete királyné.* Ungarisch für Schwarze Königin. Anscheinend hält er mich für sie.«

Der erste Untote war heran. Fauchend wie eine Katze stach er mit dem Messer nach der Professorin und mit einer Schere gleichzeitig nach Len.

Jolana wich aus, und Len wehrte den Angriff unbeholfen mit der Kanne ab. Dunkel scheppernd prallte die Schneide ab, aber die Kraft der lebendigen Leiche war enorm. Ohne Jolanas rasches Zupacken wäre Len ins Feuer getaumelt. »Was machen wir jetzt?«

»Sie laufen rüber zum zweiten Kamin und ducken sich hinter die eiserne Abdeckung«, wies sie ihn an. »Ich lenke die Untoten von Ihnen ab.«

»Und dann?«

»Das sehen Sie gleich.« Als er sich nicht rührte, versetzte sie Len einen Stoß, der ihn am ersten Untoten vorbeikatapultierte.

Geistesgegenwärtig tauchte er unter dem nächsten Hieb mit der Schere ab und rutschte auf Knien über den staubigen Boden – genau vor die Füße des zweiten Gegners.

Aufschreiend reckte er die Kanne gegen die niederzuckende Sichel, deren lange Spitze sich durch das dünnwandige Material bohrte.

Len fühlte den Schnitt als heißen Schmerz, die rostige Klinge hatte ihn erwischt. Dumpf ächzte er auf. Eilig zog er den Arm heraus, ohne die Kanne von dem Werkzeug zu trennen, damit sie den Gegner behinderte, und wich nach rechts unter einen abgedeckten Tisch aus.

Sein Atem ging schnell, das Herz rumorte in seiner Brust. Im Schutz des Möbels und durch dichte Spinnweben kroch er im Halbdunkel vorwärts, in jene Richtung, wo er den zweiten Kamin vermutete. Ein Ausstieg, wie er hoffte.

Mehrmals hackte, krachte und polterte es über ihm. Mindestens ein Verfolger ließ sich von Jolana nicht aufhalten und stellte ihm nach.

Len tauchte unter weiteren Tischen und Möbelkanten ab. Das wütende Fauchen eines Untoten drang durch das Holz.

Gleich war die zweite Feuerstelle erreicht, vor der ein massiver Funkenschild stand. Dahinter verlief der Schlot senkrecht in die Höhe, und er sah nicht zugemauert aus.

Also hinaus! Len wusste nicht, welchen Plan die Professorin verfolgte; in seinem Kopf herrschte nur ein Gedanke: *Flucht!*

Er warf den Schürhaken nach rechts, um den lebenden Leichnam durch das Scheppern zu verwirren, und kroch schnell auf die Feuerstätte zu, um sich zum Durchschnaufen hinter dem gusseisernen Schirm zu verbergen. Wenn er sich auf etwas verstand, dann aufs Klettern. Als Freeclimber war ein Schlot nicht mal Anfängerniveau.

Len spitzte um den Schild herum. Seine Atmung ging schnell, sein Herz pumpte heftig, das Adrenalin machte den Schnitt im linken Unterarm vergessen.

Die Professorin kämpfte derweil mit Kaminbesteck gegen zwei Untote, wehrte die Schneiden und Spitzen ab, die unentwegt nach ihr stachen.

Aus dem Hintergrund des Laboratoriums fegte der Alchemist heran, dessen Reif glühte wie erhitztes Weißgold, während aus den Augenhöhlen die blauen Lohen schlugen. Das Kurzschwert hielt er hoch in die Luft gereckt, erste Energieentladungen zuckten aus dem Kopfschmuck in die Klinge.

Len spürte, dass sich gleich etwas ereignen würde, das sein und das Ende der Professorin bedeutete. Die Schwarze Königin hätte sich vielleicht dagegen erwehren können. Aber sie beide nicht.

Ich muss sofort weg von hier! Er wandte sich zum Kamin um und wollte sich erheben.

»In Deckung«, schrie Jolana und zertrat mit der Ferse eine kniehohe Amphore hinter sich, der gebrannte antike Ton zersprang unter dem Absatz.

Kleine Perlchen hopsten heraus. Etliche rollten ins Feuer, wo sie zerbarsten und grellweiße Stichflammen auslösten.

Jolana ließ sich ungeachtet der beiden Gegner fallen und kauerte sich zusammen.

Die gleißenden Feuerzungen zuckten in den Rauch, der das Laboratorium wie dichter, regenbogenbunter Nebel durchzog.

Das unvermittelte dunkle Fauchen warnte Len davor, sich zu erheben, wie er es vorgehabt hatte, um durch den Schlot zu entkommen.

In der nächsten Sekunde entzündete sich der Qualm. Überall im wabernden, wogenden Gespinst entstanden Brandherde, die rasch nacheinander aufblitzten und zu einem einzigen Flammenball verschmolzen. Wie ein gewaltiges Feuerwerk, das sich schlagartig im dicksten Nebel entzündete.

Und Len befand sich mittendrin. Er warf sich hinter den schweren Eisenschild und zog ihn auf sich, hielt die Luft an und schützte den Kopf mit den Händen.

Glühende Hitze fegte um ihn herum, versengte die Härchen auf den Armen. Knisternd fraß sie einen Teil seines hellen Schopfs und brachte das Herz zum Stocken. Sein Kreislauf sackte spürbar ab, begehrte gegen die unnatürliche Wärme auf. Dazu drückte ihn der schwere Gusseisenschild unnachgiebig nieder, erhitzte sich im Inferno und leitete die Wärme auf den jungen Mann über.

Len schwanden die Sinne. Er roch, schmeckte, hörte nichts mehr, bemerkte nur, dass es allmählich dunkler wurde und die Helligkeit der Lohen verging.

Erschöpft und benommen gelang es ihm nicht, das warme Eisen von sich zu schieben.

Seine Stimme versagte ebenso. Er konnte nicht nach der Professorin rufen, um herauszufinden, wie es ihr ging. Da verstand Len, was sie mit »Ablenkung« gemeint hatte: die Detonation – und ihren Tod. *Das darf alles nicht wahr sein.*

Unvermittelt wurde der Schild angehoben, der grelle Lichtstrahl einer Handlampe traf sein Gesicht. Geblendet schloss Len die Augen.

»Hilfe«, ächzte er. »Suchen Sie nach der Professorin. Sie muss ...« Ein Hustenreiz unterbrach ihn.

»Welche Professorin?«, gab ein Mann mit akzentschwerem Deutsch zurück.

»Jolana Černá. Sie ist mit mir im Laboratorium.« Die Luft roch nicht mehr nach Chemikalien. Tief atmete Len ein.

»Hoch mit dir, mein Junge.« Die Lampe wurde so gedreht, dass indirektes Licht auf Len und seinen Retter fiel. Mit einer Hand packte er ihn am Rücken und stellte ihn spielend leicht auf die wackligen Beine. »Bist du ihr neuer Hiwi?«

Vor ihm stand ein Mann in einem dicken, farblosen Parka. Nichts an ihm wies ihn als Feuerwehrmann oder Sanitäter aus. Die grauen Haare lagen unter einer modernen Mütze. Staub und Schmutz hafteten an ihm.

»Ja«, log Len. Offenbar kannte der Unbekannte die Professorin. Len stützte sich an der Wand ab und versuchte, etwas in dem Chaos aus schwelenden Bränden, kleinen Feuern und grauem Qualm zu erkennen. Das Laboratorium hatte sich in ein einziges Trümmerfeld verwandelt. Leider auch die Regale, in denen Jolana aufschlussreiche Unterlagen vermutet hatte.

»Ein Deutscher. Wie ungewöhnlich für sie.« Der Mann hob etwas vom Boden auf. »Mindestens so ungewöhnlich wie *das*.« Er richtete den Lichtstrahl darauf.

Der mumifizierte Schädel hatte zu einer der drei lebendigen Leichen gehört. Die Brandspuren waren deutlich zu erkennen. Der Unterkiefer fehlte, die Wucht der Detonation hatte ihn davongeblasen. Aus dem

Knochen des Oberkiefers ragten zwei fingerlange, spitze Fangzähne. *Was für ein Wesen … ein Vampir?*

Len wagte es, seinen Augen zu trauen, dem Unbekannten hingegen nicht.

»Woher wusstet ihr von dem Laboratorium? Selbst ich kannte es nicht.« Der Fremde drückte mit dem Daumen an einem Eckzahn herum. »Fest, wie bei einem lebendigen Exemplar. Erstaunlich. Die Schwarze Königin hatte Fortschritte gemacht.« Achtlos ließ er den Schädel fallen, klirrend zerbarst der antike Knochen in drei Teile. »Wie konnte mir dieser Raum entgehen?« Er leuchtete mit der Handlampe umher.

Die Verpuffung hatte die Abdecktücher zu Asche verwandelt und die Möbelstücke freigelegt. Die Druckwelle in Kombination mit dem alchemistischen Feuer hatte schwere Schäden daran hinterlassen. Trotzdem fanden sich in dem Durcheinander genug Hinweise auf Folterinstrumente, auch für einen Laien wie Len. Er identifizierte eine Streckbank und glaubte, so etwas wie eine Eiserne Jungfrau zu erkennen, sah Tischreste und Stuhllehnen aus massivem Holz mit Eisenringen, Ketten und vielem mehr.

Der Strahl huschte zurück zu ihnen. »Ich muss die Aufzeichnungen zu Mělník nochmals prüfen. Du wirst mir dabei helfen, Junge. Wie heißt du?«

»Was ist mit der Professorin?«, bekam er über die gerissenen, blutigen Lippen.

»Ich habe sie in diesem Durcheinander nicht gefunden. Wird Asche sein, wie so vieles.« Nochmals schaute er sich um. »Das Feuer hat nicht alles vernichtet. Ich muss mich beeilen, bevor jemand kommt.« Er packte Len an der Schulter und drückte zu. Die Fingernägel bohrten sich schmerzhaft ins Fleisch und das Gelenk. »Dein Name, Junge?«

Len verstand nicht, was vor sich ging. »Len«, ächzte er. »Mein Name ist Len.«

»Und er ist ein Drăculeşti«, drang Jolanas angestrengte Stimme von der anderen Seite des verwüsteten Laboratoriums zu ihnen. Klirren und Scharren erklangen, sie schien sich unter Schutt und Trümmern herauszuarbeiten. »Du bist am Arsch, Matyas.«

»Ein Drăculeşti?« Der Mann lachte auf. »Der?« Er schwenkte den Lichtkegel suchend in der verrauchten Finsternis herum.

Len sah, dass Matyas lange Eckzähne wuchsen, und die Augen erhielten einen silbrig schimmernden, mattblinden Glanz. *Noch ein Vampir. Dieses Mal lebendig.* Das Adrenalin flutete ihn mit einem neuerlichen Schub.

Die Professorin erschien im hellen Kreis, die Haut an Händen, Armen und Gesicht kohlschwarz. Die dunklen Haare fehlten fast völlig, die Kleidung bestand aus zerfallenden Resten Stoff und Leder. »Ja. Und da ich gerade schwächle, wird *er* dich fertigmachen.«

Matyas lachte lauthals und wies seine gefährlichen Reißzähne. »Da bin ich gespannt.« Er sah Len herausfordernd an. »Und? Was wirst du tun?«

Die nächste Demütigung zog am Horizont herauf und reihte sich an ein Dutzend weitere in seinem Leben.

Len zuckte mit den Schultern. »Nichts.«

Er hinterfragte nicht mehr, dass es Blutsauger gab; dass es sich bei den vier Angreifern um Untote gehandelt hatte; dass die Professorin im Zentrum von so etwas wie einer irdisch-alchemistischen Supernova gestanden und überlebt hatte; dass sie sich eigentlich vor Schmerzen hätte winden müssen.

»Dachte ich mir.« Matyas grinste breit. »Was ist hier geschehen, Professorin?« Er zog einen schimmernden Silberdolch aus einer verborgenen Jackenhalterung, etwa so lang wie Lens Unterarm. Er hielt ihn locker in der Rechten und ließ ihn herabhängen. »Verrate es mir, und ich lasse dich am Leben. Und deinen … Drăculeşti.«

»Die Verpuffung wird im Touristenzentrum zu spüren gewesen sein. Wollen wir das wirklich hier besprechen?« Jolana wankte zum Ausgang. »Oder lieber in einem der Seitengänge, ohne von der Feuerwehr unterbrochen zu werden?« Sie hob ihren Schlüsselbund.

»Geht vor. Ich habe euch gleich eingeholt.« Er hob einige Beutelchen vom Boden auf und verstreute den schwarzkrümeligen Inhalt über den umherliegenden Büchern, die teils intakt waren, teils Seiten oder Einband eingebüßt hatten.

»Du vernichtest unfassbares Wissen, Matyas«, protestierte Jolana schwach und schleppte sich zum Loch in der Wand, um das Laboratorium zu verlassen. Sie winkte Len zu sich. »Lass mir wenigstens eins. Für meine Forschungen.«

»Ich weiß. Und es ist mir eine Freude.« Er setzte das verstreute Schwarzpulver mit einem brennenden Trümmerstück in Brand. Laut fauchend reagierte die Substanz. »Los, geht schon. Ich bin gleich bei euch.« Schnell warf er Holz und Bücher in die Flammen. Leise lachend wiederholte er »Drăculeşti!« und kicherte.

Eine vergleichsweise harmlose Demütigung, wie Len fand. Er wollte die Professorin stützen, aber sie lehnte ab. »Ich verstehe schon wieder nichts von dem, was vorgeht«, gestand er.

»Ich weiß, Herr Lenau. Sie bekommen Ihre Antworten in wenigen Minuten. Und danach müssen Sie mir helfen, Matyas zu töten.« Jolana sah ihn direkt an. Ihr Hals und die rechte Gesichtshälfte waren bereits verheilt, die Haare wuchsen nach. »Bevor er es mit uns tun kann.« Unter der verkohlten Haut an Fingern und Armen dehnte und streckte sich neues Fleisch. »Denn er wird es unweigerlich versuchen.«

Len wäre am liebsten in Ohnmacht gefallen und an einem anderen Ort wieder erwacht.

Stattdessen folgte er der Professorin in den erleuchteten Gang.

In dem kleinen Raum zwei Quergänge weiter wurde Material für die Instandhaltung des Mělníker Kellergeschosses vorgehalten, auf den Regalen stapelten sich Kabel, Lampenfassungen, Ersatzleuchtmittel und vieles mehr.

Die Professorin wankte noch und setzte sich auf einen Stuhl, während ihre Regeneration voranschritt. Die verbrannte Haut schuppte sich, darunter kam neue zum Vorschein, das schwarze Haar mit den silbernen Fäden darin war bereits nackenlang nachgewachsen.

Mit sauberen Lappen und Panzertape aus dem Materiallager hatte Len sich einen provisorischen Verband um den langen Schnitt in seinem Arm angelegt. Die Wunde musste schnellstens von einem Arzt gesäubert und genäht werden.

Matyas wachte neben der Tür, damit niemand hereinkam und seine Gefangenen nicht ohne Weiteres flüchteten. Den langen Silberdolch hielt er drohend in der Rechten. »Hatte ich dir nicht gesagt, dass du nie wieder auftauchen sollst?«

»Ja.« Jolana nahm einen graublauen Arbeitskittel aus dem Regal und zog ihn über, ihre alte Kleidung war überwiegend verbrannt und löste sich auf. »Die Umstände haben es erfordert, wie du an dem Laboratorium gesehen hast.«

»Eine ziemliche Überraschung«, räumte der Vampir ein und hob sein Smartphone. Er schoss ein Bild von Len und schrieb mit dem Daumen rasant eine Nachricht. »Genau wie dein Welpen-Drăculeşti.«

»Was machen Sie da?«, verlangte Len zu wissen.

»Dich bekannter«, gab Matyas zurück und sah für eine Sekunde auf, beendete die Botschaft. »Jolana, Taschen leeren.«

»Ich habe nichts aus der Halle mitgenommen.«

»Will ich selbst sehen. Du auch, Pfählchen. Raus mit dem gesamten Inhalt.«

Widerwillig gehorchten sie den Anweisungen des Vampirs.

»Was suchen Sie bei uns?« Len warf Taschentücher, Feuerzeug, etwas Kleingeld und den Zimmerschlüssel aus Prag auf den Steinboden. Als er den vorläufigen Ausweis, den er von der deutschen Botschaft bekommen hatte, zwischen den Fingern spürte, zögerte er. Der Mann hatte sein Bild. Die Daten brauchte er nicht auch noch.

Matyas runzelte die Stirn. »Du hast ihn nicht eingeweiht, Jolana? *Überhaupt* nicht?«

Sie schüttelte den Kopf und warf angesengten Krimskrams vor seine Füße, gefolgt von einem angekokelten Geldbeutel und ihrem Handy, das bis auf einen Sprung im Display intakt zu sein schien. »Dann solltest du wissen, Pfählchen, dass deine Professorin eine Alchemistin ist. Und auf der Suche nach dem ewigen Leben. Sie hat zwar schon viel ausprobiert, was ihr das Sterben schwer macht, aber der Tod kann sie dennoch holen.«

Len sah Jolana an. Das erklärte, weswegen sie die Detonation überlebt hatte und eine unfassbar schnelle Regeneration an den Tag legte.

»Die Schwarze Königin kannte viele solcher Geheimnisse. Ihnen jagt die Professorin nach, und das schon über Dekaden.« Matyas warf den Dolch hoch, das Silber flirrte im Licht auf, und fing ihn geschickt, ohne hinzuschauen. »Damit ist Schluss! Ich mache meine Drohung wahr.«

»Was hat das mit Ihnen zu tun?« Len überlegte, wie er den Gegner ablenken und besiegen könnte, wie es Jolana verlangt hatte. Noch standen seine Chancen bei null.

»Dass ich ein Vampir bin, hast du verstanden, Pfählchen?«

»Ja.«

»Genauer gesagt: ein Strigoi.« Matyas lächelte überlegen, aber Len machte ein unbeeindrucktes Gesicht. Daraufhin wurde die Laune des Vampirs schlechter, er sah empört aus. »Scheiße, du hast ihm *gar nichts* gesagt«, fuhr er Jolana an. »Es interessiert ihn nicht einmal, dass ich ein Siebenbürgener bin!«

»Ich brauche Len wegen seines Verstandes und wollte ihn mit dem Drumherum nicht ablenken oder verunsichern.«

»Oh, gut, es folgt eine kleine Zusammenfassung für dich, Pfählchen. Die Schwarze Königin hat uns Vampire gehasst. Jede einzelne Dynastie von uns. Strigoi, Murony, Viesczy, Nex und die anderen«, zählte Matyas auf. »Anstatt sich auf die blutige Jagd zu machen wie manche der Drăculeşti, forschte sie nach alchemistischen Methoden, um uns zu töten und auszurotten.«

Len erinnerte sich an die Fesseln, die Eisenschellen und anderen Haltevorrichtungen. Und die untoten Vampire. »Sie machte Experimente mit ihnen?«

Matyas nickte. »Injektionen mit Substanzen, künstlich erschaffene Krankheiten, Dämonenflüche, himmlische Magie. Sie schreckte vor keinem Versuch mit meiner Art zurück.«

»Und sag ihm auch, dass sie Erfolg hatte«, warf Jolana ein. »Wenn du ihm schon einen Schnellkursus verpasst.«

»Das hatte sie. Leider. Wir sind in starke Bedrängnis geraten. Dazu noch diese elenden Drăculeşti«, sprach er knurrend. Abscheu und Verachtung troffen aus seinen Worten. »So viele von uns vergingen qualvoll durch die Methoden der Schwarzen Königin oder wurden gepfählt und verbrannt.«

»Wie oft habe ich schon geschworen, dass ich *nicht* nach diesen Mitteln gegen deinesgleichen suche?« Jolana erhob sich von dem Stuhl, schwarze Krümel rieselten von ihr herab. »Mir geht es um das ewige Leben!«

»Aber wenn du diese Unterlagen wiederfindest, sind die Rezepturen zurück in der Welt. Wir Strigoi haben einen hohen Preis bezahlt, damit sie zusammen mit der Schwarzen Königin verschwanden«, schleuderte er ihr aufgebracht entgegen. »Keinesfalls dürfen solche Aufzeichnungen gefunden werden.«

»Sie sind demnach der Wächter in Mělník.« Len hatte sich etwas beruhigt und überlegte. »Barbara besaß mehrere Burgen. Die werden ebenso überwacht?«

Matyas nickte einmal. »Durch die Jahrhunderte. Es darf nicht verloren gehen, was wir errungen haben.«

»Was Matyas damit ausdrücken möchte, ist: Sie fürchten sich vor der Rückkehr der Schwarzen Königin«, fügte Jolana hinzu. »Sie ist unsterblich, auch wenn sie offiziell in Mělník gestorben ist. Aber ich fand andere Quellen dazu. Geheime Quellen.«

»Natürlich«, schnaubte Matyas verächtlich.

»Würden du und deine Leute sich nicht vor ihr fürchten, wären ihre Burgen nicht von euch Strigoi überwacht.« Jolana lachte auf. »Ihr habt so was von die Särge voll. Nach all den Jahrhunderten immer noch.«

Len war noch nicht am Ende seiner Überlegungen. Ein Baustein war bislang noch nicht zur Sprache gekommen. »Dieser Untote im Laboratorium mit den blauen Flammen in den Augen – was hat es damit auf sich?« Er sah die Professorin an. »Wieso haben Sie es eine Falle genannt? Wer weiß noch, dass die Herrscherin lebt? Und wie konnte der Leichnam mumifizierte Vampire auf uns hetzen?«

»Niemand *weiß* es – aber sie fürchten sich davor«, stichelte sie gegen Matyas.

»Na los. Sag mit schon, wer es war«, verlangte Matyas. »Diese Sache mit den Vampiren interessiert mich.« Sein Smartphone gab einen Signalton von sich. Er zog es heraus, um einen Anruf entgegenzunehmen. »Habt ihr was?«, wollte er vom Gesprächspartner wissen und hob einen Finger, um von seinen Gefangenen Ruhe zu verlangen.

Len und Jolana tauschten einen raschen Blick. Die Augen der Professorin zuckten, lenkten seine Aufmerksamkeit auf ein Regal, auf dem eine Spitzhacke lag. Es war klar, was er damit tun sollte.

»Das schaffe ich nicht«, raunte er. »Die ist zu schwer.«

Matyas machte plötzlich eine erstaunte Miene bei seinem Telefonat. »Da sieh mal einer an«, murmelte er. »Alles klar. Ich kümmere mich um das Pfählchen.« Er legte auf. »Scheint, als wärst du wirklich eine Besonderheit. Meine Leute haben dein Gesicht in der Berichterstattung und im Netz gefunden. Zwei seltsame Vorkommnisse auf der Karlsbrücke. Die

Schatten raunen deinen Namen, Len.« Er ging langsam auf ihn zu, warf den Dolch erneut und fing ihn. »Wie lautet der Rest davon?«

»Lenny Nikolaus Lenau. Seine Ahnen kommen aus dem Dorf Murani«, sagte Jolana, bevor sich Len irgendwie weigern konnte. »Die Wurzeln gehen weit zurück. Die Linie lebte seit 1241 im heutigen Rumänien und half beim Wiederaufbau von Temeswar. So entstand die Verbindung zu den Drăculeşti.«

»1241? Dann könnte es wirklich sein. Der Sohn der Söhne«, sagte Matyas verdutzt. »*Das* ist ein besonderer Tag! Meine Leute werden beruhigter schlafen und leben können.« Er zeigte mit der geschliffenen Spitze des Silberdolches zwischen ihnen hin und her. »Der Alchemist?«, fragte er die Professorin.

»Er hatte verschiedene Namen in einem langen Leben. Der historisch geläufigste von ihnen ist Melchior Cibinensis. Deine Leute kennen ihn vielleicht noch unter Melchior von Hermannstadt. Als Cibinensis lebte er in Siebenbürgen, ein christlicher Priester und leidenschaftlicher Alchemist. Er schrieb die Darstellung des alchemistischen Verfahrens in Form einer Messe, um das Jahr 1525.« Jolana überlegte. »1602 wurde sie im *Theatrum chemicum* veröffentlicht und …«

»Cibinensis!« Matyas stieß einen Fluch aus. »Dieser Hund! Er wollte in die Fußstapfen der Schwarzen Königin treten. Er hat etliche Strigoi und vor allem Murony in Hermannstadt gefoltert und umgebracht.«

Len überschlug die Daten, die er im Kopf hatte. »Aber da war Barbara doch schon lange tot.«

»Ist sie nicht«, erinnerte ihn Jolana mit einem Augenzwinkern. »Es gibt eine Quelle, in der Cibinensis von der Dunklen Herrscherin spricht, die vom Weg des wahren Glaubens abgewichen sein soll. Wir erinnern uns: Er war ein Priester.«

»Also kannten sie sich?«

»Und er war wütend auf Barbara, weil sie mit ihm nicht das Wissen teilen wollte. Daher belegte er sich selbst mit einem Fluch.« Jolana sah zu Matyas. »Die Steine in dem Reif stammen angeblich von einem Dämon, dem er seine Seele verkauft hat. Sie hielten ihn und alles, was tot um ihn herum war, am Leben.«

»Dieser Bastard hat sich in ihr Laboratorium begeben, die Versuchsvampire gefunden und den Fluch heraufbeschworen«, fügte Matyas die Fakten zusammen. Seine Augen verschmälerten sich, er setzte die Dolchspitze auf das Amulett um ihren Hals. »Wieso hielt Cibinensis *dich* für die Schwarze Königin?«

»Keine Ahnung.«

»Bist *du* es vielleicht selbst?« Matyas hob langsam die Augenbrauen. »Oh, das ist eine interessante Theorie! So würdest du uns alle zum Narren halten und könntest vor unseren Augen nach deinen verlorenen Aufzeichnungen suchen! Deswegen wusstest du von dem Laboratorium.« Er nahm sein Smartphone hoch. »Das sollte ich besprechen.«

»So ein Unsinn!« Jolana schüttelte den Kopf. »Lass uns verschwinden. Beim nächsten Mal melde ich mich an, wenn es dir lieber ist.« Mit einem Blick gab sie Len den Befehl, sich die Spitzhacke zu greifen.

Die unvermittelt einsetzende Aufregung ließ ihn erneut erstarren. Unternahm er nichts, starben sie in den nächsten Sekunden durch die Hand des Vampirs.

Tat er etwas, starb er bei dem Versuch.

Aber die Professorin kann sich retten. Dann ist es nicht völlig sinnlos.

Len überwand sich, packte den Stiel des Werkzeugs mit beiden Händen und riss es mit ganzer Kraft vom Regal. Schwungvoll beschrieb der schwere Eisenkopf einen Halbkreis und fegte diverse Packungen mit Leuchtmitteln davon, die zu Boden klimperten.

Die lange Spitze raste auf die Brust des Gegners zu – und drang zu Lens eigener Verwunderung mit einem dumpfen Krachen unterhalb des Schlüsselbeins in den Vampir ein.

Vor Überraschung machte Matyas einen halben Schritt zurück, der Silberdolch entfernte sich von Jolanas Hals.

»Bist du irre, mich anzugreifen?« Wütend schaute er auf die Hacke, die aus seinem Oberkörper ragte. »Das ist die falsche Seite, Pfählchen.« Er steckte das Handy weg und riss sich das Eisen aus dem Leib. Blut schimmerte am Metall. »Dass ich einem *Drăculești* zeigen muss, wie es richtig geht, hätte ich niemals gedacht!« Fauchend öffnete er die Lippen, und erneut wuchsen die langen Fangzähne.

Da machte die Professorin einen Satz vorwärts und zerdrückte eine Phiole, die sie heimlich in ihrer Hand gehalten hatte, auf der Stirn des

Vampirs, sodass ein grauviolettes Pulver über Augen und Nase in seinen Mund rieselte.

»Was bei …?« Mit einem Tritt schickte Matyas Jolana zu Boden, spuckte aus und warf die Hacke nach Len, dem der Stiel in den Bauch knallte und ihn gegen das Regal schleuderte. »Dieses Mal bist du verloren!« Der Vampir holte zum Schlag mit dem Langdolch aus. »Deine Suche nach Unsterblichkeit endet!«

Len hielt sich an den Streben fest und wollte sich heldenmutig-verrückt auf den Angreifer werfen, um Jolana beizustehen – da sah er, wie sich um den Schädel des Vampirs schwacher, grauer Rauch bildete. Der Qualm stieg ihm aus Mund und Nasenlöchern.

Matyas' Kopf schrumpelte zusammen wie ein alter, porös gewordener Luftballon, der beständig Luft verlor. Fänge und Zähne lösten sich aus dem Knochen, die Nase hing plötzlich als Hautfortsatz im Gesicht, das seine Züge einbüßte.

Als Nächstes zerbrachen die Beine. Es knackte und splitterte, die spröde gewordenen Knochen konnten das Gewicht nicht mehr tragen. Im Stürzen wurden die Arme weich, beim Aufschlag auf dem Boden barsten die Rippen – und schließlich das Genick. Der vollkommen verformte, fast platte Schädel verdrehte sich grotesk und erinnerte an ein überfahrenes Tier. Aus Mund, Ohren und Augen lief das Blut des Vampirs.

Len half der Professorin beim Aufstehen. »Was haben Sie ihm gegeben?«

»Ich habe keine Ahnung.« Sie betrachtete den Kratzer, den die zerbrechende Phiole auf ihrer Haut hinterlassen hatte. »Aber es wirkt nicht gegen mich.« Jolana sah auf den Vampir. »Nur gegen sie.«

»Und woher …?«

»Ich wusste, dass Matyas auftauchen wird. Als ich nach der Explosion zu mir kam, lag ich in den Überresten eines Schränkchens, auf dem *Wider die vampyres* stand. Also griff ich mir eine Phiole, die intakt geblieben war. Er hat es nicht mitbekommen.«

»Auf gut Glück?«

»Hat doch funktioniert. Für eine Frau über siebzig nicht schlecht, oder?« Jolana sammelte ihre Habseligkeiten zusammen und reichte Len seine zurück. »Zeigen wir uns den Rettern. Damit sind sie beruhigt.«

»Was machen wir mit ihm?«

»Ich weiß etwas.« Jolana zog einen leeren Kübel hervor, in dem zuvor Beton oder Putz angerührt worden war. Sie zerrte die matschigen, stinkenden Überreste des Vampirs hinein und schüttete eine Fertigmischung Beton darüber, um danach Wasser aus dem Hahn des Waschbeckens hinzuzufügen. »In die Ecke damit.«

Gemeinsam mit Len schoben sie es unter ein Regal und deckten es zu.

»Bis man das findet, ist es ausgehärtet.« Jolana band das ausgetretene Blut und die Körperflüssigkeiten mit dem gleichen Betonpulver. »Man wird denken, Bauarbeiter wären schlampig gewesen und hätten nicht sauber gemacht.« Sie öffnete die Tür und schob Len hinaus, um ihm zu folgen. »Los, gehen wir nach oben.«

»Und wenn uns jemand fragt, was passiert ist?«

»Sind wir dem Schlagwetter entkommen.« Jolana schob Len an.

»Sie werden mir ganz viel erklären müssen«, sagte er und setzte sich in Bewegung.

»Ja. Es wird Zeit.« Sie lächelte ihm zu. »Für einen Drăculeşti war das erste Mal Pfählen nicht mal schlecht. An der Zielgenauigkeit üben Sie besser noch.«

Er hatte nicht vor, ein weiteres Mal gegen einen Vampir anzutreten. Bis ihm beim Laufen durch die Gänge des Mělníker Kellergeschosses einfiel, dass Matyas sein Gesicht sowie seinen Namen in das Netzwerk der Strigoi eingespeist hatte, das womöglich weit verstreut agierte. Mit viel Pech auch in seiner Umgebung. Es war damit eine Frage der Zeit, wann der nächste Blutsauger erschien, um sich am Nachfahren ihrer Peiniger zu rächen.

Len begriff, dass sein Leben soeben kompliziert geworden war.

Sehr kompliziert.

Welche Konsequenzen das haben würde, konnte er nicht einmal im Ansatz ermessen.

»Nur Kürtzlich etliche zu vermelden, mehrer würd man nach meinen Todt in meinem Register aufgezeichnet finden, daß ich von der Zeit an, da ich meine Kunst anfing zu üben, das war der gemeinen Jahreszahl nach umb das 1409te Jahr, erreicht biß in die 45. Persohnen auch mancherlei Verzauberte Leuth von Mann und Weibern, Juden und Christen gesund gemacht, und erledigt haben, waß andere Kranckheiten seindt, will ich nit schätzen oder setzen.
a. Kayßern Sigmund Unsern allergnädigsten Herrn hab ich nit allein einen von meinen Geistern Verehrt, sondern ihme auch seine Gemahlin mit Kunst zuwegen gebracht.«

Aus: Die egyptischen großen Offenbarungen, in sich begreifend die aufgefundenen Geheimnißbücher Mosis; oder des Juden Abraham von Worms. Buch der wahren Praktik in der uralten göttlichen Magie und in Erstaunlichen Dingen, wie sie durch die heilige Kabbala und durch Elohym mitgetheilt worden. Sammt der Geister- und Wunder-Herrschaft, welche Moses in der Wüste aus dem feurigen Busch erlernet, alle Verborgenheiten der Kabbala umfassend. Aus einer hebräischen Pergament-Handschrift von 1387 im XVII. Jahrhundert verteutscht und wortgetreu herausgegeben. Köln am Rhein, bei Peter Hammer 1725. Erstes Buch, Achtes Capitl, S. 45/46.

CAPITULUM III B

Verschriftlichung der diktierten Tonaufzeichnung, dramatisiert, basierend auf persönlichen Aufzeichnungen, verfasst nach dem Studium von originalen, bislang unausgewerteten Quellen von und um Barbara von Cilli. Preisgabe der zeitgenössischen Schriftstücke/Quellen nicht genehmigt.

Auch die nachfolgenden Geschehnisse drehen sich um die Veränderung von Barbara während des Konzils von Konstanz.

Jahr: Anfang 1415
Historischer Hintergrund: s. o.

***

REICHSSTADT KONSTANZ,
29. JANUAR ANNO DOMINI 1415

Barbara hatte sich aus ihrer Unterkunft weggeschlichen und sich von der Bleibe im *Bündrichhaus* in ihr Laboratorium begeben. Vlad und Sorin hatten den entkleideten Strigoi dort an einem aufrecht gestellten Tisch angekettet und mit Eisenbändern geknebelt; ein Sack über dem Kopf raubte ihm die Sicht. Gelegentlich fütterten sie ihn mit Rattenblut.

Sie hatte Tage benötigt, um sich alles einzurichten, damit die Versuche beginnen konnten. Dass sie in Konstanz einen Probanden hatte, war ein erfreulicher Vorteil, den sie in Ofen nicht gehabt hatte.

Die Stimmung in der Stadt blieb derweil so angespannt wie jene von Sigismund. Es ärgerte ihn, dass die Kurie Jan Hus in den Kerker hatte werfen lassen, was in dessen Heimat Böhmen nicht gut ankam. Sigismund hatte ihm freies Geleit zugesagt gehabt; somit konnte Hus' Gefangennahme ihm angelastet werden. Da er früher oder später auch König von Böhmen sein wollte, wie er Barbara anvertraut hatte, könnte die Haft und was daraus wurde, zu Schwierigkeiten führen. Die Tschechen würden es ihm nicht vergessen.

Noch vor der Überwindung des Schismas stand für das Konzil die Frage im Raum, wie man mit Hus umging, dessen Ideen und Lehren für die Kardinäle und Bischöfe nicht annehmbar waren. Häresie musste bekämpft werden. Dafür sollte die Wurzel ausgerissen, das Urkorn vernichtet werden, damit das treibende Grün erstarb. Vorher würde das Konzil sein Augenmerk nicht auf die Papstfrage richten.

Auf Barbaras Tisch im *Bündrichhaus* stapelten sich die Einladungen. Reiche Kaufleute, einflussreiche Adlige und kirchliche Würdenträger wollten die schöne, lebensfrohe Königin mit eigenen Augen sehen. Auch wenn es in Konstanz um Machtfragen ging, gab es jede Menge Kurzweil, von Banketten über Tanz, Liederabende und mehr, wie es sich Barbara ursprünglich erhofft hatte. Das alles interessierte sie inzwischen nur noch mäßig. Vergnügungen bedeuteten nichts im Vergleich zu ihrer Mission. Daher hielt sie sich mit Zusagen zurück.

Gekleidet in ein grobes Gewand und geschützt von einer dicken Lederschürze, warf sie einen Blick über ihr aufgebautes Reiselaboratorium. Von Antimon und Quecksilber über Schwefel bis Knochenasche gab es alles; zudem standen Waage und Mörser, Schalen, Destillierkolben und mehrere Alembike aus unterschiedlichen Materialien für fallende Destillation bereit. Phiolen und Flaschen aus Glas, Schmelztiegel, ein tragbarer Schmelzofen, Probierscherben, Siebe, Bürsten und Röhren, vieles aus Metall oder Kupfer, rundeten die Ausstattung ab.

Barbara wusste, dass sie mit einigen der Zutaten behutsam umgehen musste, um die Dämpfe nicht einzuatmen oder die Substanzen zu berühren. Paracelsus hatte in der Heilkunde Antimon verwendet, obwohl es sehr giftig war und er es sonst als Scheidemittel von Gold anpries. Aus der Heimat hatte sie vorgefertigte Tinkturen mitgebracht, um sie in Konstanz zu verfeinern.

Nachdem sie tagelang das *Abramelin* studiert hatte, wollte sie die darin verzeichneten Anwendungen ausprobieren. Jede einzelne. Nun verstand sie Abrahams Warnung vor der Schwarzmagie besser. Doch im Zusammenspiel mit ihrer Alchemie stand ein Durchbruch bevor. Sie fühlte es, wusste es!

Um die Mittel unmittelbar in die Blutbahn des Gefangenen einzubringen und die Reaktion darauf zu verfolgen, hatte Barbara ein Gerät ersonnen. Es bestand aus einem hohlen, angespitzten Federkiel, an dessen stumpfem Ende eine Kaninchenblase mit Garn befestigt war. Die angeschrägte Spitze am anderen Ende drang spielend durch Haut, notfalls ritzte man die Epidermis zusätzlich an. In die Blase konnten die Mittel gegeben werden, um sie mit einem raschen Druck in die Vene zu spritzen.

Sie zog dem Strigoi den Sack vom Kopf. »Wach auf.«

Der Blutsauger riss die Lider in die Höhe und zischte leise. Mehr erlaubte der Knebel nicht. Äußerlich war er Anfang zwanzig und von geradem Wuchs, die blonden Haare hatten sie ihm geschoren. Seinen Namen hatte er ihnen aus Trotz nicht verraten.

Dann bemerkte der Strigoi die vielen vorbereiteten Tinkturen und Flüssigkeiten auf dem kleineren Tisch und verstand, dass sie für ihn gedacht waren. Er versuchte, die Ketten mit einem Ruck zu sprengen, die Manschetten zu zerbrechen. Aber Stahl und Eisen hielten.

Vlad hatte einen Pflock aus reinem Weißdornholz in einer Halterung vor dem Herz des Strigoi platziert. Barbara musste nur mit viel Schwung oder einem Hammer auf das hintere Ende schlagen, und die scharfe Silberspitze glitt in den Körper der Kreatur und beendete das untote Leben für immer.

Sie löste den Knebel. »Wie heißt du?«, versuchte sie es erneut.

»Ich brauche Menschenblut«, erwiderte er schnarrend. »Sonst vergehe ich bald und tauge dir zu nichts mehr.«

»Diese Nacht wirst du gewiss lange genug lebendig sein.« Barbara deutete auf die sorgsam verkorkten oder mit Deckeln und Wachs verschlossenen Gefäße. »*Das* ist alles nur für dich.«

»Was ist das?«, zischte er mit viel Befürchtung in der Stimme.

»Destillierte Vernichtung. Angefertigt eigens gegen Strigoi.« Sie genoss das Entsetzen auf dem Gesicht des Gefangenen. »Dachtest du, ich lasse mich von Lucian wie eine seiner Puppen behandeln?« Sie streifte sich dünne Lederhandschuhe über und begann mit dem Verfeinern einer Essenz, in der sie versucht hatte, Blut, Wundsekret und Eiter eines Pockenkranken alchemistisch zu scheiden. Die Basis für den ersten Versuch.

Sie folgte dabei den Ansätzen von Paracelsus und seiner Spagyrik. Die Aufgabe der Alchemie sei ihm zufolge nicht nur die Herstellung von Gold, sondern auch die Herstellung von Arzneimitteln. Der Begriff Spagyrik diente der Abgrenzung gegenüber anderen Richtungen. Sie war der medizinische Bereich der Alchemie und stellte Arzneimittel auf der Basis von pflanzlichen, mineralischen und animalischen Stoffen her. Für ihr Vorhaben war der Ansatz perfekt.

Der Strigoi rüttelte erneut an seinen Fesseln, aber die Halterungen blieben unnachgiebig. »Stattdessen machst du dich zu einer Puppe der Vârcolac?«, stieß er aus. »Verflucht seist du!«

Barbara hielt mit ihrem Tun inne. »Wie meinst du das?«

»Du weißt es nicht?« Der Strigoi lachte leise. »Dann ist die Lüge nicht aufgedeckt.«

»Du versuchst, mich mit Geschichten einzuwickeln.« Barbara wandte sich um. »Sprich aus, was du ohnehin sagen willst.« Sie nahm einen Hammer und begab sich vor die Pflockhalterung. »Wenn ich merke, dass du mich belügst, vergehst du. Mir reicht auch dein Blut, mit dem ich arbeiten kann.«

Der Strigoi verengte die Lider. Er sah auf die blinkende Silberspitze an seiner Brust und leckte sich über die fahlen, rissigen Lippen. Ohne Menschenblut trocknete er sichtlich aus. »Danach verlange ich –«

Barbara schlug nur leicht auf das hintere Ende des Pfahls, sodass die geschliffene Spitze fingerkuppentief in ihn eindrang.

Aufheulend schnappte er nach Barbara, die ihm zur Strafe den Hammer gegen die Wange drosch, sodass der Kopf zur Seite geworfen wurde. Abgebrochene Zahnstücke flogen auf den gestampften Boden.

»Halte mich nicht für schwach, weil ich eine zierliche Frau bin, Bestie«, warnte ihn Barbara. »Noch ein solcher Versuch, und es ist aus mit dir. Und jetzt spucke dein Wortgift, damit ich es analysiere und seiner Wirkung beraube.«

Der Blutsauger grunzte und funkelte sie wütend an. »Der Vârcolac, der mit dem Mircea-Jungen kam, ist nicht sein wahrer Begleiter gewesen. Lucian hat herausgefunden, dass die eigentliche Abordnung auf dem Weg zu Sigismund getötet wurde. Samt und sonders, bis auf die Geisel.« Er grinste fies. »Von Vârcolac. Danach ging Sorin mit dem Mircea-Jungen an den Hof des Königs und übernahm die Ausbildung. Sein Auftrag ist es, ihn gegen uns zu prägen und ihn auf uns zu hetzen. Und auf seinen Vater.« Er musterte Barbara. »Du fällst ebenso auf die Vârcolac herein. Sie sind nicht besser als wir. Sie lauern in den Wäldern und Mooren, um die Macht zu übernehmen, die uns gebührt.«

Barbara sah dem Gefangenen an, dass er bei aller Hinterlist und Freude an dem, was er sagte, die Wahrheit sprach. *Auch das noch.* Sofort kreisten ihre Gedanken, sie stellte verschiedene Überlegungen an. Würde sie Vlad davon erzählen, bestand die Gefahr, dass er sich aus Wut und Enttäuschung über den Vertrauensbruch von Sorin abwandte. Und damit vielleicht auch von der Jagd auf die Blutsauger. Stattdessen könnte er die Vârcolac zu Gegnern erküren, was Lucian in die Karten spielen würde.

Aber Barbara benötigte Vlad unbedingt an ihrer Seite. Die Sterndeutung der jüdischen Gelehrten bestätigte das, was sie und Vlad seit vielen Jahren wussten. Ihre Verbindung, ihr Ziel durfte nicht zerstört werden.

Der nackte Strigoi lachte gehässig, seine Ketten schabten über das Holz. »Ich kann hören, was du denkst, kleine Königin. Nun sitzt du in der Zwickmühle.«

»Du erzählst nichts weiter als Lügen«, widersprach sie.

»Sagtest du nicht, du würdest es erkennen und mich hinrichten?«, erwiderte er listig. »Wieso tötest du mich nicht dafür?«

»Sorin und Vlad werden sich längst ausgesprochen haben«, entgegnete Barbara. »Wie sonst hätte der Vârcolac den Trug aufrechterhalten können?«

»Indem er im Namen eines der Ermordeten schreibt? Die Gefahr, in die alte Heimat und an den Hof von Mircea zurückzukehren, ist gering. Und soweit ich weiß, schrieb der Woiwode seinem Jungen nie. Oder kaum.« Der Strigoi sah an die Decke. »Nein, ich denke, dass Vlad es nicht einmal erahnt. Oh, ich freue mich, es ihm zu sagen!«

Barbara beschloss, Sorin unter vier Augen darauf anzusprechen. Ohne Vlad. Sollte dies in einen Betrug an dem Walachen münden, wäre es so.

»Dazu wirst du nicht mehr kommen.« Sie legte den Hammer zurück auf den Tisch und nahm das Hantieren mit den vorbereiteten Substanzen erneut auf. Das doppelte Tuch vor Mund und Nase, mit Weihrauch- und Kohleöl getränkt, sollte die schädlichen Dämpfe filtern.

Via Waage, Mörser, Glaskolben und Schmelzofen verband Barbara die Ingredienzen auf das Gramm genau, die kochend und brodelnd in den Apparatschaften zu einem neuen Gebräu verschmolzen. Zum Abkühlen stellte sie die Schale mit der trübblauen Flüssigkeit zur Seite.

»Das ist beeindruckend. Zumindest der Anblick«, kommentierte der Strigoi. »Was soll es bewirken?«

»Das siehst du gleich. Und verspürst es.« Babara warf die schwere Schutzausrüstung ab.

Danach nahm sie ein Skalpell aus dünn gewalztem Kupfer, um mit einem raschen Schnitt in die Armbeuge des Gefangenen sein Blut zum Herausfließen zu bringen, das sie in einem Kännchen auffing. Als es gefüllt war, schloss sie den Schnitt mit einem glühenden Eisenstück. Sie wusste nicht, ob seine Selbstheilungskräfte in diesem Zustand ausreichten, die Wunde zu versiegeln. Qualmend verbrannte die Haut, und der Strigoi heulte auf.

Das erbeutete Blut unterzog Barbara neuerlichen Untersuchungen. Sie behandelte es mit weiteren Destillaten, erhitzte und verdampfte es, beobachtete die Reaktionen und notierte akribisch, was geschah.

Das wiederum brachte sie zum erleichterten Lächeln: Nichts davon, keine Resultate kamen ihr aus bisherigen Versuchen bekannt vor. Das Blut des Untoten verhielt sich atypisch zu dem von Tieren oder Menschen. Es bestätigte ihr, dass sich eine Krankheit erfinden ließ, die ausschließlich Strigoi befiel. *Mit Alchemie, Antispagyrik und dem Abramelin.*

Unvermittelt pochte es laut an der Tür der Scheune. »Barbara, ich bin es. Vlad. Öffne mir und Sorin.«

Er? Ein Schreck durchzuckte sie. »Einen Augenblick.« Schnell sah sie sich in ihrem Laboratorium um. Ein großer Teil ihres Verstands verweilte noch in den Untersuchungen. Sie wusste nicht, wie sie Vlad lange genug hinhalten konnte, um den Gefangenen daran zu hindern, über den Vârcolac zu reden. »Ich … bin mitten in einem Experiment.«

Der Strigoi bleckte die Reißzähne und lachte gehässig. »Wenn du die Offenbarung nicht wagst, *ich* sage es dem Mircea-Jungen«, drohte er. »Lass uns herausfinden, wie er hernach handelt.«

»Barbara?« Vlad pochte erneut. »Was geht vor sich?«

Ich habe keine Zeit. Sie schlug überhastet auf das Pflockende, die Silberspitze versetzte dem Gefangenen genügend Schmerzen, um ihn zum Aufschrei zu bringen. »Du wirst nichts sagen, Strigoi!« In seinen weit geöffneten Mund gab sie einen großen Schwall des gebrauten Mittels. »Niemals wieder.«

Während der Gefangene noch hustete und versuchte, die Flüssigkeit auszuspucken, stach sie ihm den vorbereiteten angespitzten Federkiel in die Armvene und gab das Mittel über die angebrachte Kaninchenblase in seinen Blutkreislauf. Erneut verschloss sie die Wunde mit dem Brandeisen.

Mit dem nächsten Blinzeln erschlaffte der Strigoi. Die Lider fielen zu, und sein Körper entspannte sich.

»Bist du in Gefahr?«, rief Vlad besorgt.

»Nein.« Barbara eilte zum Eingang und öffnete die schweren Riegel. »Der Versuch ließ sich nicht abbrechen.« Sie bat Vlad und Sorin herein, denen der Schnee beinahe fingerdick auf den Mänteln lag. »Hatten wir eine Zusammenkunft vereinbart?«

»Nein. Aber man sucht nach dir. Dein Gatte wollte dich sprechen, und er war nicht besonders davon angetan, dass du dich davongestohlen hast. Ich sagte, dass ich wüsste, wo ich dich finde«, erklärte Vlad und sah zum regungslosen Strigoi mit den Brandzeichen auf beiden Armen. »Was hast du mit ihm gemacht?«

»Zur Ader gelassen und etwas in die Ader gegeben.« Sie beglückwünschte sich dazu, den Gefangenen zum Schweigen gebracht zu haben. »Eine Mischung aus …« Ihr Blick fiel auf die Phiolen und Flakons auf dem Tisch.

Ihr Herz geriet ins Stolpern, als sie ihr Versehen bemerkte: In der Hast hatte sie zwei der Mittel vertauscht, die nun im Körper des Blutsaugers ihre Bahnen zogen und ihre Wirkung entfalteten.

Nur *welche* Wirkung, ließ sich nicht sagen.

»Eine Mischung aus …?«, hakte Vlad nach, als verstünde er sich darauf.

»Wir sollten uns für das Laboratorium eine geeignetere Bleibe suchen, Herrin«, warf Sorin besorgt ein. »Man hat den Strigoi vor der Tür schreien hören. Wenn die Wache vorbeikommt und das Schloss aufbricht, um nachzuschauen, wird es –«

Aufkeuchend zuckte der Gefangene plötzlich zusammen, Ketten und Manschetten klirrten. Er riss die Augen auf und schnaufte lauter als ein Bär, bevor er die Arme nach vorne stieß – und die Fesseln sprengte.

Das Holz gab nach, die überbordende Kraft war zu viel für die Halterungen. Ebenso rasch waren die Füße frei und der bedrohliche Pflock weggeschlagen. Es gab nichts mehr, das ihn bremste.

»Was immer das Zeug war, kleine Königin: Ich danke dir!« Der Strigoi sprang vier Schritte weit durch die Scheune auf das Trio zu. Dabei krümmten sich seine Finger zu Klauen, und die Reißzähne in seinem Mund wurden übergroß. »Jetzt werdet ihr gemeinsam sterben!«

Sorin griff sich grollend die Axt, die am Pfosten der Scheune neben einem Brennholzstapel lehnte.

Vlad stellte sich sogleich vor Barbara, das gezogene Schwert und den blanken Dolch mit dem umgewickelten Kreuzanhänger haltend. »Schnell! Hinaus mit dir«, sagte er zu ihr. »Wir –«

Der geschickte, blitzschnelle Hieb des Strigoi gegen die flache Seite des Schwerts brach die Deckung des jungen Mannes auf. Seine Faust traf Vlad von unten am Kinn und katapultierte ihn in hohem Bogen durch den Innenraum. Dass sich der Blutsauger dabei den Dolch selbst durch die Seite rammte, kümmerte ihn nicht.

Scheppernd ging Vlad zwischen gefüllten Wasser- und Sandeimern nieder, die zum Löschen von Feuer aufgestellt waren.

Sorin traf ein Rückhandschlag ins Gesicht, bevor er die Axt schwingen konnte. Er taumelte nach rechts und prallte gegen einen Stützbalken.

Barbara wurde vom Blutsauger am Hals gepackt und davongeschleudert, sodass sie rücklings auf der Anrichte aufschlug. Die Luft schoss ihr aus der Lunge, sie sah Sternchen und feurige Kreise über sich.

»Du hättest mich besser töten sollen, um mich zum Schweigen zu bringen«, zischte der Strigoi und umklammerte erneut ihren schlanken Hals. »Nun hast du mich mit deiner Alchemie noch stärker gemacht!«

Lachend zog er sie quer über die Anrichte, durch die Tiegel, Glaskolben, Phiolen und Fläschchen mit Tinkturen, Destillaten und Rohprodukten.

Klirrend fielen manche um und zu Boden, andere rutschten unter Barbaras Rücken und zerbrachen dort. Sie fühlte das unentwegte Stechen und heiße Schneiden in der Haut. Durch die offenen Wunden drangen die pulvrigen und flüssigen Substanzen in sie ein.

Der Strigoi zerrte sie ohne Anstrengung hinüber auf die steinerne Tischplatte und durch die wertvollen alchemistischen Aufbauten und Geräte. Glassplitter fielen auf sie nieder.

Während ihre Sinne durch den Würgegriff des Blutsaugers mehr und mehr schwanden, dachte Barbara furchtsam an die tödlichen Zutaten, von Antimon bis Quecksilber und geschmolzenem Schwefel. Freigesetztes Antimon konnte nicht nur sie töten, sondern der gesamten Stadt mit ihren Tausenden Menschen gefährlich werden.

»Nun das Beste aus deiner Giftküche für dich, kleine Königin«, vernahm sie die Stimme des Strigoi wie aus weiter Entfernung, während er sie auf dem Tisch umherschleuderte. »*Ich* mache Versuche mit *dir!* Wie fühlt es sich an?«

Plötzlich wich die Klammer um ihren Hals. Sie vernahm Vlads Stimme, gefolgt von mehrmaligem Scheppern und Stöhnen.

Gleich darauf stand der Strigoi wieder neben ihr. Vor ihren Augen schwebte der zugespitzte, blutige Federkiel, und in der Kaninchenblase schwappte neue Flüssigkeit. »Hinein damit!« Er bohrte die Spitze in ihre Halsvene und presste die dünne Organhaut zusammen.

Das Mittel schoss in die Ader und bahnte sich brennend einen Weg durch das Blut. Zum Schreien war Barbara zu schwach, sie stöhnte gequält.

»Nun lass mich schmecken, was deine eigene Medizin mit dir gemacht hat!« Der Strigoi senkte sich über sie und biss in ihre gegenüberliegende Halsseite.

Die Berührung fühlte sich beinahe wie ein Kuss an. Das Eindringen der riesigen Zähne spürte sie nicht, ein warmes Gefühl rollte vom Kopf abwärts in ihren Leib und löschte das Brennen in ihren Adern. Sie schien zu schweben.

Unvermittelt sah sie sich selbst von oben, auf dem steinernen Tisch, umgeben von brodelnden Pfützen und Lachen, Scherben und verbogenen Metallhalterungen. Qualm waberte durch die Scheune, ausgelöst von vermengten Chemikalien, die unkontrollierbare Reaktionen eingingen. Der Rest des Laboratoriums blieb unscharf, Vlad war nicht zu sehen.

Der Strigoi ließ von ihr ab und langte sich mit einer Hand an die Kehle, während aus beiden Wunden an ihrem Hals das Blut strömte.

Ich sterbe, begriff Barbara. Die Sterne hatten die Gelehrten getrogen. Sie würde ihre Mission gegen Lucian nicht zu Ende führen und damit Vlad die ganze Arbeit aufbürden.

Und sie sah einen menschengroßen, wabernden Schatten, der sich durch eine Dachluke der Scheune schob. Lucians Spione und Mörder hatten sie gefunden.

Vlad ist in Gefahr! Ich darf ihn nicht zurücklassen. Barbara stemmte sich gegen ihr nahendes Ende, und das geisthafte Schweben ihrer Seele hielt inne – bevor sie wie ein Stein zurück in ihren schwachen Leib stürzte.

Mit viel Willen gelang es Barbara, die blauen Augen zu öffnen.

Ihr Körper schien von innen heraus in Flammen zu stehen, es gab keine Stelle, die nicht brannte. Das vergiftete Blut rauschte und fauchte in ihren Ohren, das Herz raste und wehrte sich gegen den kontaminierten Lebenssaft und konnte doch nicht anders, als zu schlagen. Die Haut, ihr Gehirn, alles an und in ihr kribbelte und bitzelte, wie junger Wein auf der Zunge.

»Das ist widerlich!«, beschwerte sich der Strigoi. »Ich habe dich mit irgendwas vergiftet. Dabei kann ich schmecken, wie gut dein Blut einst war.« Er nahm Vlads Schwert auf. »Schlage ich dir eben den Schädel vom Hals und stopfe ihn in ein Honigglas, damit er nicht verschimmelt. Danach hole ich mir das *Abramelin* und bringe euch beide zu Lucian.« Er holte zum Hieb aus. »Dein eigener Hochmut bringt dich zu Fall, kleine Königin!«

Das Schwert reckte sich hoch in die Luft.

Barbara hob einen Arm zur schwachen Abwehr – als eine silberne Pflockspitze aus der Brust des Strigoi austrat.

Erstickt röchelnd ließ er das Schwert fallen, das von einer fremden Hand aufgefangen und im nächsten Moment zum Hieb geführt wurde. Der Kopf des Gegners flog nach rechts davon, der enthauptete Körper stürzte neben dem Tisch kraftlos in sich zusammen.

Ein unbekanntes Frauengesicht schob sich in Barbaras Sichtfeld. »Ihr lebt noch! Ausgezeichnet! Dann fahrt fort damit.« Sie griff seitlich an der

Liegenden vorbei und hielt unvermittelt weiches Dünntuch aus Flachsfasern in der Hand. »Ich helfe Euch dabei.«

»Danke«, krächzte Barbara, die in der Frau jenen Schatten wiederzuerkennen glaubte, der sich durch die Dachluke geschoben hatte. »Wer immer du bist.« Sie schloss für wenige Momente die Lider.

So dachte sie.

Als Barbara sie wieder öffnete, war es helllichter Tag.

Sie lag in ihrem Bett in der königlichen Unterkunft, und die Wintersonne schien stärker als gewöhnlich. Das Licht brannte in den Augen und verursachte ein unangenehmes Kribbeln auf der unbedeckten Haut.

Hofdame Magdolna wachte an ihrer Lagerstatt und bekreuzigte sich erleichtert. »Gott der Allmächtige sei gepriesen. Ihr seid erwacht, Herrin.«

»Das bin ich.« Barbara kniff die Lider zusammen und sah sich um. Die Sonne schien grell und unangenehm durch die zugezogenen schweren Stoffvorhänge. Das war nicht normal. »Warum auch nicht?«

»Ihr ließet uns über Vlad gestern Abend ausrichten, dass Ihr ermattet seid. Euer Gatte machte sich Sorgen, und ich fand Euch in Eurem Bett vor. Steif und kalt wie eine Tote, aber Euer Herz schlug zum Glück. Kalter Schweiß, Fieber, und … Ihr … habt gerochen, als wärt Ihr dem Leibhaftigen selbst aus der schwefeligen Hölle entkommen«, sprudelte es aus Magdolna heraus, die sich rasch erhob. Die Schleier an der Hörnerhaube wehten. »Ich eile und hole Euch etwas zu essen, Herrin. Ihr müsst Euch stärken.«

»Tu das.« Barbara setzte sich bedächtig auf. »Wo ist Vlad? Wir wollten gemeinsam –«

»Er ist in der Stadt unterwegs, im Auftrag Eures Gemahls, Herrin. Er wird sich bestimmt bei Euch melden, sobald er zurück ist.« Magdolna verschwand hinaus.

Barbara blinzelte in die Sonne und hob eine Hand abschirmend gegen das Tageslicht, das ihr die Augen aus dem Kopf sengen wollte.

Etwas Schlimmes war in dem Laboratorium geschehen. Mit ihr. Sie fühlte es überall in sich. Doch hatte sie keine genaue Erinnerung an ihre Retterin und überhaupt gar keine an das, was nach dem Tod des Strigoi passiert war.

Mein Hals! Schnell tastete sie nach den Wunden.

Aber die weiche, dünne Haut über den Adern war unversehrt, als wäre sie weder von einem Federkiel perforiert noch von langen Fängen aufgerissen worden. Auch sonst wies ihr Körper keine frischen Kratzer, blutige Schnitte oder dicke Krusten von der gestrigen Nacht auf.

Nun bekam es Barbara mit der Angst zu tun. *Zu was hat mich der Strigoi gemacht?* Vlad musste ihr alles erzählen.

Ungeduldig lehnte sie sich zurück in die Kissen. Das Studium des *Abramelins* würde sie bis dahin ablenken. Hoffte sie.

Barbara musste lange warten, bis Vlad erschien.

Zum Studium des *Abramelins* kam sie nicht. Den ganzen Tag wurde sie von Magdolna mit Essen und von Medizi mit Heilmitteln umschwärmt und umhegt. Zu ihrer aller Erstaunen, einschließlich Barbaras, ging es rasant aufwärts mit ihrer körperlichen Verfassung. Die Ermattung schwand mit jeder Stunde, wie ihr die Aufzugsuhr an der Wand verriet.

Zugleich wurden die Speisen immer fader. Die Bissen blieben geschmacklos, auch wenn sie perfekt gegart und zubereitet waren. Das bekräftigte sie in ihrer Annahme, dass sie sich durch den Angriff des Strigoi verändert hatte. Erst hatten sich die alchemistischen Substanzen unkontrolliert in ihr vermischt, danach war der Biss erfolgt.

Wie weit würde ihre Wandlung gehen?

Heimlich achtete sie auf Krankheitsanzeichen wie Pusteln oder Beulen, Ausfluss oder eine Veränderung der Haut und Augen.

Doch es zeigte sich nichts Besorgniserregendes.

Sigismund kam im *Bündrichhaus* vorbei, beließ es jedoch bei einigen aufmunternden Worten, bevor er zurück zu den Verhandlungen und Gesprächen kehrte, die seine Anwesenheit erforderten. Jan Hus und die Papstfrage trieben ihn um – und darüber hinaus einige anmutige Damen mit anderen Vorzügen als die von Barbara, wie sie Magdolna und Mägde hatte flüstern hören. Es war ein offenes Geheimnis, dass Sigismund ein Lebemann war und sämtliche irdischen Freuden genoss.

Erst am Abend, als Barbara längst aufgestanden und im Unterkleid mit dickem Pelzmantel und dem weißen Balzo auf den schwarzen Haaren in ihr Studierzimmer gegangen war, tauchte Vlad auf. Mit ihm erschien jene Frau, die Barbara in der Nacht vor dem sicheren Tod bewahrt hatte. Sie trug ein pelzbesetztes, dunkelblaues Kleid, gegürtet mit besticktem Leinen; die blonden Haare steckten unter einem Hut mit angesetztem durchsichtigem Schleier als Zeichen ihrer eingegangenen Ehe. Mimik, Körperhaltung und der gesenkte Blick machten sie klein. Sie wirkte, als könne sie keiner Fliege etwas zuleide tun.

Dabei erinnerte sich Barbara *genau,* wozu sie fähig war.

»Entschuldige, dass ich so spät erscheine. Dein Gatte hatte verschiedene Aufträge, die ich für ihn erledigen musste«, sagte Vlad zur Begrüßung und zeigte auf die Begleiterin im blauen Kleid. »Das ist Valea. Sie hat uns –«

»Ich weiß.« Barbara erhob sich von ihrem Stuhl und deutete eine Verbeugung an. »Meinen allergrößten Dank für deine Tat. Ohne dein Eingreifen wären ich und zwei gute Menschen nicht mehr am Leben. Nenne mir, wie ich dich dafür entlohnen kann.« Sie lächelte zurückhaltend. »Selbstverständlich ebenso den Grund für dein Auftauchen in meinem Laboratorium. Zu Lucians Meute gehörst du offenkundig nicht. Und doch verfügst du über Wissen, Unerschrockenheit sowie Verschwiegenheit.«

»Habt Dank, Königin.« Valea verbeugte sich tief. »Ich sprach bereits mit Vlad, um zu ergründen, wie viele Lügen Euch Lucian auftischte. Nicht alle Strigoi sind so wie er.« Sie hob den Blick. »Nehmt mich zum Beispiel.«

Barbara hob die Brauen. Das Letzte, was sie wollte, war in persönlicher Schuld bei einem Blutsauger zu stehen. »Du bist eine Abtrünnige von Lucians Hof?«

»Nein. Ich gehöre Cosmin an. Er ist sein ärgster Gegner.«

Diese Eröffnung überraschte Barbara. Noch war nicht gewiss, ob es einen Vorteil oder einen Nachteil für ihre Mission bedeutete, mit zwei mächtigen Widersachern umgehen zu müssen. Im besten Fall ließen sie sich gegeneinander ausspielen. »Cosmin ist ein Rebell oder ein weiterer Fürst?«

»Ein Fürst. Den uns dieser verfluchte Blutsauger vorenthalten hat«, warf Vlad ein. »Ich sagte Valea übrigens gleich, dass ich ihr nicht vertraue, nur weil sie und ihre Leute gegen Lucian ins Feld ziehen. Alles, was wir von ihr erfahren, muss geprüft werden. Sonst geraten wir zwischen die Mühlsteine Krieg und Intrige.«

Es entsprach exakt Barbaras Gedankengang. »Gut gesprochen.«

»Eure Bedenken bedachte mein Herr Cosmin selbstverständlich. Dass Ihr ihm von Beginn an sein Vertrauen schenkt, hat er nicht vorgesehen, allerhöchstens erhofft. Er steht für ein Treffen jederzeit bereit, um Euch zu erklären, was es mit der Feindschaft zu Lucian auf sich hat.« Valea langte an ihren Hüftgürtel, an dem sie eine kleine Tasche trug. Daraus zog sie einen versiegelten Brief heraus. »Der ist an Euch gerichtet, Königin. Von Cosmin.«

Barbara nahm ihn entgegen und legte ihn auf den Tisch. »Was hast du letzte Nacht im Laboratorium gewollt?«

»Ich folgte Cornel. So war der Name des Strigoi, den Ihr gefangen habt. Er war ein Spitzel, ein guter Spion und Attentäter, den Lucian nur auf ausgewählte Ziele ansetzte«, erklärte Valea. »Ich hing ihm bereits eine Weile an den Fersen und habe verfolgt, was er in Konstanz tat.«

»Und er ist nicht der Einzige, den Lucian sandte«, warf Vlad ungeduldig ein. »Dieser Bastard aus der Hölle hat mehrere Vertraute geschickt, die Einfluss auf die Mächtigen in der Stadt nehmen sollen.«

»Ist das so?« Barbara sah ergründend zur blonden Strigoi, die harmlos und beinahe schwächlich wirkte. Sie spielte die Rolle perfekt.

»Ja. Cornel reiste eigens für Euch an, Königin.« Sie hob aufzählend Zeige- und Mittelfinger. »Es gibt noch zwei von Lucians Leuten, die zum Verhandeln und Beeinflussen gekommen sind. Ich weiß nicht, was er plant und welchen Bischof, Fürsten oder Papst er in seinen Bann schlagen will. Aber Ihr solltet es aufhalten.«

»Und diesem Cosmin einen Gefallen tun?«, fügte Barbara an.

»Es ist ein Gefallen, den Ihr Euch selbst, Eurem Gemahl und Vlads Heimat tut, Königin.« Valea stand ruhig und entspannt. Nichts an ihr deutete auf Lügen hin.

Barbara erkannte unvermittelt eine Aura um die Strigoi, die sie zuerst für einen Lichtreflex gehalten hatte. Als würde die Helligkeit abgedämpft, ehe sie die Blutsaugerin traf. Entweder lag es an Valea oder an ihren eigenen neuen Eigenarten.

»Finden wir die zwei und greifen sie uns. Ich brauche Strigoi, um meine Mittel an ihnen auszuprobieren.« Sie beobachtete Valea ganz genau, um jede Regung auf ihrer Miene einzufangen. »Es wird dir nicht entgangen sein, dass ich alchemistische Forschung mit Cornel betrieb.«

»Das hab ich gesehen.«

»Es geht mir darum, wie man die Saat des Bösen umkehrt; sofern es von einem Strigoi gewünscht wird, ihn zurück zu einem Menschen zu wandeln. Da er dem Tode entronnen ist, möchte er gewiss wieder mit seiner Familie leben, ohne sie unentwegt anzufallen und ihr zu schaden.« Barbara lächelte. »Transmutation. Ähnlich wie bei der Wandlung von Metallen.«

»Die Kunst der Alchemie ist mir fremd, Königin. Für mich klingt es ehrenwert, was Ihr beabsichtigt. Einige von uns hadern durchaus mit dem, zu was sie geworden sind.« Valea ließ sich nicht anmerken, ob sie anhand der Utensilien im Laboratorium die Wahrheit hinter den Experimenten erkannt hatte. »Leider habe ich noch eine schlechte Kunde. Es gibt eine weitere Gefahr für Euch und die jüdischen Gelehrten, die Euch das *Abramelin* überbrachten.«

Nun zuckte Barbara ungewollt zusammen. *Davon weiß sie auch?* Valea war eine ebenso gute Spionin wie Cornel. »Es ist sicher verwahrt«, erwiderte sie knapp.

»Das bezweifle ich«, widersprach Valea. »Auf seiner Reise durch den Orient machte sich Abraham nicht nur Freunde. Man weiß um die Weisheit des *Abramelin,* die er bislang niemandem offenbarte, geschweige denn so sehr offenlegte wie in diesem Werk.« Sie deutete auf das Fenster im Studierzimmer. »Es sind Mörder in der Stadt, vier an der Zahl. Drei Männer des Dolches und ein Hexer der schwarzmagischen Kunst. Sie folgten der jüdischen Konzilgesandtschaft bis nach Konstanz, als sie erfuhren, was Euer Freund und sein Schüler mit sich tragen.« Die Strigoi machte ein bedauerndes Gesicht. »Der Hexer, so hörte ich sie sprechen, kommt aus Böhmen. Aus der Stadt Prag. Seine Kunst ist in der Lage, den Schutzzauber zu durchbrechen.«

Barbara dachte sogleich an die magischen Symbole auf der Ledertasche, in dem das Werk steckte. Sollte diese Barriere zerstört werden, wusste sie kaum ein Gegenmittel, um den Raub zu verhindern. Ihre eigenen okkulten Künste waren nicht der Rede wert. Sie benötigte die Stunden und Tage für alchemistische Berechnungen und Versuche.

»Die Halunken nehmen an, dass es sich noch immer bei Abraham befindet«, sprang Vlad erneut in den Bericht. »Valea weiß, wo sie untergekrochen sind. Sie planen einen Angriff auf die Gelehrten.«

»Ihr solltet sie warnen, Königin.« Valea sah auf Cosmins gesiegelten Brief. »Und lest das Schreiben an Euch. Dann versteht Ihr, weswegen Ihr mich nicht zu fürchten braucht.«

Barbara fürchtete sich nicht. Ein Gefühl von neuer Macht verhinderte jegliche Angst. »Du bist alleine?«

»Ja. Leider.« Die Strigoi wirkte unzufrieden. »Cosmin hat nicht bedacht, dass Lucian seine Spione und Attentäter in die Stadt sendet. Er hat ihn unterschätzt.«

Vlad und Barbara tauschten einen raschen Blick, und sie erkannten denselben Gedanken in den Augen des anderen. Valea hatte ihnen das Leben gerettet. Allerdings wusste sie auch, dass die Königin Untersuchungen anstellte und Experimente mit Blutsaugern unternahm. Nur ein Narr käme nicht auf den Gedanken, dass man aus einem Mittel zur Heilung ebenso eines zur Vernichtung brauen konnte. Dies bedeutete, dass Valea nicht lebend zu ihrem Herrn zurückkehren durfte. Die Entscheidung über ihren Tod fiel lautlos und einvernehmlich.

Eines nach dem anderen.

»Wir retten Abraham und Zacharias auf eigene Faust«, sagte Barbara. »Eine Warnung reicht nicht aus. Sorin, Vlad, du und ich.«

»Was?«, begehrte der junge Walache auf. »Das ist zu gefährlich. Nach der letzten Nacht solltest du wissen, wo deine Grenzen sind. Du hättest tot sein können.«

»Zuerst die Räuber mitsamt dem Hexer und danach Lucians Leute«, bekräftigte Barbara stattdessen. Sie hatte keine Zeit für langwierige Streitereien. »Wir können die Stadtwache ebenso wenig beauftragen wie unsere eigenen Ritter. Wie sollten wir das erklären?« Sie deutete zum Fenster hinaus auf die Straßen von Konstanz. »Es gäbe Aufruhr und Schlimmeres, wenn jemand davon Wind bekäme, wer sich unter den braven Menschen umtreibt. Die Lage ist wegen Hus und der dreierlei Päpste angespannt genug.«

»Und *du* bist die Königin von Ungarn und des Heiligen Römischen Reiches. Die Barden und Bänkelsänger preisen deine Schönheit und Anmut«, hielt Vlad dagegen. »Hunderte haben dich in Konstanz einreiten sehen. Wie willst du unerkannt umhergehen?«

»Wenn ich es nicht will, werde ich nicht erkannt. Zerschlissene Garderobe, veränderte Haartracht, etwas Schmutz ins Gesicht, und schon bin ich eine andere Frau. Die Magd Bertha vielleicht?«

Barbara war zuversichtlich. Sie musste herausfinden, ob sie besondere Kräfte nach gestern Nacht erlangt hatte. Sollte sie Strigoi künftig an ihrer Aura erkennen, wäre ihnen im Kampf gegen die Bestien viel geholfen. Außerdem brauchte sie eine neue Bleibe für das zerstörte Laboratorium. Es musste an einen sichereren Ort verlegt werden, wo sie auch ihr eigenes Blut untersuchen konnte. Die Alchemie gab ihr hoffentlich Aufschluss darüber, was Einzug in Leib und Verstand gehalten hatte.

»Auf gar keinen Fall wirst du das wagen«, entgegnete Vlad.

»Auf jeden erdenklichen Fall wage ich das!« Sie nahm den Brief, zerbrach das Siegelwachs und faltete das Papier auseinander. »Es gibt niemanden sonst, der eingreifen und Schrecklichstes verhindern kann.«

Sie richtete den Blick auf die Zeilen. Die Handschrift war klein, aber schwungvoll.

Hochwerte Barbara,
Königin von Ungarn und dem Heiligen Römischen Reich,

mein Name ist Cosmin, Fürst und Anführer einer Reihe verborgener Städte.

Deren Standorte behalte ich vorerst für mich. Es soll Euch nicht beunruhigen. Ihr wisst, wie es zu verstehen ist.

Vergebt mir, dass ich erst in diesem Jahr wage, mich an Euch zu wenden. Ich musste mir zunächst ein verlässliches Bild von Euch machen.

Wie ich annehme, verschwieg Lucian bei einem Zusammentreffen (das sicherlich stattfand, weil er dies stets tut), dass es mich und meine eigenen Ansichten zu dem gibt, was er beabsichtigt. Ich versichere Euch: Was immer Lucian Euch sagte – es ist blanke Lüge.

Während er die Adligen in der Walachei und Transsilvanien besticht

und ihnen ein bisschen Macht lässt, plant er Grausames, das die bekannte Welt tiefgreifend verändern wird.
Ihr werdet seinem Liebchen begegnet sein, einer riesigen Frau namens Draga.
Sie ist eine Ausgeburt zweier verschiedener Völker, von der Ihr bereits eines kennt: meine Art, die Strigoi morti.
Das zweite Volk lebt verborgen. Mindestens ein Exemplar davon wurde von Lucian gefasst und geschändet, damit Wesen wie Draga entstehen.
Er träumt, seine eigene Armee aus diesen Kindern zu erschaffen.
In seinem Wahn übersieht er die Gefahren, die er buchstäblich für uns alle heraufbeschwört. Dieses Volk, das in tiefster Abgeschiedenheit und Finsternis lebt, muss bleiben, wo es ist. Er nennt sie Nephilim, um ihnen etwas Edles zu geben. Andere heißen sie Dämonen, gefallene Engel, und die Osmanen halten sie für Dschinn.
Mir sind sie mehrmals begegnet, obwohl ich es zu vermeiden suchte, und glaubt mir: An diesen Kreaturen ist NICHTS edel.
Ich schlage Euch vor, einen Pakt gegen Lucian zu bilden, um ihn von seinem Tun abzuhalten und niederzuwerfen. Endet seine Herrschaft, endet dieser Irrsinn.
All die vergangenen Jahre versuchte ich es vergebens. Aber mit Eurer Hilfe, Euren alchemistischen Kenntnissen und Eurem umfassenden Wissen sind die gebündelten Kräfte nicht länger aufzuhalten.

Ihr werdet gelernt haben, dass man meinem Volk schwerlich trauen sollte und kann. Das verstehe ich. Daher überlasse ich es ganz Euch, wann die Zeit gekommen ist, dass wir uns begegnen. Sendet mir mittels meiner treuen Valea eine Nachricht, wie Ihr weiter verfahren wollt. Ich komme jeglicher Forderung von Euch an mich für eine Zusammenkunft nach.

Achtet auf Euch, Königin Barbara. Ihr werdet Großes vollbringen.

Ergebenst und voller Bewunderung
Cosmin

Barbara senkte den Brief. »Das ist durchaus vielversprechend.« Sie reichte ihn Vlad, der ihn überflog und die dunklen Brauen eng zusammenzog. »Dieser Cosmin hat die Schwierigkeit unserer Konstellation sehr gut zusammengefasst. Ich werde lange darüber nachdenken müssen.«

»Ich habe einen Vorschlag. Erstes Vertrauen ließe sich vielleicht aufbauen, indem ich Euch zu den Dolchmeuchlern und dem Hexer aus Prag führe«, schlug Valea vor. »Selbstverständlich stehe ich Euch im Kampf gegen sie bei, Königin.«

Barbara sah zu Vlad, der nur leicht den Kopf schüttelte und die langen schwarzen Haare zurückstrich.

Daher nickte sie.

Sie verstand sich nicht aufs Fechten, aber sie hatte im Kampf den Vorteil der Alchemie auf ihrer Seite. Unbewaffnet würde sie keinesfalls sein. »Zuerst machen wir einen Abstecher ins gebeutelte Laboratorium. Ich muss prüfen, was von meinen Destillaten, Tinkturen und Essenzen heil geblieben ist.« Einige Phiolen voller Säure würden genügen.

Gemeinsam mit Vlad, Sorin und Valea eilte Barbara im schlichten Kleid, den Balzo auf den Haaren, und im Umhang einer Magd durch Konstanz. Durch die teure Garderobe mit Pelzbesatz und Schleierhut wurde die Strigoi in ihrer Mitte zur blonden Edeldame, die von ihrem kleinen Gefolge auf dem Weg in den Gassen beschützt wurde. Niemand würde auf die Königin in ihrer Maskerade achten.

Auch wenn Barbara den ganzen Tag gegessen und vor dem Aufbruch verschiedene Sude und ein bisschen Wein getrunken hatte, verspürte sie immensen Durst und ein Hungergefühl, das die Bissen nicht hatten stillen können. Als litte sie an einer Krankheit, welche Wasser und Nahrung noch während des Schluckens und Kauens nichtig machte.

Es war kalt, doch windstill. Festgetrampelter Schnee lag auf den Straßen, mitunter wurde es unter ihren Sohlen glatt wie poliertes Eis.

Das Erste, was Barbara in dieser Nacht im Freien auffiel, war die veränderte Sichtkraft ihrer Augen. Ein schwacher Lichtschein durch einen Holzladen vor einem Fenster genügte, und sie sah im Dunkel einer Gasse wie am helllichten Tag.

Die Menschen, die ihnen unterwegs begegneten, verströmten für Barbara sichtbare Wärme, die sie warmorange umgab. Es war in etwa der umgekehrte Lichteffekt, den Valea aufwies. Der Blutsaugerin fehlte dieses schwache Leuchten.

Einige Straßen weiter revidierte Barbara ihre Annahme. Es war keine Wärme. Das Leuchten musste die Seele, die *anima* sein, die jedem Menschen und Lebewesen innewohnte. Ein Strigoi besaß als untote Kreatur keine Seele mehr.

Die Erkenntnis entlockte ihr ein Lächeln. Sie hatte schon immer vermutet, dass Tiere eine *anima* hatten.

Vlad bemerkte ihre Schweigsamkeit, hinterfragte sie aber nicht. Wahrscheinlich dachte er, dass sie sich auf das bevorstehende Zusammentreffen mit Mördern und Schwarzmagier konzentrierte.

Barbara fokussierte ihren Blick und erkannte bei manchen Leuten eine Veränderung in der *anima*. Sorins Seelenfarbe unterschied sich deutlich von anderen, brannte heller und wilder. Das musste der Vârcolac in ihm sein. Daraus schloss sie, dass die Menschen mit abweichender *anima* entweder krank waren oder besessen.

Aufregung ergriff sie.

Es boten sich nach der letzten Nacht, die ihr beinahe den Tod gebracht hätte, unfassbare Möglichkeiten. *Ich muss lernen, die Auren zu lesen. Rasch.* Damit ließen sich womöglich Krankheiten entdecken und schneller behandeln.

Bald darauf standen sie im verwüsteten Laboratorium.

Ätzender Gestank hing in der Luft, der von den ungebrochen reagierenden Substanzen stammte. Verbackene Klumpen aus Dreck, alchemistischen Ingredienzen und geschmolzenen Werkzeugen lagen umher. In manchen kleinen Pfützen brodelte es, Dämpfe stiegen wie aus Moortümpeln auf.

Es schmerzte Barbara, ihre wertvolle Ausrüstung beschädigt, zerschlagen und in Trümmern zu sehen.

»Ich habe versucht, etwas aufzuräumen«, erklärte Vlad aus dem Hintergrund und legte einen Arm tröstend um ihre Schulter. »Was für mich intakt aussah, habe ich auf diese Seite gestellt.«

Das Häuflein war armselig: die Feinwaage, einige gefüllte Flakons mit vorbereiteten Essenzen, Glaskolben, der portable Schmelzofen, ein paar

Halterungen und Schalen sowie eine kleine Kiste Alchemie mit Pülverchen.

Bis Ersatz über die Alpen gekommen war, würde es Wochen, wenn nicht Monate dauern bei diesem Wetter. Im Umfeld von Konstanz oder in der Stadt selbst danach zu suchen, war ihr zu gefährlich. Sie wollte kein Gerede.

Barbara lehnte den Kopf an Vlads gepanzerte Schulter und war den Tränen nahe. Es hatte Unsummen und Zeit verschlungen, diese Sammlung zusammenzutragen. Wegen ihrer Unachtsamkeit war beinahe alles zunichtegemacht worden.

Sorin und Valea gingen umher und betrachteten den Ort des Kampfes der vergangenen Nacht.

Den Leichnam des Strigoi lagerte in einem steinernen Trog, den abgetrennten Kopf zwischen den Füßen. Barbara betrachtete ihn. Dabei fiel ihr auf, dass ihr eigenes Blut an den ausgefahrenen Reißzähnen der Bestie frisch glitzerte, als sei der Angriff auf sie eben erst geschehen.

Nanu? Langsam hob sie den Kopf von Vlads Schulter. Mit der Linken rieb sie über die Stelle, an der er ihren Hals aufgerissen hatte, und ging näher. Dabei nahm sie einen Spatel aus Holz und eine leere Phiole vom Tisch.

»Was tust du?«, erkundigte sich Vlad.

»Untersuchen.« Sie beugte sich über den Schädel und schob die Lippen mit dem Holzstückchen weiter auseinander, um die Fänge freizulegen. Sie hatten sich im Tod nicht zurückgezogen, Speichel troff herab. *Als würde er noch leben.* Sie fuhr über ihr Blut an den Reißzähnen, das nicht geronnen war. Der Speichel bewirkte, dass es nicht trocknete oder klumpte.

Diese Erkenntnis ließe sich nutzen. Mundsekret eines Strigoi konnte ihr dabei helfen, das Blut einer jeglichen Kreatur frisch zu halten, um es länger untersuchen zu können.

Barbara gab eine große Probe in die Phiole und verschloss sie. Anschließend forderte sie Valea auf, in ein zweites Behältnis zu spucken. »Für eine Untersuchung«, sagte sie knapp.

Mit übrig gebliebenen alchemistischen Substanzen mischte sie eine starke Säure und ein Pulver, das leicht entflammbar war und die empfindlichen Schleimhäute verätzte. Ihre Waffen für den Kampf.

Flecken, Brandlöcher und Scherben auf der Anrichte sowie die blubbernden Pfützchen auf dem Boden verdeutlichten ihr, durch was sie der Strigoi geschleift hatte. Sie dürfte angesichts der Substanzen, mit denen sie in Berührung gekommen war, eigentlich nicht mehr am Leben sein.

Stattdessen hatte sich die Alchemie in ihrem Leib zu etwas Neuem verbunden. Ihr Fleisch und Blut schienen zusammen mit dem Biss des Strigoi der Katalysator für eine allumfängliche Transmutation gewesen zu sein. Jedoch ließ sich der Vorgang aufgrund des Chaos bei der ungewollten, gewaltsamen Aufnahme der Ingredienzen nicht mehr rekonstruieren, geschweige denn beliebig oft wiederholen.

Barbara war damit zu einem einmaligen Experiment geworden. Wie gelungen das Ergebnis war, würden die kommenden Tage und Wochen zeigen.

»Ich brauche einen Keller. Mit Kamin und Abluft«, sagte sie zu Vlad. »Höre dich nach so etwas um. Die Scheune behalten wir als Lagerstätte, aber die Experimente muss ich geschützter vornehmen können.« Sie senkte die Stimme, damit nur er sie hörte. »Kein Schrei darf außen vernommen werden.«

Er sah zu Valea, die mit einem Schnabelstiefel in Überresten scharrte. Sie wirkte in ihrer teuren Aufmachung vollkommen falsch in dem Schober. »Was immer darin geschieht«, fügte Vlad an und nickte. »Ich kümmere mich darum.«

Bald darauf waren die vier wieder in den Straßen von Konstanz unterwegs, um die Meuchler und den Hexer aufzuhalten. Leichter Schneegriesel fiel aus dem schwarzen Himmel und stockte das alte, schmutzig graue Weiß am Boden um eine reine Schicht auf.

Als sie um eine Ecke bogen, kamen ihnen zwei adlige Damen und drei Herren mit kleiner Entourage auf der engen Straße entgegen. Ihrer Ausgelassenheit nach befanden sie sich auf dem Weg zu einem der Feste, die am Rand des Konzils stattfanden: mal im größeren, mal im kleineren Rahmen und mal auf geheime Einladung hin, mit einem entsprechenden Losungswort an einem dunklen Ort. Das Verbotene und Anrüchige schien den Reiz zu erhöhen.

Barbara wich dem Pulk aus, wie es sich für eine Magd gebührte, und senkte das kapuzenverhüllte Haupt. Sie musste grinsen, weil ihr die Maskerade zunehmend Vergnügen bereitete. Sie sah Konstanz buchstäblich mit neuen Augen. Dafür wurde Valea in ihrem Pelzmantel von den Vorbeiziehenden knapp gegrüßt.

Als Barbara jedoch einen der Begleiter ansah, erstarrte sie vor Angst.

Dessen Augen brannten rot und dämonisch, die Aura um ihn herum war schwärzer als jene der Strigoi. Entweder war dieser Mann die bloße, kaschierende Hülle eines Wesens aus der Hölle oder von solcher Niedertracht, dass sie ihm aus dem Gesicht sprang.

»Was ist?«, erkundigte sich Vlad. »Hast du einen Geist gesehen?«

»So … so ähnlich«, stammelte sie und wich unwillkürlich vor dem Mann zurück. Sie fragte sich zugleich, was sie wohl sehen würde, wenn sie Jan Hus betrachtete. Etwas sagte ihr, dass von ihm keinerlei niederträchtige Ausstrahlung ausginge, eher von manchem Kardinal und Bischof.

Kaum wandte sie den Kopf zu Vlad, streifte ihr Blick eine schwach glimmende Kreatur, gekleidet wie ein ärmliches Kind in Hose und Kittel, die weinend an einer Ecke stand, tropfnass vom Scheitel bis zur Sohle.

Barbaras Nackenhärchen richteten sich auf. *Ich sehe den Geist eines Ertrunkenen!*

Urplötzlich schaute der gespenstige Junge auf und sah sie an, Hoffnung und Überraschung im Blick. Er öffnete den Mund und zerstob im nächsten Moment zu schimmerndem Rauch, der sich gänzlich auflöste.

Barbara sank auf die Knie und hielt sich die Hände vors Gesicht. »Es ist zu viel«, ächzte sie auf. »Ich sehe … sehe zu viel.«

Vlad beugte sich besorgt zu ihr und umfasste ihre Schultern. »Was hast du?«

»Sollen wir lieber zurück, Herrin?« Sorin achtete auf die Umgebung. »Nach der letzten Nacht ist Eure Schwäche kein Makel, doch für unser Unterfangen schlecht.«

Barbara atmete einmal tief ein und aus, erhob sich und straffte sich. »Es geht schon wieder. Die Mörder müssen aufgehalten werden. Verlieren wir keine Zeit.« Sie achtete fortan darauf, ihre Blicke kaum schweifen zu lassen, um nicht von den neuen Eindrücken erschlagen zu werden.

»Hier entlang.« Valea übernahm die Führung. »Sie haben sich bei einer Familie eingemietet, im Obergeschoss unter dem Dach. Gaben sich als böhmische Kaufleute aus, die auf der Suche nach neuen Waren sind.«

Die Strigoi führte sie zielstrebig in einen ärmlicheren Teil von Konstanz, in der Nähe des Hafens gelegen, wo die Tagelöhner ihr Geld mit Umladen und Löschen der Waren verdienten.

Vor einem heruntergekommenen Fachwerkhaus blieb Valea stehen. »Dahinüber. Die Außenstiege hinauf.«

Barbara hob den Blick und sah Lichtschimmer durch die gedrungene Tür zum Dachboden über der letzten, geländerlosen Stufe fallen. »Es ist jemand da«, verkündete sie und sah sich in der düsteren Seitengasse um. Ihre Augen kamen mit dem Licht sehr gut zurecht.

Plötzlich roch sie etwas, das sie sogleich packte: frisches Blut.

Es duftete wie kostbarer Weihrauch und Rosenöl, lockend und anziehend. Jemand war sehr verschwenderisch mit dem Blut umgegangen.

Ohne ein Wort der Erklärung ging sie zum schwach beleuchteten Fenster des Erdgeschosses und warf einen Blick durch die dicken Scheiben. Je näher sie dem Rahmen kam, desto stärker wurde der betörende Geruch. Undeutlich erkannte sie durch die teils gesprungenen und gerissenen Gläser von minderer Qualität mehrere Körper, die regungslos auf dem Boden der Stube lagen. Dunkle Lachen hatten sich um sie gebildet.

Der Durst, den sie den ganzen Tag verspürte, steigerte sich ins Unermessliche wie bei einem Wanderer nach langer Strecke, der eine frische Quelle vor sich sah.

Zum Greifen nah …

Zum Trinken nah …

Barbara schluckte ihre unbekannte, rätselhafte Gier hinab. Aber das Blut lockte unbarmherzig und süß zugleich. »Sie wurden umgebracht«, raunte sie der übrigen Gruppe zu. »Die Familie lebt nicht mehr.«

»Verfluchtes Mordgesindel«, zischte Vlad wütend und zog sein Schwert. »Dann werden sie bald –«

Barbara hob die Hand, um ihn zum Schweigen zu bringen.

Just kamen einige Leute aus dem Nebenraum in die Kammer mit den Leichen. Einer von ihnen trug helle Kleidung. Das Glas verzerrte seine

Züge, aber sie erkannte Abraham am Kinnbärtchen. Die Halunken und der Hexer hatten ihn gefasst.

»Sie haben ihn«, wisperte Barbara und winkte das Trio heran. »Noch lebt der Gelehrte.«

»Ich zähle drei Gegner. Also muss der letzte oben sein.« Sorin deutete zur Luke ins seitliche Dachgeschoss, wo Waren eingelagert wurden. »Welcher davon ist der Hexer?«

Barbara konnte durch die dicke, gesprungene Scheibe die Auren der Männer nicht lesen. »Das werden wir sehen, wenn wir Abraham befreien«, lautete ihre Antwort.

»Sein Schüler fehlt«, stellte Vlad beim Blick ins Innere fest. »Mag sein, dass sie Zacharias bereits umgebracht haben.«

»Ich gehe oben nachschauen«, schlug Valea vor. »Ihr kümmert euch um den Gelehrten. Sollte sich unter dem Dach niemand befinden, kehre ich zurück und stehe euch bei.«

In der Kammer begann eine ruppige Unterhaltung zwischen den Männern und Abraham. Sie zwangen ihn auf einen Stuhl, fesselten ihn, bedrohten und schlugen ihn, schüttelten ihn durch und rissen an seinem Kinnbart. Sie wollten den Wortfetzen nach, die hinausdrangen, unbedingt erfahren, wo er das *Abramelin* versteckt hatte.

Die Drohungen wurden durch das tapfere Schweigen des alten Mannes wüster und richteten sich alsbald gegen die gesamte jüdische Delegation, die nach Konstanz gereist war.

»Wir müssen handeln.« Barbara spähte in dem Räumchen umher. »Sie haben eben einen Schürhaken ins Feuer gelegt. Den Schmerz müssen wir unserem Freund ersparen.«

Sorin bekam von Vlad den Befehl, durch das gegenüberliegende Fenster hereinzustürmen und sich auf die Männer zu stürzen. »Und *du* bleibst hinter mir«, schärfte er Barbara ein. »Deine alchemistischen Tricks könnten im Getümmel fehlgehen.«

»Werden sie nicht.« Barbara ließ ihn dennoch vor sie treten. Er trug eine Panzerung, sie nicht. Er würde ihr lebender Schild sein.

Sie warteten angespannt, bis Sorin mit viel Getöse durch das Fenster auf der anderen Seite des kleinen Raumes sprang, ehe sie selbst ins Innere stürmten.

Abraham saß im langen, weißen Untergewand auf einen Stuhl gefesselt, das Blut des betagten Mannes sickerte aus Platzwunden und Schnitten.

Die beiden Räuber, gekleidet in Kittelhemd, Hosen und einfache Umhänge von Tagnern, widmeten sich sogleich Vlad und Sorin. Sie ließen sich von deren Waffen nicht einschüchtern. Surrend zuckten Klingen abwechselnd durch die Luft und wurden klirrend pariert.

Der dritte Mann in der gestreiften blau-weißen Schecke, gelben Strumpfhosen und hohen Schnabelschuhen eines vermögenden Kaufmanns, an dessen Barett lange Fasanenfedern prangten, langte in seine Umhängetasche. Er zog einen beschnitzten, handflächengroßen Stein heraus, den er mit der Linken umschloss. Seine Lippen bewegten sich lautlos.

Der Schwarzmagier! Barbara trat hinter Vlads breitem, gepanzertem Rücken hervor und schleuderte die Phiole mit der Säure dicht über dem Gegner gegen einen Balken. Das dünne Glas zersprang. Die ätzende Substanz ergoss sich auf das Holz und spritzte auf Kopf, Gesicht und Schultern des Mannes.

Zischend fraß sich die aggressive Flüssigkeit durch Barett, Haut, Haare und Kaufmannskleidung. Der auflodernde Schmerz brachte den Hexer zum Aufschreien. Er taumelte kreischend rückwärts und schleuderte den Hut von sich, wischte sich dunkel ächzend über die qualmenden, zersetzenden Züge – und machte es damit nur schlimmer.

Die beiden Meuchler wurden für einen Herzschlag durch den spektakulären Vorgang abgelenkt, was sowohl Vlad als auch Sorin genügte, um sie mit unparierbar kraftvollen Schlägen und präzisen Stichen niederzustrecken.

Der Hexer brach unter der Pein zusammen. Eingehüllt von einer giftgelben Wolke, die durch den Auflösungsprozess von gefärbter Wolle, Haut und Haaren entstand, jaulte er wie ein Tier. Es stank grauenhaft.

Bevor Barbara ihm würgend vor Übelkeit den beschnitzten Stein entwinden konnte, war Vlad mit einem großen Schritt neben dem Verätzten – und durchstach sein Herz. »Bastard«, rief er zufrieden. »Der Tod ist eine Gnade für dich.«

Ächzend verstummte der Hexer, sein Körper entspannte sich. In der

Stille erklang das anhaltende nagende Zischen der Säure überlaut, die bereits das halbe Gesicht weggefressen hatte. Durch die Löcher, aus dem Blut und verflüssigtes Hirn rann, konnte man in den Schädel blicken.

»Er wird dir nichts mehr anhaben, Gelehrter«, sagte Vlad beruhigend zum geschundenen Abraham und schnitt die Fesseln mit dem blutigen Schwert durch, bevor er es wegsteckte. »Brauchst du einen Schluck Wasser? Oder lieber etwas Stärkeres?«

Sorin untersuchte unterdessen die toten Meuchler. Er nahm ihnen die Geldbörsen und Papiere ab, die sich eingenäht in den Mänteln und der Kleidung fanden. Die Männer hatten gewusst, wie man Wichtiges verbarg und sicher mit sich führte.

»Nein, nichts, habt Dank. Ich preise Jahwe, dass ihr mich gerettet habt«, stieß Abraham undeutlich aus. Erst dann erkannte er Barbara in ihrer Maskerade. »Meine Königin, *Ihr?*«

»Wir haben erfahren, was dir und deinem Lehrling bevorstand. Leider kamen wir nicht rechtzeitig, um deine Entführung zu verhindern. Verzeih.« Barbara nahm sich die Umhängetasche des Hexers und durchsuchte sie. Leise jubelte sie auf. Darin gab es einige Zutaten, die ihr gerade recht kamen. Den Stein schleuderte sie gegen die Wand, wo er mit einem Blitz zerbarst. »Wo ist Zacharias?«

»Erschlagen und in den Rhein geworfen.« Abraham blieb auf dem Stuhl sitzen und betastete seine Verletzungen. Tränen rannen aus seinen Augenwinkeln. »Diese wilden Bestien! Sollen ihre Seelen in der Hölle brennen!«

Vlad brachte eine Flasche Schnaps und eine Decke, aus der er Stoffbinden schnitt. »Das sollte fürs Erste zum Versorgen reichen.«

Barbara machte sich ans Verbinden der Wunden. Das helle Untergewand des Verletzten hatte sich mit Blut vollgesogen. »Habt ihr einen Heiler in eurer Delegation, der deine Platzwunden nähen kann?«

»Ja, meine Königin. Es wird schon gehen.« Abraham sah schaudernd auf die gutgläubigen, getöteten Besitzer des Hauses, die neben den toten Halunken lagen. Die Leichen bedeckten grotesk verdreht den gesamten Fußboden der Stube, das Blut floss bis in die letzte Ecke des Raumes. »So viel Gewalt und Mord wegen des *Abramelins.*«

»Was nicht weiter verwundert. Es ist mächtig, wie du schon sagtest.

Ich war vom ersten Lesen an beeindruckt.« Barbara tupfte die Wunden mit dem hochprozentigen Alkohol ab. Sie presste den Stoff auf die Blessuren und fixierte ihn, so gut es ging, mit dünner Schnur. »Wir begleiten dich zurück in die Unterkunft.«

Unvermittelt stieg Valea durch das Fenster, das Sorin zerstört hatte, und schloss die Läden hinter sich. »Es ist getan«, meldete sie karg. »Hab ihn erwischt.« Sie wischte sich einige rote Spritzer aus dem Mundwinkel. Danach sah sie auf Leichen. »Oh. Welche Verschwendung.«

Barbara wusste genau, was sie meinte.

Ihr Durst war kaum mehr auszuhalten. Der Geruch des frischen Bluts, das sich in breiten Pfützen vor ihr ausbreitete, trieb sie beinahe in den Wahnsinn. Sie bräuchte sich nur zu bücken, einen Löffel zu nehmen oder mit der hohlen Hand zu schöpfen.

Aber vor ihren Freunden, Valea und Abraham konnte sie nicht davon kosten. Zu viel wäre offenbart und eingestanden, was sie sich selbst kaum eingestehen wollte.

»Was machen wir mit denen?« Vlad stieß einen toten Räuber mit der Stiefelspitze an. »Wir können sie unmöglich ungesehen durch die Stadt zum Rhein oder an den See schleppen und sie darin versenken.«

»Der Keller. Wir lagern sie in leeren Krautfässern ein. Wenn sie irgendwann gefunden werden, sind wir weit genug von dem Haus oder gar Konstanz entfernt«, schlug Sorin vor. Er packte beide Angreifer am hinteren Kragen und schleifte sie zu einer Luke im Nachbarraum, die nach unten führte. Die blutige Kleidung zog eine breite rote Bahn über die Dielen. »Alles andere wäre zu gefährlich, Herr.«

Vlad nickte. »An die Arbeit.« Er und Valea fassten mit an, um die erstochenen Bewohner und deren Mörder unter das Gebäude zu wuchten.

Abraham ergriff im Sitzen Barbaras Hand und küsste sie unter Tränen der Trauer und Erleichterung. »Ihr hättet mich ebenso dem Tode preisgeben können, da Ihr das Buch ohnehin besitzt. Aber Ihr kamt, um mich zu retten! Ihr seid die Richtige für das *Abramelin,* meine Königin.«

Sie bedankte sich mit einem Lächeln. »Ich werde dein zuversichtliches Vertrauen hoffentlich niemals missbrauchen.« Sie wischte geronnenes Blut aus dem hellen Kinnbart des alten Mannes. »Oder enttäuschen.«

Abraham erhob sich ächzend und humpelte lahm ins Nebenzimmer. »Irgendwo dort haben die Halunken meine restlichen Sachen in die Ecke geschmissen, als wären es Lumpen. Ich hole sie rasch.« Er hinkte hinaus.

Barbara war allein.

Und senkte den Blick auf die Blutlachen.

Langsam ging sie in die Hocke und tauchte zögerlich eine Fingerkuppe in das flüssige, warme Rot.

Barbara ahnte, dass sie am Scheideweg stand, und konnte doch nicht anders, als es abzulecken.

Der Geschmack war besser als alles, was sie jemals gekostet hatte.

Nicht das zarteste Fleisch, nicht das duftendste Brot, nicht der edelste Wein konnten übertreffen, was der Genuss des Blutes ihr gab.

Vor Wonne stöhnte sie leise. *Das darf nicht vergeudet werden.*

Schnell nahm sie die Schnapsflasche und schüttete den Inhalt ins Feuer, um das vergossene Blut mit einem Löffel vom Boden zu schöpfen und hineinzugeben. Es war bedauerlich wenig.

Schlurfende Schritte warnten sie vor Abrahams Rückkehr. Schnell stopfte sie die Flasche in die Umhängetasche des Schwarzmagiers und warf sich den Trageriemen um. »Ich durchsuche rasch den Dachboden«, haspelte sie und verließ das windschiefe Haus. »Bin gleich zurück.«

Barbara spurtete die wacklige, geländerlose Außenstiege hinauf, wo der dritte Mörder auf dem Dachboden lag, ausgestreckt auf dem Bett und die gebrochenen Augen weit geöffnet.

Kurzerhand setzte sie die Flasche an den Halsbissstellen an, welche die Strigoi hinterlassen hatte, und presste mit der anderen Hand auf den Brustkorb des Toten. Das auf diese Weise herausgepumpte Restblut rann aus den Löchern und plätscherte leise in das Gefäß. Danach verschloss sie die Flasche und gab sie in die Umhängetasche, um zu den anderen zurückzukehren.

»Ich habe nichts von Belang gefunden«, sagte Barbara und lächelte unschuldig. »Lasst uns Abraham zu den Seinen begleiten. Die Wunden müssen wirklich von einem Heiler versorgt werden. Sie dürfen sich nicht entzünden.«

Der Aufbruch geschah rasch.

Sie eilten durch das nächtliche Konstanz, auf das noch immer Schneegriesel herabging. Außer einem Nachtwächter, der sie mit einem knappen Nicken im Vorbeihasten grüßte, begegnete ihnen niemand.

Dabei berichtete Abraham ihnen von einem Anton aus Böhmen, dessen Schwester ihn seit der Orientreise verfolgt und auf eine Gelegenheit gelauert hatte, an die Aufzeichnungen zu gelangen. Anton und seine Familie hätten einen Teufelspakt geschlossen und wollten sich mithilfe des *Abramelins* davon befreien. Der besiegte Hexer gehörte zu deren Linie.

Doch Barbara hörte nicht richtig zu.

An ihrem Gaumen haftete der süße Geschmack des Blutes. Ihr heimlicher Vorrat in der Flasche schrie förmlich durch die Umhängetasche nach ihr und wollte getrunken werden. Sie freute sich darauf, nachher, in ihrer Kammer, sich dem Genuss und dem Rausch hinzugeben.

Dass es ihren Durst nachhaltig stillte, bezweifelte sie.

Ein Teil von ihr erschrak über die unbekannte Obsession. Barbara wusste, dass sie durch den Biss nicht gänzlich getötet und zu einer Strigoi geworden war. Sie unterlag nicht den Gesetzen, die für die Untoten galten. Aber eine gewöhnliche Frau war sie ebenso wenig. Die Nacht im Laboratorium hatte sie für immer verändert.

Diese Transmutation schien längst nicht abgeschlossen. Sie spürte das Rumoren in ihrem Körper, in ihrem Verstand. Das Kribbeln, gelegentliches Ziehen in den Innereien, brennende Pein im Kopf und in den Adern verdeutlichten ihr den anhaltenden Prozess.

Einige ihrer Veränderungen würde sie vielleicht mit Alchemie und dem *Abramelin* rückgängig machen oder abschwächen können, wie die fleischliche Lust und das gierige Verlangen nach dem Blut von Menschen.

Aber verbesserte Eigenschaften wollte sie behalten. Sie mochten im bevorstehenden Kampf gegen Lucian für etwas Ausgleich sorgen.

KAPITEL 5

TSCHECHISCHE REPUBLIK, HAUPTSTADT PRAG,
VIERTEL HOLEŠOVICE, GEGENWART, WINTER

Len parkte den Lada Niva in der Kamenická, in die ihn das Navigationssystem ohne die Hilfe der schlafenden Professorin geführt hatte. Die angeschlagene Frau ruhte seit der Abfahrt aus Mělník und hatte ihm das Fahren überlassen, kaum dass sie die Adresse eingegeben hatte.

»Wir sind da.«

Jolana atmete einmal schwer durch und bewegte sich leicht auf dem Sitz.

»Professorin?«

Die verbrannten Hautstellen, das verkohlte Fleisch und die verschmurgelten Haare hatten sich vollständig von der Untotenattacke und dem Feuer erholt. Die äußerliche Heilung schritt voran, innerlich schien noch einiges im Argen zu liegen. Der Vorgang strengte sie offenbar sehr an.

Len überlegte, was er als Nächstes tun sollte.

Die Alchemistin musste in ihre Wohnung. Die Kamenická war eine gerade Straße in der Nähe der Akademie der Bildenden Künste, die Fassaden der mehrstöckigen Häuser waren überwiegend grau, weiß und unauffällig. Es gab viele kleinere Geschäfte, Bars und Cafés; ein Park erlaubte ein bisschen Auszeit von der hektischen Stadt. Man schien hier gut leben zu können.

Len schielte auf das Leuchtschild einer nahen Kneipe.

Ein Bier oder etwas Härteres hatte er sich mehr als verdient, sobald er Jolana Černá sicher in ihre Wohnung gebracht hatte. Er war für gewöhnlich kein Freund von Alkohol, doch nach den Ereignissen sehnte es ihn danach. *Und was Deftiges zu essen.* Er hatte Hunger wie ein Wolf.

Nachdem sie in Mělník in der Touristeninformation aufgetaucht waren, verdreckt und gezeichnet vom Unglück unter Tage, waren sie gleich versorgt worden. Allerdings hatte Jolana darauf bestanden, nach Hause zu fahren, sobald sie ein paar Verbände und Pflaster sowie einen Schwung Ersatzkleidung bekommen hatten.

»Frau Professorin, aufwachen«, sagte Len erneut und nahm sein Tablet zur Hand. Klara hatte ihm geschrieben und zweimal versucht, ihn anzurufen. Er würde sich später bei ihr melden, sobald Jolana sich in ihren eigenen vier Wänden befand.

Danach prüfte Len, ob sie bei der Berichterstattung in Mělník irgendwie ins Bild gelangt waren. Er hoffte sehr, dass er davon verschont blieb.

Das touristisch beliebte Städtchen hatte es in alle regionalen und einige überregionale Nachrichtenportale geschafft. Weniger wegen der beiden Verletzten, die nicht einmal erwähnt wurden, sondern weil sich die archäologische Gemeinde vor Begeisterung beinahe überschlug, dass ein neuer Raum in den Katakomben gefunden worden war.

Len sah verschiedene Aufnahmen aus den Überresten, die keinerlei Aufschlüsse über den wahren Zweck des Laboratoriums erlaubten. Matyas hatte das Feuer vor seinem Abgang tüchtig mit Schwarzpulver angefacht. Den Rest hatten Löschwasser und chemische Reaktionen der umherliegenden Substanzen besorgt. Asche, verbrannte Trümmer und verklumpte Brocken – mehr war von der Einrichtung der Schwarzen Königin nicht geblieben. Man kündigte weitreichende Untersuchungen an, sobald die Statik geprüft sei. Vorerst blieb das Mělníker Kellergeschoss großräumig gesperrt.

»Sind wir da?«, murmelte Jolana und richtete sich ächzend auf. »Ich muss dringend ins Bett.«

»Sind wir, Professorin. Welches Stockwerk denn?«

Sie nahm einen Schlüssel aus ihrer Tasche und drückte ihn Len in die Hand. »Dritter Stock. Die Wohnung am Ende des Ganges.« Sie senkte und hob mühsam die Lider. »Es wäre besser, wenn Sie in meinem Gästezimmer übernachten, Herr Lenau. Ich fürchte, Ihr Hotelzimmer könnte eine Überraschung beinhalten.«

»Ihre Wohnung auch.«

Jolana schüttelte einmal den Kopf. »Die ist abgesichert. Zu einhundert Prozent.« Sie löste den Anschnallgurt und öffnete schwerfällig die Tür. »Ich muss mich ausruhen und die Alchemie ihre Wirkung tun lassen«, erklärte sie. »Morgen zum Frühstück bin ich wieder einsatzbereit.«

Den Gedanken, an einem sicheren Ort zu schlafen, ohne Angst vor bösartigen Vampiren, riesigen Hunden und puppenhaften Kindern zu haben, fand Len äußerst verführerisch. Und es sprach nichts dagegen.

»Einverstanden.« Er stieg aus und half der Professorin dabei, den Lada zu verlassen. Die ältere Frau stützend, verriegelte er den Wagen mit der Schlüsselfernbedienung.

Immer wieder schien Jolana im Gehen wegzudösen. Len zerrte und trug sie mehr, als dass sie ging. Im Fahrstuhl nickte sie, gegen die Wand gelehnt, sogar kurz weg.

Bald darauf standen sie am Ende des Korridors.

»Haben Sie eine Alarmanlage?«, wollte Len wissen.

»Nein. Einfach aufschließen und hinein«, raunte sie matt.

»Aber Sie sagten doch, es sei gesichert.« Er schloss auf und drückte die Tür auf.

Das Licht in der Diele erwachte dank Bewegungsmelder von selbst. Genau gegenüber hing die Wand voller Ikonen und heiliger Symbole verschiedener Religionen und Glaubensrichtungen, die Len nicht alle kannte.

Hinter der Schwelle verlief eine breite Bahn aus Salz, gefolgt von ins Holz geritzten Bannzeichen und lateinischen Sprüchen, die offenbar zur Abwehr von Dämonen und generell Kreaturen des Bösen dienten.

Len verstand jetzt, was die Professorin mit »Absicherung« gemeint hatte. Er half Jolana hinein und verriegelte hinter ihnen.

»Das Gästezimmer ist links neben dem kleinen WC«, sagte sie leise und machte sich los, schlurfte auf eine Doppelflügeltür zu, stützte sich zweimal an der Wand ab, um nicht zu kippen. »Machen Sie es sich gemütlich, Herr Lenau. Aber fassen Sie bitte nichts an, außer die Sachen in der Küche. Es kann gefährlich für Sie sein.« Sie öffnete einen Flügel und verschwand aus dem Licht in die Dunkelheit ihres Schlafzimmers. »Lassen Sie mich bitte ausschlafen. Träumen Sie wohl.« Leise klickend rastete das Schloss hinter ihr ein. »Bis morgen«, drang ihre Stimme durch das Holz.

Len stand im Flur und blickte sich in der Altbauwohnung um. Er sah den Durchgang zur Küche und begab sich dorthin, um seinen Hunger zu stillen.

Aber der Kühlschrank war so gut wie leer, das Brot in der Tüte verschimmelt. Die von Jolana selbst eingefrorenen Sachen in der Tiefkühltruhe konnte er nicht identifizieren, also taute er sie nicht auf.

Mit knurrendem Magen saß er in der halbdunklen Küche und sah aus dem Fenster hinab auf die verschneite Kamenická. Die Leuchtreklame der kleinen Kneipe wurde noch verlockender, als Len durch die leidlich beschlagene Scheibe junge Menschen bei Essen und Trinken in der Gaststube sah. Was genau sie aßen, erkannte er nicht, doch es war alles besser als verschimmeltes Brot und undefinierbare TK-Dinge.

Zugleich sprach die Sicherheit der Wohnung dafür, sie nicht zu verlassen. An den Fenstern hatte Len ähnliche Sicherungen wie am Eingang entdeckt. Über den Rahmen steckten Silbermesser, als würden sie jeden fliegenden und kletternden Eindringling zerschneiden können.

Was nun? Seufzend nahm Len das Tablet zur Hand. Klaras Bild leuchtete auf dem Display. Eine Unterhaltung mit ihr hatte etwas Verlockendes. Er brauchte mehr Freude, mehr Zuversicht in seinem Leben, und das ganz dringend.

Aber aus der fremden Küche heraus telefonieren? Mit Bild? Wie erklärte er das? Er ließ den Anruf verhallen.

Die Bar wurde nun noch interessanter, die Rechtfertigungen für eine Einkehr nahmen zu. Sprach er von dort mit Klara, war der Hintergrund kein Problem.

Was soll schon geschehen? Notfalls musste er einmal über die Straße spurten und befände sich wieder in Sicherheit. Eine Ikone unter der Jacke würde gegen übersinnliche Attacken helfen.

Len hatte das dringende Bedürfnis mit jemandem, dem er vertraute, über die ganzen irren, aberwitzigen Ereignisse der letzten Stunden zu sprechen: über die Bestie auf der Brücke, das untote Kind, die entstellte Obdachlose. Über ein geheimes Laboratorium unter Mělník, in dem Experimente an Vampiren stattgefunden hatten. Über ein Netzwerk von Blutsaugern, das die Burgen der Schwarzen Königin überwachte und sich fragte, ob sich Barbara erneut zeigte und ihr altes Tun aufnähme. Und nicht zuletzt über *sein* Blut, das Blut eines Drăculeşti, das ihm ordentlich Ärger eingebracht hatte.

Bedachte Len es richtig, trug Klara sogar den Hauptteil der Schuld an diesen Entwicklungen. Sie hatte seine angebliche Abstammung im Veitsdom herumposaunt und Aufmerksamkeit geweckt. Er musste sie ins Vertrauen ziehen.

Bei den Gedanken entstanden neue Fragen.

Was, wenn die Professorin keine Alchemistin, sondern in Wahrheit die Schwarze Königin war? Was verband die Herrscherin mit den Drăculeşti? Nur der Kampf gegen die Vampire? Und was genau steckte hinter dem gemeinsamen Krieg gegen die Blutsauger: etwas Ehrenvolles, eigene Vorteile oder eine Absicht, die er noch gar nicht ermessen konnte?

Ich rufe Klara an. Len erhob sich. Sein Magen knurrte lauter als der riesige Hund, der ihm auf der Karlsbrücke das Leben gerettet hatte. *Und ich brauche etwas zu essen.* In der Kneipe würde er sich Mut antrinken, um seine Erlebnisse vor ihr auszubreiten.

Len nahm den Schlüssel, danach den Heiligen von der Wand, der am grimmigsten schaute, und stopfte sich die Ikone unter den Pullover.

Er verließ die Wohnung und schloss ab, eilte die Stufen hinab und über die Kamenická, um sich in die Wärme und den Dunst der Kneipe zu werfen. Die Kreaturen des Bösen sollten keine Gelegenheit bekommen, ihn zu erwischen.

Gespräche brandeten gegen ihn wie die aufgeheizte, schwüle Luft und das Konglomerat verschiedenster Gerüche, die den Innenraum überbordend ausfüllten. Es wurde sogar geraucht.

Ein, zwei Leute wandten sich knapp zu ihm um, ansonsten traf ihn freundliche Ignoranz.

Len kämpfte sich durch Menschen und Unterhaltungen zu einer Nische durch, mit der Wand im Rücken. *Sicher!*

Schnell setzte er sich, bestellte bei der freundlichen Bedienung auf Englisch von der Karte ein Pivo und Knedlíky in deftiger Pilz-Sahne-Soße.

Der große Humpen mit dunkelbraunem Bier kam sogleich. Während Len auf das Essen wartete, loggte er sich mit dem Tablet ins freie WLAN ein und rief Klara an. Dazu legte er die Freisprecheinrichtung an, damit er sie trotz des Lärms um ihn herum verstand.

Es dauerte nicht lange, bis sie seinen Anruf entgegennahm. Sie befand sich in einem Hotelzimmer und saß in einem altertümlichen Ohrensessel, im Hintergrund gab es nur ein Fenster, vor dem Dunkelheit regierte.

»Ahoi, Len!«, rief sie fröhlich und winkte in die Kamera. Sie trug eine bunt gemusterte Bluse, die fingerlangen blonden Haare hingen teils frech ins Gesicht. »Oh, du bist in einer Kneipe?«

»Ja. Brauchte ein bisschen Ablenkung«, antwortete er und musste nicht mal lügen. Bevor er mit seiner Geschichte begann, wollte er erfahren, wie es ihr und Oma Mokka ergangen war.

Klara plauderte sofort los und berichtete von ihren Ausflügen, der Unterkunft und lustigen Begebenheiten. Mitten im Satz hielt sie inne. »Hörst du mir überhaupt zu?«

»Ja, sicher!« Len wurde verlegen. Sie hatte ihn erwischt. Statt ihrem Bericht zu lauschen, schaute er sie einfach nur an und erfreute sich an ihren Bewegungen. Es ging ihm sofort besser, ein Großteil des Stresses fiel von ihm ab. Außerdem spürte er das Bier, das er viel zu schnell auf nüchternen Magen trank.

»Was ist los?« Klara runzelte die Stirn. »Ärger mit der deutschen Botschaft? Müssen Oma und ich noch länger auf dich warten?«

Sein Essen und ein zweites Bier wurden gebracht. Dampfend und duftend stand der Teller mit aufgeschnittenen Serviettenknödeln vor ihm, die Soße und die Pilze schrien danach, sogleich vertilgt zu werden. »Es … ist was anderes«, setzte Len an und leerte das erste Glas. Mutig genug fühlte er sich inzwischen. »Du weißt noch, dass du diese Drăculeşti-Sache verraten hast?« Die Frage war taktisch, um sie mit ins Boot zu holen.

»Ja. Aber ich dachte nicht, dass –«

»Sie stimmt.«

»Was?« Klara machte große Augen, das Blaugrün leuchtete im Zimmerlicht auf. »Wie kommst du darauf? Du hast doch immer behauptet –«

»Höre mir jetzt bitte zu, und unterbrich mich nicht. Egal, was dir dabei durch den Kopf geht. Danach sprechen wir«, bremste Len sie und fing an, im Wechsel zu erzählen und die Knödel zu vertilgen. Der Hunger war nach dem aufregenden Tag einfach zu gewaltig.

Klara nahm die Unhöflichkeit mit einem schmalen Lächeln hin.

Aus Len sprudelte es erleichtert, erlöst heraus. Die Brücke, die Erlebnisse in Mělník, die Alchemisten, die Schwarze Königin und die Drăculeşti, die Vampire – er ließ nichts aus und versuchte dennoch, sich halbwegs kurzzufassen. Mit den letzten Worten war sein Mahl vertilgt und das zweite Bier geleert.

»Und?«, erkundigte er sich vorsichtig. »Wie ist deine Einschätzung dazu? Bin ich völlig wahnsinnig geworden, oder geht in der Welt mehr vor, als wir uns jemals ausmalen konnten?«

Len fürchtete sich vor ihrer Antwort. Entweder ihre Verbindung verstärkte sich, oder das Band riss für immer. Daran hatte er keine Zweifel. Aus Angst signalisierte er der freundlichen Bedienung, ein drittes Bier haben zu wollen, auch wenn er längst genug hatte.

Klara langte an der Linse ihres Smartphones vorbei und zog ein volles Glas an den Mund, nahm einen Schluck Rotwein.

»Fuck«, sagte sie – und schwieg danach.

Len bekam sein Bier gebracht und trank ebenso. Banges Warten auf mehr Worte, die ihn hoffentlich nicht ins Aus schossen. War sie bleicher geworden, oder lag es am Licht in ihrem Zimmer?

»Wir … hatten hier jemanden, der sich nach dir erkundigt hat«, sagte Klara endlich. »Als wir ins Hotel eincheckten. Und ich fand ihn … seltsam.«

Beinahe hätte Len gejubelt. Zugleich dämmerte ihm, dass dieser Jemand Gefahr für Klara bedeuten könnte.

»Erzähl!«, verlangte er besorgt und aufgekratzt.

Sie fuhr sich durch die hellen Haare, wirkte aufgewühlt. »Er hat gesagt, er hat eine Nachricht für dich, und er wollte wissen, wo man dich in Prag findet. Vom Reiseunternehmen. Wegen deiner Notlage. Aber unser Betreuer wusste nichts davon.«

Len fürchtete, dass es ein Informant war, der für das Netzwerk der Vampire arbeitete. »Scheiße. Du hast ihm nicht gesagt, dass wir befreundet sind, oder?«

»Nein! Oma hat ihn freundlich rausgeworfen.« Klara fröstelte. »Len, wenn wir uns das nicht alles einbilden, dann …«

»Was meinst du mit *alles?*«

»Das … Wetter war heute total seltsam. Es hat ununterbrochen geregnet und gehagelt. Und dann kam der Nebel. Als wollte uns die Natur aufhalten«, erzählte sie stockend. »Oder war es nicht die Natur, sondern diese … Mächte?«

Len befürchtete es. Das Netzwerk hatte blitzschnell reagiert und nach Schwachstellen, Ansatzpunkten gesucht, um ihn in die Finger zu bekommen oder zu erpressen. Ahnten seine Feinde etwas von seinen Gefühlen für Klara? Woher? Und wie vermochten sie, die Witterung zu beeinflussen?

»Ich weiß, dass es sich total verrückt anhört …«, begann er.

»Da sagst du was! Ich habe keine Ahnung von … Vampiren und so etwas. Nur den Kram aus den Filmen. Ob das stimmt oder hilft, keine Ahnung?« Klara sah sich um. »Was machen wir jetzt? Was machst *du* jetzt?«

Der erste Satz hatte Lens alkoholbefeuertes Hirn auf einen abenteuerlichen Gedanken gebracht. »Ich rufe jemanden an, der sich damit auskennt. Im Gegensatz zu uns.«

»Es gibt keine *Ghostbusters*. Oder *Constantine.*«

»Nein. Wobei … sagen wir einfach Nein. Aber ich habe noch *das!*« Len zog Alisons zerknickte Visitenkarte aus der Schutzhülle seines Tablets. »Shiverz.«

»Báthory News!« Klara wirkte schlagartig positiv gestimmter. »Guter Einfall. Aber wie verhinderst du, dass sie einen Beitrag daraus macht? Du wärst vermutlich bei ihren knappen Million Follower der Star der Szene.«

Das wollte Len auf gar keinen Fall. »Ich überlege mir etwas«, sagte er leichthin. »Danke.«

»Für was?« Klara lächelte. »Ich habe doch nur zugehört.«

»Dass du noch da bist und mich nicht weggedrückt hast.« Das Bier lockerte seine Zunge.

»Hätte ich vielleicht. Aber der Typ im Hotel …« Erneut schüttelte sie sich. »Den hättest du sehen sollen. Perfekt für jeden Horrorfilm.«

»Seid bitte vorsichtig. Keinem glauben, niemandem vertrauen. Und schon gar nicht die Gruppe verlassen.«

Klara nickte. »Denkst du, Oma und ich sind in Gefahr?«

»Nein«, log er, um sie zu beruhigen. »Ich schaue, dass ich morgen Nachmittag oder so aufbreche und zu euch komme. Mit ein bisschen

Druck kann das die deutsche Botschaft bestimmt arrangieren.« Er winkte ihr.

Sie warf ihm eine Kusshand zu. Der Bildschirm erlosch.

Len fühlte eine Zuversicht, wie er sie sehr gut gebrauchen konnte. Eine Mischung aus Hochgefühl wegen des Anblicks von Klara, der Wirkung des leckeren Bieres und der Freude über den Einfall, die Vloggerin anzurufen. Ein bisschen traurig war er jedoch, dass der Teller mit den Knödeln und der Pilzsoße leer war.

Er wählte die Nummer von Alison, die nach mehrmaligem Klingeln abhob. »Ja?«

»Hallo, Shiverz«, rief Len gegen die Geräuschkulisse der Bar an.

»Wer ist da?«

»Der Drăculeşti.« Er grinste, als er sich ihr überraschtes Gesicht vorstellte. »Ich habe ein paar Nachforschungen zu meinen Ahnen angestellt, aber komme nicht recht weiter. Es gibt zu viele Infos über Vampire und so.«

»Aha«, machte Alison.

»Ich dachte, du könntest mir dabei helfen.«

»Wenn ich eine Reportage über dich machen darf?«

»Mein Angebot ist: Du bekommst exklusive Informationen über das, was wirklich in Mělník geschehen ist. Die Explosion in den unterirdischen Gängen?«

Es herrschte zwei, drei Sekunden Schweigen. »*Du* warst dort?«, platzte es aus der Vloggerin heraus.

»Ja. Im Raum, in dem es geschehen ist.« Len fand seinen Vorschlag brillant. »Ich sage nur: Alchemie.« Das Thema lenkte den Fokus weg von ihm, und Alison würde ihm dafür Blitznachhilfe in Sachen Vampirismus, Drăculeşti und die Schwarze Königin geben. »Anonym natürlich.«

»Einverstanden«, willigte sie aufgeregt ein. »Wo bist du? Ich komme sofort vorbei.«

Das passte Len ausgezeichnet. *Je eher, desto besser.* Rasch gab er ihr die Adresse der Bar. »Ich sitze hinten in der Ecke.«

»Bin gleich bei dir. Das wird unschlagbar super!« Sie legte auf.

Ein gewaltiger Schatten fiel unvermittelt in die Nische und auf den Tisch.

Als Len aufblickte, stand ein Hüne vor ihm und sah mit einem freundlichen Lächeln auf ihn herab. Er trug herkömmliche Alltagskleidung und einen Mantel gegen die Winterkälte, auf dem die letzten Flocken schmolzen; in der Linken hielt er ein Bier, das er sich vom Tresen mitgenommen haben musste. Die dicken Muskeln des Mannes stellten die Nähte auf eine Bewährungsprobe.

Eingekeilt in der Ecke entkam Len dem riesigen Unbekannten keinesfalls.

Der Mann mit dem breiten, dunkelbraunen Schnurrbart beugte sich langsam vor. »Es wird Zeit für deine Ausbildung, Drăculeşti. Sonst stirbst du schneller, als ich dich wieder retten kann.« Dann setzte er sich und stieß mit Lens Bier an, um einen Schluck von seinem Getränk zu nehmen. »Auf unsere Blutlinie.«

Verdattert trank Len. Er wusste nicht, was er sonst tun sollte.

Der riesige, breitschultrige Mann mit dem gepflegten Schnäuzer sah sich in der Kneipe um, sein Blick aus dunklen Augen war aufmerksam und hellwach. »Mein Name ist Mircea. Ich bin ein Drăculeşti. Wie du.«

Len nickte zögerlich und hielt sich am Bierglas fest, um es nötigenfalls als Waffe einzusetzen. Der Gedanke erschien ihm aberwitzig. »Wann haben Sie mich denn gerettet?«, wollte er wissen. »Ich sehe Sie zum ersten Mal.«

»Lass das Siezen, Len. Wir sind verwandt und stehen auf der gleichen Seite.« Mircea setzte sich breitbeinig auf den Stuhl. »Mein Hund hat dich gerettet. Auf der Brücke. Als der Räuber dich ausnehmen wollte.«

Len schluckte. »Diese Bestie hat den Mann –«

»Na, na. Bella ist keine Bestie. Sie ist besonders.« Mircea musterte ihn. »Du hast ihre Hilfe wirklich dringend gebraucht. Sonst wärst du draufgegangen. Das konnte sie nicht zulassen.« Er setzte sich gerade hin. »Außerdem hat sie deine Papiere gestohlen. Damit du in Prag bleiben musst.«

Len ging ein spätes Licht auf. »Deswegen hat man sie nirgends gefunden!«

»Wir brauchten Zeit, um dich weiter zu beobachten und zu prüfen, was die Gegenseite tut. Ob man dir nachstellt, ob man dich umbringen will«, erklärte Mircea freimütig. »Dass sich die Professorin deiner angenommen hat, sehen wir als gutes Zeichen.«

»Sie gehört nicht zu euch?«

»Nein, sie weiß nichts von uns.«

»Und wer seid ihr?«

»Wir Drăculeşti führen fort, was die Schwarze Königin und Vlad der Zweite damals begonnen haben.« Er leerte sein Bier. »Der Kampf gegen die Blutsauger. Du hast das Laboratorium in Mělník gesehen?«

Len bejahte. »Warum bezieht ihr die Professorin nicht mit ein?«

»Sie ist keine Drăculeşti. Ihr Wissen als Alchemistin ist umfangreich, oftmals nahe an der Wahrheit. Aber nicht vollumfänglich.« Mircea deutete mit der anderen Hand über die lachenden, erzählenden Besucherinnen und Besucher. »Wir beschützen die Menschen vor der Seuche. Aus dem Hintergrund. Niemand soll erfahren, dass es die Blutsauger wirklich gibt. Sollen sich Romanautoren an ihnen abarbeiten und sie ins Reich der Fiktion verbannen.«

Len wurde sich der überdeutlichen körperlichen Unterschiede zwischen ihm und Mircea bewusst. »Ihr seid eine Art Netzwerk wie jenes der Vampire?«

Der Mann nickte. »Nur dass wir weniger sind. Deshalb brauchen wir jeden, der eine Spur Drăculeşti in sich hat.« Er legte ihm eine kräftige Hand auf die Schulter. »*Du* hast besondere Gaben, Len. Der Sohn der Söhne. Sie wurden dir durch deine Abstammung gegeben, und *ich* wurde auserkoren, dich zu unterweisen.« Er prüfte die dünnen Muskeln des jungen Mannes mit festem Druck. »Wir haben einiges vor, fürchte ich. Schlau bist du. Aber das Körperliche müssen wir unbedingt auf Vordermann bringen.« Er knallte das leere Glas auf den Tisch. »Gehen wir. Ich stelle dich den anderen vor. Danach überlegen wir, wie das weitere Prozedere ist.«

Das ging Len viel zu schnell. »Moment!« Außerdem fühlte er sich betrunken, und Alison konnte bald aufkreuzen. »Ich … brauche Beweise, dass es stimmt, was Sie –«

»Du.«

»… was du sagst.«

Mircea grinste plötzlich. »Ich sagte doch, dass du nicht dämlich bist.« Er legte die Hände auf den Tisch. »Wie kann ich dich davon überzeugen, dass ich auf deiner Seite stehe?«

Len holte die Ikone unter seinem Pullover hervor und hielt sie dem Mann hin.

Mircea lachte leise auf. »Sehr gut. Du hast dich vorbereitet.« Er nahm das Holz entgegen und gab ihm sogar einen Kuss, bekreuzigte sich. »Der heilige Andreas. Gute Wahl.« Er gab die Ikone zurück. »Dachtest du, ich wäre ein Vampir?«

Len war beruhigt. Wenn sich die Professorin auf die abschreckende Wirkung in ihrer Wohnung verließ, konnte er das auch. »Wie hängen wir Drăculeşti mit der Schwarzen Königin zusammen?«

»Unser erster Ahne, Vlad der Zweite, und Barbara lernten sich am Hofe ihres Mannes kennen. Er als Geisel, sie als Gemahlin des Kaisers«, erklärte Mircea. »Sie kannten die Schrecken ihrer Heimat und welche Gefahr den Menschen durch die verschiedensten Sorten von Vampiren drohte. Daher haben sie beschlossen, auf unterschiedliche Weise gegen sie vorzugehen.«

»Die Königin wurde zur Alchemistin«, nahm Len vorweg.

»Alchemistin, Okkultistin, Gelehrten«, ergänzte Mircea. »Wir Drăculeşti waren die Handwerker, wenn du so möchtest.« Er ballte die Hand zu einer breiten Faust. »Wir jagten die Blutsauger bis tief hinein in ihre unterirdischen Städte, die sie in vielen Höhlen angelegt hatten. Das Pfählen wurde von Vlad dem Dritten perfektioniert, was ihm seinen besonderen Ruf eingebracht hat.« Der Mann grinste. »Er hätte sich sehr geärgert über das, was Bram Stoker aus ihm gemacht hat. Gerade er, der die Vampire mit Inbrunst gejagt hat, soll einer von ihnen gewesen sein?«

Len horchte auf. »Städte«, wiederholte er sicherheitshalber.

Mircea nickte. »Riesige Städte, hineingebaut in natürliche Kavernen, die zigtausend Jahre alt sind. Von dort herrschten sie heimlich über die Landstriche.« Er hob das leere Glas, das einen runden Abdruck auf dem Tisch hinterlassen hatte. »Und das nicht nur bei uns. Überall auf der Welt. Gelegentlich werden unterirdische Überreste gefunden. In der Türkei hat man eine entdeckt, die Platz für siebzigtausend Bewohner bot.«

Len gefiel die Vorstellung überhaupt nicht. »Das ist ein Scherz!«

»Nein. Die Blutsauger hielten sich Sklaven, um niedrige Arbeiten in den Städten verrichten zu lassen. Und als Nahrung.« Abscheu zeigte sich auf Mirceas Gesicht. »Und zum Vergnügen.«

»Warum leben sie nicht mehr dort?«

»Moderne Zeiten. Es ist einfacher geworden, sich unter die Menschen zu mischen. Niemand wird mehr komisch angeschaut, wenn man tagelang nicht aus dem Haus geht.« Mircea machte eine auffordernde Handbewegung. »Frag mich ruhig weiter aus.«

»Was ist unsere Rolle dabei?«

»Wir Drăculeşti haben geschworen, Siebenbürgen, die Walachei, das Banat, alles, was damit zusammenhängt, von Vampiren zu befreien. Keine leichte Aufgabe.«

»Und die Schwarze Königin? Ist sie tot?«

Mircea machte ein ratloses Gesicht. »Jedenfalls erschien sie lange nicht mehr, um ihren Schwur zu erfüllen.«

»Die Professorin kann es wirklich nicht sein? Vielleicht sucht sie in dieser Rolle in ihren alten Laboratorien nach vergessenen Mitteln?«

»Das hätten wir längst herausgefunden.« Mit der flachen Hand wischte er den nassen Kreis vom Holz. »Wir bräuchten Barbaras Wissen und ihre Fähigkeiten dringend. Sie hatte es beinahe geschafft, die Blutsauger in Europa auszurotten.«

Len rief sich das Laboratorium in Mělník in Erinnerung und wie Jolana ihren vampirischen Angreifer mit dem alten Mittel der Schwarzen Königin vernichtet hatte. »Wen treffen wir jetzt?«

»Die Gruppe, die Prag überwacht. Wir sind vier. Und Bella. Ohne uns wären die Vampire längst überall in der Stadt.« Mircea erhob sich. »Sie warten an der Akademie der Bildenden Künste auf uns. Sie werden schon zu Eiszapfen geworden sein«, flachste er. »Also, treffen wir die Bande, oder schwebt dir etwas anderes vor? Noch mehr Tests, oder vertraust du mir und was dir dein Blut als Drăculeşti sagt?«

Len erhob sich und schwankte leicht. Zu viel Alkohol. Das war keine gute Voraussetzung, um die Pflicht seiner Ahnen anzutreten. »Ich … sollte es auf morgen verschieben. Es war zu viel los. Ich bin wirklich müde und nicht mehr aufnahmefähig.«

Mircea machte ein verständnisvolles Gesicht. »Die Sache in Mělník. Das verstehe ich.« Er deutete zur Tür. »Ich bringe dich noch über die Straße. Damit dir nichts geschieht. In der Wohnung der Professorin solltest du sicher sein.«

Erleichtert willigte Len ein. Es wäre kein guter Beginn gewesen, angetrunken und gähnend vor die Drăculeşti zu treten und sich vorzustellen. *Es hat Zeit bis morgen. Und dann nichts wie zu Klara und Oma.*

Mircea beglich die Rechnung und wechselte einige flirtende Worte mit der Kellnerin. Danach verließen Len und er die volle Bar.

Eisiger Wind und Schnee wehten über die Straße. Die klirrend kalten Böen fuhren unter die Mäntel und drangen bis auf die Haut vor.

Len verlor auf der Stelle das Übermaß an Wärme, das ihm Bier, Essen und Bar verliehen hatten. Seine Zähne klapperten in der nächsten Sekunde. Obwohl er nur über die Straße musste, erschien es ihm wie eine Expedition über den Nordpol.

Das feindliche Wetter sorgte dafür, dass sich niemand auf der Kamenická befand. Ein paar Autos fuhren im Schritttempo vorbei, die Scheibenwischer rasten mit Höchstgeschwindigkeit, um der weißen Last Herr zu werden.

Len wartete das nächste Fahrzeug ab und wollte über die Fahrbahn eilen.

Eine harte Hand packte ihn im Nacken, die Beine wurden ihm weggezogen.

Mit dem Gesicht voraus landete Len im Schnee, der sogleich Mund und Nasenlöcher verschloss. Er bekam keine Luft mehr.

»Du bist sehr leichtgläubig, Pfählchen«, hörte er Mircea abfällig sagen. »Für jemanden, der keine besonderen Kräfte besitzt, um sich aus einer solchen Situation zu befreien.« Er lachte böse. »Ich bin ein Vampir.«

Len verfluchte den Mann, auf dessen schöne Worte er hereingefallen war. Zweck war einzig gewesen, ihn aus dem Schutz der Kneipe zu locken, um ihn unauffällig auszuschalten. Besoffen vor der Tür gestürzt und erstickt im Schnee, das wäre die offizielle Version der Behörden, wenn sie seine Leiche fanden.

»Der Test mit der Ikone war nicht schlecht. Aber solange du nicht selbst an die höhere Macht glaubst, nicht zu diesem Gott betest, entfaltet der gemalte Heilige nicht einen Hauch von abwehrender Wirkung, Pfählchen«, höhnte Mircea.

Len wurde unvermittelt in die Höhe gerissen und gegen die Wand geschleudert. Sein Kopf prallte an die Mauer, die Benommenheit nahm zu.

Kraftlos fiel er zurück auf den Bordstein, Blut lief ihm aus der Platzwunde an der Stirn.

»Das macht deinen Tod glaubwürdiger«, kommentierte Mircea über ihm.

Hilflos und wie durch dicken Nebel griff Len um sich, als gäbe es irgendwo einen Rettungsring oder ein Tau für ihn, an dem er sich aus der Misere ziehen konnte.

»Zurück mit dir in die Gosse«, grollte Mircea. »Du bist der unwürdigste Drăculești, den man sich vorstellen kann. Dein Blut würde ich nicht einmal anrühren, wenn ich –«

Ein grelles Licht rauschte über den Bordstein, der Motor eines Kleinwagens röhrte auf.

Gleich darauf schepperte es, und Mircea stieß einen wütenden Schrei aus. Der Vampir fiel neben Len in den Schnee und schlitterte viele Meter davon.

»Weg hier!«, sagte eine aufgeregte Frauenstimme. Len wurde unter den Achseln gepackt und auf die Füße gezerrt.

»Professorin, ich –«

»Nein. Shiverz.« Sie nahm ihn an der Hand. »Ins Auto und weg von hier.«

In seiner Bierduseligkeit und Aufregung über das Zusammentreffen mit Mircea hatte er Alison völlig vergessen. Seine Sicht klarte langsam auf.

Die Brünette hatte eine Actionkamera an ihrer Mütze angebracht, und die Kontrolllampe leuchtete grün. Sie zeichnete das Geschehen auf. Mit ihrem Fiat Punto hatte die Britin den Vampir gerammt, der rechte Scheinwerfer war unter dem Einschlag geborsten und erloschen.

»Nein, nicht. Ich weiß, wo wir sicherer sind.« Len hielt ihre Hand fester. »Wir müssen …«

Mit einem Schrei drückte sich Mircea ab und sprang fünf Meter aus dem Stand bis zu ihnen. Versperrend landete er vor den beiden auf der verschneiten Kamenická. Die gefährlichen, spitzen Fänge waren ausgefahren, das schnauzbärtige Gesicht verzerrt vor Wut. »Das wirst du nicht überleben, Schlampe!«

Len wankte mit Alison an der Hand zurück in die Bar. Sie schafften es ins warmdunstige Innere, tauchten in der Menge unter. Erneut kümmerte sich niemand um die Neuankömmlinge, die Stimmung blieb heiter und ausgelassen.

Alison öffnete den Mund.

»Es war die einzige Möglichkeit«, unterbrach Len sie vorauseilend. »Hier greift er uns nicht an. Nicht vor so vielen Zeugen. Das verschafft uns Zeit, uns eine Taktik zu überlegen, wie wir Mircea entkommen.«

»Ich *wusste,* dass es sie gibt! Ich wusste es«, rief Alison glücklich. »Ich habe einen gefilmt!« Sie zog die Kamera mit fliegenden Fingern vom Stirnband und schaltete sie ab. Die grüne Kontrollleuchte erlosch. »Fuck, ich wusste es, dass sie existieren!«

Len konnte die Begeisterung null nachvollziehen.

Abosolut null Komma null.

Er sah zum Eingang und rechnete damit, dass der Vampir ihnen folgte, ohne sie anzugreifen. Nur um Spielchen zu spielen.

Aber die Tür blieb geschlossen. Ihr Gegner bevorzugte offenbar das Auflauern im Freien.

»Warum wollte der Vampir dich umbringen?« Alison nahm ein Taschentuch aus ihrer schwarzen Jacke und presste es gegen die Platzwunde auf seiner Stirn. »Weil du ein Drăculeşti bist?«

Len übergab sich würgend in den Eimer neben der Bar, in den die Aschenbecher geleert worden waren. Einige Besucher klatschten Beifall, die meisten kümmerten sich nicht um ihn. Wieder eine Erniedrigung, dieses Mal selbst gemacht. Zu viel Bier, zu viel Leichtgläubigkeit und womöglich die Auswirkungen einer Gehirnerschütterung.

»Danke«, sagte er zu Alison. »Ohne dich wäre ich tot.«

»Das wärst du.« Sie gab ihm ein zweites Taschentuch, um sich den Mund abzuwischen. »Mein Ausflug nach Prag wird mir ein Millionenpublikum bescheren.« Sie sah zum Eingang. »Er ist uns nicht hinterher. Das ist gut.«

»Er wird draußen warten.«

»Soll er. Wir schleichen uns schon irgendwie raus.« Alison sah ihn an. »Du schuldest mir so was von vielen Gefallen, Len! Wir machen einen ganzen Podcast mit dir und deinen Storys. *Und* du sorgst dafür, dass mir die Professorin zwei Stunden ihrer Zeit opfert.«

Len war nicht in der Lage zu widersprechen. Vorerst blieben sie Belagerte.

Ächzend nahm er die Ikone unter dem Pullover hervor, die mehrfach angebrochen war. Nur die Farbe hielt das alte Holz noch zusammen. »Mit Symbolen des Glaubens kommen wir gegen ihn nicht an.« *Ich jedenfalls nicht.*

Alles Nachdenken mit brummendem Schädel half nichts. Sie würden bis zum Sonnenaufgang in der Bar bleiben müssen. Das Taggestirn war womöglich das Einzige, was Mircea zum sicheren Rückzug zwang. So funktionierte es zumindest in den gängigen Filmen und Büchern über Vampire, die Len kannte.

»Wir sitzen einige Stunden fest«, sagte er und entschuldigte sich bei der Kellnerin für sein Kotzmalheur. Sie winkte nur ab. Es schien öfter vorzukommen. Dann bestellte er zwei große Kaffees.

»Nicht wenn jemand die Polizei gerufen hat. Wegen meines kaputten Autos, das auf der Straße steht«, korrigierte sie. »Dann müssen wir früher raus. Ich rufe sie aber erst an, wenn ich von dir Informationen bekommen habe.«

Die Polizei, natürlich! Wieder etwas, das er vor Aufregung und Alkohol vergessen hatte. »Gut. Ich erzähle dir jetzt, was in Mělník geschehen ist«, sagte er, um die Zeit zu nutzen. »Aber keine Namen!«

»Sicher. Du bist meine vertrauenswürdige, anonyme Quelle. Morgen machen wir weiter. Mit der Professorin.« Alison steuerte exakt die Nische an, in der Len vorhin gesessen hatte. »Dein Gesicht verpixle ich.«

»Was meinst du?«

»Draußen. Die Aufnahme mit dem Vampir.« Sie lachte überschwänglich. »Fuck, yeah. Alle werden denken, das ist ein Schauspieler. Aber mir egal. Ich weiß jetzt, dass es sie gibt! Das ist wundervoll!«

Len wartete an der Theke auf die Kaffeebecher und sah der Vloggerin nach, die sich auf dem Stuhl platzierte, auf dem Mircea gesessen hatte. Sie war sich der Gefahr, in der sie schwebte, nicht bewusst. Der Vampir hatte mit Sicherheit schon herausgefunden, wer sie war. Vermutlich würde sie sich auch noch über seinen Besuch freuen – bis er ihr den Hals aufriss und sie aussaugte.

Durch die beschlagene Scheibe sah Len das Schneetreiben dichter werden, als bereitete sich im Schutz der stiebenden Flocken eine Bedrohung für ihren großen Auftritt vor.

Mit dem heißen Kaffee ging er zu Alison.

Noch nie in seinem Leben hatte sich Len den Sonnenaufgang so herbeigesehnt wie in dieser Nacht.

»e. Hab ich nit dem Hertzog und seinem Pabst huffen [flüchten] aus Constantz in dem Consilio geholffen, sie wären sonst Beede dem Kaiser in die Händt Kommen.
f. Beede Pabst Johann der 23te und Martin der 5te haben offtermahl meinen Rath und meine Meinung in khöhnfftigen Sachen heimblich von mir Begehren lassen, und denselben niemals unwahrhafft Befunden.«

Aus: Die egyptischen großen Offenbarungen, in sich begreifend die aufgefundenen Geheimnißbücher Mosis; oder des Juden Abraham von Worms. Buch der wahren Praktik in der uralten göttlichen Magie und in Erstaunlichen Dingen, wie sie durch die heilige Kabbala und durch Elohym mitgetheilt worden. Sammt der Geister- und Wunder-Herrschaft, welche Moses in der Wüste aus dem feurigen Busch erlernet, alle Verborgenheiten der Kabbala umfassend. Aus einer hebräischen Pergament-Handschrift von 1387 im XVII. Jahrhundert verteutscht und wortgetreu herausgegeben. Köln am Rhein, bei Peter Hammer 1725. Erstes Buch, Achtes Capitl, S. 47.

Regeste König Sigismund
8. Mai 1418, Konstanz:

» » nimmt den Juden Abraham aus Leipzig (Lyptzk) samt seiner Familie u. Habe wegen treuer Dienste in des Reiches Schutz. — Ad m. d. r. Joh. Kirchen. — RR. F 113r. (8. die mai, aber dtsch. Urk.) **3156**

31. August 1426, Ofen:

[» ?] » nimmt den Juden Abraham, wohnhaft zu Leipzig, der ihm u. Hrz. Friedrich v. Sachsen viele Dienste erwiesen, zu seinem „sunderlichen Juden und camerknechte“ an u. erteilt ihm Geleit u. Reichsschutz für sich u. seine Familie. — KU? — RR. H 128v. (s. d.) **6726**

CAPITULUM III C

Verschriftlichung der diktierten Tonaufzeichnung, dramatisiert, basierend auf persönlichen Aufzeichnungen, verfasst nach dem Studium von originalen, bislang unausgewerteten Quellen von und um Barbara von Cilli.
Preisgabe der zeitgenössischen Schriftstücke/Quellen nicht genehmigt.

Die nachfolgenden Geschehnisse beleuchten das Zusammentreffen mit Cosmin und wie es Barbara nach ihrer Transmutation ergeht, was sie dagegen unternimmt und welche Gerüchte über sie in Umlauf sind.
Yanko, der junge Ritter und Favorit Sigismunds, bringt sich in Position.

Jahr: Mitte 1415
Historischer Hintergrund: Die Kurie und das Konzil schaffen Fakten. Sigismund wird die Zuständigkeit für Jan Hus entzogen, er falle wegen des Nichtwiderrufes seiner Lehre unter Kirchenrecht. Zudem sei das zugesicherte freie Geleit ohnehin hinfällig gewesen, da es gegenüber einem Häretiker keine verpflichtende Zusage geben könne.
Nach Verhören, bei denen Hus seine Ansichten verteidigt, und einem Prozess wird er, nachdem er sich erneut weigert, seine Aussagen zu revidieren, unter großer Teilnahme des Volkes am 6. Juli verbrannt und seine Asche in den Rhein gestreut.
Damit ist die Auseinandersetzung mit den böhmischen und mährischen adligen Anhängern des Reformators als sicher anzusehen.
Aber das Konzil hat endlich mehr Zeit und Muße, sich der Entscheidung zu Schisma und Papstfrage anzunehmen – was jedoch noch Jahre dauern wird.

***

REICHSSTADT KONSTANZ,
10. JULI ANNO DOMINI 1415

Barbara nickte den Gästen zu, während sie gemeinsam mit Magdolna, mehreren Hofdamen, Mägden und ihrem engsten Hofstaat den festlich geschmückten Innenhof des Wirtshausensembles betrat, in dem Ulrich von Richental zu einer weiteren Feierlichkeit geladen hatte.

Richental hatte es als Kaufmann und Konstanzer Bürger zu Wohlstand gebracht, war Sohn eines Stadtschreibers und genoss als Mittfünfziger das Leben in vollen Zügen. Erst vor ein paar Wochen hatte er Barbara und Sigismund einen ganzen Tag lang in seinem Weinberg und dem Weinkeller verköstigt, eine provisorische Küche davor errichten lassen. Unter Bäumen und bei herrlichstem Wetter war geschlemmt worden.

Jetzt legte von Richental nach, um sein Ansehen vor aller Augen der Stadt zu steigern.

Auch wenn sie wenig Lust verspürte, hatte Barbara der Einladung nachgegeben und sich herausgeputzt: ein enges weißes Untergewand aus Seide, das ihren schlanken Wuchs hervorhob, darüber eine rote Robe mit Ausschnitten, die Einblicke erlaubten, und langer Schleppe. Beide Kleider waren aufwändig bestickt, Goldfäden und Perlen fingen die Blicke, Geschmeide betonte das hochgeschnürte Dekolleté. Ein Hennin mit doppeltem, kunstvoll angebrachtem weißem Seidenschleier, die sogenannte Schmetterlingshaube, barg die geflochtenen schwarzen Haare. Barbara bemerkte, dass sie die Blicke und Aufmerksamkeit auf sich zog, wie beabsichtigt. Ihre helle Haut mit den Sommersprossen und die blauen Augen hoben sie noch mehr aus der Menge der Gäste heraus.

Vlad und Sorin folgten am Ende der Delegation sowie ein halbes Dutzend Wachen. Es ging weniger um Schutz als um Prestige.

Der Anlass des Festes war ein Musikantenwettstreit, abseits von Konzil und ernsthaften Gesprächen, um das Leben und die Erleichterung zu feiern, dass wenigstens die unangenehme Angelegenheit um Jan Hus erledigt war. Ein fröhliches Zusammensein.

Bei bestem Abendwetter fanden sich nun mehrere Dutzend Hochrangige und ein Teil ihres Hofstaates sowie Günstlinge ein, brachten Geschenke und natürlich ihre talentiertesten Musiker mit, um den Sieg davonzutragen. Auf den Gewinner wartete eine goldene Brosche in Form einer Lyra.

Im Vorbeigehen begann Barbara das Parlieren mit Umstehenden. Ein Lachen hier, eine flüchtige Berührung an Arm oder Schulter dort, man kannte sich inzwischen. Auch wenn die Stadt groß war und ein herrliches Umland für Ausritte und Ausflüge zur Verfügung stand, begegnete sie den meisten letztlich doch ständig.

Bis auf einen.

Ihren Gatten hatte Barbara seit der Vollstreckung des Todesurteils von Hus nicht mehr gesehen. Gespräche, Verhandlungen und Ausschweifungen wechselten sich vermutlich bei ihm ab. Nicht umsonst waren sie in getrennten Gasthäusern untergekommen.

Es kümmerte Barbara nicht sonderlich.

Das gab ihr mehr Freiraum bei ihren Experimenten im geheimen Laboratorium, betrieben in einem angemieteten Kellergewölbe am Rand der Stadtmauer. Wieder war es Vlad, der es aufgetan und die Miete im Voraus beglichen hatte. Nichts sollte unmittelbar auf die Königin verweisen.

Nach dem ersten Rundgang über den Hof der Weinwirtschaft, der für Barbara und ihr Gefolge nahe der aufgebauten Musikantenbühne endete, näherte sich Vlad.

Er hatte seine Rüstung angelegt und unterschied sich durch seine kriegerische Aufmachung deutlich von den übrigen bunt gekleideten Gästen; der Dreitagebart entgegen der üblichen Mode und die bis auf den Rücken reichenden schwarzen Haare machten ihn auch zum optischen Außenseiter. Anstelle der bisher getragenen Stoffstrumpfhosen trug er welche aus dunkelbraunem Leder.

Barbara bemerkte einige Blicke der Damen, die Gefallen an dem Walachen verrieten. Sie verstand es gut. Es weckte keine Eifersucht in ihr, nur schöne Erinnerungen. Sie bedauerte, die Fähigkeit des Auralesens über die Monate verloren zu haben. Es gäbe auf dem Fest bestimmt einiges zu sehen. Sie hoffte, sie zurückzubekommen – mit dem richtigen alchemistischen Trank.

»Im Laboratorium ist alles in bester Ordnung«, sagte Vlad leise.

»Hast du sie gefüttert?«

»Ja. Zuerst haben sie sich geweigert. Der Hunger ließ sie die Ratten letztlich aussaugen und ausdrücken wie einen Schwamm.« Vlad setzte sich neben sie. »Sie kommen wieder zu Kräften.«

»Sehr gut. Dann kann ich bald Blut abzapfen und die Forschungen weitertreiben.« Barbara dachte an die zwei Spione Lucians, die sie mithilfe von Valea und ihrer damals noch funktionierenden *anima*-Sicht in Konstanz aufgespürt und ergriffen hatten. Sie waren im Keller gelandet, angekettet und geknebelt, bevor Valea dasselbe Schicksal ereilt hatte.

Sie mochte Cosmins Botin sein, aber sie hatte viel zu viel über die alchemistischen Fortschritte und ihre wahren Absichten mitbekommen. Mit diesem Wissen durfte sie Konstanz keinesfalls verlassen. Valeas Zukunft war besiegelt, und als Probandin war sie zu wertvoll, um sie einfach sterben zu lassen.

Die lähmenden, nicht tödlich eingesetzten Pfähle durch die unteren Teile der Herzen stellten die drei Strigoi im Gewölbe ruhig. Zu trinken bekamen sie Rattenblut, manchmal auch menschliches.

Den Umgang mit den scharf angespitzten Federkielen, um Betrunkenen oder Schlafenden das Blut aus den Venen zu zapfen und es mit Speichel der Untoten danach in den Gefäßen flüssig zu halten, hatte Barbara inzwischen perfektioniert. Stets sagte sie sich, dass sie es für ihre Gefangenen besorgte, aber in Wahrheit trank auch sie davon. Heimlich, ohne das Wissen von Vlad und Sorin. Der Durst verlangte danach, sonst hatte sie das Gefühl, innerlich auszutrocknen und vor hitzigem Verlangen zu verglühen.

Auch deswegen hielten sie sich noch immer in der Stadt auf.

Eine Abreise war Barbara erst möglich, wenn sie den Drang so weit zu kontrollieren vermochte, dass sie die lange beschwerliche Rückfahrt nach Ofen antreten konnte. Sie befürchtete, dass sie unterwegs über die Begleiter herfiel, um ihnen das Blut zu rauben.

Doch ihre Anwesenheit war in Konstanz nicht weiter erforderlich. Alle hatten die schöne, junge Königin gesehen. Sie hatte sich gezeigt und Bekanntschaften geschlossen, und Sigismund hatte lange genug mit ihr prahlen können. Richentals Sänger- und Bardenwettstreit dürfte ihr letzter offizieller Auftritt in Konstanz sein.

Ein Bediensteter näherte sich mit verschiedenen Getränken.

»Hast du Fortschritte gemacht?« Vlad nahm einen Pokal vom angereichten Silbertablett, in dem dunkelroter Wein schwappte.

Eine Magd kostete einen zweiten vor und reichte das Gefäß nach etwas Abwarten an die Königin. Eine Vergiftung musste auch bei einem vermeintlich friedlichen Fest unter Freunden ausgeschlossen werden.

Barbara verneinte seine Frage. Vlad meinte die Experimente an den Strigoi, nicht ihre eigene Heilung. Ihre anhaltende Transmutation hatte sie bislang verschwiegen, auch wenn sie glaubte, in Sorins Blicken zu sehen, dass er als Vârcolac roch, wie sie sich seit jener Nacht verändert hatte. Erst in Ungarn konnte sie in den perfekt ausgestatteten Laboratorien ihrer Burgen die Suche nach einer finalen Linderung für sich angehen. »Es gibt einige Reaktionen, die sehr heftig auf bestimmte Tinkturen mit Weißdorn, Salz, Silber und Sulfur ausfallen. Noch weiß ich nicht, weswegen.«

»Bei mir wirken deine Essenzen und Destillate ausgezeichnet«, ließ Vlad sie wissen. »Auf eine gute Weise.« Er hatte sich zur Verfügung gestellt, um die stärkenden Mittel auszuprobieren, die sie ersann. Dabei versuchte Barbara, die Mischungen zu rekonstruieren, die ungewollt in ihren Körper gedrungen waren. Das Vampirblut und den -speichel ließ sie jedoch weg. Die Gefahr war ihr zu groß, dass er an demselben unheiligen Durst erkranken könnte wie sie. »Ich glaube sogar, dass ich nachts besser sehen kann als zuvor. Sorin lacht mich deswegen schon aus. Ich würde ihn niemals ausstechen, und seine feine Nase erst recht nicht.«

»Irgendwelche Nebenwirkungen?« Sie nippte am Wein. Er schmeckte wie alles fad.

»Nein. Nichts, was mir Beschwerden bereitet.«

»Gut. Ich versuche, deine Destillate noch mehr zu konzentrieren. Damit reduziere ich die Menge, die du zu dir nehmen musst.« Selbstverständlich hatte sich Barbara an Rezepten des *Abramelins* ausprobiert, doch auch da fehlten nennenswerte Erfolge. Das Zauberbuch verlangte äußerst lange Vorbereitungen, und die Zeit hatte sie nicht.

Noch dazu eignete sich Konstanz nicht, dienstbare Geister und Dämonen heraufzubeschwören oder Formen von Zauber und Hexerei zu betreiben, solange sich etliche Kardinäle und Bischöfe in der Stadt aufhielten. Ein Scheiterhaufen war auch für eine Königin rasch geschichtet.

Vlad wollte weitersprechen, aber die ersten Bekannten traten freundlich lächelnd an ihren Tisch. Daher erhob er sich und stellte sich als Leibwächter hinter Barbara. Sorin wiederum deckte seinen Rücken.

Sie kannte das Theater inzwischen viel zu gut. Die adligen Männer und Frauen, die Kaufleute und Ritter wollten, dass die junge Königin ihre Namen und Gesichter behielt, damit sie bei Sigismund ein gutes Wort einlegte. In welchen Angelegenheiten auch immer.

Nacheinander stellten sich die hohen Herren und Damen vor, um mit Konversation über nahezu alles zu beginnen, was man mit Gerüchten und Gehörtem überziehen konnte. Schon alleine aus dem Grund prägte sich Barbara die Gesichter ein, um den Aufdringlichen eines Tages nicht aus Versehen zu Audienzen, Geld oder Gefallen zu verhelfen.

Sie nickte und lächelte viel, erwiderte belanglose Sätze und bedankte sich nach kurzer Zeit offensiv für die Aufwartung, damit sich die Leute zurückzogen. Vlads Körpersprache machte deutlich, wann sie sich von der Königin zu entfernen hatten, ganz gleich, ob sie im Stand über ihm rangierten.

In Gedanken ging Barbara bei dem Geplänkel neue Formeln durch oder durchdachte das nächste Experiment, dem sie die Strigoi unterziehen wollte.

»Gebt acht, meine Königin«, sagte Sorin unvermittelt und schaute zu einem auffälligen Edelmann. »Er ist nicht das, was er vorgibt zu sein. Ich kann es wittern.«

Ein Mann, der sechzig Jahre und mehr gesehen haben musste, näherte sich mit gleich drei Gepanzerten, von denen einer eine kleine, eisenbandbeschlagene Kiste hielt. Er trug viel schweren schwarzen Brokatstoff am Leib und weißen Pelz über einer Schulter, was an einem warmen Sommerabend die völlig falsche Garderobe war. Nicht eine Schweißperle zeigte sich auf der Stirn unterhalb des Filzhuts aus teurem Biberhaar.

Der Schnitt seiner Schecke war gewagt und anders als die Stoffwahl, die Ärmel ausladend und ab den Handgelenken gerüscht. Die Beine steckten in einer schwarzen Strumpfhose aus Seide, den Latz betonte er mit roten und goldenen Bändern, um die Blicke auf das Gemächt zu ziehen. Die gebogenen Spitzen der Schnabelschuhe unterliefen jede Kleidungsvorschrift für Nichtadlige. Den prächtigen Knebelbart trug er knallrot gefärbt, als wäre er ein König.

Das Getuschel der Gäste hatte längst eingesetzt.

Der Wind trug Barbara sein Duftwasser zu, das nach Rose und Gewürzen der Seidenstraße roch, mit solch einer Intensität, dass selbst geschnittener Knoblauch oder zerstampfte Zwiebeln übertüncht würden. Ein Wappen führte er nicht, das Zeichen auf dem Siegelring gehörte keinem bekannten Adelshaus an.

Sie vermutete, dass es sich um einen Kaufmann handelte. Und um einen Strigoi, wie Sorin angedeutet hatte. Zu gerne hätte sie seine *anima* erblickt. Sie war gespannt, woher der Blutsauger kam und was er von ihr wollte.

Vor der Tischkante blieb der grau melierte Besucher stehen und deutete eine Verbeugung an. »Königin Barbara, ich entbiete Euch meinen Gruß.« Er winkte den Gepanzerten mit dem Kistchen nach vorne. »Nehmt meine Geschenke als kleine Aufmerksamkeit an. Solltet Ihr oder Euer Gemahl jemals Bedarf an einer größeren Summe haben, kommt auf mich zurück, sofern die jüdischen Gemeinden nichts mehr aufbringen können.« Eigenhändig platzierte er das Behältnis aus beschlagenem Ebenholz auf dem Tisch und öffnete den Deckel, damit niemand annähme, es wäre eine Fallenvorrichtung installiert.

Darin kamen drei fingergroße Goldklumpen zum Vorschein, rund geformt, kantenlos und funkelnd. Sie stammten der Form nach aus einem Flussbett.

»Das ist sehr großzügig«, bedankte sich Barbara höflich. »Euren Namen verstand ich nicht, edler Herr?«

»Cosmin. Fürst Cosmin und Statthalter über nicht wenige freie Städte, abseits von neugierigen Augen und Ohren.«

Barbara ließ sich nichts anmerken. Sie hatte nicht damit gerechnet, Valeas Herrn selbst anzutreffen. Da sie ihm nicht auf Augenhöhe begegnen wollte, wechselte sie die Anrede. »Für wen bist du Statthalter?«

»Für meinen Nachfolger und wiederum dessen Nachfolger«, erwiderte Cosmin lächelnd, dem die Haare bis über den Nacken reichten. »Wir leben, um zu dienen und um zu lernen, was noch keiner vor uns erlernte. Ist es bei Euch nicht ebenso, Königin?«

Barbara war ehrlich überrascht, dass er sich nach Konstanz gewagt hatte, inmitten von Kreuzen und gläubigen Kirchenmännern. Es musste für ihn ein einziger Spießrutenlauf sein.

»Das ist es, Fürst.« Sie überspielte ihre Verwunderung bravourös. Nicht einmal der Verdacht durfte bei dem Blutsauger aufkommen, dass sich Valea noch in der Stadt und in ihrer Gewalt befand. Sonst bekäme sie in derselben Nacht Besuch von Cosmin und würde wohl nur mit viel Glück den Sonnenaufgang erleben. Mit Sicherheit handelte es sich bei den Gerüsteten auch um Strigoi. »Du hast eine lange, beschwerliche Reise auf dich genommen. Deine Botin sagte mir allerdings, dass wir uns in Ungarn treffen. Was treibt dich um?«

»Das war vorgesehen, und wie ich an Euren Worten erkenne, hat ein Treffen stattgefunden. Doch Valea kehrte nicht zurück, um mir Eure Antwort zu überbringen.« Cosmin deutete auf seine Bewaffneten. »Ich machte mich mit einer Handvoll Getreuer eilends auf, um sie zu suchen. Und mit dir zu sprechen, wenn ich schon einmal in Konstanz weile.« Das Lächeln auf dem Gesicht blieb, erreichte jedoch nicht die graugrünen Augen. »Ihr werdet mir sagen können, was sich ereignet hat?«

Barbara bedeutete Cosmin mit einem leichten Nicken, sich auf den niedrigeren Stuhl an ihrer Seite zu setzen. Sie bemerkte die Anspannung bei Vlad und Sorin und hoffte, dass sie nicht alles ruinierten. »Valea half uns, Lucians Spione in Konstanz aufzuspüren und zu vernichten«, sagte sie leise. »Dabei verlor sie ihr Leben.«

Cosmin machte ein bestürztes Gesicht, die Falten auf dem betagten Antlitz wurden tiefer. »Valea ist vernichtet?«

»Sie wurde bei lebendigem Leib von einem Gegner verbrannt. Pech und Öl auf ihr ließen sich nicht mehr löschen«, log Barbara. »Eine Nachricht an dich war nicht mehr möglich.« Sie legte eine Hand auf den Unterarm des Blutsaugers. Es machte ihre Lüge glaubwürdiger. »Mein Beileid, Fürst.«

Cosmin rang sichtlich mit seinen Gefühlen. Valea musste ihm viel bedeutet haben. »Dieses grauenvolle Ende hätte sie niemals erleiden dürfen«, raunte er betroffen. »Sie … war meine jüngste Tochter. Viele Jahre standen ihr noch bevor. Ich hatte sie als Regentin über eine meiner Städte vorgesehen.«

Oh, verflucht. Barbara fühlte, wie sie erbleichte, und nahm einen schnellen Schluck Wein, um die Blässe mit Alkohol zu vertreiben. »Sie hätte dir sonst ausgerichtet, dass ich interessiert an einem Bündnis gegen Lucian bin. Mein Vertrauen jedoch vermag ich dir nicht einfach zu schenken. Das wirst du einsehen.«

»Voll und ganz, Königin.« Cosmin richtete den schweren weißen Pelz, dessen Wert den eines bürgerlichen Hauses überstieg. »Ich nehme an, dass Lucian niemals über mich sprach? Oder das Zerwürfnis zwischen uns?«

»Nein. Er machte mich glauben, dass er der einzige Fürst der Strigoi-Städte ist.« Barbara entspannte sich. Cosmin hatte ihre Geschichte über Valea geschluckt.

»Ihr wisst, dass er ein Murony ist, Königin?«

»Das sagte er. Und du bist?«

»Viesczy. Die beiden Spezies verbindet von Natur aus entweder abgrundtiefe Abneigung oder innige Zuneigung. Unser beider Besonderheit ist das Wirken von Magie. Schwarzmagier und Hexer.« Cosmin beließ es dabei. »Es mag eine bessere Gelegenheit geben, um über die Vorgeschichte von ihm und mir zu sprechen. Ihr seid an diesem Abend eine begehrte Person, man beobachtet uns bereits argwöhnisch und missgünstig.« Er wandte sich ihr mit einer leichten Drehung zu. »Daher komme ich direkt zum entscheidenden Grund, weswegen wir beide an einem Strang ziehen *müssen,* Königin.«

»Valea sagte, dass es um die Wesen geht, die Lucian nutzen will. Nephilim. Um sie mit Strigoi zu kreuzen und … Neues zu erschaffen«, erwiderte Barbara.

»*Das* hat er schon. Ihr werdet sein Liebchen Draga gesehen haben? Sie ist eine von den Neuen. Er nennt ihresgleichen Strigoi Nobilis. Was Lucian dabei nicht bedenkt, ist: Diese Kreaturen werden zu einem Teil wild und illoyal bleiben. Eines Nachts wenden sie sich gegen ihn, sobald sie verstehen, dass sie von Lucian nur benutzt werden und aus eigenem Antrieb mehr erreichen könnten, anstatt ihm zu gehorchen.« Cosmin sah zur näher kommenden Gruppe von Festgästen, die von Barbaras Hofdamen unter der Anleitung von Magdolna auf Abstand gehalten wurden, damit sie die Unterredung nicht unterbrachen.

»Wie bei wilden Hunden, die stets halbe Wölfe bleiben?«, fragte Barbara.

»So ist es. Lucian ist sich in seiner Verblendung zu sicher.« Cosmin sah sie ernst an. »Sind sie erst einmal losgelassen, kann sie kein Sterblicher und kein Strigoi mehr aufhalten.« Er zog das Kästchen mit dem Gold zu sich und schob es ihr hin, damit es nach außen den Anschein machte, er wäre einer der üblichen Schmeichler. »Es eilt leider, Königin.«

»Das sagte Valea bereits.«

»Aber aus einem anderen Grund, als Ihr annehmt. Die Osmanen haben ihren neuen Herrscher gefunden, die Zeit des Interregnums ist vorbei. Mehmed ist das Schlimmste, was uns geschehen konnte.« Er sah zu Vlad. »Auch wenn dein Vater versuchte, es zu verhindern. Seine Unterstützung für Musa hat nicht gefruchtet.«

Barbara hob die geschwungenen Augenbrauen. »Und du weißt, was der Sultan beabsichtigt?«

»Natürlich! Er schindet Zeit und tut so, als hätte er kein brennendes Interesse mehr an der Walachei und dem Königreich Ungarn. Doch *mich* täuscht er nicht. Er will Eure Gebiete erobern, um an die unterirdischen Städte und seine … Dschinn oder gefallenen Engel, Nephilim, was auch immer, zu gelangen. Diese verfluchte Besessenheit setzt uns unter Druck!« Cosmin sah zwischen dem Walachen und der Königin hin und her. »Es muss alles getan werden, um es zu verhindern. Sollte Mehmed in der Walachei oder in Siebenbürgen einfallen und siegen –«

»Wir hörten bereits von Mehmeds Wunsch«, warf Barbara ein.

»Es ist kein Wunsch. Eine wahnhafte Obsession, gegen die es nichts gibt.« Cosmin sprach tiefer und mit viel Nachdruck. »Euer Gatte hat einen Krieg mit halb Böhmen heraufbeschworen, indem er zugelassen hat, dass Hus hingerichtet wurde. Der Sturm braut sich bereits zusammen, und genau *das* wird Mehmed ausnutzen.«

Barbara teilte die Überlegungen. »Sigismund wollte das Urteil verhindern, aber … gegen die Kurie?«

»Doch, er hätte etwas tun können. Aber es ist für jeden offenkundig, dass Sigismund auf eine Gelegenheit wartet, den böhmischen Thron zu erringen, um danach die Kaiserkrone zu ergreifen. Dazu braucht er den Segen des Papstes und das Wohlwollen der Kardinäle. Eure Heirat mit ihm war kein Akt der Liebe, Königin. Das wisst Ihr selbst am besten. Eure cillianische Familie ist ebenfalls sehr erpicht auf Macht und Einfluss.« Cosmin schüttelte leicht den grau melierten Kopf, lange Strähnen rutschten unter den Kragen der schwarzen Brokatschecke. »Nein, was ich sagen wollte: Gelingt es Mehmed, Teile der Walachei und Transsilvaniens zu erobern, muss jemand, dem Ihr vertraut, so tun, als wäre er der bereitwillige Verbündete des Sultans.«

»Um in Mehmeds Nähe zu bleiben und ihn auf die falsche Fährte zu lenken.« Barbara musste zugeben, dass Cosmin einen gänzlich anderen Eindruck hinterließ als Lucian. Nicht dass sie ihm vorbehaltlos glaubte, aber er hatte sich Gedanken gemacht und sogar eine Niederlage der ungarischen Truppen in Betracht gezogen. »Das würde meinem Vertrauten seinen Stand, seine Ländereien, seine Titel, ja vielleicht sein Leben kosten. Du verlangst sehr viel.«

»Es geht um sehr viel.«

Sie lachte einmal auf. »Deine Städte.«

»Nein. Das Land! Meine Leute, Eure Leute, Königin. Es ziehen Zeiten herauf, die Ihr in dieser Weise in keinerlei Aufzeichnungen finden werdet. Es gab bislang nichts Vergleichbares.« Cosmin erhob sich von dem gepolsterten Stuhl. »Ich habe Euch lange in Beschlag genommen. Bevor sich Ulrich von Richental fragt, wen er da eingeladen hat, ziehe ich mich einstweilen von dem Fest zurück.« Er verbeugte sich tief und demütig, der Biberhut glänzte matt auf. »Lasst mich erwähnen, dass Mehmeds Spione bereits in der Walachei und Siebenbürgen unterwegs sind. Sie bereiten den Kriegszug vor. Zwei von ihnen erwischten wir nahe den Zugängen zu meinen Städten.«

»Ich verstehe«, sagte Vlad noch vor Barbara. Er wäre jener enge Vertraute, der im Falle von Mehmeds militärischen Erfolgen das Lager wechseln musste. Als gebürtiger Walache und Sohn eines Woiwoden bot er sich geradezu an.

»*Wir* verstehen«, fügte sie an.

Cosmin machte einen halben Schritt zurück und verbeugte sich erneut. »Ich will unbedingt einen Pakt mit Euch eingehen, sobald Ihr wieder in Ofen weilt«, sprach er. »Hängt Ihr ein dunkelrotes Tuch ans Fenster Eures Studierzimmers, werdet Ihr am gleichen Abend von einem meiner Leute am Westtor der Stadt erwartet. Er wird Euch führen. Die Losung ist: Kórama.«

»Was bedeutet es? Ein Zauber?«

»Nein. Es wird Euch nicht schaden.« Cosmin lächelte, und Stolz zeichnete sich auf den Zügen ab. »Es ist der Name eines besonderen Ortes. Die Byzantiner nannten ihn Matiana. Gegraben in den Tuffstein und nur eine von mehr als dreißig aufgegebenen Städten unter der Erde Kappadokiens, die vor Hunderten von Jahren erbaut worden sind.«

»Noch mehr Paläste von euch«, brummte Sorin.

»Festungen. Bis zu zwölf Stockwerke übereinander. Als Schutz vor Angreifern«, erzählte Cosmin versonnen. »Belüftung, Tunnel, Wohn- und Lagerräume, Tierställe, Küchen und sogar Kirchen, Weinpressen und Aborte für die menschlichen Sklaven. Unsere Ahnen hatten alles. Und mussten doch weichen, als die Nephilim erwachten. Es gab ein Gemetzel. Die Wesen wurden zurückgeschlagen, und einige von ihnen siedelten sich auf Eurem Gebiet an, Königin. Und dem deines Vaters, Vlad.« Seine Miene verlor die Erhabenheit. »Mehmed fand riesige Nephilim-Skelette in Kórama, und das befeuerte seinen Wahn. Wir müssen ihn aufhalten.« Cosmin deutete zu den Barden an der Bühne, die just Strohhalme darum zogen, wer zuerst seine Stimme und sein Instrument erklingen lassen durfte. »Genießt den Abend.«

Der schwarz gekleidete Fürst ging mit seinen drei Gerüsteten davon.

Die Leute machten ihm Platz, als schiebe er einen unsichtbaren Schild vor sich her. Sogar Adlige wichen vor ihm tuschelnd zurück wie vor einem König. Jeder auf dem Hof sah den Unbekannten nach. Die Gäste hielten Cosmin wahrscheinlich für den größten Aufschneider und Angeber des Abends. Dass er der Königin eine Schachtel voller Gold mitgebracht hatte, bestätigte den Eindruck.

Barbara bedeutete Magdolna, die wartende Gruppe noch etwas zurückzuhalten. Währenddessen erklomm ein Hofnarr das Podest, der Beginn des Wettstreits stand bevor. Laut schlug er auf eine Handtrommel. Die Aufmerksamkeit verlagerte sich auf die Erhöhung im Hof, auf der die Barden saßen.

Das kam Barbara nur recht. Sie wandte sich an ihre beiden Vertrauten. »Was haltet ihr von Cosmin?«

»Welch Glück, dass er dir die Lüge abgekauft hat«, befand Vlad beunruhigt. »Wir halten seine jüngste Tochter gefangen. Findet er es jemals heraus, was wir ihr antaten und noch antun werden, schickt er seine Bestien nach Buda, um uns allen das letzte bisschen Blut aus den Adern zu saugen.«

»Ich hatte meine Bedenken, dass er friedlich verschwindet, Herrin«, gestand Sorin erleichtert.

»Mir zeigt es, wie ernst es ihm mit dieser Angelegenheit ist.« Barbara fühlte kein schlechtes Gewissen gegenüber Valea. Sie war eine Strigoi, die selbst Tod und Leid über die Lebenden gebracht hatte. So diente ihr elendes Dasein einem höheren Zweck. »Ich denke auch, dass die Osmanen den kommenden Zwist mit Hus' Anhängerschaft ausnutzen werden. Die südöstliche Grenze Ungarns wird nur durch die Walachei und Transsilvanien gedeckt sein.«

»Ich schreibe meinem Vater, dass er größte Aufmerksamkeit walten lassen soll. Spione der Osmanen müssen aufgehalten werden. Das muss auch in Lucians Interesse sein, in deren Diensten er steht«, sagte Vlad mit viel Verachtung in der Stimme.

»Das übernehme ich, Herr.« Sorin winkte ab. »Ich weiß, wie ich es formulieren muss, damit kein Verdacht aufkommt.«

Barbara dachte sogleich an Cornels Worte, was Sorin und den Mord an der eigentlichen Abordnung anging, die Vlad zu Sigismund an den Hof hatte bringen sollen. Sie vermied weiterhin die Konfrontation mit ihm, da sie sein Verhalten nicht abschätzen konnte. Und gerade brauchte sie jeden Vertrauten. Trotzdem würde der Tag anbrechen, an dem sie ihn zur Rede stellte. Ohne Vlad. Um Sorins Version der Geschichte zu hören.

»Und nun, meine Königin, meine hochwohlgeborenen Damen und Herren, Ihr Fürsten, Ritter und alle von edlem Blut. Und natürlich auch der Abschaum!«, rief der Mann in Narrenkleidung vom Podest und schellte laut mit einer Handglocke. »Gewährt den Barden eure Aufmerksamkeit. Sie werden den Streit beginnen. Ihr alle sollt die Richterinnen und Richter sein. Nach den Darbietungen schreiten wir via Acclamatio zur Wahl.« Der Narr trat, sich übertrieben verbeugend, von der Erhöhung und machte dem ersten Musikanten Platz.

»Sehen wir uns den Wettstreit aus der Nähe an, Herrin?«, schlug Sorin vor.

»Nein. Ich möchte lieber hier verweilen. Sonst komme ich aus dem Reden nicht mehr heraus.« Barbara gab Magdolna das Zeichen, die Gruppe auf die Zeit nach dem Singwettstreit zu vertrösten. »Essen und trinken wir etwas. Die Unterhaltungen haben mich ermattet.«

Natürlich waren es nicht nur die Gespräche, sondern die Anstrengungen des Laboratoriums, die an ihr zehrten. Und der Umstand, längere Zeit kein Blut mehr zu sich genommen zu haben. Der Durst flammte jeden Tag und jede Nacht stärker auf, herkömmliche Nahrung blieb fad und schenkte keine Kraft, als legte man Reisig in ein Feuer. Aber um es am heißen, wahren Brennen zu halten, brauchte man Kohle oder Torf.

Wie stets führte Barbara in ihrer Gürteltasche einen scharfen Federkiel und ein Röhrchen mit Strigoi-Speichel mit sich, um Gelegenheiten zu nutzen, die sich ihr unterwegs boten.

Wie aus dem Nichts warf sich Johann Hunyadi neben Barbara auf den Stuhl und schwenkte einen Humpen mit braunem Bier. Bis auf einen Schnäuzer war er glatt rasiert und trug die kinnlangen braunen Haare kunstvoll gekräuselt. Sie roch die Spuren der Brennschere, mit denen seine Bediensteten gearbeitet hatten.

»Ihr habt keinen Barden mitgebracht, meine Königin«, sprach er deutlich angeheitert. »Warum nicht? Hatte Sigismund keine Saitenzupfer und Goldkehlchen dabei?« Er hatte auf die Rüstung verzichtet und trug eine edle, längere, dunkelrote Schecke und Strümpfe in Weiß und Rot, die seine Beinmuskeln betonten.

»Sag du es mir, Yanko. Du siehst ihn öfter als ich«, gab sie amüsiert zurück. Der angetrunkene Kämpfer aus Siebenbürgen, inzwischen fast dreißig Jahre alt, galt als hervorragender Fechter und Stratege. Er hatte sich innerhalb der Ritterschaft nach oben gearbeitet und stand bei ihrem Gatten seit Jahren hoch im Kurs.

Dabei hatte Barbara nicht vergessen, dass Hunyadi einen Raben in seinem Familienwappen führte. Die Prophezeiung, die ihr Abraham übermittelt hatte, ging ihr seit dem Abend nicht mehr aus dem Sinn. Damit war der Ritter der Widersacher von ihr und Vlad.

Das Beunruhigende war, dass Hunyadi ein guter Krieger wie Vlad war und darüber hinaus einen ebensolchen scharfen, raschen Verstand besaß. Das machte ihn zu einem potenziell gefährlichen Gegner. Allerdings konnte sie sich nicht vorstellen, wie und wann das geschehen sollte.

»Ich weiß auch nicht, meine Königin.« Er nahm einen Schluck und sah über die Schulter zu Sorin und Vlad. »Was ist mit euch beiden? Könnt ihr nicht singen und die Ehre eurer Königin verteidigen?«

»Es wäre mehr ein Gejaule als Gesang, Herr«, erwiderte Sorin säuerlich. »Ähnlich wie ein Hund.«

»Ich kenne keine Lieder, die ich zum Besten geben wollte. Man würde sie als unflätig bezeichnen in diesem erlauchten Kreis«, sagte Vlad.

»Ah, die Stimme der einfachen Untertanen.« Hunyadi lachte in den Humpen hinein, bevor er noch einen Schluck nahm. »Wer war der Edelmann, der Euch seine Aufwartung machte, meine Königin? Der Schnitt seiner Schecke, schwarzer Brokat, ein weißer Pelz und roter Knebelbart! Es reden alle über ihn, aber keiner kennt ihn. Nicht einmal Richental, und der sollte es wissen.« Er wischte sich den Schaum vom Schnauzbart. »Oder?«

»Ein venezianischer Kaufmann auf der Durchreise. Ich habe seinen Namen schon wieder vergessen«, gab sie leichthin zurück.

Ohne zu fragen, öffnete Hunyadi das beschlagene Ebenholzkästchen und machte beim Anblick des Geschenks ein beeindrucktes Gesicht. »Das ist viel Gold für jemanden, der nur auf der Durchreise ist. Er fürchtet sich nicht vor Räubern.« Er schloss es wieder. »Aber gut. Seine Leibwachen sahen aus, als machten sie keine Gefangenen.«

»Lauf ihm nach und frage ihn, da es dich so brennend interessiert«, blaffte Vlad ihn an.

»Nicht so unfreundlich, mein Guter. Dir müsste auch aufgefallen sein, dass er einen Hauch unserer Heimat mit sich trug. Oder besser gesagt: um sich.« Hunyadi tat, als streiche er über Pelz. »Das waren weiße Zobel, die er sich umgehängt hat. Im Sommer. Und nicht eine Schweißperle auf der hohen Stirn des alten Silberkopfs.«

»Was gut ist gegen Kälte, hilft auch gegen Wärme, wird er sich gesagt haben.« Barbara hatte längst bemerkt, dass der muskulöse, stattliche Ritter seine Angetrunkenheit vortäuschte. Sein Blick war wach und sein Zungenschlag deutlich. »Wieso singst *du* nicht?«

»Ich denke, dass Ihr sehr genau wisst, wer der Kaufmann war. Und dass er mit Euch über etwas sprach, was nur Euch, Vlad und seinen Diener etwas anging«, sagte Hunyadi ihr auf den Kopf zu. »Die Walachei. Dabei ist es nicht einmal *Eure* Heimat. Wie kurios, oder?« Er sah sie über den Rand des Kruges an. »Und doch seid Ihr plötzlich damit verbunden.«

»Wie kannst du es wagen, Yanko?«, begehrte Vlad auf.

»Ja, wie kann ich es wohl?« Hunyadi richtete den Blick aus seinen braunen Augen auf ihn. »Vielleicht weil ich ein ehrbarer Ritter von König Sigismund bin und weiß, wem ich zu folgen habe? Das scheinst du gelegentlich zu vergessen. Du bist *seine* Geisel. Nicht die seiner Gemahlin.«

Barbara horchte auf. Es steckte viel Vorwurf in den leise und hart vorgetragenen Worten. »Du denkst, ich verschwöre mich hinter dem Rücken meines Gemahls mit Adligen?«

»Ich stelle fest, dass Ihr zu wenig Königin von Ungarn und des Heiligen Römischen Reiches seid«, verbesserte Hunyadi sie furchtlos. »Es ist noch gar nicht lange her, da wurde Hus der Prozess gemacht. Das Konzil sprach ihn schuldig, ein Häretiker zu sein. Euer Gatte war zugegen wie viele weitere weltliche Herrscher und die Kurie. Aber Ihr fehltet.«

»Was sollte ich da?«

»Euch zum wahren Glauben bekennen. Zum *einzig wahren* Glauben, meine Königin«, sagte er scharf. »Wir gingen vom Münster die Plattengasse hinab auf den Schindanger. Und noch immer kein Zeichen von Euch, dass Ihr die Hinrichtung begrüßtet.«

»Hätte sie die Fackel auf den Scheiterhaufen werfen sollen, Herr?«, grollte Sorin.

»Euer Gemahl ließ ihm eine letzte Gelegenheit, abzuschwören, doch Hus zeigte sich verblendet und verging zu Recht mit seinen Schriften zwischen Stadtmauer und Graben zu Asche.« Sein Blick wurde beinahe feindselig. »Ihr hättet ihm die Schandkrone aufsetzen sollen. Oder die Überreste verstreuen. Welch ein Symbol wäre das gewesen!«

Barbara fand den religiösen Eifer, der sich bei Hunyadi zeigte, bedenklich. Christliche Tugenden bei einem Ritter in allen Ehren, doch der Fanatismus ängstigte sie. »Gewiss nicht. Ich will nichts mit dem Häretiker zu schaffen haben. Nicht einmal als Asche.«

»König Sigismund zählt auf mich, wenn es zum Kampf gegen Hus' Anhänger kommt, meine Königin. Ich werde alles tun, um die wahre Religion gegen Anfeindungen und Bedrohungen zu schützen. Gegen was oder wen auch immer«, versprach er düster. »Ob Hus oder die Osmanen, das ist mir gleich. Ich zerschmettere sie im Namen des Herrn!«

»Geh nach Hause, Yanko, und bierpredige dort«, sprach Vlad verächtlich. »Ich werde Sigismund sagen, dass –«

»Ich kam, meine Königin, um Euch und Eure beiden Vertrauten vor dem Gerede in der Stadt zu warnen«, sprach Hunyadi über seine Worte hinweg. »Man erzählt sich, dass Ihr nachts durch Konstanz streift, ruhelos und rastlos, in Schwarz gekleidet und wie auf der Suche nach etwas. Man sah Euch aus dunklen Gewölben steigen.«

Barbara schluckte. Sie wagte es nicht, den aufgebrachten Ritter zu unterbrechen, da sie befürchtete, ihre belegte Stimme verriete sie.

»Ihr seid gar in Wirtshäusern unterwegs, hörte ich. In Verkleidung, um mit dem einfachen Volk zu trinken und deren Geselligkeit zu genießen. Manche reden gar von Unzucht. Ihr seid zu schön, um nicht erkannt zu werden, meine Königin. Ihr schadet Euch ebenso damit wie Eurem Gemahl.« Hunyadi leerte den Bierhumpen. »Euer Gatte mag ein Mann des Genusses sein und Euch dazu verleiten wollen. Aber Ihr solltet sein schwaches Verhalten nicht mit Gleichem vergelten. Es steht Euch nicht zu Gesicht. Manche nennen Euch in ihren Lügen bereits *die Schwarze Königin* und den Nürnberger Burggraf Friedrich Euren Liebhaber.« Er erhob sich vollkommen nüchtern. Sein Schauspiel war beendet. »Bedenkt meine offenen Worte der Warnung. Bewahrt Euren guten Ruf, und gebt den Neidern keine Nahrung. Sonst wird man es nutzen.« Er verbeugte sich und verließ den Tisch.

Barbara saß wie vom Donner gerührt. Sie legte ihre Rechte langsam auf Herzhöhe auf den Körper. Die heitere Musik des Barden verklang, das Blut wummerte in ihren Ohren.

»So ein aufgeblasener Wichtigtuer«, polterte Vlad und wollte Hunyadi nach. Sorin ergriff seinen Oberarm und hielt ihn zurück. »Wie kann er es wagen?«

Barbara dachte fieberhaft nach.

Es gehörte zu ihrer Taktik, im Wirtshaus nach Betrunkenen Ausschau zu halten, die leichte Opfer für ihre Art des Schröpfens waren. Manchmal tat sie den kräftigen Männern etwas Beruhigendes aus ihrem alchemistischen Fundus ins Bier oder den Wein, um sie zu betäuben. In einer dunklen Gasse war der Federkiel schnell in den Arm gerammt, das Blut abgelassen. Die Verletzung wurde am nächsten Tag von den Männern als Missgeschick gedeutet.

Aber Barbara war bei ihren nächtlichen Streifzügen zu ihrem Laboratorium und auf der Blutjagd beobachtet worden. Erkannt worden. *Ich war zu unvorsichtig.*

»Nun wissen wir, dass der Rabe eine Gefahr sein wird. Für dich und mich«, sprach sie leise. »Er kreist über uns. Beschattet uns. Und lebt mit fanatischem Eifer für seine Sache.«

»Wir werden aufmerksamer sein«, versprach Vlad. »Kannst du deine Jagd vorerst einstellen?«

Der Gedanke, auf frisches Blut zu verzichten, erschreckte Barbara bis ins Mark. »Nein! Sonst … gehen uns die Strigoi ein, und ich brauche sie unbedingt lange lebendig«, haspelte sie. »Ich werde besser achtgeben.«

Sie erhob sich von ihrem Platz. Auf dem ausgelassenen, fröhlichen Fest, inmitten von Missgunst und Neid, von Gerüchten und Schwätzern, die sich die Mäuler zerrissen, hielt sie es keinen Wimpernschlag länger aus.

Je eher Barbara aus Konstanz entkam, desto sicherer war sie. Vor Hunyadi dem Raben, vor den Gerüchten und vor Entdeckung. Sie wollte sich auf Alchemie, Astronomie und das *Abramelin* konzentrieren, ohne sich Gedanken um ihre Umgebung machen zu müssen.

Je eher sie unbeschwert auf lange Reise gehen konnte, umso rascher wäre sie zurück in Ofen oder auf einer ihrer Burgen. Die Strigoi, Nephilim und Mischwesen vernichteten sich nicht von selbst.

»Wir gehen?«, erkundigte sich Vlad verdutzt. »Das wird Fragen nach sich ziehen.«

»Du hast recht.« Langsam setzte Barbara sich, als befände sich auf dem Sessel eine glühende Herdplatte und kein angenehmes Polster. Dieses eine Fest noch. Danach musste sie die Forschungen wiederaufnehmen.

Sie brauchte Erfolge. An all ihren Fronten.

KAPITEL 6

TSCHECHISCHE REPUBLIK, HAUPTSTADT PRAG, VIERTEL HOLEŠOVICE, GEGENWART, WINTER

Ignaz, der sich Len aus Spaß als Mircea vorgestellt hatte, lehnte gegenüber der Bar an der Hauswand und starrte zornerfüllt auf das beschlagene Fenster, als könnten seine Blicke es durchdringen und zersplittern lassen.

Er vermutete, dass die beiden Menschen auf Zeit spielten. Ob man sie bis Sonnenaufgang in der Kneipe und im Schutz der Menge verweilen ließ, blieb abzuwarten. Aber es war Wochenende. Die Chancen waren leider gut, dass sie damit durchkamen.

Den Hinterausgang hatte er unlösbar verbarrikadiert. Es gab für die Belegschaft und seine Opfer ausschließlich die Vordertür.

Das Pfählchen und die Vloggerin. Er lachte herablassend.

Aus Mělník war die Nachricht gekommen, Lenau sei ein direkter Drăculeşti, ein Sohn der Söhne. Doch konnte Ignaz es nach ihrem Zusammentreffen nicht glauben. Das Blut der Vampirschlächter musste im Laufe der Jahrhunderte arg verdünnt worden sein, damit dieser schwächliche Junge dabei herauskam. Nicht den Hauch von Entschlossenheit oder Gewaltbereitschaft, geschweige denn von Kampfkraft oder irgendeiner anderen Fertigkeit, die ihn eine Gefahr werden ließ.

Aber es gab Stimmen in Prags Dunkelwelt, die Lenaus Namen ehrfürchtig raunten. Von daher musste es etwas an dem verweichlichten Deutschen geben. Ignaz rieb sich nachdenklich über den dichten, dunkelbraunen Schnäuzer. *Nur was?* Das wollte er herausfinden.

Ignaz' Erzählungen über die Vergangenheit waren nicht gelogen gewesen – nur aus der anderen Perspektive erzählt. Seine Ahnen hatten zu den Verfolgten gehört, die in den unterirdischen Städten gehaust hatten und von den Drăculeşti und der Schwarzen Königin gejagt worden waren. In Erwiderung hatten Ignaz' Vorfahren den Ruf der Gegner mit Gerüchten, falschen Legenden und finsteren Geschichten zerstört. Niemand sollte auch nur in Erwägung ziehen, dass die Drăculeşti und Barbara einen anderen Antrieb als Bereicherung, Verderbtheit und Grausamkeit hatten haben können. Diese Taktik war aufgegangen.

Ignaz hob unwirsch den Blick zum dritten Stock in der Kamenická. Abwarten gehörte nicht zu seinen Stärken. *Ich verschwende meine Zeit.*

An die Černá kam er nicht ran, um sie aus dem Schlaf zu reißen, zu verhören und zu töten, wie es in Mělník schon hätte geschehen sollen. Ihre Abwehrmaßnahmen waren zu gut.

Da es daran nichts zu rütteln gab, gingen seine Gedanken auf Wanderschaft.

Die Professorin hatte den schwächlichen Lenau als Drăculeşti tituliert – was, wenn es eine Lüge von ihr gewesen war? Wenn seine Abstammung eine gänzlich andere war und sie den Unfug behauptete, um von der Wahrheit abzulenken?

Ignaz wurde von seiner Eingebung elektrisiert. *Ist er womöglich ein Nachfahre der Schwarzen Königin?*

Durch das weiße Gestöber näherte sich langsam ein Wagen, der mitten auf der Straße und vor dem beschädigten Fiat Punto der Britin anhielt. Dann wurde Blaulicht eingeschaltet, das kaum durch die dicht fallenden Flocken drang. Jemand hatte die Polizei wegen des Unfallautos gerufen.

Damit konnte Ignaz den Rückzug antreten. Pfählchen und Vloggerin würden sich geschickt in den Schutz der Beamten begeben. Einen Angriff auf Polizisten würde er nicht wagen. Noch mehr Aufsehen wollte der Vampir nach den Vorkommnissen auf der Karlsbrücke nicht erregen. Die Gesetzeshüter waren schon nervös genug.

Langsam stahl sich Ignaz die Kamenická hinab und schwenkte auf die Straße vor der Akademie ein, bevor die Beamten ihn ansprechen und als Zeugen befragen konnten.

Er zog sein Smartphone und informierte Zita, die ihn auf Lenau angesetzt hatte, mit einer raschen Nachricht vom Fehlschlag. Sie war das Oberhaupt der Upire in Prag, dem er Treue geschworen hatte. Sie war eine Viesczy, wenn auch mit geminderten Hexenkräften.

Als er entlang der Nad Královskou oborou ging, vernahm er unvermittelt ein leises Knacken im Unterholz des Wäldchens rechts von ihm.

Der Stromovka-Park fing jenseits der Straße an, in dem um diese Zeit nicht einmal mehr Gassigänger mit ihren Hunden unterwegs waren.

Doch Ignaz hörte das Knistern deutlich: Jemand schlich sich an und glaubte sich im Dickicht sicher vor Blicken.

Ein böses Grinsen entstand auf seinem Gesicht. Ein Junkie, der ihn ausnehmen wollte, käme ihm sehr recht. Der Abschaum würde seine Wut stellvertretend zu spüren bekommen.

Er steckte das Smartphone weg und blieb stehen, streckte sich und gähnte dabei hörbar. Er tat alles, um dem Angreifer ein leichtes Opfer zu sein.

Schnelle Schritte näherten sich von rechts, jemand spurtete von hinten an ihn heran.

Ignaz wandte sich blitzschnell um, die Arme vom Körper abgespreizt und die Muskeln zum Schlag gespannt.

Aber aus den umherwirbelnden Flocken kam niemand. Stattdessen legten sie sich wie von Geisterhand auf etwas Unsichtbares und formten den Umriss eines kleinen Körpers nach, der zu einem Kind von etwa zehn Jahren passte.

Was zur Hölle …? Gerade als der Vampir angreifen wollte, fiel die Kontur in sich zusammen. Die Schneekreatur war verschwunden.

Dann bekam er einen heftigen Schlag in den Rücken, der ihn nach vorne taumeln und schließlich zu Boden stürzen ließ. Ignaz landete auf allen vieren und stützte sich ab. Zu seiner Verwunderung tropfte Blut aus seinem halb offenen Mund. *Mein Blut?*

Er senkte den Blick und schaute unter sich.

Aus seiner Brust ragte ein Pflock, der sein Herz getroffen hatte. Er war wie paralysiert. Doch er starb nicht.

»Es ist eine Kombination aus besonderen Hölzern«, sagte eine Kinderstimme aus dem fallenden, raschelnden Schnee. Schritte umkreisten ihn, dann sah er ein paar kleine, dunkelbraune Schuhe vor sich. »Weißdorn, Esche und Wacholder. Wenn man das Herz eines Vampirs damit trifft, auch nur streift, lähmt es ihn. Das wusste schon die Schwarze Königin. Und der Blutverlust schwächt dich obendrein.«

Ignaz' Arme zitterten, er verlor beständig an Kraft. »Wer bist du?«, wollte er ächzend wissen. Kostbares, flüssiges Rot troff von seinen Lippen in den Schnee. »Was willst du von mir?« Mit größter Anstrengung gelang es ihm, den Blick so weit zu heben, dass er seine ungleiche Gegnerin sah.

Das Mädchen war so jung, wie er zuvor geschätzt hatte. Niemand, nicht einmal Ignaz, würde dem Kind zutrauen, einen Pflock von hinten durch den Körper eines ausgewachsenen Mannes treiben zu können. Mit bloßer Hand.

»Ich will dich.« Zu dem netten Gesicht passten die leuchtend blauen Augen nicht. Sie wirkten fehl am Platz, wie im falschen Körper. Sie hatten viel gesehen, mehr als eine Dekade. »Und zwar aus dem Weg schaffen. Dem Lenau-Jungen darf nichts geschehen.«

Sie versetzte Ignaz einen harten Schlag mit der geballten Faust gegen den Kiefer, sodass er umfiel, ohne die Pose verändern zu können. Als wäre er ausgestopft worden, lag er seitlich im Schnee.

Das Mädchen langte in Ignaz' braune Haare und stapfte vom Bürgersteig auf den nahen Park zu. Dabei zog sie den breit gebauten, muskulösen Vampir mit sich, als wöge er nichts. »Du und deinesgleichen, ihr ärgert mich schon viel zu lange. Es wird Zeit, dass ich euren Bestand ausdünne. Das macht die anderen hoffentlich unterwürfiger und scheuer.«

Ignaz konnte sich nicht rühren, sosehr er es versuchte. Der Pflock lähmte ihn gnadenlos. »Bist du eine Drăculești?«, krächzte er.

Das Mädchen schnaubte. »Lass mich mit eurem Unfug zufrieden. Mir ist egal, wer wen abschlachtet«, erklärte es. »Aber *ich* habe *Pläne.*«

Um Ignaz herum schloss sich der dunkle Wald. Die letzten Geräusche der Stadt verklangen, die Bäume verschlangen jegliche Töne von außen. Der Platz war perfekt, um jemanden zu vernichten.

Ignaz fühlte, dass sich der Pflock in seinem Herzen während des Schleifens durch das Dickicht lockerte. Seine Kräfte kehrten zurück. Der Muskel tat einen mächtigen Schlag und pumpte das Blut durch seine Adern.

Als das Gefühl in Arme und Beine zurückkehrte, sprang Ignaz mit einem wilden Schrei auf und riss sich los. »Lass mich kosten, was du bist!« Sein Mund klappte auf, die Fänge wuchsen. »Ich werde dich dabei leiden lassen, glaub mir!«

Mit erstarkender Kraft zog er den Pflock aus seiner Brust und warf sich auf das überraschte Kind, in dessen Fingern seine eigenen ausgerissenen, blutigen Haarsträhnen baumelten.

***

TSCHECHISCHE REPUBLIK, HAUPTSTADT PRAG,
VIERTEL SMÍCHOV, GEGENWART, WINTER

Alison saß, umhüllt vom großen Badehandtuch, vor ihrem Laptop und bearbeitete in ihrem Hotelzimmer das Video der gestrigen Nacht. Mit verschiedenen Schnitt- und Filterprogrammen versuchte sie, das Maximum aus den Aufzeichnungen der kleinen, würfelförmigen Actionkamera herauszuholen.

Den dichten Schneefall und den Wind hatte sie völlig unterschätzt. Immer wieder waren Flocken auf der Linse gelandet, machten sie teils blind, teils unscharf und verzerrten die Aufnahmen. Bislang war es mehr ein Hörspiel als alles andere.

Alison langte nach dem Kaffee und der nächsten Aufputschpille. Auf keinen Fall wollte sie die Sequenzen in die Tonne treten. Ihr Verstand war dank synthetischer Substanzen hellwach, ihr Ehrgeiz brannte grell in ihr wie eine Magnesiumfackel.

Vor dem bodentiefen Fenster des französischen Balkons floss die Moldau. Eisschollen passierten das Boatel, auf dem Alison Quartier bezogen hatte. Das umgebaute Flusskreuzfahrtschiff *Rusalka* diente Praggästen als Hotel, man nächtigte auf dem Wasser und spürte die Bewegungen des Flusses. Vor dem Bug und am uferabgewandten Rumpf waren Eisschollenbrecher installiert, um das Schiff vor Beschädigungen und Lecks zu schützen.

Alison hatte die *Rusalka* ausgesucht, weil dem Volksglauben nach Vampire kein fließendes Wasser überqueren konnten. Diese Details machten sich in ihrem Vlog besonders gut. Sie lebte die Báthory News.

Seit dem Zusammentreffen mit dem Vampir vor der Kneipe *wusste* Alison, dass es diese Kreaturen gab. Sie hatte ihn mit eigenen Augen gesehen: die Fangzähne, die scharfen, langen Fingernägel. Ihr genügte das

Erlebnis vollauf. Aber den Beweis konnte sie der restlichen Welt nicht erbringen – weil die Kameraaufnahmen von Schnee und Wind zu sehr beeinträchtigt waren.

Wütend scrollte Alison durch die einmaligen und doch wertlosen Aufnahmen. Mit der freien Hand rieb sie über die Kette mit den falschen Perlen um ihren Hals.

»Fuck!«, schrie sie den Bildschirm an und rückte das Handtuch auf ihrem Kopf zurecht, unter dem die nassen Haare steckten. Somit blieben ihr nur die Audiospur und das Interview mit Len über den Vorfall in Mělník.

Ihre Follower würden es gut finden, keine Frage. Aber es katapultierte Báthory News nicht wie erhofft in die Zigmillionensphären. Dabei hatte sie nach dem langen Besuch des Polizeireviers, wo sie Angaben zum Autounfall mit einem Unbekannten gemacht hatte, in ihrer Unterkunft erst eine Dusche genommen, sich was eingeworfen und seitdem Stunden mit der Bearbeitung verbracht. *Für nichts und wieder nichts.*

Alison schnaufte und sah aus dem Fenster zur Moldau, den kleinen Eisstücken und den vertäuten Schiffen auf der anderen Uferseite. Es lagen nur noch wenige Kähne am Kai, die meisten hatten sich vor den Schollen in Sicherheit gebracht. Die Sonne war aufgegangen, der klare Himmel färbte sich hellblau. Ein Tag ohne Schnee.

Der Anblick des dahinziehenden Flusses beruhigte sie. Alison fasste den Entschluss, die miesen Aufnahmen nachträglich zu kolorieren, um die Sichtbarkeit des Vampirs zu verbessern.

Damit ging sie das Wagnis ein, sich dem Vorwurf der Manipulation stellen zu müssen. Aber sie würde schwören, auf Bibel und Necronomicon, dass alles den Tatsachen entsprach. *Besser, als die Aufzeichnungen gar nicht zu nutzen.*

Ein Blick auf die Uhr zeigte ihr, dass in ein, zwei Stunden das Interview mit der Professorin und Kennerin der Schwarzen Königin anstand.

Sofort stieg ihre Aufregung.

Sollte Len sie hinhalten oder die Historikerin das Gespräch verweigern, würden sich die beiden wundern, was Báthory News alles über sie in die Welt setzen konnte.

Neben ihrem Laptop lagen die ersten hingekritzelten Fragen für Jolana Černá. Sie bezogen sich am Anfang des Gesprächs auf Barbara von Cilli, deren Forschungen, das Gewölbe in Mělník und die Entstehung der Sagen über die Herrscherin.

Im zweiten Teil betrafen die Nachfragen Jolana Černá selbst.

Denn sosehr Alison das Internet abgesucht hatte – sie fand nichts über Černá. Auch nichts über ihre Tätigkeit als Professorin. Keine tschechische Hochschule oder Fakultät führte sie als emeritiert, und sie wurde nicht einmal in Forschungsarbeiten zu Barbara von Cilli erwähnt.

Entweder hatte sich Černá mit ihrer Wirkungsstätte verkracht, und man hatte sie aus sämtlichen Unterlagen gestrichen. *Oder sie ist niemals Professorin gewesen.* Alison war auf die Reaktion der älteren Frau gespannt. *Wer bist du wirklich?*

Das Rätsel passte hervorragend zu Báthory News und Lens Abstammung. Mehr denn je wusste die Vloggerin, dass sie einer großen Sache auf der Spur war. Auch ohne die Pillen bliebe sie aufgeweckt und aufgeputscht.

In der weiten Scheibe reflektierte sich der Raum hinter ihr schwach. Es genügte, um zu erkennen, wie ein Nebel durch das moderne Zylinderschloss drängte und sich zu einer Wolke im Eingangsbereich verdichtete.

Zuerst dachte Alison, dies sei eine Eisschollenspiegelung aus dem Fluss, bis das Gespinst die Umrisse eines Menschen annahm, aus denen sich ein Mann manifestierte.

Ein Mann, an den sich die Britin sehr genau erinnerte.

Fuck! Sie griff die Kamera und aktivierte sie, drehte das Gerät auf dem Schreibtisch in Richtung des Eingangs. Erst danach wandte sich Alison um, riss das mitgebrachte Kreuz aus der Schublade und reckte es dem Eindringling entgegen. »Zurück!«

Dass Vampire ihre Gestalt wechseln konnten, kannte sie aus dem Volksglauben. Auch die Nebelform, mit dem sie durch Schlüssellöcher eindrangen. Äußerst unangenehm war der Umstand, dass dem Blutsauger das Sonnenlicht nichts auszumachen schien. Das wurde zwar in manchen volkstümlichen Quellen erwähnt, aber nun auf ein solches Phänomen zu treffen, brachte sie in akute Lebensgefahr. Das natürliche Adrenalin mischte sich mit den künstlichen Drogen in ihrem Leib.

Der schnauzbärtige Mircea nahm seine volle Gestalt an und betrachtete die junge Frau. »Báthory News also«, stellte er verächtlich fest. »Noch ein Vlog, der Unwahrheiten über die Vampire verbreitet.«

»Dank dir habe ich Beweise!« Alison spürte keine Angst, nur Neugierde. Das Kreuz gab ihr Sicherheit. Sie zog das Badetuch etwas herab, damit die Heiligentätowierung im Dekolleté voll zur Geltung kam: eine klassische Darstellung Muttergottes, eine Hand zum Segen erhoben. »Verschwinde aus meinem Zimmer!«

Der dunkelhaarige Vampir kam langsam näher und legte die Arme auf den Rücken. »Nein.« Dass er fast ins Licht der aufziehenden Sonne trat, die durch die große Scheibe des französischen Balkons fiel, kümmerte ihn nicht. »Du hast mich gestern Abend gefilmt. Mich und den Drăculeşti.«

»Das ist richtig.«

»Und danach hat er dir ein Interview gegeben. Stimmt das?«

Alison bemerkte, dass das Licht im Zimmer schwächer wurde. Ein rascher Blick über die Schulter zeigte ihr, dass sich wie aus dem Nichts fettschwarze Wolken gebildet hatten und sich vor die Sonne schoben. Eine neuerliche Schneefront rollte auf Prag zu. *Fuck!* »Was habt ihr mit ihm zu tun? Warum wollt ihr ihn umbringen?«

Mircea kam einen weiteren Schritt näher. »Das kann ich nur vermuten.«

Derweil wurde das Taggestirn von den Wolken erstickt, und gleich darauf prasselten die Schneeflocken knisternd gegen die Scheibe der Kabine.

Nun bekam es Alison mit der Angst zu tun. Sollte der Vampir sich von Zeichen des Glaubens nicht abschrecken lassen, blieben ihr nur rabiate Mittel. *Aber erst versuche ich das.* Sie zerriss das Band ihrer Kette mit den falschen Perlen, die Kügelchen rollten Mircea vor die Stiefel.

»Oh? Eine Kennerin.« Der Vampir beugte sich vor, ging in die Knie und sammelte die Perlchen eines nach dem anderen in die hohle Hand. »Wie viele Ketten hast du? Das wird dich nicht ewig retten.«

»Aber es genügt, um mir etwas einfallen zu lassen.« Alison lobte sich insgeheim für ihre Recherche. Manche Blutsauger unterlagen einem Zählzwang, ähnlich wie Graf Zahl aus der Sesamstraße. Der Mythos basierte auf Volksglauben, auch wenn es ein wenig drollig erschien, einen bulligen Hünen Perlen aufsammeln zu sehen. Sie nahm Feuerzeug und Haarspray zur Hand.

Mircea warf ihr ansatzlos die Kügelchen entgegen. »Verzeih mir den Scherz. Ich wollte dich nicht enttäuschen.«

Um Alison prasselten die Perlen nieder. Sie prallten von Tisch, Kamera, Kreuz und ihr ab, klackernd hüpften sie umher, als verhöhnten sie die Britin. Ratschend erwachte das Feuerzeug in ihrer Rechten zum Leben, ein bläuliches Flämmchen entstand. »Verpiss dich!« Sie hielt die Düse der Haarspraydose dicht davor. »Feuer gewinnt *immer!*«

Mircea erhob sich drohend und ging noch einen Schritt auf sie zu. Er reckte den linken Arm vorwärts, wie um ihr die Werkzeuge zu entreißen. Seine Finger richteten sich aufwärts und spreizten sich.

Alison betätigte die Sprühvorrichtung, und aus der Dose schoss eine lange Lohe auf den Vampir zu. »Ich mache dich zu Asche!«

Der gebündelte Strahl reichte bis wenige Zentimeter vor der Hand, als befände sich dort eine Glasscheibe. »Aus Asche ersteht nichts.« Die Flamme quoll zu einer Wolke auf, die sich unvermittelt nach hinten aufbog – und auf Alison zuraste. »Und ich beherrsche das Feuer.«

Mit einem erschrockenen Aufschrei ließ sie den Druckknopf der Dose los. Die gefährliche Lohe erlosch, noch bevor sie die Vloggerin erreicht hatte.

Dann war Mircea über ihr und packte sie am Hals, drückte sie sanft, aber unnachgiebig auf den weichen Teppich. »Ich kann kein Aufsehen gebrauchen, das zu dem Drăculeşti führt. Es behindert meine Pläne. Daher habe ich beschlossen, sämtliches Material von dir zu vernichten. Und *du* wirst verschwinden.« Er schenkte ihr ein böses Lächeln, die Schnauzbarthaare bewegten sich leicht. »Auch wenn es eine Verschwendung ist. So ein wundervoller Körper und ein halbwegs cleverer Verstand. Gräme dich nicht. Ich werde ihn zu nutzen wissen.«

Nutzen? Was will er nutzen? Und wie? Alison hing gefangen unter dem Vampir und sah ihm ins Gesicht. *Es sind die falschen Augen!* Sie hatte die originäre braune Farbe bei der Bearbeitung des Videomaterials oft genug gesehen.

»Du bist nicht Mircea«, sagte sie erstickt; die kräftigen Finger um ihren Hals hinderten sie am lauten Sprechen. Deswegen konnte ihr Angreifer bei Tag umhergehen: Er hatte sich die Gestalt des Vampirs lediglich geborgt, aber nicht dessen Schwächen übernommen. »Er hatte braune Augen. Deine sind blau.«

»Ich korrigiere: ein durchaus cleverer Verstand«, sagte der falsche Mircea. »Ich war und bin viele. Ein kleines Kind auf der Karlsbrücke. Ein wütender Vampir.« Er lachte. »Ich halte große Stücke auf Len. *Ihm* steht eine bemerkenswerte Zukunft ins Haus – und *mir* dadurch eine noch größere.« Er brachte sein Gesicht näher an ihres, das Blau strahlte aus den Augen wie von innen erleuchtet. »Niemand darf meine Pläne stören. Kein Blutsauger, keine Vloggerin. Nichts Irdisches und nichts Unirdisches.«

Er erhob sich und zog Alison mit in die Höhe; ihre Schläge gegen sein Gesicht und seinen Körper ignorierte er. Röchelnd hing sie in seiner Hand und verlor beständig an Kraft.

Derweil öffnete er das bodentiefe Fenster.

Eisiger Wind und Schneeflocken schossen in die Kabine, zerrten an der Kleidung der beiden. Der Knoten im Handtuch lockerte sich, die weißen Schöße flogen wie das Cape einer Superheldin um die junge Frau.

Noch bevor Alison begriff, was mit ihr geschah, schwebte sie am ausgestreckten Arm des Angreifers aus dem Zimmer in das Gestöber hinein. Rasch flogen sie aufwärts.

Die beißende Kälte brachte ihren flachen Atem zum Stocken, ihr kaum bekleideter Körper erlitt einen Schock. Das Handtuch auf ihren Haaren wurde von den eisigen Böen heruntergerissen. Niemand würde sehen, wie Alison und der Mann über Prag aufstiegen.

Und niemand vermochte ihr zu helfen.

»Die Statistik wird deinen Tod als tragischen Unfall erfassen«, versprach ihr der falsche Mircea. »Wieso musstest du auch das Fenster öffnen und dich über das Geländer lehnen? Die Moldau kennt keine Gnade.«

Die Finger öffneten sich und gaben ihren Hals frei.

Alison stürzte abwärts, raste durch das summende, sirrende Weiß um sie herum auf den Fluss zu. Die losen Enden des Handtuchs flatterten und knatterten, schlugen gegen ihre gefühllose Haut.

Den breiten Strom unter ihr sah sie nicht einmal kommen. Ansatzlos knallte Alison auf etwas Hartes, Eisiges, das ihr den Schädel an mehreren

Stellen brach. Das Knistern und Knacken hallte überlaut in ihren Ohren, sie sah bunte Lichter und Sterne vor ihren aufgerissenen Augen.

Ein, zwei rasselnde Atemzüge lag sie voller Schmerzen und mit Blut im Mund auf einem wippenden, schwankenden Untergrund, bevor sie hinabglitt und in flüssige Kälte eintauchte. Ihre Lungen füllten sich mit dem Flusswasser.

Und der Schneefall endete.

***

TSCHECHISCHE REPUBLIK, HAUPTSTADT PRAG,
VIERTEL HOLEŠOVICE, GEGENWART, WINTER

Len hatte kaum geschlafen. Dafür war in der Nacht zu viel passiert, seine Gedanken waren in Erinnerungen, aufblitzenden Albtraumbildern und Gefühlen gefangen.

Bis kurz nach neun hatte er in einem unruhigen Schlummer gelegen, war dann erschöpft und übermüdet aufgestanden, um sich zu duschen und in der Küche darauf zu warten, dass Jolana erwachte. Ohne Kaffee konnte er keinen vernünftigen Gedanken fassen.

Die beschädigte, teilgebrochene Ikone war zurück an ihrem Platz. Der Gesichtsausdruck des heiligen Andreas war noch eine Spur grimmiger geworden.

Es war nicht das Einzige, das Len der Professorin beichten musste.

Mit dem Eintreffen der Polizei vor der Bar hatte er sich sofort an den Beamten vorbei zurück in Jolanas Wohnung begeben und es nicht gewagt, sie zu wecken. Das hatte sie sich dringend verbeten.

Also brühte sich Len einen starken Kaffee, saß am Fenster und schlürfte das Gebräu.

Auf der Straße herrschte reger Betrieb. Das gute Wetter trieb die Menschen ins Freie, man ging zu Fuß, schlenderte zum Park, zur Sternwarte dort oder erledigte Besorgungen in den umliegenden kleinen Läden. Die nahe Akademie rief die Studierenden zu sich, wie Len von seinem Aussichtspunkt sah. Prag lockte viele junge Menschen in seine Stadtgrenzen, Modernität und Tradition waren hier harmonisch vereint.

Auf die Tradition in Form von Vampiren und Kreaturen des Bösen hingegen hätte Len gerne verzichtet.

Das Tablet hielt keine neuen Nachrichten parat. Sowohl Klara als auch Alison meldeten sich nicht. Das Schweigen der Vloggerin erleichterte Len. Er hatte befürchtet, dass sie alle halbe Stunde via Mail und Kurznachrichten nach dem Interview mit der Professorin fragen würde.

Die Prager Zeitungen meldeten online keine neuen Gräueltaten, Ungereimtheiten oder Katastrophen. Es sah nach einem ruhigen Tag aus, wäre da nicht seine bevorstehende Abbitte bei der Professorin gewesen.

Len würde die Standpauke über sich ergehen lassen, nachdem er ihr von seinen Erlebnissen der letzten Nacht berichtet hatte. Und dem Deal mit Alison. *Das kann was werden.* Seufzend trank Len vom heftigen Kaffee und wanderte dann unruhig mit der Tasse in der Hand umher. Erst in der Küche, danach im Korridor, vorbei an Wohnzimmer, Schlafzimmer, großem Bad. Die Strecke lief er mehrmals und hoffte, dass die Professorin vom Knarren der alten Dielen und seinen nicht eben leisen Schritten erwachte.

Doch Jolana regte sich nicht. Es blieb totenstill hinter der Tür.

Letztlich trieb Len die Neugier zum letzten geschlossenen Durchgang, von dem er nicht wusste, was sich dahinter verbarg. Durch die Milchglasfenster in den großen, alten Doppeltüren fiel kaum Licht von der anderen Seite. Dafür gab es an den Wänden und im Raum viele hohe, dunkle Schatten, die nach Regalen und Schränken aussahen.

Ihre Bibliothek. Da er nirgends sonst Literatur über die Schwarze Königin hatte herumliegen sehen, lag der Schluss nahe.

Jolana hatte ihm untersagt, jenseits der Küche etwas anzufassen. Von Betretungsverbot war nie die Rede gewesen. Solange sie schlief und es ansonsten nichts zu tun gab, musste er die Wartezeit überbrücken.

Len legte die freie Hand auf die Klinke und drückte sie herab.

Die Tür sprang einen Spalt auf. Das Zimmer war nicht abgeschlossen, was er als eine Art Erlaubnis wertete. Er schob den Eingang auf.

Dahinter öffnete sich eine Bücherwelt, wie Len sie nur von den Besuchen alter Bibliotheken kannte. Vier Meter hohe Regale, randvoll mit großen und kleinen, bunten und einfarbigen Einbänden, ragten an den Wänden empor.

Unter dem schmalen Fenster befand sich ein Schreibtisch zwischen den Schränken, die Rücken an Rücken im großen Raum standen. Auf der Arbeitsplatte warteten handgeschriebene Unterlagen und weitere Bücherstapel auf die Rückkehr der Professorin.

Es roch nach Holzpolitur, nach alten Seiten und den Jahrhunderten, die in manchen der Werke steckten. Goldenes Sonnenlicht fiel auf einen schmalen Beistelltisch und machte vergessen, dass es jenseits der Fenster eisig kalt war.

Fasziniert wanderte Len umher, schlürfte Kaffee und las die Titel, die sich aneinanderdrängten; es gab etliche fremdsprachige Bücher, Nachdrucke, Erstausgaben, zerfledderte und brandneue Exemplare. In eigens klimatisierten Fächern lagerten Pergamente und Urkunden. Len spazierte zum Schreibtisch und betrachtete, woran Jolana bis vor Kurzem gesessen hatte. Ohne etwas anzufassen, streng nach der Vorgabe.

Ihre Handschrift war schwer zu lesen, noch dazu schien es eine Geheimsprache zu sein. Nichts von der Anordnung der Glyphen, Ziffern und Buchstaben erschien ihm irgendwie bekannt. *Alchemie-Slang?*

Ein handschriftliches Notizbuch, aufgeschlagen und beiseitegeschoben, war in altem, umständlichem Englisch verfasst. Auf vergilbten, stockfleckigen Seiten las Len etwas von der *Typolhogia der Vampyres und derer Unterarten.*

Die Begriffe *Strigoi, Viesczy* und *Murony* waren großzügig mit Tinte geschrieben worden. Blaue und schwarze Kleckse zierten die Seiten. Es war die Rede von einem Austausch mit einem anderen Forscher, der sich an vorderster Front im Kampf gegen die *Bestiae Vampyres* befinde.

Ein roter Stift deutete auf einen Absatz in den Aufzeichnungen, damit Jolana ihn wohl sofort wiederfand. Len übersetzte die Passage aus dem Englischen für sich, so gut es ging.

So habe ich eine beunruhigende Nachricht erhalten, der man weiter nachgehen müsste. Ich im fernen London vermag es nicht zu ermessen, wie viel Wahrheit darin enthalten sein möge.
Es soll eine besondere Art von Vampyres geben, die sich der Alchemie verschrieben haben.
Sollten meine Informationen zutreffen, nennen sie sich selbst
Kinder des Judas.

Sie töten ihre Opfer mit einem einzigen Biss, markieren sie mit drei X auf der Stirn und tragen rotes Haupthaar.
Inwiefern dies stimmt?
Die Quelle ist aus längst vergangenen Zeiten. So könnte es wohl sein, dass diese Art Vampyres nicht mehr existieret. Oder es gab sie vielleicht niemals.
Zu untersuchen wäre, ob sich diese Kinder des Judas einst als Reactio auf die Macht der Schwarzen Königin der Alchemie verschrieben – oder es letztlich nichts anderes als eine kuriose Fügung darstellt.
Doch wie erwähnt: Ich spreche von einer Zeit, die gut und gerne zweihundert Jahre zurückliegt.
Falls mein Freund …

An dieser Stelle endete die Seite.

Len müsste den Stift bewegen und umblättern, um weiterlesen zu können – aber dies bedeutete einen Verstoß gegen Jolanas Anweisung.

Seufzend trank er vom Kaffee.

Nach der beschädigten Ikone und der zu erwartenden Schelte wegen der Vorkommnisse der Nacht wollte Len keinen weiteren Tabubruch riskieren. Daher verließ er die Bibliothek und kehrte in die Küche zurück.

Vampire, die Alchemie betrieben. Er sah erneut aus dem Fenster auf die verschneite Straße. *Aus welchem Grund? Um Gold herzustellen? Oder den Stein der Weisen?*

Ein Blick auf die Uhr zeigte ihm, dass mehr Zeit verstrichen war, als er gedacht hatte. Das Zimmer mit den Buchschätzen hatte ihn in seinen Bann geschlagen.

Daher versuchte Len, die seltsam schweigsame Alison zu kontaktieren und das Treffen mit ihm und der Professorin zu verschieben. Sie würde sonst glauben, er wolle ihre Abmachung umgehen, und womöglich die Mitschnitte von Mircea und sein Interview unverfremdet online stellen. Das musste unbedingt verhindert werden.

Die Vloggerin reagierte weder auf Mails noch auf Anrufversuche.

Misstrauisch checkte Len ihre Social-Media-Kanäle. Und traute seinen Augen kaum.

Sämtliche Beiträge waren gelöscht. Báthory News bestand überall aus einem einzigen Posting, das Alison in ihrer üblichen Gothic-Aufmachung und mit Sonnenbrille zeigte.

Neugierig klickte er das Filmchen an.

»Liebe Fans und Follower von Báthory News«, sagte sie und lächelte schuldbewusst wie eine ertappte Betrügerin. »Heute ist es Zeit für ein Geständnis an euch. Danke für eure Treue der letzten Jahre. Aber ich gestehe hiermit: Es war alles nur Lug und Trug.«

Die Kamera zeigte sie vor einem offenen Fenster, im Hintergrund floss die Moldau, über der die Sonne aufging.

»Ich habe mir Sachen ausgedacht, Schauspielerinnen und Maskenbildner angeheuert, um euch die Monster zu geben, die ihr sehen wolltet. Nichts davon basiert auf Fakten. Ich wollte Likes, ich wollte Klicks. Um jemand zu sein. Um wichtig zu sein. Um die Million zu knacken.«

Alison lächelte traurig, sie schob die verrutschte Sonnenbrille höher.

»Mein Aufenthalt in Prag hat mir die Augen geöffnet. So darf es nicht weitergehen. Ich bedauere mein Verhalten und bitte euch um Entschuldigung.«

Alison beugte sich vor, die Finger näherten sich der Kamera.

»In dieser Sekunde wird Báthory News zu Geschichte. Ich will Lehren aus meiner Vergangenheit ziehen und werde mich erst mal zurückziehen. Das alles trifft mich sehr, sehr hart, aber es geht nicht anders. Achtet auf euch!«

Das Bild wurde schwarz.

Len konnte es nicht glauben. Das erklärte, warum Alison noch keinen Aufstand wegen des Interviews geprobt hatte.

Trotzdem erschien es ihm mehr als unglaubwürdig.

Gestern hatte die Vloggerin gebrannt vor Begeisterung. Ihre These hatte sich bewahrheitet, es gab Vampire. Und nun wollte sie aufhören?

Oder hatte ihr die Erkenntnis, dass in der Dunkelheit Blutsauger und Schlimmeres lauerten, einen derartigen Schock versetzt, dass sie eine Auszeit brauchte?

Unter ihrem Statement versammelten sich die üblichen Reaktionen der Follower: Unglaube, Zuspruch, Beschimpfungen, Mitleid.

Len überflog sie lediglich. Sie brachten ihm keine Erkenntnis darüber, wie viel Echtheit in der Botschaft steckte oder ob es eine Taktik sein könnte, um eine Art Comeback mit Paukenschlag zu inszenieren. Er traute Alison eine perfide Vorgehensweise durchaus zu.

Ein lautes Rumpeln erklang aus dem Schlafzimmer der Professorin.

Len lauschte, ob sich die Tür öffnete, aber erneut kehrte Ruhe ein.

Nach Alisons Abschied aus der Welt des Internets und dem Down ihrer Kanäle bedurfte es ohnehin keiner Eile mehr. Die Alchemistin konnte ihre Wunden auskurieren, ehe sie die miesen Neuigkeiten zu hören bekam.

Das Tablet dudelte unvermittelt. Der Anruf kam von der Polizei von Prag.

Len wurde kalt. Das konnte er am wenigsten gebrauchen. Doch er musste den Anruf entgegennehmen, alles andere würde seine Lage verschlimmern. Die Kamera aktivierte er nicht. Sie sollten nicht sehen, wo er sich befand. »Lenau?«

»Guten Tag, Herr Lenau. Hier spricht Kommissarin Svoboda«, sagte eine weibliche Stimme auf Englisch. »Wir hätten einige Fragen an Sie und würden Sie dazu auf das Revier in der Františka Křížka 735 bitten.«

»Das ist gerade –«

»So schnell wie möglich, Herr Lenau«, sagte die Kommissarin unerbittlich. »Ich kann Ihnen einen Streifenwagen schicken, wenn es mit dem Taxi oder dem ÖPNV nicht klappen sollte. In Ihrem Hotel waren Sie leider nicht anzutreffen. Die deutsche Botschaft versicherte uns, dass Sie in Prag geblieben sind.«

»Ja, bin ich. Das wird sich einrichten lassen«, sagte er und ließ sich nochmals die Adresse der Wache geben. »Aber ich glaube nicht, dass ich Ihnen wegen des Räubers und des Kangals mehr sagen kann. Ich habe keine neuen Erinnerungen –«

»Es geht nicht um den Raub Ihrer Papiere und Wertsachen, Herr Lenau«, unterbrach ihn Svoboda erneut. »Die Videokameras haben Sie bei einem zweiten Vorfall auf der Karlsbrücke sowohl als Beteiligten als auch Zeugen ausgemacht.«

Len rutschte das Herz unter die Sohlen, ihm wurde schlecht. Der Kaffee schien in der Tasse zu gefrieren. »Ach so?«, krächzte er.

»Wir erwarten Sie binnen einer Stunde, Herr Lenau. Und zu Ihrer Beruhigung, es geht nur um eine Befragung zum Sachverhalt. Gegen Sie wird nicht ermittelt. Machen Sie sich keine Sorgen.«

»Danke, Frau Svoboda.« Len legte auf und stürzte das Heißgetränk in sich hinein, damit ihm wärmer wurde.

Er hatte es geahnt: Früher oder später entdeckte ihn die Polizei bei der Auswertung der Sicherheitsaufnahmen. *Ich muss ruhig bleiben. Mir wird nichts vorgeworfen, und wenn ich nichts Dämliches sage, bleibt es auch so.*

Mit fahriger Hand hinterließ Len eine Nachricht für die Professorin, wohin er gegangen war und dass sie bei seiner Rückkehr unbedingt sprechen mussten. Danach warf er sich in den Mantel und machte sich auf zum Polizeirevier.

Eines stand fest: Prag hasste ihn.

Und Len neigte allmählich dazu, Prag zurückzuhassen.

»Daß heilige Oel solstu also bereiten: Nimm Myrrhen des besten 1 Theil, Zimmt halben Theil, soviel des Kalmus als Zimmet, Cassein so viel als der Myrrhen im Gewicht und gutes, frisches Baumöl, diß mache nach Apotheker Kunst zu einem Balsam oder Oel und behalts in einem reinen Gefäß bis zu seiner Zeit in der Gebett-Kammer unter dem Altar bey den anderen Sachen.
Das Rauchwerk aber solstu also machen: Nimm gleichviel Balsam, Ungula, Gummi Galbanum und reinen Weyhrauch. Kannstu aber den Balsam nit haben, so nimm Zeder oder ein sonst wohlriechend Holz, diß mach zu einem reinen Pulver und mache es untereinander, behalts in einem sauberen Gefäß.«

Aus: Die egyptischen großen Offenbarungen, in sich begreifend die aufgefundenen Geheimnißbücher Mosis; oder des Juden Abraham von Worms. Buch der wahren Praktik in der uralten göttlichen Magie und in Erstaunlichen Dingen, wie sie durch die heilige Kabbala und durch Elohym mitgetheilt worden. Sammt der Geister- und Wunder-Herrschaft, welche Moses in der Wüste aus dem feurigen Busch erlernet, alle Verborgenheiten der Kabbala umfassend. Aus einer hebräischen Pergament-Handschrift von 1387 im XVII. Jahrhundert verteutscht und wortgetreu herausgegeben. Köln am Rhein, bei Peter Hammer 1725. Drittes Buch. Ailfftes Capitl. Handelt, wie man den Orth, wo man die Geister zusammen rueffen will, erkiesen und alle Zugehör darzu bereiten soll. S. 236/37.

CAPITULUM IV A

Verschriftlichung der diktierten Tonaufzeichnung, dramatisiert, basierend auf persönlichen Aufzeichnungen, verfasst nach dem Studium von originalen, bislang unausgewerteten Quellen von und um Barbara von Cilli. Preisgabe der zeitgenössischen Schriftstücke/Quellen nicht genehmigt.

Die nachfolgenden Geschehnisse beschäftigen sich mit dem ersten Krieg gegen die Strigoi, den Vlad, Sorin und Babara im Geheimen führen.
Mit der Rückkehr aus Konstanz Ende 1415 tritt Barbara immer weniger als Herrscherin in Erscheinung, erst wieder verstärkt ab 1423.
Der Hintergrund des vermeintlichen Rarmachens und Zerwürfnisses mit ihrem Gemahl: Barbara forscht und arbeitet wie eine Besessene, um die Macht des *Abramelins* zu nutzen und neues Wissen zu erlangen. Wissen, das sonst niemand hat.
Sie weiß, dass sie gegen die Zeit arbeitet, denn sowohl Mehmed als auch Lucian könnten stets zuschlagen.
Trotz unentwegter Fortschritte in Alchemie und okkulter Wissenschaft gelingt es ihr nicht, ihren eigenen Zustand zu wandeln. Der grausame Durst nach Blut bleibt. Barbara versteht, dass sie eine Art Demi-Strigoi geworden ist.
Doch damit will sie sich nicht abfinden.
Problematisch ist, dass sich dieser Zustand wie eine Krankheit verhält, die voranschreitet. Auch die einhergehenden Verbesserungen und Vorteile machen nicht alles wett.
Somit bleibt die Alchemie ihre größte Hoffnung. Der Schlüssel zu allem, wie Barbara mehrfach betont.

Jahr: 1416
Historischer Hintergrund: Das Konstanzer Konzil dauert an. Inzwischen schieden die Päpste Johannes XXIII. und Gregor XII. aus ihren Ämtern, teils freiwillig, teils nicht. Doch solange der dritte Papst, Benedikt XIII., sich uneinsichtig zeigt, ist keine Neuwahl möglich.

Sigismund reist in Westeuropa umher, auf der Suche nach Verbündeten und günstigen Unterstützungsverträgen für seine eigenen Ambitionen und Königreiche, was ihn über Frankreich bis an den englischen Hof führt. Noch im gleichen Jahr wird Hieronymus von Prag als Weggefährte von Jan Hus auf dem Konzil von Konstanz als Ketzer verbrannt.
Die Kurie macht alles zu Asche, was der offiziellen Kirche und Lehre gefährlich werden könnte.

***

KÖNIGREICH UNGARN, NAHE DEM DORF HORDÓ,
6. AUGUST ANNO DOMINI 1416

Die drei Männer und die Frau in den Sätteln führten Fackeln und Lampen mit sich, um den Weg inmitten des tiefen, dichten Waldes zu erhellen; dunkler Rauch und glühende Funken zogen ihnen nach wie eine Fährte für Schattenwesen, die ihnen mit Abstand nacheilten. Ihre Pferde preschten durch die laue Sommernacht den schmalen Weg entlang, verließen sich auf die Führung ihrer Reiter und Reiterin.

Nach zwei ungarischen Meilen über Weideland ging es auf der letzten Etappe etwa eine Leuca durch einen unheimlichen Laubhain, der dichter wuchs als ein Tannenwald. Das Unterholz rechts und links des Weges erschien undurchdringlich wie eine Wand.

Barbara befand sich neben ihrem Führer Dumitru an der Spitze der kleinen Truppe. Sie sah perfekt trotz der Dunkelheit, auch ohne Lampe. Zu ihrer Freude war zudem die *anima*-Fertigkeit vor zwei Monaten zu ihr zurückgekommen. Sie hoffte, dass sie länger, vielleicht für immer blieb.

Sie roch die Bäume und Pflanzen, die rings um sie im Dickicht wuchsen. Es war eine Nacht, um im Mondschein zu verweilen und die Sterne zu betrachten.

Stattdessen befand sie sich auf dem Weg zu Cosmin und einer unterirdischen Stadt.

Nichts an ihrer Kleidung verriet, dass sie die Königin war, die Maskerade als Magd hatte sich bewährt; unter dem wehenden Rock trug sie eine schützende Hose. Die schwarzen Haare steckten unter dem Balzo, der dem Wind standhielt. Sie ritt wie der Teufel auf ihrem Rappen, der ihr absolut vertraute. Keiner der Männer konnte mit ihr mithalten, was Geschick und Geschwindigkeit anging.

Barbara hatte sich absichtlich Zeit gelassen, bis sie Cosmin das Signal gegeben hatte, eine seiner Städte mit eigenen Augen sehen zu wollen. Überstürztes Handeln fruchtete selten.

Zuvor war sie umhergereist, hatte ihre Burgen für alchemistische Experimente mit gefangenen Strigoi genutzt, die ihr Vlad und Sorin aus den dörflichen Friedhöfen beschafften. Erst als sie Fortschritte gemacht hatte, was ein Mittel gegen die Blutsauger anging, hatte sie den Fürsten wissen lassen, dass sie bereit für eine Unterredung sei.

Auch ihre Sammlung an Zauberbüchern wuchs. Seit einiger Zeit nannte sie das *Clavicula Salomonis* und das *Picatrix,* den *Corpus Hermeticum* und das *Liber Consecratus* sowie die *Ars Notoria* ihr Eigentum.

Die Pferde setzten nacheinander über umgestürzte Bäume hinweg, die auf dem Weg lagen.

»Wir sind gleich da, Königin«, rief der bullige, dunkelhaarige Dumitru. Er war ein herkömmlicher Mann und kein Strigoi, wie er bei der Vorstellung betont hatte. Sein bäuerliches Kittelhemd und die weiten Hosen waren von guter Machart. »Schneller als gedacht. Ihr reitet sehr gut und unerschrocken. Das muss ich Euch lassen.«

Barbara lächelte nur. Sie hatte seine Gewöhnlichkeit auf den ersten Blick erkannt. Die Aura hatte ihn verraten. »Was erreichen wir?«

»Das Dorf Izvorul und den Eingang in die Peştera Izvorul Tăuşoarelor. Der obere Teil wird von Menschen wie mir bewohnt.«

»So seid ihr so etwas wie Wächter?«

»Wir geben Alarm, sollte sich *wahre* Gefahr zeigen. Mit allem anderen werden wir fertig«, gab Dumitru leidenschaftslos zurück und lachte auf. »Wir kennen unseren Platz, Königin. Vasallen wie uns gab es in der Geschichte andauernd.«

Barbara hätte den Begriff *Leibeigene* oder *Sklaven* benutzt. Aber auch das galt es bei den Maßnahmen gegen die Strigoi zu bedenken.

Sie hatten die Königsstadt in Richtung Osten verlassen und ritten bereits seit einigen Tagen. Barbaras Tochter befand sich einmal mehr in der sicheren Obhut der Ammen, die sich um das Mädchen kümmerten.

Zum unbemerkten Reden mit Vlad und Sorin blieb keine Gelegenheit, sie reisten unentwegt mit hoher Geschwindigkeit. Außerdem befand sich Dumitru stets um sie herum, als hoffte er, etwas aufzuschnappen.

Die Absicht des Fürsten bestand darin, die Königin vom Pakt zu überzeugen und für sich zu gewinnen – ohne zu ahnen, dass Barbara nicht einmal im Ansatz an Derartiges dachte. Der Besuch bei Cosmin diente einzig dem Auskundschaften. Sie wollte sich einen Eindruck von einer dieser unterirdischen Städte verschaffen. Barbara ging es zudem um die Frage, wie Alchemie eingesetzt werden musste, um bei einem direkten Angriff möglichst viele, am besten alle Bewohner der unterirdischen Städte zu erwischen. Dabei spielte die Luftzufuhr eine wichtige Rolle.

An den gefangenen Strigoi hatte sie im letzten halben Jahr verschiedene Experimente durchgeführt, um ihre Reaktionen auf kontaminiertes Blut zu verfolgen. Zu ihrer großen Freude war es möglich, gravierende Unverträglichkeiten gegen ihre Hauptnahrung auszulösen. Man konnte sie demnach damit vergiften.

Nun arbeitete Barbara daran, das Blut der Bewohner in der Walachei und Siebenbürgen dahingehend zu verändern, ohne dass es bemerkt wurde. Den Menschen durfte durch die Aufnahme der Substanzen, die ihr Blut in pures Gift für Strigoi wandelten, keinerlei Leid geschehen.

Barbara schwenkte gemeinsam mit Dumitru aus dem dichten Laubwald auf ein freies Weidefeld und den Weg ein, der zur Siedlung am Eingang des Höhlensystems führte.

Als sie volle Weizen- und Roggenmeere passierten, die im Nachtwind wogten und rauschten, hatte sie eine Eingebung. Mensch und Vieh aßen Getreide in verschiedener Form. Was lag da näher, als das Mehl zu versetzen, um das Blut zu verändern? Also musste sie die alchemistischen Transmutationssubstanzen in die Mühlen des Reiches einbringen.

Barbara verstand, dass es ein anhaltender Prozess sein würde, bis das heimlich behandelte Mehl in die entlegensten Winkel des Königreichs gelangte und das Blut der Menschen wandelte. Dabei durfte nichts misslingen. Verklumpte oder verdickte das Blut, gäbe es mehr Tote als zu Zeiten der Pest.

Dort, wo es keine Mühlen gab, brauchte Barbara eine andere Lösung. Und die hatte sie bereits gefunden: Klöster und kleinere Kirchen, die nicht viel Geld kosteten. Sie würde etliche davon stiften. Aber nicht nur zur Verbreitung von Gottes Wort, sondern auch um sie zum wahren Wohl der Menschen einzusetzen. Es ging ihr um Heilung, Versorgung und den christlichen Glauben, denn Strigoi ließen sich mit dem Symbol des Kreuzes zurückdrängen. Natürlich wurden diese gestifteten Klöster königlich-transmutierendes Mehl erhalten und die milden Brotgaben an die Armen verteilen.

Es wird Jahre dauern. Dennoch war es nötig. Es gab gewiss Hunderte Strigoi im Königreich, die nicht in den unterirdischen Städten lebten und denen die Grundlage entzogen werden musste: Blut. Von Mensch und Vieh.

Der nächste Schritt wäre, das Saatgut selbst zu verändern. *Das wird noch heikler.*

Der Weg führte mitten durch satte Wiesen auf eine beleuchtete Siedlung zu, um die eine zweifache Palisade errichtet worden war. Davor ragten angespitzte Pfähle gegen berittene Angriffe schräg aus der Erde.

Der Anblick überraschte Barbara. Sie hatte mit einem Berg gerechnet, in den ein Stollen führte. »Ihr seid wehrhaft«, stellte sie fest.

»Unser Dorf ist gut ausgebaut«, stimmte Dumitru zu. »Früher gab es Schwierigkeiten mit Räuberbanden. Seither gibt es die Befestigungen, sofern sich jemand nach Izvorul verirrt.«

»Natürlich.« Barbara verringerte die Geschwindigkeit ihres Rapphengstes, damit Vlad und Sorin aufschlossen. »Wir sind gleich da«, sagte sie und zeigte auf das Dorf. »Izvorul.«

»Wie viele Menschen leben dort?«, erkundigte sich Vlad.

»Um die fünfhundert, davon dreihundert wehrfähige.« Dumitru ließ seine Fuchsstute in langsamen Trab verfallen.

»In einem Bollwerk wie diesem reichen fünfzig aus, um es zu halten«, schätzte Vlad.

»Das war unsere Absicht, Herr. Und es ist nicht allein das, was Ihr vor Euch seht. Wir haben verborgene Vorrichtungen im Boden angebracht.

Wer immer uns angreift, dem wird Hören und Sehen vergehen.« Der Mann hielt sich den Rücken und setzte sich gerade in den Sattel. »Wir beabsichtigen, eine Mauer zu errichten. Massive Zinnen erleichtern es uns, schwere Stangenbüchsen statt der Handrohre einzusetzen.«

Barbara fand es bezeichnend, dass Dumitru offen darüber sprach. Cosmin wollte ihnen zeigen, dass er im Gegensatz zu Lucian kein doppeltes Spiel trieb. Zugleich war es eine Prüfung für ihre eigene Vertrauenswürdigkeit. Sollten nach ihrem Besuch in Izvorul königliche Ritter erscheinen, um das Dorf dem Erdboden gleichzumachen, wusste Cosmin, wie es um die Ehrlichkeit der Königin stand. Von daher glaubte Barbara nicht, dass der Viesczy sie in seine größte und bedeutendste Stadt einlud.

Dass die Verteidiger über Schwarzpulverbüchsen verfügten, zeigte den hohen Ausrüstungsgrad. Barbara hatte ihre Burgen auch mit großen und kleinen modernen Feuerwaffen ausstatten lassen. Sie waren in der Herstellung dank Bronze billig, aber bei der Anwendung von Wetter und Pulverbeschaffenheit abhängig. In der Masse erzielten sie gute Erfolge und durchschlugen einen Harnisch auf hundert Schritte, auch der Lärm und der Rauch verfehlten die Wirkung auf Angreifer nicht.

Die Tore von Izvorul öffneten sich, heller Lampenschein fiel heraus.

Die nächste Überraschung erwartete Vlad, Barbara und Sorin.

Gerüstete Einwohner bildeten bei ihrem Einzug ein ehernes Spalier. Schilde, Harnische, Kettenhemden und Helme waren gepflegt, die Lanzen und Piken in den Händen der Verteidiger schimmerten geschliffen. Ein eisenstarrendes Heer stand bereit, um Cosmin und den Eingang zur unterirdischen Stadt zu beschützen. Barbara machte auch Frauen unter den Gerüsteten aus, etliche von ihnen trugen Bogen und überlange Pfeile in den Köchern. Den Männern hatte man die rückstoßstarken Handbüchsen überlassen.

»Sobald sich die Tore hinter uns schließen, bekommen wir Euch nicht wieder hinaus, Herrin«, merkte Sorin leise an. »Niemand weiß, wo wir abgeblieben sind. Wollen wir das wirklich?«

»Es ist zu spät«, entgegnete Barbara. »Die Pferde sind obendrein erschöpft. Wir könnten nicht entkommen.«

Izvoruls gedrungene Häuser bestanden überwiegend aus Stein, um einem Feuerangriff wenig Nahrung zu bieten. Die massiven Gebäude waren so angeordnet, dass nie mehr als zwei gegnerische Soldaten nebeneinanderpassten – bis auf den Hauptweg zum Marktplatz. Eine offensichtliche Falle.

Auf ein unsichtbares Signal hin schlugen die aufgereihten Kriegerinnen und Krieger in langsamem Takt gegen die Schilde, um ein Donnergrollen zu entfachen.

Die Pferde wieherten erschrocken und mussten mit viel Kraft und guten Worten am Durchgehen gehindert werden.

Danach setzten Fanfaren im Takt der Schläge ein, welche eine abgestimmte, fröhliche Melodie spielten, die so gar nicht zum martialischen Auftritt passte.

Auf dem weiten Platz hielt Dumitru an und deutete auf den Balkon eines größeren Steingebäudes. Dort stand, beleuchtet von Lampen und Fackeln, Fürst Cosmin. Er trug erneut teure, edle Pelze und schwarzen Brokat, die seine Statur verbreiterten. Die Wärme machte dem Untoten nichts aus. Er hob die linke Faust, Lärm und Musik verstummten.

»Willkommen, Königin Barbara«, rief der Viesczy dröhnend durch die Stille hinab. Der rot gefärbte Knebelbart wirkte gleich einer erstarrten Flamme an seinem Kinn. »Seid Gast in Izvorul. Ihr habt mich lange warten lassen.«

An seiner Seite befanden sich drei Personen: ein Kind von etwa acht Jahren, ein Mädchen um die dreizehn sowie eine junge Frau um die zwanzig – sie ähnelten einander auf unheimlichste Weise. Als wären sie Abbilder derselben Frau im verschiedenen Alter. Dass sie die gleichen, wunderschönen Kleider in Weiß und Rot trugen, verstärkte den Effekt. Ihre blonden Haare waren geflochten und von einer durchsichtigen Haube aus Netz und Edelsteinen bedeckt. Sogar die Hüftgurte mit Taschen und Dolchen waren identisch.

»Meinen Dank, Fürst Cosmin«, erwiderte Barbara mit leichter Verzögerung die Begrüßung. Sie gab sich Mühe, nicht zu sehr zu den drei Frauen zu starren. »Es gab Dinge in Ungarn zu tun. Umso gespannter bin ich auf dein unterirdisches Reich.«

»Seht ihr auch, was ich sehe?« Vlad rieb sich einmal über die Augen.

»Das sind Ema, Estera und Eta. Drillinge. In verschiedenem Alter zu

Strigoi gemacht. Sie sind die Auserwählten von Fürst Cosmin«, erklärte Dumitru raunend, als fürchte er den Zorn seines Herrschers.

»Was soll das bedeuten?«, hakte Sorin leise nach. »Meinst du mit auserwählt …?«

»Sie sind seine Gemahlinnen, ja.« Dumitru stieg von der Fuchsstute ab. »Alle drei.«

»Ihr werdet viele kleine Wunder zu sehen bekommen. Das verspreche ich euch.« Cosmin deutete mit behandschuhten Fingern zu den aufmarschierten Kriegerinnen und Kriegern. »*Da* seht ihr eines davon. Man braucht keine Adligen, um Ritter zu erschaffen. Diese Leute schlagen jeden Recken von höherem Rang. Im Sattel oder zu Fuß. Eine bessere Ausbildung, als sie bekommen haben, kann man nicht erhalten.« Danach schwenkte er die Linke auf das schwere Tor unterhalb des Balkons. »Kommt herein. Ich geleite euch nach Izvorul Subteran. Sofern Ihr noch die Losung wisst, Königin.« Lachend verschwand er von der Außenempore.

Seine drei Gemahlinnen folgten ihm nacheinander.

Barbara schauderte.

Sicherlich war sie nicht viel älter als die jüngste der Drillinge gewesen, als sie Sigismund versprochen worden war. Aber erst Jahre später hatte die Vermählung stattgefunden, und noch viel später war sie von ihm zum ersten Mal richtig berührt worden.

»Wenn wir je einen Zweifel an dem gehabt haben, was wir tun, *dies* sind die Gründe, niemals damit aufzuhören«, sagte Vlad düster und stieg ab. Danach half er Barbara beim Absitzen.

»Ist die Größte die Älteste von ihnen?«, fragte Sorin und sprang zu Boden. »Sie ist …« Dann stockte er. »Nein, ich Trottel: Drillinge! Ema ist die älteste Strigoi, obwohl ihre Gestalt einer Achtjährigen gleicht.«

Barbara fand Cosmin grausam. Natürlich hatte er genau ermessen, was er dem kleinen Mädchen vor vielen Jahren einst antat, als er sie zur Strigoi gemacht hatte. »Kein Wort darüber«, schärfte sie den Männern ein. »Was immer ihr unterwegs seht, nichts darf euch aus der Haut fahren lassen. Kein Griff ans Schwert, kein Grollen. Nur Lächeln, Erstaunen, Ehrfurcht und geheuchelte Begeisterung. Wir werden von Cosmin unentwegt geprüft werden. Wir brauchen sein Vertrauen.«

Vlad und Sorin nickten. Das Lächeln wollte ihnen jedoch nicht gelingen.

Nachdem sie durch das geöffnete Tor gegangen waren, fanden sie sich in einer massiv errichteten Scheune mit grobem, schmutzigem Dielenboden wieder, in der es nichts gab, abgesehen von dem wartenden Cosmin und seinen drei Gemahlinnen.

Dann fiel Barbaras Blick auf die vier Ketten in je einer Ecke des Raumes, die nach oben an mühlsteingroße Umlenkrollen führten und durch Auslässe in der Wand nach draußen verschwanden. Jedes Eisenglied war mehr als armdick.

Sofern sie ihre Beobachtung richtig deutete, würde der Boden wie ein Lastenaufzug mit ihnen abwärtsfahren. Auf diese Weise ließen sich Waren, Kutschen, einfach alles, was in den Raum passte, nach unten in die Stadt transportieren.

Das unterschied Izvorul Subteran gänzlich von der Siedlung nahe Thorenburg, in die sie Lucian über einen Höhleneingang geführt hatte. Barbara war beeindruckt.

Auf Vlads Gesicht sah sie mäßige Begeisterung. Gewaltsam nähme man diesen Ort niemals ein oder nur mit sehr schweren Verlusten. Und einer Armee samt Belagerungsmaschinen. Das machte die Alchemie wiederum wertvoller.

»Ihr habt bereits bemerkt, wie man in die Stadt gelangt.« Cosmin hatte Barbaras Blick zur Decke, den Flaschenzugrollen und den Ketten richtig gedeutet.

»Welch eine gewagte Konstruktion, Fürst.« Barbara nickte kaum merklich. Sie war eine zweifache Königin, mehr Respekt wollte sie dem Untoten nicht zollen. »Kórama«, fügte sie nach einer dramatischen Pause hinzu.

Cosmin lachte auf. »Ich hätte niemals etwas anderes von Euch angenommen.«

»Und dies sind deine Töchter?«, fragte sie mit Blick auf die Drillinge.

»Nein. Meine Gattinnen.« Er stellte sie reihum vor, als wäre es das Selbstverständlichste der Welt. »Wie Ihr seht, war es der Wunsch der Kleinsten, dass ich ihre Schwestern nachhole. Nun sind sie wieder in meinem Reich vereint und besitzen Ansehen, Macht und ein sorgloses Leben. Als Mägde und Tagelöhnerinnen wäre ihnen das im Leben der Menschen niemals zuteilgeworden.«

Ohne dass er etwas befahl, wickelten sich die schweren Ketten langsam ab. Klirrend, aber ohne zu ruckeln, senkte sich der zerfurchte Holzboden mit ihnen einen Schacht hinab. Leise pfeifend schoss die Luft an den Rändern der Plattform aufwärts und erzeugte ein Säuseln wie von einer leichten Böe, die sich an Felsen brach.

Barbara sah die Auren der drei Schwestern, die ähnlich dunkel wie die von Cosmin waren. Lediglich die erwachsene Eta schien ihre ursprüngliche *anima* noch zu besitzen, da sie vor Kurzem erst gewandelt sein musste. *Strigoi, ohne Zweifel.*

Während sie langsam abwärtsfuhren, erwachten alle zwei Schritte verspiegelte, in der Schachtwand eingelassene Lampen von selbst, deren Zündung an den Kettenmechanismus gekoppelt sein musste. Somit gab es stets genügend Licht auf der Plattform.

Über ihnen schoben sich eiserne Blechabdeckungen zusammen wie gerade graue Wolken vor einem entfernten Himmel. Damit war der Schacht von oben verschlossen.

»Es freut mich, dass Ihr gekommen seid, Königin«, sprach Cosmin unterdessen. »Izvorul Subteran ist nur eine kleine Stadt. Aber sie soll Euch einen Eindruck davon verschaffen, was möglich ist.«

»Demnach sind deine übrigen Siedlungen größer?« Barbara riss sich vom Anblick der Drillinge los – und bemerkte die Markierungen an der vorbeigleitenden Schachtwand. Mit entsprechendem Wissen ließ sich daran die Entfernung bis zur Oberfläche ablesen.

»Das ist kein Geheimnis. Weder meine noch die von Lucian.« Cosmin betrachtete Vlad und Sorin. »Ihr seid eine bemerkenswerte Zusammenstellung. Der Sohn Mirceas, der von Lucian kontrolliert wird und ein Feind der Strigoi ist. Dazu ein Vârcolac.« Seine grüngrauen Augen ruhten auf Barbara. »Und eine junge, wunderschöne Königin, die mehr, viel mehr ist als das.«

»Keine andere Konstellation hätte dir ein Ohr geliehen, Fürst.«

Der Boden des Fahrstuhls setzte auf. Gleichzeitig öffneten sich zu ihrer Rechten zwei eisenbeschlagene Steintore. Im langen Gang dahinter erwachten erneut Lichter zum Leben, die ihnen den Weg bis vor ein weiteres, geschlossenes Portal zeigten. Die Strigoi sicherten sich gegen Eroberungen mehr als gut ab.

»Es macht mich zuversichtlich, dass Ihr einem Bündnis mit mir gegen Lucian, seine Nephilim-Bastarde und die irrwitzigen Pläne eingehen werdet.« Cosmin ging voran und verließ die Plattform. »Kommt. Izvorul Subteran erwartet Euch.«

»Wie viele leben in der Stadt?«

»Fünfzig Strigoi, teils mit Familie, teils alleine«, antwortete er freimütig. »Wir achten darauf, dass die Umgebung notfalls genug Nahrung für die Städte bietet, falls die Vorräte aufgebraucht sind oder schneller versterben, als sie Nachwuchs produzieren.«

Vlad schluckte laut, und Sorin atmete einmal durch.

Barbara hatte nichts anderes erwartet. So wie sie Blutsauger in ihrem Laboratorium in Ketten legte und mit einem Pflock am Herzrand festhielt, pferchten die Strigoi Menschen ein, um sie jederzeit schröpfen zu können. Dumitru und die Leute in Izvorul waren zu kostbar zum Aufbrauchen. Die Dörfler lieferten die irdische Nahrung für die Eingesperrten und verbargen den Eingang in die unterirdische Stadt.

»Das ist sehr umsichtig«, sagte Barbara, statt sich zu entrüsten. Sie war sich sicher, dass sich sowohl in den Schacht- als auch in den Gangwänden um sie herum verborgene Vorrichtungen befanden, um Eindringlinge aufzuhalten.

Das zweite Tor öffnete sich, erneut fiel Lichtschein heraus.

»Willkommen in Izvorul Subteran«, bereitete Cosmin den Einzug vor. »Wir haben ein kleines Fest für Euch vorbereitet. Ich hoffe, es ist Euch recht, Königin.«

Nebeneinander traten sie aus dem Tunnel und gelangten in eine Höhle, die sich über hundert Schritte erstreckte und an ihrer höchsten Stelle geschätzt dreißig Schritte aufstieg.

Die andauernde Helligkeit in der Stadt glich der einer wolkenlosen Vollmondnacht, in warmen Sand- und Orangetönen. Hellere Laternen an Gebäuden, an Ketten gespannte Kronleuchter über bestimmten Straßen und Plätzen setzten Akzente, und Blendlaternen strahlten besonders schön gestaltete Fassaden an. Mit dünnen, polierten Blechelementen wurde das Licht diffus gestreut.

Die Strigoi hatten teils den natürlichen Schwung des Felses belassen, die Stalagmiten und Stalaktiten durch Beleuchtung betont. Mitunter waren die Hausfronten, die aus und in die Wand gegraben worden waren, kaum von antiken Tempeln zu unterscheiden. Runde und eckige Säulen, Friese, Inschriften, Mosaiken und Fresken überall. Fast schien es Barbara, als träten jeden Moment die Philosophen und Feldherrn aus längst vergessenen Jahrhunderten in Toga und Tunika heraus.

Barbara kannte Abbilder dieser Pracht nur in Form zerschlagener Ruinen oder von Zeichnungen aus Rom. Sie hatte eine Vorstellung, wie viele Sklaven dafür in der Vergangenheit ihre Leben gelassen hatten.

Aus dem Augenwinkel registrierte sie, wie Vlad und Sorin staunten. Die Eindrücke machten die Grausamkeit Cosmins einige Momente lang vergessen. An dieser Pracht musste man sich erst sattsehen.

»Izvorul Subteran gefällt Euch«, bemerkte der Fürst zufrieden. »Gehen wir in meinen Palast. Dort erwartet Euch die illustre Gesellschaft.« Erneut übernahm er die Führung durch die leeren Straßen, da sich sämtliche Bewohner in der Halle zum Empfang versammelt hatten.

Die Stille fand Barbara befremdlich. Weder vernahm sie Vogelstimmen noch das Geräusch von Wind in den Bäumen, von raschelndem Gras oder irgendetwas Lebendigem.

»Hier gibt es viel Tod«, raunte Sorin und zog die Nase hoch. »Ich kann ihn riechen.«

Je näher sie der tempelgleichen Fassade des Palastes kamen, umso mehr Töne durchbrachen die gespenstige Stille. Aus weiter Entfernung erklang beständiges Rauschen wie von einem Wasserfall. Stimmengewirr drang aus den geöffneten Türen des Gebäudes, begleitet vom Spiel verschiedener Instrumente und Schlagwerk, die einen angenehmen Klangteppich woben.

»Was sagt Ihr dazu?«, erkundigte sich Ema, die plötzlich neben Barbara lief. Die Stimme war die eines Kindes von acht Jahren, aber die Augen verrieten, dass sie längst keines mehr war. Nicht nach dem, was sie alles erlebt hatte und was ihr angetan worden war. »Wäre so eine Residenz nicht auch wundervoll für Euch?«

»Nein«, antwortete Barbara ehrlich. »Ich brauche Sonne, Vogelgezwitscher und eine weite Sicht in die Ferne, um mit gutem Gefühl leben zu können.«

»Oh, Vögel haben wir! Sie kommen ab und zu durch schmale Spalte.

Ich mag es, wenn sie singen. Aber meistens fliegen sie wieder davon. Oder sterben.« Ema schaute betrübt und strich das rot-weiße Kleid glatt, richtete den Sitz ihres Gürtels. »Es ist lange her, dass ich die Sonne gesehen habe. Aber ich erinnere mich an das Gefühl auf der Haut.« Sie umarmte sich selbst, wiegte sachte im Gehen nach rechts und links. Die Edelsteine in ihrem Haarnetz flirrten dabei. »Wohlig und von einer Wärme, wie es sonst nichts gibt. Sie scheint bis in die Seele.«

»Bist du heute wieder schwermütig, Liebes?«, sagte Cosmin neckend und maßregelnd zugleich. Emas Kindlichkeit wurde neben seinem faltigen, greisenhaften Gesicht und dem grau melierten Haar umso deutlicher. »Magst du lieber etwas im Mondlicht spazieren, als mit uns zu verweilen und zu reden?«

»Das tue ich vielleicht nachher noch.« Ema nickte Barbara zu. »Wenn Ihr mich begleiten wollt, seid Ihr herzlich eingeladen.«

»Danke.« Barbara betrat nach Cosmin und seinen Gemahlinnen die Empfangshalle des Palastes, die sie sich größer vorgestellt hatte, ebenso wie die Stadt. Izvorul Subteran eignete sich hervorragend als Versuchsobjekt für ihre alchemistischen Substanzen, welche den Tod bringen sollten.

Dank Ema wusste sie nun, wie sie die Zufuhr bewerkstelligte: durch die Ritzen und Klüfte im Gestein. Wenn es Vögel hineinschafften, gelangten Pulver und Gas gleichermaßen ins Innere.

Die Strigoi von Izvorul Subteran hatten sich ihnen zu Ehren in der Halle versammelt und begrüßten das Trio mit Hochrufen. Pokale und Becher wurden geschwenkt, und die Musik schwenkte auf feierliche Töne um. Männer, Frauen und einige Kinder bildeten die herausgeputzte Gesellschaft. Der aufwendigen, teuren Kleidung nach hätte man sie an der Oberfläche samt und sonders für Adlige gehalten.

Auch sie bevorzugten Brokatstoffe, im Gegensatz zu Cosmin jedoch wesentlich bunter. Die Frauen trugen unter den Kleidern Untergewänder mit Aussparungen, um Haut zu zeigen, die Männer betonten ihre Hosenlatze durch Ziernähte, Schleifen und Auspolsterung. Die Schnitte und die Haarmode unterschieden sich von den höfischen Gepflogenheiten.

Barbara gefiel es durchaus. Es erschien ihr wie ein Blick in eine kommende Zeit.

»Seht, Königin. Wir wissen, was Euch gebührt«, rief Cosmin in den Ausbruch von Freude und Fröhlichkeit.

Doch Barbara begriff, dass all die Nettigkeit inszeniert war.

Die Auren der Blutsauger waren grau und tot, manche Blicke verächtlich, voller Abscheu oder Gleichgültigkeit. Cosmin hatte sie eingeschworen, ein gutes Schauspiel zu liefern. Offenkundig verstanden sich die Strigoi nur mäßig darauf. Sie waren das Heucheln nicht gewohnt und übertrieben es mit der aufgesetzten Freude.

»Danke für den freundlichen Empfang«, sprach sie überzeugend herzlich. Sie hatte am Hof über Jahre gelernt, den passenden Eindruck für jede Gelegenheit zu erwecken. »Ich bin geehrt, als erster Mensch …«

Vereinzeltes, unterdrücktes Gelächter kam auf.

»… Izvorul Subteran besuchen zu dürfen. Und lebendig zu verlassen.«

Sogleich erklang ehrliches Lachen.

»Ich war neugierig, wie Strigoi leben. Und es übertrifft alles, was ich mir vorstellte. Schlichtere Gemüter denken, dass ihr tagsüber in unbequemen Särgen schlaft.«

»Das tun die einfachen Strigoi auch«, warf einer der herausgeputzten Blutsauger leise ein.

»Wir sind das, was Ihr an der Oberfläche seid. Wir sind *alle* Könige und Königinnen«, ergänzte eine Strigoi in einem durchscheinenden Seidenkleid unter dem Brokat, wie die Durchbrüche verrieten. Sie wischte das Rot aus den Mundwinkeln, das nach einem Schluck aus dem Kelch dort gehaftet hatte.

»Und wir liegen im Krieg mit Lucian.« Cosmin versuchte die beginnende Unterhaltung einzufangen. Sie war ihm erkennbar zu abgehoben. »Der mit seinen Nephilim-Strigoi-Blagen die Reiche der Menschen angreifen will. Das ist gewiss.«

Diese Nachricht war für Barbara neu, brisant und beunruhigend. »Wie sollte das geschehen?«

»Angeblich ist diese Bastardbrut unempfindlich gegen die Macht der Sonne. Deswegen züchtet er sie«, berichtete Cosmin.

»Wir sahen das Offenkundige nicht«, warf eine Strigoi ein. »Hat Lucian ein kleines Heer beisammen, müsst auch Ihr bangen, Königin. Nicht nur um Euer Blut, sondern auch um Euren Thron.«

»Diese neue Ordnung, die Lucian anstrebt, kann ich nur mit Euch aufhalten.« Cosmin geleitete Barbara auf ihren Ehrenplatz an seiner Seite. Vlad und Sorin mussten ein paar Schritte entfernt mit einfachen Stühlen vorliebnehmen. »Ist der Wahnsinnige beseitigt, finden wir eine Lösung, wie wir das Zusammenleben unser beider Völker gestalten.«

»Ach? Keine Anweisungen, die befolgt werden müssen?« Barbara hielt seine Worte für Schönfärberei, für Augenwischerei. Wäre Cosmin der Alleinherrscher über sämtliche unterirdischen Städte, könnte er in seiner Machttrunkenheit mehr verlangen.

»Nein. Das ist Lucians Weg, nicht der meine. Wir wollen lediglich unsere Ruhe haben. Doch dazu besprechen wir uns, sobald wir unseren gemeinsamen Feind besiegt haben«, schlug Cosmin vor.

»Was treibt ihr den ganzen Tag … ich meine, die ganze Nacht?«, fragte Vlad. »Ihr sitzt in der Dunkelheit herum, beschnitzt den Stein aus Langeweile oder schreibt Lieder? Bücher? Gedichte? Erfindet irgendwas? Oder bespringt ihr euch unentwegt?«

Alle Augen richteten sich auf den Walachen, teils empört, teils belustigt, teils irritiert, dass er die Stimme erhoben hatte.

»Was machen Könige und Königinnen mit ihrer Zeit?«, gab Cosmin gönnerhaft zurück. »Sie wissen sie zu nutzen, Mircea-Junge. Das lass unsere Sorge sein.« Er wandte sich an Barbara. »Die Speisen für Euch werden jeden Moment gebracht. Wir hatten bereits ein Mahl und sind zu den Getränken übergegangen.«

Er betätigte eine kleine Glocke, die auf dem Tisch stand, und einige Bedienstete brachten eine stattliche Auswahl von kalten und warmen Gerichten, die einen appetitlichen Geruch verströmten. Wildbret, Rind, Gemüse, Brotsorten, Knödel, Wurst und Käse wurden auf Platten und in Schüsseln hereingebracht.

Barbara erkannte an ihrer *anima*, dass es sich dabei um Menschen handelte. Sie bewegten sich ehrfürchtig, aber ohne Angst zwischen den Blutsaugern.

»Lassen wir einstweilen das Reden über unser Bündnis. Esst und stärkt Euch nach der langen Reise. Danach führe ich Euch durch das beschauliche Izvorul Subteran, und im Anschluss mögt Ihr Euer Lager beziehen. Sobald Ihr morgen erwacht, könnt Ihr Euch frei umherbewegen.

Am Abend möchte ich Euch persönlich verabschieden. Solltet Ihr jedoch früher zu gehen wünschen, nur zu. Niemand wird Euch aufhalten«, erklärte Cosmin, während die Teller der Gäste vollgeladen wurden. »Sollten wir nicht dazu kommen, tauschen wir uns über das Bündnis mittels Briefen aus. Oder Ihr besucht uns erneut.«

Barbara begann mit dem Mahl. Sie verspürte wirklich Hunger, auch wenn der unheilige Durst sich in ihr ebenfalls regte. Sie hatte schon lange kein Blut mehr getrunken, und die gefüllten Kelche und Pokale der Strigoi weckten ihre Begierde. »Das klingt für mich nach einer guten Vorgehensweise«, sprach sie mit belegter Stimme.

»Die Königin ist auch vollkommen sicher vor Ungemach, Fürst?« Vlad bediente sich an Fleisch und Knödeln.

»Ich schwöre es bei meinem Leben. Niemand wird ihr etwas antun.« Cosmin grinste fies. »Und dir und deinem zahmen Vârcolac auch nicht.«

Wieder lachten die versammelten Strigoi.

»Dieses Zusammentreffen steht ganz im Zeichen des Kennenlernens und des Aufbaus von gegenseitigem Vertrauen«, betonte Cosmin ernst. »Wir begeben uns ebenso in eure Hände. Denn sobald die Sonne an der Oberfläche aufgegangen ist, verfallen wir in einen Schlaf, aus dem wir kaum aufzuwecken sind.« Er deutete auf Vlads Schwert. »Du könntest umhergehen und uns allen die Köpfe abschlagen. Aber ich verlasse mich vertrauensvoll darauf, dass du es nicht tun wirst.«

»Das wird er nicht«, versprach Barbara. Das Essen schmeckte ausgezeichnet, und mit Gewürzen war nicht gespart worden. Es zeigte den Wohlstand des Fürsten. Und doch stillte es ihren Durst nicht und reichte nicht an den Geschmack, nicht an die Wirkung von menschlichem Blut heran. »Ich lasse mich gerne von dir herumführen.«

»Wohlan. Etwas Unterhaltung für unsere Gäste«, verlangte Cosmin von der Gesellschaft. »Zeigt, dass wir Verständnis für Kunst haben, meine Freunde und geliebten Untertanen.«

Unter Klatschen und Pfeifen, anfeuerndem Lachen und Necken standen einige Männer und Frauen von der Tafel auf.

Es folgte eine Mischung aus Stegreiftheater, Musikeinlagen, Poesie und Gesang, während Sorin, Vlad und Barbara speisten. Zwischendurch gab es Beifall von allen.

Kaum war das Mahl beendet, machte sich Cosmin in Ruhe mit seinen Gästen und einer Abordnung Strigoi daran, die Stadt zu erkunden, einzelne Wohnungen und Unterkünfte zu betreten und Erklärungen zu Stil, Bauweise und Alter der Siedlung zu geben.

Obwohl Barbara müde war, merkte sie sich das Wichtigste, prägte sich jede Kleinigkeit, jede Ecke von Izvorul Subteran ein. Sie verinnerlichte jeden Luftzug, jeden Winkel der Behausungen, die wesentlich geräumiger und fortschrittlicher als die Räumlichkeiten der Königsburg in Ofen errichtet waren.

Die Baumeister der Strigoi hatten gar die Fußbodenheizung der Römer übernommen, Aquädukte und Rohre leiteten das Wasser aus einem nahen See in jede Unterkunft. Mit Betätigung eines Schiebers oder Zapfhahns floss es aus kleinen Röhren und Waschbecken und Wannen.

»Wir sind absolut sicher vor Verfolgung«, bekräftigte Cosmin, als sie sich auf dem Rückweg zum Palast befanden. »Der einzige Ein- und Ausgang ist schwerstens gesichert. Ihr habt es gesehen.«

»Was ich nicht gesehen habe, ist eure Vorratskammer«, merkte Vlad an. »Wo haltet ihr die Menschen, von denen ihr euch ernährt, indem ihr sie auszehrt?«

»Mach dir darum keine Gedanken, Mircea-Junge. Sie werden gut behandelt. Ihr geht mit euren Vorräten auch sorgsam um, damit sie lange halten«, gab Cosmin herablassend zurück. »Heuchle kein Mitgefühl. Wir nehmen uns stets den Abschaum eurer Gesellschaft. Bettler, Ausgestoßene, Halunken, fahrendes Volk. Niemals jemand Anständigen.« Er rümpfte die Nase. »Das tun nur die schlichten Strigoi, die aus den Gräbern steigen und ihre eigenen Dörfer heimsuchen. Die Menschen töten sie, und wir lassen es zu. Diese tumben Blutsauger sind eine gute Ablenkung.«

Barbara horchte auf. »Ablenkung nennst du es?«

Cosmin lächelte nachsichtig. »Ihr wisst, dass es innerhalb unserer Art verschiedene Ausprägungen gibt. Viesczy, Murony und viele mehr. Das Wort Strigoi ist für euch Menschen ein Sammelbegriff, den wir so eigentlich nicht benutzen, außer für die Schlichten in den Gräbern. Sie heißen bei uns Upire oder Vampire. Sie sind an sich wertlos, wie für euch die Ausgestoßenen.«

Aufschlussreich, dachte Barbara. Es gab eine deutliche Rangordnung innerhalb der Blutsauger.

Dennoch fühlte sie sich erschlagen und sehr, sehr müde. Der Ritt, das schwere Essen, die vielen Neuigkeiten und Eindrücke verlangten nach Ruhe. Das Gähnen war nicht länger zu unterdrücken. »Es ist eine Menge zu verarbeiten, Fürst. Meinen Dank für deine Zeit und dein Vertrauen. Doch ich fürchte, ich muss mich dem Schlaf ergeben.«

»Gewiss, Königin.« Cosmin zeigte auf seine drei Gemahlinnen. »Ema, Estera und Eta bringen Euch in Eure Gemächer. Träumt die schönsten Dinge.« Er nickte in die Runde. »Wir reden morgen Abend weiter. Gute Nacht.«

Die gleichen und doch unterschiedlichen Drillingsschwestern gingen vorweg, die Gäste folgten in den hinteren Teil des Palastes.

»Keine Alleingänge«, befahl Barbara unterwegs und bog unter der Führung von Estera, der mittleren Schwester, zu ihrer Kammer ab. Ihr fataler Durst war nicht geringer geworden. »Wir sehen uns später.«

»Wer weckt wen?«, wollte Vlad wissen.

»Das übernehme ich, Herr«, verkündete Sorin. »Ich spüre, wenn die Sonne aufgeht.« Er tippte sich an die Nase. »Die Luft in der Höhlenstadt wird sich verändern. Ich hoffe, es stinkt dann weniger nach Gruft.«

Barbara nickte und folgte Estera.

Auch wenn ihr der Kopf vor Eindrücken schwirrte und sie vor dem Zubettgehen unbedingt noch einige Notizen machen musste, damit sie nichts vergaß, spukte ihr beständig eine Frage durch den Verstand: *Wo befinden sich die Blutsklaven?*

KAPITEL 7

TSCHECHISCHE REPUBLIK, HAUPTSTADT PRAG,
VIERTEL HOLEŠOVICE, GEGENWART, WINTER

Jolana erwachte viel später als gedacht. Die einst weißen Laken um sie herum waren getränkt von hellrosafarbenem Blut, voller abgestoßener Splitter und Reste der alchemistischen Substanzen, die ihr von der Detonation in den Körper gejagt worden waren.

Schon halb eins? Sie rieb sich über das Gesicht, in dem eine Kruste aus Schmutz, Schweiß und geronnenem Blut haftete. Die Schicht befand sich überall an ihrem nackten Leib. Leise rieselten Plättchen auf die Bettdecke.

Ihr Metabolismus hatte dieses Mal lange benötigt, um die Schäden zu reparieren, die ihm bei der Explosion in Mělník zugefügt worden waren. Metall, Holz, Steine, verschiedenste giftige Substanzen mussten erst abgestoßen werden, bevor die Heilung einsetzte.

Jolana fühlte sich halbwegs wiederhergestellt und hatte unsagbar viel Hunger. Fünfhundert Gramm Steak wären ein guter Anfang, dazu die gleiche Menge an Beilagen und natürlich Dessert. Mit Sicherheit war Len auch nach Mittagessen zumute. Er hatte sie wie versprochen schlafen gelassen.

Sie stand auf, zog die Bettwäsche ab und knüllte sie in eine Ecke des Schlafzimmers. Waschen lohnte sich nicht, sie würde es wegwerfen. Kein Fleckenmittel der Welt reinigte diese Sorte von Schmutz.

Leise öffnete sie die Tür und roch sogleich Kaffee. Von Len hörte sie nichts.

Rasch verschwand Jolana im Bad und nahm eine schnelle Dusche, spülte den Dreck von ihrer nun makellosen Haut. Die wenigen Narben darauf waren kaum sichtbar, doch nicht alles, was ihr in ihrem Leben zugestoßen war, ließ sich regenerieren.

Nach dem Abtrocknen schlüpfte sie in ihren opulenten rot-schwarzen Bademantel, zog die bestickte blaue Kapuze über die langen Haare und setzte das Monokel ein, damit sie besser sah. »Herr Lenau? Haben Sie Hunger?« Sie verließ das Bad und ging in die Küche. »Ich bin wieder …«

Der Raum war verlassen, ein leerer Kaffeebecher stand auf dem Tisch. Daneben lag eine handgeschriebene Nachricht.

Guten Morgen, Professorin!
Habe Sie schlafen lassen und nichts angefasst, wie Sie verlangt haben. Haben Sie gemerkt, oder? ;) Ich hoffe, es geht Ihnen schon viel besser!
Nicht wundern, dass ich weg bin.
Muss kurz zur Polizei, man will mich wegen ein paar Sachen befragen, die vorgefallen sind. Nichts Schlimmes, sagen sie. Keine Ermittlungen gegen mich.
Bin hoffentlich bald zurück, und vielleicht lesen Sie die Nachricht gar nicht, weil ich sie vorher wieder wegräumen kann.

Bis nachher
Len

PS: Alison hat ihre Social-Media-Accounts geschlossen und Báthory News aufgelöst. Aber dazu später mehr.

Jolanas gute Laune drohte zu diffundieren.

Sie wusste, dass Len Ärger wegen der Vorfälle auf der Karlsbrücke ins Haus stand. Dass die Nervensäge Alison wirklich aufgegeben hatte, glaubte sie erst, wenn es einige Zeit ruhig um sie blieb.

Der leere Kaffeebecher war noch warm, allzu lange konnte Len nicht weg sein. Das nächste Polizeirevier lag gleich um die Ecke.

Jolana nahm die Kanne und goss sich in eine frische Tasse ein. Nippend begab sie sich ans Fenster und blickte grübelnd auf die sonnendurchflutete Kamenická.

Sobald der junge Mann von der Polizei zurückgekehrt war, stand ihr eine Unterhaltung mit ihm bevor. Er musste erfahren, welche Aufgabe sie ihm zugedacht hatte und dass sie verschiedene Stationen seines Lebens kannte. Sie hatte ihn durchleuchtet und wusste um den tragischen Vorfall, der Len aus der Bahn geworfen hatte. Der junge Mann hatte früher viele Partys gefeiert, bis sich eine enge Freundin dabei eine Überdosis eingeworfen hatte. Das hatte ihn zum Nachdenken und Zweifeln gebracht. An sich, seinem Lebensentwurf, an allem. Studienpläne, Studienabbrüche, die Weigerung, eine Zukunft zu planen. Stattdessen viel Philosophie und Hadern.

Aber Jolana hatte einen Ausweg für Len.

Dazu gehörten noch ein, zwei kleinere Tests für den jungen Mann, denen sie gelassen entgegensah. *Danach bekommt sein Leben den Sinn, nach dem er vergebens gesucht hat.*

Nebenbei nahm sie ihr Smartphone vom Tisch und prüfte Báthory News sowie alle anderen Kanäle, auf denen Alison Martin aka Shiverz tätig war. Überall lief das gleiche Statement: das Eingeständnis ihrer Schuld, ihr permanenter Betrug, ihr Rückzug.

Jolana fand diese plötzliche Wende sehr seltsam. Lens Andeutung nach wusste er mehr darüber. Sie hoffte, dass darin nicht zusätzlicher Ärger lauerte. *Ist alles wahrlich kompliziert genug.*

Sie öffnete das Fenster, um frische Luft in ihre Wohnung zu lassen. Winter oder nicht, Sauerstoff blieb wichtig. Er hauchte den Gedanken neues Leben ein. Gegen die Kälte half der warme Kaffee, den sie schwarz, bitter und brutal stark am liebsten trank. *Wie eine Psychopathin,* dachte sie grinsend und hob ihr Gesicht in den wärmenden Sonnenschein.

Die nächste sanfte Böe trug ihr einen anderen Geruch zu.

Was bei …? Sofort öffnete Jolana die braunen Augen und schaute sich suchend um, scannte die Straße unter sich nach Auffälligkeiten. Sie konzentrierte sich, strengte sich trotz grummelndem Magen an, die Quelle zu verorten. *Kann das wirklich sein?*

Zwischen den umhergehenden Menschen machte sie einen Mittzwanziger mit kurzen schwarzen Haaren und einem Dreitagebart aus. Der braune Teint seiner Gesichtshaut ging fleckenweise ins Dunkelrötliche über, als sammelte sich in den münzgroßen, ausgefransten Bereichen besonders viel Blut. Am Kinn hatte er einen Bart stehen lassen, in dem silberne und schwarze Haare im Licht glänzten.

Seine Statur und seine Züge waren aufgedunsen. Unbedarfte hätten wassereinlagernde Medikamente oder den Genuss von zu viel Alkohol vermutet.

Aber Jolana kannte den wahren Grund.

Oh, zur Hölle! Langsam stellte sie die Tasse ab.

Noch konnte es Zufall sein, dass sich ein Ubir in Prag herumtrieb. Die Chance war jedoch sehr gering. Zita, die Anführerin der hiesigen Vampire, sorgte dafür, dass die Stadt in ihrer Hand blieb.

Unvermittelt verharrte der aufgeschwemmte Mann, drehte sich leicht und hob das Gesicht zu Jolanas offenem Fenster. Der Blick aus den dunklen Augen traf den ihren.

Langsam hob er den rechten Daumen und fuhr sich damit über die Kehle, um danach lächelnd mit dem Zeigefinger der gleichen Hand die Straße hinab zu zeigen. Dorthin, wo die Polizeistation lag, in der sich Len höchstwahrscheinlich befand. Jolana sah die spitzen Zähne andeutungsweise hinter den Lippen aufblitzen.

Dann schritt der Ubir weiter über den Bürgersteig.

»Scheiße!« Ohne zu zögern, flankte sie über die Fensterbank ins Freie und sprang drei Stockwerke hinab. Es ging schneller, als die Treppe zu nehmen.

Die Landung federte sie in den Knien ab und ignorierte die aufgeregten, überraschten Ausrufe der Passanten, zwischen denen sie plötzlich stand.

»Filmarbeiten, Entschuldigung«, rief Jolana und spurtete vorwärts, um den Ubir aufzuhalten.

Es gab keinen Zweifel, dass er von Zita angeheuert worden war, um erst Len und danach sie zu töten. Die Prager Vampirin wusste, dass sie mit ihren eigenen Leuten nichts ausrichtete. Daher hatte Zita ihre Verbindungen genutzt, und jemand hatte in ihrem Auftrag mit dem kleinen Städtchen Mamusha telefoniert.

Der Ubir bemerkte seine Verfolgerin und bog ruckartig in eine Querstraße ab.

Jolana beeilte sich, um ihn nicht aus den Augen zu verlieren, und rechnete jederzeit mit einem Angriff.

Immer wieder wurden ihr verwunderte Blicke zugeworfen. Auf Passanten musste sie wie eine Figur aus einem Videospiel wirken, die im Bademantel und ohne Schuhe durch den Schnee rannte.

Der Ubir schwenkte erneut in eine andere Richtung, verfiel ins Rennen. Sein Weg führte in den Stromovka-Park.

Er fordert mich heraus. Abseits der vielen Augen und Ohren der Menschen. Jolana war es recht, auch wenn sie vorher gerne etwas gegessen hätte. Aber der Hunger machte ihr schlechte Laune, und das war für den bevorstehenden Kampf nicht das Schlimmste.

Ihr Gegner trabte schwerfällig in den Park und bog in einem Moment, als ihnen niemand entgegenkam, vom Weg ins Unterholz ab.

Jolana folgte ihm und seinem Geruch.

Einen Ubir zu senden, war clever von Zita. Seinesgleichen stammte aus den einst osmanischen Gebieten der heutigen Nordtürkei. Sie bewegten sich von zwölf Uhr mittags bis Mitternacht auf der Erde, das Sonnenlicht beeinflusste sie in diesen Stunden nicht. Auch christliche Ikonen richteten gegen einen osmanischen Blutsauger nichts aus. Die Schwarze Königin hatte sie besonders gnadenlos verfolgt, da sie die Gefahr für die Menschen erkannt hatte. Daher gab es kaum mehr welche von ihnen, die meisten Unbedarften hielten sie gar für eine Legende. Auch einige Vampire dachten so.

Jolana wusste es besser.

Nach ein paar Metern durch Dickicht und tief hängende Äste von Nadelgehölz trat sie auf die abgeschiedene Lichtung, auf der sie der Ubir erwartete. Sie verlangsamte ihre Schritte, barfuß durch den Schnee, und blieb auf Abstand zu ihm.

»*İyi günler*«, sprach er sie auf Türkisch an, um dann ins Englische zu wechseln. »Ich musste zweimal an deiner Wohnung entlanggehen, damit du mich siehst«, beschwerte er sich gespielt. »Deine Sinne sind eingerostet.«

Jolana sah die Begrüßung als Bestätigung ihrer ersten Theorie: Er stammte aus Mamusha, dem Städtchen in der heutigen Republik Kosovo, in dem die Einwohner zu fast neunzig Prozent osmanischer Abstammung waren. Der kleine Rest Gefährlichkeit, der auf der Suche nach besonderer Beute seine Heimat verließ. »Wer bist du?«

»Mein Name ist Hamza. Du weißt, *was* ich bin.«

Sie nickte. »Angelockt hat dich das Blut eines Drăculeşti.«

»Und natürlich die sehr gute Bezahlung. Zita ist großzügig, wenn sie will, dass etwas erledigt wird, zu dem sie nicht imstande ist.« Hamza streckte seine Arme seitlich aus, öffnete und schloss die Hände rasch.

»Ich bin ebenso sehr auf *dein* Blut gespannt. Du sollst auch etwas Besonderes sein.«

Jolana drängte ihre Faszination für den Gegner zur Seite.

Was einen Ubir für alle gleichermaßen gefährlich machte, war, dass er sich von der Lebensessenz seiner Opfer ernährte – unabhängig davon, ob es sich um einen Menschen, einen Untoten oder ein anderes Wesen handelte. Nichts war vor seinen Attacken sicher, solange es in irgendeiner Form bluten konnte. Je ungewöhnlicher, je seltener das Lebewesen, desto mehr dürstete es einem Ubir danach.

»Bevor ich dich aussauge und mir deine Kraft nehme«, begann Hamza, »richte ich dir die Worte von Zita aus. Damit du weißt, warum du sterben musst.«

»Nur zu.« Jolana zog den Morgenmantel enger, sodass der Stoff im bevorstehenden Kampf dichter an ihrem Körper lag.

»Mit den Morden an ihren Freunden ist dein Leben verwirkt. Da du Matyas in Mělník und gestern Abend Ignaz getötet hast, kann nicht länger über dein Tun hinweggesehen werden«, sprach Hamza. »Deine lästigen Forschungen zur Schwarzen Königin, entgegen allen Warnungen, und das Bündnis mit dem Drăculeşti enden an diesem Tag.«

Jolana stutzte. »Ignaz ist tot?«

Hamza nickte einmal. »Das wurde mir gesagt. Ich kannte die zwei nicht, und mir sind sie gleichgültig. Ich bin nur für dich und den Drăculeşti gekommen.« Ein fieses Feixen entstand auf dem aufgeschwemmten, rot-braun fleckigen Gesicht. »Fragen wirst du Zita leider nicht mehr können.«

Jolana hob einen herumliegenden Holzprügel auf, der halb aus dem Schnee ragte. »Wir werden sehen.« Gegen einen Ubir hatte sie noch nie gekämpft. Sie wusste nicht, mit welchen Überraschungen und Kräften sie rechnen musste.

Hamza langte auf seinen Rücken und zog ein einschneidiges, graviertes Kurzschwert aus einer verborgenen Mantelhalterung.

Auf dem Schneidenrücken saß ein dünner Pflock, sodass ein Vampir bei einem Treffer ins Herz sowohl von Metall als auch Holz getroffen wurde; in der Klinge schimmerte ein massiver, polierter Silberkern. Der Ubir war auf viele Feinde vorbereitet.

»Hast du dir diese Waffe selbst ausgedacht?« Jolana ließ den Prügel kreisen und ging auf ihn zu.

»Je mehr Schaden ich mit einer Waffe anrichten kann, desto besser.« Hamzas freie Hand verformte sich. Die Finger wurden krallengleicher, die Nägel wuchsen auf zehn Zentimeter Länge. »Falls ich *damit* keine Herzen erobern kann.«

»Meines bekommst du nie!« Jolana attackierte ihn mit dem Prügel und wirbelte mit dem Fuß Schnee auf.

Hamza stand plötzlich in einer weißen Wolke, surrend verfehlten Schwert und Nägel das Holzstück.

Jolana grollte zufrieden, als das schwere Ende gegen den Ubir krachte und seinen Unterkiefer ausrenkte. Mit schiefem, halb offenem Mund taumelte er rücklings an eine kleine Tanne. Sogleich setzte sie nach, presste den Prügel auf den Hals des Gegners und drückte ihn an den Stamm. Dann rammte sie das andere Ende in den gefrorenen Boden, sodass Hamza für Sekunden gefangen hing.

Dessen lange Nägel zogen tiefe Rillen in die Borke, der schwach geführte Hieb der Klinge schlug eine Kerbe. Gurgelnd versuchte er, etwas zu sagen, aber der ausgehakte Kiefer und der Prügel an seiner Kehle machten die Worte unverständlich.

Jolana tauchte unter dem Schwertschlag weg. Als der eingeklemmte Hamza mit mörderischer Kraft die Krallen hob, lenkte sie seinen eigenen Armhieb geschickt mit einer Hebeltechnik um. Die fünf gefährlich langen Nägel bohrten sich statt in die Alchemistin in seinen feisten Hals – und schlitzten ihn auf. Blut schoss aus den klaffenden Schnitten.

»Das ist leichter als gedacht!« Jolana drückte die blutige Klaue tiefer in die Wunde. Sie musste die Wirbel durchtrennen und den Kopf vom Rückgrat lösen. Dann wäre der Ubir tot.

Aber Hamza versetzte ihr einen blitzschnellen Tritt gegen das Knie, sodass das Gelenk knackend nachgab.

Jolana hielt stand, doch bekam sie den Arm des Gegners nicht mehr bewegt. Der Ubir hatte die Überraschung überwunden und hielt dagegen. Dann rutschte der durch das Blut glitschig gewordene Holzprügel vom wabbeligen Hals ab.

Hamza war frei und rammte Jolana das Schwert bis zum Heft in den

Unterleib, um es ruckartig nach oben zu ziehen, bis die Schneide vom Rippenbogen aufgehalten wurde. »Zu langsam!«, fauchte er sie an und zeigte seine Fangzähne. Knackend rastete der Unterkiefer in seine alte Stellung ein.

Zischend brannte sich das Silber durch ihr Fleisch, und Jolana stieß einen gellenden Schrei aus. Diese Art von Schmerz hatte sie lange nicht mehr fühlen müssen. Das Argentum hinderte sie, ihre Kräfte einzusetzen. Es blieb bei einem ankündigenden Kribbeln in ihr, das erlosch und von der Pein übertüncht wurde. *Ich hätte mich früher verwandeln sollen.*

Dann sah sie den geöffneten Mund des Ubirs heranfliegen. Dass ihm seine eigenen Krallen im Hals steckten, kümmerte ihn nicht. Er hatte seinen Lohn vor Augen, die Gier machte ihn rasender, stärker.

Rauch kräuselte vor Jolana empor, das Silber verschmorte und verkohlte ihren Körper. Noch bevor sie versuchen konnte, Hamza abzuwehren, hackten sich seine langen Reißzähne durch ihre Haut in den Hals.

Der Biss des Ubirs lähmte sie. Er sonderte Gift ab, um selbst die größte und gefährlichste Beute gefügig zu machen.

Jolana hörte das Grunzen und zufriedene Schmatzen, als Hamza ihren Lebenssaft kostete. Sie spürte das Ziehen, mit dem das Blut aus ihren zerrissenen Adern gesogen wurde, und die Schwäche in sich heraufziehen.

Ihr Herz schlug wild und aufbegehrend, dann wurde es allmählich langsamer und verstummte schließlich nach einem letzten Klang.

Jolana starb in den Armen des Ubirs, der erst vor Glück ächzend und keuchend von ihr abließ, als auch das letzte bisschen Blut aus ihr verschwunden war.

***

TSCHECHISCHE REPUBLIK, HAUPTSTADT PRAG,
VIERTEL HOLEŠOVICE, GEGENWART, WINTER

»Sie können sich nicht mehr erinnern, was das Mädchen zu Ihnen gesagt hat, Herr Lenau?«

Len schüttelte zum wiederholten Mal den Kopf. Im kargen, nüchternen Zimmer ihm gegenüber saßen Kommissarin Aneta Svoboda in legerer Kleidung und ihr stummer Kollege Tomas Novák in verknittertem Anzug, vor sich ein Aufnahmegerät auf dem Tisch. Dafür, dass es kein Verhör war, fühlte es sich sehr danach an.

»Ich spreche kein Tschechisch, Frau Kommissarin. Kann sein, dass sie mir das Bild zum Verkauf angeboten hat.« Er gab sich Mühe, überzeugend und ratlos zugleich zu klingen.

Die Adresse der Polizeiinspektion, Františka Křížka 735, lag zu Fuß nur wenige Minuten von der Wohnung der Professorin entfernt. Len hatte noch eine Viertelstunde in der Umgebung vertrödelt, damit die Beamten nicht auf den Gedanken kamen, er sei ganz in ihrer Nähe gewesen.

Svoboda, Ende vierzig mit müdem Gesicht, aber wachen Augen, hatte vor ihm die Überwachungsbilder als Ausdrucke ausgebreitet, als wollte sie ihn zu einem Geständnis an was auch immer bewegen. Ihre dunklen Haare verloren die blonde Färbung, es sah unordentlich aus. »Und die Angreiferin?«

Wieder machte Len ein bedauerndes Gesicht. »Auf keinen Fall bin ich näher an sie heran! Sonst hätte ich mich längst bei einem Krankenhaus gemeldet, wie es in den Medien gefordert wurde.«

»Warum sind Sie nicht zur Polizei gegangen, Herr Lenau? Sie waren Zeuge des Geschehens«, hakte sie nach.

Len deutete auf die Passanten auf den Fotos. »Einer von vielen. Und ich wusste, dass die Kameras an diesem Tag alles aufzeichnen. Ob ich Ihnen das Kind und diese schwer kranke Frau nochmals beschreibe oder nicht, spielt doch keine Rolle. Dachte ich mir. Die Aufnahmen sind gut genug.«

»So. Dachten Sie.« Svoboda musterte ihn. Sie beherrschte das Kunststück, sämtliche Kleidungsstücke leicht verrutscht zu tragen, als wäre entweder ihr Körper darunter abschüssig oder ihre Haut beschichtet, sodass nichts darauf richtig sitzen wollte. »Aber es stimmt, wir hatten genug Beschreibungen. Dass Sie dem Kind nicht geholfen haben, als es angegriffen wurde, ist eine andere Sache.«

Wieder deutete Len auf die Ausdrucke. »Da gab es wesentlich kräftigere Männer als mich.« Er hatte den Eindruck, dass es bislang gut für ihn lief. »Also, ich würde dann bitte gehen wollen. Ein Besuch in der Botschaft.« Das war gelogen, aber das mussten die beiden nicht wissen.

Svoboda wechselte einen Blick mit Novák, sie sprachen leise auf Tschechisch miteinander. Der Mittfünfziger fuhr sich mehrmals über seinen dunkelsilbernen Haarkranz, als streichelte er sich selbst. Die Kommissarin fing während der Unterhaltung an, auf ihrem Tablet herumzutippen, das neben ihr auf dem Tisch lag.

Das Display zeigte andere Fotos.

»Eine weitere Sache, Herr Lenau.« Svoboda hielt ihm den millimeterdünnen Monitor hin. »Sie und Frau Alison Martin kannten sich?«

Len versuchte erst gar nicht, ein Erschrecken zu verbergen. »Ach du Scheiße!«, entfuhr es ihm beim Anblick der Toten. Der Kopf der Vloggerin war unförmig, der Schädel mehrmals geborsten. »Ja«, raunte er und hielt sich vor Entsetzen eine Hand vor den Mund, während die Kommissarin weitere Aufnahmen auf dem Display herbeiwischte.

Alisons nackte Leiche lag an einem steinigen Strand, das Blut aus den Platzwunden an ihrem Körper färbte das angeschwemmte Eis ringsum.

»Was ist passiert?« Len dacht sofort an das Statement der Vloggerin.

»Ersten Erkenntnissen nach stürzte sie sich nach ihrer letzten Videoaufzeichnung aus dem Fenster ihres Boatels. Die Verletzungen stammen von treibenden Eisschollen, zwischen die sie geraten ist«, erklärte Svoboda. »Nur um sicherzugehen: Hat Sie Ihnen gegenüber eine Andeutung gemacht, dass ihr jemand nach dem Leben trachtete?«

»Nein«, hauchte Len und sah auf die entblößte Tote. »Ich war von dem Statement ebenso verblüfft wie Sie.«

Scheiße! Idiot. Damit konnten Kommissarin und Kommissar annehmen, es habe einen längeren Kontakt zwischen ihm und der Vloggerin gegeben.

»Weswegen?«

»Wir sind uns im Veitsdom über den Weg gelaufen und haben uns unterhalten.« Die nächsten Bilder zeigten Alisons Unterkunft. Die Kommissarin hatte zu weit gescrollt, es aber nicht bemerkt. Len fiel auf, dass weder Kamera noch Laptop noch Smartphone zu sehen waren. *Nicht einmal Ladekabel.* »Sie klang eigentlich sehr … ambitioniert und engagiert. Prag gefiel ihr gut.«

»Sagte sie Ihnen, an was sie recherchierte, Herr Lenau?«, mischte sich Novák zum ersten Mal ein. Die Stimme war etwas zu hoch und schwach, um Eindruck zu hinterlassen.

»Na, ja. Prag hat einiges an Schauergeschichten auf Lager. Ich meine mich zu erinnern, dass sie den Golem näher beleuchten wollte. Als Vorläufer des Geschöpfs von Frankenstein«, log er. Da dies buchstäblich Selbstverteidigung war, gelang es ihm leicht.

»Der Rezeptionist in Ihrem Hotel sagte uns, Frau Martin habe in der Lobby auf Sie gewartet. Vorgestern.« Svoboda sah auf ihr Smartphone, als stünden dort Notizen.

Auch dafür hatte Len sofort eine unverfängliche Erklärung. »Sie kannte sich in der Stadt aus und wollte mich herumführen.«

Die Kommissarin lächelte unverbindlich. »Das ist nett von ihr.«

»Ich denke, dass sie etwas von mir wollte.« Die Blicke, die sich Svoboda und Novák zuwarfen, missfielen ihm. »Halten Sie mich irgendwie für verdächtig?«

»Inwiefern? Dafür dass sich Frau Martin aus dem Fenster geworfen hat?«, gab Svoboda gespielt erstaunt zurück. »Weil Sie ihre Avancen ablehnten? Das erscheint mir ein bisschen sehr dramatisch. Außerdem ergab ein Schnelltest illegale Substanzen in ihrem Blut. Wir fanden entsprechende Präparate in ihrem Zimmer.«

»Also ein Unfall«, konstatierte Len und legte die Hände in den Schoß. Das war gut für ihn. Aber er glaubte kein bisschen an ein Unglück. Wären die elektronischen Geräte zum Zeitpunkt der Aufnahme im Raum gewesen, hätte er sie gesehen. Die Spurensicherung machte erst Fotografien und räumte danach Beweismittel weg. Jemand hatte Alison zu dem Statement gezwungen, ihre Sachen an sich genommen und sie vermutlich in die Moldau geworfen. *Mircea?* »Das ist echt tragisch.«

»Wir hatten gehofft, dass Sie uns einen Anhaltspunkt geben könnten, was zu ihrem Sinneswandel geführt hat, der ihren Suizid auslöste. Aber nun gut.« Svoboda zog das Tablet zu sich. »Das wäre von unserer Seite alles, Herr Lenau.« Sie widmete sich erneut ihrem Handy. »Danke für Ihre Zeit.«

»Gern geschehen.« Len erhob sich und wandte sich zum Ausgang. »Ich finde selbst raus.« Seine Hand streckte sich nach der Klinke.

»Ah, warten Sie mal«, rief ihn Novák unvermittelt mit seiner Fistelstimme zurück. »Kennen Sie eine Frau Jolana Černá?«

Len fand, dass es an Überraschungen wirklich reichte. Er wandte sich halb um. »Das müsste die historische Führerin aus dem Veitsdom sein, richtig? Sie und Alison haben sich lange unterhalten. Ich denke nicht, dass Sie von ihr mehr Informationen erhalten, aber –«

»Sie ist ermordet worden. Die Kollegen haben die Leiche gerade gefunden«, unterbrach Svoboda ihn. »Auf dem Handy der Toten sind Ihre Kontaktdaten gespeichert.«

»Ermordet«, echote Len und hielt sich an der Klinke fest. »Warum?«

»Wissen wir nicht. Die Auffindesituation ist ebenso ungewöhnlich wie der Ort.«

Warum hat sie ihre Wohnung verlassen? »Wo denn?«

»Im Stromovka-Park auf einer Lichtung. Blutspritzer haben Spaziergänger zu ihrer Leiche im Gebüsch geführt. Details erspare ich Ihnen.«

Dafür war Len dankbar, obwohl er es zu gerne wissen wollte. Einen Verdacht hatte er, doch die drängende Nachfrage könnte ihm negativ ausgelegt werden. »Schrecklich«, murmelte er stattdessen.

»Ist Ihnen selbst aufgefallen, dass in letzter Zeit viele Menschen sterben, zu denen Sie Kontakt hatten?«, merkte die Kommissarin neutral an. »Wie gesagt, wir betrachten Sie nicht als Verdächtigen, Herr Lenau. Es gibt keine Anhaltspunkte auf Ihre direkte Beteiligung. Aber hiermit gebe ich Ihnen die strikte Anweisung, Prag nicht zu verlassen, solange die Untersuchungen der Todesfälle von Frau Martin und Frau Černá nicht abgeschlossen sind. Selbst wenn die Botschaft Ihnen neue Papier ausstellt.« Sie sah ihn durchdringend an. »Sollten Sie ohne Rücksprache abreisen, schreibe ich Sie zur Fahndung aus. Haben Sie das verstanden?«

»Habe ich, Frau Kommissarin.« Len nickte ihr und Novák zu, öffnete die Tür und ging mit schweren Schritten durch das Polizeigebäude.

Diese Nachrichten waren fürchterlich und zugleich beängstigend. Seine Beine fühlten sich für mehrere Herzschläge weich an, als habe er zu lange an der Kletterwand trainiert. Die einzigen beiden Bekannten, die er in Prag gehabt hatte, waren tot. Das Letzte, woran Len dabei glaubte, war: Zufall.

Jolana hatte vielleicht Besuch von den Vampiren bekommen. In seiner schlimmsten Vorstellung hatte die zerstörte Ikone, die er zurück an ihren Platz gehängt hatte, das Eindringen ermöglicht. Der Abwehrbann war womöglich mit dem Holz zerbrochen.

Scheiße. War es meine Schuld? In seiner Tasche fühlte er den urplötzlich tonnenschweren Schlüssel zu Jolanas Wohnung. Das leise Klirren ertönte in seinen Ohren verräterisch laut wie die Glockenschläge des Veitsdoms. *Aber am helllichten Tag?*

Und Alisons Tod war kein Unfall.

Tief atmete er ein und aus. Ganz sicher hatten die Vampire Alison und die Professorin auf dem Gewissen. Was Matyas in Mělník nicht zustande gebracht hatte, führte nun ein anderer zu Ende. Vielleicht ein angeheuerter menschlicher Killer, der die Morde tagsüber ausführen konnte. *Damit haben wir nicht gerechnet.*

Die Polizei würde sich auf der Suche nach Angehörigen in Jolanas Wohnung umschauen und die sorgsamen Siegel gegen das Böse beschädigen. Somit hätten die Blutsauger freie Bahn und Zutritt zum gesammelten Wissen der Alchemistin.

Len wollte zumindest verhindern, dass es in falsche Hände geriet. Er musste sofort in die Unterkunft und die Bibliothek auf den Kopf stellen. Auch wenn ihn zum Heulen war, er sich völlig überfordert fühlte und nicht einmal Zeit hatte, um mit Klara zu sprechen, rannte er mit wackligen Beinen los, kaum dass er auf der Straße vor der Wache stand. Die Vampire sollten Jolanas persönliche Aufzeichnungen nicht bekommen.

Keine einzige davon.

»Khomen aber die Bösen Geister zu jeder Beschwöhrung? ja Sie seind auch ohne Beschwöhrung offt und viell, und mehr als guth ist umb dich, doch erzeigen Sie sich nit zu jedweder Beschwörung sichbarlich, sondern stehen und schauen, ob der Beschwörer geschickt, fromb oder Böß, Beherzt oder Verzagt seye; ist Er weiß, Beherzt oder Fromb, khan Er sie mit weniger mühe Bezwingen, wo nit, so erkhenen Sie ihn für einen Gauckler, ziehen wieder stillschweigend davon, wo Sie ihn für einen Gauckler halten und gefangen nehmen. Dan die kräfftige Wortt von einer untüchtigen Persohn ausgesprochen, haben kheine andere Krafft oder Würckhung als eben wieder die Persohn selbst, die sie Ungeschickter weiß ausspricht und gebrauchet; vor einer solchen Persohn ist khein Geist schuldig, durch die Beschwöhrung zu gehorsamben.«

Aus: Die egyptischen großen Offenbarungen, in sich begreifend die aufgefundenen Geheimnißbücher Mosis; oder des Juden Abraham von Worms. Buch der wahren Praktik in der uralten göttlichen Magie und in Erstaunlichen Dingen, wie sie durch die heilige Kabbala und durch Elohym mitgetheilt worden. Sammt der Geister- und Wunder-Herrschaft, welche Moses in der Wüste aus dem feurigen Busch erlernet, alle Verborgenheiten der Kabbala umfassend. Aus einer hebräischen Pergament-Handschrift von 1387 im XVII. Jahrhundert verteutscht und wortgetreu herausgegeben. Köln am Rhein, bei Peter Hammer 1725. Drittes Buch, Vierzehendes Capitl. Handelt, wie man die bösen Geister bezwingen und zusammen riefffen solle, S. 253/54.

CAPITULUM IV B

Verschriftlichung der diktierten Tonaufzeichnung, dramatisiert, basierend auf persönlichen Aufzeichnungen, verfasst nach dem Studium von originalen, bislang unausgewerteten Quellen von und um Barbara von Cilli. Preisgabe der zeitgenössischen Schriftstücke/Quellen nicht genehmigt.

Die nachfolgenden Geschehnisse beschäftigen sich mit dem ersten Krieg gegen die Strigoi, den Vlad, Sorin und Babara im Geheimen führen.
Beim Besuch von Cosmins Stadt Izvorul Subteran kommt es zu einer folgenschweren Begegnung, welche Entscheidungen unabdinglich macht und den Ausbruch des Kriegs beschleunigt.

Jahr: 1416
Historischer Hintergrund: s. o.

***

KÖNIGREICH UNGARN, IZVORUL SUBTERAN,
7. AUGUST ANNO DOMINI 1416

Bereits beim ersten lauten Pochen gegen die Tür schreckte Barbara hoch.

Vor dem Fenster herrschte noch immer die gleichbleibende sandfarben-rötliche Helligkeit von der Stärke einer Vollmondnacht, die ihren Augen nichts ausmachte.

»Barbara?«, hörte sie Vlads Stimme, dann wurde der Eingang geöffnet. »Ah, du bist wach.«

»Ja.« Sie stieg im einfachen, weißen Untergewand aus dem bequemen Bett und schlüpfte erst in die Hose, danach in das schlichte Kleid, ließ sich vom gerüsteten Vlad bei der Schnürung helfen und legte sich den Gürtel mit ihren wichtigsten Dingen um. Sie hatte keine Scheu vor ihm. Sie kannten einander unbekleidet.

Auf die Mitnahme von Alchemie hatte sie bei ihrem Ausflug beinahe verzichtet, bis auf einige Fläschchen mit starker Säure und einer blasebalgartigen Vorrichtung, mit der sie ätzendes Pulver gegen Räuber sprühen konnte. Selbiges besaß sie noch in sorgsam verschlossenen Blasröhrchen. »Schauen wir uns Izvorul Subteran genauer an.«

»Sollten wir nicht verschwinden?«, schlug Vlad vor und legte die Hände auf den Gürtel, an dem er Schwert und Dolch trug. »Solange die Sonne scheint, sind wir sicher vor Verfolgung und können eine gehörige Strecke zwischen uns und die Strigoi bringen.«

»Warum sollten wir Cosmin fürchten? Er braucht uns.« Barbara schlüpfte in die geknöpften Halbstiefel und ließ den Rocksaum darüberfallen. »Lass uns gehen und den Ort bewundern.«

Auf dem Gang wartete Sorin, der sie mit einem Nicken begrüßte.

Zu dritt verließen sie den Palast und durchstreiften erneut die überschaubare Stadt, um sich alles genau einzuprägen.

»Denkst du, sie schlafen wirklich?«, fragte Vlad.

»Ich bin mir nicht sicher. Cosmin mag es, uns zu prüfen«, antwortete sie. »Vermeiden wir gefährliche Aussagen. Zudem könnten die Bediensteten herumschleichen, die uns gestern bewirtet haben. Ganz allein gelassen und ohne Aufsicht sind wir sicher nicht.«

»Ich habe das Gesinde schon aufgespürt, Herrin«, mischte sich Sorin ein. »Der Geruch von Menschen kommt aus dem Gebäude dort.« Er zeigte auf ein mehrstöckiges Haus, in das eine dicke Wasserleitung aus Ton mündete. Im unteren Bereich saßen mächtige Gitter vor den Fenstern. Damit war offenkundig, wo sich die Blutsklaven befanden.

»Und wie riechen die bedauernswerten Gefangenen? Geht es ihnen gut?« Barbara gab sich Mühe, besorgt und nicht begierig zu klingen.

»Ich kann nichts wahrnehmen, was auf Krankheit, schwärende Wunden oder derlei hinweist, Herrin.«

Barbara tat kurz so, als könnte sie sich nicht entscheiden, wie sie vorgehen sollten. »Teilen wir uns auf«, sagte sie schließlich. »Als Zeichen, dass wir Cosmins Wort vertrauen.«

»Ich weiß nicht«, erwiderte Vlad skeptisch. »Es schmeckt mir nicht, dich ohne Schutz zu lassen.«

Sie pochte auf ihre Gürteltasche. »Alchemie ist mein Schutz. Auch

Blutsauger kommen gegen Säure nicht an, wenn ich ihnen den Schädel wegätze.« Sie zeigte auf das Gesindehaus mit angeschlossenem Gefängnis. »Ich rede mit den Leuten. Vielleicht erfahre ich einige Dinge von ihnen, die uns Cosmin verschwiegen hat.«

»Guter Gedanke, Herrin«, sagte Sorin. »Euch als Frau traut man eher als uns garstigen Rabaukengesichtern.«

»Meinetwegen. Ich schaue mir das Tor genauer an. Der Schließmechanismus und die Hebevorrichtung der Plattformen interessieren mich«, meinte Vlad mürrisch. »Sorin?«

»Ich werde umherlaufen und den Luftströmen folgen. Mal sehen, ob ich darin Blüten, Blumen oder bestimmte Gerüche wahrnehme, die ich an der Oberfläche zuordnen kann«, sagte er. »Damit könnten wir die Spalten nach unten finden.«

»Ausgezeichnet.« Barbara ging los. »Wir treffen uns auf dem großen Platz vor dem Palast.«

Mit raschen Schritten erreichte sie das mehrstöckige Gebäude und betrat den Vorraum. Sie hatte mit Gittern und schweren Schlössern, Ketten und Halterungen an den Wänden gerechnet und war nun von der Heimeligkeit im Innern überrascht. Trockenblumen standen in Vasen, lange Stoffbahnen kaschierten das Mauerwerk, Gobelins zeigten ritterliche Turnier- und Jagdszenen. In nichts unterschied sich die Unterkunft von den übrigen, die Barbara gestern gesehen hatte.

Auch dass sich die Männer und Frauen verschiedenen Alters frei bewegten, verwunderte sie. Manche waren mit der Zubereitung von Speisen beschäftigt, andere musizierten gemeinsam. Aus den oberen Stockwerken und Räumen erklangen Stimmen sowie Gesang.

Hätte Barbara es nicht besser gewusst, hätte sie die Menschen für weitere Gäste gehalten. Ihre Kleidung bestand aus schlichten Tuniken in verschiedenen Brauntönen, von Leinengürteln zusammengehalten. An den Füßen steckten einfache Schlupfschuhe.

»Ich grüße euch«, sagte sie.

»Seht, die Königin«, rief eine junge Frau, und sogleich hielten alle inne, um sich vor ihr zu verneigen. Sie trug das lange, dunkelblonde Haar unter einem schlichten Kopftuch. »Es ist uns eine große Ehre, Herrin.«

Barbaras Misstrauen stieg sogleich. *Cosmin hat sie instruiert.* Alles, was sie sah, war eine neuerliche Inszenierung, damit keinerlei Groll gegen die Strigoi darüber aufkam, wie sie jene Menschen hielten, denen sie das Blut raubten.

»Wer seid ihr?«, fragte sie scheinbar ahnungslos. »Bis auf zwei, drei von euch wart ihr bei dem gestrigen Festmahl nicht dabei.«

»Wir sind das Gesinde der Strigoi und kümmern uns um alles in Izvorul Subteran«, erklärte die junge Frau, die offenbar zur Sprecherin berufen worden war. Niemand sonst machte Anstalten, das Wort zu ergreifen. Das Lächeln auf sämtlichen Mienen wirkte angestrengt. »Fürst Cosmin und die Seinen benötigen ihre Zeit für Sinnvolleres.«

»Ah, Gesinde. Ich verstehe. Ihr habt das wunderbare Essen zubereitet?«

Die junge Frau nickte glücklich. »Das haben wir, Herrin.« Verlegen zupfte sie an ihrem Kopftuch.

»Und da bleibt euch noch genug Kraft, Cosmin und fünfzig Strigoi mit eurem Blut zu nähren?«, erkundigte sie sich mit Arglosigkeit in der Stimme.

»Gewiss«, antwortete die junge Frau viel zu rasch. Wie zum Beweis zeigte sie kleinere Narben an ihren Armvenen und am Hals. »Die Wunden werden danach gut versorgt. Wir wechseln uns ab, damit genügend von uns arbeiten können.«

»Müssen sie denn nicht jeden Tag Blut trinken?«

»Nein. Sie sind sehr genügsam.« Sie korrigierte den Sitz des Tuchs auf den dunkelblonden Haaren. »Herrin, wir müssen zurück an die Arbeit. So Ihr keine weiteren Fragen habt …«

»Nein, geht eurem Tagwerk nach. Ich wollte nur sehen, wie es euch ergeht.« Sie tat so, als wollte sie gehen – um sich dann blitzschnell umzuwenden. »Eine Sache noch.« Sie sah, wie sich die Männer und Frauen erleichterte Blicke zugeworfen hatten. Sie hatten ihr Schauspiel bis zu diesem Moment für gelungen gehalten und wirkten nun erschrocken. »Ihr seid aus freien Stücken hier?«

»Ja. Unsere Leben an der Oberfläche waren alles andere als lebenswert, Herrin.«

»Das vermag ich mir zu denken. Als Ausgestoßene, Bettler, Diebe und Abschaum.« Bewusst wählte Barbara harsche Bezeichnungen, um Reaktionen zu provozieren.

»Herrin, was sagt Ihr da?« Ein älterer Mann mit geschorenem Kopf tappte in die ausgelegte Falle und machte vor Empörung gar einen Schritt nach vorne. »Wir sind anständige –«

Schon schob sich die junge Frau zwischen ihn und die Königin. »Anständig Gewordene, Herrin. Ihr könnt uns glauben, dass der Dienst für Cosmin uns besser macht. Für unsere Taten, seien sie auch aus der Not geboren gewesen, büßen wir an diesem Ort.«

»In eurer ganz eigenen Hölle und Verdammnis.« Dieses Mal ging Barbara wirklich zum Ausgang. »Dann muss ich Cosmin falsch verstanden haben. Danke für deine Erläuterungen.« Langsam zog sie die Tür hinter sich zu, ohne sie vollständig zu schließen. Sie blieb am Holz stehen und lauschte.

»... niemals Widerworte!«, zischte die junge Frau. »Was, wenn sie länger geblieben wäre?«

»Gesang und Musik tönen laut. Sie hat nichts gehört«, verteidigte sich der ältere Mann. »Die Mauern und Decken in den Verliesen unter uns sind dick.«

Barbara hatte genug vernommen. Cosmin hatte bemerkt, dass seine Drillingsgemahlinnen nicht gut bei seinem Besuch angekommen waren, und versuchte nun, sich als freundlicher, sorgender Herr zu generieren. Er wollte einen möglichst guten Eindruck hinterlassen, um die Zusage für das Bündnis zu erreichen.

Barbara bedauerte, nicht an den vor ihr verborgen gehaltenen Ort zu gelangen: die Kerker voller frischem Blut. Ihr gelüstete es nach einem langen Schluck davon, warm und lebendig, der ihr Kraft brachte wie keine andere Nahrung. Aber sie wollte sich Cosmin nicht offenbaren, um ihm keinen Hebel für eine Erpressung zu bieten.

So nah an einer Erquickung und doch unendlich weit entfernt. Barbara schlenderte über den Marktplatz, auf dem sich weder Sorin noch Vlad blicken ließen. Aber sie erkannte die Gestalt ihres Freundes am großen Eingangstor und eilte zu ihm.

»Was haben dir die Bluter gesagt?«, fragte Vlad und betätigte den Öffnungshebel.

Dunkel mahlend schoben sich die metallbeschlagenen Steintore auseinander. Der Mechanismus arbeitete ohne Ruckeln oder Hakeln, die tonnenschweren Elemente bewegten sich, als seien sie federleicht – nur das malmende Geräusch verriet ihr Gewicht.

»Welch nette Bezeichnung.« Alleine die Erwähnung des Wortes Blut machte Barbara noch durstiger. »Ein Schaustück, eingeprobt für uns. Die echten Sklaven stecken im Kerker, eingepfercht unter dem Haus. Die Menschen im Gesindehaus stammen wahrscheinlich aus dem oberirdischen Izvorul, sie sind bloß Wärter und willige Erfüller von Cosmins Befehlen. Aus welchen Gründen auch immer sie das tun.«

»Wie wäre es mit Furcht? Hoffnung?« Vlad betrat den langen Tunnel und ging zum zweiten Tor.

Barbara sah ihm rätselnd nach. »Was machst du?«

»Mich umschauen. Diese ganzen Vorrichtungen, von den Toren bis zur Plattform, scheinen mit Wasserkraft bewegt zu werden. Irgendwo gibt es ein titanisches Mühlrad, das durch Hebelstellung eine Welle in verschiedene Richtungen dreht«, vermutete er. »Das ist nicht ungeschickt gelöst. Wir sollten es für unsere künftigen Festungen übernehmen.«

»Wie viele Bollwerke kennst du, die einen eigenen Flusslauf haben, bei denen man eine derartige Vorrichtung anbringen könnte?« Barbara folgte ihm durch den Tunnel und beobachtete, wie sich auch der zweite Durchgang nach dem Betätigen eines Hebels für den jungen Krieger aufschob. »Ich kenne keine. Und du weißt, ich besitze einige Burgen.«

»Errichtest du eines Tages eine neue, behalte diese Anlage in Erinnerung.«

Vlad und Barbara betraten die heruntergefahrene Plattform. Durch die Betätigung des Tormechanismus hatten sich die Lampen in den Schachtwänden entzündet, sodass der Abstand bis zur Oberfläche sichtbar wurde.

»Das sind mindestens hundert Schritte und mehr«, schätzte Vlad.

Barbara legte den Kopf in den Nacken und schaute hinauf zur Unterseite der Schachtabdeckung, die aus dicken Holzbohlen und Planken bestand. Bleche verstärkten die Konstruktion. Ihre langen schwarzen Haare fielen durch die Bewegung den Rücken hinab, einige Strähnen kitzelten am Hals. »Eine Festung. Sind die anderen Städte auch so schwer geschützt, bleibt uns nur die Alchemie, mit denen wir das Blut der Menschen für Strigoi ungenießbar machen«, flüsterte sie. »Einen Krieg können wir nicht entfesseln.«

»Auch nicht mit dem Drachenorden?« Vlad sah zu ihr. »Deswegen haben wir doch Sigismund dazu gebracht, ihn zu gründen.«

»Der Orden verkommt zu einem zeremoniellen Verbund. Eine Sache für Ansehen und Ruhm, aber kein Zusammenschluss von Kriegern, die gegen Strigoi ziehen, ohne eine Frage zu stellen.« Barbara deutete auf die Wände und danach hinter sich in den Gang, der nach Izvorul Subteran führte. »Was sollten sie auch in diesem Gelände ausrichten? Eine schwere Reiterei unter der Erde? Wie bringt man sie hinab?«

»Du kannst ihnen alchemistische Waffen ersinnen«, schlug Vlad vor und sah ebenso zur Abdeckung über dem Schacht hinauf. »Dazu Kreuze, Säure, brennende Klingen …«

»Ja, das ließe sich alles machen. Aber selbst wenn wir Izvorul im Sturm einnähmen, erlitten wir dabei horrende Verluste.« Barbara atmete schwer ein und aus. »Nein. Alchemie ist der Schlüssel«, sagte sie einmal mehr. »Und Geduld.«

Unvermittelt knackte es weit über ihren Köpfen.

Die Abdeckung schob sich einen Spalt auseinander, sodass helles, reines Sonnenlicht hereinfiel, sich jedoch auf dem Weg nach unten verlor und nicht mit ganzer Kraft bis zu ihnen drang. Dreck und Staub rieselten herab und flirrten in der matten Helligkeit.

Die vier dicken Ketten an den Ecken der Plattform wackelten und schwangen, die Erschütterungen übertrugen sich auf den Untergrund. Barbara fühlte das Vibrieren in den Füßen und Beinen.

»Es wird Vorratsnachschub an Izvorul Subteran geliefert«, vermutete Vlad und machte einen Schritt zur Seite, zog die Königin mit sich, damit sie nicht vom Schmutz getroffen wurde. »Wir haben bestimmt zu viel gegessen. Sorin frisst wie ein Scheunendrescher.«

Barbara wandte den Blick nicht ab. Sie sah zur Abdeckung, die sich erneut bewegte und zwei Schritt weit öffnete. Mehr Licht fiel herab, blendete sie.

»Die Sache mit dem Mühlrad solltest du überdenken«, kommentierte sie das Stocken. »In der Mechanik ging wohl etwas in die Brüche.«

Der Schatten eines gerüsteten Menschen erschien in der Mitte des hellen Spalts. Trotz Schild und Speer streckte er sich und versuchte, auf die andere Seite zu greifen, als wollte er die Lücke mit bloßen Händen und Muskelkraft schließen oder mit seinem Leib eine Brücke bilden.

Dann lösten sich Schild und Speer aus seinem Griff, und der Umriss wurde im hellen Gegenlicht binnen eines Herzschlags groß und größer. Parallel erklang sein durchdringender, gellender Schrei, der laut und lauter wurde.

Er stürzt!

Im nächsten Moment schlug er einen Schritt entfernt von Barbaras Stiefelspitzen mit lautem, schwerem Scheppern auf.

Der Schrei endete abrupt, Rüstungsteile lösten sich und flogen davon. Blut spritzte in alle Richtungen aus dem deformierten Schädel, den auch der Helm nicht vor Schaden hatte bewahren können. Arme und Beine waren verdreht, Blut rann zwischen den Spalten der Panzerung heraus. Einer der Wächter aus Izvorul hatte einen brachialen Tod gefunden.

Ganz langsam leckte sich Barbara die roten Spritzer von ihren Lippen und lächelte genießend. *Das* war der Geschmack, *das* war die Wirkung, nach der sie sich sehnte. *In großen Schlucken!*

Gleich danach rumpelten Schild und Speer nieder. Die Waffenspitze bohrte sich in den Holzboden, der obere Schaft brach durch die Wucht ab.

»Was bei Gott dem Gerechten …?«, entfuhr es Vlad, und er schaute hinauf. »Was tun sie da oben?«

Weitere Gerüstete erschienen am Spalt, traten ebenso in die Lücke und stürzten kreischend in die Tiefe.

Erneut knallten die Leiber dumpf auf, begleitet von metallischem Reißen und Poltern. Knisternd und knackend brachen Gebeine, Blut sprühte und spritzte.

»Sind sie blind geworden?« Vlad wich zum Tunneleingang zurück und zog Barbara mit sich, um sie vor dem Regen aus Eisen und Menschen zu schützen. »Wie kann man diesen Abgrund nicht sehen?«

Sie machte sich mit einem Ruck los. Das blutige Angebot vor ihr war zu verlockend. »Ich muss sehen, ob ich was für sie tun kann«, stammelte sie. »Behalte die Lücke im Blick, und warne mich, sollten noch mehr Wächter hinabfallen.«

»Du kannst nichts mehr tun. Schau nur, wie sie daliegen. Wie zerschmetterte Puppen.«

Barbara hockte sich neben einen Verletzten und tat so, als würde sie ihn untersuchen. Dabei drückte sie Blut aus einem offenen Bruch im Arm und leckte es rasch von der Rüstung ab. »Der ist hin«, rief sie atemlos vor Entzücken. Es war wirklich dringend an der Zeit gewesen.

Schnell wechselte sie zu einer grotesk in sich gewundenen Frau, deren Kopf halb abgerissen vom Hals war. Es machte ihr das Trinken einfacher. »Siehst du was dort oben?«, fragte sie, um sich zu vergewissern, dass Vlad nicht zuschaute.

»Nein. Sie scheinen jetzt Abstand zur Kante zu halten.«

Mit einem hellen Klingen zersprang über ihnen ein armdickes Eisenglied, und mit ohrenbetäubendem Lärm schoss eine der vier Plattformketten von der Oberfläche abwärts. Sie musste unmittelbar an der Umlenkrolle gerissen sein.

»Raus da!«, befahl Vlad. »Wenn sie uns trifft, sind wir tot!«

Barbara sprang rückwärts und machte einen übermenschlichen langen Satz an ihm vorbei in den Tunnel. Dieses Mal ergriff sie seinen Arm und riss ihn weg vom Aufzug.

Beinahe im selben Moment schlug das lose Ende auf dem Grund auf und federte wie eine riesige stählerne Schlange mehrmals hoch in die Luft, drosch auf die Leichen ein und schleuderte sie herum, ehe sie still lag.

Keuchend standen Vlad und Barbara im Durchgang und spähten behutsam hinauf.

»Scheint, als wäre in Izvorul irgendetwas gravierend im Argen.« Vlad suchte mit Blicken den Schacht und die Abdeckung ab. »Achtung! Da kommt noch eine runter!«

Erneut klirrten und klingelten die verschmiedeten Elemente zu ihnen herab, rissen Lampen aus den Schachtwänden und peitschten Steinstücke ab. Die halb zerstörte Plattform war mit zerdrückten, zerfetzten Kadavern, Innereien und Blut übersät; es stank bestialisch.

Und doch hatte Barbara nur Augen für die Blutlachen, die sie lockten wie den Trinker das Bier.

Ansatzlos öffnete sich die Abdeckung über ihnen und fuhr vollständig auf, sodass das Tageslicht bis zu ihnen hinabreichte. Gleichzeitig hallten die Schüsse mehrerer Handbüchsen, Pulverdampf quoll über der Öffnung auf. Weitere Gerüstete stürzten herab, schlugen zwischen Leichen und Ketten auf. Der Umstand, dass sie nicht schrien, verriet Vlad und Barbara, dass sie bereits tot waren, ehe sie hinabfielen.

»Ein Angriff«, raunte Vlad. »Das Dorf ist überfallen und eingenommen worden!«

Mehrere Bewaffnete sprangen oben an die verbliebenen beiden Plattformketten und glitten daran rasch abwärts.

Barbara zählte zwanzig Angreifer, darunter vier sehr große Gestalten, die eine üble Erinnerung weckten. Um ihre Auren lesen zu können, befanden sie sich noch zu weit entfernt. »Das sind Lucians Leute! Er hat …« Sie kniff die Augen zusammen und machte eine bekannte brünette Frau unter ihnen aus. »Draga! Draga ist ihre Anführerin.« Sie wandte sich um. *Eine Strigoi Nobilis, die am Tag umherwandelt.* Cosmin hatte mit seiner Erzählung über die Nephilim-Bastarde recht behalten. Izvorul war gefallen. »Zurück! Lass uns die Tore schließen und die Sklaven im Gesindehaus bewaffnen.«

»Lauf du voran, ich übernehme die Zugänge.« Vlad trat einige der abgesprengten Metallstücke der Rüstungen mit dem Stiefel zur Seite, damit sie das Schließen des Tores nicht behinderten. Seine Hand näherte sich dem Hebel, um die Mechanik in Gang zu setzen, als die erste Gestalt den Boden erreichte.

Barbara sah einen Nobilis, der eine leichte Rüstung trug und zwei Schwerter zog, kaum dass er die Finger von der Kette genommen hatte. Seine Aura war düsterer als die eines gewöhnlichen Blutsaugers und barg ein Flimmern von roten Funken in schwarzen Rauchwolken.

Windschnell flog er heran und schwang die Klingen gegen Vlad, der den Doppelhieb mit viel Können parierte. Doch die Kraft des zweieinhalb Schritt großen Gegners schleuderte ihn rückwärts, und er stürzte.

Lachend machte der Strigoi einen Satz nach vorne, wollte mit einem Schwert zustechen und mit dem anderen einen Schlag führen, um Vlads Leben zu beenden.

Barbara griff hastig in ihre Gürteltasche und riss die dünnwandige Glasphiole mit der Säure heraus, um sie zielgenau gegen den Kopf des Angreifers zu schleudern.

Mit der Attacke hatte der Strigoi nicht gerechnet. Zwar versuchte er, sich wegzuducken, aber das Behältnis traf ihn an der Schläfe und zersplitterte.

Sogleich zischte es aggressiv. Rauch stieg von der getroffenen Stelle auf. Brodelnd und blubbernd zerfraß die Säure Haut und Schädel, bahnte sich den Weg zum Gehirn des Untoten, der kreischend auf die Knie ging und sich mit den Händen die Substanz wegwischen wollte. Die Finger wurden ebenso angegriffen und verätzt, lösten sich auf.

Das Geschrei endete abrupt, als sich sein Hirn in Brei wandelte. Die Augen brachen, und der Strigoi kippte zur Seite. Zuckend wand er sich und zappelte wie ein Fisch auf dem Trocknen, bevor er still lag.

Der Vorgang hatte nicht länger als einige Herzschläge gedauert. Die hochgradig aggressive Säure, die Barbara erschaffen hatte, vernichtete Strigoi, indem sie den Schädel und das Gehirn unaufhaltsam auflöste. Was gegen den Schwarzmagier in Konstanz geholfen hatte, funktionierte blendend gegen Untote.

Die übrigen drei riesenhaften Blutsauger unter Dragas Führung standen versammelt auf der Plattform und hatten das Ende ihres Begleiters mit wachsendem Entsetzen verfolgt. Erst als er sich nicht mehr rührte, fauchten sie Barbara und Vlad an, die ihnen unerwartet Widerstand boten.

Hinter ihnen kletterten Leichtgepanzerte herab und zückten ihre Schwerter. Die *anima* verriet sie als gewöhnliche Menschen, die zur Unterstützung ihrer Herren kamen.

»Weg hier.« Vlad hatte sich aufgerappelt und hetzte bereits zum zweiten Tor. Das erste war an die Eindringlinge verloren. »Wir brauchen Sorin und die Sklaven. Alleine schaffen wir es nicht.«

»Die Königin!«, schallte Dragas Stimme voller Hass. Abgesehen von ihrem Schwert in der Hand, hatte sie eine streitkolbenähnliche Waffe auf dem Rücken, die einer eckigen Walze zum Brechen von Flachsfasern glich. Anstelle des Silberkleids mit der langen Schleppe, das sie bei ihrem ersten Zusammentreffen getragen hatte, trug sie nun einen brünierten Harnisch, in dem sie sich ebenso geschmeidig bewegte. »Es sind die Königin und der Mircea-Junge! Ergreift sie! Danach holen wir uns die Drillinge.«

Die Strigoi rannten los, bleckten wütend die Fänge und näherten sich in einer Geschwindigkeit, die Flucht vor ihnen genauso aussichtslos machte wie einen Kampf gegen sie. Dragas granatfarbene Augen glommen vorfreudig.

Also setzte Barbara erneut ihre Alchemie ein.

Mit Säure und ätzendem Kalkpulver aus ihrer Tasche, die sie auf dem Boden mit zwei raschen Würfen vermengte, erschuf sie eine aufquellende, beißende Nebelwand, welche die Gegner ablenkte und aufhielt. Wer immer den wallenden, künstlichen Brodem berührte und einatmete, dessen Organe würden sich auflösen.

Derweil spurteten Vlad und Barbara aus dem Tunnel, der junge Krieger betätigte im Vorbeilaufen den Schließhebel.

Leise reibend schoben sich die Tore gehorsam zu, um Izvorul Subteran vor den Feinden zu beschützen.

Doch noch bevor sich die Flügel gänzlich geschlossen hatten, hetzten die Nobilis unter der Führung von Draga hindurch und machten sich an die Verfolgung. Die menschlichen Verbündeten wurden von der giftigen Wolke aufgehalten.

Barbara führte noch zwei Säurefläschchen mit sich. Sie hatte nicht damit gerechnet, so viel davon zu benötigen.

Sollte sie lebend aus der unterirdischen Stadt gelangen, schwor sie sich, mehr an dem *Abramelin* zu forschen, um okkulte Kräfte bei Bedarf gleichermaßen rasch und jederzeit einsetzen zu können wie ihre Alchemie. Am besten wäre ein Dämon oder ein Engel, der permanent über sie wachte.

Vlad stellte sich dem schnellsten Strigoi in den Weg und begann einen Zweikampf mit dem Schwert, der den versierten jungen Krieger forderte. An seiner Dolchhand leuchtete das kreuzförmige Hamsa-Amulett und verriet die besondere Natur des Gegners. Abschrecken konnte es den Blutsauger nicht.

»Heraus, heraus, Gesinde! Wir werden angegriffen«, schrie Vlad aus Leibeskräften. »Verteidigt euren Fürsten!«

Barbara wich vor den nahenden zwei Strigoi zurück. Auch deren *anima* war dunkel und mit wütenden Glutfunken durchsetzt.

Draga richtete die Schwertspitze am langen Arm auf sie. »Ungarn und das Heilige Römische Reich werden eine neue Königin benötigen«, grollte sie. »Welch eine Dreingabe zu den Drillingen! Wir schleifen euch zu Lucian, damit ihr euren Verrat gestehen könnt.«

Mit einem wölfischen Grollen stürzte sich Sorin wie aus dem Nichts auf den hinteren Nobilis. In einem wirbelnden Knäuel gingen beide zu Boden. Zähne wurden gefletscht, Metall klirrte, die Schläge von Fäusten und Waffen erfolgten übermenschlich schnell.

Aus dem Gesindehaus rannten die ersten Bewaffneten herbei, hielten Schwerter, Schilde und Speere. Rüstungen trugen sie nicht, die Zeit zum Anlegen hatte gefehlt. Auch die dringend benötigten Faustrohre brachten sie nicht mit. An der Art, wie sie sich bewegten, erkannte Barbara, dass es keine Kämpfer waren. Aber die Ablenkung zählte.

Sie nahm die vorletzte Säurephiole und hielt sie drohend zum Wurf. »Dieses Mittel löst dich auf wie deinen Freund. Wage einen Schritt auf mich zu, und du wirst es zu spüren bekommen!«

Wütend fauchte Draga. Sie sah zu den neuen Feinden, die zu ihnen eilten, und rasch hinter sich. Eigene Unterstützung erschien nicht, das Tor hatte sich beinahe in Gänze geschlossen. Ihre beiden Begleiter rangen mit Vlad und dem Vârcolac.

Sie ist verunsichert. »Ergib dich! Lucians Plan geht nicht mehr auf. Wir wissen, dass du seine Gemahlinnen entführen wolltest. Als Druckmittel«, mutmaßte Barbara. »Mit deinem Scheitern beginnt der Krieg zwischen den Städten.«

Draga dachte nicht an Rückzug, doch das tödliche Säurefläschchen hielt sie in Schach. »Wie kommst du an diesen Ort?« Die rötlichen Augen glommen vor ohnmächtiger Wut. »Wieso hast du Lucian verraten?«

»Verrat? Er *erpresste* meine Zusage. Das hat nichts mit Treue, Rückhalt und Vertrauen zu tun.«

Draga lachte sie aus. »Cosmin ist keinen Deut besser.«

Barbara stimmte ihr insgeheim zu. »Einstweilen ist er ein guter Verbündeter gegen deinen Liebhaber und dessen Absichten.« Sie deutete an der riesenhaften Nobilis hinab. So musste sich David im Angesicht Goliaths gefühlt haben. Die schwarze *anima* mit den Funken darin wirkte einschüchternd. »Sieh dich an: *Du* bist die wahre Gefahr. Du und die gefangenen Wesen, die Lucian nutzt, um seine neue Spezies zu erschaffen, mit der er die bekannte Welt erobern will.«

»Mir ist es gleich, wer mich zeugte oder gebar. Ich vermag seit einiger Zeit endlich unter der Sonne zu wandeln, wie es mir versprochen wurde.« Draga wich langsam zurück zum Tunnel, der sich just mit einem lauten Rumpeln schloss. »Ich bin erst der Anfang!« Ein Entkommen war nicht mehr möglich. »Und nun bringe ich euch das Ende!«

Die Gegnerin sprang in ihrer geschwärzten Rüstung ansatzlos über die Königin hinweg – und landete inmitten des überraschten Gesindepulks, um mit ihrer keulenartigen Waffe und dem Schwert Tod und Verderben zu bringen. Bereits mit den ersten Hieben wurden Körper und Gliedmaßen zerteilt, Schädel eingeschlagen und Knochen zu Brei zermalmt. Die Schreie schallten weit durch die Stadt.

Sie will zu Cosmin und seinen Frauen. Barbara sah zu Sorin und Vlad, die sich einen erbitterten Kampf mit den übergroßen Strigoi lieferten. Sie konnten sich nicht aus den Gefechten lösen, selbst wenn sie es gewollt hätten. Jede Unachtsamkeit, jede Lücke in der Deckung würde eine schwere Wunde nach sich ziehen – oder gar den Tod.

Barbara wandte sich dem großen Platz zu.

Das Gesinde war verwundet oder niedergestreckt. Draga rannte auf den Palast zu und erschlug den letzten Widerstand, der sich ihr in Form zweier tapferer Frauen entgegenstellte, mit dem Schwert und der langen, keulenhaften Waffe. Die Sklavinnen wurden in Stücke gehauen.

Zur Hölle mit diesen Bestien! Barbara spurtete hinter Draga her. Für Furcht hatte sie keine Zeit. Mit dem Schwert oder einer anderen Waffe brauchte sie erst gar nicht zu versuchen, die Nobilis aufzuhalten. Es blieben ihr Alchemie – und die körperlichen Vorteile, die sie durch die Transmutation erlangt hatte. Ihre Hand hielt das Säurefläschchen fest umschlossen.

In der leeren Vorhalle holte Barbara die Gegnerin unter Aufbietung sämtlicher Kräfte ein und rammte sie aus vollem Lauf zur Seite, sodass die Blutsaugerin im Rennen mit dem Türrahmen kollidierte, ohne sich abfangen zu können.

Laut krachend riss sie beim Zusammenstoß einen Teil des Rahmens heraus, Splitter und Holztrümmer flogen wie nach einer gewaltigen Detonation umher. Taumelnd stieß sie einen überraschten Schrei aus und stürzte in das nächstliegende Zimmer, krachte in die Möbel, warf sich im Fallen um – und wurde von einem umstürzenden Geschirrschrank begraben. Schrill klirrend gingen Tassen, Teller und Schüsseln aus kostbarem Porzellan zu Bruch.

Barbara wusste, dass dies Draga nicht lange aufhielt. Daher wühlte sie sich durch die Schranktrümmer, setzte sich auf die Brust der benommenen Gegnerin und steckte ihr die Glasphiole zwischen die Zähne. Mit sanftem Druck hielt sie den Unterkiefer fest, damit Draga das zerbrechliche Behältnis nicht ausspuckte.

An den granatfarbenen Pupillen erkannte Barbara, dass die vorübergehende Orientierungslosigkeit der Nobilis nachließ. Als Draga versuchte, sich zu wehren und die Hand wegzudrücken, wurden ihre Augen noch größer: Es gelang ihr nicht.

»Du hast die Säurephiole zwischen deinen Zähnen«, erklärte Barbara. »Ein leichter Druck von mir, und das Glas zerbricht. Damit endet deine Existenz qualvoll und irreversibel. Hast du das verstanden?«

»Ja«, sagte Draga undeutlich.

Barbara legte das zweite Fläschchen auf Dragas Stirn und deckte es mit einem Tellersplitter ab, um sie gefahrlos zerdrücken zu können. Danach nahm sie die erste Phiole zwischen den Zähnen der Blutsaugerin heraus. »So ist's leichter, sich zu unterhalten.«

»Wieso bist du so stark?« Draga regte sich nicht. Die tödliche Drohung auf ihrer Stirn hielt sie am Boden und machte sie gefügig. »Und so flugs?«

»Alchemistische Mittel. Sie verleihen mir und Vlad Vorteile. Sonst hättet du und deinesgleichen *zu* leichtes Spiel mit uns«, antwortete Barbara halbwahrheitsgemäß. »Du wirst mir erzählen, was Lucian plant.«

»Niemals«, grollte Draga und fauchte durch ihre Fänge. In den roten Augen flackerte blanke Mordgier.

»Ich werde dich zum Sprechen bringen. In meinen Laboratorien habe ich Mittel und Wege, die du nicht ermessen kannst«, drohte Barbara. »Ich habe bereits aufschlussreiche Erkenntnisse über Blutsauger wie dich gewonnen. Du wirst sehen, dass man euch mit Dingen wehtun kann, an die du gerade nicht denkst.«

»Eine Entführung?« Dragas Gesicht verzog sich. »Lucian wird mich suchen. Du heftest dir den Teufel selbst an die Fersen.«

»Soll er. Er ist der Nächste, den ich bei lebendigem Leib aufschneide, ausweide und untersuche! Mich dürstet es nach weiteren Erkenntnissen.«

»Er wird mich finden und dich vernichten!«, brüllte Draga hasserfüllt. Ihre Nägel hinterließen quietschend Riefen im Steinboden. »Ich habe ihm gleich gesagt, dass er dich und den Mircea-Jungen umbringen soll. Aber er dachte, er hält euch beide im Zaum.«

»Das dachte er falsch.« Barbara hörte eilige Schritte und das vertraute Klappern einer Rüstung, dann erschien Vlad neben ihr.

Der Kampf mit dem Nobilis hatte ihm Kratzer und Schnitte beschert, er blutete aus einigen Wunden. Doch das meiste Rot auf seiner Kleidung stammte vom Gegner; in dicken Schlieren rann es von seinem Schwert und tropfte auf den Marmorboden. »Einer weniger. Sorin gelang es, seinen Gegner zu pfählen und für dich zu sichern.« Er zog einen Pflock mit Silberspitze aus der Rückenhalterung seines Waffengurts. »Mit ihr haben wir zwei.«

»Nein!«, begehrte Draga furchtsam auf. »Nein, ihr könnt mich nicht –«

»Doch. Können wir.« Barbara nickte Vlad zu.

Kraftvoll rammte er das geschliffene Edelmetall durch den Brustkorb der Strigoi Nobilis. Ein Geräusch wie von einem morschen Baumstamm, der mit einer Hacke durchschlagen wurde, erklang; knisternd brachen einige Rippen unter der Wucht.

Das Holzstück traf wie beabsichtigt ihr vergrößertes Herz am Rande. Die verschiedenen Baumsorten verrichteten ihr lähmendes Werk an der Untoten.

Draga versteinerte regelrecht im Liegen. Jeder Muskel in ihr wurde zu Blei, sie konnte sich nicht mehr regen. Doch ihr Blick aus den geöffneten Granataugen versprühte unstillbaren Hass auf die Königin und ihren Krieger.

Barbara kannte das von allen anderen Blutsaugern, die in der Vergangenheit auf diese Weise behandelt worden waren. An den Augen ließ sich ablesen, wie eine Behandlung oder eine Folter wirkte.

Erleichtert nahm sie die Säurephiole an sich und erhob sich. Danach umarmte sie Vlad mit pochendem Herzen. Sie störte sich nicht an dem Blut auf seiner Rüstung und dem triefenden Schwert, das er noch immer in der Linken hielt. Sie war froh, dass sie beide unbeschadet aus dem Kampf hervorgegangen waren.

Er erwiderte ihre Umarmung innig und erschuf in Barbara ein Echo an jene Zeit, in der sie einander mit mehr als unabdingbarer Freundschaft verbunden gewesen waren.

Erst nach einer Weile lösten sie sich voneinander.

»Ich musste meinen Gegner leider enthaupten«, erklärte Vlad und sah zu Draga. »Das Gesinde draußen auf dem Platz ist vollständig von ihr ausgelöscht worden. Die Verwundeten sind so stark verletzt, dass sie uns keinen Widerstand bieten.«

Barbara runzelte die Stirn. »Wie meinst du das?«

Vlad hob sein blutverschmiertes Schwert und deutete durch den Palast, danach hinaus auf den Marktplatz. Er senkte die Stimme, damit die Strigoi nichts hörte. »*Jetzt* ist unsere Gelegenheit, Izvorul Subteran vollständig zu vernichten. Mit Cosmin. Mit Ema, Estera und Eta. Haben wir die Blutsauger in Ruhe ausgelöscht, können wir die Räume und Häuser durchsuchen. Es gibt gewiss Pläne von den anderen Städten. Wir könnten darauf aufbauend planen, welche alchemistische Mittel wir gegen sie –«

»Nein«, unterbrach ihn Barbara in seinem Enthusiasmus.

»Aber –«

»Nein, Vlad! Es würde uns im Kampf gegen Lucian nichts bringen. Wir brauchen Cosmin als Verbündeten. Und seine Kämpfer«, sprach sie eindringlich. »Dragas Attacke ist ein Geschenk an uns. Jetzt ist uns der Fürst zu ewigem Dank verpflichtet.«

»Was taugt das Wort eines Strigoi?«, erwiderte er säuerlich.

»Unterschätze dennoch seine Dankbarkeit nicht. Selbst wenn sie uns gegenüber nur ein oder zwei Jahre hält, ist viel gewonnen.« Sie legte ihm eine Hand auf die stoppelige Wange. »Vertraue mir, Vlad. Ich habe einen Plan.« Sie sah zu Draga. »Sie spielt dabei ebenso eine Rolle wie Cosmin. Am Ende« – sie stellte sich auf die Zehenspitzen und raunte ihm ins Ohr – »werden sie alle fallen.«

Vlad machte ein unglückliches Gesicht, nickte jedoch langsam. »Hoffen wir, dass du dich in Cosmin und seinen Gefühlen für seine Gemahlinnen nicht täuschst.«

Barbara lächelte und ging Sorin entgegen, der seinen gepfählten Strigoi am Fuß hinter sich her durch den Palast zog und neben Draga schleuderte, als wäre er ein großer Sack Rüben. »Ich sammle das Blut des Strigoi auf, den Vlad enthauptet hat. Für meine Experimente.« Sie sah zwischen den Männern hin und her. »Ihr kümmert euch um die Verletzten des Gesindes und bringt sie in ihre Unterkunft.«

Vlad und Sorin bestätigten und machten sich ebenso an die Arbeit wie sie.

Natürlich gab es einen guten Grund, weswegen Barbara ihre Begleiter damit beschäftigte, die verwundeten Männer und Frauen zu versorgen. Dadurch bekam sie genug unbeobachtete Momente, um das Blut der Toten zu trinken oder in Behältnisse abzufüllen.

Barbara unterdrückte ein Juchzen. Endlich konnte sie den unheiligen Durst stillen. Ausgiebig, ohne dass es jemand bemerkte und sie ein schlechtes Gewissen haben musste.

Nachdem Cosmin und seine Strigoi mit dem Untergehen der Sonne aus ihrer Starre erwacht waren, gingen sie in Izvorul Subteran umher und schwankten angesichts der schrecklichen Vorfälle zwischen Verwunderung, Bestürzung, Wut und Erleichterung.

Ein Erkundungstrupp, den Cosmin an die Oberfläche schickte, um nach dem Wächterdorf zu sehen, kehrte nach kurzer Zeit zurück.

Die Verteidiger waren von den Strigoi Nobilis, die am helllichten Tage umherzugehen vermochten, völlig überrumpelt worden. Draga und ihre Begleiter hatten die Siedlung erst eingenommen und danach mithilfe von Öl und Pech in Brand gesteckt. Mehrere Pulverfässer waren detoniert und hatten die Hälfte der Gebäude und Teile der Palisaden zerstört. Man hatte dort niemals mit solch einem Angriff gerechnet. Die letzten Tapferen waren von Draga und ihrer Einheit bis in die Versammlungshalle zurückgetrieben und den Schacht hinabgestoßen worden.

Barbara freute sich grimmig über den Umstand, dass Lucians Menschenkrieger im Tunnel durch ihren alchemistisch erzeugten Nebel samt und sonders getötet worden waren. Die Späher berichteten von Leichen, die mit verätzten Augen und ausgehusteten blutigen Lungenstücken vor ihren Füßen im Gang lagen. Der zersetzende Brodem hatte die empfindlichen Organe zerstört.

Ema, Estera und Eta verstanden, dass sie um Haaresbreite ihrer Entführung und womöglich ihrer Auslöschung entgangen waren. Die Dankesbeteuerungen gegenüber ihren Gästen wollten nicht enden.

Cosmin schwor mit Tränen in den Augen ewige Treue auf Barbara und die Einhaltung des Bündnisses.

Für Barbara und Vlad gab es kein Zurück mehr. Sie mussten einwilligen, um Lucian zu vernichten, bevor er weitere Nobilis erschuf, geboren aus der Vereinigung zwischen Blutsaugern und diesen rätselhaften Wesen. Niemals durften weitere davon entstehen oder in die Finger der Osmanen geraten.

Dass Barbara die gefangene Draga und den zweiten riesenhaften Blutsauger mitnahm, um ihre Art im Laboratorium zu ergründen, wurde von Cosmin natürlich gestattet. Sie waren schließlich fortan Verbündete.

KAPITEL 8

TSCHECHISCHE REPUBLIK, HAUPTSTADT PRAG, VIERTEL HOLEŠOVICE, GEGENWART, WINTER

Hatte Len es zunächst noch für eine gute Idee gehalten, die Unterlagen der ermordeten Professorin zu retten, stand er schon nach wenigen Minuten vollständig überfordert in der großen, abendlichen Bibliothek.

Mit einem Mal erschien ihm *alles* davon wichtig, angefangen von ihren eigenen Notizen auf dem Schreibtisch über die historischen Tagebucheinträge bis hin zu den zahlreichen Folianten, Almanachen und Abhandlungen über Alchemie. Außerdem war da die wertvolle Pergamentsammlung im Humidor.

Noch dazu fand Len ein Monstrum von Panzerschrank in eines der Regale eingelassen, gewiss um 1900 erbaut – und abgeschlossen. Zu dem Zahlendrehrad gesellte sich ein reguläres Schloss. Niemals bekäme er es geöffnet, geschweige denn schnell genug aufgeschweißt.

Len sah auf den ersten Stapel, den er durchgesehen hatte, während die Sonne versunken war und die Nacht mit rascher Dämmerung heraufzog. *Sind das wertvolle Werke?*

Fragen türmten sich in ihm auf wie die Schriften in den überbordenden Regalen um ihn herum.

Eine der wichtigsten war: Wohin sollte er die Unterlagen bringen? In ein Bankschließfach? Ginge das Anmieten mit seinen provisorischen Papieren überhaupt? In die deutsche Botschaft? Sein eigenes Zuhause in Ulm?

Bei allem, was gerade in Prag geschah, hatte er nicht einmal Zeit gehabt, Klara zu kontaktieren, die sich mit der Reisegruppe irgendwo im Banat aufhielt. Ihr Bild verblasste nie in ihm. Sobald er an sie denken konnte, tat er es. Nur ließen die Umstände ihm derzeit kaum Luft dafür.

Len legte eine Hand auf das oberste Büchlein. *Ich brauche eine Erleuchtung. Irgendwas, das mich …*

Es klingelte an der Tür.

Sein Herz tat einige Schläge mehr und beschleunigte den Takt. Len fing an zu schwitzen. *Die Polizei?*

Erneut schellte es, dieses Mal anhaltender und länger. Danach setzte das Pochen ein.

Len ging in den Flur, griff sich in der Küche ein herumliegendes Messer und hielt sich bereit, die kostbaren Aufzeichnungen gegen den Eindringling zu verteidigen.

»Herr Lenau, machen Sie auf. Ich weiß, dass Sie da sind«, drang eine vertraute Stimme gedämpft durch das Holz.

Jolana? Er konnte es nicht glauben. Hatte ihn die Kommissarin angelogen, oder handelte es sich um ein Missverständnis? *Oder eine Falle.*

Langsam bewegte er sich auf die Tür zu, die Heiligen starrten aus den Ikonen auf ihn nieder. Sämtliche Abwehrmittel befanden sich an ihrem Platz, auch die beschädigte Andreas-Darstellung. Dann blieb er neben der Sprechanlage stehen.

»Herr Lenau?«

Er aktivierte schweigend die Kamera, die statt eines Türspions ins Holz eingelassen war.

Und tatsächlich wartete die Professorin vor dem Eingang, gekleidet in blassblaue Kleidung, wie sie Pflegepersonal im Krankenhaus trug, und einen darübergeworfenen dicken, schwarz-weiß karierten Wollmantel.

»Woher weiß ich, dass Sie es sind?«, fragte Len über die Sprechanlage. Irgendwas an ihr hatte sich verändert, ohne dass er sagen konnte, was es war. »Sie sind tot, hat mir die Polizei gesagt.«

Jolana lächelte wissend. »War ich auch. Aber eine Alchemistin ist nicht so schnell zu vernichten.« Sie sah in die Linse. »Fragen Sie mich etwas, was nur wir beide wissen können.«

Len überlegte kurz. »Wie heißt die Angestellte, die uns das Ticket im Mělníker Untergeschoss verkauft hat, mit Vorname?«

»Elisabetha.«

Das war korrekt. »Wie hieß der Alchemist, der uns eine Falle gestellt hat?«

»Melchior Cibinensis.« Jolana blieb geduldig. »Soll ich die Geschichte dazu noch komplett erzählen, Herr Lenau?«

»Nein.« Len entschied, dass es sich bei dem Besuch um die echte Professorin handelte. Aber das Messer behielt er in der Hand, als er zur Tür ging, sie entriegelte und öffnete. »Ich bin mehr auf Ihre Geschichte gespannt.« Er machte einen Schritt zurück. »Kommen Sie. Dann sollten wir überlegen, was wir der Streife sagen, die bestimmt bald auftaucht, um Ihre Wohnung auf Hinweise nach Angehörigen zu durchsuchen.«

Jolana rührte sich nicht. »Wären Sie so nett und hängen die Ikonen ab, Herr Lenau?« Sie deutete auf die Spur aus gesegnetem Salz am Boden. »Und durchbrechen Sie die Barriere für mich. Sonst bleibe ich ausgesperrt.«

Len glaubte, sich verhört zu haben. *Eine Vampirin!* »Sie sind nicht Jolana Černá!«

»Doch. Bin ich. Aber meine Auferstehung hatte ihren Preis.« Die Frau machte ein entschuldigendes Gesicht. »Können wir das drinnen besprechen?«

Len wurde mulmig. Sein Bauchgefühl sagte, dass er die richtige Jolana vor sich hatte. Aber warum sollte sie unvermittelt die Symbole des christlichen Glaubens fürchten? »Verraten Sie mir, wie die Kombination für den Safe in der Bibliothek ist«, verlangte er.

Ohne zu zögern, nannte die Professorin eine Zahlenkolonne, begleitet von Drehanweisungen. »Den Schlüssel brauchen Sie außerdem dazu, Herr Lenau. Sie finden ihn in einer Aussparung im Buchrücken des Necronomicons. Erster Schrank, zweites Regal von oben. Er fällt heraus, wenn sie das Buch aufbiegen und …«

Len verzichtete darauf, die Nummern zu überprüfen.

Daher schob er mit dem Fuß eine Lücke in die Salzbarriere und drehte die Heiligen mit den Gesichtern zur Wand. Dabei zerfiel das Abbild des heiligen Andreas in drei Teile, die Farbe und das Blattgold hielten ihn nicht länger zusammen.

Ah, verdammt. »Hoppla«, sagte er gespielt überrascht. »Die sind ja mal empfindlich.«

Jolana trat über die Schwelle und schloss die Tür hinter sich. »Sie finden mich in der Bibliothek, Herr Lenau. Bitte fügen Sie das Salz zusammen und drehen die Ikonen erneut. Ich möchte keinen anderen Besucher als Sie.« Sie eilte an ihm vorbei.

Len machte seine Änderungen an den Vorkehrungen rückgängig und setzte damit die Sperre erneut in Kraft. Danach folgte er der Professorin in den großen Raum. Sie saß an ihrem Schreibtisch und ordnete den Stapel Bücher und Unterlagen neu, den er duchgeschaut hatte.

»Was ist passiert?«, fragte Len.

»Mein Tod. Durch einen Ubir, einen türkischen Vampir, den mir die liebreizende Zita auf den Hals gehetzt hat. Buchstäblich«, berichtete Jolana leichthin. »Diese Art Vampire bewegt sich von zwölf Uhr mittags bis Mitternacht, das Sonnenlicht vermag ihnen in der Zeit nichts anzuhaben. Die Kräfte eines Ubirs sind tückisch. Perfekte Auftragsmörder.«

Len verstand gar nichts. Er sah eine schwache Narbe am Hals der älteren Frau. »Aber warum schrecken Sie jetzt –«

»Es wird Zeit für ein paar Wahrheiten, Herr Lenau. Vielleicht hätte ich das früher tun sollen. Ich bin keine Alchemistin. Sondern eine Vârcolac.« Jolana zog ihr Monokel aus der Tasche des blauen Oberteils und klemmte es ins braune Auge mit den goldenen Sprengseln. »Sie werden nicht wissen, was das ist?«

Len schüttelte den Kopf. Dafür, dass er erst seit Kurzem von der Anderswelt wusste, hatte er bereits sehr schnell sehr viel lernen müssen.

»Es gibt in slawischen Regionen andere Namen für meine Spezies. Pricolici, Vukodlak, Wilkołak, die Griechen nennen uns Vrykolakas«, erklärte sie. »Werwölfe mit der Besonderheit, dass sie nach ihrem Tod als Vampire zurückkehren.« Sie deutete an sich herab. »Hier bin ich nun. Ich muss mich selbst erst noch daran gewöhnen.« Sie zog ein Geheimfach an ihrem Schreibtisch auf. »Hier.« Sie reichte Len seinen Geldbeutel, den Pass und sein Smartphone; die SIM-Karte war herausgenommen und in eine Folie eingewickelt. »Ich brauche es nicht mehr.«

Len nahm überrumpelt sein Eigentum entgegen. »Woher haben Sie …?« Dann fiel es ihm selbst ein. »*Sie* waren der riesige Hund auf der Brücke! Sie haben den Räuber fertiggemacht.«

Jolana nickte. »Der rätselhafte Kangal. Ich konnte nicht zulassen, dass Ihnen etwas geschieht. Und wo ich Sie endlich in Prag hatte, durften Sie nicht einfach mit Ihrer Reisegruppe weiterziehen. Also nahm ich die reine Wolfsgestalt an und kam genau richtig.« Sie deutete auf die drei Gegenstände in seiner Hand. »Das war der einfachste Weg. Und bevor Sie mich ausschimpfen, lassen Sie mich erklären, warum ich das getan habe.«

Len steckte Portemonnaie, Handy und Pass ein. Die Überraschung in ihm war zu groß, um wütend zu sein. »Ich höre.«

»Meine Ahnen dienten der Familie Vlads des Zweiten und der Schwarzen Königin. Sie waren Vertraute und Beschützer im Kampf gegen die Blutsauger, die etliche Regionen in deren Heimat dank ihren unterirdischen Städten bevölkerten und den Menschen an der Oberfläche zusetzten«, begann Jolana. »Die Schwarze Königin starb nicht an jenem Datum, das historisch überliefert ist. Sie lebte im Geheimen lange fort und hielt den Kampf gegen die Blutsauger aufrecht, zusammen mit einigen Getreuen der Vlad-Linie. Doch irgendwann konnten die alchemistischen Tränke den leiblichen Zerfall nicht mehr aufhalten. Und Vlads direkte männliche Nachfahren starben aus. Heißt es.« Sie sah ihn aus den dunklen Augen an. »Doch ich habe nicht aufgegeben. Seit Langem bin ich auf der Suche nach Drăculeşti. Und dann fand ich die Geschichte Ihrer Familie. Und Sie.«

Len musste sich setzen. »Dann hatte meine Oma recht?«

»Das hat sie. Ihre Familie besteht aus Drăculeşti. Sie, Herr Lenau, sind der letzte direkte männliche Nachfahre.« Jolana schenkte ihm ein glückliches Lächeln. »Als ich die Beweise und Aufzeichnungen geprüft hatte, *musste* ich Sie zu mir bringen. Für weitere Tests vor Ort, um sicherzugehen.« Sie schob einige Bücher zur Seite und stützte sich auf die Tischplatte. »Daher organisierte ich den Gewinn der Busreise.«

Das überraschte Len noch mehr. »Woher wussten Sie, dass ich statt meiner Oma fahren würde?«

»Das ließ sich alles arrangieren, Herr Lenau. Sie sehen, welche Möglichkeiten ich habe.« Jolana erhob sich. »Mit erfolgreichem Abschluss der letzten Tests stehe ich in Ihren Diensten. Das ist mein Eid, den ich geschworen habe: den Drăculeşti treu zu sein, auch wenn es mich das Leben kostet.«

Len fühlte sich geschmeichelt und zugleich vollkommen fehl am Platz. »Ich soll gegen Vampire antreten?«, fasste er zusammen. »Mit Ihnen als meinem Beistand?«

»So ist es.«

Er lachte einmal auf. »Wie soll das gehen?«

»Mit Ausbildung.«

»Die wie lange bei mir dauern muss, bis ich eine Statur wie Batman habe und halbwegs austeilen kann?«, hakte Len ätzend ein.

Das ergab für ihn keinen Sinn. *Einen* Kampf könnte er vielleicht mit viel Glück überstehen, aber gegen Bestien wie Mircea oder den Ubir, der die Professorin getötet hatte, bestand er niemals. *Das ist verschwendete Zeit.* Auch wenn er seine Pflicht gerne getan hätte. Eine Aufgabe, einen Sinn im Leben zu haben, auf der Seite des Guten zu stehen, das gefiel ihm.

Jolana blieb freundlich. »Sie nutzen das Wissen der Schwarzen Königin. Denken Sie daran, wie ich Matyas in Mělník vernichtet habe. Das passende Pulver – und Sie entscheiden das Gefecht für sich. Sie benötigen keine Muskeln. Sie, Herr Lenau, brauchen lediglich Wissen. Und Alchemie.«

»Auch das habe ich nicht.«

»Ich bin die Hüterin der Aufzeichnungen, die einst der Schwarzen Königin gehörten«, erwiderte die Professorin. »Sie als Drăculeşti, als Sohn der Söhne, sind der würdige Erbe, Herr Lenau. Sie haben durch Ihr Blut, durch Ihre Ahnen die Verpflichtung, den Kampf aufzunehmen. Denn die Brut erstarkt. Wie Schädlinge vermehren sie sich, bedrängen die Menschheit und die Anderswelt. Wie im Tierreich muss ein Gleichgewicht zwischen Jägern und Beute herrschen.« Sie deutete auf die Bücher. »Schwert und Feuer helfen nicht mehr. Es bedarf der Alchemie, eines tödlichen Mittels, das sie ausrottet; ein Mittel, wie es damals Barbara gegen diese Bestien suchte. Es wird Ihre Schleuder sein.«

»Schleuder?«

»Die David gegen Goliath einsetzte.«

Len spürte den Druck auf seinen schmalen Schultern, überschwer und gewaltig wie ein Umhang aus Blei. »Und wenn ich nicht will?«

»Ist meine Suche beendet, Herr Lenau. Sie sind die letzte Hoffnung im Kampf gegen die Seuche der Blutsauger, um sie zurückzudrängen. Oder sie im besten Fall zu tilgen.« Jolana war es bitterernst, wie Mienenspiel und Tonfall verdeutlichten. »Ohne Sie, Herr Lenau, wird die Erde sich binnen weniger Dekaden wandeln. Nicht zugunsten der ahnungslosen Menschen. Es ist Ihre Entscheidung.«

Len dachte an seine Großmutter, an Klara und Oma Mokka, an die

Menschen, die ihm etwas bedeuteten. Sie hatten keine Vorstellung von dem, was er gerade in Prag erlebte und erfuhr.

Eine Welt, die er bislang aus Horrorfilmen kannte, erwies sich als wahr. Und als Bedrohung.

»Sie werden das erst entscheiden, sobald wir den letzten Test absolviert haben«, sagte Jolana. »Noch ist Zeit.« Ihr Blick ging zum Fenster, vor dem die Nacht gänzlich hereingebrochen war. Die Straßenlampen des Viertels erwehrten sich der Dunkelheit und spendeten den Einheimischen und Fremden Licht. »Erst müssen wir den Ubir und Zita samt ihren Leuten ausschalten. Sonst sind wir nicht sicher.«

»Wir«, echote Len.

»Für Sie habe ich das Passende, sobald wir einen Plan gefasst haben. Zita und der Ubir rechnen nicht mehr mit uns. Und unterschätzen *Sie* darüber hinaus sträflich. Ich weiß, dass viel mehr in Ihnen steckt, als es auf den ersten Blick den Anschein haben mag.« Jolana sah ihn an. »Wieso ist die Ikone des heiligen Andreas zerfallen?«

Len wusste, dass er mit einer Lüge nicht weiterkam. Es war Zeit für Wahrheiten, wie die Professorin gesagt hatte. Also gestand er das nächtliche Abenteuer, das Zusammentreffen mit Alison und dem Vampir namens Mircea. Danach berichtete er vom angeblichen Unfalltod der Vloggerin und seinen Zweifeln an der Version der Polizei.

Dabei fiel ihm wieder ein, dass jederzeit eine Streife auftauchen konnte. »Wie erklären Sie denen, dass Sie noch leben, Frau Professorin?«

»Na ja. Indem ich lebendig vor den Beamten stehe. Was sollen sie anderes annehmen als ein gravierendes Missverständnis von Rettungskräften und Bestatter?« Jolana grinste und bleckte das Gebiss. Dabei wurden die spitzen Eckzähne sichtbar. »Ich konnte der Rechtsmedizin entkommen, bevor man mich dort zerlegte.« Sie lachte. »*Deswegen* der zerstörte Andreas. Welch ein Abenteuer!«

»Genau.« Und weil Len gerade erzählte, was er erlebt hatte, fügte er die Episode mit dem kleinen Mädchen und der Entstellten auf der Karlsbrücke hinzu. »Ihre strahlend blauen Augen haben nicht zu ihr gepasst. Sie waren wesentlich älter und wirkten wie … eingesetzt.«

»Schwarze Magie«, befand Jolana nach etwas Überlegen. »Die Verrückte wies alle Zeichen eines Krankheitsfluchs auf, der sie langsam und qualvoll töten sollte. Da Sie mit *Drăculești* angesprochen wurden, hat die Nachricht von Ihrem Eintreffen die Runde gemacht. Nicht nur bei Zita in Prag.« Die Vârcolac wirkte besorgt. »Jemand schützt Sie, Herr Lenau. Und er gehört nicht ins Lager der Blutsauger.«

»Aber wohl auch nicht in unseres? Sonst hätte er sich gezeigt.«

»Das ist es, was mich nervös macht. Ein Faktor, den ich nicht kenne und nicht einordnen kann.«

»Und … und wenn es die Schwarze Königin ist?«, warf Len ein. »Sie sieht aus der Ferne zu, was Sie und ich tun. Ein Test von ihr, ob ich würdig bin.« Er verwarf die Idee sogleich. »Nein, sie ist tot, haben Sie gesagt.«

»Nein, sagte ich nicht.« Jolana tippte sich nachdenklich an die Unterlippe. »Ihr Gedanke gefällt mir, Herr Lenau.«

So ganz verstand er nicht, was sie meinte, aber es beruhigte ihn etwas. Es gab nicht nur Böses um ihn herum in Prag.

»Da uns diese unbekannte Partei nicht schaden möchte, lassen wir sie einstweilen in unseren Plänen außen vor. Vielleicht zeigt sie sich uns bald offen?« Sie stand auf. »Zita und ihr angeheuerter Ubir müssen weg.«

Der Gedanke, gegen ein schlimmeres Monstrum als Mircea anzutreten, ließ Len innerlich verzweifeln. Er sah sich mit Knoblauch, Salz und allen möglichen Amuletten behängt und klimpernd wie ein laufender Weihnachtsbaum in die Schlacht ziehen – und doch nutzlos sein. Ein Pfählchen, aus dem kein Pfahl wurde.

»Was Sie dabei als vampirifizierte Vârcolac tun, ist mir klar«, sagte er. »Aber ich?«

»Ich mache Sie zu Luzifer.« Dass die Professorin dazu düster lächelte, erleichterte ihn nur mäßig.

***

TSCHECHISCHE REPUBLIK, HAUPTSTADT PRAG,
VIERTEL HOLEŠOVICE, GEGENWART, WINTER

Hamza hatte den Stromovka-Park nicht verlassen und sich ins nahe Planetarium begeben, um zur Ruhe zu kommen. Schwer und fett lag er im bequemen Sessel und grinste die künstlichen Sterne über sich an.

Nach dem Kampf mit Černá war er nicht in der Lage gewesen, sich sicher durch die Stadt zu bewegen. Seine Sicht verschwamm unentwegt, er fühlte sich trunken und berauscht auf eine Weise, die niemand nachvollziehen konnte, der kein Ubir war.

Nach außen wirkte er völlig nüchtern, aber seine Sinne, seine Gedanken wirbelten im Hochgefühl durcheinander. Alles sang und waberte.

Zita hatte ihn über einen Mittelsmann engagiert, um eine Alchemistin und einen Drăculeşti zu töten. Wie erstaunt war Hamza gewesen, als er Jolana Černás Blut im Mund gespürt hatte. Die Wirkung ihrer Lebensessenz hatte ihn wie ein Vorschlaghammer getroffen. Als würde man einen sanften Wein erwarten und stattdessen hochprozentigen Rum zu sich nehmen. Literweise.

Hamza hatte nicht mehr aufhören können, hatte gesogen und alles in sich aufgenommen, was ihm der sterbende Körper der Vârcolac gegeben hatte, mit einer Hand Herzdruckmassage vollführt, um den letzten Tropfen aus dem entferntesten Gefäßwinkel in seinen Mund zu transportieren.

Zugedröhnt war er von der Lichtung getorkelt, das Blut hatte in seinem Magen geschwappt und ihm einen Höhenflug, einen regelrechten Trip verschafft.

Darauf hatte sich Hamza nicht vorbereiten können. Also war er in die Dunkelheit des Observatoriums geflüchtet und ruhte nun satt, schwer und überladen mit orgiastischen Bildern in einem der bequemen Sessel. Dass er die Sternenshow gerade zum vierten Mal in Folge sah, kümmerte ihn nicht. Er musste runterkommen und die Lebensessenz der Vârcolac absorbieren.

Hamza kicherte und streckte eine Hand aus, um die fernen projizierten Planeten zu berühren. Zita hatte keine Ahnung gehabt, was die Professorin in Wahrheit gewesen war. Warum die Vârcolac den Anschein erweckt hatte, eine Alchemistin zu sein, interessierte den Ubir nicht. Sein erster Job war erfüllt.

Der Drăculeşti wird niemals besser schmecken als sie. Hamza bedauerte, die Reihenfolge nicht mehr umkehren zu können. Nach dem fabelhaften Genuss würde ihm Lenaus Blut und Lebenskraft wie schwache Plörre vorkommen, wie verdünnter Wein eines schlechten Jahrgangs.

Wahrscheinlich befand sich der junge Mann in der Wohnung der Toten. Sobald Hamza wieder geradeaus laufen konnte, würde er sich da umschauen. Traf er ihn dort nicht an, gab es noch das Hotel, in dem Lenau offiziell abgestiegen war, und die deutsche Botschaft.

Entkommen wird er mir nicht. Er würde den Jungen abgreifen, ihn an einen angemessenen Ort bringen und ihm in schönem Ambiente das Ende bereiten. Durch seinen Biss würde der letzte direkte männliche Drăculeşti sterben. Die verhasste Blutlinie, die Hunderte Vampirinnen und Vampire eliminiert hatte. *Das wird ein Fest!*

»… Ihnen unsere Reise zu Sternen und Planeten gefallen hat«, sagte die aufgezeichnete Stimme, während die Beleuchtung langsam hochfuhr und doch niemals richtig hell wurde. Orangefarbenes Licht kam den geweiteten, empfindlichen Pupillen der Menschen entgegen. »Besichtigen Sie unsere Exponate draußen im Café Sternenwanderer, und beehren Sie uns bald wieder.«

Leiser Beifall der Besucherinnen und Besucher kam auf. Das Murmeln der Leute setzte ein, die sich in Richtung der Ausgänge bewegten. Nach und nach leerte sich der kuppelförmige, perfekt klimatisierte Saal.

Nur Hamza blieb. Erneut. Niemand störte ihn. Seine unangenehme Aura vertrieb jegliches Personal. Man ließ ihn sitzen.

»Wie konntest du es wagen, Ubir?«, zischte plötzlich jemand hinter ihm. Zugleich legte sich eine Silbersaite um seinen feisten Hals und schnitt sich durch die Haut wie ein heißer Draht durch Styropor. »Du wirst nicht nach Mamusha zurückkehren!«

Hamza bekam gerade noch die Finger daruntergeschoben, sonst wäre das dünne Material bis zum Halswirbel geschnellt. Seine Hand wurde ebenso aufgeschnitten, und an sein Schwert reichte er nicht heran, es lag verborgen unter seinem abgelegten Mantel auf dem Nachbarsitz. Da ihm keine andere Wahl blieb, warf sich Hamza mit ganzer Kraft nach hinten, um den Druck von der Garotte zu nehmen.

Krachend rissen die Sitzverankerungen aus dem Boden, die Rückenlehne brach an zwei Stellen und ließ ihn rückwärts gegen seinen unbekannten Angreifer schnellen.

Ein erstickter Aufschrei erklang, der Zug auf die blutige Silbersaite wurde geringer. Warme Flüssigkeit schwappte aus dem Schnitt.

Blitzschnell zog Hamza das Metall aus seinem Hals, rutschte ungelenk vom Sessel und tauchte darunter weg. Keine Sekunde zu spät, der Draht spannte sich mit einem leisen *Pling!* über ihm erneut.

Der Ubir wuchtete sich auf die Beine und wühlte sein Kurzschwert unter dem Mantel hervor, richtete die Spitze gegen den Gegner. »Wer zum Teufel bist du?«, krächzte er.

Vor ihm stand ein blondes Mädchen von etwa zehn Jahren, das ihn aus übergroßen, leuchtend blauen Augen anstierte. Mit der Rechten ließ es die blutfeuchte Garotte kreisen, in der Linken hielt es eine sichelförmige Waffe. Ihr kleiner Körper steckte in herkömmlicher Winterkleidung, eine rosafarbene Bommelmütze obenauf. »Die wahre Herrin über Prag. Niemand tötet jemanden aus der Anderswelt, ohne dass ich es erlaube.«

Die Herrin von Prag? Das hatte ihm seine Auftraggeberin verschwiegen. »Ich dachte, dass Zita –«

»Nein. Hat sie nicht.« Das Kind erhob sich vor seinen Augen und schwebte aufwärts, bis es drei Meter über ihm unter dem Kuppeldach verharrte. »Sie wird dafür büßen. Nach dir.« Raubvogelhaft stieß sie auf ihn nieder und schleuderte die Garotte nach ihm.

Wirbelnd flog die Silbersaite heran und wickelte sich um das emporgereckte Schwert.

Aber Hamza fiel auf das Ablenkungsmanöver nicht herein. Mit seiner Klinge parierte er den nachfolgenden mörderischen Sichelhieb, der weithin Funken durch das Planetarium sandte. »So leicht mache ich es dir nicht!«

Als die Unbekannte die gekrümmte Schneide wegziehen wollte, riss er das Schwert waagrecht zu sich und entwand der kleinen Hand den Griff. Die halbmondförmige Waffe flog zwischen die Sitze und verschwand klappernd unter ihnen.

Hamza behielt das schwebende Kind im Fokus. »Was bist du?« Auch wenn das blonde Mädchen keine Waffen mehr führte, blieb es gefährlich.

»Dein Ende, Ubir.« Die Kleine vollführte einige Gesten mit den Händen und formte mit den Daumen und Zeigefingern ein Dreieck, um die Öffnung auf ihn zu richten. Die Aussparung füllte sich mit bedrohlichem, gelblichem Glühen.

Hamza fühlte den Rausch schwinden, die Kraft wich aus ihm. Die Beine gaben nach, er sank auf die Knie und kämpfte gegen den Drang an, sich zum Schlafen hinzulegen und nie wieder aufwachen zu wollen.

Nie gekannter Gleichmut breitete sich in ihm aus, es war ihm alles einerlei. Das Mädchen, sein Auftrag, dass seine Bewegungszeit ablief und seine Existenz als solche.

Er sah keinerlei Sinn mehr darin zu leben. Wozu auch? Er hatte einst ein Dasein als Mensch verbracht, warum ein Ubir sein?

Seine Blicke richteten sich auf die Silbergarotte an seinem Schwert.

Wenn er den Draht um seinen Nacken legte und ruckartig nach vorne anzog, enthauptete er sich selbst. Stark genug war er.

Der Gedanke erleichterte ihn. Niemals mehr etwas tun müssen, nur noch Friede, schwebend und treibend im großen Nichts.

Hamza wickelte das hauchdünne Metall von der Klinge und freute sich darauf, ein Ende zu finden. Er legte sich den blutigen Draht ins Genick, die kräftigen, blutigen Finger schlossen sich um die Griffe.

»Was machen Sie da?«, schallte die verunsicherte Stimme eines Mannes durch den Lautsprecher des Planetariums, erst auf Tschechisch, dann auf Englisch. »Wieso sind Sie noch im Saal?«

Hamza blinzelte und schaute sich um. Ein dunkler Schleier hob sich von seinem Gemüt, Klarheit kehrte in sein Denken zurück.

Das blonde Mädchen war verschwunden, und er kniete auf dem Boden der Kuppelhalle. Unvermittelt brandete Schmerz durch seinen Nacken, er hatte sich den Silberdraht schon bis auf die Knochen gezogen, ohne es in der magischen Trance spüren.

Was bei allen ,...? Hamza zog das dünne Argentum aus dem Fleisch, warf es zornig von sich. Rasch steckte er sein Schwert ein und erhob ich schnaufend. »Der Sitz ist kaputt«, rief er undeutlich auf Englisch zu dem Mann in dem Steuerkabuff. Die Halsverletzung peinigte ihn. »Seien Sie froh, dass ich Sie nicht verklage!«

Schnell lief Hamza die leichte Rampe hinauf zum Ausgang. Seine Gedanken kreisten um den Angriff und das schwebende Kind, das sich als Herrin von Prag bezeichnet hatte. Zita würde einen Anruf von ihm erhalten.

Kaum öffnete er die Tür, schoss eine gekrümmte Klinge auf ihn zu.

Die Sichelspitze schlitzte ihn vom rechten Schlüsselbein über die Brust abwärts bis zur unteren linken Rippe auf, durchtrennte Muskeln, glitt über Knochen.

Da Hamza sein Schwert weggesteckt hatte, tat er das einzig Mögliche: Er packte den Arm mit beiden Händen, hielt ihn fest und rammte dem kräftigen Mann seine Schulter trotz der Schmerzen von unten gegen das Kinn.

Der Kopf des schnauzbärtigen Gegners schnappte nach oben, er stöhnte auf.

Hamza schleuderte den Angreifer an die Vitrine mit den Meteorit-Exponaten, hielt ihn noch immer fest und brach dessen Unterarm über das eigene hochgerissene Knie.

Splitternd barst der Knochen. Fragmente durchbohrten die Haut, und das Blut des Mannes spritzte umher. Aufbrüllend ließ er die Sichel los.

Geschickt fing Hamza die fallende Waffe und drehte sich um die eigene Achse, führte die Halbmondklinge mit mörderischer Kraft, um dem Mann den Kopf vom Hals zu schlagen.

Da bekam er einen langen Splitter der Glasvitrine durch das linke Auge gerammt. Der Schmerz war gleißend und grausam, schreiend wankte er seitwärts.

Ein Tritt aus dem Nichts schleuderte Hamza durch das Foyer. Er krachte gegen eine Wand und sah einen Schatten heranfliegen, duckte sich instinktiv und entkam seinem eigenen Schwert, das sich der Unbekannte im Gerangel genommen haben musste.

Hamza hakelte mit der Sichel nach dem Unterschenkel des Feindes, schlitzte das Hosenbein auf und kappte die Sehnen.

Ein wütender Schrei erklang, der sich rasch nach oben entfernte.

Er schwebt? Wie das Kind? Hamza riss sich den Splitter aus der Wunde und warf zuerst das Glasfragment, danach die Sichel nach dem flüchtenden Gegner, der aufwärtsflog und zu einem schwarzen Schatten wurde. *Oder ist die Herrin von Prag eine Gestaltwandlerin?* Klirrend und scheppernd verfehlten die Geschosse ihr Ziel.

Dann war der Gegner verschwunden. Es wurde still im Gebäude.

Das war verflucht knapp. Keuchend stemmte sich Hamza hoch. Der Schnitt quer über die Brust hatte ihn das ganze gute Blut der Vârcolac gekostet. Der Rausch, die Besoffenheit, das Hochgefühl waren Leid und Hass gewichen.

Die Herrin von Prag. Hamza sah an der Wand einen Blutstropfen der Gegnerin, die anscheinend mit vielfältigen Kräften daherkam. Er nahm das Rot mit der Fingerkuppe auf und kostete es behutsam.

Der Geschmack schoss ihm durch sämtliche Synapsen.

Eine neue Welt eröffnete sich ihm, ein nie gekanntes Aroma durchflutete ihn.

Und er wollte mehr.

Alles davon.

Sofort!

Sein Auftrag hatte Zeit. Zita konnte warten, und den Drăculeşti fand er spielend leicht.

Aber an *diesem* Menschen musste Hamza unbedingt dranbleiben. Das war es, was er erschmeckte: ein Mensch. Ob Mann, ob Frau ließ sich nicht sagen.

Und noch etwas anderes schwang im Blut mit: etwas Dämonisches, Überbordendes und Gewaltiges. Dies musste der Grund sein, warum schon *ein* Tropfen ausreichte, um eine unstillbare Begierde in ihm zu erwecken.

Ein neuerlicher Schwindelanfall suchte ihn heim. Die Vorboten akuter Schwäche und eines Zusammenbruchs. Hamza musste sich eine sichere Bleibe suchen, bevor seine Bewegungszeit um Mitternacht endete.

So wie er derzeit aussah, aufgeschlitzt, in zerfetzter Kleidung, vollgeblutet, konnte er in keinem Hotel einchecken. Wahrscheinlich tauchte die Polizei bald im Planetarium auf, um die Schäden zu begutachten und einen Bericht wegen Vandalismus aufzunehmen.

Also blieb Hamza nur, sich irgendwo im Keller des Gebäudes ein ruhiges Plätzchen zu suchen, wo man ihn nicht fand, und abzuwarten, bis er sich regeneriert hatte.

Danach begann seine Jagd auf die selbst ernannte Herrin von Prag.

Sie mochte es nicht, wenn man hier ungefragt Morde in der Anderswelt beging. Da sie nun wusste, hinter wem der Ubir her war, würde sie den schmalbrüstigen Drăculeşti beobachten und ihre schützende Hand über ihn halten.

Das wiederum würde Hamza direkt zu ihr führen. *So führt eines zum anderen.*

Sie stand zwar nicht auf der Abschussliste, aber Zita wäre bestimmt erbaut, sie loszuwerden. Dafür, ihn nicht vorgewarnt zu haben, würde er der Vampirin eine Abreibung verpassen. Um ein Haar hätte er sein Leben verloren. *Ich werde das Dreifache für den Auftrag verlangen.*

Er wankte los und folgte den Schildern, die ihn in den für Besucher gesperrten Bereich des Planetariums führten. Dort fand er ein Refugium.

Hamza war sich im Klaren darüber, dass das nächste Zusammentreffen zwischen ihm und der Herrin von Prag nur einen Gewinner zuließe. Ein Unentschieden wie in dieser Nacht gäbe es kein zweites Mal.

Ich muss rasch zu Kräften kommen. Wenn nötig, würde Prags Anderswelt dafür bluten wie noch nie zuvor.

»5. Hüete dich, dass du in keinem Weg weder gegen gute Engel oder auch böse Geister keine Wortt redest oder gebrauchest, so du nit vollkommentlich verstehest, dan dein Engel dich für einen Leicht- und Hoffärtigen; die Bösen aber für einen unverständigen Esel dich halten und keiner zu erscheinen dich würdigen würde.
6. Hüte Dich für allen Zauber-Künsten, Büecher und Teufels-Beschwörungen, was guten Schein und Gestalt sie auch haben. (...)
13. Lasse die Dienstgeister nit zu gemein mit dir werden; oder laß dich nit in viel und hohe Gespräch mit ihnen ein, sie dürfften dich übereilen. (...)
16. Ohne besondere grosse Ursach rueffe keinen von den vier Hauptgeistern oder 9 Underfürsten, dan je weiter solche von dir seindt, je besser es für dich ist.«

Aus: Die egyptischen großen Offenbarungen, in sich begreifend die aufgefundenen Geheimnißbücher Mosis; oder des Juden Abraham von Worms. Buch der wahren Praktik in der uralten göttlichen Magie und in Erstaunlichen Dingen, wie sie durch die heilige Kabbala und durch Elohym mitgetheilt worden. Sammt der Geister- und Wunder-Herrschaft, welche Moses in der Wüste aus dem feurigen Busch erlernet, alle Verborgenheiten der Kabbala umfassend. Aus einer hebräischen Pergament-Handschrift von 1387 im XVII. Jahrhundert verteutscht und wortgetreu herausgegeben. Köln am Rhein, bei Peter Hammer 1725. Drittes Buch, Zwanzigstes Capitl. Handelt, was der Magus nachmals vornehmen, und wie er in Gemein alle Würkhungen angreiffen, und was er begehret, in das Werck richten solle, S. 285, 287/88.

CAPITULUM V

Verschriftlichung der diktierten Tonaufzeichnung, dramatisiert, basierend auf persönlichen Aufzeichnungen, verfasst nach dem Studium von originalen, bislang unausgewerteten Quellen von und um Barbara von Cilli.
Preisgabe der zeitgenössischen Schriftstücke/Quellen nicht genehmigt.

Die nachfolgenden Geschehnisse beschäftigen sich mit der drängenden Zeit, gegen die Barbara und ihre Verbündeten kämpfen.
Um für weniger Gerede auf ihren Burgen zu sorgen, verlagert Barbara ihre Forschungen auf vielerlei Gebieten an einen anderen Ort.
Um das Geheimnis der Abstammung der Strigoi Nobilis zu lüften, geht sie neue Wege. Mit ungeahntem Ausgang.

Jahr: 1416
Historischer Hintergrund: s. o.
Und: Barbara hat in Abwesenheit von Sigismund zum einen viel mit der Verwaltung des ungarischen Königreichs zu tun, zum anderen will sie die eigenen Nachforschungen und Untersuchungen in Sachen Magie, *Abramelin* und Alchemie nicht aufgeben. Das führt zwangsläufig zur latenten Vernachlässigung der Reichsgeschäfte.
Dennoch beweist sie gutes Gespür und einen eigenen Kopf – was ihrem Gemahl in der Ferne nicht immer gefällt.

***

KÖNIGREICH UNGARN, NAHE DEM DORF BAGAMÉR,
BURG TUDÁS, 6. NOVEMBER ANNO DOMINI 1416

Sorin sah auf den angeschärften, spitzen Federkiel, den Barbara in seine rechte Armvene stach, um das Blut dosiert durch die gereinigte Hohlröhre herauslaufen zu lassen. Über die Aderpresse um seinen kräftigen Oberarm steuerte sie die Menge und die Fließgeschwindigkeit.

»Blutiges Schröpfen wäre auch gegangen, Herrin«, stellte er fest. Den Schmerz ließ er sich nicht anmerken. Die braungrüne Schecke hatte er ausgezogen, den Ärmel des Untergewands nach oben gestreift.

»Dauert zu lange für meine Zwecke. Die Qualität des Blutes mindert sich rasch beim Abstehen.« Sie leitete seinen Lebenssaft weiter in einen Glaskolben, in den sie zuvor Speichel eines Blutsaugers gegeben hatte, um das Blut am Gerinnen zu hindern.

In ihrem Laboratorium nahe dem Dorf Bagamér waren sie ungestört, hier konnte sie frei von neugierigen Blicken mit allem hantieren.

Barbara hatte die vergessene kleine Grenzburg, angeblich römischen Ursprungs, von Sorin nach einer Erkundung empfohlen bekommen. Eine Weile hatte sie Raubrittern als Rückzugsort gedient, bevor die Halunken an der Pest gestorben waren. Das schlichte Bollwerk war nach gängigen Maßstäben längst zu klein und würde keinem Sturm durch Mongolen oder Osmanen standhalten. Seine Tage waren gezählt. Die alten behauenen Steine würden irgendwann als Material für andere Bauten dienen. Aber noch stand sie tapfer.

Die Burg lag mitten im Forst. Eichen, Buchen, ein paar Tannen und viel Dickicht waren an sie herangerückt, nur ein Pfad führte zu ihr. Lediglich der Bergfried ragte über die Wipfel der umliegenden Wälder; außer den Bewohnern von Bagamér kannte sie niemand.

Für Barbaras Zwecke war sie perfekt. Gleich nach der Ankunft und dem Einrichten hatte sie die Burg auf den Namen *Tudás* getauft, ungarisch für *Wissen*. Ihr regulärer Hofstaat mit Truchsess, Mundschenk und anderen Adligen war in Ofen verblieben. Nur ihr Töchterchen und die Amme hatten sie begleitet sowie eine Wachmannschaft unter dem Kommando von Hauptmann Marci.

Unmittelbar an das Gewölbe schloss sich der Zellentrakt an, in dem Draga und Octavian, der gefangene zweite Nobilis, ruhten. Die Pflöcke waren ein Segen für die Ruhigstellung der gefährlichen Wesen.

Barbara nahm dem Vârcolac etwas mehr als eine halbe Pinte ab und drückte mit einem branntweingetränkten Dünntuch auf die Einstichstelle, um den Kiel herauszuziehen. Seine breite Statur hatte Sorin über die

Jahre beibehalten, aber in den langen dunkelbraunen Haaren schimmerte viel Silber, ebenso im dichten Dreitagebart. Mit mehr als vierzig Jahren nahmen seine Falten im gebräunten Gesicht zu.

»Festhalten«, sagte sie wie stets und löste die Aderpresse. Über ihrem einfachen, dunklen Kleid trug sie die Lederschürze, ein schlichter schwarzer Balzo schützte die langen Haare. »Arm hochhalten. Dann hört es –«

Sorin musste lachen und zeigte ihr die Verletzung, die nichts weiter als ein rötlicher Punkt war. »Ihr wisst, dass ich schnell heile, Herrin.« Er streifte den Ärmel herab und schlüpfte in die Schecke, an den Beinen saßen enge Hosen aus braunem Leder.

»Natürlich.« Barbara war nicht ganz bei der Sache.

Und das hatte einen besonderen Grund.

Zum einen das Fieber ihres siebenjährigen Töchterchens. Die Amme kümmerte sich hingebungsvoll und gab Elisabeth stärkende Heilsäfte, vermengt mit wohltuenden Kräutern. Barbara hätte sich nicht besser um ihr Kind kümmern können, dennoch beschlich sie ein schlechtes Gewissen, wenn sie daran dachte.

Zum anderen ließ sich das Kommende nicht ewig herauszögern. Barbara hatte es viel zu lange aufgeschoben und stets gute Ausreden vor sich selbst gefunden, doch mit Draga als Gefangene konnte es jederzeit geschehen, dass die Blutsaugerin in Sorins und Vlads Anwesenheit eine brisante Andeutung machte, die zur Katastrophe führte.

Daher musste diese Sache aus der Welt geschafft werden.

»Was tut Ihr mit meinem Blut, Herrin?« Sorin sah auf den Kolben und knöpfte die enge Schecke zu, die seinen kräftigen Körperbau auch ohne Auspolsterung betonte.

»Ich hatte versucht, darin deine Besonderheit auf alchemistischem Wege aufzuspüren und sie zu isolieren, sie herauszuarbeiten. Um sie als stärkendes Tonikum einzusetzen, ohne dass Vlad die Nachteile eines Vârcolac erleiden muss«, erklärte sie und war froh für die Ablenkung. Es kostete sie mehr Überwindung als gedacht, das Ereignis aus der Vergangenheit anzusprechen.

»Nachteile?« Er rieb sich die buschigen dunklen Augenbrauen.

»Anfälligkeit gegen Silber. Mordgier. Niedertracht. Und eine plötzliche Vorliebe für Weibisches«, fügte sie grinsend hinzu.

»Sehr lustig, Herrin.« Sorin blickte auf den gläsern-metallischen Wald aus alchemistischen Geräten, der sich über die Tische aus Holz und Stein erstreckte. »Ihr forscht nach einer Methode, wie man mich schnell umbringen kann. Habe ich recht?«

Barbara hatte keine Gründe für eine Lüge. Es lag auf der Hand. »Diese Erkenntnis ist ein Nebenprodukt meiner Experimente, ja. Aber ich *suche* nicht danach, im Gegensatz zu meinen Versuchen an den Strigoi.«

Sorin wirkte nachdenklich. »Ich hoffe, Euer Wissen gerät niemals in die falschen Hände, Herrin.«

»Das wird es nicht. Und wenn ich mich als Spuk an meine Unterlagen binden muss: Niemand soll es unbefugt nutzen.« Barbara lächelte ihn an. »Sorin, ich muss dich etwas fragen.«

»Es stimmt, was Ihr vernommen habt«, sagte er sogleich. »Vlad wird heiraten.«

»Was?«, entfuhr es ihr.

»Früher oder später, Herrin. Er ist ein stattlicher junger Recke von sechsundzwanzig Jahren. Sein Vater schrieb im letzten Brief, es gäbe eine geeignete junge Dame, die ihn kennenlernen wolle.« Sorin grinste, der Schalk leuchtete in den braunen Augen auf. »Dachtet Ihr, Vlad hätte Euch eine neue Liebe verheimlicht?«

»Du Narr!« Spielerisch schlug sie mit einem Schmelzpfännchen nach ihm. »Ich beschieße dich gleich mit Silberspänen und lasse dich Argentumstaub einatmen, damit du daran zugrunde gehst.«

»Nein, Gnade, Herrin! Seid nicht zu grausam! Am Ende werdet Ihr noch zu jener Königin, die man Euch nachsagt zu sein.« Er zeigte seine kräftigen, wölfischen Eckzähne. »Konstanz hat Eurem Ruf jede Menge Mystik hinzugefügt. Die Leute reden immer noch. Ihr seid zu einer Legende geworden, sowohl beim Tanz in den Wirtshäusern und auf Bällen als auch –«

»Genug davon«, wehrte sie ab. »Da du das Konzil erwähnst: Ich machte dort Bekanntschaft mit einem Strigoi. Einem Spion von Lucian.« Erinnerungen an den Angriff stiegen in raschen Bildern aus ihrem Verstand, peinigten sie. Barbara schob die alten Eindrücke, so gut es ging, zur Seite.

»Ich erinnere mich. War sein Name nicht Cornel?«

»Dieser Spion sagte mir etwas.« Sie hatte das Argentumpulver in Griffweite, sollte Sorin sich hinreißen lassen, sie tatsächlich anzugreifen. Ein zutiefst kreatürliches Wesen wie er konnte spontan in Raserei verfallen.

»Sollte das nicht umgekehrt sein?«, warf er grinsend ein. »Wäre er dann nicht eher ein Verräter?«

»Wohl wahr.« Barbara nahm den Ball auf. »Und wie würdest du jemanden nennen, der vorgibt, von jemandem beauftragt worden zu sein, ohne dass es so ist?«

Sorin überlegte. »Hochstapler? Oder einen einfachen Betrüger?« Er rieb sich nachdenkend über den Dreitagebart. »Eine Mischung aus beidem!«

»So bist du ein hochstapelnder Betrüger.« Barbara betrachtete jede Regung auf dem vertrauten Gesicht des älteren Mannes. »Oder das Opfer falscher Anschuldigungen.«

»Was … was meint Ihr, Herrin?«, entfuhr es Sorin perplex, bevor Wut in den Augen aufflackerte. »Hat jemand aus dem Gefolge ein Gerücht über mich –«

»Bist du von Mircea losgeschickt worden, um Vlad als Geisel zu meinem Gatten zu bringen, oder hast du dich als jemand ausgegeben, der dies tun sollte?«, fragte sie ihn ohne weitere Umschweife.

Sorin erbleichte. Die Wut schwand wie weggeblasen. »Herrin, was … was redet Ihr?«

Sie lehnte sich vor und legte zwei Finger gegen seine Vene am Hals. »Dein Herz schlägt viel zu schnell, Sorin.«

»Ich … ich wundere mich nur …«, stammelte er.

»Du bist aufgeregt. Aufgebracht. Ertappt«, sagte Barbara und nahm die Hand weg. »Also stimmt es? Dann hast du auch Vlads Vater in den Briefen belogen?«

Sorin war völlig aufgelöst und rieb sich am Kopf, kratzte sich am Hals und sprang unvermittelt vom Stuhl, um im Laboratorium auf und ab zu laufen. »Herrin, es … es ist viel verzwickter, als Ihr ermessen könnt, auch wenn Ihr der gescheiteste Mensch seid, den ich jemals kennengelernt habe.«

»Das schmeichelt mir. Allerdings ist es keine Antwort.« Barbara erlaubte sich erste Erleichterung darüber, dass kein Angriff auf sie erfolgt war. »Dann sprach der Strigoi die Wahrheit?«

»Was sagte er Euch?« Sorin stellte das nervöse Umhergehen nicht ein.

»Dass die eigentliche Delegation mit dem Knaben Vlad von einem Rudel Vârcolac abgefangen und ermordet worden sei. Du hättest den Platz des Boten eingenommen.«

»Warum sollte ich das nach Ansicht des Blutsaugers tun?« Sorin wurde langsamer, die breiten Schultern hingen leicht herab.

»Um Vlad auf den Kampf gegen Strigoi einzuschwören. Um ihn von Kindesbeinen an zum Feind der Blutsauger zu machen. Um eines Tages seinem Vater und Strigoi-Freund Mircea die Stirn zu bieten«, erklärte sie. »Damit er niemals Pakte mit ihnen eingeht, weder mit Cosmin noch mit Lucian.« Sie erhob sich und stellte sich ihm aufhaltend in den Weg. Das Gelaufe machte sie unruhig. »Sprach er wahr?«

Sorin wich ihrem Blick aus den blauen Augen aus. »Herrin, ich …«

»Ich werde dich nicht verraten, wenn dies deine Sorge sein sollte. Aber ich muss wissen, was du und jene planen, die hinter dem Geschehen steckten«, beschwor Barbara ihn. »Wir ziehen in einen offenen Krieg gegen Lucian und in einen heimlichen gegen Cosmin. Weder ich noch Vlad können uns Überraschungen leisten.«

Sorin ließ sich schwer auf einen Schemel fallen, als habe er seine Kraft verloren. »Es ist wahr. Ich habe mich als Bediensteter und Untergebener ausgegeben, um Vlad im Kampf gegen Strigoi auszubilden. Ich wollte ihm meinen Hass mitgeben, den nicht nur ich in mir trage, sondern alle rechtschaffenen Untertanen Eurer Reiche, Herrin.« Er warf die langen, silberbraunen Haare zurück. »Blutsauger sind die Pest, ob in Gräbern oder in verborgenen Städten.«

»Ich weiß.« Barbara lächelte ihn verständnisvoll an. »Ihr Vârcolac wolltet Vlad als euren Kämpfer. Aber ein einziger Mann gegen Hunderte von Blutsaugern?«

»Ihr habt natürlich recht, Herrin. Vlad ist ein Einzelner«, gestand Sorin zu. »Noch. Aber er wird vielleicht Woiwode. Schaut Euch an, wie mächtig sein Vater ist.«

»Von Lucians Gnade.«

»Es sollte durch mein Einwirken Vlads Bestreben sein, gegen ihn vorzugehen.« Sorin legte eine Hand auf die Stirn und schloss die Augen; eine Träne rann über die Wange. »Cosmin, Lucian, ihre Vorgänger, sie …! Ihr müsst das verstehen, Herrin. Die Strigoi haben uns in den Jahrhunderten gnadenlos gejagt.«

Barbara hatte das Gefühl, es ging nicht nur um Vârcolac. »Wer ist *uns?*«

»Wandelwesen. Verschiedenste Arten von Wandelwesen. Strigoi dulden nichts in ihrer Umgebung, was ihnen den Einfluss streitig macht.« Er sah über die alchemistischen Aufbauten. »Außer man ergibt sich ihnen. Aber das liegt nicht in unserer Natur.«

»Du wusstest doch, dass Vlad ein illegitimer Sohn ist. Wie hoch mag die Wahrscheinlichkeit sein, dass er den Thron besteigt und eure Hoffnungen erfüllt?«

»*Jede* Hoffnung ist uns recht. Uns schwinden die Möglichkeiten.« Sorin richtete sich leicht auf. »Wir können es nicht aus eigener Kraft mit den Blutsaugern aufnehmen. Von meiner Vârcolac-Sippe lebt niemand mehr. Lucians Strigoi haben sie nahe Kokelburg vernichtet.«

Barbara bezweifelte, dass die Wandler freundlicher zu Dörflern, Reisenden und Köhlern waren als Strigoi. »Wir werden die Blutsauger bekämpfen, Sorin. Aber sollte ich den Eindruck haben, dass du oder ein anderer Vârcolac oder irgendein Wandelwesen versucht, an deren Stelle zu treten, wende ich mich gegen ebenjene. Mit allem, was mir zur Verfügung steht. Als Königin und als Alchemistin.« Der Ausdruck in ihren blauen Augen wurde hart und versprechend. »Ich bin keine Feindin, die man haben will.«

»Ich weiß, Herrin.« Sorin deutete über das vollgestellte Laboratorium. »Und ich weiß, dass Ihr tödlicher, gefährlicher seid als alle anderen. Ganz ohne Klauen und Reißzähne.« Er schluckte schwer. »Nun kennt Ihr die Wahrheit.«

»Draga kennt sie ebenso. Ich werde sie alsbald zum Schweigen bringen, damit Vlad von ihr nichts erfahren kann«, sagte Barbara. »Es ist nicht auszuschließen, dass wir auf Strigoi treffen, die Vlad von deiner Tat berichten könnten. Sei vorbereitet, dass die Wahrheit zutage tritt. Aber *ich* werde sie nicht verbreiten.«

»Danke, Herrin.« Rasch wischte er neuerliche Tränen von den Wangen.

Sie nahm seine kräftigen Finger. »Und kommt die Stunde, in der du dich zu den Taten der Vârcolac vor Vlad bekennen musst, schildere es ihm mit ähnlichen Worten wie mir. Mach deinen Kampf gegen die Blutsauger zu einem Kampf aller Rechtschaffenen. Menschen und Anderswesen leiden gleichermaßen unter ihnen.« Barbara ließ seine Hände los und deutete auf die Tür. »Geh nun. Ich muss ans Werk.«

Sorin verbeugte sich tief und verließ das Laboratorium.

Barbara sah auf sein Blut, das in dem Gefäß darauf wartete, von ihr verarbeitet zu werden.

Dass sie längst ein Mittel ersonnen hatte, um Wandelwesen zu vernichten, hatte sie ihm verschwiegen. Er sollte die Kunde darüber nicht in die Welt tragen.

Ihre Worte waren keine Lügen gewesen: Käme die Substanz zum Einsatz, würden Sorin und die Seinen es nicht überleben.

***

KÖNIGREICH UNGARN, NAHE DEM DORF BAGAMÉR,
BURG TUDÁS, 12. DEZEMBER ANNO DOMINI 1416

Barbara hatte es aufgegeben, sich mit Draga und Octavian zu unterhalten, um mehr über die Dschinn, Nephilim oder wie auch immer herauszufinden, auf die es Lucian abgesehen und von denen er einige gefangen und zum Erzeugen von Mischwesen missbraucht hatte.

Zum einen beschimpfte Octavian und bedrohte Draga sie unentwegt; zum anderen mochte jedes Wort aus dem Mund der beiden Nobilis gelogen sein, um Barbara zu täuschen und in die Irre zu leiten.

Daher änderte sie ihre Vorgehensweise trotz der Gefahren, die dadurch entstanden.

Sie bedauerte, dass sie ihre Fähigkeit, die *anima* zu erkennen, einmal mehr eingebüßt hatte. Sie wäre bei dem Bevorstehenden von Nutzen gewesen.

Während ihre entkleideten Gefangenen im Laboratorium aufrecht an schweren Steinplatten festgekettet und mit Pflöcken gesichert waren, traf Barbara Vorbereitungen für eine Beschwörung. Mit Kreide malte sie akribisch magische Symbole auf den Boden, zeichnete exakte Kreise und füllte sie mit Zauberzeichen. Der Bann musste gelingen, sonst gerieten sämtliche Bewohner und ihre Tochter in Lebensgefahr.

Mit dem *Abramelin* kannte sie sich nach all der Zeit sehr gut aus. Kleinere Anrufungen und Versuche waren bereits geglückt. Doch um ein Mittel gegen die Strigoi zu entwickeln, hatte sie die Anwendung okkulter Kräfte in den letzten Wochen vernachlässigt.

Bis zu diesem Abend.

Ihre Forschungen zur indirekten Ausrottung der Blutsauger schritten derweil voran. Die Experimente mit dem transmutierten Korn gediehen ausgezeichnet, und die Erfolge mit gewandeltem Ratten- und Mäuseblut waren vielversprechend. Draga und Octavian hätten sich die Seele aus dem Leib gekotzt, besäßen sie noch eine. So blieb es bei verklumptem, stinkendem Nagetierblut, das ihnen schwallartig aus den Mündern schoss.

Was Barbara verstärkt in den nächsten Wochen angehen wollte, waren Untersuchungen mit dem Blut von Untertanen, die das Getreide verzehrt hatten.

Doch zuvor löse ich das Rätsel um die Nobilis. Barbara schüttete eine schützende Salzbahn sowie eine Handvoll Erde aus der heiligen Stadt Jerusalem um den Kreis. Dann waren ihre Vorbereitungen abgeschlossen.

Sie verband das Wissen des *Abramelins* mit Methoden aus anderen Zauberbüchern, um effektiver bei Beschwörungen zu sein, auch wenn dies Gefahren barg. Sie konnte nicht Wochen mit Vorbereitungen für eine einzige Beschwörung verschwenden, die womöglich ohne Ergebnis blieb.

Sie trat zurück, um die Pflöcke so weit aus den Herzen von Draga und Octavian zu ziehen, dass die lähmende Wirkung schwand. Die Halterungen, in denen die Pfähle ruhten, erlaubten es, sie mit einem festen Hieb sogleich in Leib und Muskel zurückzurammen. Die zweieinhalb Schritt großen Nobilis hatten nicht die geringste Aussicht, ihren Fesseln, ihrer Lage und damit dem Laboratorium zu entkommen.

»Was hast du vor?« Draga betrachtete den Boden, wo sich die Symbole und Zeichen mit Kreide deutlich auf den Platten abhoben. »Genügt es dir nicht mehr, Alchemie zu wirken?«

»Lass sie doch. Ich will sehen, was sie uns bietet.« Octavian gluckste.

Seine hellbraunen Haare hingen ihm wirr ins bärtige Gesicht. Er hatte an Gewicht verloren, Rippen und Schlüsselbeine waren deutlich unter der schmutzigen Haut sichtbar. Nicht anders sah Draga aus, die Experimente hinterließen Spuren an den Untoten. »Es dient einzig, uns Angst einzujagen. Wie käme sie an solches Wissen? Alchemisten sind keine Zauberer und Hexen.« Er spuckte ihr vor die Füße. »Es wird gleich rauchen und bunte Flammen schlagen und Zinnober geben. Nichts als fauler Zauber mit Pulver und Farbe.«

Barbara schritt zu ihrem Stehpult, auf dem sie Abschriften des *Abramelins* sowie andere Zauberbücher aufgeschlagen abgelegt hatte, aus denen sie ihre eigene Vorgehensweise ableitete. Akribisch ging sie den Ablauf der Handgriffe zeilenweise in den jeweiligen Schriften durch, wieder und wieder. Die Formeln hatte sie verinnerlicht. Nun hing alles davon ab, dass sie bei der Anrufung das Richtige tat.

»Es ist bloß eine andere Form der Folter. Mehr nicht«, sagte Octavian überzeugt. »Mach schon! Beeindrucke uns, o Schwarze Königin! Wir harren deiner großen Macht! Sieh, wie wir erzittern.«

Draga lachte über die gespielte Unterwürfigkeit.

Barbara lächelte kühl. Sie kannte ihren besonderen Namen, den sie vor allem ihrer dunklen Kleidung verdankte, die sie beim Aufenthalt auf ihren Burgen überwiegend trug. Dies diente einem pragmatischen Zweck: Man sah weniger Flecken, die beim Hantieren im Labor entstanden. Zwar legte sie stets Lederschürze und Handschuhe an, aber gerade bei pudrigen Substanzen konnte rasch etwas danebengehen oder sich ungewollt ausbreiten.

Gesinde und Hof deuteten ihre düstere Garderobe auf ihre eigene Weise.

Mittlerweile fühlte sich Barbara in dunkler Kleidung wohler als in heller oder bunter. So zurückgezogen, wie sie gerade residierte, beinahe gänzlich unter Ausschluss der Untertanen, konnte sie ihre Aufmachung freier wählen als sonst.

Sigismund hatte sie schon lange nicht mehr gesehen, und er legte keinen Wert darauf. Seine offenkundigen Ehebrüche sorgten für viel Gerede – über ihn und sie. Die Menschen zerrissen sich gern die Mäuler. Je hochrangiger das Objekt, desto besser für die Lästerei.

»Nun, es wird gleich Folgendes geschehen«, eröffnete Barbara, setzte den Balzo auf ihren geflochtenen schwarzen Schopf und schob die Strähnen darunter. »Ich werde einen Dienergeist von Beelzebub beschwören. Sein Name ist Camarion, und durch die verbundene Weisheit des *Abramelins* mit anderen Zauberbüchern muss er mir gehorchen. *Einen* Dienst verlange ich von ihm.«

»Er soll dich stopfen, weil es sonst keiner tut? Nicht einmal der Mircea-Junge will dich anfassen und sein Gemächt in dich stecken?« Octavian kicherte widerlich. »Beschwörst du dir nun deine Liebhaber? Das wird deinem Ruf mehr als gerecht. Mach so weiter, und man wird dich bald verbrennen. Als Teufelsmetze.«

»Ein Freudenfeuer wird das«, ergänzte Draga und starrte sie verächtlich aus ihren granatfarbenen Augen an. »Lohen bis zum Himmel, und ich werde drum herumtanzen.«

»Camarion soll mir verraten, wer eure Väter und Mütter sind. *Was* sie sind. Damit ich weiß, was ich gegen eure zweite Natur unternehmen kann, um euch die Fertigkeit zu rauben, unter der Sonne zu wandeln«, erklärte Barbara stoisch. »Mit Upiren, Vampiren, Blutsaugern jeglicher Art weiß ich schon recht gut umzugehen.« Sie sah zu ihren brodelnden Kolben und kochenden Destillen. »Euer Blut und euer Wesen durchschaue ich besser als vor Jahren. Und ich weiß euch die Mahlzeit zu verderben. Diese Dschinn, Nephilim, Dämonen unter der Erde, die bleiben mir ein Rätsel.« Sie deutete auf die geschwungenen magischen Symbole am Boden. »Aber nicht mehr lange.« Vorsichtig, um die Kreide-, Erde- und Salzlinien nicht zu zerstören, trat sie hinein. »Ob ihr die Beschau durch Camarion überlebt, kann ich euch nicht versprechen.«

Nun horchten die Nobilis auf.

»Was hat das mit uns zu tun?«, fragte Draga alarmiert.

»Er soll uns anschauen und mag mich beschnuppern, aber nicht aufschlitzen und unsere Gedärme lesen wie ein Haruspex«, verlangte Octavian.

»Ah, endlich habt ihr verstanden, was euch blüht.« Barbara sah die gebundenen Gefangenen an. »Meinetwegen mag er euch ausweiden, in kleine Fetzen und Streifen reißen, euer Innerstes nach außen kehren – solange er mir hernach sagt, *was* ihr seid. *Durch* und *durch.*«

»Zur Hölle mit dir, Schwarze Königin«, fluchte Draga und riss an den Fesseln. Klirrend spannten sich die schweren Ketten. Die granatfarbenen Augen blitzten vor Hass.

»Warte! Halte ein mit der Beschwörung, ich sage dir alles«, beteuerte Octavian. »Was willst du wissen? Über die Städte? Über Lucian? Ich kann dir –«

»Halt dein Maul, Feigling!«, giftete Draga. »Hast du nicht vorhin noch gesagt, es wäre alles nur alchemistisches Feuerwerk, das uns bevorsteht?«

»Es ist eh nur Lüge, was über seine Lippen kommt.« Barbara schloss die Lider, und die irdische Welt verschwand. »Ich beschaffe mir aufrichtiges Wissen von euch. Ob ihr wollt oder nicht.«

In ihr herrschte Aufruhr, obwohl sie sämtliche Anweisungen des *Abramelins* befolgt hatte. Fasten, zurückziehen, die Anrufung verinnerlichen, mit nichts in das Ritual gehen, was vom Dämon als Schwäche ausgemacht werden konnte. Diese Wesen waren Niedertracht in Reinform, täuschten Gehorsam vor und suchten nach Lücken in der Beschwörung, um ihren Meister zu betrügen.

Das alles schreckte Barbara nicht. *Angst dient nur dem Dämon.* Tief atmete sie ein und aus, schob die Unrast beiseite, blendete die Beschimpfungen und Schmähungen der Gefangenen aus.

Silbe für Silbe, Zeile um Zeile der Beschwörung kam aus ihrem Mund, repetierend und jedes Mal etwas fordernder, lockender, verlangender, drängender, damit der Dämon bezwungen, gezwungen wurde, sein Reich zu verlassen und ihr zu dienen.

Ein stinkender Wind drang ins Laboratorium, der nicht aus den beiden Kaminabzügen der Öfen stammte. Ein Spalt in eine andere Welt hatte sich geöffnet.

Ohne Unterlass rief Barbara die Formeln, hob die Arme wie zum Segen in einer heiligen Messe und legte mehr Inbrunst hinein.

Die Stärke der Böen nahm zu. Kleinere Gläser und leere Tiegel wurden von den Tischen geweht. Die Splitter wirbelten leise reibend über den Steinboden, klirrten gegeneinander und erschufen eine irrige, wirre Melodie.

Das Licht im Laboratorium flackerte. Es stank plötzlich bestialisch, wie von faulendem Fleisch.

Barbara unterdrückte ein Würgen. Sie durfte nichts anderes tun, als die Beschwörung zu wiederholen. Eine Unterbrechung konnte sämtliches Leben auf der Burg kosten. Camarion und Beelzebub verziehen keine Fehler.

Heftiges Rütteln rannte durch das gemauerte Gewölbe. Staub rieselte von der Decke und erzeugte einen umherwabernden Schleier, der Barbara in der Nase kitzelte. Hustend öffnete sie die Augen und sah wie durch dichten Nebel.

Die Lampenflämmchen hatten ihre Farbe von Orangegelb zu bläulich Schwarz gewechselt. Die Symbole im Kreis flammten weiß auf, bevor auch ihr Strahlen ins bläulich Schwarze überging. Rund um die Salzkörner und die heilige Erde flogen Funken, sie reagierten auf nie gekannte Weise mit dem Unsichtbaren.

Zischend brannten sich die Zeichen in die Bodenplatten, leise knackend zersprang der Stein unter der Hitze, abgesprengte Stückchen schossen wie Pfeilspitzen umher. Zwei trafen Barbara an den Waden, schnitten sich durch Lederschürze und schwarzes Kleid bis zur Haut. Durch die Wucht der platzenden Platten löste sich der Salz- und Erdekringel auf. Der dreifache Kreis war unvermittelt zerstört, der bannende Raum gebrochen.

Es hat nicht funktioniert! Die Anrufung war nach dem Auflösen der Ringe aus Salz, Erde und Zauberzeichen ungerichtet ins Nichts gegangen.

Fluchend trat sie heraus und verwedelte den Staub, würgte wegen des fauligen Gestanks und übergab sich schließlich in einen Eimer, in dem Abfall aus ihren Experimenten landete. *Was habe ich übersehen?*

»Du hast mich beschworen, Menschenfrau«, erklang eine krächzende Stimme im Laboratorium. »Was ist dein Begehr?«

Erst beim Ausspucken fiel Barbara auf, dass die Flämmchen an den Dochten dunkel und bedrohlich brannten. Ein Dämon befand sich in ihrer Burg. Entfesselt und ohne Bannkreis.

Ich darf mir nichts anmerken lassen. Sie spuckte erneut aus und sah sich um. Jedes Anzeichen von Furcht würde ihr von dem Wesen als Schwäche ausgelegt. Und Schwäche machte sie zum Opfer. Sie richtete sich entschieden auf und sah sich um.

Inmitten des zerstörten Anrufungskreises stand Camarions wabernder, bläulich schwarzer Umriss von etwas weniger als zwei Schritt Höhe, der keine rechte Gestalt fand, als könnte er sich nicht entscheiden, was er sein wollte. Zwei amethystfarbene, mandelförmige Augen schwebten nebeneinander, ein weiteres mittig auf Kopfhöhe eines ausgewachsenen Mannes.

»Dämon, höre mich: Ich war's, der dich rief. Und nun geh! Verschwinde«, schrie Octavian den Schemen an. »Verpiss dich in deine Hölle, aus der du gefahren bist!«

Der Umriss achtete nicht auf den Strigoi. Er wusste sehr genau, wem er die Anrufung verdankte.

»Bevor ich dich zurücksende, finde mir heraus, welcher Art Vater und Mutter dieser Strigoi Nobilis sind«, befahl Barbara mit fester Stimme und deutete auf ihre Gefangenen. Die Schnittwunden in den Waden schmerzten. »Ein Teil von ihnen ist Blutsauger. Was ist der andere?«

»Wie du befiehlst.« Der wabernde Umriss, einer wandelnden Rauchsäule mit drei Augen ähnelnd, bewegte sich auf Octavian zu.

»Weg mit dir! Vade retro, Camarion!«, schrie ihm der Nobilis entgegen. »Hax, pax, max, deus adimax! Abra Ka Dabra!«, reihte er wahllos magische Formeln hintereinander. »Insprinc haftbandun, infar wîgandun!«

Barbara lächelte mitleidig. Der Blutsauger hatte keinerlei Ahnung von Beschwörungen und okkulten Kräften. Dass er wahllos zugleich mit den Merseburger und lateinischen Zaubersprüchen hantierte, belegte seine Unkenntnis.

Der qualmhafte Schemen hielt eine halbe Armlänge vor dem Gefesselten aus, als wüsste er nicht, was er tun sollte – dann schwebte er nach vorne und umhüllte Octavian vollständig. Der Blutsauger verschwand in den Gespinsten, schrie auf und verstummte, als man nichts mehr von ihm sah.

Was tut Camarion? Barbara verfolgte mit stockendem Atem, was vor sich ging; befürchtete, dass ein heimlicher Versuch, den Bannkreis erneut zu schließen, einen Angriff auslösen würde.

Die nebulöse Halbschwärze geriet in Wallung und wogte, wurde kleiner und drang durch Octavians Nase ein, bis er vollständig aufgesogen und eingeatmet war.

»Was ist mit dir?«, wollte Draga beunruhigt wissen. »Octavian! Wo ist der Dämon? Steckt er in dir?«

Schlagartig wandelte sich die Augenfarbe des Besessenen ins Amethystfarbene. »Der Strigoi ist rasch erkannt«, sagte er mit fremder Stimme. »Seine Grundnatur ist offensichtlich, und seine Mutter war nicht besonders beeindruckend. Doch der Vater gab etwas hinzu, was ihn besonders macht.« Erste Blutstropfen rannen aus den Augen und der Nase des Nobilis. Die Anwesenheit des Dämons im Leib verursachte offensichtlich innere Verletzungen. »Ich sehe Feuer.«

»Gib ihn frei!«, verlangte Draga aufbegehrend. »Du tötest Octavian!« Sie sah zornig zu Barbara. »Ruf deinen Höllenknecht zurück!«

»Welcher Art Feuer? Von einem Dschinn?«, fragte Barbara aufgeregt. »Oder etwas gänzlich anderes?«

Octavian begann zu zittern, Arme und Beine ruckten unkontrolliert, als versuchte er, in Ketten zu tanzen. »Es ist schwer zu sagen. Ich spüre viel Energie, viel Kraft. Aber ich vermag nicht zu sagen, welcher Art«, sagte er mit falscher Stimme. »Es kann gut oder böse sein. Ich müsste tiefer graben.«

»Tu es!«, befahl Barbara.

»Nein, beende das!«, rief Draga. »Er wird es nicht überstehen!«

»Er ist ein Strigoi. Weswegen sollte er es überstehen?«, erwiderte Barbara. »Fahre fort, Dämon.«

Ein hörbares, nasses Reißen erklang aus dem Innern des Blutsaugers. Octavians Bauchdecke wölbte sich, als rührte jemand mit einer Kelle darin herum. Knackend verbogen sich die Rippen, krachend fiel der Brustkorb gleich darauf nach innen, als das Sternum zerbrach. Mehr Blut floss aus Augen, Mund und Nase.

»Schwierig, schwierig«, ächzte der besessene Octavian. »Ein Enigma für mich. Ich … kann nicht alles erfassen, aber sein Vater ist sehr, sehr alt. Versehen mit antiken Kräften, die es auf diesem Teil der Erde nicht mehr gibt. Sie stammen von einem anderen Kontinent deiner Welt und retteten sich an diesen Ort.«

Octavian zappelte und warf sich in seinen Fesseln vor und zurück, die langen hellbraunen Haare peitschten durch die Luft. Seine schmutzige Haut riss überall, Knochen zerknickten unter dem Fleisch, die Finger verbogen sich grotesk.

»Strenge dich an«, befahl Barbara dem Dämon. »Du schuldest mir Klarheit! Eher entlasse ich dich nicht in deine Sphäre.«

»Ich mühe mich. Doch versucht diese Macht, sich zu verschleiern«, erklärte der Besessene wimmernd. »Dieser Strigoi stirbt mir schneller, als ich das Geheimnis seines Vaters ergründen kann. Er hält nicht viel aus. Ich befürchte ...«

Schlagartig erlosch das Leuchten in den Augen. Brust und Bauchraum brachen auf, zerkleinerte Knochen, zerschnittene Innereien und Gedärme fielen in einem groben Brei vor die Füße des Blutsaugers. Octavian hing gleich einem deformierten Sack mit den Armen in den Fesseln am Steintisch herab.

Draga schrie vor Wut und Trauer auf.

Barbara machte einen Schritt weg von dem stinkenden Matsch, der aus dem Blutsauger gestürzt war.

Gleichzeitig strömte der schwarzbläuliche Umriss aus der Leiche, die drei Amethystaugen richteten sich auf Barbara. »Ich weiß, was du sagen willst, Menschenfrau. Ich bin mit meinen Untersuchungen noch nicht am Ende«, verkündete die krächzende Stimme. »Eine Strigoi mit jener Besonderheit sehe ich noch. Ich werde auch sie –«

»Nein«, schritt Barbara ein. Draga war zu wertvoll. Als Druckmittel oder als Verwirrungsmoment konnte sie im bevorstehenden Krieg gegen Cosmin hervorragende Dienste leisten. Doch als Kadaver nützte sie nichts. Barbara legte das *Abramelin* weg und einige leere Seiten auf das Stehpult. »Berichte mir alles, was du über den Vater weißt.« Gehorsam wiederholte der schwarzblau schimmernde Schemen seine Erkenntnisse, die sie eilends mit Tinte und Feder niederschrieb. Da es keinerlei echten, gesicherten Aufschluss über die Abstammung des Erzeugers gab, blieb nur eine weitere Frage. »Was ist seine Schwäche?«

»Des Vaters oder dieses Mischwesens?«

»Beides.«

Der Umriss richtete die drei pyramidal angeordneten Augen auf Draga. »Das Sonnenlicht wird sie nicht weiter kümmern. Doch es ist eine Fähigkeit, die sie erst mit der Zeit erlangt. Die ersten Jahre ist sie eine gewöhnliche Strigoi gewesen.« Er lachte leise und gehässig. »Es ist die Kraft des vollen Mondes, die sie schwächt.«

Barbara ließ die tintennasse Spitze über das Pergament zucken, Kleckse entstanden auf Papier, Finger und Kleid. *Endlich ein Ansatz!* »Sie oder alle Nachfahren?«

»Sämtliche Nachfahren. Der volle Mond verströmt etwas, dem sie anheimfallen.« Der rauchhafte Umriss waberte einmal um Draga. »Verbringen sie längere Zeit ungeschützt in den silbernen Strahlen, erhitzt sich das Blut, und sie verbrennen bei lebendigem Leib.« Der Beschworene wandte sich Barbara zu. »Was Werwölfe zwingt, ihre Bestie zu zeigen, wirkt sich ebenso auf sie aus: zum Schlechten.«

»Gibt es eine Verwandtschaft zwischen dem Vater und den Wandlern?«, hakte Barbara nach, während sie mit fliegenden Fingern schrieb.

»Das vermag ich nicht zu sagen.« Der dämonische Schemen näherte sich dem Schreibpult. »Ich habe dir einen Dienst erfüllt, wie du es von mir gefordert hast, Menschenfrau. Sende mich zurück dorthin, woher du mich gezwungen hast.«

»Das kann sie nicht«, rief Draga aus dem Hintergrund und lachte. »Der Bannkreis ist zerbrochen, und die Zeichen sind zerstört.«

Das Höllenwesen drehte sich leicht zur Seite, die drei Augen richteten sich auf die gesprungenen Platten mit den verbliebenen Kreide-, Erde- und Salzlinien. »Ist das wahr?«

»Ja«, gestand Barbara. »Doch das kann ich wiederholen, Camarion. Dein Refugium ist mir nicht unbekannt.«

»Wieso nennst du mich Camarion?«

»Weil du … Camarion bist.«

»Wie kommst du darauf?« Der Schemen schwebte einmal behutsam über den zerstörten Anrufungskreis, als könnte er auf diese Weise die Zauberzeichen lesen. »Oh, *nun* verstehe ich.«

Barbara hingegen verstand gar nichts. »Wenn du nicht Camarion bist, wer dann?«

»Töte sie! Sie hat dich hintergangen«, verlangte Draga bösartig. »Nur einen Dienst hättest du leisten sollen, und den hast du ihr erwiesen. Aber sie verwehrt dir die Rückkehr! Zerreiße sie, und nimm ihr die Seele!«

»Deine Symbole und Zeichen zielten auf Beelzebub und seinen Dienstgeist Camarion ab. Das hast du richtig gemacht«, stellte der Umriss gleich einem Magister fest, der zum Tadel ausholte. »Aber die Schäden an den Ornamenten und Linien traten *inmitten* deiner Beschwörung auf, nicht erst am Ende. Deine Stimme, wenn man so möchte, wurde dadurch umgeleitet und erreichte mich anstelle Camarions. So war ich es, der deinem Ruf folgen musste.«

»Reiß ihr das Herz heraus! Sie hatte kein Recht mehr, dir etwas zu befehligen.« Draga warf sich voller Erwartung in die Ketten, Speichel sprühte über ihre Lippen. »Du bist frei! Dein Dienst ist getan!«

»Das bin ich wahrlich.« Die rauchhafte, düsterblaue Gestalt verharrte am Rande des zerstörten Bannkreises. »Doch weder habe ich eine Vorstellung, wie ich aus eigener Kraft meine Heimat erreiche, noch kenne ich den Namen, den ich in deiner Welt trage, Menschenfrau«, stellte er sachlich fest. »Noch dazu wurde ich durch eine misslungene Anrufung herbeigezwungen. Frei und doch gefangen, wie mir scheint.«

Barbara fluchte innerlich. Das *Abramelin* hatte davor gewarnt, sich mit dunklen Mächten, Flüchen oder Schadzaubern zu beschäftigen. Nun stand eine Kreatur der Finsternis vor ihr, gegen die sie kein Mittel hatte. Ohne deren Namen und Herkunft zu kennen, ließ sie sich nicht verbannen.

Ich habe keinerlei Zugriff. Allmählich bekam Barbara es doch mit der Angst zu tun. »Was nun?«

»Diese Welt gefällt mir nicht«, sprach das blaudüstere, dreiäugige Rauchwesen missgestimmt. »Ich sehe keinen Grund, wie manch anderer von uns, mich in ihr einzurichten und meine Spiele mit den Bewohnern zu treiben.«

»Ich kann dich in eine andere Geistersphäre senden«, schlug Barbara vor.

»Die nicht meine Heimat ist? Um mich dort mit den Bewohnern zu schlagen und zu balgen? Weswegen?« Drohend schoss der qualmartige Dämon auf sie zu, die amethystfarbigen Augen leuchteten wütend auf. »Ich *habe* ein Zuhause! Dort werde ich gefürchtet und bin ein Prinz. Was sollte ich woanders, Menschenfrau?«

Draga verfolgte die Geschehnisse stumm. Sie hatte begriffen, dass ihre Worte nicht fruchteten.

Barbara nahm das *Abramelin*, legte es über ihre Notizen auf das Pult und suchte darin blätternd nach Hinweisen, wie man einen Dämon loswurde, ohne seinen Namen zu kennen. »Lass mich nachforschen, wie es anzugehen ist.«

»Das tue ich. Und so lange werde ich bei dir bleiben. Niemals mehr lasse ich dich aus den Augen, bis du dein Versagen und dein Versehen wiedergutgemacht hast«, donnerte die wabernde, blaudüstere Gestalt. »Fortan führst du zwei Schatten, Menschenfrau.«

Barbara hielt im Umblättern inne. »Wie stellst du dir das vor? Einen zweiten Schatten wird man mir als Hexerei und Teufelswerk auslegen. Es muss einen anderen Weg geben.« Sie nahm einen ihrer Almanache aus der Bücherwand hinter sich zur Hand, schlug ihn auf und wies dem Dämon das Bild eines Raben. »Kannst du diese Tiergestalt annehmen? Die Farbe seines Gefieders entspricht der deinen.«

»Das sieht schön aus. Was ist das?«

»Ein Rabe. Ich werde dich als meinen zahmen Hausvogel ausgeben, und du kannst stets um mich sein. Bei Tag und bei Nacht, um mich bei meinen Nachforschungen zu deiner Heimat und den nötigen magischen Formeln zu beobachten.«

Sogleich lief ein sachtes Schimmern durch den Schemen. Er verkleinerte sich und ahmte mehr und mehr die Form eines Raben nach, auch wenn er etwas zu groß geriet.

»Die Stimme eines Raben ist rau und kratzig wie deine. Er krächzt«, sagte Barbara und machte es ihm einmal vor. »So in etwa. Du wirst tagsüber echte Raben sehen und das Nachahmen erlernen. Für den Anschein.«

Die Augen des dämonischen Vogels blieben zunächst in der Farbe von Amethyst, bis sie sich zu Schwarz wie im Almanach wandelten. Das Gekrächze aus dem dunklen Schnabel klang nach einigen Versuchen täuschend echt.

»Nun die Sache mit dem Fliegen«, sagte Barbara. »Bewege die Flügel. Probiere, ob du abheben kannst.«

Flatternd machte der maskierte Dämon einige Hüpfer am Boden des Laboratoriums, bevor er abhob und einen wilden, unkontrollierten Flug durch das Gewölbe begann. Mehrmals kollidierte er mit der Wand, der Decke oder der Einrichtung, aber es gelang besser und besser.

Barbara hatte die harmlose Vogelgestalt nicht umsonst empfohlen.

Während der Rabe seine Flugkünste erprobte, erinnerte sie sich dunkel an eine Formel, die ihr nutzen könnte. *Nur wo stand sie geschrieben?*

Barbara blätterte zuerst im *Abramelin*, anschließend im *Clavicula Salomonis*, dem *Picatrix*, prüfte im *Sepher Raziel* nach, danach im *Corpus Hermeticum*. Aber auch im *Schemhamphoras* und im *Almadel* wurde sie nicht fündig. Erst als sie das *Abramelin* erneut zur Hand nahm, fand sie die Formel. Sie hatte schon befürchtet, dass sie das *Liber Consecratus* und die *Ars Notoria* wälzen müsste.

Der Rabe landete auf dem Pult vor ihr und äugte auf die offenen Zauberbücher. Aus dem Schnabel drang neuerliches Krächzen, das fragend klang.

»Es tut mir leid, aber ich kann es mir nicht erlauben, Zeit mit dir zu vergeuden«, sprach Barbara. »Bleibe, was du bist. Du wirst warten müssen, bis ich mich um deine Angelegenheit kümmere. Die Strigoi sind wichtiger.« Danach rief sie die Silben aus dem *Abramelin* und vollführte eine Abfolge von Handzeichen.

Um den Raben flirrte die Luft. Protestierend krächzte er, flatterte aufgebracht mit den Schwingen und brachte die Seiten zum Umblättern. Ein Schimmern ging über sein blauschwarzes Gefieder, als der Dämon im letzten Augenblick versuchte, seine andere Gestalt anzunehmen, doch der Bann war bereits über ihn geworfen. Nur die Augen erhielten die ungewöhnliche violett-rötliche Farbe des Amethysts zurück.

»Ruhig, namenloser Dämon. Bleibe meine zahme Krähe und höre fortan auf den Namen Malphas, wenn ich dich rufe. Dann wird es dir gut ergehen«, sagte Barbara erleichtert zu ihm. »Du hast mir einen wertvollen, großen Dienst erwiesen, und dafür werde ich dich zurückschicken in dein Reich, Prinz von einem anderen Ort. Aber es muss warten.«

Erneut krächzte der Rabe, streckte den Kopf vor und schleuderte ihr seine Verachtung und seine Wut entgegen.

»Ich schwöre, dass ich dich gehen lasse und zurücksende. Es steht dir zudem frei, davonzufliegen und dich auf unserer Erde umzusehen. Aber wisse, dass es genug Feinde von Raben da draußen gibt, die dich mit Netzen fangen oder aus dem Baum schießen. Dein Fressen bestünde aus Widerlichkeiten, aus verschimmeltem Fleisch von verwesenden Gehenkten oder Maden im Boden, vielleicht mal eine gestohlene Brotkrume oder eine süße Honigwabe.« Sie streckte lockend die Hand aus. »Bleibe bei mir, und es wird dir an nichts fehlen, Malphas. Du wirst es gut haben und viel erleben, bis du deine Welt wiedersiehst.«

Leise krächzend, als zetere der Dämon noch ein wenig, hüpfte der große Vogel mit dem blauschwarzen Gefieder auf ihre Hand und von da über den Arm zur Schulter hinauf, wo er einen Rundumblick über das Laboratorium warf.

»Sehr gut.« Barbara sah zu Draga, die resigniert an dem Steintisch hing und die Lider geschlossen hatte. Die kurze Hoffnung, dank des Dämons ihrem Gefängnis entkommen zu können, war gestorben wie Octavian. »Malphas, du achtest besser gut auf mich, hörst du? Ohne mich« – sie kraulte den Kopf des Raben und wunderte sich, wie warm und weich sich die Federn anfühlten – »musst du für alle Zeiten auf Erden weilen. In dieser unscheinbaren Gestalt.«

Barbara genoss ihre Macht. Sie hatte eine missratene Anrufung zu einem gelungenen Ende gebracht. Dass Malphas sie daraufhin schmerzhaft in den Finger zwickte, nahm sie in Kauf. Geduldig versorgte sie die kleine Wunde, die Ränder des Schnabels waren scharf wie ein Messer.

Nun hatte sie einen angemessenen Beschützer, Tag und Nacht, wie es einer Schwarzen Königin gebührte. Die Menschen würden Malphas lieben und fürchten und Geschichten über ihn erfinden. *Wie bei mir.*

KAPITEL 9

TSCHECHISCHE REPUBLIK, HAUPTSTADT PRAG, VIERTEL HOLEŠOVICE, GEGENWART, WINTER

»Zita hat zwei Hauptquartiere, die sie mit ihren Leuten benutzt«, erklärte Jolana und positionierte verschiedene Handfeuerwaffen auf dem Esstisch. »Das eine ist ein Kulturklub, ein alter Bahnhof, den ihre Mittelsmänner gekauft haben. Tolles Gebäude im Historismus und mit Jugendstilelementen. Ich hoffe, wir beschädigen es bei unserer Attacke nicht zu sehr.«

»Und das andere?« Len hatte keine Ahnung, was da vor ihm lag. Das eine Waffenexemplar sah futuristisch, das zweite zeitlich längst überholt aus.

»Ein Krematorium. Auf dem Olšanské hřbitovy, dem Wolschaner Friedhof. Eine Nekropole aus zwölf Friedhöfen im Stadtteil Žižkov.« Jolana hob die modern anmutende Waffe an. »Sie lassen dort die Opfer ihrer Blutorgien verschwinden. Asche ist rasch verstreut.« Sie tippte mit dem Zeigefinger auf eine der aufgeschraubten Kartuschen an dem Gerät. »Das ist eine sogenannte Handfackel. Eigentlich konzipiert für Feuershows auf der Bühne. Manuelle Flammenstöße mit einer Reichweite von jetzt etwa vier Metern. Ich habe sie modifiziert.« Der Reihe nach wies sie auf die Sicherungen. »Abziehbarer Schlüsselschalter, doppelt ausgeführter Sicherheitstaster. Damit man sich nicht selbst grillt.« Sie zeigte auf die Druckanzeige. »Ist sie im roten Bereich, müssen Sie die Gaskartuschen wechseln. Am besten beide.« Sie reichte sie ihm.

»Ein Flammenwerfer«, fasste Len zusammen. Das Gerät war erstaunlich leicht.

»Ganz genau. Keine großen Vorbereitungen, einfache Bedienung.« Jolana beobachtete Len, wie er sich mit der Waffe vertraut machte. »Feuer. Wie ich schon sagte: Dagegen besteht kaum etwas oder jemand.«

»Kaum?«

»Kein Vampir, von dem ich weiß.« Jolana nahm ihm die Handfackel ab und reichte die schrotflintenähnliche Abschussvorrichtung, der man ansah, dass sie in längst vergangenen Zeiten konzipiert worden war. »Der russische Lizenznachbau einer deutschen Handflammpatrone, kurz Hafla. Zieht man den Abzug, fliegt eine Brandkörperladung vorne heraus. Trifft die Kartusche nach etwa hundert Metern keinen Widerstand, detoniert sie von selbst und überzieht auf einer Fläche von fünfzehn mal fünfzig Metern alles mit einem Teppich aus brennendem weißem Phosphor. Eintausenddreihundert Grad. Das löscht man nicht mal eben so.«

Lens Vorbehalte stiegen. »Weißer Phosphor ist … hochgiftig!«

Jolana schenkte ihm ein mitleidiges Lächeln. »Ich mache mir in dem Fall weniger Sorgen um die Natur, Herr Lenau.«

»Wozu braucht man so was?«

»Im Krieg. Gegen Fahrzeuge, Infanterie«, zählte Jolana auf. »Oder gegen übermächtige Gegner der Anderswelt, die man verbrennen kann. Diese Hafla-Nachbauten sind bei Jägern sehr beliebt.« Sie deutete auf den simplen Abzug. »Entsichern, abdrücken, und es geht los. Nach dem Aufschlag flammt die Ladung blitzartig auf und entwickelt starke Hitze und Rauch.«

»Wir stürmen *damit* einen Klub?« Len sah sich schon inmitten eines höllischen Infernos. In einem Vulkan hätte es mit eintausenddreihundert Grad und tödlichen Dämpfen nicht finaler sein können.

»Um genauer zu sein: die unterirdische Anlage. Einmal die Woche hält Zita eine Besprechung ab, was in Prag zu tun und zu kontrollieren ist. Das ist heute. Damit erwischen wir sie und ihre besten Leute an einem Ort.« Sie sah das Unbehagen auf Lens Zügen. »Alternativ können Sie auch tagsüber angreifen, Herr Lenau. Alleine. Da ich zur Vampirin geworden bin, stehe ich leider nur nachts zur Verfügung.«

»Nein, bloß nicht!« Er legte die Hafla zurück auf den Tisch. »Ich bin froh, nicht so nahe an die Blutsauger heranzumüssen.«

»Das übernehme ich, sollte es nötig sein.« Jolana klopfte ihm auf die schmale Schulter. »Sie sind sehr tapfer.« Sie langte neben sich und öffnete eine Kiste, um ein Messer herauszuholen, in dessen oberem Klingendrittel eine Aussparung mit einer kleinen Kartusche saß. »Für den eventuellen Nahkampf, Herr Lenau.«

»Lieber nicht.«

»Danach wird sich kein Vampir richten.« Jolana deutete auf einen unscheinbaren Knopf am Griff. »Drücken Sie den, explodiert die Kapsel. Reißt tiefe Wunden, wenn die Waffe im Gegner steckt. Haben Sie das Herz getroffen, ist der Blutsauger vernichtet. Also, meistens.«

Len staunte die Professorin an. »Sie sind *echt* darauf vorbereitet.«

»Seit Jahren. Ich wusste, dass mich Zita und das Netzwerk, das die Burgen der Schwarzen Königin überwacht, nicht ewig gewähren lassen werden.« Jolana lächelte. »Und ich bin auch keine Professorin. Werden Sie sich aber gedacht haben, Herr Lenau. Es ging nur darum, Ihnen eine Geschichte zu liefern, die glaubwürdig ist. Aber die Bezeichnung hat sich eingebürgert, wegen meiner Vorliebe für Historie.«

»Glaubwürdig war Ihre Story allemal.« Len rührte das Messer nicht an. Das Arsenal des Todes breitete sich vor ihm aus, mit dem er gegen Untote in die Schlacht ziehen würde. Das Pfählchen auf dem Pfad der Ahnen. *Die Vampire werden sich bestenfalls totlachen, wenn ich damit erscheine.* Der Gedanke brachte die Erinnerung an die Eintragungen im Notizbuch zurück. »Welche Besonderheiten haben die Gegner? Auf was muss ich besonders achten?«

»Das Übliche: Sie sind schneller, stärker, flinker als ein Mensch«, antwortete sie ehrlich. »Aber es sind gewöhnliche Upire, also Vampire, die keiner gesonderten Art angehören. Keine Nex, keine Tenjac und schon gar keine Strigoi. Nur bei Zita müssen wir achtgeben. Sie ist eine Viesczy, eine Vampirin mit Hexenkräften. Aber viel vermag sie nicht. Taschenspielereien, um die Upire zu unterdrücken und sich als ihre Anführerin aufzuspielen. Keine Zauberei, die sie gegen Flammen schützt.«

Das alles beruhigte Len nur mittelmäßig. Schnell, stärker und flinker genügte völlig, um ihn im Handumdrehen zu töten und sein Blut zu trinken.

»Machen Sie einfach viel Feuer, Herr Lenau.« Jolana verzurrte drei Haflas mit Kabelbinder und wickelte einen weiteren um die Abzüge, um mit einem Ruck drei Geschosse auslösen zu können. »Den Rest übernehme ich.«

Len würde sie beim Wort nehmen.

***

TSCHECHISCHE REPUBLIK, HAUPTSTADT PRAG, VIERTEL VYŠEHRAD, GEGENWART, WINTER

Als Len vom Beifahrersitz des Lada Niva auf den wunderschönen alten, renovierten Bahnhof von 1904 sah, konnte er nicht glauben, dass im Untergeschoss und hinter der atemberaubenden, weißen Fassade das Böse residierte.

Während Jolana den olivgrünen Geländewagen langsam vorbeisteuerte, sog der junge Mann die Eindrücke auf.

Scheinwerfer beleuchteten das dreiflügelige, teilhölzerne Aufnahmsgebäude, das einst nicht einfach nur Warteraum, sondern auch Verkaufsraum für Tickets, Erfrischungsgetränke und Zeitschriften war. Die Architektonik zeigte, dass die k.k. Staatsbahnen der österreichischen Monarchie protzen wollten und sich dafür an den französischen Renaissanceschlössern aus dem 16. Jahrhundert orientierten. Dazu gesellten sich Elemente des seinerzeit angesagten Jugendstils.

Vor allem gefiel Len der mittlere Teil mit seinen vier Türmchen im Stil der Loire-Schlösschen, unter denen sich die Wartehalle befand. Wo einst Billetts verkauft worden waren, gab es nun Kunstausstellungen, Konzerte, Events in großem und kleinerem Stil.

Der alte Bahnhof lag perfekt. Die Beleuchtung und die Aufmachung machten aus ihm ein Glanzlicht, das mit den umliegenden historischen Bauten konkurrierte.

»Da sich die Stadt mit dem vorherigen Besitzer nicht über den Kaufpreis des Gebäudes einig geworden ist, schnappte es sich Zita«, erklärte Jolana und hielt an der roten Ampel davor an. »Wer will einer Vampirin schon etwas abschlagen?«

Len sah die blutroten Banner mit den Hinweisen auf die Ausstellung des Malers Alfons Mucha, dessen Werk *Slawisches Epos* als Dauerleihgabe im Bahnhof zu finden war. Hinter den großen Fenstern der drei Gebäudetrakte zuckten bunte Lichter. Es wurde getanzt, gefeiert und gelebt.

»Heute ist Finissage im Stil der Zwanziger«, las Len von einem Plakat ab. Nachwuchskünstlerinnen und Künstler hatten als Hommage an Mucha dessen längst zu Klassikern gewordenen Motive modern interpretiert. Durch den Eingang kamen und gingen unentwegt Gäste in passender Kleidung der Roaring Twenties. »Wir bringen mit unserer Attacke sehr viele Menschen in Gefahr.«

»Es nützt nichts. Wir können keine Woche warten.« Jolana fuhr an, als die Ampel auf Grün sprang, und bog ab. »Es gibt einen alten Passagiertunnel, damals der erste bei einem Prager Bahnhof. Er führte auf die Mittelinsel zwischen den Gleisen, aber Zita hat ihn heimlich erweitern lassen. Durch ihn gelangen wir direkt in die Katakomben.«

Len musste anerkennen, dass sie bestens vorbereitet war. *Kein Wunder, bei diesem Auftrag.* Er sah auf die Rückbank, auf der zwei große Sporttaschen lagen. Sie waren randvoll mit Haflas und Flammenwerfern in Gewehrform plus Nachladegaskartuschen. Und Industriegasmasken.

Jolana stoppte den Lada weit entfernt von dem Durchgang in einer schattigen Parkbucht. Sie stiegen aus und legten sich ihre Ausrüstung über die herkömmliche Straßenkleidung an.

An Lens taktischer Weste waren acht Gasbehälter zum Nachladen angebracht. Der Vorteil war, dass die Dosen recht leicht waren, ebenso wie die beiden Flammenwerfer, die er sich mit Tragriemen umhängte. Zwei Haflas wurden ihm von Jolana in die Rückenhalterung gesteckt.

»Zita ist ungefähr so groß wie Sie, Herr Lenau. Sie hat eine Runentätowierung am rechten Hals, die sich über die Wange bis hinauf zum Haaransatz zieht«, erklärte sie dabei. »Die Haare sind lang und goldfarben, links trägt sie einen ausrasierten Scheitel, in dem sie gerne ein schmales Band mit Diamanten trägt. Sie ist also weder zu übersehen noch zu verfehlen.«

»Habe ich mir gemerkt.« Im Kopf ging Len nochmals die Handgriffe an seinen Waffen durch. *Ich bin ein Drăculești,* rief er sich ins Gedächtnis, um sich Mut zu machen.

Brachten er und Jolana die Vampire nicht zur Strecke, wären sie selbst bald tot. Und damit gäbe es keine Nachfolger mehr für das Wissen der Schwarzen Königin. Die Blutsauger hätten einen doppelten Sieg errungen. Daher musste der Einsatz ein Erfolg werden. Unter allen Umständen.

»Immer mir nach.« Jolana trug überwiegend Haflas mit sich, dazu eine Pumpgun mit enormem Schalldämpfer und einem breiten Munitionsgurt, als wollte sie gegen eine Kompanie in den Krieg ziehen. In einer Umhängetasche vor der Brust transportierte sie Werkzeug.

Sie huschten über die Straße und eilten in den Tunnel.

Len verschwieg der Vârcolac, dass er sich schon wieder verfolgt fühlte. Dieses Empfinden würde sich bis ans Ende seines Lebens nicht mehr legen, fürchtete er. Ein Dauerzustand seiner überreizten Psyche.

Jolana machte sich an einem unscheinbaren Stromverteiler zu schaffen, bevor sie tiefer in den Gang vorstießen. Das schwache LED-Licht an der Decke sprang um auf Rot, ein Alarm ertönte nicht.

»Soll das so sein?« Len taten nach einigen Metern im Laufschritt schon die Füße und der Rücken weh. Er war die Anstrengung nicht gewohnt.

»Ja.« Jolana blieb vor einer schweren Eisentür stehen und nahm einen elektrischen Dietrich heraus, knackte damit die angebrachten zwei Schlösser binnen Augenblicken. »Sobald ich die Tür öffne, wissen die Vampire, dass wir kommen. Uns bleiben zehn Sekunden, um in den Hauptraum zu gelangen und ihnen den Weg abzuschneiden.« Sie sah ihn aufmunternd an. »Nur Mut, Herr Lenau. Denken Sie immer dran, wer Sie sind.«

»Drăculeşti«, sagte er in einer Mischung aus Resignation und gespielter Zuversicht.

Jolana setzte ihre Gasmaske auf und wartete, bis er es ihr nachgetan hatte. Dann drückte sie den Eingang auf und spurtete hindurch.

Als Vampirin besaß sie körperliche Vorteile, von denen Len nur träumen konnte. Anscheinend hatte sie vergessen, dass er nur ein normaler Mensch war. Ohne sich um seine Umgebung zu kümmern, folgte er ihr, so rasch es ihm möglich war, durch das Neonlicht, das in dem kargen Korridor herrschte. Die Gasmaske erschwerte das Atmen. Er keuchte unter der Anspannung und der Last wie eine Französische Bulldogge nach einer halben Stunde Dauerlauf.

Aus dem Augenwinkel sah er Zelltüren, an denen elektronische Schlösser saßen. Was oder wen Zita gefangen hielt, konnte Len sich ungefähr ausmalen. Vampire brauchten das Blut der Lebenden. Wo das ausgesaugte Futter irgendwann endete, hatte Jolana angedeutet: im Krematorium.

Aus der geöffneten Tür vor ihm drangen Geschrei, wüstes Gefluche und gleißender Flammenschein, gefolgt von dichtem Rauch. Der weiße Phosphor war in Aktion getreten.

Noch bevor Len den Durchgang in den Besprechungsraum erreichte, kamen ihm eine Frau und ein Mann entgegen, deren Kleidung und Haare Feuer gefangen hatten. Die Chemikalie fraß sich durch die Haut, kroch in die Körper und sprang auf die Hände über, mit denen sie die Flammen ersticken wollten.

Abgelenkt von Schmerz und Feuer, sahen sie Len zu spät.

Er riss aufgeregt den Flammenwerfer hoch, entsicherte ihn und löste die Lohe aus. Dass er dabei vor Anspannung und Schreck schrie, wurde ihm erst bewusst, als er den seltsamen Laut in der Gasmaske als eigene Stimme registrierte.

Fauchend schoss eine gut drei Meter lange, blaurote Flamme aus der Düse und hüllte die Oberkörper der Flüchtenden ein. Solange Len in seiner Aufregung den Abzug hinten hielt, grollte und zischte das lanzenhafte Feuer gegen die Vampire.

Der Mann und die Frau taumelten geblendet zur Korridorwand und stürzten übereinander zu Boden.

Len hielt den Werfer auf sie gerichtet, schrie sich Mut zu und machte einen Schritt nach vorne, um die Trefferfläche zu vergrößern. *Vergeht! Scheiße, werdet zu Asche!*

Die Vampire zuckten in Phosphor und Gasflamme – bis es hörbar zweimal knackte. Die Schädel waren unter der Hitze zersprungen. Die Bewegungen der Untoten endeten.

Parallel erlosch die Lohe, die Kartuschen waren ausgebrannt.

Hastig schraubte Len die leeren Behälter ab, warf sie weg und setzte zwei neue ein. Der erste Erfolg hatte ihn in Euphorie versetzt. Der Gestank der verbrannten Leichen wurde durch die Filter der Maske zurückgehalten. Sonst hätte er sich sicher vollgekotzt.

»Professorin?« Len hastete in den verrauchten Besprechungsraum.

Überall lagen glimmende, brennende oder verkohlte menschliche Umrisse zwischen den verrußten und in Flammen stehenden Möbeln. Ascheflocken und Staub waberten umher und trübten die Sicht. Sogar einige Flächen an den Betonwänden hatten Feuer gefangen, der weiße

Phosphor setzte sich daran fest und brannte. Knackend zerplatzte der Stein unter der immensen Hitze, Armierung kam zum Vorschein.

Alles in allem schätzte Len die Zahl der vernichteten Gegner auf ein gutes Dutzend. Dann musste er die grauen Flöckchen von den schützenden Gläsern vor seinen Augen wischen – und erstarrte.

Zita hatte überlebt. Ihre rechte Körperseite war Opfer der chemischen Flammen geworden, sie wurde von einem ihrer angeschlagenen Vampire gestützt. Aber das lange, goldene Haar war geblieben, und irritierenderweise glitzerte der Diamantbandschmuck auf ihrem Kopf.

Vor der Viesczy stand Jolana, die Augen weit aufgerissen und ohne Gasmaske. Die schallgedämpfte Pumpgun hatte sie weggeworfen, ebenso die gebündelte Hafla-Konstruktion.

Was geht hier vor? Len zog mit der freien Hand eine Flammpatrone, um sie gegen Blutsauger einzusetzen, die durch eine der drei Türen hereinstürmen könnten. Für eine Flächenwirkung waren diese Waffen perfekt.

»Verschwinde, Drăculeşti. Verlass das Land, und kehre nie zurück«, verlangte Zita mit schwacher Stimme. »Jolana gehört nun zu mir. Ich habe sie unter Kontrolle.«

Scheiße. Daran hatten Len und Jolana nicht gedacht. Offenbar verfügte die Anführerin der Prager Vampire über die Gabe, ihre Art in ihren Bann zu zwingen und sie gefügig zu machen. *Doch mehr als Zaubertricks.*

»Nein.«

»Mutig. Dämlich.« Zita versuchte sich an einem Lächeln. »Ich bin zu geschwächt für einen Kampf gegen dich. Aber bleibst du in Prag, wird dich mein Ubir bekommen. Sobald ich die Verbrennung regeneriert habe, mache ich ebenso Jagd auf dich«, versprach sie schleppend. »Und vorher töte ich die Professorin. Ist es *das,* was du möchtest?«

Len schluckte. Dieses Szenario war in ihrem Plan nicht vorgesehen gewesen. Die Abreise erschien ihm äußerst verlockend.

Hinter Len erklang unvermittelt ein aggressives Grollen. Zwei starke Arme schlangen sich von hinten um seinen Körper wie eine Klammer.

Überrascht von der harschen Umarmung, löste Len beide Waffen aus.

Die drei Meter lange Gaslohe aus dem Flammenwerfer brandete ungefährlich gegen die Betondecke, und die Kartusche flog mit einem Knall aus dem Lauf. Sie zerschellte wegen der zu kurzen Flugzeit nicht an der Wand, die Sicherung verhinderte die zu frühe Zündung. Der Brandkörper hopste über den Boden und versank in einem verbrennenden Vampirkadaver.

Len versuchte, sich mit Zappeln und Wackeln aus dem Griff seines überstarken Gegners zu lösen – als die Kartusche durch die Hitze doch noch in die Luft ging.

Der flammende Torso detonierte. Die brennende Phosphorsubstanz spritzte in die Höhe, klatschte gegen die Decke und fiel kreisförmig in dem Raum nieder.

Len spürte, wie sein Peiniger von der Explosion überrascht wurde und dessen Kraft für eine Sekunde nachließ. Schnell drehte er sich und ließ sich nach vorne fallen. Dadurch zog er den überrumpelten Vampir mit sich und nutzte ihn als Schutzschild. Durch seine schmale Statur blieb er unter dem Körper verborgen.

Das chemische Feuer landete im nächsten Moment ringsherum.

Der Blutsauger schrie auf und gab Len frei, stürzte taumelnd aus dem Raum, zog Rauchschwaden hinter sich her. Seine gesamte Rückseite stand in Flammen, die Haare vergingen blitzartig.

Einen bin ich los. Len wandte sich im Liegen nach Jolana um.

Sie wurde gemeinsam mit Zita aus dem Zimmer gestoßen. Der letzte der Helfer verschwand zusammen mit den Vampirinnen aus dem Inferno.

Nein! Len rappelte sich auf.

Durch den Gang konnte er nicht verschwinden. Jenseits der Flammen erschienen zwei weitere Vampire, die ihn durch die züngelnden Lohen anstarrten.

Daher folgte Len dem Trio quer durch das Zimmer, vorbei an den Feuerpfützen und Flammenwänden. Die Maske bewahrte Nase, Lunge und Augen vor den Gasen. Er lief, bis er auf der anderen Seite vor einem Treppenaufgang und dem Fahrstuhl stand.

Qualm hing in dem Schacht, aus den oberen Stockwerken des Bahnhofs erklangen aufgeregte Rufe und das Heulen einer Warnsirene. Die Finissage endete früher als erwartet.

Raus hier! Len warf die verräterische Ausrüstung samt taktischer Weste ab und hetzte die Stufen hinauf ins Foyer, durch das die Besucherinnen und Besucher strömten.

Er nutzte das Durcheinander, um sich einzureihen und ungehindert ins Freie vor das Bahnhofsgebäude zu gelangen. Dass er dabei mehrfach angerempelt wurde, ließ sich nicht verhindern. Er achtete darauf, dass ihm nichts gestohlen wurde.

Rasch sah er sich von den Treppen herab um. *Sind sie noch da*?

In der Ferne stiegen Zita, Jolana und der Vampir in einen gepflegten schwarzen Tatra 603 und fuhren davon. Der Oldtimer aus den späten Fünfzigern des letzten Jahrtausends hatte etwas Nobles und aus der Zeit Gefallenes, wie er zwischen die modernen Wagen einscherte und sich entfernte.

Len sah der Limousine nach und wäre am liebsten in Tränen ausgebrochen. Alles war schiefgegangen. Wirklich alles. Nun jagten ihn der Ubir, Zita – und Jolana.

Oder ich verschwinde aus Prag und aus Tschechien.

Diese Option musste er überdenken, an einem sicheren Ort. Und das blieb die Wohnung der Professorin mit ihren zig Abwehrvorrichtungen und vorwurfsvoll starrenden Ikonengesichtern.

Schnell schnappte sich Len ein Taxi und machte sich auf den Weg.

Nun benötigte er dringend Klaras Beistand und Rat. Und ihren Anblick.

***

TSCHECHISCHE REPUBLIK, HAUPTSTADT PRAG, VIERTEL ŽIŽKOV, GEGENWART, WINTER

Len sah auf das Display des Tablets, von dem ihn Klara anstrahlte. Sie saß beim Frühstück, das sie sich aufs Hotelzimmer hatte kommen lassen. Oma Mokka befand sich bei der Reisegruppe und schwindelte etwas von Unwohlsein ihrer Enkelin.

Mit Sonnenbrille, eingemummelt in Mütze und Schal, saß Len auf einem Picknickplatz, umringt von ehrwürdigen Bauwerken und Bäumen auf dem jüdischen Friedhof, der genau gegenüber der Trauerhalle Nová obřadní síň und dem anschließenden Krematorium lag. Das zweite Hauptquartier der Vampire von Prag.

Dort vermutete er Zita, Jolana und den Ubir.

Eine Stunde lang war er wie ein Tourist über die Nekropole gewandert und hatte dabei die Gegend ausgekundschaftet, war auf die andere Straßenseite zu Kafkas Grab gewandelt und täuschte jetzt eine Pause vor.

»Danke, dass du das machst.« Len ließ den Schal vor Mund und Nase. Feuchtigkeit bildete sich an den Fasern, kristallisierte an der Außenseite.

Sie lächelte ihn aus dem Hotelbett an, trug Pyjama und eine Decke umgelegt. Im Schneidersitz aß sie vom Untersetzer. »Soll ich dich *das* alleine durchziehen lassen? Nein. Da ich nicht dabei sein kann, versuchen wir es auf diese Weise. Auch wenn es nur ein bisschen ist.«

»Na ja. Du wirst mein zweites Paar Augen sein.« Len hatte sich innerlich damit abgefunden, die nächste Straftat zu begehen, gemessen an irdischen Maßstäben. Im Rucksack zu seinen Füßen befanden sich zwei Haflas, ein Flammenwerfer mit zwei Gasdosen; das Messer mit der Explosivkartusche trug er verborgen unter seiner Jacke am Gürtel.

Die Entscheidung war gestern bereits auf der Fahrt in die Wohnung der Professorin gefallen. Len musste Jolana aus Zitas Klauen befreien. Ließe er sie bei der Viesczy, bliebe sie bis ans Ende ihrer Existenz eine Untergebene von Zita. Somit konnte Jolana ihre Funktion als Wächterin der Unterlagen nicht mehr wahrnehmen. Was passierte dann mit dem alchemistischen Wissen der Schwarzen Königin?

Es wäre für immer verloren und vergessen. Und damit hätten die Vampire gewonnen. Das darf nicht sein. Len hatte es mit Klara ausführlich besprochen, die es genauso sah wie er.

Er war ihr so dankbar, dass sie ihn nicht auslachte und ihm keine Vorhaltungen wegen seiner offenkundigen Schwäche machte. In Sachen Krieg gegen Vampire hatte er einiges aufzuholen. Auch dafür benötigte er Jolana.

»Weißt du, was ich bedauere?« Klara hob ein Buttermesser und führte es in der Luft wie zur Attacke. »Dass *ich* keine Drăculeşti bin.«

Len lachte. »*Das* würde mir gefallen! Du wärst tougher als ich.«

»Sagen wir, ich hätte andere Schwerpunkte bei Kämpfen als du«, erwiderte sie diplomatisch. »Ich habe Oma gelöchert, ob ich nicht auch verwandt sein könnte.«

»Und?« Irgendwie mochte Len den Gedanken nicht. Sollte er sich eines Tages trauen, Klara sein Herz zu öffnen, wäre es seltsam, eine Verwandte zu daten, auch wenn der Beziehungsgrad allenfalls in My zu beziffern wäre.

»Leider nein. Unsere Großmütter stammen zwar aus demselben Dorf, aber trotzdem gibt es keinerlei Verwandtschaft.« Klara legte das Messer weg und trank von ihrem dampfenden, heißen Kaffee. Die blonden Haare standen verstrubbelt nach allen Seiten. »Wach genug wäre ich. Wann willst du loslegen?«

»Gleich. Ich wollte mir noch etwas Mut antrinken.« Er hob seinen Thermosbecher, in dem sich starker Kaffee befand. Schal runter, ein schneller Schluck, Schal hoch. Er steckte sich einen Bluetooth-Stecker ins Ohr und befestigte das Tablet am Rucksack, sodass die Kamera nach hinten zeigte. »Ohne dich wäre ich total am Arsch«, gestand er.

»Sobald sich was anschleicht, warne ich dich. Ich passe auf«, versicherte Klara.

Len warf sich den Tragebeutel auf den Rücken. »Passt das? Ist die Sicht gut so?«

»Ja. Ich sehe alles«, sprach sie klar und deutlich in sein Ohr.

Langsam erhob er sich, nahm den Becher und verließ das Picknickareal, überquerte die Straße und wechselte zu Prags größter Nekropole.

Vor der Trauerhalle sah er bereits von Weitem zwei Männer in schwarzen Anzügen, dunklen Mänteln und mit Schirmmützen auf dem Kopf in einer Art Totenwache vor dem Gebäude stehen.

Nur dass für diesen Tag keine Beisetzungen geplant waren. Dies waren sicher Zitas engagierte irdische Leibwächter, während die Vampirin irgendwo drinnen lag und wartete, dass die Nacht anbrach.

»Und?«, hörte er Klara aufgeregt fragen.

»Ich überlege, wie ich sie weglocke.« Len nahm an, dass im Innern mindestens noch mal so viele Gegner auf ihn warteten. Die schallgedämpfte Pumpgun wäre ihm gelegen gekommen, doch sie war im Keller des Bahnhofs geblieben. Nicht dass er damit umgehen könnte, aber der abschreckende Effekt wäre ihm willkommen gewesen. »Hast du einen guten Vorschlag?«

Stille.

»Len?« Ihre Stimme klang tiefer und wachsam.

»Ja.« Er erstarrte in der Bewegung.

»Hinter dir steht ein kleines Mädchen, und es hält eine Zeichnung in der Hand. Es streckt sie nach dir aus. Als wäre es ein Geschenk?«

Schlagartig befielen Len die Erinnerungen an jene Nacht, als die Irre das blonde Kind angegriffen hatte – dessen Leiche die Polizei bereits viel früher gefunden hatte. Sein Inneres vereiste. Langsam wandte er sich um.

»Drăculeşti«, sagte das hellhaarige Mädchen, angezogen wie damals auf der Karlsbrücke. »Ich konnte dir das Geschenk nicht geben.« Sie hob die Zeichnung höher. »Für dich.«

Len nahm das Blatt vorsichtig entgegen. Er traute der Friedlichkeit nicht. »Du bist tot«, stellte er fest.

»Ich bin tot«, gab das Mädchen zurück und lächelte. Die großen, falschblauen Augen verfolgten jede seiner Bewegungen. Ein entrücktes Entzücken lag auf ihren Zügen. »Und du bist es nicht.«

Da Len nicht wusste, ob er die Gelegenheit noch mal bekäme, nutzte er sie. »Was hast du auf der Brücke gemeint, als du gesagt hast, dass man mein Blut bis in meine Heimat hört?«

»Du bist ein Beschützer. Viele warten auf dich.« Das Kind nickte bekräftigend. »Es wird sich dir alles erschließen, Drăculeşti. Wir wissen das.«

»Wer ist *wir?*«

»Etliche Wesen der Anderswelt, die du gegen die Blutsauger verteidigen musst. Sonst rotten sie unsere Vielfalt aus. Sie erstarken. Nacht für Nacht. Wie in Prag, bevor du gekommen bist.« Das namenlose Mädchen seufzte. »Wir mussten lange warten.«

»Wer war die Frau auf der Brücke? Warum wollte sie dich töten?«

Das hübsche Gesichtchen verdüsterte sich. »Sie gehörte zu jenen, die dich fürchten. Sie wollte dich töten, aber ich hielt sie lange in Schach. Da kam sie, um mich und dich zu vernichten. Ich lockte sie auf der Brücke in die Falle.«

»Und was bist *du?*«

»Eine ruhelose Seele, die erst Erlösung findet, wenn sie gerächt ist. Die Gesetze der Anderswelt. Du wirst es lernen, Drăculeşti. Sei unsere Hoffnung.« Das Mädchen fand seine Verzückung wieder, auch wenn die blauen Augen unheimlich und Furcht einflößend wirkten. »Du wirst alles lernen.« Es machte Anstalten, sich zu entfernen.

»Warte.« Len kam ein Einfall, den er für durchaus gut hielt. In der Theorie. »Du besitzt besondere Kräfte, sagst du?«

Das Kind grinste verschmitzt. »Sie sind nichts im Vergleich zu dem, was du eines Tages vermögen wirst, Drăculeşti. Aber ja. Ich beherrsche ein paar Kunststücke. Die Kraft der Toten und unruhigen Seelen.«

Len deutete auf die Trauerhalle. »Um meine Bestimmung zu erfüllen, brauche ich Jolana Černá an meiner Seite.«

»Die falsche Professorin und einstige Vârcolac, die nun eine Vampirin ist«, resümierte das Mädchen. »Viele von uns kannten sie als beständige Sucherin nach den Geheimnissen der Schwarzen Königin. Sie hat ihr dunkles Geheimnis sehr gut verborgen. Wir hielten sie für eine Herkömmliche.«

Len fühlte eine große Erleichterung. »Kannst du mir zur Hand gehen? Ich muss sie befreien und vermute, dass sie sich irgendwo in dem Gebäude zusammen mit Zita befindet.«

Das Kind lehnte sich zur Seite und spähte an ihm vorbei zur Trauerhalle. »Diese Leute sind dir im Weg, Drăculeşti. Ist es das?«

»Ja. Ich bin mehr auf Vampire vorbereitet.« Len wusste, dass es nach Ausrede klang. Aber es war ihm egal. »Kannst du sie für mich ablenken?«

»Sie und alle anderen, die dich aufhalten wollen.« Das blonde Mädchen deutete einen höfischen Knicks an. »Es ist mir eine immense Freude, Drăculeşti.« Es ging an ihm vorbei und durch den Torbogen der Einfahrt.

»Das kam überraschend«, kommentierte Klara über den Ohrknopf.

»Und sehr passend«, fügte Len an. Er war gespannt, was seine unverhoffte Verbündete ausrichtete.

Das Kind hielt auf den Eingang der Trauerhalle zur, deren säulengestützte Fassade übergroß und gewaltig vor ihm aufragte.

Die beiden Männer drehten ihm die bemützten Köpfe zu, der rechte langte unter seinen Mantel. Die Anweisung, jeglichen Besuch aufzuhalten, ließ eindeutig keinerlei Ausnahmen zu. Dass der Mann zur Waffe griff, sagte ihm, dass die Aufpasser mit den Tücken der Anderswelt vertraut waren. Niedlichkeit bedeutete nicht Ungefährlichkeit.

Als sich das Mädchen noch einige Schritte entfernt von ihnen befand, hob es die Arme, als würde es einen unsichtbaren Gegenstand hochhieven. Die Finger bewegten sich, die Spitzen zuckten.

Schlagartig überzog sich die Haut der Männer mit schwarzen Pusteln, die auf die Größe von Tischtennisbällen anwuchsen und leise ploppend zerplatzten. Fauliger Eiter rann über die Gesichter, sickerte in Augen und Mund.

»Ach du Scheiße«, murmelte Len und hängte sich den Rucksack vor die Brust, damit Klara sah, was geschah.

»Ist das … irgendeine Seuche?«, wollte sie wissen. »Das sieht schrecklich aus!«

Die beiden Aufpasser taumelten würgend und erbrachen Blut, stürzten auf die Stufen und blieben zuckend vor der Halle liegen.

Das Mädchen wartete nicht auf Len, sondern setzte seinen Weg fort. Es öffnete das große Tor und betrat das Gebäude, als gehörte ihm die Nekropole.

»Das ist … Nichts anfassen!«, mahnte Klara überflüssigerweise mit einem hörbaren Kloß im Hals. »Halte am besten die Luft an, wenn du an denen vorbeigehst.«

Len heftete sich an die Fersen des Kindes, dessen Gestalt im Dunkel der Trauerhalle versank wie in Tintenwatte.

Im Vorbeieilen sah er die Männer, an deren Körper sich faustgroße, schwärende Wunden geöffnet hatten. Blut, schwarze Flüssigkeit und Eiter malten Muster auf den Stufen, auf denen sie sterbend lagen. Der Gestank war widerlich, voller Krankheit und Auflösung und Verwesung.

Noch ehe Len die Schwelle erreichte, erklang aus dem Innenraum das Aufschlagen von Körpern auf dem Boden.

Im gedämpften Licht der Trauerhalle sah er zwei weitere Männer und zwei Frauen in teuren Anzügen, die zusammengebrochen mit dem Tod rangen. Ihre Haut war von schwarzen Nekrosen befallen, Epidermis und Adern lösten sich auf und ließen dem roten Blut freie Bahn. Der Gestank der brandigen Verwesung drang in Lens Nase und bescherte ihm neuerliche Übelkeit. Die Mehrzahl der Kerzen und Öllampen war erloschen, nur wenige Flämmchen zuckten an den Dochten.

Drei Särge lagen unter einem schwarzen Baldachin, zwei davon umgestürzt. Im mittleren ruhte Zita, die Augen aufgerissen. Schwache Rauchfäden waberten in der Luft und drangen in ihre Pupillen ein. Rechts lag der Vampir aus dem Gewölbe, der seiner Anführerin und Jolana zur Flucht verholfen hatte. Der Deckel des dritten war geschlossen.

»Ist es so recht, Drăculeşti?« Das Kind stand zwischen den Särgen und legte die Hände vor dem Bauch zusammen, als hätte es ein Gedicht fehlerfrei aufgesagt. »Die Vârcolac liegt in der letzten Totenkiste. Die Kratzspuren am Holz sind alchemistische Zeichen. Sie hat ihr Gefängnis für dich markiert.«

»Danke.« Len war überaus erleichtert. Er hatte nicht einen Flammenstoß abgeben müssen. Endlich war sein Ruf als Drăculeşti zu was nütze. Die Rauchfäden hatten sich inzwischen aufgelöst. Er nahm an, dass sie von den erloschenen Kerzen in der Halle stammten. »Was ist mit Zita? Wieso sind ihre Lider geöffnet?«

»Ich habe sie mit einem Fluch belegt. Sie soll nicht ruhen und sich niemals mehr aus der Starre lösen, weder bei Tag noch bei Nacht.« Das Mädchen erlaubte sich ein diabolisches Lächeln. »Sie wird unentwegt erwacht sein und somit qualvoll verhungern. Keine Ruhe, keine Regeneration. Das ist als Strafe angemessen, denke ich?«

Len war von der kreativen Grausamkeit unwillkürlich beeindruckt. »Und ihr –«

»Er war schon tot. Die Wunden, die ihm der Phosphor eingebrannt hatte, brachten ihm das Ende.« Sie deutete erneut einen Knicks an. »Brauchst du mich noch? Ich würde mich sonst zurückziehen und verkünden, dass du deiner Bestimmung folgst. Zu unser aller Wohl.«

Len wollte nicht schwach wirken und entließ das untote Mädchen mit einem Kopfnicken.

Es lächelte glücklich und verschwand durch den Hauptausgang, zog die schweren Türen hinter sich zu. Rumpelnd fielen sie ins Schloss. *Wie in einer Gruft.*

»Das war mehr als fürchterlich«, kommentierte Klara über den Ohrstöpsel. »Ist Jolana im Sarg?«

Len ging zur Kiste aus schwerem, gebeiztem Eichenholz, öffnete die Verschraubungen und warf einen Blick hinein.

Darin lag Jolana, regungslos, die Augen geschlossen. Ihre Blessuren waren oberflächlich, sie würden schnell heilen.

Len zog den Deckel zurück und verriegelte ihn. »Dann bringe ich sie hinaus.«

»Wie?«

»Auf dem Hof steht ein Leichenwagen.« Len zerrte den Sarg durch die Halle zum Seitenausgang. »Damit sollte es gelingen.«

Im Gang nach draußen kam er an einem Büro vorbei. An einem Haken hingen zwei Autoschlüssel, darunter befand sich eine Mappe mit Wagenpapieren. Len wählte einen Leichenwagen aus und zog den Sarg weiter.

Nach einem letzten Blick zurück durch den langen Flur auf Zita und den toten Vampir in der Trauerhalle öffnete Len die Tür und verließ das Gebäude. Es war anstrengend, die Kiste über Erde und Kies bis zum Transporter zu ziehen. Er hoffte sehr, dass ihn niemand zufällig dabei beobachtete.

»Dieses blonde Mädchen«, raunte Klara. »Wie lange wird diese Seele warten müssen, bis sie erlöst ist?«

»Ich habe auch Mitleid mit ihr.«

»Nein. Ich habe *Angst.* Diese Kräfte sind unglaublich! Wenn diese Seele durchdreht, versinkt Prag in einer Welle aus längst vergessenen Krankheiten. Auf so etwas sind die Krankenhäuser bestimmt nicht vorbereitet.« Klara atmete tief aus. »Hilf ihr, Erlösung zu finden.«

***

Halb eins am Nachmittag stand Hamza inmitten der verwüsteten Trauerhalle der Nekropole Olšany.

Die beiden geschwürüberzogenen Leichen am Eingang hatte er hineingezogen, damit sie kein Aufsehen erregten, und die Spuren aus Blut, Sekreten und Eiter mit Wasser aus einem Gartenschlauch von den Stufen gespült.

Hamza rieb sich über den Dreitagebart. Er spielte mit dem Gedanken, ein Feuer zu legen. Tote mit uralten Infektionskrankheiten lösten zu viele Fragen und noch mehr Panik aus. Das konnte der Ubir nicht gebrauchen, weil es seine Jagd auf die Herrin von Prag erschwerte.

Er sah auf sein Smartphone.

Der Tracker, den er dem kleinen Drăculeşti während seiner Flucht aus dem Kulturbahnhof inmitten der Menge untergejubelt hatte, zeigte zuverlässig an, welche Wege Lenau seitdem genommen hatte. Nach einem Aufenthalt in der Kamenická war er bei Tagesanbruch schnurstracks zum Friedhof gefahren.

Hamza ärgerte sich, ihn verpasst zu haben. Aber sein Dasein als Ubir band ihn an seine Wandelzeit von zwölf Uhr mittags bis Mitternacht. Die Gesetze der Anderswelt kannten keinerlei Gnade und Ausnahme.

Umso mehr hatte sich Hamza beeilt, die Route abzufahren – und stand vor dem ersten Wunder. Lenau konnte keinesfalls dieses biblische Armageddon mit Pest und Plagen angerichtet haben. Diese Macht besaß er als Mensch nicht. Auch nicht als Drăculeşti.

Die geheimnisvolle Herrin von Prag ist seine Helferin. Hamza nahm ihren einzigartigen Geruch selbst durch den Gestank der vergehenden Leichen wahr. Niemals mehr würde er ihn vergessen, und ewig würde er ihm nachjagen, bis er das Wesen gefunden und leer getrunken hatte.

In Zitas Bahnhofsquartier hatte sie sich aus unerfindlichen Gründen nicht gezeigt, obwohl Lenau ihren Beistand durchaus hätte vertragen können.

War sie verhindert gewesen?

Oder hatte der viele Phosphor ihren Geruch überlagert?

Bestimmt ist sie auch jetzt in der Nähe des Pfählchens. Das stimmte Hamza zuversichtlich. *Am besten, ich verbrenne die Leichen. Wozu gibt es das Krematorium sonst?*

Zita war Geschichte, sein Auftrag damit beendet. Das würden zumindest Lenau und Černá annehmen und nicht mehr mit ihm rechnen. Die perfekten Bedingungen, um das Duo weiterhin zu verfolgen. Früher oder später würde die Herrin wieder auftauchen.

Welches Spiel sie spielte, hatte Hamza noch nicht begriffen. Dass es etwas mit dem Drăculeşti zu tun hatte, war gewiss. Doch was?

Einerlei. Solange ich sie mir greifen kann. Hamza sah sich in dem Krematorium um. Wenn er schon vor Ort war, konnte er seine Reisekasse aufbessern. Lohn würde er von Zita nicht mehr bekommen. *Irgendwo haben sie bestimmt einen Tresor für ausgebrochenes Zahngold und Schmuck.*

Ein leises Ächzen erklang aus Zitas Sarg.

Hamza fuhr sich glättend über den Kinnbart und sah auf die Vampirin, die sich aus irgendeinem Grund nicht regen konnte. Mehr als ein Ächzen war nicht über ihre Lippen gelangt, sie starrte den aufgeschwemmten Ubir an.

»Du kannst mich nicht in deinen Bann ziehen. Ich gehöre nicht zu Schwachen. Sag mir lieber, wo ich das Gold der Toten finde.« Der Ubir ging in die Hocke. »Und ich rette dich.«

Ihre Augen ruckten nach rechts zur Durchgangstür.

Hamza erhob sich und warf einen Blick in den Korridor und die Zimmer dahinter. Geschäftsräume. An der Stirnwand des Büros hing ein großes Porträt der Viesczy als seriöse Unternehmerin.

Er hängte das Bild ab und fand dahinter einen kleinen Panzerschrank. Ein Retinascanner schützte den Inhalt vor unberechtigtem Zugriff.

Kurzerhand kehrte Hamza zur gelähmten Vampirin zurück, schleifte sie an den restlichen goldfarbenen Haaren zum Tresor und hielt sie marionettengleich vor die eingebaute Kamera. Schlaff hingen Arme und Beine herab. Die Linse erfasste das Gesicht und die Retina der Viesczy.

Nach einem leisen *Piep* entriegelten die Bolzen.

»Na also.« Hamza ließ die gelähmte Blutsaugerin fallen, rumpelnd schlug sie auf den Fliesen auf, Gliedmaße und Kopf unnatürlich verdreht. Er öffnete den Tresor.

Darin lagen Säckchen mit herausgebrochenen Goldplomben und -kronen, Ringe, Anhänger und ausgelöste Diamanten. Eigentum, das sie den Toten geraubt hatte, anstatt es gemeinsam mit den Besitzern zu bestatten oder nach der Einäscherung in die Urne zu geben.

Schnell steckte er seinen Fund ein.

»Besten Dank.« Hamza griff erneut in die goldenen Haare und schleifte Zita aus den Geschäftsräumen bis in den Keller, in dem die Verbrennung der Leichen stattfand.

Ohne auf ihr wimmerndes Stöhnen zu achten, warf der Ubir sie in den Ofen und verriegelte die Klappe hinter ihr. Mit einigem Knöpfedrücken fuhr er die Gaszufuhr hoch.

»Ich rette dich. Vor weiterem Leiden«, rief er durch das Schott und pochte zweimal dagegen. »Brenne wohl!«

Hamza aktivierte den Ofen und verließ den Raum, um den zweiten Leichnam zu holen. Unterwegs nahm er sein Smartphone zur Hand.

Der Punkt, der Lenau anhaftete, bewegte sich.

Wohin das Pfählchen auch ging, da würde er sein.

»Halte dies uneingeschränkt:
Gib nie die Operation an einen Monarchen. Salomo war nämlich der erste, ders mißbrauchte. Handelst Du dem zuwider, würdet ihr beide die Gnade verlieren. So gab ich selbst dem Kaiser Sigismund den besten meiner Geister zwar, nie jedoch die Operation. Und sie soll weder Kaisern, Königen noch anderen Herrschern übergeben werden.
Übergib die Kunst, nie jedoch verkaufe sie.
Vernichtest Du das Werk in einer Stadt, so nimm ein Haus, das nicht fremden Blicken ausgesetzt ist. Hüte Dich vor jeder Neugier.
Mit einem Eid soll der gebunden werden, dem die Operation übergeben wird, sie weder zu geben noch zu verkaufen an einen erklärten Atheisten oder Gotteslästerer.«

aus: Georg Dehn (Hrsg.): Buch Abramelin (2. Aufl.), Drittes Buch, XX. Kapitel: Wie die Operationen späterhin ausgeführt werden sollen. Edition Araki, Leipzig 2001, S. 256/57.

CAPITULUM VI

Verschriftlichung der diktierten Tonaufzeichnung, dramatisiert, basierend auf persönlichen Aufzeichnungen, verfasst nach dem Studium von originalen, bislang unausgewerteten Quellen von und um Barbara von Cilli. Preisgabe der zeitgenössischen Schriftstücke/Quellen nicht genehmigt.

Die nachfolgenden Geschehnisse beschäftigen sich mit den Ereignissen auf Burg Tudás, wo Barbara bei der Sternbeobachtung neue Erkenntnisse über ihre und Vlads Zukunft erhält.
Außerdem kündigt sich Besuch auf der kleinen Festung an, der dort nichts zu suchen hat – und der einen alten Bekannten zu Barbara, Vlad und Sorin zurückbringt.

Jahr: 1417
Historischer Hintergrund: keine wesentlichen Ereignisse mit Einfluss auf das Geschehen.

***

KÖNIGREICH UNGARN, NAHE DEM DORF BAGAMÉR,
BURG TUDÁS, 6. JUNI ANNO DOMINI 1417

»Ah, da bist du«, vernahm Barbara Vlads Stimme. »Du hast dich hinter dem Bergfried versteckt.«

»Würde ich mich *verstecken,* fändest du mich nicht.« Sie hielt die blauen Augen geschlossen und drehte das Gesicht in den warmen Wind.

Sie verbrachte die Tagesstunden im Freien. Sie mochte die frische Luft, das Singen der Vögel und das Leben auf der Festung. Im dunklen Kleid und mit einem bestickten Balzo auf dem Schopf, das schwarze Haar zu einer Muschel geformt, ließ es sich im Schatten aushalten. Auf ein Untergewand hatte sie verzichtet, es war warm genug.

Das Sonnenlicht war für sie nur schwer direkt zu ertragen, die Helligkeit erschien ihr gleißend und blendend, wie reflektiert von Schnee. Sie begründete ihre offensichtliche Vorliebe für das Leben im Schatten mit ihrer empfindlichen hellen Haut und dass die Sommersprossen sich nicht vermehren sollten.

Und das war nur ein Nachteil, der sich zunehmend zeigte.

Sosehr sie versuchte, es mit Spagyrik in den Griff zu bekommen, umso mehr reagierte das Leiden darauf: Es verstärkte sich.

»Also gut. Du hast dich *zurückgezogen.*« Den Geräuschen nach setzte er sich neben sie. Kein Klappern, kein Schaben, er erschien ungerüstet. »Ich komme, um dir zu berichten, dass das erste Korn eingefahren wird.« Papier raschelte. »Die Felder und Landstriche der besonderen Keimlinge sind vermerkt. Wir haben eine gute Streuung erreicht.«

Barbara lächelte. Vlad roch nach Seife und Wald. Sie öffnete die Augen und sah den Krieger an.

Er trug lederne braune Strumpfhosen, Halbstiefel und die grüne Schecke offen, sodass sein weißes Untergewand sichtbar wurde; die langen schwarzen Haare fielen um Hals und Schultern. In seinem Gesicht stand ein kurzer Bart mit deutlichem Schnäuzer. Je älter er wurde, desto männlicher erschien er. Die Frauen lagen ihm zu Füßen, und manches Mal hob er eine davon auf, wie man sich erzählte, und führte sie in sein Bett.

Barbara fühlte keine Eifersucht, ihre Verbindung war eine tiefere, stärkere. »Ich freue mich auf die Untersuchungen dazu. Und noch mehr, wenn wir gute Ergebnisse mit dem Mehl erzielen. Das Blut meiner Untertanen soll den Strigoi nicht mehr munden«, sagte sie. »Was meinst du?«

»Dass du erschöpft aussiehst.«

Sie berührte ihr helles Gesicht, auf dem die Sommersprossen trotz Schatten leicht zugenommen hatten. »Das macht die Sonne. Sosehr ich sie leiden mag.«

Seit Anbruch des neuen Jahres ermatteten sie die Strahlen des Taggestirns. Sie wurde rasch müde und lag des Nachts schlaflos im Bett, bis sie aufstand und sich dem Lesen, der Forschung oder anderen Dingen widmete.

Ihr Verhalten wurde natürlich von der Besatzung der Burg und dem Gesinde bemerkt. Solange Barbara aber ihre Freundlichkeit und Fröhlichkeit beibehielt, blieben die Sorgen bei den Leuten in ihrem Umfeld gering. Würde sich jedoch herumsprechen, dass sie eine Abneigung gegen Kreuze, Ikonen und sonstige Zeichen des Glaubens entwickelte, wäre sie in Gefahr. Sie würde alsbald weitere Klöster stiften, um ihre vorgetäuschte Frömmigkeit öffentlich zu bezeugen. Nach wie vor glaubte sie nicht an ein Leben nach dem Tod und hatte wenig Sinn für Glaube und Religion. Beides diente ihrer Ansicht nach zu sehr als Ausrede für Lüge, Machtgier und Krieg.

Ihre Tochter hatte sie von Magdolna nach Burg Altsohl bringen lassen, um ihr bald nachzureisen. Sosehr sie das Kind liebte, Elisabeth lenkte sie zu sehr ab. Neue Erfolge in der Forschung würden Barbara innere Ruhe verschaffen, und dann wäre auf Altsohl mehr Zeit für sie.

»Die Sonne ermüdet dich?« Vlad sah besorgt aus. »Was noch? Was verschafft dir noch Übel?«

»Langweilige Unterhaltungen.« Sie lächelte keck.

»Überlass die Witze den Hofnarren«, riet Vlad und strich sich einige dunkle Strähnen aus dem Gesicht. »Diese Veränderungen gehen seit Konstanz mit dir vor. Was verheimlichst du mir?«

»Nichts, was dich beunruhigen soll«, entgegnete Barbara. »Sag mir lieber, ob meine Destillate Gutes bei dir bewirken.«

»Das tun sie.« Vlad fuhr sich über die Arme und spannte die Muskeln an, die sich unter den Scheckenärmeln abzeichneten. »Ich bin schneller und stärker, höre selbst Kleinigkeiten.«

»Was im Kampf von Vorteil ist«, warf sie ein. »Gut. Das wollte ich erreichen. Nebenwirkungen?«

»Bislang keine … von Belang.«

Sie lächelte ihn an. »Wir sind beide miese Lügner, nicht wahr?«

Vlad lachte auf. »Ich schwöre dir, es ist nichts! Sollte es spürbarer –«

»Aha! Also doch!«

»… spürbarer als jetzt werden, lasse ich es dich wissen.«

»Das wäre gut. Ich will dich nicht umbringen.« Auch sie profitierte von höherer Schnelligkeit und schärferen Sinnen. Ihre Gedanken zuckten rascher und fanden in Windeseile Lösungen für Probleme, über die sie früher lange gebrütet hatte. Neue Sprachen erlernte sie fast ohne eigenes Zutun.

Aber gegen ihren unstillbaren Durst gab es kein Mittel, was immer Barbara auch versuchte.

Tierblut reichte auf Dauer nicht aus. Sie darbte danach wie ein Säufer, der statt eines Branntweins nur schales Bier erhalten hatte. Es tat seinen Dienst, aber nicht gut und wirkungsvoll.

Daher stahl sie sich hin und wieder in Verkleidung aus der Burg, mischte sich unter die gewöhnlichen Menschen der Umgebung und raubte sich deren Lebenssaft, indem sie die ausgesuchten Opfer betäubte und mit dem spitzen Federkiel zur Ader ließ.

Zweimal war sie bereits dabei erwischt worden und hatte durch ihre enorme Geschwindigkeit entkommen können. Danach hatten die Dörfler auf dem Friedhof in Bagamér Jagd auf die vermeintliche Vampirin gemacht. Noch kam niemand auf den Gedanken, dass ihre Königin dämonische Triebe entwickelt hatte.

»Das Mehl erreicht uns wann?«, fragte Barbara, um zum anfänglichen Gesprächsgegenstand zurückzukehren.

»Ich habe die Müller angewiesen, jedem Sack eine Probe zu entnehmen, sowohl vom Korn als auch dem gemahlenen Mehl«, erklärte Vlad. »Es geht um die Qualität, die Ertragsgüte und auch die Vermeidung von Mutterkornvergiftungen, hab ich behauptet.«

Barbara nickte zufrieden. »Dann dauert es nicht mehr lange.« Sie rieb sich die Hände. »Sobald wir Klarheit haben, können wir unseren Feldzug ins Auge fassen.«

»Vorher nicht?« Er klang enttäuscht.

»Nein. Sollten wir scheitern oder uns Strigoi entkommen, muss ihnen die Nahrungsgrundlage entzogen sein. Das Gift soll sie töten wie Ratten!«

»Damit sie nicht davonwandern und dahin ziehen, wo das Blut noch ohne deine Transmutation in den Menschen fließt. Ich verstehe.« Vlad sah zu den Schwalben am Himmel, die rufend ihre akrobatischen Flugbahnen zogen und Fliegen oder andere Insekten verfolgten.

»Ich benötige eine größere Anzahl einfacher Strigoi. Kannst du sie mir beschaffen?«

»Sorin hat sie im Handumdrehen in den Gräbern aufgestöbert und festgesetzt«, versicherte Vlad.

»Er soll erst beginnen, sobald uns die ersten Mehllieferungen erreichen«, sagte sie. »Sonst sterben sie uns im Verließ an Hunger.«

»Das weiß er. Du kannst dich auf ihn verlassen.« Vlad ließ seine Fingerknöchel knacken. »Hat uns Cosmin mehr zu den gegnerischen Städten wissen lassen?«

»Er kündigte neue Land- und Umgebungskarten an. Es ist wohl für seine Spione nicht leicht, unbemerkt zu bleiben. Lucian ahnt, dass etwas im Gange ist, nachdem Draga von ihrem Überfall auf Izvorul Subteran nicht zurückgekehrt ist und dennoch alles ruhig blieb.«

Vlad sah zum Himmel. »Ist deine Dämonenkrähe bei den Schwalben, oder wo treibt sich Malphas herum?«

»Er ist ein stolzer Rabe, keine Krähe! Lass ihn das nicht hören, er kratzt dir die Augen aus.« Sie schüttelte den Kopf. »Er erkundet für mich.«

»Was denn?«

»Cosmins Städte. Freiwillig wird der Fürst uns keine Karten davon senden.« Barbara erfreute sich am überrumpelten Ausdruck auf Vlads Gesicht. »Tu nicht so. Wir sprachen darüber.«

Er schien nicht glücklich. »Ich hielt es für eine mehr als wagemutige Möglichkeit, aber …«

»Nein. In dem Moment, in dem wir mit Cosmin zusammen gegen Lucian vorgehen, muss der Angriff auf Cosmins Städte beginnen. Sie werden schutzloser sein als sonst. Du und Sorin werdet es vorbereiten«, sagte sie entschlossen. »Alchemie, Vlad.«

»Und wenn es schiefgeht? Dann ist er gewarnt. Und wir sind nur drei gegen Hunderte!«

»Cosmin schmiedet garantiert bereits Pläne, wie er uns loswerden kann. Ich vertraue ihm nicht, auch wenn er mir Treue geschworen hat, weil wir seine drei Gemahlinnen gerettet haben. Er kennt unsere Gefährlichkeit und ist nicht dumm.« Barbara legte ihm eine Hand auf den Oberarm. »Selbst wenn wir die Städte nicht vollständig vernichten können, müssen wir die Zahl der Strigoi so weit dezimieren, dass sie keinen Schaden anrichten können. Durch das gewandelte Blut der Menschen werden die letzten verhungern oder derart geschwächt sein, dass sie besiegt werden können.« Sie sah ihm in die braunen Augen. »Aber *erst* wenn wir absolut sicher sind, dass meine Alchemie ihre Wirkung tut und die Untertanen geschützt sind. Vorher nicht.«

Vlad konnte seine Vorbehalte nicht ablegen. »Du denkst, Cosmin lässt sich so lange hinhalten?«

»Das müssen wir nicht. Er weiß, dass er uns benötigt. Er kann Lucian nicht alleine besiegen und fürchtet sich vor den Nobilis. Auf seinen Triumph wartet er gerne.« Barbara lächelte. »Ich schätze, dass es spätestens in einem Jahr so weit ist.«

Vlad hob ein Stöckchen vom Boden auf und malte damit im trockenen Sand eine Höhle mit einem Hausumriss darin. »Wir haben es nach wie vor mit drei Städten zu tun«, fasste er zusammen. »Das sind etwa vier- bis fünfhundert Strigoi, richtig?«

»Wenn Lucians Kundschafter sich nicht täuschten oder narren ließen«, schränkte Barbara ein. »Mein oberstes Ziel ist es, Lucian auszuschalten. Das sorgt für Kopflosigkeit –«

»Ich dachte, *ich* sorge für Kopflosigkeit? Mit meinem Schwert?«, neckte er.

»Meinetwegen. Nenne es *überbordende Furcht* und *Flucht*«, verbesserte sie mit einem Auflachen. »Ohne den Fürsten als Halt haben Cosmins Leute im Gefecht leichtes Spiel gegen ihre Feinde.«

»Sofern er keine neue Draga gefunden hat«, wandte Vlad sogleich ein.

»Das denke ich nicht. Er wird sein Liebchen in den Fängen von Cosmin wähnen, weswegen er auch nichts unternimmt, bis er darüber Sicherheit hat«, führte Barbara ihre Überlegungen aus. Dann langte sie in die große Tasche neben sich, in der sie etwas zu essen und zu trinken mit sich trug, zusammen mit den Zeichnungen mehrerer Sternbilder. »Es ist noch eine Sache.« Sie suchte eine Karte heraus, auf der sie Linien und Bogen zwischen den Nachtgestirnen eingemalt hatte. »Die Sterne sprachen gestern zu mir.«

»Ich hoffe, sie sagten nur Gutes über dich?«

»Sie waren unterhaltsam. Und es betraf … mehr dich als mich.« Barbara vergewisserte sich, dass sie alleine waren. Die Wachen auf den Wehrgängen und das Gesinde auf dem Hof befanden sich weit genug weg, um die Worte nicht zu verstehen. Die Karten selbst, noch dazu die eingezeichneten Deutungen begriffen sie ohnehin nicht. »Du wirst heiraten, Vlad.«

»Bestimmt. Irgendwann«, sprach er ablehnend.

»Mehr als einmal. Und Nachfahren haben. Eheliche und uneheliche«, fuhr Barbara fort. Sie freute sich für ihn. Ihre gemeinschaftliche Zeit mit Vlad war vergangen und tiefer Freundschaft gewichen. Diese würde ewig halten. Das wussten sie beide, seit dem ersten Blick, den sie sich zugeworfen hatten.

Nun grinste Vlad. »Scheint, als käme ich nach meinem Vater. Nur dass die Osmanen von mir wenig Gutes zu erwarten haben. Auch wenn er versucht, Mehmed mit Zugeständnissen auf Abstand zu halten.«

Barbara wusste, dass er auf den mit den Osmanen abgeschlossenen Vertrag anspielte. Die Donauhäfen in Brăila, Turnu und Giurgiu waren abgetreten worden. Mit den Hafenstädten verfügte Mehmed über vorgeschobene Posten in der Walachei. Ein weiteres Abkommen besagte, dass der Sultan die Selbstständigkeit der Walachei gegen einen jährlichen Tribut von dreitausend Goldmünzen anerkannte. Noch.

»Du kommst nach *jedem* mächtigen Mann, der eine schöne Frau sieht und sie haben will. Es ist nichts Besonderes«, konterte sie süffisant. »Du wirst deinen Kindern den Kampf gegen die Strigoi vererben, sagten die Konstellationen. Sie werden ihn nach dir weitertragen.«

»Das ist gut! Oder?«

Barbara nickte behutsam. »Allerdings …« Sie wägte ihre Worte sorgsam ab. »Die Sterne waren nicht sonderlich genau, aber ich sehe, dass du ihnen *mehr* als den Willen zum Kampf gegen Strigoi vererben wirst. Auch etwas, das in deinem Blut ist.«

»Deine Elixiere! Was tun sie mit meinen Kindern?« Vlad machte ein bestürztes Gesicht. »Sind es Missgeburten?«

»Nein, sie haben … Besonderheiten. Eigenheiten des Verstandes. Und sie sind sich nicht einig darüber, auf welcher Seite sie kämpfen. Kreuz oder Halbmond. Es kommt zur Zerrüttung«, fuhr sie fort. »Ganz ohne meine alchemistischen Mittel.« Sie atmete tief ein. »Bedenke gut, ob du die Elixiere weiter zu dir nehmen willst. Wir sind gewarnt.«

Vlad machte ein nachdenkliches Gesicht. »Ich *muss*, Barbara. Uns stehen Wesen gegenüber, die uns körperlich überlegen sind. Ohne deine Mittel bestehe ich nicht gegen sie. Denke an Draga, dieses Monstrum! Sie ist riesig, überstark und schnell wie eine Böe.«

»Ich werde versuchen, den Sternen in der kommenden Nacht noch etwas mehr zu entlocken. Wolken und Mond stehen günstig. Sollte es eine Warnung geben, sage ich es dir. Umgehend.«

Vlad nickte leicht abwesend. »Wir wussten, dass es ein Krieg wird, aus dessen Gefechten wir schwerlich ohne Blessuren und Nachwirkungen hervorgehen.« Mit dem Stock zerstörte er das gemalte Gebäude. »Mich beruhigt, dass im Falle meines Todes mein Schwert an den nächsten Vlad übergeht.«

»Das wird es. Die Sterne sagen sogar, dass ihm seine Feinde und die Strigoi einen Ehrennahmen geben werden.« Sie lächelte schwach. »Er wird berühmt und gefürchtet werden. Berühmter als du und ich.«

»Das kann nur Gutes verheißen«, sagte er grinsend. »So nehme ich deine Destillate gerne ein. Die Blutsauger müssen getilgt werden, damit meine Nachfahren weniger zu tun haben als ich.« Er legte eine Hand auf seinen Schritt und pochte gegen den dreieckigen Latz mit den goldenen Schleifen. »Oh, sagen die Sterne, dass ich in dieser Nacht schon mit dem Zeugen beginnen soll? Es gibt da eine unten in Bagamér, die –«

Spielerisch schlug Barbara nach ihm. »Du Narr! Verspotte weder die Sterne noch mich.«

»Spott? Nein! Zuspruch wollte ich.« Er lachte.

»Du wirst wissen, welche Frau die richtige ist, um deine Kinder auszutragen, wenn sie dir begegnet.«

Sein Blick wurde ernst, er sah sie liebevoll an. »Wenn sie aber stets um mich ist?«

»Wissen wir zwei, dass es nicht sein sollte. Sonst wäre es geschehen«, hielt Barbara dagegen und erlaubte sich ein inniges Lächeln, das am Hofe für Gespräche gesorgt hätte. »Wir sind dafür nicht geschaffen.«

»Sondern für die andere Aufgabe. Ich weiß.« Vlad küsste so rasch ihren Handrücken, dass es niemand im Hof und auf den Wehrgängen sah. »Ich gehe und instruiere Sorin. Wegen der Strigoi.« Er stand auf und verbeugte sich tief vor ihr, damit alle mitbekamen, wie schicklich er sich benahm.

»Tu das.« Barbara deutete ein Nicken an. »Ich lege mich hin. Zu müde zum Nachdenken. Aber in dieser Nacht nehme ich mir die Sterne vor.«

»Press sie aus! Lass sie die Wahrheit herausstrahlen! Wir sehen uns morgen in aller Frühe beim Mahl?«

»Gewiss. Ich werde dir berichten.«

Er eilte davon, und mit ihm wich der Duft von Wald und frischer Seife.

Umständlich wie eine alte Frau erhob sich Barbara. Sie wischte den Staub vom schwarzen Kleid und ging langsam durch den Sonnenschein auf den Eingang des Palas zu.

Die Nachmittagssonne brannte in ihren Augen, Tränen rannen über die Wangen. Sosehr sie die Hitze auf der dunklen Kleidung mochte, das Licht ließ sich kaum ertragen.

Und der grausame Durst wurde sogleich schlimmer.

Barbara hatte auf dem Bergfried verschiedene Beobachtungsrohre und Himmelsgloben aufgestellt, um den Nachthimmel mit den von ihr angefertigten Modellen abzugleichen. Die Sommernacht war lau, sodass sie weder Umhang noch Decke benötigte. Das schwarze Kleid mit Untergewand genügte völlig, das Haar trug sie als gewickelten Zopf am Hinterkopf.

Sie bedauerte sehr, wie rückständig die Astronomie im Abendland behandelt wurde. Viel Wissen aus der Antike war über die Jahrhunderte verloren gegangen. Die gegenwärtigen Gelehrten wiederholten nur bruchstückhaft, was die Altvorderen ihnen vorgesetzt hatten.

Ganz anders hingegen das Osmanische Reich.

Barbara hatte von Observatorien, von Wissenschaftsschulen vernommen. Astronomen reisten im gesamten Land von Schule zu Schule, die Gelehrten besaßen mathematische Tabellen zur Berechnung von Konstellationen und Bewegungen der Sterne, während die christliche Kirche ihr Heil in der religiösen Verklärung der Natur suchte.

Seufzend schaute Barbara durch den glaslosen Tubus, der das Streulicht der Burg, vom Dorf und der Gestirne reduzierte. Das Sehrohr schärfte den Blick auf einen einzelnen Stern oder den Mond, wobei ihre Augen in der Nacht ebenso gut wie am Tag sahen; lediglich die Farben verblichen.

Die schärfende Wirkung des Tubus für eine bessere Beobachtung war seit der Antike bekannt, und doch kam er Barbara unfassbar primitiv vor. Inzwischen stellten die Venezianer Brillen her, um Schwächen der Augen auszugleichen. Sie richtete den Tubus aus. *Eine Brille, um den Mond näher heranzuholen. Das sollte machbar sein.*

Doch die nach ihren Vorgaben angefertigten Linsen wollten nichts taugen, der Schliff blieb zu ungenau. Sie hatte es mit verschiedenen Modellen ausprobiert und war gescheitert.

Barbara nutzte keinerlei Lampen auf den Zinnen des Turms, sie brauchte das künstliche Licht nicht. Von unten würde man sie gar nicht sehen, das kam ihr zupass. Es hätte nur wieder für Gerede gesorgt, wenn sie sich des Nachts umherbewegte wie ein Geist.

Um sich von dem anschwellenden, unheiligen Durst abzulenken, der sie bereits den ganzen Tag plagte, prüfte sie erneut die Bahnen der Gestirne.

Sie achtete auf Kometen, auf Sternschnuppen und Auffälligkeiten, die ihr mehr Aufschluss darüber gaben, was Vlads Zukunft und die seiner Kinder anbelangte. Cassiopeia, Drache, Rabe und viele andere Bilder, gemacht aus leuchtenden Punkten am Firmament und gedachten Linien, wurden von ihr betrachtet und anhand eines eigenen Himmelsglobus verfolgt.

Ihre erste Erkenntnis veränderte sich nicht.

Hinter ihr rumpelte es unerwartet, als die Luke zur Aussichtsplattform aufgestoßen wurde. Lichtschein folgte dem Krachen, fiel auf die Gerätschaften und die Königin.

Barbara war durch ihre Überlegungen abgelenkt gewesen, sie hatte das Nahen des Gerüsteten nicht vernommen. Normalerweise hörte sie das Scheppern und Reiben des Metalls, das Klappern der Stiefel auf den Stufen und das schwere Atmen auf viele Schritte Entfernung.

Der gerüstete junge Mann, glatt rasiert und mit ansprechenden Zügen, schwenkte die Laterne zur Seite, um selbst nicht geblendet zu werden. »Meine Königin«, stammelte er ertappt, als er sie erkannte. »Ich wusste nicht, dass Ihr hier oben weilt, Herrin. Sonst hätte ich Euch nicht gestört.« Er sah auf die Globen, Aufzeichnungen und die Beobachtungsröhren. »Vergebt mir bitte.«

Sie sah ihn verwundert an. »Das ist nicht schlimm.« Erinnerte sie sich recht, war es Aladar, einer der Neuen der Burgbesatzung. Ihr war zu Ohren gekommen, dass er sich einen Ruf als Weiberheld verdiente – oder selbst andichtete. Er prahlte damit, wie viele Frauen er schon beglückt hatte. Das machte ihn in ihren Augen zu einem Aufschneider, aber nicht zu einem wahren Mann. Dieser Verwechslung fielen etliche anheim, quer durch alle Stände. »Was suchst du auf dem Turm?«

»Wie meint Ihr das, Herrin?« Aladar deutete an ihr vorbei über die dunkle, bewaldete Umgebung; unter seinem Helm spitzten hellbraune Haare heraus. »Ich soll Ausschau halten, ob sich regt, was sich nicht regen soll.«

»Ich ließ Hauptmann Marci wissen, dass ich an diesem Abend niemanden auf dem Bergfried sehen möchte, um in Frieden die Gestirne zu beobachten.« Sie stellte ihren eigenen Globus auf den Boden. »Hat er dir das nicht gesagt?«

Aladar verbeugte sich. »Nein, das … tat er nicht. Ich bitte um Vergebung, Herrin.« Er deutete an den östlichen Rand des Turmes. »Um meinem Pflichtgefühl Genüge zu tun, erlaubt mir, einmal einen Blick ins nächtliche Land zu werfen, ob alles ruhig ist, und ich lasse Euch auf der Stelle Euren gewünschten Frieden, meine Königin.«

Im ersten Moment wollte sie seiner Bitte nachkommen. Er hatte sie ohnehin in ihren Beobachtungen gestört und aus ihren Überlegungen gerissen.

Aber etwas kam ihr seltsam vor.

Hauptmann Marci war verlässlich. Niemals hätte er vergessen, die Nachtwache gemäß ihrem Wunsch zu unterweisen. Und falls doch, wäre sie früher gestört worden. Die Soldaten bezogen mit Einbruch der Nacht den Ausguck.

Aladar belog sie. Es war kein Versehen, dass er sich auf dem Bergfried befand.

Dann fiel ihr auf, dass eine Seite seiner Blendlaterne bemalt war, sodass ein spitzes Symbol entstand. Die Arbeit war zu genau ausgeführt, als dass es sich um Ruß oder eine zufällige Beschädigung handeln konnte. In Gänze war das Zeichen aus ihrem Winkel nicht zu erkennen.

»Was ist das?«, erkundigte sich Barbara und lehnte sich zur Seite, um es besser sehen zu können. »Wem willst du ein Signal geben?« Diesen

Schluss zog sie aus dem seltsamen Gebaren des Soldaten. »Wer wartet vor Tudás' Toren?«

»Mein Liebchen, Herrin«, gestand Aladar sogleich. »Ich wollte die Nacht nutzen. Die Liebe macht blind, wie Ihr sicher wisst. Habt Nachsicht, ich flehe Euch an!«

Barbara erkannte nun das Zeichen, und ihre geschwungenen Augenbrauen zogen sich zusammen. Ein Halbmond war auf das Glas gemalt. »Dann ist sie Osmanin?«

Ansatzlos sprang Aladar vorwärts und riss seinen Dolch aus dem Gürtel. »Verhaltet Euch ruhig, Herrin, und es ist schnell getan.« Die scharfe Klinge lag kühl an ihrem Hals, das Metall roch frisch geschliffen und geölt.

»Dein Liebchen ist es demnach nicht, dem du Einlass gewähren willst«, bemerkte sie ohne Furcht. »Was wollen die Osmanen?« Sie roch den Schweiß, spürte die Wärme seines Körpers und hörte das rasche Pumpen des Herzens. Ein Bluttrunk, zum Greifen nah. Und Verräter wie er mussten mit dem Tode bestraft werden. *Warum kein Tod durch Aussaugen?* Ihr Durst stieg sprunghaft an, Vorfreude breitete sich aus.

»Die Burg. Mehr weiß ich nicht.«

»Wie viele sind es?« Barbara blieb ruhig. Sie hätte seinem Angriff bereits durch ihre enorme Geschwindigkeit entgehen können, doch erst wollte sie wissen, was Tudás bevorstand.

»Eine Handvoll. Mehr weiß ich nicht. Aber es wird ihnen gelingen.« Aladar lachte. »Sie warten übrigens nicht am Haupttor, sondern an der Südpforte. Ich habe sie bereits geöffnet. Mit meinem Signal werden sie hereinschleichen.«

»Du gibst deine Freunde dem sicheren Tod preis, Verräter.«

»Nein! Sie werden ein Druckmittel sein. Wie Ihr, Königin. Niemandem, der sich ergibt, soll etwas geschehen. Das haben mir die Osmanen versichert.« Er machte Anstalten, die Laterne am ausgestreckten Arm zu heben. Der Halbmond zeigte nach vorne.

Barbara glaubte, dass man Aladar genau das denken lassen wollte.

Dennoch ergab dieser Raubzug kaum Sinn.

Noch herrschte kein Krieg zwischen dem Königreich Ungarn und dem Osmanischen Reich, es gab keine wichtigen Gefechte, allenfalls

Scharmützel entlang der Grenze. Dieser Angriff richtete sich nicht gegen Sigismund.

Dieser Überfall auf Tudás galt ihr persönlich. *Aber weswegen?*

Steckte Lucian dahinter, der zur Tarnung osmanische Attentäter nutzte? Oder etwas gänzlich anderes? Sie traute Mehmed zu, dass er ihr vielfältiges Wissen in die Hände bekommen wollte. Bestimmt war ihr Ruf als Alchemistin bis zu ihm gedrungen. Fürchtete er wegen ihr um die Dschinn in den Höhlen? *Das finde ich heraus.*

»Du wirst das Signal nicht geben.«

Barbara drehte sich blitzschnell um die Schneide an ihrem Hals herum, stand im nächsten Moment hinter Aladar und zog mit einer Hand seinen Hals zur Seite – um gleich darauf ihre Zähne hineinzugraben und die Ader aufzureißen. Mit der anderen Hand umklammerte sie seine Kehle und erstickte den Schrei zu einem heiseren Ächzen.

Es ging so rasch, dass Aladar nicht einmal den Dolch einsetzen oder die Laterne fallen lassen konnte.

Auch ohne Fangzähne, wie sie Strigoi besaßen, zerfetzte sie die raue, verschwitzte Haut des jungen Mannes und ließ sein Blut in ihren Mund sprudeln. Pure Gier, Rausch. *Warm wie das Leben.* Das Gefühl war überwältigend. Hastig trank sie in langen Schlucken, um ihn danach gegen die Zinne zu stoßen.

Mit Gesicht und Kopf prallte er an den Stein und sackte zusammen, das Blut sprudelte aus der Wunde. Erst jetzt lösten sich Lampe und Klinge aus seinen Fingern.

Schnell hob Barbara den Dolch auf und wandelte die tiefe Biss- in eine Schnittwunde. Sie verpasste ihm noch weitere Stiche in Nacken und Gesicht, um sicherzugehen, dass niemandem auf der Burg die Halsverletzung seltsam erschien. Mit seiner Kleidung wischte sie ihren Mund sauber, die restlichen Flecken würde sie auf den Kampf mit ihm schieben.

Danach schleuderte sie den zerschnittenen, blutigen Aladar mit einem kräftigen Wurf einhändig von den Zinnen des Bergfrieds.

Gleich darauf erklang der dumpfe Aufprall zusammen mit dem Klirren von Kettenhemd und Scheppern des Harnischs, gefolgt von den erschrockenen Rufen der Wachen auf den Wehrgängen.

Barbara trat nach vorne. Es sollte ersichtlich sein, dass es sich nicht um einen Unfall handelte. »Gebt leisen Alarm«, rief sie. »Sichert das große Tor, und weckt sämtliche Kämpfer. Zehn Mann zur Südpforte. Ich erwarte euch dort.«

Sie wandte sich um und flog regelrecht mit der Laterne in der Hand die Stufen hinab. Dabei erlosch der Docht. Doch Dunkelheit hielt sie nicht auf, ihre Augen sahen deutlich.

Jetzt wäre es von Vorteil gewesen, Malphas als Kundschafter auszusenden. Aber der dämonische Rabe befand sich an einem anderen Ort und spionierte in ihrem Auftrag. Sie wusste nicht, wie rasch er zurückkehrte. *Ich bräuchte einen ganzen Schwarm davon.*

So schnell, dass sie kaum mehr als ein gespenstiger Schatten in der Nacht war, eilte Barbara zu Vlads Kammer und hämmerte mit der Faust gegen die Tür. »Heraus mit dir! Und bring Sorin mit. Wir müssen ein paar Attentäter jagen.«

Es dauerte nicht lange, und Vlad stand in wattiertem Unterrock und Kettenhemd auf der Schwelle, darüber Schwert und Dolch gegürtet. Sorin kam aus dem benachbarten Raum und beließ es bei einer einfachen Lederschecke und Schwert. »Was ist geschehen?«

»Erkläre ich dir im Gehen.« Barbara eilte los und zeigte auf die erloschene Lampe mit dem aufgemalten Halbmondzeichen, fasste die Ereignisse zusammen. »Es geht dabei um mich persönlich«, schloss sie.

»Warum hast du Alarm gegeben?«, fragte Vlad unglücklich. »Wir drei hätten es selbst in die Hand nehmen können.«

»Ich weiß. Wenn es allerdings *so viele* Osmanen sind, um die Burg im Handstreich einzunehmen, muss ich die Männer warnen. Es ist zu gefährlich.« Barbara wollte ihre Tochter in Sicherheit wissen. »Dennoch wird es unsere Aufgabe sein, die Attentäter abzugreifen.« Sie sah zu Sorin. »Du kannst sie aufspüren?«

»Mit Leichtigkeit. Osmanen mögen Rosenwasser an sich und in manchen Speisen. Ihre Gewürze sind verräterisch. Ich habe sie schnell im Wald gefunden, Herrin.«

An der Südpforte angekommen, hatte sich Hauptmann Marci wie befohlen mit einer kleinen Schar versammelt. Die Männer waren aufgeregt und verunsichert.

»Aladar überraschte mich bei der Sternbeobachtung, und ich musste mich wehren.« Rasch legte Barbara ihnen dar, was sich auf dem Turm ereignet hatte. Zum Beweis präsentierte sie die Lampe. »Marci, du hältst den Eingang. Ich sende Vlad und Sorin als Späher aus, um zu prüfen, wo die Osmanen hocken. Danach führen sie dich und unsere Kämpfer dorthin. Jage sie zum Teufel!«

»Wie Ihr befehlt, meine Königin.« Marci nickte grimmig. »Aladar, dieses verräterische Schwein! Ich lasse seine Sachen durchsuchen. Ich will wissen, was ihm die Osmanen bezahlt haben.«

»Findet ihr die Münzen, teilt sie unter den Männern auf. Das Blutgeld soll dir und deinen Leuten gehören«, sagte Barbara und zog sich in den Palas zurück. »Ich warte in meinen Gemächern auf Kunde, wie es verlief.«

Vlad und Sorin machten sich bereit, durch die Pforte in die Nacht zu verschwinden.

Barbara ging langsam außer Sichtweite der Wachen, um in die Schatten des Bergfrieds einzutauchen. An einer abgelegenen Stelle kletterte sie dank ihrer Kräfte spielend leicht hinaus und stieß zu Vlad und Sorin. Es bereitete ihr keine Mühe, die Männer im lichten Wald auszumachen.

»Hier bin ich«, grüßte sie flüsternd. »Wo stecken die Osmanen?«

»Ich habe die Witterung aufgenommen«, sagte Sorin und deutete nach Osten. »Sie sind nicht weit weg. Wir sollten leise sein.«

Das Trio pirschte durch das Unterholz des Buchenwaldes und näherte sich den Gegnern bis auf dreißig Schritte.

»Wir lassen zwei am Leben, um sie zu verhören«, befahl sie Vlad und Sorin. »Tötet die übrigen. Die Leichen bleiben liegen. Morgen gehe ich mit euch zum Schein auf die Jagd, und wir kehren an diesen Ort zurück. Dabei entnehmen wir den Toten so viel Blut, wie es geht. Wir werden es brauchen, um gefangene Strigoi am Leben zu halten.« Der destillierte Speichel der Blutsauger würde sogar geronnenen Lebenssaft verflüssigen. Nichts sollte vergeudet werden.

Ihre Begleiter nickten.

Zwei Kämpfer und eine Alchemistin wären von den Osmanen binnen kürzester Zeit getötet worden. Aber dank der Elixiere, die Vlad nutzte, und des Umstands, einen Vârcolac bei sich zu haben, stand es viel schlechter um die ahnungslosen Attentäter. Sie wussten nicht, dass sich der Tod in dreierlei Gestalt näherte.

Hätte Barbara vorhin nicht Aladars Blut getrunken, würde sie sich gewiss Hals über Kopf auf die Gegner werfen. So aber blieb sie ruhig. Der Durst war versiegt, der Nachschub gesichert.

»*Ein* Geruch kommt mir bekannt vor«, murmelte Sorin verwundert. »Ich weiß, dass ich ihn schon einmal gewittert habe.«

»So viele Osmanen hast du in deinem Leben noch nicht getroffen.« Vlad zog zu seinem Schwert noch den Dolch. »Gib dir Mühe.«

»Es wird mir schon wieder einfallen. Ich schnappe mir den Kerl, dann mag die Erinnerung zurückkehren.« Sorin deutete nach rechts. »Wir überraschen sie am besten von verschiedenen Seiten, Herr. Das erhöht ihre Furcht und lässt sie glauben, wir sind mehr als zwei.«

»Einverstanden.« Vlad bedeutete Barbara zu bleiben und umarmte sie. »Ich weiß, du wirst dich nicht daran halten, wenn ich dich bitte, auf unsere Rückkehr zu warten.«

Sie lächelte. »Ich halte mich zurück und übernehme Gegner, die kleiner und leichter sind als ich.«

»Die wirst du hier nicht finden.«

»Außer ich reiße sie entzwei.« Sie zog ihren Dolch. »Lasst uns die Attentäter besuchen.«

Nach einem neuerlichen Nicken verschwanden Vlad und Sorin in der vermeintlich schützenden Dunkelheit.

Barbara sah genau, wohin sie gingen, hörte das Knacken der Zweige, das Atmen der Männer, das die Geräusche des Waldes überlagerte. Auch wenn es ihr geradezu elefantenhaft erschien, bewegten sie sich leise genug, um von den wartenden Osmanen nicht gehört zu werden.

Barbara eilte voran, ohne einen Laut zu erzeugen. Sie schwebte trotz ihres schwarzen Kleids regelrecht über den Boden, hielt Ausschau nach den Gegnern und entdeckte sie schließlich in einer Senke, wo sie ihr feuerloses Lager aufgeschlagen hatten.

Es waren achtzehn Mann, leicht gerüstet, dunkel gewandet, mit kurzen, gebogenen Schwertern und Dolchen an den Gürteln; drei von ihnen führten geschwungene Kurzbogen und Pfeile mit sich.

Für ein schweres Gefecht waren die Attentäter nicht ausgestattet. Es wäre ihnen ein Leichtes gewesen, dank Aladar durch die offene Südpforte hereinzuschleichen. Entgegen seinen Beteuerungen vermutete sie, dass die wenigen, unvorbereiteten Wachen hinterrücks erstochen und die übrigen Bewohner im Schlaf ermordet worden wären.

Das alles meinetwegen, dachte Barbara.

Aus ihrer Annahme sollte in wenigen Augenblicken Gewissheit werden.

Zwei weitere Osmanen entdeckte sie in den Wipfeln hochgewachsener Buchen. Sie hielten Ausschau nach dem Signal von Tudás' Bergfried.

Die übrigen Attentäter saßen herum, sprachen leise miteinander und tranken gelegentlich aus ihren Feldflaschen. Die wenige Ausrüstung, die sie nicht für den Überfall benötigten, türmte sich zusammengepackt um den Stamm einer ausladenden Eiche. Vermutlich planten sie, nach der Attacke den gleichen Weg zu nehmen, und bewahrten das Gepäck griffbereit für eine rasche Flucht aus Ungarn auf. *Von wegen Geiselnahme!*

Barbara entschied sich für die Männer im Ausguck und grinste. *Sie sind gewiss klein und leicht.*

Noch bevor Vlad und Sorin mit der Attacke aus der Nacht heraus begonnen hatten, kletterte Barbara die benachbarte Buche neben einem der Späher hinauf. Gelegentlich quietschte ein Ast oder rauschten Blätter wie von einem flüchtigen Wind. Mehr war nicht von ihr zu hören, das schwarze Kleid hatte sie hochgesteckt.

Im Lager erklangen unvermittelt erschrockene Rufe, Metall klirrte und Todesschreie tönten durch den eben noch friedlichen Wald. Sorin und Vlad hatten ihr Blutwerk begonnen.

Barbara sprang in den nächsten Wipfel und stieß den überraschten Osmanen mit einem Fuß vom Ast, auf dem er sich niedergelassen hatte. Aufkreischend stürzte er in die Tiefe und begrub beim Aufschlag einen seiner Leute unter sich.

»Allah, steh mir bei!«, rief der zweite Kundschafter in einem türkischen Dialekt und zog seinen Dolch, starrte suchend in die Dunkelheit. »Was bist du?« Seine Augen durchdrangen die Finsternis nicht.

»Jemand, den du nie hättest angreifen sollen«, antwortete Barbara in seiner Sprache und überwand die Entfernung mit einem Sprung, packte den Mann am Kragen und fegte ihn vom Baum.

Mit einigen Abwärtssprüngen gelangte Barbara zurück auf die Erde, just als Sorin und Vlad das Gemetzel an den Osmanen beendeten. Die

Attentäter waren bis auf zwei unter den Klingen gestorben. Einen *bölükbaşı*, was dem Rang eines Weibels entsprach, und einen Soldaten hatten sie niedergeschlagen und vor sich abgelegt.

Das Odeur von frischem, warmem Fleisch und Innereien schwebte über der Senke und würde Raubtiere anlocken. Vermutlich bliebe bis morgen nicht mehr viel Blut zum Auffangen übrig.

»Ich habe den Geruch wiedererkannt, Herrin.« Sorin deutete auf den Gefangenen, der vor Vlad lag. »Das ist Firat. Er hat uns vor vielen Jahren eine Nachricht in Buda überbracht.«

»Von meiner Schwester Arina. Friede ihrer Seele.« Vlad versetzte dem Osmanen, der keinen Kratzer davongetragen hatte, einen leichten Stoß gegen die Schulter. »Mein Schlag hat ihn wohl hart getroffen. Manchmal fällt es mir schwer, meine Kraft einzuschätzen.«

Bei der Erwähnung seines eigenen Namens zuckte der bärtige Osmane zusammen und richtete sich stöhnend in eine sitzende Position auf. »Ihr Dämonen der Nacht wisst sogar, wie ich heiße«, sagte er auf Türkisch und rieb sich den schmerzenden Nacken. »Das ist ein verfluchtes Land. Allah möge es verbrennen und zu einer leeren Wüste machen!«

»Du wirst gleich sehen, dass wir keine Dämonen sind«, erwiderte Barbara in seiner Sprache. Sie ging in die Senke und entfachte mit Zunder und Stahl ein Flämmchen, um eine der Fackeln zu entzünden, die auf dem Stapel mit dem Gepäck lagen. »Jetzt kann Firat eure Gesichter erkennen.«

Der dunkelhäutige Osmane sah zuerst mit offenem Mund auf Barbara, dann wandte er sich um – und starrte auf Vlad und Sorin. »Ihr?« Er erkannte die vielen Leichen seiner Truppe. »Allah, sei ihnen gnädig. Sind sie …?«

»Ihr wolltet uns überfallen. Was hätten wir anderes tun sollen?«, gab Sorin zurück. »Verjagen? Ihr wärt zurückgekommen, um euren Auftrag zu erfüllen.«

»Ich hätte nicht gedacht, dass wir uns unter diesen Umständen einmal wiedersehen, Firat. Vom Botengänger meiner Schwester zum Meuchler meiner Königin.« Vlad half ihm auf die Beine, legte ihm aber den Dolch an die bärtige Kehle. »Der Verräter Aladar ist überführt und hingerichtet. Nun sage uns, was das Ziel eures Angriffs war.«

»Ich … Hätte ich gewusst, dass …« Firat sah zwischen den dreien umher. »Ihr wart damals so freundlich zu mir, Herr. Euer Handeln zu meinen Gunsten im Wirtshaus habe ich nie vergessen.«

»Hättest du mich mit großem Bedauern oder enormer Höflichkeit im Schlaf erstochen?« Vlad schob ihn gegen die Eiche und den Gepäckstapel. »So sieht keine Ehrerbietung aus!«

»Ich wusste nicht, dass Ihr auf Tudás seid, Herr!« Er schaute zu Sorin. »Oder er.«

»Was war euer Auftrag? Verrate es mir, in Erinnerung an die gute Zeit im Gasthaus.« Vlad klang bitter. »Als uns so etwas wie gegenseitiger Respekt verband.«

»Er lässt dir auch dein Leben«, setzte Barbara auf Türkisch hinzu. »Ihr seid euch zweimal begegnet, es wird auch ein drittes Mal geben. Inschallah.«

»Wer ist das, dass sie meine Sprache spricht, fast so, als wäre sie eine Osmanin?« Firat betrachtete sie eindringlich im Fackelschein. »Ihr Gesicht kommt mir bekannt vor. Als hätte ich sie auf … einem Gemälde oder einer Zeichnung …« Er stockte, und die dunklen Augen wurden groß. »Die Schwarze Königin!«

»Welche Zeichnung?«, setzte Vlad nach.

»Die der Bölük Baschi bei sich trägt.« Firat schluckte aufgeregt. »Wir wurden geschickt, um das Laboratorium zu zerstören. Mit der Alchemistin zusammen. Der Sultan persönlich sandte uns aus.«

Barbaras Lippen wurden schmal. Sie hatte es befürchtet. »Das weißt du gewiss?«

»Ich schwöre es Euch! Der Bölük Baschi sprach von nichts anderem. Wir seien die Auserwählten, die dem Herrscher Ehre erweisen und seinen Willen ausführen.« Firat hatte sich gefasst, atmete ruhiger und redete weniger hastig als zu Beginn. »Der Sultan fürchtet die Macht der Schwarzen Königin, von der seine Spione berichten. Sie ist ihm im Weg, wenn er die Eroberung der Walachei beginnt, sagt unser Anführer. Mehmed hat von ihren Zauberkräften und einem Buch vernommen, mit dem sie Dämonen unterwerfen kann.«

Barbara verschränkte die Arme vor der Brust. »Woher haben die Spione diese Berichte über mich?«

»Das hat der Bölük Baschi nicht gesagt. Nur dass Ihr zuerst vernichtet werden müsst, noch vor jeder christlichen Armee und jedem Woiwoden oder abendländischen König, der Mehmed aufhalten will. Er sieht Euch als hochgefährlich an. Allah hat es ihm befohlen.« Firat sah Vlad an. »Ich lüge nicht, Herr.«

»Befragen wir deinen Anführer. Er wird uns bestätigen, was du sagst«, warf Sorin ein.

Aber Firat schüttelte den Kopf. »Er wird euch nichts sagen. Dafür ist er dem Sultan zu treu ergeben. Eher ergibt er sich dem Tod.« Erneut ließ er den Blick über die Leichen schweifen, ohne eine sichtbare Gefühlsregung. Freunde schienen sich nicht darunter zu befinden. »Es werden nicht die letzten Attentäter gewesen sein, die Mehmed schickt.«

»Er muss sich wirklich fürchten«, befand Vlad und nahm den Dolch von Firats Kehle. »Mehmed geht mit dem Überfall das Wagnis ein, einen Krieg mit Sigismund zu beginnen. Trotz des Rumorens in Böhmen wegen Jan Hus.«

Barbara überlegte, wie sie vorgehen sollte.

Einen Brief an Sigismund über den gescheiterten Überfall schloss sie aus. So eine Nachricht würde zu Komplikationen führen, die sie nicht gebrauchen konnte. Nicht mitten in den Vorbereitungen ihres eigenen Krieges gegen die Strigoi.

Sie würde behaupten, Aladar habe das Signal an osmanische Deserteure senden wollen, mit denen er sich verbündet habe. Es durfte keine Verbindung zu Mehmed und seinen kruden Ansichten geben. Sie wollte weiteren Gerüchten über sich den Nährboden entziehen.

»Firat, höre mir genau zu«, begann Barbara. »Alles, was sich im Wald zugetragen hat, ist niemals geschehen. Es gab weder den Überfall noch reguläre osmanische Truppen des Sultans auf diesem Boden. *Nichts* davon«, sagte sie eindringlich. »Und du gehe, wohin immer du möchtest. Du bist frei. Als Dank für deine Aufrichtigkeit gegenüber Vlad, Sorin und mir.«

Der bärtige Osmane sah sie überrascht an und verbeugte sich tief. »Ich werde berichten, dass unsere Truppe unterwegs von walachischen Einheiten aufgerieben wurde, die unser Nachtlager aufspürten.« Danach deutete er auf den regungslosen Bölük Baschi. »Verhört ihn, wenn Ihr wollt. Aber ich bleibe dabei: Er wird Euch niemals etwas verraten.« Langsam ging er rückwärts, nahm ein Gepäckbündel vom Stapel, mit dem Nötigsten für seine Wanderschaft. »Wann immer mir in der Zukunft befohlen wird, Euch ein Leid anzutun – ich werde kommen und Euch berichten. Meine Klinge wird Euch niemals berühren. Keinen von euch dreien.« Anschließend eilte er durch den Wald davon.

Barbara sah ihm nach und fasste einen düsteren Entschluss.

Wenn Mehmed sie schon wegen ihrer Zauberkräfte fürchtete, würde sie ihn das spüren lassen. Genau einmal: Sie würde ihn töten. Mithilfe des *Abramelins.*

KAPITEL 10

TSCHECHISCHE REPUBLIK, HAUPTSTADT PRAG, VIERTEL HOLEŠOVICE, GEGENWART, WINTER

Jolana saß im grauen Jogginganzug an ihrem übervollen Schreibtisch, das Gesicht in beide Hände gestützt und leicht zusammengesackt.

Len stand auf der Schwelle der offenen Tür und beobachtete sie. Seit der Transformation wirkte ihre Statur schmaler, das Gesicht älter. Es gab mehr silberne Fäden in den schwarzen Haaren. Aus der Werwölfin war eine Vampirin geworden. Und es schien ihr nicht zu bekommen.

Er pochte einmal leise an den Rahmen. »Darf ich stören?«

»Immer.« Sie schniefte und wischte sich über die Wangen, bevor sie sich mit einem unglücklichen Lächeln zu ihm drehte. »Ich verdanke Ihnen mein Leben. Mein Dasein als freies … Wesen. Sie haben das Recht, mich zu jeder Tages…« Jolana hielt inne. »Zu jeder Zeit, in der ich mich frei bewegen kann, zu stören.«

Len nickte und trat näher. »Es ist gleich zehn.«

»Und?«

»Sie haben gesagt, wir müssen den Test machen. Das Blut. Also, mein Blut.« Len vertraute der Vârcolac. Er hatte sie erst im Sarg durch Prag gefahren und danach auf einem Parkplatz gewartet, bis die Nacht angebrochen war. Danach waren sie gemeinsam in die Wohnung zurückgekehrt, um die nächsten Schritte zu planen. Totenkiste und Wagen hatten sie stehen gelassen.

»Ach ja. Das habe ich vor lauter Lesen beinahe vergessen.« Jolana erhob sich und ging zum Tresor, öffnete ihn und nahm mehrere Tiegel, Fläschchen, Glaskolben und Behältnisse heraus, die sehr nach alchemistischer Ausrüstung aussahen. »Holen wir uns das letzte Prozent Gewissheit, dass Sie ein Drăculeşti sind.«

Vor dem Fenster setzte dichter Schneefall ein, der die Sicht auf wenige Meter beschränkte. Die Straßenlampen kamen gegen die vereinte Kraft von Nacht und großen, weißen Flocken kaum mehr an.

Len, der sich von Jolana einen braunen Pullover geliehen hatte, trat näher und setzte sich auf den Stuhl neben sie. »Danach weihen Sie mich ein?«

»Voll und ganz.« Jolana bereitete auf einem Beistelltischchen alles vor. Sie schüttete bunte Pülverchen prisenweise in Kolben, Petrischalen, Kupfertiegel, wog sie auf einer Feinwaage und mischte sie, sah abwägend über den Aufbau. »Ich hole noch Wasser, dann können wir beginnen.«

Len sah ihr nach, wie sie die Bibliothek verließ. Zum ersten Mal wirkte sie wie die Siebzigjährige, die sie war. Sie kämpfte erkennbar mit ihrem Körper.

Die Bedrohung durch Zita und ihre Brut war vorüber. Nun stand Lens Ausbildung an. Mithilfe der Aufzeichnungen der Schwarzen Königin.

Ob er es sich zutraute, wusste Len nicht. Aber er musste es versuchen. Wenn er schon kein schlagkräftiger Pfähler aus der Linie der Drăculeşti war, dann jemand, der seinen Verstand einzusetzen vermochte.

Es erschien ihm seltsam, dass er eine Krankheit, eine Seuche, ein Mittel erfinden sollte, das die Blutsauger befiel und reihenweise vernichtete. Eine Art Rattengift, das ausschließlich bei den vampirischen Exemplaren wirkte, ohne die übrigen Kreaturen der Anderswelt umzubringen. Für jemand, der keine Ahnung von Chemie, geschweige denn Alchemie und Okkultismus hatte, war dies eine extrem schwere Aufgabe.

Dennoch gab es für ihn weder ein Zurück noch Zweifel. Da er der letzte Drăculeşti war, blieb nur er. Das hatte ihm die Professorin deutlich gemacht.

Jolana brachte kochendes Wasser und steril verpackte Spritzen, Nadeln sowie Tupfer, Pflaster und Desinfektionsspray mit. »Ich will ja nicht, dass Sie an einer Sepsis sterben«, erklärte sie und setzte sich ihm gegenüber. »Ihren Arm, bitte.«

Len zog den Pullover in die Höhe und sah zu, wie sie den Unterarm mit Tupfer und Spray säuberte, ihm danach eine Aderklemme am Oberarm anlegte. »Sie sind ganz sicher satt?«

Jolana lachte auf. »Sie müssen sich nicht vor mir fürchten. Zita hätte es mit ihrer Viesczy-Gabe geschafft, mich auf Sie zu hetzen. Aber den Blutdurst kann ich steuern.« Sie warf ihm einen raschen Blick durch das Monokel zu. Ihre dunkelbraunen Augen waren heller geworden, die goldenen Einsprengsel fast weißsilbrig. »Und wir wurden mit Blut versorgt. Noch in der Nacht, damit wir uns heilen konnten.« Dabei beließ sie es.

Len fragte nicht, welcher Mensch oder wie viele Leute ihre Leben für Jolana, den Vampir und Zita gegeben hatten. Im besten Fall hatten sie eine Blutbank ausgeraubt. Abgesehen davon, machte es der Vârcolac sicher nichts aus, zu töten. In ihrer Gestalt als Werwölfin hatte sie, neben dem Räuber auf der Karlsbrücke, garantiert weitere Leute umgebracht.

Jolana stach die Nadel in die heraustretende Ader und zog den Kolben langsam rückwärts. Das dunkle Rot glitt in die Auffangkammer.

»Übrigens, die letzten bekannten Nachfahren von Vlad Țepeș in weiblicher Linie leben noch. Über die können Sie noch einiges herausfinden, wenn Sie wollen.«

Len verfolgte, wie sein Blut einströmte. »Sie haben sie genau geprüft?«

»Selbstverständlich! Aber der letzte Zweig ist ein sehr schmaler. In all den Jahrhunderten seit Vlad gab es unzählige Nachkommen, doch manche Namen sind nicht überliefert, und ihre Linien verlieren sich im Lauf der Geschichte. Deswegen suchte ich sehr lange nach direkten, männlichen Drăculeşti, von denen keiner wusste.«

»Und was ist mit den Nachkommen der Schwarzen Königin?« Len war nicht besonders gut in Geschichte, aber es lag nahe, dass die Adligen damals munter heirateten und sich zahlreich fortpflanzten. »Diese Dynastie wurde doch mit Sicherheit fortgeführt. Warum machen diese Nachkommen nicht weiter? Im Grunde ist es deren Aufgabe.«

Jolana reichte ihm einen Tupfer und bedeutete, sich zum Abdrücken der Wunde bereitzuhalten. Dann zog sie die Nadel aus dem Arm.

Len hatte nicht aufgepasst. Ein kleiner Schuss Blut rann über die helle Haut und zog eine rote Bahn, bis zwei, drei Tröpfchen auf dem Boden landeten.

Jolana sah dem Blut hinterher und lächelte beruhigend. Sie würde sich nicht auf ihn stürzen, um ihn auszusaugen. »Die Schwarze Königin war eine Alchemistin. Sie veränderte sich und ihren Körper, die Organe und ihr Blut durch die Mittel, die sie bei sich anwandte. Ebenso jenes ihres Verbündeten Vlad. Diese einmaligen Veränderungen gab der Fürst an seine Kinder weiter. Die Schwarze Königin aber nicht. Ihre Tochter Elisabeth kam zur Welt, ehe sich Barbara ganz der Alchemie und dem Okkultismus widmete.«

»Veränderung im Blut, verstanden. Aber noch nach Jahrhunderten?«

»Oh, es ist eine sehr spezielle Veränderung. Das hat nichts mit den üblichen Labormethoden und Blutanalysen zu tun.« Sie gab jeweils einen kleinen Spritzer seines Bluts in einige der bereitgestellten Behältnisse, kippte heißes Wasser darauf. Unter zwei der Glaskolben stellte sie Rechauds, mit einem Streichholz entzündete sie die Brennpaste. »Ich verstehe mich lediglich auf die Handhabung des Tests, Herr Lenau. Er war meinen Ahnen handschriftlich von der Schwarzen Königin hinterlassen worden. Sie ahnte wohl, dass die Zukunft Ungewissheit barg.«

Len sah zu den Gefäßen und Behältnissen, in denen es anfing zu gären, zu brodeln und zu blubbern. »Wie lange müssen wir warten?«

»Bis wir Ergebnisse haben.« Jolana sank auf ihren Bürostuhl und rieb sich über das gealterte Gesicht. »Ich bitte Sie vorab schon um Nachsicht für mein kommendes Verhalten, das Sie befremdlich finden werden. Wenn man sein ganzes Leben eine Werwölfin war, fällt die Umstellung schwer.«

»Kann ich mir denken.« Len sah nach, ob der Einstich noch blutete, und klebte ein Pflaster darüber. »Hatten Sie sich niemals ausgemalt, wie es sein könnte?«

»Ich hätte nie gedacht, dass es passiert. Dass mich etwas … umbringen kann«, gestand Jolana. »Bis der Ubir aufgekreuzt ist. Aber den sind wir mit Zitas Tod los.«

»Kann es wieder passieren, dass Sie unter den Bann eines Vampirs fallen?«, erkundigte sich Len vorsichtig. »Es gibt noch mehr Viesczy, oder?«

»Ehrlich gesagt: Ich weiß es nicht. Da fehlt mir die Erfahrung.« Sie grinste gemein. »Ich töte sie einfach vorher. Das ist sicherer für uns beide.« Ein Schatten legte sich auf ihr Gesicht. »Wobei ich nicht sagen kann, wie lange ich noch leben werde.«

Die Ankündigung machte Len sogleich nervös. »Wie meinen Sie das?«

»Vampire sind nicht unsterblich. Ich weiß, in Büchern und Filmen ist das immer anders, aber sie haben nur eine gewisse Existenzspanne nach ihrer Verwandlung. Vermutlich sind es bei mir einige Jahre.« Sie seufzte schwer. »Es sollte zumindest so lange sein, bis ich Ihnen größere Einsicht in die Anderswelt verschaffen konnte, Herr Lenau. Drücken Sie uns die Daumen.«

»Werde ich.« Len tat es schon aus Eigennutz. Er musste noch so viel lernen. Ohne Jolana wäre er aufgeschmissen.

Sie sah zu den kochenden Kolben, goss Wasser nach, schüttete erste Reagenzien zusammen und setzte neuerliche Abläufe in Gang; zwischendurch sah sie auf handschriftliche Notizen, welche Handgriffe zu tun waren. Qualm und Dampf entstanden, die durch die oberen geöffneten Fenster in die Nacht abzogen.

Als würde der stark riechende, alchemistische Brodem eine Reaktion mit der frischen Luft eingehen, zog wenige Herzschläge später Nebel auf.

»Sie hatten es auch nicht leicht, Herr Lenau. Das eint uns.«

Len hatte verdrängt, dass sie ihn lange vor dem ersten Zusammentreffen ausspioniert hatte. »Sie wissen vom Tod meiner Freundin?« *Und meiner Eltern,* fügte er in Gedanken hinzu.

Jolana nickte. »Die Partynacht, die Ihr Leben veränderte. Seit der Sie alles infrage stellen und nicht wissen, was Sie mit Ihrem Dasein anfangen sollen. Vom gefeierten Partyprinzen zum Grübler.«

»So ähnlich. Nichts scheint sich seitdem mehr richtig anzufühlen.«

»Alles führte Sie zu mir und Ihrer neuen Aufgabe.«

Len konzentrierte sich auf ihre letzten Handgriffe, bis sich sämtliche Flüssigkeiten in einem Glastiegel befanden und von Dunkelgrau schimmernd in samtmattes Blau wandelten, das weiterhin changierte, als könnte die Farbe sich nicht entscheiden.

Jolana brachte das Gesicht näher an das Glas heran.

»Ist das gut oder …?«

»Ich weiß es nicht. Und es ärgert mich, dass ich so vieles in letzter Zeit nicht weiß.« Sie sah zu ihm. »Das begann mit Ihrem Auftauchen, Herr Lenau.«

»Was hat dieser Farbverlauf zu bedeuten?«

»Dass in Ihrem Blut mit Sicherheit alchemistische Substanzen sind.« Jolana hob das Behältnis an und schwenkte es, als ließe sich die Flüssigkeit dadurch zu einer Entscheidung zwingen.

Aber das Grau und das matte Seidenblau gingen weiterhin ineinander über und trennten sich unentwegt.

Len wurde nervös. »Wie hätte es denn aussehen sollen?«

»Blau, Indigo wie aus Seide und lichter Nacht gemacht«, erklärte sie, ohne den Blick vom Behältnis zu wenden. »Aber wir sind auf einem guten Weg.« Sie stellte es auf den Tisch. »Geben wir ihm einfach noch eine Weile.«

Stumm und angespannt saßen Len und Jolana vor dem Glas und starrten es an.

Aber das Farbenspiel hielt an wie ein Perpetuum mobile.

»Schön. Ich nehme an, dass die alchemistischen Substanzen im Laufe der Dekaden ihre volle Kraft verloren haben«, entschied die Vârcolac letztlich. »Daher betrachte ich es als gelungenen Test. Wir können ihn bei Gelegenheit wiederholen, sollten wir unsicher sein. Ich packe die Zutaten ein.« Sie glitt vom Stuhl und ging vor ihm auf ein Knie nieder. Trotz des Jogginganzugs strahlte sie eine gewisse Erhabenheit aus. »Mein Leben ist nun das Ihre, Gospodar. Dem Ruf und der Pflicht meiner Ahnen gehorchend, folge ich Ihrem Befehl und tue alles, um Sie zu beschützen.« Sie nahm seine Rechte und küsste den Handrücken, bevor er es verhindern konnte. Anschließend hob sie den Blick. »Damit ist auch Ihre Pflicht zur Gewissheit geworden, Gospodar.«

Len fand den Schwur pathetisch, und den Titel, von dem er nicht einmal wusste, was er bedeutete, wollte er keinesfalls tragen. »Stehen Sie auf. Sie sind nicht meine Sklavin.« Er atmete tief durch. Wenn ihr der Beweis genügte, sollte es ihm recht sein. »Was liegt als Nächstes an?«

Jolana ließ sich wieder in ihrem Schreibtischstuhl nieder. »Die Schwarze Königin besaß viele Burgen in ihrem Herrschaftsgebiet, auf denen sie sich zu ihren Lebzeiten und auch heimlich nach ihrem offiziellen Tod aufhielt. Diósgyőr, Altsohl, Fileck, Likavka oder Vígľaš, um die wichtigsten zu nennen.«

»Überall gab es Laboratorien«, vermutete Len.

»So ist es. Laboratorien, kleine Sternwarten, wie man heute sagen würde, weil sich die Königin wissenschaftlich für vieles interessierte. Manche betrieb sie offensichtlich für alle, andere ließ sie in Katakomben einrichten, damit niemand sie störte und ihre Geheimnisse erfuhr.« Jolana blätterte in handschriftlich verfassten Aufzeichnungen. »Ihre Lieblingsburg – außer Mělník – war Diósgyőr.«

»Das ist wo?«

»Im Nordosten von Ungarn. Natürlich stets gut überwacht von misstrauischen Strigoi wie in Mělník. Als ich einmal dort war, gab es ähnlichen Ärger wie bei unserem Besuch.«

Len ahnte, dass sie dorthin fahren mussten. Gut, dass er seine Papiere zurückhatte. Auch wenn ihn die Reise weit weg von Klara und Oma Mokka brachte. »Dann sollten wir –«

»Die Unterlagen, die ich Ihnen anvertrauen darf, Gospodar«, fuhr Jolana fort, »sind an einem anderen Ort verborgen.«

»Aha?«

Sie stemmte sich aus dem Stuhl. »Ich lade Sie ein. Ein bezauberndes Vier-Sterne-Hotel, errichtet auf den Grundmauern einer alten Festung.«

»Ist das Ihr Ernst?«

»Der beste Platz, den man sich vorstellen kann. Mit Dracula-Apartment, Dragon Bar und dem Queen-Barbara-Spa-Bereich.« Jolana ging langsam aus der Bibliothek. »Packen Sie Ihre Sachen. Wir fahren in einer Stunde los.«

»Wohin denn?«

»Lassen Sie sich überraschen, Gospodar. Sie werden es lieben.« Lachend bog Jolana um die Ecke.

Len warf einen Blick auf das Gefäß, in dem Dunkelgrau und Seidenmattblau unvermindert hin und her changierten. »Ich hoffe, die haben da auch ein Schwimmbad«, murmelte er und stand auf. »Und einen Whirlpool.« Wenn er sich schon in Gefahr begab und mit Vampiren kämpfen musste, wollte er danach entspannen. *Am liebsten mit Klara.*

Vor den gekippten Fenstern erschufen die letzten Schwaden der abziehenden Gespinste aus Rauch und Dampf diffuse Schatten, nahmen die Umrisse von missgestalteten, düsteren Kreaturen an.

Schnell schloss Len die Fenster. Nicht dass sie in Prag noch versehentlich einen neuen Golem erschufen.

***

Hamza sah zum Fenster im dritten Stock hinauf, vor dem eine Gestalt im dichten Schneefall schwebte und die Bibliothek der Vârcolac ausspionierte.

Es war weder ein kleines Mädchen noch ein Vampir, sondern ein Mann, den er auf Mitte oder Ende zwanzig schätzte. Er trug herkömmliche, helle Straßenkleidung und wirkte unauffällig – abgesehen davon, dass er gute zehn Meter über dem Boden schwebte, als hinge er an Sicherungsseilen.

Der Geruch verriet ihn: Die Herrin von Prag tauchte als junger Mann auf.

Etwas sagte Hamza, dass er gerade die wahre Gestalt des Objekts seiner Begierde vor sich sah. Seine Annahme, dass eine schützende Hand über dem Drăculești schwebte, erwies sich als richtig. Nun hoffte er, dass der rätselhafte Mann landete und er zuschlagen konnte.

Dieses Mal bekäme seine Beute keine Gelegenheit für einen Angriff. Der Vorteil lag aufseiten des Ubirs, der zwei Elektroschocker und einen modernen Revolverinjektor mit Propofol bei sich führte.

Der Mann schwebte wie eine zu große Flocke im Schneetreiben abwärts und landete auf der Kamenická, um direkt in einen schützenden Hauseingang zu treten und sein Smartphone aus der dicken Daunenjacke zu ziehen.

Das blaue Displaylicht beleuchtete ein gewöhnliches Gesicht, in dem ein altmodischer Backenbart stand; auf den gewellten schwarzen Haaren saß eine karierte Schiebermütze aus Wolle, Flocken hatten sich darauf angesammelt. Die erstaunlich kornblumenblauen Augen betrachteten aufmerksam den kleinen Bildschirm.

Diese Augen kenne ich sehr gut. Die Ablenkung genügte Hamza. Er schlich über die Straße und blieb in den Schatten der Hauswände, bis er den Eingangsbereich erreicht hatte.

Bevor er um die Ecke trat, zog er beide Taser, dann machte er einen raschen Schritt in die Nische.

Der Mann sah hoch und bekam die Elektroden an Hals und Brust gedrückt. Der Ubir flutete den Körper und das Nervensystem seines Opfers mit zigtausend Volt. Die Hände des unter Strom Gesetzten verkrampften sich, das Smartphone landete im weichen Schnee. Die Beine knickten ihm weg, er folgte dem Gerät auf die Erde.

Aber Hamza ließ nicht von ihm ab, setzte die Schocker weiter ein. Noch einmal würde er seinen Gegner nicht unterschätzen, dessen Geruch betörend in seine Nase stieg. Gleich würde er die Zähne in seinen Hals schlagen und die Lebensessenz aus ihm trinken, bis er leer war.

Nach einigen weiteren Sekunden beendete Hamza die elektrische Attacke und steckte die Taser ein, versetzte dem Bewusstlosen einen heftigen Tritt gegen die Schläfe, damit er keinesfalls zur Besinnung kam. Die Ohnmacht würde nahtlos in den Tod übergehen.

»Die Herrin von Prag«, sagte Hamza höhnisch und ging langsam in die Hocke. Seine Reißzähne fuhren aus, lähmender Speichel sickerte über seine Lippen und rann in sämigen Fäden ins aufgewühlte Weiß. »Du wirst mir munden, mein Freund.«

Danach würde er sich den Drăculeşti und die Vârcolac holen. Ein Dessert. Diese Nacht brächte ihm jede Menge besonderer Speisen.

Hamza streckte die Hände nach dem Mann aus und nestelte an dem Kragen herum, band den Schal auf und legte den Hals frei.

Die Ader pochte lockend, der Herzschlag erklang laut.

Schwelgend näherte sich Hamza der Kehle, als wollte er sie behutsam küssen und liebkosen. Der Duft regte den Speichelfluss weiter an, die Vorfreude stieg ins Unermessliche.

»Lass von deinem Tun ab, Ubir«, sagte eine Frauenstimme hinter ihm. »Und ich gewähre dir dein untotes Leben.«

Hamza hielt inne und sah grollend über die Schulter, ohne die Hände vom Kragen des Ohnmächtigen zu nehmen.

Hinter ihm stand eine Gestalt, eine Kapuze über den Kopf gezogen, die statt des Gesichts eine ovale Dunkelheit erschuf. Sie hatte die Hände in die Taschen des grünen Anoraks gesteckt, trug schwarze Leggins und hohe Militärstiefel, die bis an die Knie reichten.

Dort, wo die Augen saßen, brannten zwei gelb oszillierende Punkte. Die Luft flimmerte vor Wärme, die sie abstrahlten. Jede Schneeflocke in ihrer Nähe taute zu einem Wassertropfen und klatschte zu Boden.

Der Geruch, der von ihr ausging, war dem wundersamen Geschmack, den Hamza bei dem Bewusstlosen wahrgenommen hatte, irritierend ähnlich. »Er hat versucht, mich umzubringen. Es ist mein gutes Recht.«

»Seine Seele gehört mir«, erwiderte die Unbekannte. »Ich kann nicht zulassen, dass du ihm die Essenz nimmst.«

Plötzlich begriff Hamza. »Er hat sie einem Dämon verpfändet.« Und dieser hatte einen seiner Schergen geschickt, um den Ubir bei seinem Tun aufzuhalten. Nähme er sich die Essenz, ginge der Dämon bei dem Handel leer aus.

»Nicht irgendeinem. Einem mächtigen Fürsten. Gegen den du ein Nichts bist«, stellte sie verächtlich fest. »Mir ist aufgetragen worden, dafür zu sorgen, dass der Vertrag eingehalten wird.«

»Aha, so ist das also. Dem Ubir seine Beute abspenstig machen.« Hamza spuckte aus. »Was bekomme ich im Gegenzug?«

Die gelb leuchtenden Augen zuckten leicht aufwärts. »Nimm dir das Blut des Sterblichen und der Vârcolac dort oben. Und ich lasse dich ziehen.«

Hamza schluckte, doch seine Gier blieb. Der Ohnmächtige roch zu verlockend, zu unwiderstehlich, um ihn aufzugeben. »Wie wäre es mit einem Schluck oder zwei?«, versuchte er zu handeln. »Ich kann mich beherrschen. Aber ich *will* das Blut kosten. Ich muss!«

»Nein.«

»Die Wunden heilen. Ich schwöre es.« Hamza klang drohend und flehend zugleich. »Mehr als Schwäche wird nicht bleiben, von der er sich erholt.«

»Du raubst ihm Teile seiner Essenz, seiner Seele. Der Handel mit ihm sieht vor, dass alles dem Fürsten zusteht.« Die Frau nahm die Hände langsam aus den Taschen. Sie waren spindeldürr, als bestünden sie aus nichts als Knochen mit dünner Haut darüber. Es klickte und klackerte leise, als sie sich leicht bewegten. »Lass ihn los, Ubir! Wag es nicht einmal, an einen Angriff zu denken.« Während sie sprach, wuchsen ihre Nägel zu dreißig Zentimeter langen Krallen, die mattweiß im Licht der Laternen schimmerten. »Andernfalls zerschneide ich dich.«

Hamza sah auf die leuchtenden gelben Punkte in der Schwärze der Kapuze. Dann nahm er die Finger vom Kragen des Ohnmächtigen, der Kopf fiel schwer auf die Fußmatte aus Kokosfasern.

»Also gut«, knurrte er und erhob sich, steckte die Hände in die Tasche, wo er die Taser ergriff und die Sicherung entriegelte. Überschnell riss er sie heraus, um die Gegnerin mit den blitzenden, knisternden Enden zu berühren. »Doch vorher lass mich *dein* Blut kosten!«

Die zehn Krallen leuchteten ebenso intensiv auf wie die Pupillen, Hitze kochte um sie herum. Surrend zuckten die Hände vorwärts, spreizten sich und zerteilten die Elektroschocker samt den Fingern, die sie führten.

Hamza sah die Trümmer und seine Gliedmaßen in den Schnee fallen. Noch bevor er schreien konnte, fuhren ihm fünf Krallen von rechts nach links durch Hals und Unterkiefer. Die rasiermesserscharfen glühenden Nägel zerrissen Haut und Knochen, verstümmelten den Aufschrei noch in der Kehle zu einem nassen Gurgeln.

Die zweite Hand der Angreiferin fuhr in den feisten Unterbauch des Ubirs und ruckte aufwärts, schlitzte die gesamten Innereien bis zum Solarplexus auf.

Hamza wankte, stolperte sterbend über seine herausgefallenen Gedärme und fiel in den dritten vernichtenden Schlag. Die zischenden Nagelklingen trennten den Schädel vom Genick. Enthauptet und mit verhedderten Füßen stürzte der Ubir in die Gosse.

***

Die Finger der Frau nahmen ihre herkömmliche dürre Form an. Die Unbekannte rieb sich das teils geronnene, schwarze Blut des Untoten mit Schnee von den Händen und schüttelte sie aus. Dann holte sie ein Wachstütchen hervor, öffnete es und streute das malvenfarbene Pulver über Hamzas Überreste.

Fauchend schossen grellgelbe Flammen über den Kadaver und lösten ihn zusammen mit dem Schädel innerhalb zweier Sekunden auf. Auch die Blutspuren vergingen.

Sie steckte die skeletthaften Hände zurück in die Anoraktaschen und grüßte ein Pärchen, das unvermittelt aus den Schneeflocken auftauchte. Die hellgelben Augen erloschen, es blieb ein dunkles Oval in der Kapuze.

»Nicht um ihn kümmern«, sagte sie und nickte zu dem Bewusstlosen. Gespielt schadenfreudig kicherte sie. »Der wird gleich wieder. Zu viel Glühwein auf der Betriebsfeier.«

Das Paar lachte und ging weiter, wurde von Weiß und Brodem verschlungen.

Sofort leuchteten die Augenpunkte gelblich auf. Mit dem Fuß scharrte sie Schnee ins Gesicht des Liegenden. »Ich weiß, dass du wach bist, Anton.«

Der Mann blieb liegen, hob die Lider und stöhnte. »Was war das?«

»Ein Ubir. Er fand dein Blut und deine Essenz sehr attraktiv.« Sie bewegte die Schultern auflockernd. »Ich bin Eliska. Der Herr sandte mich, um den Vampir davon abzubringen, dich samt Seele auszulöschen.«

Anton schaute sich um und stemmte sich auf die Ellbogen. »Ist dir wohl gelungen.«

»Er wird dich nicht mehr belästigen.« Eliska sah aus glühenden Augen auf ihn herab. »Was hast du vor, Anton?«

»Was meinst du?«

»Deine Zeit läuft bald ab. Lange hast du nicht mehr, sagt der Herr. Er will, dass der Handel erfüllt wird.« Eliskas Blick richtete sich in die Höhe. »Aber es scheint, als führtest du etwas im Schilde. Das gefällt mir nicht. Deine Aktivitäten unterscheiden sich deutlich von denen in der Vergangenheit. Was ist mit den beiden da oben? Warum hast du sie belauscht?«

»Das geht dich einen Scheiß an.« Anton erhob sich umständlich und spuckte Blut aus. Er hatte sich auf die Zunge und die innere Wange gebissen. »Du bist nur eine Handlangerin.«

»Die dem Herrn einige interessante Dinge berichten muss, wie es aussieht.« Eliska legte den Kopf schief, die Kapuze mit den leuchtenden Augen neigte sich nach rechts. Sie sah ihn an, und ihr Blick wurde schmerzhaft stechend, als sandte er Hitze aus. »Je höher ich in seiner Gunst stehe, desto besser. Deine Zeit ist ohnehin bald abgelaufen.«

Anton stieß sich vom Boden ab und schwebte aufwärts durch den Schneefall davon, der ihm genügend Schutz vor neugierigen und überraschten Blicken bot. Eliska sollte denken, dass er einfach vor ihr weggeflogen war.

Stattdessen verharrte er in großer Höhe und beobachtete sie aus seiner Wetter-Deckung heraus. Langsam verfolgte er, wie sie in ihrer menschlichen Gestalt durch die Straße ging und sich auf das Klingelschild zubewegte. Eliska wollte herausfinden, wer im dritten Stock wohnte, oder vielleicht sogar unter einem Vorwand bei Lenau und Černá vorstellig werden.

Anton kannte sie flüchtig, aber es reichte aus, um ihre Schwachstelle zu erfassen: Eliska überschätzte sich maßlos – und sie war sterblich.

Diese Kombination wollte er nutzen. Sie würde keine Gelegenheit erhalten, ihn in irgendeiner Weise anzuschwärzen oder gar seinen Plan in Gefahr zu bringen. Dafür lief es einfach zu gut, trotz der Improvisation.

Und Anton bekäme umgekehrt eine Gestalt mehr, die er annehmen konnte.

Es kostete ihn nicht viel Mühe, einen der alten aufgemauerten Kaminschlote auf dem Dach zu lockern und in dem Moment abwärtsfallen zu lassen, als Eliska zurück auf den Bürgersteig trat.

Rumpelnd begruben die schweren Steine die Frau unter sich. Sie zermalmten den Kopf und zerbrachen die Knochen, drückten die geborstenen Enden in Herz, Lunge, Leber und die Gedärme. Selbst wenn ihr Schädel nicht zerbrochen wäre, hätten die inneren Verletzungen ihren sicheren Tod bedeutet.

Nicht lange, und man würde sie finden. Polizei, Krankenwagen, das übliche Programm.

Da wäre Anton längst mit Vorbereitungen beschäftigt.

Sein Plan bog auf die Zielgerade. Den Ort des Finales kannte er bereits, was ihn sehr erleichterte. Das Belauschen von Lenau und Černá war eine gute Eingebung gewesen.

Er könnte vorfahren, um die Burg auszukundschaften, und Ausschau nach Strigoi halten, die dort ihre Kreise zogen. Solch ein schweres Versäumnis seinerseits wie in Mělník durfte nicht erneut geschehen.

Doch weil Anton nicht ausschließen konnte, dass man der Vârcolac und dem Drăculeşti unterwegs neue Schwierigkeiten machte, beschloss er, ihnen heimlich auf ihrer Fahrt in die Slowakei zu folgen. Als Back-up und Schutzengel. Der Vorschlaghammer gegen Steine, die man ihnen in den Weg legen mochte.

Er schwebte zwei Blocks weiter und landete ungesehen auf einem Hinterhof, um von dort auf die Straße zu treten und ein Taxi herbeizuwinken.

Keine Fehler, keine Unachtsamkeiten, keine Versäumnisse mehr, sagte er sich beim Einsteigen. Es ging um viel.

Um alles, was Anton wichtig war.

»Drittes Capitl
Einen jeden Geist erscheinen zu machen

1. In Gestalt eines Drachen.
2. In Menschengestalt.
3. In Thiersgestalt.
4. In Vögelgestalt.
(…)

Siebentes Capitl
Allerley Alchymische Arbeiten durch die Geister verrichten zu lassen

1. Daß die Geister allerley Metalle durch die alchymische Kunst herfürbringen
2. Daß die Geister allerley Alchymische Arbeiten verrichten müssen
3. Allerley alchymische Künsten von Geistern zu erlernen
(…)

Dreizehndes Capitl
Einen todten Menschen 7 Jahr lang herumgehen machen.

1. Daß er alles thut und redet, als wan er lebte. Von Aufgang bis Mittag.
2. Vom Mittag bis Niedergang.
3. Von Untergang bis Mitternacht.
4. Von Mitternacht bis zum Aufgang.«

Aus: Die egyptischen großen Offenbarungen, in sich begreifend die aufgefundenen Geheimnißbücher Mosis; oder des Juden Abraham von Worms. Buch der wahren Praktik in der uralten göttlichen Magie und in Erstaunlichen Dingen, wie sie durch die heilige Kabbala und durch

Elohym mitgetheilt worden. Sammt der Geister- und Wunder-Herrschaft, welche Moses in der Wüste aus dem feurigen Busch erlernet, alle Verborgenheiten der Kabbala umfassend. Aus einer hebräischen Pergament-Handschrift von 1387 im XVII. Jahrhundert verteutscht und wortgetreu herausgegeben. Köln am Rhein, bei Peter Hammer 1725. Viertes Buch, S. 331–333/ S. 339, S. 348/49.

CAPITULUM VII

Verschriftlichung der diktierten Tonaufzeichnung, dramatisiert, basierend auf persönlichen Aufzeichnungen, verfasst nach dem Studium von originalen, bislang unausgewerteten Quellen von und um Barbara von Cilli.
Preisgabe der zeitgenössischen Schriftstücke/Quellen nicht genehmigt.

Die nachfolgenden Geschehnisse beschäftigen sich mit den Nachforschungen zu den Vampirstädten und der Erkenntnis, dass Barbara und Vlad ein Heer bräuchten, um ihre Pläne zu flankieren.
Parallel dazu unternimmt Sorin einen folgenreichen Ausflug.

Jahr: 1417
Historischer Hintergrund: Das Konzil von Konstanz läuft immer noch. Gegenpapst Benedikt XIII. wird abgesetzt und exkommuniziert. Zwar beharrt er auf seinem Amt, doch das Konzil setzt seine Arbeit fort. Bald kann ein neuer regulärer Papst gewählt werden.
Sigismund befindet sich noch immer auf Reisen.

***

KÖNIGREICH UNGARN, NAHE DEM DORF BAGAMÉR,
BURG TUDÁS, 19. OKTOBER ANNO DOMINI 1417

Barbara wandelte zufrieden in schwarzem Kleid und schützender Lederschürze durch den Bereich ihres Laboratoriums, in dem sie Ratten und Mäuse in Käfigen hielt, deren Blut dem gefangenen Strigoi als Nahrung diente; unter dem Gürtel um ihre Hüfte klemmte ein Paar Arbeitshandschuhe.

Vlad, seit dem osmanischen Anschlagsversuch stets gerüstet, um Barbaras Leben bestens schützen zu können, ging neben ihr und hielt einige

Schriftstücke in einer Ledermappe unter den Arm geklemmt, über die er noch nichts gesagt hatte.

»Keiner verendet. Ich bin sehr erfreut.« Barbara hatte die Nager mit gesüßtem Mehl und Brot aus dem alchemistisch behandelten Getreide gefüttert, damit ihr Blut transmutierte.

»Hattest du nicht gesagt, du rechnest nach der Umstellung der Formel nicht mehr mit Todesfällen?«, fragte Vlad. »Wir haben das Korn bereits an Menschen verteilt.«

»Sei nicht entsetzt. Natürlich bin ich mir sicher.«

Anfangs hatte es nicht nach einem durchschlagenden Erfolg ausgesehen, doch nach dem dritten Trinken einer kleinen Dosis zeigte sich die Wirkung bei den Strigoi. Nicht nur, dass ihnen das Blut nicht mehr bekam. Sie erbrachen sich, erbleichten merklich und mergelten binnen eines Tages sichtlich aus. Das veränderte Blut schwächte sie wie ein starkes Gift.

Genau diesen Effekt hatte Barbara erzielen wollen.

Die Ratten und Mäuse hatten keinerlei Nebenwirkungen mehr nach dem Genuss des Brotes. Die ersten Probanden waren vergangenes Jahr noch an Verklumpungen des Lebenssafts in den Organen und Adern gestorben, wie sie bei der Sezierung festgestellt hatte. Das Problem hatte sie durch Veränderungen der alchemistischen Formeln behoben.

»Es ist dennoch beruhigend, an den Käfigen entlangzugehen und sich zu vergewissern.« Barbara hatte Mehl und Brot großzügig an die Burgbesatzung verteilt, sie eine Woche lang davon essen lassen und ihnen heimlich Blut entnommen. Die Schuld für die kleinen Bisse schoben die im Schlaf Heimgesuchten auf Ratten, Bettwanzen – und einen Strigoi, den Dorfbewohner in der Nähe gesehen haben wollten.

Auch dieses Menschenblut löste den gewünschten Effekt auf die Gefangenen aus. Die Untoten starben noch in der Nacht des Verzehrs.

Vlad deutete zur Zelle, in der sie Draga festhielten. »An ihr können wir es nicht ausprobieren. Sie ist zu wertvoll, oder?«

»Leider. Bekommen würde es ihr nicht, doch ich vermute, dass sie mehr davon trinken müsste, um zu sterben.« Zu gerne hätte Barbara es der Nobilis verabreicht, aber sie benötigten die Geliebte von Lucian womöglich im bevorstehenden Krieg.

Seit dem gescheiterten Entführungsversuch der Drillinge in Izvorul Subteran war es ruhig geblieben. Lucian würde seine Spione sämtliche Städte von Cosmin durchforsten lassen, ohne zu ahnen, dass Draga sich in Barbaras Hand befand und die Königin mit seinem Gegner verbündet war.

»Damit beginnt unser Krieg bald.« Vlad folgte Barbara aus dem Zellenbereich in den hell beleuchteten Teil des Laboratoriums, in dem sich der Schreibtisch und das Regal voller Notizen und Abschriften verschiedener Werke der Mathematik, Alchemie, Astronomie und Naturkunde befanden.

»Nicht in diesem Jahr. Lassen wir unser transmutiertes Korn über den gesamten Winter hinweg wirken und verfolgen, wie die Blutsauger im Umkreis darauf reagieren«, sagte Barbara. »Es wird Cosmin und Lucian nervös machen, wenn ihre Nahrungsgrundlage plötzlich verdirbt und sich verknappt. Das schürt den Willen, den Gegner aus Selbsterhaltungstrieb zu bezwingen.«

»Wann werden die Fürsten verstehen, dass du und deine Alchemie dahintersteckt?« Vlad legte eine Hand an den Schwertgriff. »Sie sind nicht dumm.«

»Und doch werden sie es lange Zeit nicht erfassen. Da bin ich sicher.« Barbara nahm Landkarten und Zeichnungen aus den Halterungen im Regal. »Wir haben jetzt eine Übersicht über die Städte der Fürsten samt den Zugängen und Felsspalten an der Oberfläche. Malphas und Sorin leisten gute Arbeit.« Sorgsam breitete sie die Blätter auf dem Schreibtisch vor sich aus.

»Die besten Kundschafter, die man sich wünschen kann.« Vlad ging die Skizzen durch, die Barbara nach Malphas Angaben angefertigt und verfeinert hatte. »Bleibt es bei unserem Plan?«

»Da müssen wir abwarten, ob sich meine Annahme bestätigt.« Sie deutete auf Markierungen im Gelände oberhalb der unterirdischen Strigoi-Städte. »Hier sind die Risse, die Sorin aufgespürt hat. Malphas hat sie geprüft, konnte die Eingänge in die Unterwelt bestätigen und sich in aller Ruhe unter der Erde umschauen.«

»Was ist mit den Fallwinden, die wir brauchen?«

»Erscheinen zweimal im Jahr. Ende des Frühjahrs und beim Übergang von Herbst zu Winter.« Aufgrund der Temperaturunterschiede von Oberfläche, Luft und Höhlen entstand ein Sog. Er würde ihre Alchemie in die Städte tragen und verteilen, sodass es kein Entkommen für die Strigoi gab. Barbara lächelte zufrieden. »Ich setze den Herbst an. Vorher muss ich sichergehen, dass meine Mittel den schnellen Tod bringen.«

»Aber –«

»Geduld, Vlad. Geduld.« Sie legte ihm die Hand beruhigend auf den gepanzerten Rücken und ließ sie zärtlich unter die langen schwarzen Haare in seinen Nacken wandern. »Alles muss aufeinander abgestimmt sein: der Krieg zwischen Lucian und Cosmin, unsere Attacke, die Jahreszeit und meine Mittel. Gerät nur *eine* Sache nicht wie berechnet, werden wir scheitern. Danach wird die Rache der Strigoi schrecklich sein. Es könnte dazu führen, dass sie sich erheben und auf die Menschen stürzen.«

»Das verstehe ich.« Er berührte ihre Hand und führte sie nach vorne auf seine Wange, bevor er die Finger freigab. »Trotzdem fühle ich mich … ungeduldig.«

»Du fühlst dich überstark«, korrigierte sie. »Nimm etwas weniger von den Elixieren. Sie machen dich aufbrausend, da du es nicht an einem Gegner auslassen kannst. Sonst sorge ich mich um Sorin.«

Vlad lachte auf. »Gut. Ich reduziere den Gebrauch.«

»Hast du sonst Wirkungen verspürt, die nicht gewollt sind? Schwindel, fremde Stimmen, Halluzinationen oder derlei?«

»Bis auf meine Ruhelosigkeit und meinen Tatendrang, nein.«

»Ausgezeichnet. Dann lasse ich die Rezepturen, wie sie sind.« Barbara achtete sehr genau auf Vlad, ohne dass er es mitbekam. Malphas hatte oft ein Auge auf ihn. Denn manche der Ratten, Hunde und Katzen, denen sie versuchsweise stärkende Essenzen verabreichte, veränderten ihre Natur. Sie wurden aggressiv und rücksichtslos, sogar gegenüber ihren Artgenossen. Jedoch traf es nicht auf alle zu.

Barbara vermutete, dass es auf die grundsätzliche Seelenbeschaffenheit ankam. Wer von grober Natur war, bei dem setzten die Elixiere das Schlechtere frei. Dass bei Vlad diesbezüglich nichts zu spüren war, sprach für seine ganze Art. Ein Grund mehr, ihn zu lieben.

»Ich wollte dir noch was anderes sagen«, begann er und setzte sich ihr gegenüber, während sie Platz hinter dem Schreibtisch am Regal nahm.

»Es hat mit der Mappe zu tun.« Sie versuchte, etwas auf dem herausragenden Blatt zu erkennen.

»Nein.« Er atmete tief ein. »Es gibt Gerede auf Tudás. Wegen Aladar, den du vom Bergfried geworfen hast.«

»Glaubten die Männer die Geschichte von den osmanischen Plünderern nicht?«

»Doch, sein Verrat wurde ohne weitere Frage hingenommen.« Vlads Gesicht verdüsterte sich. »Aber es macht das Gerücht die Runde, dass du eine unstandesgemäße körperliche Verbindung mit Aladar eingegangen warst.«

Barbara seufzte. Seit dem Konzil von Konstanz war ihrem Lebenswandel dank ihrer Lebensfreude viel angedichtet worden.

Zugegeben, sie benahm sich nicht wie eine Heilige. Und warum sollte sie auch, solange Sigismund den Weibern nachstellte, ihnen auf seinen Reisen durch Frankreich, Spanien und England schöne Augen und bei der Gelegenheit auch ein paar Bastarde machte? Doch es bedurfte mehr als einen geraden Wuchses und gesunder Zähne, um ihre Aufmerksamkeit zu erwecken. Aladar hatte das nicht geschafft.

»Es wird gemunkelt, du hättest ihn in den Tod geschleudert, weil du seiner überdrüssig geworden bist«, gab Vlad den Tratsch wieder. »Der perfekte Vorwand, um ihn vom Turm zu werfen.«

»Und es war bestimmt nicht der Erste, den ich deswegen ermordet habe. Ist es so?« Barbara lehnte sich im Stuhl zurück und stieß die Luft aus. »Was ist nur mit den Männern?«

»Es sind die Menschen, die derlei gerne hören. Das Gerücht ist stets interessanter als die Wahrheit.« Vlad schlug endlich seine Ledermappe auf. »Ich wollte dich davon unterrichten, falls dir manche Blicke auf Tudás oder im Dorf rätselhaft vorkommen sollten.«

Barbara fluchte unflätig. Das Gerede würde die Burg und den Ort verlassen und offene Ohren in den Königreichen finden. »Man wird bald abstruse Geschichten über mich ersinnen.«

»Die erzählt man sich bereits, *Schwarze Königin*. Du tust auch nichts, um sie zu entkräften. Jetzt noch einen zahmen Raben, der dir aufs Wort gehorcht. Manche wollen gesehen haben, dass seine Augen leuchten wie ein Amethyst«, sagte Vlad und lachte. »Was soll's? Es macht dich umso rätselhafter, was nicht das Schlechteste ist. Du solltest lediglich mit deinen Äußerungen zum Glauben, zum Leben nach dem Tod und den Lehren der Kirche vorsichtig sein. Kein Spott mehr über Nonnen.«

»Ich weiß, ich weiß. Die Scheiterhaufen wollen Nahrung.« Barbara gab sich Mühe, Reichsregentin und Alchemistin zugleich zu sein. Sie zeigte sich gelegentlich mit ihrem Hof in Ofen und ein, zwei anderen Städten des Königreichs, aber letztlich blieb sie überwiegend in Tudás.

»Eine schlanke, hübsche Ketzerin und Gotteslästerin wie du brennt verflucht schnell.« Vlad nahm die Aufzeichnungen heraus. »Nun aber zu meinen Erfolgen. Ich habe nachgeforscht, was die gefallenen Engel, Dschinn und Nephilim angeht.«

Barbara horchte auf. Es überraschte sie, dass Vlad sich freiwillig mit Bibelkunde beschäftigte. Offenbar trieb ihn um, wie Draga zu ihrer beachtlichen Größe und Besonderheit gekommen war.

Sie hatte eine wundervoll gearbeitete Abschrift des Korans, die sie sich für viel Geld und auf geheimen Wegen hatte beschaffen lassen, nach Dschinn und dem Dämonenfürsten Dschann durchforstet. Ungläubige wie sie durften die heilige Schrift des Islam eigentlich nicht besitzen oder gar lesen.

Engel waren dem Koran nicht fremd. Zudem hatte sie dem Gelehrten Abraham aus Lyptzk eine Nachricht geschickt, ob sich in der Thora und anderen jüdischen religiösen Texten etwas zu den Nephilim finde. Seine Antwort stand noch aus. »Und? Zu welcher Ansicht bist du gekommen?«

»Dass mein Latein sehr schlecht ist. Gegen dich wirke ich wie ein Anfänger. Und du beherrschst so viele Sprachen in Wort und Schrift, dass es mich jedes Mal beschämt«, gab er zu und musste grinsen; sein Schnauzbart schnellte mit den Mundwinkeln in die Höhe. »Aber ich habe dennoch etwas entdeckt!«

Barbara öffnete das Tintenfass, nahm einen frischen Kiel und machte sich bereit, eigene Anmerkungen zu seinen Worten festzuhalten. »Ich höre.«

»Es ist sehr verwirrend, doch ich habe zumindest eine Ahnung bekommen.« Vlad blätterte hin und her. »Wenn ich die ganzen Kleinigkeiten weglasse, so schließe ich daraus, dass die Söhne Gottes gegen ihren Schöpfer rebelliert und ihre eigene Wohnstätte im Himmel verlassen haben. Sie nahmen Menschengestalt an, kamen auf die Erde und legten sich zu Frauen.«

»Söhne Gottes? Also … sind Engel gemeint?«

»In meinen Augen ja. Diese Nachfahren aus Engeln und Menschen wurden Nephilim genannt«, führte Vlad begeistert aus. »Sie waren riesenhafte, brutale Tyrannen. Die Bibel beschreibt sie als *die Starken, die Männer von Ruhm der alten Zeit.* Sie erschufen Angst und Gewalt.«

»So eine Art Riesen«, ergänzte Barbara. Sie hatte diese Passagen längst gefunden gehabt, aber sie wollte Vlad nicht die Ehre und den Spaß nehmen. Sie wusste zu schätzen, dass er versuchte, auf ihrem Gebiet Erfolge zu erringen. Sie würde dafür das Schwert niemals so gekonnt führen wie er.

»Sehr richtig! Das erklärt den Wuchs und die Kraft von Draga.« Vlad suchte in seinen Aufzeichnungen, der Finger fuhr über die gekritzelten Zeilen. »Ah ja, hier. Gott sandte jedoch die Sintflut und löschte alles Leben aus. Damit auch die Nephilim samt ihren Nachfahren.« Es ging noch eine Seite weiter. »Später jedoch begegneten israelitische Kundschafter Menschen, deren Größe sie offenbar an Berichte über die vor Jahrhunderten gestorbenen Nephilim erinnerte.« Er hob den Blick. »Anscheinend haben manche Nephilim die Flut überstanden! Möglicherweise in den verborgenen Kammern der Schächte und Tunnel der Höhlen.«

»Und was wurde aus den Söhnen Gottes, den Engeln, die den Himmel verlassen haben? Ich meine damit nicht Luzifer.«

»Nun ja, sie …« Vlad sah sie verblüfft an.

»So Gott sie nicht vernichtet hat, könnten sie sich mit Menschenfrauen auch nach der Flut fortgepflanzt haben. Und wer sagt, dass es keine Frauen unter den Engeln gab?« Barbara lächelte. »Die Bibel jedenfalls nicht.«

Vlad sah auf das leere Blatt vor ihr. »Du hast nichts mitgeschrieben, weil du schon alles wusstest«, sagte er niedergeschlagen.

»Nein, nicht alles«, log sie und berührte aufmunternd seine Hand. »Aber ich kann mir merken, was neu für mich war.«

Aufschnaufend klappte er die Ledermappe zu und rieb sich über den kurzen dunklen Bart. »Du bist so beängstigend klug wie schön, Barbara.«

»*Das* ist der Grund für das Gerede. Wäre ich hässlich, würden sie dennoch über mich lästern.« Sie lächelte. »Ich hoffe, dass uns Abraham aus Lyptzk etwas mehr zu den Nephilim liefern kann. Wir wissen lediglich, dass es diese Wesen gab. Ob sie von Engeln oder Dämonen gezeugt wurden, sei dahingestellt. Malphas' Aussagen, die er während der Untersuchung von Octavian machte, lassen mich zumindest eher Dämonen annehmen.«

»Dann töten wir die Nobilis mit dem Schwert. So viele sind es nicht.« Vlad pochte gegen den Waffengurt. »Sorin und ich sind gut ausgerüstet.«

»Habt Sorin und du noch hundert mehr von eurer Sorte? Dann wäre mir wohler.« Barbara räusperte sich und sah auf die tickende Wanduhr, deren mechanisches Werk mit Ketten und Gegengewichten aufgezogen werden musste. »Ich sehe nach den Strigoi, und danach füttere ich Draga. Wir sehen uns später oben.«

Vlad nickte, erhob sich und verließ das Laboratorium. Seine Aufzeichnungen ließ er zurück.

Kaum hatte er das niedrige Gewölbe verlassen, tauchte Barbara die Spitze des Federkiels in die Tinte und setzte einen Brief auf, von dem ihr Freund nichts wissen durfte.

Noch nicht.

Angesichts der Größe der Städte und der Kühnheit des Plans, bei dem jedes Zahnrad in ein anderes greifen musste, war ihr bewusst geworden: Vlad und Sorin reichten nicht aus. Es bedurfte tapferer Männer, ausgebildeter Ritter und Krieger, die vor Leichenbergen in unterirdischen Behausungen, Strigoi und riesigen, zähnefletschenden Nobilis nicht zurückwichen.

Barbara kam nur einer in den Sinn, der wiederum genügend fähige Recken kannte, die sich auf das geheime Unterfangen einlassen würden.

Daher schrieb sie in die erste Zeile:

Werter Yanko

***

FÜRSTENTUM WALACHEI, CURTEA DE ARGEŞ/ARGISCH, 31. JANUAR ANNO DOMINI 1418

Sorin ging bei Einbruch der Dunkelheit durch die verschneiten, engen Gassen der Stadt, in der ein Auftrag auf ihn wartete, der ihm nicht behagte. Aber er hatte ihn vor Jahren begonnen und geschworen, ihn zu Ende zu führen, sobald die Zeit gekommen war.

Schecke, Schnabelstiefel und jegliche teure Kleidung hatte er gegen grünes Kittelhemd, weite braune Hose, Halbschuhe und einen abgewetzten dicken lindgrünen Mantel getauscht. Auf dem Kopf saß eine speckige Pelzmütze. Er schob einen kleinen Handkarren vor sich her, unter dessen Segeltuchplane er verschiedene Felle transportierte. Er gehörte zu seiner Tarnung.

Stets hatte er gehofft, dass sich die Sache von selbst erledigte, dass er nichts unternehmen musste, dass Krankheit oder Fügung seine Aufgabe übernahmen. Doch beide hatten ihm diesen Gefallen nicht getan.

Mit lautem Krächzen zog ein Schwarm Raben über ihn und die Dächer von Curtea de Argeş hinweg, als wollten sie die Menschen vor ihm warnen.

Sorin sah hinauf zu dem Pulk aus wirbelnden, schwarzen Vögeln, unter denen sich Malphas befinden konnte. Der schlaue Spion der Königin beherrschte sogar das Schachspiel, wie er mit eigenen Augen gesehen hatte.

Unwillkürlich trat er in den Schatten der vorstehenden Dächer, um sich vor dem Schwarm zu verbergen. Sein Vorhaben fühlte sich an wie Verrat. Aber tat er es nicht, wurde nichts besser.

Mit Vlads Obsorge hatte seine Aufgabe angefangen, und sein Ziel war noch nicht erreicht. Erst wenn Cosmin, Lucian und die Strigoi aufgehalten und vernichtet waren – bevor sie als überstarke Jäger alles ausrotten würden, was die Anderswelt in ihrem Umfeld zu bieten hatte –, durfte er innehalten.

Der Krieg zwischen den Vampirfürsten rückte näher. Daher mussten Vorbereitungen getroffen werden für die Zeit danach.

Sorin bog mit dem Handkarren ab, weg vom beeindruckenden Torturm, der den Eingang in die Stadt bewachte. Die Bewohner der zur Festung ausgebauten Stadt im Süden der Karpaten waren wehrhaft.

Sein Ziel wohnte einige Straßen weiter, in einem beeindruckenden Steingebäude mit mehreren Anbauten, die massiven Wände rot bemalt. Jeder sollte wissen und sehen, dass Mircea in diesem herrschaftlichen Anwesen residierte.

Der über sechzig Lenze zählende Woiwode der Walachei lebte mit seiner Familie in der Hauptstadt, lenkte und leitete die Geschicke von hier aus. Gelegentlich brach er zu Reisen durch das Fürstentum auf, um mit den Adligen und den Räten der Städte zu sprechen, Beschlüsse zu fassen oder die Arbeiten an den neuen Befestigungen gegen die Osmanen zu begutachten.

Sorin wartete erneut, bis der Rabenschwarm über ihn hinweggezogen war.

Die Kamine der Häuser spien schwarzen Rauch in den dunkelgrauen Winterhimmel, als wollten die Qualmschwaden die Vögel nachahmen; der Geruch von Feuer war allgegenwärtig. Der Frost der beginnenden Nacht ließ den Schnee und die Abwässer unter den Stiefelsohlen und Rädern des Wägelchens allmählich gefrieren.

An einigen Häusern sah Sorin mit Pech aufgemalte Kreuze, mit Kreide umrandet und verziert. Auch wenn sie sich in den vergangenen Dekaden mit Osmanen, Gesetzlosen und Mongolen angelegt hatten, kannten die Einwohner die Furcht vor Strigoi.

Sorin hatte sein Nachtlager in einem nahen Gasthaus bezogen und sich als Pelzjäger ausgegeben. Die frischen Bälger und Häute von zwei Bären, mehreren Füchsen und zwei Luchsen auf seinem Karren belegten die Tarnung. Er hatte die Tiere unterwegs in den Wäldern erlegt. In der Wolfsgestalt des Vârcolac. So gelang es ihm wesentlich besser als mit Armbrust oder Falle.

Eine Bärenhaut hatte er dem Wirt für die Übernachtung und eine Mahlzeit am Abend sowie am Morgen versprochen, den Rest wollte er an einen Händler in Curtea de Argeş verkaufen.

Sorin schob seinen beladenen Wagen um das herrschaftliche Gebäudeensemble aus Stein herum, beobachtete die Ein- und Ausgänge, während er so tat, als halte er nach Käufern für seine Pelze Ausschau. In einem günstigen Moment stellte er den Karren vor einem angrenzenden Wohnhaus ab und stahl sich durch die enge Gasse bis unmittelbar an die

Residenz. Er wusste, dass Mircea sich im oberen Stockwerk aufhielt, und sah zu einem der kleinen Fenster hinauf, das trotz der klirrenden Kälte einen Spalt weit offen stand.

Hinter dem dicken Butzenglas bewegten sich Schemen, Kinderlachen erklang, in das mehrere Erwachsene einstimmten.

Danach wurde das Licht gelöscht und das Fenster geschlossen, Stille kehrte ein.

Sorin sah nach rechts und links, wartete, bis niemand mehr in die Gasse trat und sich keine Schritte näherten. Dann kletterte er rasch die Wand hinauf, deren Steine und Fugen genügend Raum für seine kräftigen Finger und Stiefelspitzen boten.

Auf dem Dach des Wohnhauses angekommen, schmiegte er sich an den warmen Schornstein, um von den städtischen Wehrtürmen aus nicht gesehen zu werden. Curtea de Argeş blieb stets auf der Hut vor Attacken, und der Zitadellenturm war zu jeder Zeit besetzt. Ein zufälliger Blick eines Wachmanns, der innerhalb der Mauern nach einem ausgebrochenen Feuer suchte, konnte auch ihn treffen.

Mit den warmen Steinen im Rücken wartete Sorin ab, sah nach den Raben und begann nach einer Weile vorsichtig, die ersten Schieferschindeln abzudecken.

Behutsam erschuf er sich den Einstieg in die Residenz des Woiwoden, um sich durch die schmale Lücke hinabzulassen und leise auf dem engen, winzigen Dachboden zu landen.

Wäsche hing aufgespannt zwischen den Balken zum Trocknen, wie abgezogene Tierhäute. Vorratsregale bogen sich unter der Last von getrockneten und eingelegten Dingen in gebrannten Tonkrügen und Amphoren.

Die Keller müssen wohl voll sein. Alte ausrangierte Möbel und gespaltenes Brennholz ergänzten das Sammelsurium, durch das sich Sorin stahl und zur breiten, geschlossenen Luke ging. Darüber hing ein Flaschenzug, mit dem man schwere Gegenstände einfacher auf den Dachboden bugsieren konnte.

Durch Astlöcher in den Bohlen sah Sorin in das Stockwerk darunter.

Menschen gingen hin und her, Kinder spielten Fangen auf dem engen Gang und wurden von einer jungen Frau zurechtgewiesen. Ihr Großvater schlafe schon, sie sollten leiser sein. Dabei zeigte sie auf eine Tür.

Sorin lächelte. Nun wurde sein Auftrag leichter.

Als es unter ihm leise geworden war und die Bewohner sich in die Betten zurückgezogen hatten, öffnete er die Luke und schwang sich an dem Lastenzug vorbei in das oberste Stockwerk.

Rasch war er durch die Tür ins Zimmer von Mircea gehuscht, in dem eine Kerze sanfte Helligkeit spendete, als wollte sie Albträume verscheuchen.

Der Woiwode lag in einem Bett, dessen hölzerner Himmel vor herabfallendem Ungeziefer schützen sollte. Die schließbaren Seitenwände des Bettes, gemacht gegen die Kälte, waren geöffnet. Im Kamin brannten die Reste eines Feuers, die Wärme der Kammer war angenehm zum Schlafen.

Wo sich die Gemahlin befand, wusste Sorin nicht. Vielleicht auf Reisen, vielleicht noch in der Stube, um zu sticken oder zu lesen.

Rasch näherte er sich dem Schlafenden, der mit offenem Mund schnarchte; gelegentlich unterbrach ein Schmatzen das laute Geräusch. Mircea trug ein weißes Schlafgewand und eine Haube auf dem Kopf, die Halteschnüre unter dem Kinn verhinderten ein Verrutschen.

Es wird schnell gehen. Aus seiner Manteltasche zog Sorin die Phiole mit einer alchemistischen Substanz. Er hatte die Dosis aus dem Abfall des Laboratoriums der Königin gestohlen, bevor sie das missratene Mittel in der Hitze der Flammen entsorgen konnte. Für seine Zwecke taugte es.

Behutsam öffnete er den gläsernen Verschluss und träufelte die durchsichtige Substanz in den offenen Mund des Herrschers. Die glitzernden Tröpfchen rannen über die Zunge nach hinten in den Schlund. Mit dem nächsten Schmatzen waren sie aufgenommen – und geschluckt.

Sorin atmete auf. Obwohl er wusste, dass er einen heimtückischen Mord begangen hatte, stellte sich Erleichterung ein. Nun gab es kein Zurück mehr.

Unvermittelt stockte das Schnarchen, und Mircea öffnete die Lider weit. Der Blick des alten Woiwoden war auf den Eindringling gerichtet, als habe er gewusst, dass ein Besucher an seinem Bett stand.

Sorin hielt ihm mit einer Hand den beinahe zahnlosen Mund zu und setzte sich auf dessen Oberkörper, damit der Mann seine Arme nicht nutzen konnte. Die Essenz benötigte Zeit, um die vernichtende Wirkung zu entfalten. »Bleibe ruhig, Herr. Dein Ende kommt. Begrüße es in Frieden und ohne Aufruhr.«

Mircea stöhnte aufbegehrend, aber seine Kräfte erlahmten bereits. Die Atmung ging stockend.

»Man wird dich besingen, und das zu Recht. Deine Verdienste um dieses Land sind enorm. Die Walachei wird dir Denkmäler setzen und dich niemals vergessen«, raunte Sorin beschwichtigend, als müsste er ein Kind zum Schlafen bringen. »Erinnere dich an die schönen Stunden deiner Siege. Deiner Erfolge.« Als er bemerkte, dass der Herrscher sich nicht mehr wehrte, nahm er die kräftigen Finger vom Mund und erhob sich. Seine Verbeugung fiel tief und ehrlich aus. »Du hattest deine Zeit und hast das Land gut bestellt, Woiwode. Nun weiche und gib den Weg für deinen Sohn frei.«

Der sterbende Herrscher stöhnte. »Mein Michael wird –«

»Nein, Herr. Ich spreche nicht von ihm. Er ist nur ein Übergang, das steht so in den Sternen. Dein Nachfolger wird die Aufgabe übernehmen, die du nicht angepackt hast.« Sorin beugte sich herab. »Das Ende der Strigoi.«

Mirceas Gesicht entgleiste, er ächzte kraftlos.

»Ich weiß, dass du Lucian folgst und von ihm Befehle und Weisungen erhalten hast. Aber das muss ein Ende haben, bevor die Strigoi übermächtig werden«, sagte Sorin und richtete sich auf. »Du wirst dich an den Sohn erinnern, den du als Geisel zu Sigismund gegeben hast? Ich habe mich gut um Vlad gekümmert. Ihm ist Großes vorherbestimmt.« Langsam zog er sich aus der Kammer zurück. »Bald wirst du einschlafen, großer Mircea. Das Land wird trauern und ein Besserer dir folgen. Gleite in den Tod mit dem Wissen, dass dein Erbe bewahrt wird.«

Leise verließ Sorin das Gemach und kehrte auf den Dachboden zurück, um sich durch das Loch in der Eindeckung hinaus ins Freie zu begeben.

Das alchemistische Mittel, das er dem Woiwoden verabreicht hatte, gehörte zu einer abgebrochenen Versuchsreihe. Das Elixier hatte das Blut in den Adern der Nager verklumpt, und sie waren alsbald gestorben.

Genau dies sollte nun Mircea zustoßen.

Die Pfropfen würden sich im Herzen festsetzen und die Kammern verschließen, die Lunge blockieren und den Fluss zu seinem Gehirn unterbinden.

Da niemand die Leiche des Herrschers untersuchen und aufschneiden würde, wie es Barbara mit den Tieren und Strigoi tat, käme die Wahrheit nicht ans Licht. Mircea war alt genug, um einfach im Schlaf zu versterben.

Sorin machte es sich draußen am warmen Außenkamin gemütlich und legte die Schieferschindeln wieder ein, damit kein Verdacht aufkam. Der einsetzende Schneefall gab ihm Schutz bei seinem Tun. Die Wasserflecken von den wenigen Flocken, die ins Innere fielen und tauten, wären rasch getrocknet. Somit gab es keinen Anhaltspunkt für einen Mord.

Ein lautes, vorwurfsvolles *Krah* erklang unvermittelt vom Rand des Schlots.

Sorin zuckte zusammen und sah über die Schulter.

Ein stattlicher, übergroßer Rabe mit schwarzblauem Gefieder balancierte geschickt am Rand neben dem herausrollenden Rauch, legte den Kopf schief und betrachtete ihn.

»Du bist Malphas, oder?«

Der Rabe hopste aufs Dach und stakste erhaben durch den Schnee und an Sorin vorbei, um sich auf den flachen First zu setzen. Dann spannte er die Flügel auf und krächzte noch einmal, laut und wuchtig. Seine Stimme hallte als leises Echo durch den Innenhof und die Gässchen und kehrte vom Wachturm der Zitadelle zurück.

»Was ist? Willst du mich auffliegen lassen?« Sorin sah zu dem hohen Turm, auf dem sich mehrere dick eingepackte Männer an den Kohlebecken wärmten und dabei Ausschau hielten. Die Flocken hingen wie ein dünner Vorhang zwischen ihm und den Wachposten.

Der Rabe schüttelte den Kopf und plusterte sich auf, sah nach rechts und schwang sich in den verschneiten Nachthimmel hinauf.

»Beschissener Totenfresser.« Sorin setzte die letzte Schindel ein.

Urplötzlich erklang ein Rascheln von der anderen Seite des Daches, und ein Kopf schob sich über die Dachgaube zur Linken. Schnee hatte sich haubengleich auf ihm abgelagert und tarnte ihn. Die Züge konnte Sorin nicht genau erkennen, aber sie wiesen etliche tiefe Furchen auf.

»Was hat ein Vârcolac in Curtea de Argeş zu suchen?«, zischte eine alte Frauenstimme. »Noch dazu auf dem Haus des Woiwoden. Das ist euch dreckigen Hundesöhnen nicht gestattet!«

Die Gestalt krabbelte über den First wie eine Spinne, drückte sich flach auf den Untergrund. »Was willst du in der Stadt?« Ihre Augen richteten sich auf die weniger verschneite Stelle auf den Schindeln. »Du warst bei Mircea!«

Ansatzlos sprang sie ihn an und riss ihn seitlich vom Dach, gemeinsam stürzten sie in die Gasse.

Der harte Aufprall auf dem Rücken raubte Sorin für einen Herzschlag Atem und Orientierung.

Das alte Weib war auf ihm gelandet, hielt mit der Rechten seine Kehle wie ein Schraubstock umklammert und versetzte ihm mit der anderen Faust rasche Schläge gegen Wangen und Schläfe, um ihn in die Ohnmacht zu zwingen. Sie trug ein zerschlissenes Kleid mit fleckiger Schürze, als sei sie eben erst von Herd und Kochtöpfen eines Tagners getreten.

»Ich schleife dich zu Lucian, Flohsack!«, versprach sie und kicherte widerlich. »Er wird dich vor seinen Augen zum Wandeln in deine Wolfsgestalt bringen und dir den verlausten Pelz abziehen. Dann darf ich nach Oltalom ziehen und muss nicht länger –«

Sorin verpasste der Alten einen Schlag, der sie zur Seite und von ihm herabschleuderte. Aufheulend rollte sie durch die verschneite Gasse und prallte gegen die Hauswand.

Sie war eine gewöhnliche Strigoi, er roch es. Es wunderte ihn, dass sie von einer der unterirdischen Städte wusste. Bislang hatte er den Eindruck gehabt, dass der Fürst und die Seinen unter sich blieben. Sie mochten keine gewöhnlichen Strigoi.

Als die Alte sich erhob und fauchend die Zähne fletschte, lachte Sorin sie aus. »Du kommst da niemals hinein.«

»Oh, doch! Wenn ich dich niederwerfe und zu ihm bringe! Lucian hat gesagt, dass er alles Wissen belohnt, das wir ihm mitteilen. Ein Vârcolac, der Mircea besucht, ist gewiss keine harmlose Sache.« Sie rannte los und wollte sich auf ihn werfen. »Das wirst du ihm berichten, Flohsack!«

Sorin machte sich nicht die Mühe, der Strigoi auszuweichen. Auf dem

Boden und ohne das Überraschungsmoment war die Blutsaugerin keine Gegnerin für ihn.

Kurz bevor sie ihn erreichte, trat er ihr mit ganzer Kraft gegen die Brust.

Der Treffer ließ das Sternum und die umliegenden Rippen brechen. Keuchend wankte sie rückwärts und ruderte wild mit den Armen, um das Gleichgewicht zu halten.

Sorin sprang ihr nach, führte einen harten Hieb seitlich gegen das Kinn, der ihren Nacken überdehnte. Die Muskulatur konnte die Wucht nicht abfangen. Knackend brach das Genick, tot sackte sie zusammen.

Sorin zog seinen Pflock aus dem Gürtel und durchbohrte zur Sicherheit ihr Herz. Manchmal barst das Rückgrat nicht vollständig, und die liegen gelassenen Strigoi heilten. Mit durchstoßenem Herz gab es keine Rückkehr mehr.

Dumpf ächzend entwich ihr letzter Atem, als das Holz sie perforierte, und der greise Körper entspannte sich. Dunkles Blut sickerte aus den Wunden in den zertrampelten Schnee.

Sorin hätte sie zu gerne befragt, doch die Zeit war ihm nicht geblieben. Er rechnete damit, dass bald ein Nachtwächter erschien. Der Schneefall verbarg nicht alles vor den Augen der Ordnungshüter, und der Lärm konnte von Bewohnern vernommen worden sein.

Sorin tauschte den Pflock mit Silberspitze gegen ein herumliegendes Holzstück aus und ließ es in der Alten stecken, damit man beim Auffinden der Überreste wusste, was es mit dem Leichnam auf sich hatte. Er nahm an, dass sie zu Lebzeiten in Curtea de Argeş bekannt gewesen war. Wie lange ihre Bestattung zurücklag, mochten die Bewohner wissen. Die Kreuze an den Türen sprachen eine deutliche Sprache.

Nun wusste er, dass Lucian Mircea hatte überwachen lassen und hohe Belohnungen für neue Erkenntnisse aussetzte. Enorme Belohnungen. Wenn er einfachen Strigoi in Aussicht stellte, in eine seiner verborgenen Städte zu ziehen, musste seine Furcht hoch sein. Das Verschwinden seiner geliebten Draga hatte Spuren hinterlassen.

Er zeigt Angst, dachte Sorin. *Und Schwäche.*

Leider durfte er sein aufschlussreiches Wissen weder mit Vlad noch mit der Königin teilen. Er konnte nicht offenlegen, dass er in Curtea de

Argeş gewesen war. Nicht an jenem Datum, an dem Mircea einen überraschenden Tod starb. Sie wären beide argwöhnisch geworden. Er war auf ihr Vertrauen angewiesen und musste in ihrer Nähe bleiben, um sie zu beschützen.

Lucian, Mehmed, es gibt viele Feinde. Es würden noch welche hinzukommen, sobald die Nachfolge auf Mirceas Position geklärt werden musste. *Es wird nur einen wahren Anwärter geben. Der Thron gebührt Vlad.*

Leise flatternd landete der große Rabe auf der Leiche der Vampirin. Er krächzte einmal knapp, als wollte er sagen: *Ich hatte dich vor ihr gewarnt, und du hast mich nicht verstanden.* Dann hackte er auf die Augen der Leiche ein und bohrte nach den warmen, zarten Fleischstücken.

KAPITEL 11

SLOWAKEI, GEMEINDE VÍGĽAŠ, NAHE DER STADT ALTSOHL, GEGENWART, WINTER

Bis zu Dracula-Apartment, Dragon Bar und Queen-Barbara-Spa-Bereich waren es von Prag aus knappe 540 Kilometer, die Len und Jolana zügig in einem geliehenen Hyundai Tucson zurücklegten. Der Grenzübertritt in die Slowakei gelang ohne Probleme. Man hielt sie nicht einmal an.

Len schlief die meiste Zeit. Jolana hingegen verbrachte als Vârcolac, die zur Vampirin geworden war, die ganze Nacht hinter dem Steuer. Es strengte sie nicht an.

In seinen Träumen war Len mit Klara unterwegs, in einem wirren Wald, in dem es von Monstrositäten wimmelte. Sie schlugen die Bestien mit magischen Artefakten und Gewehren zurück und standen am Ende vor einer Burg, aus deren Tor ein Strom aus widerlichen Süßigkeiten in Form von abgeschlagenen Köpfen, Fingern, Armen und Beinen floss.

Beunruhigt erwachte er und sah sich um.

Noch herrschte Nacht, es war kurz nach sechs Uhr am Morgen. Der Winter hielt die Sonne für zwei, drei weitere Stunden jenseits des Horizonts, der Vorteil der schwarzen Monate für die Kreaturen der Dunkelheit. Sie hatten von etwa sechzehn Uhr am Nachmittag bis acht Uhr morgens freie Bahn.

Der Schnee begleitete sie aus Prag. Der Tucson rollte über eine feste weiße Decke, die Jolana zu nehmen wusste, auch wenn sie sehr schnell fuhr.

In der Ferne kam eine beleuchtete Burg in Sicht, die auf einem sanften Hügel über einem schmalen Fluss und zwei Straßen lag. Das dazugehörige Dörfchen befand sich unterhalb. Das Ziel ihrer Reise war zum Greifen nah.

»Ah, erwacht«, sagte Jolana und setzte zum Überholen eines Lkws an. »Es müssen seltsame Träume gewesen sein, Gospodar.«

»Waren sie.« Len hatte aufgegeben, gegen die Anrede zu protestieren. »Gut, dass sie vorüber sind.«

Er nahm das Tablet zur Hand und sah sich zur Einstimmung auf die Suche die Informationen im Internet an. Besonders aufschlussreich fand er einen Film aus dem Jahr 1997, den ein Urlauber hochgeladen hatte.

Die Aufnahmen zeigten die Burg Vígľaš, bevor Investoren gekommen waren und ein Vier-Sterne-Hotel auf die Grundmauern gesetzt hatten. Sieben Minuten lang filmte die Kamera die alten Torbogen, Mauern, Vor- und Innenhof, Turmreste und Umgebung. Der Clip vermittelte einen Eindruck der vergangenen Zeiten. Dazu existierten online etliche Luftbildaufnahmen der Ruine.

»Es hätte Vígľaš härter treffen können, als zum Hotel zu werden«, kommentierte Jolana von der Seite. »Einige Burgen der Schwarzen Königin sind trostlose Ruinen, andere halb aufgebaute Sehenswürdigkeiten. Nur wenige haben das Privileg, eine komplett neue Funktion wie diese zu erhalten. Die meisten wurden Museen. Ein Klassiker der Wiederverwertung.«

»Waren Sie schon mal hier, um Nachforschungen anzustellen?«

»Das musste ich nicht. Das, wonach wir suchen, befindet sich hier.« Sie klang absolut überzeugt. »Deswegen bin ich hier nie aufgetaucht.« Sie hielt inne. »Doch, einmal. Aber ich kam zu spät.«

»Für was?«

»Um die wichtigsten der alten Aufzeichnungen zu bergen. Alle ihre übrigen Aufzeichnungen sind dagegen Spielereien.« Jolana bog in die Ausfahrt ab. »Der Verkauf von Vígľaš verlief schneller als erwartet. Zu der Zeit befand ich mich im Ausland. Die Bauarbeiten hatten bereits begonnen, ich kam nicht mehr dran, ohne Aufsehen zu erregen. Da das Laboratorium nicht gefunden worden war, beließ ich es dabei.« Der Tucson schlingerte im Schnee, sie behielt ihn mit schnellen Lenkbewegungen in der Spur. »Sonst wären die Strigoi aufmerksam geworden.«

Auf dem Parkplatz vor dem Haupteingang hielt sie an.

In altertümlicher Schrift stand *The Grand Hotel Vígľaš* auf einem beleuchteten, schmiedeeisernen Schild, das an der Wand angebracht war.

Die verputzten, strahlenden Mauern waren so neu wie der Rest der aufragenden Bauten der Burg. Die Architekten hatten die mittelalterlichen Elemente betont und absichtlich frei von Putz gelassen, damit die

Gäste sahen, wie viel echte Historie in dem Ort oberhalb des Flüsschens Slatina steckte.

Der Website nach war bereits im Frühmittelalter eine Befestigung an dieser Stelle errichtet worden, die Ritterorden der Templer und Johanniter wurden erwähnt, bevor Ludwig I. Anjou mit dem Bau einer Burg begann, die Kaiser Sigismund später fertigstellte und letztlich Barbara überließ. Angeblich war die Festung einer der Haupttreffpunkte der Societas Draconis gewesen, jenes Drachenordens, den die beiden ins Leben gerufen hatten.

Nach vielem Hin und Her durch die Jahrhunderte war Burg Víglaš während des Zweiten Weltkriegs ausgebrannt und hatte als Ruine herumgestanden, bis das Gelände 2007 aufgekauft worden war. 2013 waren die Bauarbeiten abgeschlossen gewesen, die einstige Burg auferstanden. Über siebenhundert Jahre nach ihren Anfängen.

Von ihrem fast ebenso alten Geheimnis tief im Innern ahnte niemand etwas.

Len scrollte sich ein letztes Mal durch die Aufnahmen des Komplexes, um sich orientieren zu können.

Die Hotelführung spielte mit der Vergangenheit. Abgesehen vom Dracula-Apartment, der Dragon Bar und dem Queen-Barbara-Spa, gab es das AnjouCourt-Restaurant. Der Stilmix reichte von Mittelalter über Barock bis hin zu Gotik und Renaissance.

Jolana stieg aus. »Zimmer ist reserviert. Wir müssen nur einchecken.« Sie sah auf die Uhr. »Die Sonne geht bald auf, das wird zu knapp. Den Rest unseres Vorhabens müssen wir auf die kommende Nacht verschieben. Nutzen Sie die Annehmlichkeiten des Hotels, Gospodar.« Sie schlug die Tür zu und öffnete den Kofferraum.

Len verließ den Hyundai SUV und nahm ein Gepäckstück.

Gemeinsam gingen sie durch den Torbogen in den ersten Innenhof, welcher der Öffentlichkeit für Besichtigungen zugänglich war. Tagsüber hatte das kleine Café geöffnet, im Sommer fanden hier Märkte, Aufführungen und Ritterspiele statt, wie Len auf der Website gelesen hatte.

Jetzt breiteten sich vor ihnen etliche große und kleine Zelte aus, Öllampen, zwei Lagerfeuer und Fackeln verbreiteten ein schimmerndes Licht; aus einigen Behausungen erklang Schnarchen.

»Ein Mittelaltermarkt«, stellte Jolana verblüfft fest, während sie auf das Rezeptionsgebäude zugingen. »Zu der Jahreszeit?«

Len fand es im Innern der Mauern und mit dem fallenden Schnee sehr stimmungsvoll. Die Illusion, wie es vor Jahrhunderten hätte aussehen können, war beinahe perfekt. Es roch nach Feuer, und die Flammen knisterten aufbegehrend, wenn Flocken in sie trudelten.

Kurz darauf standen sie in der Rezeption.

Zu Lens Erstaunen schob Jolana zwei gefälschte Pässe über die Theke, die ihnen neue Namen und den Verwandtschaftsgrad Großmutter und Enkel verschafften. *Sie hat es längst vorbereitet.*

Die Dame hinter dem Tresen prüfte die Dokumente, nahm die Vorauszahlung in bar entgegen und überreichte im Austausch zwei Schlüsselkarten.

Den Weg in ihren Deluxe Room fanden sie von selbst, auch wenn ihnen Begleitung und Gepäckträger angeboten wurden.

Ihr Zimmer befand sich innerhalb der alten Mauern der Burg, großzügig geschnitten, mit mittelalterlich anmutender Einrichtung, stilistisch gebrochen von moderner Couch und neuen Sesseln. Das Himmelbett sowie die Fenster lagen hinter schweren Brokatvorhängen, die sich lichtdicht schließen ließen.

»Ich nehme nicht an, dass sich die Unterlagen hier befinden.« Len stellte die Tasche ab und zog die Schuhe aus, um sich auf die Couch zu werfen. Er fand es beruhigend, dass zur rustikalen Deko ein Schwert gehörte, das griffbereit an der Wand hing. Köpfen und Verbrennen, das Credo sämtlicher Vampirjäger.

»Nein. Dazu müssen wir morgen Abend in das Dracula-Apartment«, gab Jolana lachend zurück. »Es liegt in der Befestigungsschanze und ist leider vermietet. Ich wollte es eigentlich buchen.«

»Also einbrechen.«

»Oder irgendwas unternehmen, um hineinzukommen.« Jolana begann, die schweren Stoffe vor die Fenster zu ziehen. »Über eine Treppe gelangt man in einen separaten Raum im Bauch der Burg. Dort gibt es einen Durchgang ins Laboratorium. Das sagen zumindest die alten Aufzeichnungen meiner Ahnen.«

»Denken Sie, dass man uns bereits beobachtet?«

Jolana machte bei den Vorhängen am Himmelbett weiter. »Finden Sie es heraus, Gospodar. Sie haben ein paar Stunden.« Danach verschwand sie im Bad. »Ich bereite mich auf die Ruhephase vor. So ein Elend, dieses Dasein als Vampirin. Als Werwölfin genoss ich wesentlich mehr Freiheiten.«

Len sah auf die Uhr. Kurz vor sieben. Es gab bereits Frühstück. »Schlafen Sie gut. Ich bin hungrig.«

»Ich auch«, kam es grollend aus dem Bad. Dann streckte sie den Kopf aus der Tür und zwinkerte. »Ein Scherz. Ich habe mir unterwegs einen Snack gegönnt.«

»Was?« Len hatte es nicht bemerkt.

»Sie haben geschlafen, und an der Tankstelle war nichts los.« Jolana kehrte ins Bad zurück, die elektrische Zahnbürste wurde aktiviert.

Len wurde bewusst, dass er nicht mit der freundlichsten Person der Welt durch die Lande zog. Auch wenn sie als seine Verbündete in den Kampf gegen die Blutsauger zog und den Drăculeşti Treue geschworen hatte, besaß sie einen finsteren Kern. *Ein Geschöpf der Dunkelheit.*

Er schlüpfte in die Schuhe, nahm die Schlüsselkarte und verließ das Zimmer. Von außen hängte er das Schild mit der Aufschrift *Nicht stören* an die Klinke.

Die ersten Frühaufsteher begaben sich wie Len in den Frühstücksraum. Mit 55 Zimmern, Apartments und Suiten blieb die Anzahl der Gäste des Grand Hotels Vígľaš überschaubar.

Das aufgebaute Frühstücksbüfett im Gewölberaum konnte sich sehen lassen. Wieder war die Einrichtung mittelalterlich gestaltet, Wände und Decken mit bunten Ornamenten und Darstellungen verziert.

Len spürte beim Anblick der leckeren Speisen durchdringenden Hunger.

Rasch hatte er sich eine Auswahl zusammengestellt und einen Platz mit Blick auf den Hof gewählt, wo das Lager der Gaukler, Händler und Spielleute ebenso hier und da erwachte. Halb erloschene Feuer wurden geschürt, Holz und Briketts nachgelegt. Funken stoben aufwärts in den noch dunklen Himmel, den Schneeflocken entgegen.

»Es ehrt uns, dass Sie unser Hotel besuchen«, sprach plötzlich eine sanfte Männerstimme ihm gegenüber. »Wir haben uns schon gefragt, ob Sie jemals auftauchen.«

Len wandte den Kopf und sah einen blonden Hotelangestellten in dunklem Anzug vor sich am Tisch sitzen. Er hatte ihn nicht kommen hören. Ein Mittvierziger mit perfekter Rasur. An seinem Sakko hing ein Namensschildchen: *Ondrej Novotny*, darunter stand *Night Manager*. Len war sich nicht sicher, ob es sich dabei um eine Berufsbezeichnung oder einen Ehrentitel handelte.

»Bitte?«, fragte er.

»Sie und Ihre Begleiterin sind unserem Netzwerk wohlbekannt. Sie vor allem seit Mělník, Drăculești.« Ondrej deutete auf die Maronencreme. »Die ist hausgemacht. Genießen Sie sie, bevor … nun ja … die Sprache zwischen uns eine andere wird.«

Len gab Milch in den Kaffee. Erstaunlicherweise spürte er keine Angst. »Hätte ich mir denken können.«

»Hätten Sie. Die Professorin hat in den letzten Jahren sämtliche Burgen abgeklappert, die der Schwarzen Königin zugeordnet werden. Nur auf Vígľaš war sie erst einmal. Vor mehr als dreißig Jahren. Dass sie mit Ihnen erscheint, weckt die Annahme, dass sich große Dinge tun. Die Rückkehr scheint bevorzustehen.« Ondrej sah zum Hof und faltete die manikürten Hände. Der Schneefall ließ nach, der Himmel färbte sich von Schwarz zu Blau, die Wolken wurden lila. »Die Neuigkeiten aus Prag weckten bei uns Sorge und Faszination.«

»Dazu werde ich bestimmt nichts sagen.« Len trank und genoss den intensiven Geschmack des Kaffees. Das waren keine billigen Bohnen gewesen.

»Wir werden die Rückkehr der Schwarzen Königin verhindern, Drăculești. Was sie uns angetan hat, darf sich niemals wiederholen.« Der abschätzende Blick des Strigoi glitt an Len hinab und wieder hinauf. »Bei allem Respekt vor Ihrer Abstammung, doch vor Ihnen fürchten wir uns nicht. Sie haben weder die Grausamkeit eines Vlad Țepeș noch etwas anderes, was Ihre Familie besonders und gefährlich für uns gemacht hat. Abgesehen von Ihrem Blut, natürlich.«

Selten war Len so freundlich herabgewürdigt worden. »Ich freue mich auf den Sonnenaufgang«, gab er zurück und bestrich das knusprige Croissant mit der Maronencreme. »Wo finde ich Sie, wenn ich tagsüber noch eine Frage hätte, Herr Novotny?«

Ondrej lachte und zeigte dabei seine Fangzähne. »Ich halte Sie für schlau genug zu erkennen, dass Sie sich auf verlorenem Posten befinden, Herr Lenau. Reisen Sie vor Sonnenuntergang ab, retten Sie Ihr Leben. Um die Professorin kümmern wir uns.«

Len biss ab und kaute, spürte dem Geschmack von Maronen und Gebäck nach. Die ideale Verschmelzung, wie er genießerisch konstatierte. »Lassen Sie sich überraschen.«

Ondrej nickte ihm zu und stand auf. »*Wir* haben die Burg erworben und zu einem Hotel gemacht, Drăculeşti. Damit wir die volle Kontrolle darüber erhalten. Nichts von dem, was Sie und die Professorin tun, bleibt unentdeckt. Rein. Gar. Nichts.« Er sah auf die Maronencreme. »Ihr Urteil?«

»Ausgesprochen lecker.«

»Nehmen Sie sich bei Ihrer heutigen Abreise so viel mit, wie Sie möchten.« Ondrej wandte sich um und ging. »Einen angenehmen Aufenthalt. Sie sind selbstverständlich eingeladen.« Er korrigierte beim Hinausgehen das Arrangement der Käseplatten auf dem Büfett, schob die Marmeladengläser richtig und verschwand.

Len aß weiter und sah in den Hof. Der Himmel hellte sich zusehends auf, die Sonne nahte rasend schnell.

Den Besuch des Night Managers sah er als Drohung und Zeichen der Ungewissheit. Wahrscheinlich hoffte Ondrej, dass Len in Panik verfiel und entweder wirklich abreiste, mit zehn Kilogramm Maronencreme im Gepäck, oder dass er etwas tat, das den wahren Grund seines Besuchs verriet.

Das wird nicht geschehen. Len schlürfte den heißen Kaffee und sah sich im Frühstücksraum um, der sich zusehends füllte.

Familien mit Kindern enterten den Bereich, wobei man den Eltern ansah, dass sie gern noch geschlafen hätten. Geschirr klapperte, es wurde lautstark verkündet, wer was essen wolle und wie viel. Unruhe und laute Lebendigkeit hielten Einzug.

Eine junge blonde Frau nickte Len freundlich zu. Sie hatte bemerkenswert schlanke Finger, geradezu knochig. Sie nahm sich reichlich von allem und suchte sich einen Platz abseits der krakeelenden Kinder, außerhalb seines Sichtfelds.

Dafür pflanzte sich ein Pärchen an seinen Tisch, das unbedingt das Mittelalterlager sehen wollte. Sie sprachen Englisch mit amerikanischem Akzent, waren um die dreißig und am frühen Morgen bereits sehr, sehr guter Laune.

Len seufzte beim nächsten Bissen zufrieden. Essen konnte eine Wohltat sein.

Ondrej würde sich wundern, sollte er nach seinem Erwachen die Überwachungsaufnahmen prüfen. Denn dann sähe er Len, wie er durch das Queen-Barbara-Spa wandelte und im Schwimmbad seine Bahnen zog, das AnjouCourt-Restaurant leer fraß und es sich gut gehen ließ. Kostenlos.

Sie wissen nichts von dem Laboratorium. Das war die gute Botschaft.

Die schlechte war, dass Ondrej in der Mehrzahl gesprochen hatte. Die Mauern von Vígľaš hätten überall Augen und Ohren.

Das wird eine anstrengende Nacht. Len stärkte sich daher umso mehr mit Croissants und Maronencreme. Ganz sicher würde er sich davon einige Gläser mitnehmen. Klara freute sich bestimmt über Geschenke.

Als Len aus dem Gespräch an seinem Tisch heraushörte, dass das amerikanische Paar das Dracula-Apartment bezogen hatte, ergaben sich völlig neue Optionen.

Als Len die Tür öffnete und Jolana hereinließ, konnte er noch immer nicht fassen, dass ihm der Coup gelungen war.

»Schnell«, begrüßte er sie und schloss den Eingang hinter ihr. »Ondrej wird Sie gesehen haben.« Er sperrte ab und stellte einen Stuhl unter die Klinke des Dracula-Apartments.

Die Vârcolac trug einen schweren Rucksack bei sich, in dem die Ausrüstung verwahrt war. »Wo entlang?«, fragte sie, um keine Zeit zu verlieren.

»Durch den Kabinettschrank und die Wendeltreppe hinab.«

»Was haben Sie mit den Bewohnern gemacht?« Jolana eilte durch die offene Schranktür und folgte den engen Stufen abwärts.

Len blieb dicht hinter ihr. »Niedergeschlagen und im Bad eingesperrt. Ging leider nicht anders.«

Er ließ weg, dass es nicht ganz so leicht gewesen war. Beim Frühstück hatte er sich mit ihnen angefreundet und später die berühmte Dracula-Unterkunft zeigen lassen. Der Mann war nach dem ersten Hieb wieder aufgestanden und hatte noch einen Schlag gebraucht, während seine Gattin sich sofort ergeben hatte.

Bei Sonnenuntergang hatte er Jolana eine Nachricht geschickt und sie zu sich gerufen.

Das Untergeschoss war mit falschen Spinnweben, Ketten, etlichen Lampen und anderem Kitsch garniert. Das Bett hatten die Hotelbetreiber in einen Stahlkäfig verfrachtet.

Außerdem gab es eine kleine Fluchttür, hinter der sich ein kurzer Gang anschloss, der hinaus in den Wald führte. Auf diese Besonderheit wurde sogar auf der Website hingewiesen. Bald käme sie Len und Jolana zugute.

»Sehr gut, Gospodar.« Die Vârcolac schritt an den alten, verputzten Mauern entlang und maß dabei den Raum ab. Dann blieb sie stehen. »Hier müsste es sein.« Sie stellte den Rucksack ab und warf Len zwei Handflammpatronen und den Flammenwerfer zu. »Achten Sie auf die Treppe.«

»Wie kommen wir durch die Wand?« Er fing die Waffen mäßig geschickt und machte sie einsatzbereit.

»Ein Presslufthammer wäre zu groß gewesen.« Jolana drückte eine etwa anderthalb Meter lange, schlauchdünne graue Plastikmasse von oben nach unten auf die Mauer. Anschließend steckte sie eine Zündkapsel hinein, stellte die Matratze des Bettes als Knall- und Splitterschutz davor und entfernte sich. »Deckung!«

Sie macht das nicht zum ersten Mal. Len tauchte hinter das Bett ab, und schon erklang eine gedämpfte Detonation. Die Ketten im Raum klirrten und hüpften, die malträtierte Matratze flog als zerrupfte Schaumstofffetzen durch das Kellergeschoss.

Aus dem Raum über ihnen drangen ein Rumpeln und laute Stimmen. Eine davon gehörte erkennbar Ondrej. Sie hatten Jolana natürlich über die Kameras bei ihrem Weg in das Dracula-Apartment verfolgt.

»Suchen Sie die Unterlagen!« Len hob den Flammenwerfer und löste die Sicherungen. Kaum erschien eine Gestalt am oberen Treppenabsatz, sandte er eine Lohe hinauf. Mit einem Kreischen zog sich der Vampir zurück. »Ich halte die Stellung.«

»Sie werden immer mehr zu einem wahren Drăculeşti.« Jolana sprang durch das Loch und den Staub, um in der Dunkelheit zu verschwinden. Der Schein ihrer Taschenlampe leuchtete auf und entfernte sich rasch. Die Katakomben und das Laboratorium mussten weitläufig sein.

»Ich hatte Sie für klüger gehalten, Herr Lenau«, rief Ondrej von oben. »Geben Sie auf, und wir verschonen Sie.«

Darauf gab Len überhaupt nichts. Aber er sah durch das Geländer, wie sich mehrere Gestalten über ihm versammelten. Sie berieten einen gemeinsamen Vorstoß.

Auch wenn es ihm nicht passte, musste Len die Hafla einsetzen. Ohne schützende Gasmaske würden die Dämpfe des weißen Phosphors dieses Mal ebenso auf seine Nase und Lunge wirken. Er hoffte, dass der Rauch im höheren Teil des Apartments blieb.

Ich habe keine andere Wahl! Noch bevor die Strigoi losstürmten, schoss er die Hafla ab.

Das Brandgeschoss flog davon, knallte an die obere Decke des Treppenhauses und zerplatzte. Unlöschbares Feuer überschüttete den Absatz, ging auf die Treppe und die Vampire nieder.

Die aufbrüllenden Untoten zogen sich zurück, während das chemische Feuer mit eintausenddreihundert Grad loderte und alles anfraß, was es zu fassen bekam.

Len ergriff die zweite Hafla und behielt die Stufen im Auge. Der ätzende Rauch zog durch die obere Tür ab, der Kamineffekt bewahrte ihn vor den schädlichen Dämpfen. Adrenalin jagte durch ihn, drückte die Angst zur Seite.

Plötzlich erschien Jolana in dem gesprengten Durchbruch. An ihrer Kleidung hafteten Staub und Spinnweben, ihre Hände waren leer. »Gospodar, kommen Sie!«

Len bekam Panik. »Wo sind die Unterlagen?«

»Ich hab sie gefunden, aber kann sie nicht anfassen. Sie sind zum Schutz vor Strigoi mit … einer Art Barriere versehen.« Sie winkte ihn zu sich. »*Sie* müssen das *Abramelin* der Schwarzen Königin bergen.«

Fluchend folgte Len der Vârcolac durch die Schwärze, in der ihre Taschenlampe für partielle Helligkeit sorgte. Dadurch erhaschte er lediglich flüchtige Eindrücke der Einrichtung, die der in jenem Laboratorium ähnelte, das sie in Mělník gefunden hatten.

Nach einer zweiten Tür standen sie in einer kleinen Bibliothek, deren Wandschränke verschiedene gefüllte Tiegel, Dosen, Keramikkistchen, Säckchen, getrocknete Kräuter und weitere Zutaten für Alchemie beherbergten.

»Dort.« Jolana zeigte mit dem Lichtkegel auf eine gläserne Abdeckung, die völlig frei von Staub und Dreck war. Darunter lag ein geschlossenes dickes Buch, auf dessen verziertem, geprägtem Ledereinband mit goldener Schrift *Abramelin* stand. »Nehmen Sie es!«

Len trat in die Helligkeit und näherte sich dem Werk.

Die Luft um ihn herum veränderte sich, wurde zäher und bot ihm Widerstand, als stapfte er durch Moor. Meter um Meter kämpfte er sich voran, Schweiß lief ihm vor Anstrengung überall am Körper hinab.

»Wieso dauert das so lange?«, wollte Jolana wissen.

Len antwortete nicht und streckte die Hand nach der Glasabdeckung aus. Noch bevor die Fingerspitzen den Rahmen berührten, entstand ein warnendes Glitzern. Leises Knistern erfüllte die Luft.

»Ich glaube, dass es bei mir auch nicht klappt«, rief er Jolana zu.

»Sie sind ein Drăculeşti. Bei Ihnen *muss* es funktionieren!« Dann verschwand der Lichtkegel, und der Flammenwerfer fauchte plötzlich auf. »Schnell. Sie sind da!«

Der warme Lichtschein der Waffe beleuchtete etliche Skelette, die an den Wänden zwischen den Regalen befestigt waren und rings um das Buch verstreut lagen. Alle wiesen lange Reißzähne auf. Anscheinend hatten in der Vergangenheit doch einige Blutsauger das *Abramelin* gefunden und den Diebstahlversuch mit ihrem Leben bezahlt. Oder die Überreste waren zur Abschreckung platziert worden.

Len schluckte. Er streckte die Finger weiter nach der Abdeckung aus, um sie zu entfernen. Das Knistern schwoll an, der Rahmen schlug erste Fünkchen.

Als die Kuppen das Glas beinahe erreicht hatten, entlud sich ein greller Blitz aus dem Glasdeckel.

Der Schmerz erfasste Len am ganzen Körper, er wurde angehoben und quer durch die Bibliothek geschleudert. Er flog schreiend an der verwunderten Jolana vorbei – und landete mitten zwischen den angreifenden Vampiren, die ihm auswichen.

Hart prallte Len auf den kalten Steinboden und überschlug sich mehrmals. Der Flammenwerfer hatte einige alte Möbel in Brand gesteckt, die Feuer sorgten für schwaches Licht.

»Wen haben wir denn da?« Ondrej bückte sich und packte ihn im Nacken wie eine Katze ihren Nachwuchs. »Herr Lenau. Das *Abramelin* hat Sie abgewiesen? Dann sind Sie wohl doch kein Drăculeşti; was einiges erklären dürfte.«

Len verstand nicht, wo er einen Fehler gemacht hatte. Er war zu benommen, um etwas erwidern zu können.

»Professorin!«, rief Ondrej. »Wir haben deinen Schützling.« Er ging vorwärts und hielt Len wie einen Schild gegen den Flammenwerfer vor sich. »So befand sich das große Werk, das unser Volk so sehr hasst, die ganze Zeit auf Vígľaš. *Das* hätte niemand von uns zu träumen gewagt.«

Eine Lohe rollte fauchend heran, war aber gegen die Decke gerichtet. Eine letzte Warnung. »Da der Drăculeşti keiner ist, nützt er mir nichts mehr«, rief Jolana. »Das *Abramelin* muss vor euch beschützt werden. Ich werde euch alle mit Feuer vernichten!«

»Und die Gefahr eingehen, das einmalige Buch einzuäschern?«, sprach Ondrej tückisch und rückte mit seinen fünf Begleiterinnen und Begleitern vor. »Das wagst du nicht. Die Schwarze Königin wird es bei ihrer Rückkehr haben wollen.«

»Sie ist für immer tot. Ich wollte das einmalige, unwiederbringliche Buch vor euch retten«, rief Jolana. »Und den Alchemistenzirkeln zugänglich machen.«

»Die Schwester von Indiana Jones«, sagte eine Vampirin grollend. »Das glaube ich ihr niemals, Ondrej. Sie weiß, dass die Schwarze Königin in absehbarer Zeit wiederkehrt. Sehr bald schon. Sonst wäre sie nicht nach über dreißig Jahren hier aufgetaucht.«

»Warten wir ab und schauen, wer nach dir und dem falschen Drăculeşti aufkreuzt, um es zu stehlen. Solange stellen wir es gerne in Vígľaš als historische Sensation aus. Die Welt soll erfahren, wo es sich befindet«, redete Ondrej weiter. »Der beste Köder, den man sich vorstellen kann. Ich sehe schon die Touristenscharen durch die Katakomben pilgern, mit denen wir massenweise Geld verdienen. Und das Beste ist: Niemand vermag es zu stehlen. Es schützt sich selbst.« Er näherte sich der Bibliothek bis auf zwei Meter. »Aber wer es anfassen kann, der wird sogleich von uns getötet. Praktisch, nicht wahr?«

Die Vampirinnen und Vampire lachten.

Lens Sinne und sein Verstand kehrten langsam zurück. *Ich hänge zwischen den Fronten.*

Fieberhaft überlegte er, was er tun konnte, um Jolana beizustehen und sich selbst zu retten. Er traute ihr zu, dass sie ihn zusammen mit Ondrej und den Blutsaugern abfackelte. Eine Hafla besaß sie noch, und er nützte ihr nichts, wie sie gesagt hatte. *Der uneindeutige Bluttest hätte uns beide weniger zuversichtlich machen sollen.*

»Wer bist du wirklich, Professorin?« Ondrej schwenkte Len etwas zur Seite. »Die Schwarze Königin kannst du nicht sein. Aber das *Abramelin* vermagst du ebenfalls nicht anzufassen, obwohl du viele Geheimnisse der Herrscherin kennst. Dein Geruch ist merkwürdig vertraut. Warum?«

»Weil ich eine Vampirin geworden bin«, antwortete Jolana ehrlich. »Nach meinem ersten Tod. Ich bin eine Vârcolac. Meine Ahnen standen in den Diensten der Drăculeşti und von Barbara.«

Die Vampire zischten gehässig.

»Dann wirst du als eine von uns sterben? Das ist wahrlich Ironie.« Ondrej senkte Len langsam. »Da du das falsche Pfählchen nicht mehr brauchst, kann ich es gleich töten«, kündigte er gleichmütig an. »Oder ich breche ihm den Nacken und lasse ihn als warme Mahlzeit in der Ecke des Laboratoriums liegen. Als Labsal nach dem Kampf gegen dich.«

Hinter Ondrej stieß eine Vampirin einen erstickten Schrei aus. Eine Sekunde darauf rollte ihr sauber abgetrennter Kopf an ihm vorbei bis an die Schwelle der Bibliothek.

Ansatzlos ging es für Len abwärts, er strauchelte, fiel und fing seinen Sturz mit beiden Händen ab.

Während er noch auf allen vieren kauerte, kullerten weitere Schädel über den unebenen Boden. Auch Ondrejs Kopf befand sich darunter.

Len richtete sich halb auf und torkelte in die Bücherei zu Jolana, die ihm die Hafla reichte. Ihr Blick versicherte ihm, dass sie ihn niemals umgebracht hätte.

»Ich glaube, ich weiß, wer das ist«, keuchte er.

»Da bin ich gespannt«, sagte eine Frauenstimme hinter ihm. Die Unbekannte aus dem Frühstücksraum trat in den Schein der Taschenlampe, von ihren langen knochigen Fingern troff das Blut, die roten Sprengsel reichten bis zu den Schultern hinauf. Sie trug einen Anorak, Leggings und hohe Militärstiefel, die Kapuze hatte sie über den Kopf gezogen.

Jolanas Finger lag am Abzug des Flammenwerfers. »Wer ist das?«

»Sie war heute Morgen beim Frühstück. Ihre Hände sind mir sofort aufgefallen.« Len glaubte nicht, dass sie eine Verbündete war. Dazu lag zu viel Gier in den blau leuchtenden Augen – und er erinnerte sich genau, wo er die schon mal gesehen hatte. »Das kleine Mädchen! Sie hat die gleichen Augen wie –«

»Dieselben. Nicht die gleichen«, verbesserte die junge Frau. »Lasst mir das *Abramelin* der Schwarzen Königin, und ihr könnt gehen, wohin ihr wollt. Euer Schicksal ist mir einerlei. Außer ihr stellt euch gegen mich.« Die weißen Nägel wuchsen leise knackend und verlängerten sich. »Lasst euch von meinem Äußeren nicht täuschen. Ich vermag viel mehr als das.«

»Niemals!« Jolana löste den Flammenwerfer aus.

Die Lohe glitt fauchend auf die Unbekannte zu – und bog sich einen Meter vor ihr auf wie ein Wasserstrahl, der auf eine Wand traf. Das konzentrierte Feuer stob nach allen Seiten davon, die Hitze rollte gegen Len und Jolana.

Nach einigen Sekunden waren die Gaskartuschen leer. Die Flammen erloschen, und die Düse sowie das Metallgitter an der Mündung des Werfers knackte und tickte.

»*Ich* habe dich glauben lassen, dass du einen vergessenen Drăculești gefunden hast, Vârcolac«, eröffnete die junge Frau ruhig. »Dass du endlich jemanden auftreiben konntest, der das Erbe der Schwarzen Königin fortführt.«

Jolana lachte ungläubig auf. »Nein, das kann nicht sein.«

»Oh, und wie! Ich habe Lenaus Blut manipuliert, dass es zumindest so aussah, als könnte er ein Drăculești sein.« Sie schaute Len an. »Sie gehen regelmäßig zur Blut- und Plasmaspende. Immer ins gleiche Krankenhaus. Habe ich recht?«

Er nickte verdattert. »Ja. Aber –«

»Ich war dort und verabreichte Ihnen dabei ein paar nette alchemistische Substanzen. Es reichte aus, um im Test zumindest nicht gänzlich zu versagen. Den Rest übernahm die Hoffnung«, erklärte die Frau. »Hier stehen wir nun, dem *Abramelin* ganz nahe.« Sie machte einen Schritt vorwärts. »Meiner Rettung so nahe.«

»Wie meinst du das?« Jolana warf den Flammenwerfer weg, um die Hände frei zu haben.

»Das Buch birgt so viele Beschwörungen, so viele Zauber, so viele Bannworte, mit denen man das Böse zurückschlagen kann«, wisperte sie und stieg über die abgeschlagenen Köpfe der Vampirinnen und Vampire hinweg. »Ich werde meine Seele damit retten.«

»Niemand Unwürdiges bekommt dieses Buch!« Jolana ging auf sie zu, zog en passant ein Kurzschwert aus dem herumstehenden Rucksack und hob es zum Hieb. »Das habe ich geschworen.« Sie machte einen großen Satz auf die Unbekannte zu.

Die Frau glitt schwebend zur Seite, die Klinge surrte an ihr vorbei. Dafür zuckten ihre langen, leuchtenden Krallen in die Höhe.

Fünf hinterließen tiefe Schnitte in Jolanas Bauch, die anderen stießen von oben herab – und trennten ihr den Kopf vom Hals.

Der enthauptete Körper der Vârcolac landete auf dem Boden, machte zwei Schritte vorwärts und fiel zur Seite um, das Schwert löste sich aus den Fingern. Ihr Kopf prallte dumpf gegen den Türrahmen und blieb in der Bibliothek liegen, die Augen brachen.

»Dieses Mal kehrt sie nicht zurück. Die treue Seele.« Aus der hageren Frau wurde ein Mann Ende zwanzig mit gewellten kurzen Haaren, die in einen Backenbart übergingen. Alles in allem unscheinbar – aber die Augen leuchteten blau wie angestrahlte Saphire.

Len richtete die Hafla weiterhin auf den Mann. Es war die einzige Drohgebärde, die ihm geblieben war. »Wer bist du?«

»Anton Kratki. Alchemist und Okkultist. Und ein Nachfahre jenes Anton, der im *Abramelin* unrühmlich erwähnt wird.« Er verzog schmerzlich das Gesicht. »Ich dachte, ich kontrolliere es besser als meine Vorgänger. Dass ich schlauer bin als jene Dämonen und Teufel, die uns locken und umgarnen und Versprechungen machen.« Er lachte falsch. »Man trickst sie kaum aus.« Sein blutverschmierter Finger richtete sich auf das Buch. »Aber man kann sie mit ihren eigenen Waffen schlagen. Die Schwarze Königin wusste es. Und schrieb alles dazu auf.«

Len glaubte zu verstehen. »Du bist einen Dämonenpakt eingegangen und willst dich davon lösen.«

»Ja. Mir lief die Zeit davon. Die Vârcolac hätte mir das *Abramelin* niemals freiwillig gegeben. Ich konnte sie auch nicht zwingen. Also musste ich sie täuschen, damit sie mich hinführt.« Anton nickte Len zu. »Mit *deiner* Hilfe. Du warst nie ein Drăculeşti und wirst nie einer sein. Ich brauchte deine Herkunft und die Geschichte dazu. Ein paar gefälschte Unterlagen hier, ein paar nachgeahmte Urkunden dort, und die Vârcolac fiel auf meine List herein. Ich musste sie nur in ihrem Glauben und Anliegen befeuern und euch den Rücken freihalten.« Er ging einfach an Len vorbei. »Ich habe mir das Buch hart verdient.«

Len freute sich darauf, zu sehen, wie es Anton gleich abstoßen und durch die Luft schicken würde. Danach konnte er dem Alchemisten den Rest geben. *Rache für Jolana!*

»Mein Ahne besaß eine eigene Abschrift des *Abramelins*«, sprach der Mann und vollführte mit den Händen anmutige, komplizierte Gesten. »Sie war jedoch unvollständig und ohne die Erkenntnisse und Korrekturen, welche die Schwarze Königin im Laufe der Dekaden daran vornahm. Aber ich weiß, welche Schutzmagie darauf ruht.«

Er kann den Zauber brechen? Len war die letzte Bastion. Die Hafla durfte er nicht einsetzen, die Flammen würden das wertvolle Werk verbrennen.

Dann stutzte Len. Da er kein Drăculeşti war und es keine sonstigen direkten männlichen Nachfahren gab, würde niemand mehr das Buch in seiner vorgesehenen Funktion nutzen können. Doch wenn Anton das *Abramelin* besaß, würde er es einsetzen. Es würde sich in der Anderswelt herumsprechen, in wessen Obhut das wissensvolle Artefakt nun war. Und damit würde die Jagd erst richtig beginnen. Okkultisten, Magier, Dämonen – alle möglichen und unmöglichen Kreaturen würden es bekommen und mehr Macht erlangen wollen.

Für Len gab es kein Zaudern. Die Gefahr für die mundane Welt musste abgewendet werden. »Zur Hölle mit dir!« Er löste die Hafla aus.

Knallend schoss die Phosphorkartusche aus dem armlangen Lauf und flog auf den Glaskasten zu.

Nach zwei Metern hielt sie an und verharrte in der Luft. Anton hatte sie auf magische Weise aufgehalten.

Nein! Len ließ die abgefeuerte Waffe fallen und schaute sich hastig um. Vielleicht gab es im Laboratorium irgendetwas, das er gegen den Okkultisten einsetzen konnte.

Währenddessen verfiel Anton in einen Singsang, der zwischen Deutsch, Jüdisch und Arabisch changierte. Ein Schimmern legte sich binnen Sekunden um das Werk, klirrend barst der schützende Glaskasten und löste sich auf.

Len hatte die Taschenlampe aufgehoben und leuchtete umher, ohne zu wissen, wonach er suchte. Der Lichtkegel glitt über viel zu viele Dinge in mannigfachen Regalen und Schränken, die zu allem und zu nichts taugen konnten.

In seiner Not ergriff er den nächstbesten Dolch, der besondere Gravuren auf der Klinge aufwies, und rannte in die kleine Bibliothek zurück.

Helles Licht fiel ihm entgegen, noch bevor er die Schwelle erreicht hatte.

Aus dem Buch stieg ein gleißender Umriss, der mit gespenstigen Fäden am Einband haftete und sich nicht lösen wollte.

Deutlich erkannte Len das Antlitz einer Frau in dem geisterhaften Wabern. Sie starrte Anton hasserfüllt an, der mit seinem Singsang fortfuhr, ein siegessicheres Lächeln auf dem verzerrten, schwitzenden Gesicht. Er hatte die Augen geschlossen und blieb auf die Austreibung fokussiert.

Das ist die Schwarze Königin! Sie hat sich mit dem Abramelin verbunden, um es zu beschützen! Len verzweifelte schier, so unnütz und wertlos kam er sich vor.

Dann fiel sein Blick auf den abgeschlagenen Kopf der Professorin. Im zum Schrei geöffneten Mund waren hinter den Lippen noch die ausgefahrenen Reißzähne zu erkennen.

Die Erkenntnis traf Len blitzartig.

Ich muss werden wie sie!

Er hob den Schädel auf und senkte die Fänge der Toten in seinen rechten Unterarm. Die Spitzen gingen durch die Haut, als bestünde sie aus Pauspapier. Seltsamerweise fühlte er keinen Schmerz.

Danach rieb er das rinnende Blut aus dem Halsstumpf in die vier punktierten Stellen und nahm sogar etwas davon in den Mund. Angewidert schluckte er es hinab.

Das Brennen setzte in den Einstichen und seinen Eingeweiden gleichzeitig ein. Len schrie vor Pein auf, als flüssiges, flammendes Quecksilber durch seine Adern rann, seine Organe auskleidete und sich bis in sein Hirn ausbreitete.

Seine Sicht änderte sich. Len benötigte die Taschenlampe nicht mehr. Die Bibliothek erschien ihm heller als der schönste Sommertag, und das *Abramelin* war die Sonne, um die alles kreiste.

Ächzend ließ er Jolanas Kopf fallen und eilte vorwärts, griff nach dem Buch – und konnte die Finger darum schließen. Der Biss hatte ihn wie erhofft zu einem Vârcolac gemacht. Die Schwarze Königin nahm ihn als würdigen Nachfolger von Jolana an, deren Blut sie in Lens Adern wahrnahm.

Sofort hob Len das *Abramelin* an und rannte damit aus der Bibliothek.

Anton bemerkte erst, was vor sich ging, als sich das Leuchten des geisterhaften Gebildes von ihm wegbewegte. Er hob die Lider und sah sich überrumpelt um.

Da spurtete Len bereits mit seiner schweren Beute durch das Laboratorium. Das leuchtende Gebilde fuhr durch den festen Ledereinband zurück in die Seiten, das Schimmern erlosch.

Das schummrige Flackern der Feuer genügte Len, um etwas zu sehen. Er musste bis zum Notausgang des Dracula-Apartments kommen, der in den Wald führte. Befand er sich erst einmal im Freien, würde sich zeigen, wie es mit der Flucht weiterginge.

»Wie bei allen Dämonen ist dir das gelungen?«, schrie ihm Anton hasserfüllt nach. »Komm zurück, du verfluchter …«

Der Rest der wütenden Worte ging in einer Detonation unter. Hinter Len flammte grelles Weiß auf. Immense Hitze rollte in seinen Rücken, gefolgt von beißendem Rauch und hellem Qualm.

Len ahnte, was geschehen war: Abgelenkt vom Diebstahl des *Abramelins,* hatte Anton vergessen, die abgefeuerte Kartusche zu kontrollieren. Der Zeitzünder hatte den Phosphor explodierend freigesetzt, der die winzige Bibliothek in einen Höllenofen verwandelte. *Das war zu viel Feuer für dich, Arschloch!*

Das Kreischen des vergehenden Okkultisten verfolgte Len bei seinem Weg durch Laboratorium und Apartment, das er durch den Geheimgang verließ.

Er fand sich im Schneegestöber jenseits der Burg wieder.

Auf der Straße blinkten Blaulichter, zwei alte Feuerwehrautos standen vor der geschlossenen Einfahrt. Die Rettungskräfte waren offenbar nach der ersten Explosion gerufen worden.

Nun stockte der gesamte Ablauf, vermutlich weil der Night Manager nirgends zu finden war. Das Tor blieb verschlossen, was wahrscheinlich Lens und Jolanas Verschwinden hatte verhindern sollen. Rauchschwaden standen über den Mauern, beleuchtet von den Scheinwerfern der Burg und den Feuern des Mittelaltermarktes.

Ich kann euch sagen, wo Ondrej ist. Len barg das antike Buch unter seiner Jacke und schlug sich bis zum Eingang des Hotels durch. Er wusste nicht, wie viele Strigoi noch auf Vígľaš lebten und auf den Zinnen Ausschau nach ihm hielten.

Daher ging er zum Hyundai auf dem Außenparkplatz und öffnete ihn mit dem Zweitschlüssel. Das Gepäck hatte er bereits tagsüber in den Wagen verfrachtet, um die Flucht vorzubereiten, noch bevor er das amerikanische Paar niedergeschlagen hatte.

Er legte das *Abramelin* neben sich und startete den Motor.

Langsam fuhr er los, um die Aufmerksamkeit der wartenden Feuerwehrleute nicht auf sich zu ziehen, die auf Einlass warteten. Er grinste, als er sah, dass einige von ihnen nervös Zigaretten rauchten.

In einer Situation wie dieser gab es nur zwei Menschen, denen Len absolut vertraute und die er um Rat fragen konnte, was zu tun sei.

Und genau zu den beiden fuhr er jetzt.

Das Navi zeigte Len an, dass die kürzeste Strecke fünfeinhalb Stunden dauerte. Also setzte er den SUV auf die berechnete Route und beschleunigte.

Er sah auf die verletzte Stelle an seinem Arm – doch die wunden Punkte waren verschwunden. Die Regenerationsgeschwindigkeit eines Vârcolac gefiel ihm.

Dass sich dafür eine unbekannte, neue Form von Hungergefühl in seinen Eingeweiden ausbreitete, beunruhigte Len jedoch. Er bekam unbändige Lust auf frisches, warmes Fleisch.

Ganz egal, von welchem Lebewesen.

»Ailfftes Capitl
Verlorene Bücher, verborgene Schrifften und Sachen zu überkommen

1. Allerley Astronomische Bücher.
2. Allerley magische Bücher.
3. Allerley medicinische Bücher.«

Aus: Die egyptischen großen Offenbarungen, in sich begreifend die aufgefundenen Geheimnißbücher Mosis; oder des Juden Abraham von Worms. Buch der wahren Praktik in der uralten göttlichen Magie und in Erstaunlichen Dingen, wie sie durch die heilige Kabbala und durch Elohym mitgetheilt worden. Sammt der Geister- und Wunder-Herrschaft, welche Moses in der Wüste aus dem feurigen Busch erlernet, alle Verborgenheiten der Kabbala umfassend. Aus einer hebräischen Pergament-Handschrift von 1387 im XVII. Jahrhundert verteutscht und wortgetreu herausgegeben. Köln am Rhein, bei Peter Hammer 1725. Viertes Buch, S. 344.

CAPITULUM VIII

Verschriftlichung der diktierten Tonaufzeichnung, dramatisiert, basierend auf persönlichen Aufzeichnungen, verfasst nach dem Studium von originalen, bislang unausgewerteten Quellen von und um Barbara von Cilli. Preisgabe der zeitgenössischen Schriftstücke/Quellen nicht genehmigt.

Die nachfolgenden Geschehnisse beschäftigen sich mit einem Besucher auf Tudás, der vor allem Vlad unglücklich macht.
Die Planungen für den Angriff auf die Vampirstädte nehmen konkrete Formen an.
Vlad und Barbara sind nun Ende zwanzig.

Jahr: 1418
Historischer Hintergrund: Am 22. April beendet Papst Martin V. das Konzil von Konstanz formell. Es brauchte vierundvierzig Sitzungen, um zu einem Ergebnis zu gelangen.
Die Beschlüsse, vor allem die Hinrichtung von Hus und die Verdammung seiner Lehren, werden Sigismund noch viele Probleme bereiten.

***

KÖNIGREICH UNGARN, NAHE DEM DORF BAGAMÉR,
BURG TUDÁS, SEPTEMBER ANNO DOMINI 1418

Vlad lief gedankenversunken in der ersten hellen Morgenstunde im langen Nachtgewand und in ungeknöpften Stiefeln auf dem Wehrgang entlang und betrachtete den dichten Wald rund um die vergessene, kleine römische Festung; ein schwerer Wollumhang schützte ihn vor der spürbaren Kühle.

Nebel stieg hier und da auf, der nächtliche Raureif schmolz unter den schwach wärmenden Strahlen der Spätsommersonne.

Der Anblick gefiel Vlad, trieb ihn aber gleichzeitig um und aus dem Bett. Lange durften sie mit der Umsetzung ihres Plans nicht mehr warten. Der Herbst und damit die Zeit der passenden Fallwinde, welche die alchemistischen Mittel durch die Gesteinsspalten in die Vampirstädte drücken sollten, brach an.

Aber noch hielt Barbara ihn hin.

Vlad wusste, dass sie einem Plan folgte, den sie nicht mit ihm besprechen wollte. Nicht dass sie ihm das Vertrauen entzogen hätte. Vielmehr schien es, als warte sie auf etwas.

Das Warten bekam Vlad nicht, er stand jeden Tag früher auf. Er sorgte sich, dass Lucian sich zu einem ersten Schlag gegen Cosmin hinreißen ließ, um die vermeintlich von ihm gefangen gehaltene Draga aus dessen Gewalt zu befreien, oder die drei Gemahlinnen erneut zu entführen versuchte. Dies würde die Geschehnisse unvorhersehbar machen.

»Herr!«, erklang Sorins tiefe Stimme in seinem Rücken. »Ich habe Tee für dich.«

Mit einem leicht wehmütigen Lächeln wandte sich Vlad um. »Wie früher? Als ich noch ein Knabe war?« Er prüfte, ob das Lederband eng genug um seinen Pferdeschwanz saß und die langen schwarzen Haare bändigte.

Sorin eilte mit zwei dampfenden Bechern über den Wehrgang und schloss zu ihm auf. Er hatte es bei seinem Ledergewand belassen, einen Umhang benötigte der Vârcolac selten. »Mit einem heißen Getränk an kalten Tagen macht man nichts verkehrt. Und es ist für meinen Geschmack noch zu früh für heißen Würzwein.« Er reichte ein Behältnis weiter und stieß mit ihm an. »Guten Morgen.«

»Auch dir. Was trieb dich zum Sonnenaufgang aus den Federn?«

»Gedanken, Herr. Die ich mit dir teilen muss.«

Vlad ahnte, was kommen würde. Gefühlt führte er die nahende Unterhaltung mit seinem Vertrauten zum tausendsten Mal. »Nein, ich werde mich nicht in Curtea de Argeş einmischen.« Er schlürfte vom siedend heißen Tee und verzog das Gesicht. Im getrimmten schwarzen Schnauzbart verfing sich der Dampf und wurde zu Tröpfchen. »Verflucht!« Danach drehte er sich zum Wald, der sich schier unendlich über das Land ausbreitete.

»Ich sage nicht, dass du dich *jetzt* in den Kampf um die Nachfolge deines Vaters einbringen sollst«, sagte Sorin, obgleich er genau das in den vergangenen Wochen indirekt verlangt hatte. »Das Ende von Lucian und Cosmin hat Vorrang.«

»Das sehe ich ebenso.«

»Aber wenn sich dein Halbbruder Michael –«

»Der einzige legitime Sohn meines Vaters«, warf Vlad ein.

»… und sein Cousin Dan weiterhin um die Woiwodenwürde streiten, haben die Osmanen und jegliches gesetzlose Pack, das die Gunst der Stunde nutzen will, freie Hand für Überfälle und Eroberungsversuche.«

»Die Adligen wissen sich schon zu wehren.« Vlad wollte das Gespräch nicht vertiefen. »Michael sitzt ja auf dem Thron.«

»Aber nicht sonderlich fest. Wie wehren ohne eine weitblickende Führung? Wohl kaum, Herr. Nicht umsonst war Mircea beliebt und anerkannt und erfolgreich.« Sorin schlürfte ebenfalls vom Tee, die erhitzte Atemluft schoss als weißer Dampf aus Mund und Nasenlöchern, als sei er ein Drache und kein Vârcolac. Die braunen Haare mit den silbernen Alterssträhnen hingen offen herab. »Außerdem habe ich vernommen, dass dein Halbbruder Radu sich auch schon in Position bringt, sollte sich Dan gegen Michael durchsetzen.« Er packte Vlad am Oberarm. »Herr! Es droht ein Durcheinander in der Walachei, das dem Fürstentum das Ende bescheren kann. Der Bund mit Sigismund ist nichts wert, wenn es keinen Woiwoden gibt, der anerkannt wird. Weder vom König noch von den Walachen.«

Vlad führte den Becher an die Lippen und trank. »Ich weiß. Aber ich bin ein Bastard.«

»Aber keine Geisel mehr, Herr. Dein Vater ist tot. Du bist frei, zu tun und zu lassen, was du möchtest.« Sorin sprach eindringlich und besorgt. »Versprich mir, dass du eingreifen wirst, wenn wir die Strigoi vernichtet haben.«

Vlad runzelte die Stirn und sah seinen Vertrauten an. »Du klingst nicht wie jemand, der mein Diener ist, sondern wie die Witwe meines Vaters, die sich um ihr Land sorgt.«

»Die Menschen haben nach den vielen Jahren der Stabilität kein Durcheinander verdient. Mehmed lauert auf eine Gelegenheit. Seine Spione und Attentäter sind bereits im Königreich unterwegs. Erinnere dich an den vereitelten Anschlag auf Tudás. Wir beide wissen, dass einem militärischen Angriff dann am ehesten Erfolg beschieden ist, wenn es niemanden gibt, der ihn aufhalten kann.«

Vlad stimmte seinem Vertrauten in allen Belangen zu. Aber seine Gedanken mussten auf den Krieg gegen die Strigoi gerichtet bleiben. Ging dieser Kampf verloren, waren es die Walachei und sein Erbe ebenso.

»Herr, ich bin dir von deinem Vater mitgesandt worden, um dich vorzubereiten. Auf alles. Einschließlich des Amtes des Woiwoden«, sagte Sorin. »Warum sonst wärst du zu Sigismund geschickt worden?«

»Als Geisel«, antwortete Vlad und lachte bitter auf. »Als jemand, für den kein Platz in Curtea de Argeş ist. Daran änderte sich nichts.«

»Falsch. Um die beste Bildung zu erhalten und über Jahre mit den Mächtigen des Abendlandes zu verkehren. Das hat Michael nicht, und Radu der Zweite oder Dan der Zweite hatten es schon gar nicht«, betonte Sorin. »Die Zeit am Hof, dein Wissen über Strigoi, all das –«

»Ich bin noch nicht so weit«, unterbrach ihn Vlad und legte einen Arm beschwichtigend um die Schulter seines Freundes. »Es fühlt sich nicht richtig an.«

»Was willst du noch erlernen?«, fragte Sorin erstaunt. »Mit Barbara wirst du nicht mithalten können, sollte es dir um Sprachen und Alchemie gehen.«

»Ich will in den Drachenorden aufgenommen werden«, offenbarte er seine Gedanken. »Ich muss *ganz* zu den Oberen gehören, nicht nur neben ihnen wandeln und mich fühlen wie eine Gabe meines toten Vaters.«

»Du weißt, dass der Streit zwischen Michael und Dan auch ein Krieg zwischen den Strigoi-Fürsten um die Vorherrschaft ist«, sagte Sorin besorgt. »Dein Vater folgte Lucian, und so wird es Michael auch halten. Dan könnte von Cosmin unterstützt werden. Du hingegen gehorchst *niemandem!* Du bringst der Walachei wahre Freiheit. Eine Woiwodschaft ohne Abhängigkeiten von den Ränken der Untoten.«

Vlad setzte zu einer Erwiderung an, als er durch das bunt verfärbte, licht gewordene Blattwerk an den Bäumen Bewegung erkannte. Die letzten Schritte vor der auf sein Geheiß gerodeten Fläche rund um die Burg waren von Eichen und Buchen bewachsen. Die dichten Tannen dazwischen hatten ihm mit ihrem Immergrün zunächst die Sicht versperrt.

Gleichzeitig schmetterte ein lauter Fanfarenstoß vom Bergfried. Der Spähposten hatte die Reisenden bemerkt, wenn auch zu spät für Vlads Geschmack. Das tönende Signal war kein Alarm, sondern das Zeichen für nahenden, befreundeten Besuch. Wahrscheinlich hatte sich der Soldat deswegen nicht beeilt.

Sorin sah zum Weg hinunter. »Was hat das zu bedeuten? Wen erwarten wir, Herr?«

»Wir nicht. Aber Barbara, denke ich.« Noch eine Sache, in die sie ihn nicht eingeweiht hatte.

Eine Reiterschar wurde sichtbar, die ein bekanntes Banner in den Wind reckte.

Vlad erkannte den Raben darauf sofort. Ein leiser Fluch drang über seine Lippen. »Yanko!«

»Wusstest du, dass man munkelt, er sei einer von Sigismunds heimlichen Söhnen?«, kommentierte Sorin von der Seite. »Das wäre eine Erklärung für seinen schnellen Aufstieg in der Ritterschaft und das unerklärlich große Vertrauen, das der König in ihn hat. Yanko ist beinahe immer und überall, wo Sigismund steckt.«

»Dann schickt der König ihn gewiss, um eine Unterredung zwischen ihm und seiner Gemahlin anzuregen. Eine diplomatische Mission, die ihn nach Tudás führt.« Vlad hatte den Ritter vom ersten Moment an abgelehnt. Es hatte nichts mit der Weissagung über Cassiopeia, den Raben und den Drachen zu tun – das betont Christliche, die übertriebene Frömmigkeit, die Yanko zur Schau stellte, behagten Vlad nicht.

»Gehen wir und begrüßen unseren königlichen Unterhändler.« Er trank seinen Tee aus und drückte Sorin den Becher in die Hand. »Ich bin gespannt, was Sigismund sich ausdachte, um Barbaras Groll über seine lange Abwesenheit zu besänftigen.«

»In deinem Schlafgewand?«

»Mehr ist Yanko mir nicht wert.«

Sorin kippte den restlichen Tee über die Mauer und folgte Vlad. »Noch eine Burg wäre gut. Mit viel Platz im Berg, auf der sie steht, für ein ausschweifend großes Laboratorium.«

Vlad und er gingen die Treppe hinab, die in den Hof führte. »Denkst du, sie wird ihre Forschungen über Blutsauger nach unserem Sieg über die unterirdischen Städte fortführen?« Er sorgte sich, dass ihr Wissensdurst zu einer Obsession verkam, der sie nicht mehr Herrin wurde.

»Nein. Aber die Alchemie wird sie nicht loslassen. Wenn es jemanden gibt, der Blei zu Gold machen kann, dann sie, Herr.« Sorin drückte die Becher im Vorbeigehen einer Magd in die Hand. »Sie wird diese Kunst niemals aufgeben. Sie sieht –«

»Darin den Schlüssel zu allem, ich weiß.« Vlad hatte das Tor erreicht, durch das die Reiterschar hereintrabte.

Hinter dem Bannerträger folgte Johann Hunyadi, prachtvoll gerüstet und aufrecht im Sattel sitzend, einen Speer waagrecht haltend und den Schild seitlich am Pferd, als wollte er jederzeit ins Gefecht stürmen können. Sein markantes Gesicht war glatt rasiert, die hellen Haare fielen auf Schulter und Halsberge, der Helm hing am Sattel.

»Ah, Vlad! Wie lange ist es her, dass wir uns das letzte Mal sahen?«, grüßte Hunyadi vom Hengst herab, als sei er König Sigismund. Er zügelte sein Pferd und reichte Vlad den Speer zum Halten, während er abstieg. Vlad war zu verdutzt, um den Schaft nicht zu ergreifen, als sei er ein Knappe. »Ist schon ein Jahr vergangen?«

»Nicht genug«, erwiderte er und gab den Speer an den nachfolgenden Reiter des Trosses weiter. Er unterdrückte seine Wut über die anmaßende Art des Ritters und auf sich selbst, auf den Kniff hereingefallen zu sein. »Was suchst du auf Burg Tudás?«

»Die Königin. Wen sonst? Denkst du, ich komme den langen Weg aus Ofen, um dich zu treffen? Dazu noch in dieser Aufmachung, als wärst du eben aus dem Bett gefallen?« Lachend schlug ihm Hunyadi auf die Schulter. »Vergib mir den Scherz.«

»So es einer war«, ergänzte Vlad. »Sigismund schickt dich als Gesandten, um gutes Wetter bei Barbara zu machen?«

»Nein.«

»Sondern? Sie unter Arrest zu stellen und zu ihm zu schleifen? Dann müsstest du erst mich besiegen, Yanko«, versuchte Vlad es mit grimmigem Humor.

»Interessantes Angebot, mein Freund. Aber wieder falsch.« Hunyadi deutete zum kleinen Palas. »Sie hat mich um eine Unterredung gebeten. In einer vertraulichen Angelegenheit. Ich kann dir leider nicht mehr sagen.« Er ließ ihn stehen und eilte mit seinen abgesessenen Begleitern auf das Hauptgebäude zu.

Vlad war überrascht. Sie hatte ihn nicht ins Vertrauen gezogen, und das kränkte ihn stärker, als er zugeben wollte. Er hatte den plötzlichen Verdacht, dass ausgerechnet Hunyadis Ankunft Barbaras Schweigen über den Angriff auf die Strigoi-Städte beenden würde.

»Ich kleide mich an«, murmelte er und wandte sich um. »Zum Teufel mit dem Raben!«

Sorin sah suchend zum Himmel, als er erwiderte: »Wie recht du hast, Herr.«

***

Barbara saß mit Vlad, Sorin und Johann Hunyadi in der winzigen Palashalle von Burg Tudás. In beiden Kaminen brannten Feuer gegen die schnell aufziehende Kühle am Abend.

Es war festlich gespeist worden, zwei Barden unterhielten sie mit Liedern, und man plauderte über Neuigkeiten, Vorfälle und Ungeheuerlichkeiten in Europa.

Das Konzil von Konstanz hatte endlich einen Abschluss gefunden, das Schisma war beendet worden. Der neue Papst stand fest, sein Sitz blieb in Rom. Dafür rumorte es umso mehr in Böhmen. Der Umgang mit Jan Hus und sein Ende entfalteten eine zunehmend schädliche Wirkung für die Obrigkeit.

Auch wenn Barbara sich Mühe gab, eine entspannte und freundliche Atmosphäre in der Gesellschaft zu erschaffen, wollte sie sich nicht einstellen.

Malphas vollführte einige Kunststücke, vom Schachspiel über Rechnen bis zum Schreiben mit einer Klaue, die Hunyadi zum Staunen brachten. Aber auch der Rabe konnte die Stimmung nur für die Dauer seiner Vorführungen heben.

Barbara war froh, dass die Männer ungerüstet und unbewaffnet erschienen waren. Käme es nach erhitzten Wortgefechten gar zu Handgreiflichkeiten, gingen sie allenfalls mit Fleischgabeln aufeinander los. Selbst diese Vorstellung gefiel ihr nicht.

Sie saß in ihrem Kleid als schwarzer Fleck an der bunten Tafel. Vlad und Hunyadi hatten sich mit farbigen Schecken und Strumpfhosen, Schnabelschuhen und Schmuck herausgeputzt, als ginge es zu einem Tanz. Sogar die Haare waren mit Brenneisen und Eiweiß in Form gekräuselt. Die Rivalität der beiden und der Wunsch, den anderen zu überbieten, spiegelte sich in der Wahl der prunkvollen Garderobe. So hatte sie Vlad vorher noch nie gesehen.

Die Blicke, die er Hunyadi in jenen Momenten zuwarf, in denen er sich unbeobachtet wähnte, schwankten zwischen Verachtung und Genervtheit.

Es wurde schlimmer, als der Ritter andeutete, Sigismund habe ihm die Aufnahme in den Drachenorden versprochen. Zum Beleg zog er einen silbernen Anhänger unter dem Gewand hervor. »Den gab mir Sigismund«, sagte Hunyadi stolz. »Societas Draconistarum oder Ordinul Dragonului, wie wir sagen.«

»Lass sehen, Yanko«, bat Barbara und streckte die Hand aus.

Hunyadi streifte die Kette mit dem Anhänger ab und reichte sie an Malphas, der das Insigne hopsend im Schnabel über den Tisch transportierte. »Es ist symbolisch«, betonte er. »In meinem Wappen oder auf einer Schärpe hat es nichts zu suchen, bis ich offiziell ernannt werde. Doch mir bedeutet es sehr viel.«

Barbara nahm den Drachen aus Silber, der seinen Schwanz um den Hals geschlungen hatte; auf seinem Rücken prangte das christliche Kreuz als Zeichen des Glaubenssiegs über das Böse. Der fein eingeritzte Spruch war ihr neu. *»O quam misericors est Deus justus et pius«,* las sie vor. »Ich erinnere mich nicht, dass es einen Wahlspruch gab. Und ich habe den Orden mitgestiftet.«

»Was heißt das, Herrin?«, erkundigte sich Sorin.

»O wie barmherzig ist Gott, wie gerecht und fromm«, sagte Hunyadi und bekreuzigte sich. Malphas krächzte, es klang belustigt. »Ich schlug die Worte Sigismund vor, und er fand sie passend.« Sein Gesichtsausdruck wurde entschuldigend. »Ich dachte, er bespräche sich mit Euch, meine Königin.«

»Tat er nicht«, brummte Vlad und küsste seinen Kreuzanhänger, ohne die vier Hamsas zu zeigen. Heidnisch-fremde Symbole kämen bei dem Rivalen nicht gut an. »Sobald *ich* im Orden aufgenommen bin, wähle ich einen eigenen Spruch. Ich denke nicht, dass ich mit deinem um den Hals umhergehen möchte.«

Mit einem Wink sandte Barbara das Gesinde und die Lautenspieler hinaus. Mehr mussten sie nicht von dem Zwist mitbekommen. »Es ist ein guter Wahlspruch, Yanko«, sagte Barbara, um einem offenen Streit vorzubeugen. »Und aus diesem Grund habe ich dich hergebeten.«

»Es klang dringlich, meine Königin.« Hunyadi nahm den Kelch mit Bier und deutete damit auf Vlad. »Mir schien, er ist dem nicht gewachsen. Daher sputete ich mich.«

Vlads Kiefermuskulatur mahlte. »Nun, ich –«

»Er *ist* dem gewachsen. Aber wir brauchen mehr Tüchtige seiner Art. Ich dachte sogleich an dich.« Barbara musste auf jedes Wort achten, das gesprochen wurde. *Schlimmer hätten selbst Verhandlungen auf dem Konzil in Konstanz nicht verlaufen können.* Sie reichte den Anhänger zurück. Sigismund hatte ihr mit seinem eigenmächtigen Handeln einen Gefallen getan. Die Aufnahme in den Drachenorden, wenn auch inoffiziell, machte ihre Bitte für Hunyadi zum Auftrag. »Der Orden verlangt von jedem Ritter, der ihm angehört, das Christentum zu verteidigen. Und du bist ein wahrer Mann des Glaubens.«

Malphas flatterte und schwang sich auf die rechte Schulter der Königin. Das Neigen seines Kopfes brachte den Schnabel näher an ihr Ohr, als wollte er ihr etwas einflüstern.

»Das ist richtig, meine Königin. Keiner wird das mit mehr Überzeugung tun als ich. Gegen heidnische Armeen, aus welchem Land sie auch kommen, gegen Ketzer und Häretiker aus unseren Reihen, die den wahren Glauben infrage stellen und gefährden.« Hunyadi verbeugte sich angedeutet im Sitzen. »Und selbstverständlich gegen alle, die dem König, Euch und Eurer Familie etwas anhaben wollen, meine Königin.« Gespannt sah er zur ledernen Mappe, die bereits den ganzen Abend geschlossen auf dem Tisch lag.

»Es gibt etwas, das dein Handeln erfordert, um deinem Ordensauftrag nachzukommen«, begann Barbara und zog den Ledereinband zu sich.

Sie öffnete ihn und präsentierte Blatt um Blatt die Zeichnungen der unterirdischen Städte. »Das Böse lebt unter unseren Füßen, Yanko. Es gefährdet uns, plagt uns seit Jahrtausenden. Wir sind auserkoren, dem Übel ein Ende zu bereiten.«

Ungläubig streckte der Ritter die Hand nach den Aufzeichnungen aus. Er betrachtete jedes Blatt lange, als lerne er die Linien auswendig, bevor er es weglegte und ein weiteres nahm. Malphas sprang herbei und ordnete die abgelegten Seiten säuberlich mit dem Schnabel übereinander. »Bei Gott dem Allmächtigen!«, stieß er aus. »Was ist das, meine Königin?«

»Dämonenstädte, angelegt seit Anbeginn der Menschheit, in denen besonders perfide Strigoi hausen«, eröffnete Barbara behutsam. »Geführt werden sie von zwei rivalisierenden Fürsten, die einander spinnefeind sind. Vlad und ich haben vorgespielt, wir seien Verbündete von einem, der sich Cosmin nennt. Um mit ihm gegen seinen Feind Lucian ins Gefecht zu ziehen.«

»In Wahrheit wollen wir beide vernichten«, fügte Vlad hinzu. »Seit Jahren treffen wir Vorbereitungen, um sie auszulöschen und die Städte zu vernichten.«

Hunyadi konnte nicht aufhören, die Seiten anzuschauen und zu staunen, während er leise vor sich hin betete und mehrmals den Ordensanhänger küsste. »Das … das ist kein Scherz, meine Königin?« Er sah zu Vlad. »Oder irgendeine Gemeinheit von dir, um sich auf meine Kosten lustig zu machen?«

Malphas krächzte keck und wanderte über die Tafel, um sich an den Köstlichkeiten zu bedienen.

Barbara legte ihre beringte Hand auf Hunyadis. »Yanko, wir kennen uns lange und sind in vielen Dingen nicht einer Meinung. Doch uns eint die Sorge um die Leute, die dem Bösen ausgeliefert sind.«

»Cosmin und Lucian treiben ihre grausamen Spiele. Sie fangen Menschen und halten sie eingesperrt, um ihr Blut zu saugen«, ergänzte Vlad. »Ich schwöre, dass nichts von dem, was du an diesem Tisch an diesem Abend erfährst, ausgedacht ist.«

»Der Herr stehe uns allen bei!«, entfuhr es Hunyadi, der sichtlich erbleichte. »Wie lange geht das in diesen Dämonenhorten schon so?«

»Seit Anbeginn der Menschheit. Strigoi sind wie Ratten: stets dort, wo sich Menschen niederlassen. Aber wir rotten sie aus!« Barbara ließ seine Hand nach einem kräftigen Druck los. »Mit Alchemie und Stahl.«

»Ich verstehe.« Hunyadi sah zu Vlad. »Wir sind der Stahl.«

»Aber wir brauchen mehr davon. Etliche Schwerter, geführt von angstlosen Kriegern und unerbittlichen Rittern.« Barbara hob ihren Weinpokal. »Allerdings darf niemand außerhalb dieses Kreises und des Zirkels der Auserwählten davon erfahren. Die Kunde über diese Stätten, über diese Art von Strigoi würde eine Furcht unter den Menschen auslösen, die nutzlos ist. Nicht nur bei uns, sondern überall in der bekannten Welt.«

Hunyadi nickte. »Wir kämpfen im Verborgenen.«

»Deswegen kann ich Sigismund nicht unterrichten und mir ein Heer von ihm erbitten«, führte Barbara aus. »Es ist kein Geheimnis, das ich gerne vor ihm bewahre. Doch es muss sein und ist zu seinem Schutz.«

Hunyadi rieb sich nachdenklich über das glatte Kinn. »Ich fürchte, ich muss die Nacht darüber schlafen, meine Königin.«

»Das ist keine Bitte an dich, Yanko. Das ist ein Befehl deiner Königin«, fuhr ihn Vlad an und hämmerte mit der Faust auf den Tisch, sodass Gläser, Becher und Geschirr sprangen. »Wie kannst du nicht sogleich zustimmen?«

Malphas machte einen erschrockenen Hüpfer und krächzte Vlad empört an. Er schwang sich zurück auf Barbaras rechte Schulter und wischte sich den Schnabel am Untergefieder sauber.

»Aber ich täte es ohne Wissen meines Königs«, erklärte Hunyadi, »dem ich ebenso zur Treue verpflichtet bin.«

»Es ist kein Verrat, den du begehst. Du handelst zu seinen Gunsten, in Fürsorge«, berichtigte Barbara. »Ein Dienst, der unermesslich wichtig und wertvoll ist. Ich werde dafür sorgen, dass du nach unserem geheimen Kreuzzug üppige Entlohnung erhältst.«

»Mein größter Lohn ist die Verteidigung des Christentums und die Auslöschung dieser Dämonen samt ihren Städten«, sagte Hunyadi und legte die Pläne und Zeichnungen zurück auf den Tisch. »Ich muss diese Orte mit eigenen Augen sehen, Herrin. Bevor ich entscheide.«

»Das geht nicht. Die Gefahr einer Entdeckung ist zu groß. Du musst den Worten deiner Königin und meinen vertrauen«, entgegnete Vlad. »Wir dürfen die Strigoi nicht misstrauisch werden lassen. Sonst ist alle Planung der letzten Jahre vergebens.«

»Soll ich vor dir knien und dich anflehen?«, bot ihm Barbara an. »Willst du deine Herrscherin vor dir kriechen sehen, damit du –«

»Nein, niemals, meine Königin!« Hunyadi sprang auf, verneigte sich tief vor ihr. »Vergebt mir meine Ungläubigkeit. Jedes Kind weiß von den Strigoi. Aber ganze Städte? Es klingt so schrecklich, dass es unmöglich wahr sein kann.«

»Es ist, wie es ist, Yanko. Meine Alchemie wird in der Lage sein, viele von ihnen zu töten. Entkommen uns welche, brauche ich Männer wie Vlad und dich, welche die Bestien jagen, enthaupten und vernichten. Der Schlag gegen Cosmin und Lucian muss hart und schnell geführt werden. Sonst unterliegen wir.« Barbara nickte ihm zu und deutete auf den Ausgang. »Überschlafe deine Entscheidung meinetwegen. Es ist eine Aufgabe, die gefährlicher als jeder bisherige Kreuzzug sein wird. Du steigst in den Schlund der Hölle, um Dämonen zu vernichten. Dagegen sind osmanische Krieger nichts.«

»Kennst du überhaupt genügend Männer, denen du zutraust, mit dir in die Schlünde der Verdammnis zu steigen und hernach zu schweigen?«, hakte Vlad ein. »Es ist viel verlangt, Heldentaten unvorstellbaren Ausmaßes zu vollbringen und niemals darüber erzählen zu können. Es könnte manchem misslingen.«

Malphas kommentierte die Worte mit leisem *Krah-krah,* das an ein Lachen erinnerte.

»Gold kann ich beschaffen, das als Sold dienen soll. Den Rest des Lohns für ihre Taten wird ihnen Gott im Himmel gewähren, wenn sie ins Paradies einziehen.« Barbara nahm noch einen Schluck Wein. »Sie müssen einen Eid auf ihr Schweigen schwören und sich daran halten, ganz gleich, was ihnen im Leben widerfährt. Gutes wie Schlechtes.«

»Diese Männer kenne ich, meine Königin«, erklärte Yanko. »Unerschütterliche Brüder im Glauben. Einige sind Kinder jener Kreuzritter, die in der Schlacht von Nikopolis fielen, und andere alte Kreuzritter wollen nochmals für ihren Gott in den Kampf ziehen.«

»Aber werden sie den Mund halten können, sofern sie lebend aus den Schlünden der Dunkelheit zurückkehren?«, merkte Vlad an. »Über das, was sie sehen und erleben werden, ist schwer zu schweigen.«

»Ich denke, dass sie das werden. Falls einem doch ein unbedachtes

Wort entschlüpfen sollte, klingt es so unwahrscheinlich, dass ihm niemand Glauben schenken wird.« Hunyadi nahm die Zeichnungen der Städte an sich. »Mit Eurer Erlaubnis ziehe ich mich zum Schlafen und Nachdenken zurück, meine Königin.«

»Es sei dir erlaubt. Vlad und mir ist bewusst, wie unwirklich sich unsere Schilderungen anhören müssen. Auch wir wollten zunächst nicht glauben, was sich uns offenbarte.« Barbara erhob sich und deutete eine Verbeugung an, die Malphas imitierte. »Gott wird dich erleuchten, Yanko. Achte auf seine Zeichen im Traum.«

»Das werde ich.« Hunyadi nickte Vlad und Sorin knapp zu und verschwand aus der großen Halle. Rumpelnd schloss sich die Tür hinter ihm.

Für mehrere Herzschläge blieb es totenstill im Raum.

»Die Zeichen des Herrn?«, echote Vlad und schnappte sich die Weinkanne, um nachzufüllen. »Wie hast du das gemeint?«

Barbara lächelte düster. »Oh, Yanko wird *ganz sicher* ein Zeichen des Herrn erhalten. Dafür ist gesorgt.« Sie deutete auf den Kelch, aus dem der Ritter getrunken hatte. »Das Bier mundete ihm ausgezeichnet. Eine Prise Spagyrik wird ihre Wirkung auf ihn nicht verfehlen.«

Vlad und Sorin sahen sich verdutzt an – und lachten. Malphas stimmte krächzend mit ein, und seine Augen glommen für mehrere Herzschläge amethystfarben.

»Für Yanko gab es kein Entrinnen vor der Pflicht, als er auf die Burg kam«, sagte sie in die Heiterkeit und lächelte süffisant. »Morgen wird unser Krieger erwachen und es als seine heilige Aufgabe ansehen, gegen die Dämonenstädte zu ziehen. Gott verlangte es von ihm im Traum.« Sie prostete den Männern zu. »Ende der Woche lege ich mit Cosmin jenen Tag fest, an dem wir Lucian niederwerfen.«

»Und Cosmin dazu«, rief Vlad und reckte seinen Becher. »Auf den Sieg und das Ende der Strigoi!«

Klirrend stießen Sorins und Barbaras Pokale dagegen. Es durfte keinen Platz für Zweifel geben.

Sogar Malphas tunkte seinen Schnabel in den Wein und stahl sich davon.

KAPITEL 12

RUMÄNIEN, STADT TEMESWAR,
GEGENWART, WINTER

Klara blickte auf den abgegriffenen, brüchigen Ledereinband des Werks, das Len auf den kleinen Tisch in seinem Hotelzimmer drapiert hatte. Die Jahrhunderte und die häufige Nutzung hatten es angegriffen, doch sie sah, dass die Handwerksarbeit des Buchbinders vorzüglich gewesen sein musste.

»*Abramelin*«, las sie die geprägte Schrift auf dem Deckel vor. Sie trug den hellgrünen Pyjama mit Snoopy und Woodstock, hatte sich einen knielangen, weiß-schwarz gemusterten Hoodie übergeworfen.

»Das Exemplar der Schwarzen Königin«, präzisierte Len aufgeregt. Dass er noch seine verknitterten, dreckigen Reiseklamotten trug, ignorierte er gekonnt. Es gab Wichtigeres.

Wieder war er pünktlich zum Frühstück angekommen. Das Hotel der Reisegruppe befand sich zwar im historischen Kern von Temeswar, hatte allerdings keinerlei Bezug zu Barbara von Cilli. Das erleichterte ihn.

Gleich nach seiner Ankunft hatte er Klara geweckt und sie in sein Zimmer gebeten. Bei viel Kaffee und noch mehr Tee berichtete er ihr von den Begebenheiten, dem Tod der Professorin und seiner Entscheidung, ihre Nachfolge anzutreten. Als Vârcolac.

»Das ist sehr … abenteuerlich.« Klara suchte sichtlich nach passenden Worten und versuchte, ihre fingerlangen, blonden Haare halbwegs zu bändigen. »Vampire, Okkultisten, Untote und … was weiß ich noch alles.«

»Frag mich mal! Ich wurde zu einem Teil dieser Anderswelt.« Dass er unterwegs mehrmals angehalten hatte, um ein Schaf, eine Ziege und ein Kalb zu reißen und sich mit ihrem warmen Fleisch vollzustopfen, sparte er aus.

Einige kleine Stückchen steckten noch im schärfer gewordenen Gebiss. Im Laufe der Reise waren ihm drei gefüllte Zähne ausgefallen und durch neue ersetzt worden. Anscheinend besaßen Vârcolac ein Revolvergebiss wie Haie. Der nächste Besuch beim Zahnarzt würde spannend werden.

»*Danach* suchen jetzt sämtliche Vampire um uns herum?«, vergewisserte sich Klara. »Um es zu vernichten?«

»So habe ich die Professorin verstanden. Nicht alle auf der ganzen Welt. Hoffe ich. Aber bestimmt die europäischen.« Len seufzte und warf sich gegen die Rückenlehne des Sessels. Er hatte nicht den leisesten Schimmer, wie viele Gegner es werden mochten und wie schnell sich die Kunde herumsprach. Im besten Fall waren sämtliche Zeugen auf Vígľaš tot. Vorsichtshalber brachte er Klara nicht auf den Gedanken, dass Zauberer und Okkultisten sich ebenfalls auf die Suche begeben könnten. Die Zahl derer, die das *Abramelin* haben wollten, stieg beständig. »Was mache ich jetzt damit?«

»Gute Frage.« Klara atmete tief ein. »Ich kann es immer noch nicht richtig glauben, obwohl ich streckenweise live über das Tablet dabei war.«

»Und wenn wir Oma Mokká fragen?«, überlegte er laut vor sich hin.

»Sie hat immer eine Lösung parat, ich weiß.« Klara lächelte. »Aber was sollte sie uns dazu schon sagen können? Sie ist keine Hexe.«

Len legte den Kopf in den Nacken, seine hellen Haare kitzelten die Schulter. Er starrte an die Decke. »Ich bin der Wächter des *Abramelins* und habe keine Ahnung, was ich damit machen soll.« Genervt stieß er die Luft aus. »Fast wäre es besser gewesen, Jolana und ich hätten es dort gelassen.«

»Na ja. Sie dachte, du bist ein Drăculești, und sie hat geglaubt, in dir einen Kämpfer gegen die Vampire gefunden zu haben. Mit dem sie die Arbeit der Schwarzen Königin fortführt«, merkte Klara an. »Ihr seid auf den Trick dieses Kratkis hereingefallen. Mach dir keine Vorwürfe.«

»Ich hoffe, seine Seele schmort in der Hölle! Blödes Arschloch.« Len trat nach vorne und traf unglücklich den Tisch.

Er hörte Klaras Schmerzensaufschrei und richtete sich auf, hob entschuldigend die Arme – und starrte die junge Frau an.

Sie saß auf ihrem Platz, hielt sich mit der Linken das Knie – und das *Abramelin* in der Rechten.

Klara sah genauso verwundert wie er auf das schwere Buch, das sie unwillkürlich aufgefangen hatte. »Hast du nicht gesagt, dass niemand außer dir das *Abramelin* anfassen kann?«, raunte sie beunruhigt. »Oder … oder setzt der Schutzzauber mit Verzögerung ein?«

»Nein. Der war mit Ankündigung.« Len sah zwischen ihr und dem Buch hin und her. »Du merkst nichts?«

Klara schüttelte beherzt den Kopf. Dann stockte sie. »Doch! Doch, da ist etwas. Ich höre … ein Wispern. Kraftlos und erschöpft. Als spräche das *Abramelin* aus weiter, weiter Entfernung zu mir.« Sie schob das Buch vorsichtig auf die Platte zurück. »War das bei dir auch so?«

Lens Aufregung stieg. »Nein. Gar nicht.«

Klara öffnete behutsam das Buch, ihre Blicke huschten über die von Hand beschriebenen Seiten und die Malereien darin. »Das ist wunderschön«, sagte sie leise und fasziniert. »Was bedeuten die Zeichen zwischen den Linien?«

Len strengte seine Augen an. »Wo?«

»Hier.« Klaras Zeigefinger legte sich auf eine leere Stelle. »Zum Beispiel.« Als sie seinen Ausdruck sah, verstand sie. »Du siehst sie nicht«, hauchte sie erschrocken. »Aber … aber wieso sehe ich sie?«

Für Len konnte das nur eins bedeuten, so unwahrscheinlich es sein mochte. »Kann es sein, dass Oma Mokka sich geirrt hat? Als sie sagte, dass deine Familie *keine* Drăculeşti sind?«

»Ich … ich weiß nicht, Len.« Klara sah ihn aus aufgerissenen Augen an. »Scheiße. Was machen wir jetzt?«

»Einen Bluttest.«

»Was?«

Len zeigte auf das Gepäck, das er aus dem Tucson ins Zimmer gebracht hatte. Darunter befanden sich auch Jolanas Sachen. »Ich habe alles dabei.« Wie in Prag angekündigt, hatte sie die Zutaten für den speziellen Test mitgenommen, um ihn wiederholen zu können. Was für ihn gedacht gewesen war, sollte nun bei Klara zum Einsatz kommen. »Irgendwo liegt die Anweisung, wie die Sachen zu mischen sind.«

»Mischen?« Klara schien nicht überzeugt. »Was gibt es denn dabei zu mischen?«

»Bitte! Lass mich den Test bei dir machen. Das bringt uns Gewissheit.« Len stand begeistert auf und wühlte in den Taschen und Koffern, um die Zutaten zu finden. »Siehst du? Es kann gleich losgehen.« Das Stövchen für den Tee würde genügend Hitze bringen. Einen Rauchmelder hatte das Zimmer nicht, es konnte also kein Alarm ausgelöst werden.

»Wer nimmt mir das Blut ab? Du?«

Len nickte zögerlich.

»Das kann was werden«, murmelte sie und machte den rechten Arm frei. »Wehe, das wird ein fetter Bluterguss.«

Das wollte er nicht versprechen, aber er strengte sich an. »Nach unzähligen Sitzungen im Spendenzentrum weiß ich alles Wichtige.«

»Theoretisch«, fügte sie an.

»Stimmt.« Er legte sich Tupfer, Desinfektionsmaterial, Spritze zurecht und bereitete die Utensilien für den Test vor. Dazu folgte er den handschriftlichen Anordnungen, die Jolana ins Tschechische übertragen hatte. Eine Übersetzungs-App machte es möglich.

Beim zweiten Versuch saß die Nadel richtig in Klaras Vene. Das Blut drang in den Kolben der Spritze und wurde von da in die Behältnisse gegeben.

Len arbeitete hoch konzentriert. Er hielt sich an die Anweisungen und mischte, mengte, erhitzte und schüttete zusammen. Der aufsteigende Rauch waberte zu den geöffneten Fenstern hinaus.

Derweil blätterte Klara im *Abramelin*. Einmal damit begonnen, schien sie sich nicht mehr davon lösen zu können. »Die Stimme wird lauter. Sie nähert sich an wie ein … scheues Tier, das Vertrauen fasst«, raunte sie. »Aber ich verstehe sie nicht. Ich glaub, das Buch versucht, sich auf mich einzustellen … Hat die Professorin dazu etwas gesagt?«

»Nicht einen Ton. Sie war nur die Wächterin.« Len verfolgte, wie sich die dunkelgraue Flüssigkeit im letzten eingesetzten Behältnis wandelte und der Farbton ins Blaue kippte. So weit waren er und Jolana auch gekommen.

Unvermittelt wurde der Inhalt schwarz.

Len gab einen enttäuschten Laut von sich. »Entweder habe ich einen Fehler gemacht oder –«

Mit dem nächsten Herzschlag färbte sich die Flüssigkeit blau.

»Indigo. Wie aus Seide und lichter Nacht gemacht«, murmelte Len staunend. Jolanas Worte hatte er nicht vergessen. »Es ist perfekt.« Er sank langsam nach hinten. »Klara?«

»Ja?« Sie hatte die Blicke auf das Buch geheftet und streichelte die Seiten fast zärtlich. Die Fingerspitzen zogen die unsichtbaren Linien und Schwünge der Handschriften nach, die ihm verborgen blieben.

»Klara, du …« Len wartete, ob sich die Flüssigkeit erneut veränderte. Doch das Indigo hielt an. »Du bist eine Drăculeşti.« Er legte die Finger für Sekunden gegen die Lippen. »Du trägst den alchemistischen Indikator in dir. Deine Linie geht auf Vlad den Zweiten zurück!« Dann runzelte er die Stirn. »Aber ich dachte, es ginge nur bei Söhnen?«

Die junge Frau reagierte nicht. Ihre Rechte lag flach auf der Seite, als läse sie mit der Hand und söge das Wissen über die Haut in sich auf. »Mein Name ist Barbara«, sagte sie mit leicht veränderter Stimme. »Ich bin an mein *Abramelin* gebunden, aus freien Stücken und durch okkulte Geheimnisse, die ihr nicht verstehen werdet.«

Len fuhr ein Schauer über den Rücken. »Ich …«

»Du hast mich vor Anton Kratki beschützt, auch wenn du kein Drăculeşti bist, Lenny Nikolaus Lenau«, sprach Klara stellvertretend. »Ich spüre die Kraft eines Vârcolac und einer vertrauten Seele in dir. Sei fürderhin der Wächter und mein Verbündeter.«

Len hoffte, dass sich seine Freundin einen Spaß mit ihm erlaubte, doch es sah nicht danach aus. »Was hast du mit Klara gemacht?«, fragte er besorgt.

»Sie ist von meinem Blut. Ich bin wahrlich erstaunt.«

Len sah zur indigofarbenen Flüssigkeit in dem Glaskolben. »Nein, das kann nicht sein. Sie ist eine Drăculeşti. Ich habe den Test gemacht.«

»Sie entstammt meinem Enkel. Daran hege ich keinen Zweifel. Ihre Linie mag einer unentdeckten Liebe entspringen, die sich nach Ladislaus' Tod nicht offenbarte.« Ihre Stimme wurde brüchig. »Ich hatte versucht, meinen Enkel mit alchemistischen Mitteln von seiner schweren Krankheit zu befreien. Doch ich kam zu spät.«

Daher die Reaktion des Blutes! Len hatte keinen Fehler begangen. Der Test hatte zu Recht angeschlagen.

Jetzt war er ein Vârcolac und Klara eine Nachfahrin Barbara von Cillis.

Damit war die Schwarze Königin wirklich zurückgekehrt. Die größte Angst der Vampire hatte sich erfüllt.

»Was geschieht nun?« Len betrachtete Klara, deren Blick abwesend blieb, solange sie als Medium diente. »Bist du in sie eingefahren? Hört sie, was wir bereden?«

»Nein. Ich nutze sie, um mit dir zu sprechen, Lenny Nikolaus Lenau.« Auf ihrem Gesicht bildete sich ein Lächeln, das fremd, aber nicht unsympathisch wirkte. »Diese Welt ist mir noch neu. Sehr neu. Es sind Jahrhunderte vergangen, während ich im Verborgenen darauf wartete, gefunden zu werden. Klara und du werdet mir helfen, mich zurechtzufinden.«

»Und dann?«

»Solange es Vampire gibt, ist unsere Schlacht nicht zu Ende. Klara wird von mir in den alchemistischen und okkulten Künsten unterwiesen, damit sie fortführt, was Vlad und ich begonnen haben. Du wirst ein treuer Wächter sein. Für mich und für sie.« Der Tonfall war der einer Königin, einer Frau, die keinerlei Widerspruch duldete. »Das Schicksal führte uns drei zusammen. Gegen die Strigoi in all ihren schrecklichen Formen. Sie suchen die Menschen heim und nutzen sie wie Vieh, um ihren Blutdurst zu stillen.«

»Ganz so ist es nicht mehr«, entgegnete Len.

»Du hast keinerlei Ahnung, was vorgeht. Die Strigoi sind immerdar. Seit Anbeginn der Menschheit verfolgen sie uns, unterjochten sie uns«, widersprach die Schwarze Königin. »Sie werden die Jahrhunderte meiner Abwesenheit genutzt und sich ausgebreitet haben.«

»Wie sollten …?«

»Du wirst die alten Stätten unter der Erde aufsuchen und prüfen«, befahl sie. »Ich werde Klara die Orte auf einer Karte einzeichnen lassen. Das macht es einfacher für dich.«

»Wie stellst du dir das vor? Wir haben keine Ressourcen, um unsere Leben ganz dem Krieg und der Forschung zu widmen.« Wie sollte er es seiner Familie erklären? Etliche Fragen türmten sich zu einem Haufen auf, der ihn zu begraben drohte.

»Ich sorge dafür, dass ihr immer genug Reichtümer haben werdet. Vertraue mir, Lenny Nikolaus Lenau. Ein Mann wie du, der sich freiwillig in einen Vârcolac wandelt, um das Böse aufzuhalten, hat ein gutes Leben verdient. Dein Lohn wird immens sein.« Jetzt klang sie huldvoll. »Bleibe voller Mut, auch wenn du kein Drăculeşti bist. Sei Jolanas Erbe und ein Wächter der größten Hoffnung für die Menschheit.«

Len schluckte mühsam. »Ich werde mich bemühen.«

»Klara darf nicht zu lange warten, bis sie Kinder zur Welt bringt. Die Dynastie muss fortgeführt werden.« Klaras Blick klärte sich langsam, die Schwarze Königin zog sich aus ihrem Verstand zurück. »Wirke auf sie ein, wann immer es sich ergibt und ein aussichtsreicher Kandidat erscheint. Aber nicht du, Lenny Nikolaus Lenau. Du bist ein Vârcolac und darfst ihr niemals beiliegen.«

Die blaugrünen Augen verloren die Fremdheit, und Klara schreckte mit einem lauten Einatmen auf. »Was … was war das?«, stammelte sie und sah sich erschrocken um.

»Die Schwarze Königin hat mit mir geredet. Durch dich. Sie sagt, dass wir den Kampf gegen die Vampire fortführen werden«, fasste Len zusammen.

Er mühte sich, sich nichts anmerken zu lassen. Die letzte, sehr mittelalterliche Anweisung Barbaras hatte ihn hart getroffen. Eine moderne Frau wie Klara würde das niemals akzeptieren. Und er würde keinen anderen Mann an ihrer Seite hinnehmen können. *Oder über die Jahre verschiedene nacheinander.* Denn Len wusste, dass es mehr als Freundschaft zwischen ihm und Klara gab.

»Dann habe ich mir ihre Stimme nicht nur eingebildet.« Sie legte die Hand auf die Stirn. »Sie hat gesagt, dass sie mich unterweisen wird. Alchemie, Okkultismus, die Geheimnisse des Universums. Damit wir die Vampire ein für alle Mal ausmerzen.« Klara lachte ungläubig auf. »Das klingt völlig wirr. Oder?«

»Und doch ist alles wahr. Wir haben es bereits erlebt.« *Einen kleinen Teil zumindest.* Len erhob sich unruhig und lief auf und ab. »Du weißt, was das bedeutet?«

»Nein.«

»*Du* bist für die ganze Welt von nun an die neue Schwarze Königin. Als ihre … Enkelin.« Len ließ die vielen Ur-Vorsilben weg.

Klara schloss die Augen und schwieg. »Es ist so unwirklich«, flüsterte sie nach einer Weile. »Alles. Wahr und unwirklich zugleich. Das kann nicht sein. Das ist … irre!«

Len konnte nachvollziehen, wie es ihr erging.

Er sah auf das *Abramelin.* Auf unbestimmbare Weise fühlte er sich an das Buch gebunden, an die Seele der Frau darin, an die Schutzaufgabe. Und damit an Klara. Alles Sträuben brachte nichts.

»Wir tun nichts Schlechtes, sondern kämpfen für die Freiheit der Menschen«, setzte er an.

Klara hob die Lider und sah ihn an. In ihren Augen standen plötzlich Trotz und Ablehnung. »Von wie vielen Vampirattacken hast du in den Medien gehört? Ist ja nicht so, dass jeden Tag zehn, zwanzig Leute durch sie ermordet werden.«

»Es verschwinden jedes Jahr, jeden Tag Menschen und werden niemals mehr gefunden. Überall auf dem Globus«, warf Len ein. »Wenn *sie* Opfer von Strigoi sind und nicht … von Unfällen oder Naturkatastrophen oder Kriminellen?« Er setzte sich neben sie. »Wir haben die Möglichkeit und vielleicht sogar die Pflicht, etwas dagegen zu unternehmen.« Er sah zum Fenster, vor dem der Tag endgültig anbrach. »Die Blutsauger werden uns früher oder später jagen, Klara. Einer von ihnen wird durchschauen, was sich auf Vígľaš zugetragen hat. Wäre es nicht besser, vorbereitet zu sein und sämtliches Wissen aus dem Buch zu nutzen? Ich habe gesehen, was Alchemie vermag und wie man damit Vampire vernichten kann.«

Eine Träne rann aus Klaras rechtem Augenwinkel und zog über ihre Wange abwärts. »Aber ich hatte ein anderes Leben. Andere Pläne. Ich … ich wollte nach Dublin. Mein Studium! Mein Stipendium für den Master in Real Estate Development«, brach es aus ihr heraus. »Das soll ich alles in die Tonne treten?«

Len versuchte sich an einem aufmunternden Lächeln. »Du wirst mehr als ein Master, nein, eine Meisterin sein. Dein Wissen wird jeden übertrumpfen.« Er nahm ihre Hand und drückte sie sachte. »Du bist die Schwarze Königin. Ob du willst oder nicht.«

Aufschluchzend warf sich Klara an ihn. »Nur mit dir«, verlangte sie erstickt.

»Immer.« Len schloss sie in seine Arme.

Es tat gut, sie zu spüren und ihr nahe zu sein. Verschweißt und verbunden – und dazu verdammt, niemals mehr sein zu dürfen als ihr Freund und Wächter.

***

SLOWAKEI, GEMEINDE VÍGĽAŠ, NAHE DER STADT ALTSOHL, GEGENWART, WINTER

Aufmerksam sah sich Marek Dvorak um und ging gebückt im hellen Schein der aufgestellten Baustrahler durch den neu entdeckten Bereich unter der Burg, in dem sich eine Verpuffung angesammelter Faulgase ereignet hatte.

So weit die offizielle Begründung.

Der Hotelbetrieb im *The Grand Hotel Vígľaš* lief weiter, der Mittelaltermarkt fand wie angekündigt statt und lenkte die Gäste vom Schrecken der Nacht ab. Die meisten hatten den eigentlichen Vorfall gar nicht mitbekommen, sondern waren vom zentral ausgelösten Feueralarm geweckt worden.

Marek, der weit über zwei Meter maß und mit seinem fingerlangen platinweißen Irokesenschnitt an einen extrovertierten Basketballspieler erinnerte, betrachtete die geköpften Leichen von Ondrej und seiner Untergebenen, die im Gewölbe vor seinen gelben Gummistiefeln lagen. Sehr scharfe Schneiden hatten ihnen die Schädel vom Hals geschnitten.

Außerdem fand er die enthauptete Leiche einer Frau, die er anhand von Haut und Körper auf etwas über sechzig Jahre schätzte. Sie roch nach Vampirin mit einem unerklärlichen Unterton, aber gehörte nicht zu Ondrejs Truppe.

Marek schritt in seinem teuren, cremefarbenen Geschäftsanzug weiter durch das Laboratorium, das einst der Schwarzen Königin gedient hatte. *Eine Schande, dass wir es nicht gefunden haben und nutzen konnten.*

Er erreichte den Durchgang zu einem völlig ausgebrannten Räumchen.

Es stank nach Phosphor. Die Wände zeugten von der unfassbaren Hitze, die darin geherrscht haben musste. Sogar die Steine waren bei Temperaturen von über eintausend Grad gesprungen und geplatzt. Knochen, Holz, Papier, was immer sich darin befunden hatte, es war zu einem mehligen Teppich auf dem rissigen Boden geworden.

Die Flammen hatten sich teilweise auf das davorliegende Laboratorium ausgebreitet und kleinere Brände verursacht. Alchemistische Substanzen hatten reagiert, die Zerstörung war jedoch überschaubar geblieben. Dennoch gab es nichts mehr zu holen.

»Pán. Das sind die Überwachungsaufnahmen.« Tereza, seine dunkelhaarige Sekretärin, reichte ihm ein Tablet. Auch wenn sie hochgewachsen war, erschien sie neben ihm klein und zerbrechlich. Ebenso wie er trug sie Gummistiefel, die zur Businesskleidung nicht passen wollten. Der Bleistiftrock stand ihr ausgezeichnet. »Der junge Mann ist derjenige, der das amerikanische Paar überfallen und im Badezimmer verschnürt hat. Hans Wit. Sein Pass ist eine Fälschung.«

Marek zoomte das unscheinbare Gesicht näher. Die Statur war die eines hageren Teenagers; wie ein Kämpfer sah er nicht aus.

»Sein Name ist Lenny Nikolaus Lenau«, eröffnete er ihr. »Wir wissen von ihm seit Mělník. Ein Drăculeşti und direkter Nachfahre von Vlad dem Zweiten. Sohn der Söhne.« Damit klärte sich, wer die kopflose Tote war: Jolana Černá. Wie und wann sie zu einer Vampirin geworden war, erschloss sich ihm nicht. »Ondrej hatte Anweisungen gehabt, das Netzwerk zu informieren, sobald sie auftauchen.« Er reichte das Tablet zurück. »Dieser Idiot wollte die beiden wohl im Alleingang abgreifen.«

Tereza sah über die Leichenreste. »Er hätte wirklich dringend Unterstützung benötigt.«

»Das amerikanische Paar ist entsorgt?«

»Ja, Pán. Offiziell abgereist, ausgecheckt und auf dem Weg nach Split, wie es ihre Route vorsah. Ich habe einen Fahrer mit ihrem Wagen losgeschickt. Er wird unterwegs einen Unfall arrangieren. Die Leichen sind an Bord.«

Marek nickte zufrieden.

Damit gab es keine außenstehenden Zeugen. Die lokale Feuerwehr war schnell abgewimmelt gewesen. Die Männer und Frauen hatten sich leicht überzeugen lassen, sich nicht weiter um das bisschen Rauch zu kümmern. Eine harmlose Verpuffung, mehr nicht.

Dennoch war Lenau verschwunden.

Seine Intuition sagte Marek, dass der junge, dünne Mann nicht zu Asche geworden war. Der letzte Besuch der Professorin auf der Burg lag mehr als dreißig Jahre zurück. Dass sie mit ihrem frisch gewonnenen Verbündeten der Vlad-Linie hier aufgetaucht war und das verborgene Laboratorium aufgebrochen hatte, konnte niemals Zufall sein. *Jolana Černá hat auf den richtigen Moment gewartet.*

»Ihre Anweisungen, Pán?«

»Eine Suchmeldung an unser Netzwerk. Spürt den Drăculeşti auf. Es könnte sein, dass er etwas in Vígľaš gefunden hat, was uns großen Ärger einbringt.« Die gebeugte Haltung ging allmählich auf seinen Rücken. Marek deutete zum Eingang in das kleine Räumchen. Auf dem Schlussstein des gemauerten Türbogens hatte er das Zeichen entdeckt, vor dem sich viele seiner Art fürchteten. »Das ist das Große Siegel der Schwarzen Königin. Du weißt, was es bedeutet?«

Tereza erbleichte. »Ja, Pán.«

Marek schritt an ihr vorbei. Es war geschehen, was er befürchtet hatte. Er und etliche andere, seit Hunderten Jahren. Die ereignislosen Dekaden hatten sie schläfrig gemacht, träge, unbesorgt. Eingelullt von der Ruhe war ihnen das Wichtigste entgangen. *Dabei lag es direkt unter unseren Füßen.*

Das Netzwerk musste sich auf die Rückkehr der Schwarzen Königin einstellen. Der Drăculeşti befand sich bereits auf dem Spielfeld.

Soweit sich Marek an die Aufzeichnungen erinnerte, war sie eine erbarmungslose Gegnerin und eine schlechte Verliererin. Der Kampf um die Existenz und den Fortbestand seiner Art begann von Neuem. Die ersten Schlachten in langer Vorzeit waren nicht gut ausgegangen.

Eine Schachweisheit besagte, dass man die schwarze Königin am ehesten mit der ebenbürtigen weißen Königin bezwang. Marek hatte eine Ahnung, wo er sie finden würde. Nun musste er sie nur noch ins Spiel bringen.

Zurück im Dracula-Apartment, richtete er sich zu seiner vollen Größe von 2,30 Meter auf und wartete, bis die raschen Schritte seiner Sekretärin aufgeschlossen hatten. Ein Strigoi Morţi Nobilis zu sein, war in solchen Gewölben ein Nachteil. Am Fuß der Treppe tauschte er die Stiefel gegen stilvolle Budapester in Blutrot. »Tereza.«

»Ja, Pán?« Sie hielt ihre schwarzen Pumps in der Hand.

»Ich brauche einen Jet.«

»Natürlich. Der nächste geeignete Flughafen wäre Bratislava.« Sie stellte die Schuhe ab und zückte ihr Smartphone, schrieb eine Nachricht. »Wohin wollen Sie reisen, Pán? Damit der Pilot den Flug vormelden kann.«

Marek überlegte, ob er seiner Eingebung wirklich folgen sollte. Im Schach hieß es: *berührt – geführt.*

Daher sagte er: »Leipzig.«

»Zehntes Capitl
Alle anderen Magos zu vernichten und abzuthuen.

1. Allerley verzauberte Krankheiten zu heilen.
2. Allerley zauberische Ungewitter zu vernichten.
3. Wenn ein Zauberer im Gewölk oder in der Lufft, zu machen, daß er auf die Erdin herabfalle.
4. Allerley Verblendung offenbaren.
5. Alle unsichtbare verborgene Zauberer zu offenbaren.
6. Wann ein Zauberer ein Kriegsheer erscheinend macht, dass es verschwinde.
7. Mit diesem Zeichen kannstu allerley Zauberey verhindern, dass sie nichts ausrichten können, wann du es nur in der Hand haltest.«

Aus: Die egyptischen großen Offenbarungen, in sich begreifend die aufgefundenen Geheimnißbücher Mosis; oder des Juden Abraham von Worms. Buch der wahren Praktik in der uralten göttlichen Magie und in Erstaunlichen Dingen, wie sie durch die heilige Kabbala und durch Elohym mitgetheilt worden. Sammt der Geister- und Wunder-Herrschaft, welche Moses in der Wüste aus dem feurigen Busch erlernet, alle Verborgenheiten der Kabbala umfassend. Aus einer hebräischen Pergament-Handschrift von 1387 im XVII. Jahrhundert verteutscht und wortgetreu herausgegeben. Köln am Rhein, bei Peter Hammer 1725. Viertes Buch, S. 342/43.

CAPITULUM IX

Verschriftlichung der diktierten Tonaufzeichnung, dramatisiert, basierend auf persönlichen Aufzeichnungen, verfasst nach dem Studium von originalen, bislang unausgewerteten Quellen von und um Barbara von Cilli. Preisgabe der zeitgenössischen Schriftstücke/Quellen nicht genehmigt.

Die nachfolgenden Geschehnisse beschäftigen sich mit den Angriffen auf die Vampirstädte, Überraschungen bei den Attacken und einem Vorfall auf Burg Tudás.

Jahr: 1418
Historischer Hintergrund: s. o.

***

KÖNIGREICH UNGARN, NAHE DER STADT TORDA/ THORENBURG, OKTOBER ANNO DOMINI 1418

Barbara preschte auf ihrem Rappen neben Johann Hunyadi in die Thorenburger Klamm.

Ihnen folgten vier Dutzend Streiter, alle gerüstet und entschlossen. Teils waren sie adlig, teils nicht. Der Stand spielte in diesen Stunden keine Rolle.

Die Männer hatten vor dem Aufbruch auf die Heilige Schrift geschworen, über alles, was sie erlebten, bis an ihr Lebensende zu schweigen. Ganz gleich, was sie sahen. Sie betrachteten sich als Auserwählte für einen Kreuzzug, auf den niemand sonst ziehen konnte: *Deus lo vult* – Gott will es.

Barbara trug eine leichte Oberkörperpanzerung, Arm- und Beinschienen zum schwarzen Kleid. Auch wenn sie nicht beabsichtigte, ein Schwert zu führen – Schutz konnte nicht schaden. Sie hatte ihre Alchemie, den Rest erledigten Johann Hunyadi und seine Gefolgsleute.

»Wir sind gleich am unteren Eingang nach Oltalom. Dort müssen wir absitzen, Yanko. Er führt auf den Vorhof, wie in einer Burg«, erklärte sie und sah über die schroffen Wände und aufragenden Gipfel. Die weißen Wände leuchteten goldgelb vom Licht der untergehenden Sonne. In der Klamm hingegen wurden die Schatten dunkler. Die Finsternis hielt rasend schnell Einzug. »Wir sind pünktlich.«

Hunyadi beließ es bei einem Nicken.

Er war angespannt wie alle Krieger, was Barbara nur zu gut verstand. Zwar kannte er die Zeichnungen und die Beschreibungen der Stadt, die Eigenheiten der zu erwartenden Gegner. Aber weder er noch ein anderer aus seiner Schar hatte je gegen solche Widersacher gefochten. Sie trugen aufgemalte Kreuze auf ihren Harnischen vor der Brust und auf dem Rücken, auf den Schilden sowieso.

Schweigend erreichten sie den verborgenen Aufgang zu Oltalom, den Malphas und Sorin aufgespürt hatten.

Der übergroße Rabe hatte sich als wertvollster Spion erwiesen. Ohne den Dämon in Gestalt des schwarzen Vogels wäre Barbaras Plan nicht möglich gewesen. Letztlich nutzte das Böse doch dem Guten.

Hunyadi und vier seiner Ritter eilten voran, dahinter folgten Barbara und der Rest der Kämpfer. Sie kannten die Zeichnungen der Städte und des Umlands auswendig. Dank des über Jahre angesammelten Wissens geriet ihr Vormarsch nicht ins Stocken.

»Sind Vlad und Sorin auf Position?«, erkundigte sich Hunyadi, als er an der verborgenen Steintür anhielt, die ihnen den Weg versperrte.

»Ja. Sie bewachen den Fluchtgang und werden die Alchemie freisetzen.« Das war eine Lüge, doch es gab triftige Gründe dafür. Hunyadi würde sie nicht verstehen.

Krächzend landete Malphas auf Barbaras Schulter und klopfte einmal mit dem Schnabel auf ihre Schulterpanzerung. Es war das Zeichen, dass hinter der Tür nach Oltalom niemand wartete. Durch falsche Hinweise hatten sie Lucians menschliche Verteidiger an eine andere Stelle gelockt. Noch war die Sonne nicht in Gänze versunken, die Strigoi ruhten.

Rasch waren die Brecheisen in die kaum sichtbaren Fugen gerammt und zu Spalten erweitert, in die sie Wurfhaken einsetzten. Die vorbereiteten Seile daran führten zu den Satteln der Pferde, die auf einen Pfiff hin anzogen.

Ein Anker rutschte ab und schoss knapp über die Ritter hinweg, doch die übrigen genügten, um den Eingang polternd aufzureißen.

Hunyadi und sein Vortrupp stürmten hinein und sicherten die Höhle dahinter. Ein erschrockener Aufschrei, mehrmals prallten Schwerter auf Schilde, dann ein unterdrückter Todesschrei.

Barbara und die übrige Schar traten hinein. Dabei hängte sie sich die kleine mitgebrachte Sanduhr um den Hals und drehte sie, um im Innern des Berges zu wissen, wann die Sonne versunken war. Mit Berechnungen kannte sie sich bestens aus.

Zwei tote Wachen lagen erstochen auf dem Boden, einem war ein Signalhorn aus den Händen gefallen. Ein Hieb hatte das Instrument und den Kopf des Verteidigers gespalten. Er musste es bereits an die Lippen geführt haben.

»Das war knapp«, kommentierte Hunyadi. »Beinahe hätte der Strigoi-Knecht einen Ruf absetzen können.«

Barbara sah Malphas strafend an. »Was sollte das? Du sagtest, es wäre niemand hier.« Der Rabe krächzte verlegen und flatterte einmal mit den Schwingen. »Los, fort mit dir. Geh und schau nach. Sei gründlicher als zuvor! Das ist kein Spiel, und bedenke« – sie senkte die Stimme – »dass du mich lebend benötigst. Oder du steckst für immer in diesem Körper und an diesem Ort fest.«

Malphas krächzte einmal empört und schwang sich in die Lüfte.

»Keine Fackeln«, befahl Hunyadi. »Erst wenn es stockdunkel wird. Los!«

Sie rückten in Oltalom ein.

Barbara ordnete ihre Gedanken, konzentrierte sich. Es fiel ihr schwer, die Ritter nicht zu drängen. Sie war den Männern an Geschwindigkeit überlegen und hätte sie nach einem Blick auf die ablaufende Sanduhr zu gerne angetrieben. Sie kamen langsamer voran als vorgesehen.

Cosmin und seine Streiter hielten sich in der Nähe der Thorenburger Klamm auf, um Lucian persönlich zu töten oder zumindest bei seinem Tod dabei zu sein. Sie waren in der Nacht zuvor nahe der Schlucht untergekrochen und warteten. Sie wollten nicht in den Wirkkreis des Pulvers geraten, das Barbara mit Alchemie erschaffen hatte.

Es gehörte zu ihrem Plan, dass Cosmins Krieger zeitgleich zur Attacke auf Oltalom eigene Angriffe auf die Städte Rai und Fericire führten. Somit war sichergestellt, dass es keine Rückzugsmöglichkeiten für eventuell überlebende Anhänger von Lucian gab.

Barbara hatte mit Cosmins Hilfe falsche Spuren und Hinweise gelegt, um Lucian glauben zu lassen, dass ein Angriff auf seine Hauptstadt bevorstehe, damit er möglichst viele Strigoi-Soldaten zur Abwehr versammelte. Seine menschlichen Sklaven reichten im Kampf nicht aus.

»Wir sind gleich da«, sagte Hunyadi über die gepanzerte Schulter. »Die Umgebung und die Wege sind auf den Zeichnungen perfekt eingetragen. Wir sind nicht einmal fehlgegangen.«

Malphas rauschte schattenhaft heran und landete auf Barbaras Arm, klopfte zweimal mit dem Schnabel auf die Schiene und wies mehrmals nickend nach vorne.

»Weltliche Gegner«, warnte sie und ließ sich zurückfallen. »Beeilt euch! Braucht ihr zu lange, um die Wachen auszuschalten, gelangen wir zu spät in die Stadt.«

Die Ritter strömten schweigend rechts und links an ihr vorbei, gemeinsam näherten sie sich einer helleren Lichtquelle. Barbara erinnerte sich sehr genau an die ungewöhnliche Farbe des Schimmers, der Oltalom und Izvorul Subteran beleuchtete.

Gleich darauf setzte Kampflärm mit dem Klirren von Schwertern, dem Rumpeln der Schilde und dem Sirren von Bolzen und Pfeilen ein. Laute Stimmen riefen, Befehle schallten, und mehrere Glocken wurden geschlagen.

Damit waren die Angreifer entdeckt.

Barbara sah auf die Sanduhr. Weniger als ein Viertel der Kristalle befand sich noch im oberen Teil. »Drängt sie zurück!«, rief sie durch das lärmende, schabende und dröhnende Getöse. »Niemand darf hinaus!«

»Ihr habt die Königin vernommen«, brüllte Hunyadi von vorne. »Schiebt! Drängt, und haut drauf. Schneidet die Diener des Bösen im Namen des Herrn in Stücke! *Deus lo vult!*«

Ein mehrstimmiger, begeisterter Aufschrei folgte, und das Geklirre schwoll zu einem ohrenpeinigenden Sturm an. Die Ritter schoben sich wie ein metallischer Block unaufhaltsam vorwärts, rückten in Oltalom vor und drängten die Verteidiger zurück.

Die bewaffneten Sklaven hatten den erfahrenen Kämpfern wenig entgegenzusetzen. Faustrohre knallten, Schwarzpulverladungen detonierten mit hellen, stinkenden Wolken in den Messingröhren und schleuderten funkenumspielte Kugeln gegen die Ritter. Die Geschosse durchschlugen Schilde und Panzerungen, aber sie brachten keine Wende.

Barbara hob hustend vom Pulverqualm einen verlorenen, halb zerhauenen Schild auf, hielt ihn als Schutz gegen verirrte Bolzen und Geschosse vor sich und folgte den Kreuzrittern.

Sie stapfte durch Blutpfützen, stieg über Leichen und Körperteile hinweg. Oltaloms menschliche Verteidiger waren keine ausgebildeten Krieger, sie fielen reihenweise. Selbst die Faustbüchsen taugten nicht.

Der allgegenwärtige Geruch von Blut kitzelte Barbaras fatalen Durst. Es lockte sie, im Schutz des Zwielichts rasch eine Handvoll zu trinken, ehe sie weiterging. Doch sie widerstand.

»Halbkreis«, befahl Hunyadi an der Spitze des Zuges. »Schirmt den Ausgang ab! Niemand darf entkommen.«

Krächzend hob Malphas von ihrem Unterarm ab und schwang sich zur Höhlendecke, äugte auf den Kampf hinab und hielt Ausschau nach weiteren Feinden. Gelegentlich flog er Attacken auf die Männer und Frauen, welche die Alarmglocken auf den Türmen schlugen. Mit seinen messerscharfen Krallen und dem klingenartigen Schnabel setzte er ihnen zu, riss blutige Wunden und zwang sie zur Flucht.

Nach und nach verstummten die dröhnenden, melodischen Signale.

Barbara sah auf ihre Sanduhr. Die letzten Kristalle rieselten von oben nach unten. Die Zeit war abgelaufen und damit die Sonne restlos versunken. *Jetzt wird sich zeigen, was meine Künste taugen.* Erneut drehte sie den Zeitmesser um.

Ein wütender Schrei aus vielen Kehlen erklang aus dem hinteren Bereich der Stadt: Die Strigoi waren erwacht und eilten aus den Häusern, um sich mit Fängen und Klauen auf die Ritter zu stürzen. Zwei riesenhafte Nobilis befanden sich darunter, die mit ihren langen Beinen rascher nahten und schwere, kantige Streitkolben trugen; die oberen Enden der Waffen maßen einen ganzen Gradus und mehr.

»Haltet stand!«, rief Hunyadi und streckte den letzten Menschenwächter von Oltalom nieder. »Vertraut auf den Allmächtigen. Schleudert die Bestien mit Kreuz, Glaube und Stahl zurück!«

»Deus lo vult!«, erwiderten seine Krieger.

Barbara stellte sich auf eine Felsauskragung, um besser über die Helme und Schilde blicken zu können. Somit erschien Oltalom zum ersten Mal in Gänze vor ihren blauen Augen.

Aus den Zeichnungen und Skizzen von Malphas wurden prachtvolle Häuser, ein Palast und ein Tempel, die sich in der natürlichen Höhle im schwachrötlichen Licht um einen Prunkplatz voller Säulen und Standbilder befanden.

Die Gebäude waren überwiegend aus dem Gestein getrieben, andere mit exakten Quadern errichtet worden. Die Fassaden trugen byzantinische Elemente, verspielte Kuppeln saßen auf den Dächern, Fresken und Mosaike zierten die Wände.

Mehr Zeit zum Umschauen blieb Barbara nicht. Am anderen Ende des Prunkplatzes erschien Lucian, gerüstet in ein schwarzes Kettenhemd, mit polierter, brünierter Plattenrüstung darüber wie ein Feldherr, den finsteren Helm unter dem Arm.

»Wartet!«, befahl der Fürst von Oltalom seinen Truppen, die sofort ihren Gang verlangsamten und schließlich auf zehn Schritte Abstand zu den Angreifern stehen blieben. Das aschfarbene Haupt im strengen Topfschnitt fiel durch die Düsternis der Rüstung umso mehr auf; auf den scharf geschnittenen, glatten Zügen spiegelte sich Wut. »Bevor wir euch abschlachten, will ich wissen, was vor sich geht. Wir erwarteten die Ratte Cosmin, keine Kreuzritter. Verriet er uns an euch?« Dann machte er Barbara hinter der Schar auf dem Felsen aus. »Die Schwarze Königin wurde also zu einer Verräterin«, stellte er zornig fest. »Wir hatten einen Bund! Und du stehst nun auf Cosmins Seite?«

»Den Bund hatten wir nie. Du hast mich gezwungen, und ich tat, als würde ich dir folgen«, rief sie zurück. Ihre Stimmen hallten durch Oltalom, waberten durch die Ruhe vor dem Sturm. »Ich bin hier, um dein Treiben zu beenden. Deine Nephilim-Bastarde müssen vergehen. Was immer diese Kreaturen sind, die du benutzt, sie sollen unter dem Gestein für alle Zeiten begraben sein.«

»Mit dieser Handvoll Kreuzritter und Verblendeter?« Lucian lachte verächtlich. »Denkt ihr, dieses lächerliche Symbol auf den Schilden und Rüstungen schreckt uns ab? Das mag bei gewöhnlichen Dorfstrigoi gelingen.«

Seine Leute lachten höhnisch und bleckten die Reißzähne.

Barbara schätzte die Zahl der aufmarschierten Blutsauger auf mehr als zweihundert. Wie sie gehofft hatten, versammelte Lucian etliche seiner Anhänger in Oltalom, um sich gegen den erwarteten Angriff Cosmins zu verteidigen. Seine anderen Städte waren nun geschwächt. »Es sind Männer des Glaubens. Sie vertrauen auf Gott, und das Kreuz macht es euch schwerer, uns zu attackieren. Während wir euch daran hindern, die Flucht zu ergreifen.«

»Flucht wovor?« Lucian sah sich ostentativ um. »Hat Cosmin einen Tunnel gegraben, um uns hinterrücks zu überfallen? Er hat keine Aussicht, gegen uns zu bestehen. Seine verweichlichten Strigoi taugen nichts.«

»Ich warte auf den Wind«, gab Barbara zurück und hob die Sanduhr. Die Füllung hatte eine kaum sichtbare eingekratzte Markierung im Glas erreicht. »Du stehst genau dort, wo ich dich haben wollte, Lucian.«

Ein leichter, spürbarer Hauch zog durch Oltalom und brachte vermeintlichen Schnee mit sich. Glitzernde Partikel gingen auf die Gebäude und die Umgebung nieder, senkten sich gleichermaßen auf die angespannt abwartenden Strigoi und die grimmig blickenden Kreuzfahrer.

Barbara erlaubte sich ein erstes Lächeln. Dieser Teil ihres Plans funktionierte. Der alchemistische Zünder zur Freisetzung der Substanz hatte seine Aufgabe exakt wie berechnet getan, ohne dass ein Zutun von außen nötig gewesen wäre. Die Fässer mit den Kristallen waren vor längerer Zeit von Vlad und Sorin an den Spalten deponiert worden, die Malphas auf seinen Flügen ausfindig gemacht hatte.

Der falsche Schnee landete auf einigen Strigoi – und wirkte.

Dort, wo die funkelnden Pünktchen niedergingen, verfärbte sich die Haut schwarz. Der Zerfall setzte sich blitzschnell über die Epidermis in alle Richtungen fort, fraß sich in die Tiefe und machte auch nicht vor dem Knochen halt. Fleisch, Sehnen, alles verging rauchend und dampfend zu Asche.

Kreischend brachen die ersten Getroffenen auf dem Prunkplatz zusammen und lösten sich vor aller Augen auf.

Auf der Haut von Hunyadi und seinen Männern glitzerten die Partikel harmlos wie Schnee und schmolzen, ohne sie zu verletzen.

»Das ist das Werk der Schwarzen Königin! Verfluchte Alchemie!« Lucian wich den glitzernden Pünktchen reflexhaft aus und setzte sich den Helm auf, schloss das Visier. »Macht die Kreuzfahrer nieder! Raus aus Oltalom, bevor wir alle sterben!«

Wellengleich schwappte die Horde Strigoi voran, riss die Mäuler mit den ausgefahrenen Fängen weit auf und brandete gegen den Schildwall, den Hunyadi und seine Schar vor dem Ausgang gebildet hatten.

Dumpf rumpelte es, als die Blutsauger an die Barriere prallten. Die Kreuze schreckten sie im Kampf um ihr eigenes Leben nicht ab. Laut quietschend kratzten ihre Nägel über Holz und Metall, Schwerter durchbohrten die Leiber der Untoten.

Dutzende Klauen griffen um die Schildkanten und rüttelten daran, rissen Breschen in den Wall. Ritter gingen zu Boden, wurden mit wütenden Tritten zerstampft oder mit den übergroßen Kantkeulen der riesigen Nobilis erschlagen.

»Zurück und formieren!«, befahl Hunyadi. »Die Schildträger zusammen, die anderen dahinter. Stützt sie!«

Barbaras Herz raste vor Aufregung. *Es wird klappen!* »Seid tapfer, und haltet aus! Es dauert nicht mehr lange.«

Ihr Mittel lichtete die Reihen der Gegner Kreatur um Kreatur. Sie hatte das kristalline Pulver ersonnen, um totes Fleisch binnen weniger Momente aufzulösen. Deswegen konnte es den Lebenden nichts anhaben. Die Zaubermacht des *Abramelins* war Barbara zu unstet und zu unberechenbar, wie ihre Beschwörung gezeigt hatte. Daher verließ sie sich auf das, was sie beherrschte wie keine andere.

Immer mehr Strigoi zerfielen schrill schreiend. Manche fingen Feuer und vergingen in den Lohen, steckten die Umstehenden in Brand und sorgten für weitere Tote unter den Bewohnern von Oltalom.

Auch wenn Barbara wusste, dass sie in Konstanz nicht ihr Leben verloren hatte, sondern transmutiert war, hielt sie Abstand zu den Partikeln.

»Folgt mir«, dröhnte Lucians Stimme, dann brach der gepanzerte

Fürst brachial durch die dezimierten Reihen der Kreuzritter. Seiner Kraft und der Haut aus Stahl konnten die vom Kampf geschwächten Männer nichts entgegensetzen. Schon wuchs er vor Barbara in die Höhe. »Du wolltest mir den Tod bringen, Schwarze Königin. Jetzt werde ich zu deinem!«

Erschrocken tauchte sie unter dem mörderischen Schwerthieb weg.

Die Schneide schlug gegen den Stein und zerbrach, Metallsplitter flogen umher und trafen auch Barbara. Ihr Harnisch hielt das meiste ab, sie fühlte jedoch einen heißen Schmerz an ihrer linken Wange. Ein flaches Stück erwischte sie wuchtig an Hals und Unterkiefer, löste Benommenheit aus.

»Du entkommst mir nicht!«, schrie Lucian hohl aus dem Helm heraus und zog sein zweites Schwert, drosch mit einer fließenden Bewegung zu; auch er agierte wie Barbara überschnell, selbst in der schweren Panzerung.

Noch bevor Barbara die Wirkung des Splittertreffers überwinden und wegspringen konnte, stand Hunyadi vor ihr, einen Schild mit beiden Händen haltend. Der Einschlag der Klinge warf den Ritter rückwärts auf Barbara, die ins Straucheln geriet und mit ihm zu Boden ging.

»Zu mir!«, schrie Hunyadi. »Rettet die Königin!« Er rammte den Schild gegen Lucian, der nicht einmal wackelte, sondern den oberen Rand reflexhaft packte und ihn dem Mann aus den Händen riss.

»Du stirbst mit ihr, Gottesknecht.« Lucian holte zum finalen Schlag aus. »Danach hole ich mir Vlad und den verdammten Vârcolac!«

Es knallte laut, eine Stangenbüchse war abgefeuert worden, weißer Rauch umspielte den Fürsten. Gleichzeitig fuhr eine lange Eisenspitze aus seiner gepanzerten Brust, dunkelrotes Blut trat aus und sickerte über die polierte Rüstung. Es reichte nicht aus, um den Strigoi zu töten, aber es lenkte ihn genug ab, um den Hieb zu verzögern.

»Ihr beschissenen Ritterlein wagt es?« Statt nach Hunyadi und Barbara zu schlagen, fuhr Lucian herum und warf sich auf die verbliebenen Kreuzritter. »So sterbt ihr zuerst!«

Hunyadi vergewisserte sich mit einem Blick, ob die Königin unversehrt war, dann hob er eine riesige Nobilis-Keule auf. »Ich beende es.«

Während Lucian brüllend vor Hass drei Kämpfer mit einem einzigen

Schlag teilte, begab sich Hunyadi in dessen Rücken, führte die überschwere Waffe mit beiden Händen hoch über seinen Kopf und ließ sie mit ganzer Kraft auf den Helm des Gegners niederfahren.

Die scharfe Kante brach durch den Schutz und knackte den Schädel des Fürsten.

Lucian wankte, keuchte und griff taumelnd um sich, als wolle er den Angreifer zu fassen bekommen. Blut rann aus dem Visier und unter dem Helmrand hervor.

»Du wirst in die Hölle fahren!«, rief Hunyadi und hob ein herrenloses Schwert auf. Ein gezielter horizontaler Schlag ging über die Halsberge hinweg, schlug durch das Kettenhemd und riss den deformierten Kopf im eingedrückten Helm halb vom Rumpf. Blut und Hirnflüssigkeit blubberten aus dem Helmschlitz.

Als Lucian schließlich fiel, trennte ihm Hunyadi den Kopf mit einem weiteren Schlag vollständig ab.

Der lose Schädel rollte im verbeulten Helm über den Boden, kam in dem glitzernden Puder zum Liegen – und die Auflösung setzte ein. Rauchend und brennend verging das Haupt des Herrschers.

Barbara erhob sich und blickte sich um; ihre Benommenheit wich.

Sämtliche Strigoi, die sich im Freien befunden hatten, waren vergangen. Teils lagen die Leichen der Ritter enthauptet, zerstückelt auf dem Boden und zersetzten sich in der alchemistischen Substanz, teils waren die Blutsauger auf der heillosen Flucht von den Partikeln überrascht worden.

Auch Hunyadi hatte begriffen, dass die Hauptschlacht gegen die Untoten gewonnen war. Von seinen fast fünfzig Streitern hatten mehr als dreißig das Leben verloren. »Lobet den Herrn!«, rief er und hob Lucians abgeschlagenen Helm mit den rauchenden Schädelresten in die Höhe. »Der Fürst dieser Hölle ist gefallen! Seine Dämonen sind vernichtet.«

Die wenigen Jubelrufe waren frenetisch. Die blutverschmierten Kreuzritter knieten sich keuchend zum Gebet nieder und stützten sich auf ihre Schwerter.

»Wartet noch damit, ich bitte euch!« Barbara warf Hunyadi ein anerkennendes Nicken zu und lächelte erleichtert. »Wir sind nicht fertig. Durchsucht alle Gebäude, falls sich noch Bestien in Oltalom verborgen haben. Wir befreien die Gefangenen, und danach sprengen wir die Höhle. Es soll nichts bleiben. Was immer noch unter der Stadt leben könnte, wird für immer begraben.«

Die Ritter unterbrachen das Gebet, teilten sich in Fünfergruppen und begannen mit der Suche.

»Ich sehe nach den Gefangenen. Wollt Ihr mich begleiten?« Hunyadi stapfte in Richtung der Verliese.

»Nein. Ich muss an die frische Luft.« Barbara wandte sich um und ging den Weg zurück, den sie gekommen waren. »Es ist besser, wenn mich keiner von ihnen sieht.« Sie benötigte keine Zeugen, die ihren Ruf als Schwarze Königin untermauerten. Und sie benötigte frische Luft nach dem vielen Blutduft.

Als sie gleich darauf die funkelnden Sterne über sich sah, die sie so sehr liebte, und die Geräusche der Nacht vernahm, atmete sie auf. Dieser Teil ihres Vorhabens hatte exakt so funktioniert wie geplant. Lucian und die meisten seiner Anhänger waren ausgelöscht.

»Ich bin Euch zu ewigem Dank verpflichtet, Schwarze Königin«, erklang Cosmins Stimme. »Ihr habt mich zum größten Fürsten gemacht. Und das, ohne Verluste in Oltalom erlitten zu haben.«

Barbara hatte mit seinem Erscheinen gerechnet, auch das war abgemacht gewesen. Dass der Viesczy sie allerdings alleine abpasste, sprach für finstere Absichten. »Wir haben sehr wohl tapfere Ritter und Streiter verloren.«

»Ich meinte meine Krieger, nicht Eure.« Cosmins Dutzend Strigoi näherten sich auf dem schmalen Weg zum Eingang. Sie trugen gleichermaßen Rüstungen, die Schwerter steckten in den Hüllen. »Sie werden in Rai und Fericire leichtes Spiel haben.«

»Das denke ich auch.« Barbara musterte ihn. Auf seinem Kopf saß ein übergroßes Barett mit bunten Federn, das grau melierte Haar wehte im Wind. Im Licht der Gestirne und mit Barbaras Nachtsicht leuchtete der rot gefärbte Knebelbart am Kinn des Viesczy. »Ich baue darauf, dass der größte Fürst sich an unsere Übereinkunft hält.«

»Deswegen bin ich zu Euch gekommen. Wir sollten einige Punkte davon überdenken.« Cosmin zeigte bei seinem falschen Lächeln die Reißzähne. »Die eroberten Städte werden nicht gesprengt. Ich gedenke, sie zu nutzen, sobald ich sie habe reinigen lassen. Und wer weiß? Vielleicht nutzen die rätselhaften Nephilim meinen Zwecken? Ich werde sie suchen und befragen.«

Barbara war nicht überrascht. »Aha. Expansion.«

»Ganz recht. Euer Gemahl täte nach solcherlei Triumph und angesichts dieser Gelegenheit nichts anderes.« Cosmin betrachtete sie siegesgewiss und überheblich. »Ich lasse Euch wissen, was ich darüber hinaus plane.«

»Das klingt wie eine neue Vereinbarung, Fürst. Ob ich sie eingehen möchte, muss ich bedenken.«

»Mir ist bewusst, dass Ihr eine gefährliche Frau seid. Doch auch Ihr habt etwas zu verlieren.« Der Ausdruck auf den alten Zügen des grauhaarigen Strigoi wurde tückisch, dabei rieb er sich über den roten Kinnbart. »Da Euch Euer Mann nicht sonderlich am Herzen liegt, tut es vielleicht Eure Tochter in Altsohl? Eure cillianische Familie? Ich sorge für deren Schutz, und …«

Barbara legte eine Hand um die Sanduhr. Erneut war Zeit abgelaufen. »Wie kommst du darauf, dass ich mich nicht selbst schützen kann?«

»Nun ja. Ihr brauchtet Hunyadi und die Kreuzritter, um Oltalom einzunehmen. Das sagt mir, dass Ihr –«

»Ich brauchte Yanko, um Lucian und seine Strigoi daran zu hindern, die Stadt zu *verlassen.* Und um nach Überlebenden zu suchen, so es welche gibt.« Sie drehte ihr hübsches, blasses Gesicht mit den Sommersprossen in den Wind und Cosmin den Rücken zu. Er sollte sehen, dass sie ihn weder fürchtete noch als ebenbürtig betrachtete. »Ich liebe den Geruch des Herbstes. Die Luft ist vom Sommer berührt, doch man riecht die Veränderung. Das einsetzende Sterben. Den vorübergehenden Tod der Natur, die sich nach dem Winter neu erhebt.«

»Das ist sehr lyrisch.«

»Deine Städte sind entvölkert und leer wie Bäume ohne Laub. Aber es wird sich nichts mehr darin neu erheben«, eröffnete ihm Barbara leise. »Du, Cosmin, und dein Dutzend Begleiter sind die Letzten von Izvorul Subteran. Die Alchemie hat deine Untertanen ebenso ausgelöscht wie jene von Lucian.«

»Unmöglich! Wie hättet Ihr das bewerkstelligen können?«, entfuhr es Cosmin entsetzt. »Ihr wart zig Meilen von –«

»Ich hatte viel Zeit für meine Vorbereitungen. Und du warst in deiner Überheblichkeit überzeugt, ich fiele auf dich und dein Gewäsch vom Bund zwischen uns herein.« Der Wind wehte durch die Thorenburger Klamm, und sie sog den Geruch tief ein. »Du bist nun dreifacher Witwer, Fürst Cosmin.«

»Du verfluchte ...!«, schrie der Strigoi außer sich vor Hass, das Rascheln seiner Kleidung und Reiben der Rüstung verrieten seinen feigen Angriff in ihren Rücken.

»Geh zu deiner Tochter Valea.« Barbara zerbrach die Sanduhr in der Mitte und hielt die offenen Hälften rechts und links von sich an ausgebreiteten Armen in den Wind. »Grüße sie von mir.«

Die Böen erfassten die herausrieselnden Kristalle, schleuderten sie Cosmin und seiner Begleitung entgegen.

Das gepeinigte Aufkreischen, der Lichtschein vom Auflodern der Flammen und das Fauchen der Lohen verrieten Barbara, dass das Mittel erneut seine Wirkung freisetzte.

***

KÖNIGREICH UNGARN, IZVORUL SUBTERAN,
OKTOBER ANNO DOMINI 1418

Vlad und Sorin standen gerüstet, mit gezogenen Schwertern und Schilden inmitten der verstummten Stadt, umgeben von glitzernden Pünktchen, die durch die Luft schwebten, und dem widerlichen Gestank von Verwesung und Rauch, verbranntem Fleisch und Fäulnis.

Überall um sie herum lagen und kauerten Überreste der Blutsauger. Es schien eine rauchlose Feuerwalze durch Izvorul Subteran gerollt zu sein, die jegliche Lebewesen vernichtet hatte. Teils waren die Strigoi gänzlich zu Asche geworden, andere zur Hälfte verbrannt oder wie von Säure aufgelöst.

»Barbaras Mittel hat gewirkt, Herr.« Sorin wischte mit dem Fuß durch die fettige, schwarze Asche, die zuvor ein Blutsauger gewesen war.

»Sehen wir nach, ob Cosmin wirklich nach Oltalom gereist ist oder ob er sich lieber in seiner Stadt versteckte.« Vlad ging los, seine Sohlen zermahlten morsche Knochen. »Witterst du etwas?«

»Nein, Herr. Dieser Gestank überlagert alles.«

»Also suchen wir auf die übliche Weise.« Vlad packte sein Schwert fester. »Aufmerksam bleiben, Sorin. Der Fallwind hat die Kristalle vielleicht nicht in jeden Winkel tragen können.«

Aber sosehr sich Vlad und Sorin umschauten, sie stießen auf keinerlei Überlebende. Auch im Palast des Fürsten gab es nichts als zersetzte, verbrannte Überreste von Leibern.

Eine schreckliche Entdeckung erwartete sie im Gesindehaus. Die menschlichen Bediensteten und die Blutmahlzeit im Verlies waren von Klauen und Klingen abgeschlachtet worden. Anscheinend hatten die Strigoi niemanden überleben lassen wollen.

»Sie sollen dafür in der Hölle verrotten«, grollte Sorin und spuckte aus.

»Das tun sie bereits für ihre vorangegangenen Taten.« Vlad steckte das Schwert weg. »Barbara hatte all die Jahre recht: Alchemie *ist* der Schlüssel.«

Ihm wäre nach einem Kampf zumute gewesen, aber es grämte ihn nicht, um eine Schlacht herumgekommen zu sein. Umso schneller konnte er die übrigen Städte Cosmins kontrollieren und mit Sorin zusammen die Pulverladungen anbringen, um die Höhlen und Zugänge hochzujagen.

Ein leises Rascheln ließ die beiden ungleichen Männer herumfahren.

Eine blonde Frau in kostbaren, bestickten Gewändern torkelte die Treppe hinab, die zum Wasserfall und See führte. Die lange Schleppe schleifte hinter ihr her.

»Das ist Eta«, sagte Vlad überrascht zu Sorin und legte eine Hand an den Schwertgriff. Den See hatten sie nicht überprüft, wie es ihm durch den Verstand zuckte. *Verdammt!* Die mit etwa zwanzig Jahren äußerlich älteste der Drillingsschwestern war der Vernichtung entgangen.

»Vlad?«, fragte Eta verstört. »Was … was ist geschehen?« Sie hielt eine Hand an die blutige Schläfe, ihr Gesicht zierten Kratzer und Schrammen. »Wie… wieso sind alle …?« Sie stolperte über einen halb verbrannten Leichnam, würgend übergab sie sich und stürzte auf die Knie. Die langen, blonden Haare lösten sich aus den Spangen und fielen herab.

Sorin schaute verblüfft zu Vlad. »*Wieso* ist sie nicht vergangen?«

Vlad sah, dass die ungeschützten Knie der jungen Frau in einer Kuhle mit Kristallen ruhten. Auch die bloßen Hände kamen damit in Berührung – ohne dass sich ihre Haut zersetzte.

»Weil Cosmin sie noch nicht zu einer Vampirin gemacht hatte.« Vlad ging langsam auf Eta zu. »Dieses Scheusal hat es uns nur glauben lassen.«

»Gib acht, Herr«, sagte Sorin skeptisch. »Nicht dass du dich täuschst und sie uns in eine Falle locken will.«

Vlad hatte die junge Frau erreicht und half ihr dabei, sich zu erheben. »Keine Angst. Dir wird nichts geschehen.« Eine Hand hielt er nahe an der Halterung des Pflocks mit der Silberspitze; das kreuzförmige Hamsa-Amulett baumelte unauffällig um seine anderen Finger.

»Aber was ist den anderen zugestoßen?« Eta musste auf dem überhasteten Rückweg vom See mehrmals gestürzt sein, ihre Haut war von Abschürfungen überzogen. Ihr Gewand hatte Risse erhalten. Sie zerrieb das kristalline Puder zwischen den Fingern ihrer Linken, das augenblicklich schmolz. »Was … was ist das?«

»Deine Rettung.« Vlad nahm die Hand vom Pflock. »Sie sind vergangen. Cosmin, deine Schwestern, und –«

»Vorbei! Endlich!« Schluchzend fiel ihm Eta um den Hals, die blonden Haare kitzelten sein Gesicht und den Nacken. »Ich lobe den Herrn, dass er mich rettet«, wimmerte sie. »Ich hatte Angst, dass ich sterben und zur Strigoi werden sollte. Wie meine armen Schwestern.«

Sorin kam heran. Auch er wirkte erleichtert. »Herr, soll ich die Pulverfässer vorbereiten?«

Vlad nickte. »Verlieren wir keine Zeit.« Langsam löste er sich von der jungen Frau, die aus Dankbarkeit seine Wange küsste. »Höre mir jetzt genau zu: Du bist gerettet und bald in Sicherheit.«

»Bringt mich hinaus, Vlad. Ich kann nicht länger in dieser Höhle bleiben«, flehte sie und fasste seine Hand. »Ich hasse Izvorul Subteran!« Sie zitterte wie Espenlaub, ihr Antlitz war von der Aufregung rosarot. »Ihr habt dieses Wunder vollbracht?«

»Nein. Königin Barbara nutzte ihr alchemistisches Wissen.« Er geleitete sie die restlichen Stufen hinab und führte sie über den Marktplatz, vorbei an den schmurgelnden Überresten und stinkenden Matschpfützen, in denen Gebeinreste schwammen. Dabei berichtete er, wie sich dasselbe in anderen Vampirstädten von Lucian und Cosmin zugetragen hatte. »Dir wird niemand mehr etwas anhaben«, sprach er am Ende beruhigend.

»Gott sei Dank im Himmel!« Eta atmete auf. »Endlich ist's vorbei mit diesen Abscheulichkeiten. Nur raus!«

»Willst du noch Sachen für deine Reise mitnehmen?«

»Nichts, gar nichts soll mich an dieses Dämonenreich erinnern«, stieß Eta angewidert aus und blieb stehen, drehte sich nach rechts. »Doch! Ein paar Goldmünzen! Und Geschmeide und Edelsteine, damit ich neu beginnen und all das vergessen kann.« Sie zog ihn mit sich. »Kommt! Ich weiß, wo Cosmin seine Schatzkammer hat.«

Eta führte Vlad durch den Palast bis zum Raum voller Kostbarkeiten. Eilends packte sie Schätze in eine große Umhängetasche, schnallte sich einen Dolch um die Taille und warf sich einen opulenten Mantel aus verschiedenen Pelzen über. Die ramponierte Schleppe ihres Kleides schnitt sie kurzerhand ab.

»Nun nichts wie fort«, sprach sie mit einem flüchtigen Lächeln.

Vlad sorgte sich, dass ihr Aufbruch überstürzt erfolgte. Das Zittern hatte aufgehört, aber der Schock saß ihr erkennbar in den Knochen. »Um deine Schwestern tut es mir leid.«

»Mir nicht! Meine *wahren* Schwestern Estera und Ema starben in dem Augenblick, als sie zu Strigoi gemacht wurden. Diese … Wesen mit ihren Gesichtern und Körpern waren Cosmin treu ergeben und gaben sich ihm hin wie Hündinnen.« Eta hatte sich gefangen und folgte Vlad durch den Gang, der zum Fahrstuhlschacht führte. »Also verdanke ich der Königin meine Befreiung?«

»Es war ihr und Vlads Plan«, warf Sorin im Vorbeigehen ein, der einen Handkarren mit zwei Fass Schwarzpulver von der Plattform nach Izvorul Subteran hineinfuhr. »Ihr solltet meinem Herrn ebenso dankbar sein, Eta.«

»Das bin ich.« Sie küsste den Krieger erneut auf die stoppelige Wange, während sie sich gemeinsam auf die hölzerne Plattform begaben. »Das werde ich Euch niemals vergessen.«

Der rasche Aufstieg begann. Mechanik und Gegengewichte erlaubten eine schnelle Fahrt an die Oberfläche, an der Dunkelheit herrschte. Tiefste Nacht war angebrochen.

»Draußen gibt es niemanden mehr, der dir Böses könnte«, sagte Vlad. »Izvoruls Dörfler sind geflohen, nachdem sie verstanden haben, dass die Blutsauger in Flammen aufgegangen sind. Sie fürchten die Strafe Gottes auch für sich, nicht nur für die Dämonen, denen sie gedient haben.« Er grinste. »Wir ließen sie das dank Alchemie zumindest glauben.«

Eta band sich die hellen Haare im Nacken zusammen, damit sie ihr nicht unentwegt ins Gesicht rutschten. »Ihr habt an alles gedacht.«

Die Plattform hielt an, die Oberfläche war erreicht.

»Sagen wir: Wir bedachten vieles. Und es kam, wie wir es geplant haben.« Vlad betrachtete sie von der Seite. »Bist du dir sicher, dass du reisen willst? Des Nachts?«

»Ich halte es hier nicht länger aus. Selbst dunkelster Wald voller Räuber und wilder Tiere erscheint mir einladender als dieser Ort.« Beherzt verließ Eta die hölzerne Plattform.

Sie ging mit ihm zusammen ins Freie und zu den Stallungen. Darin standen mehrere Pferde, darunter auch schwere Ackergäule.

An der Tränke hielt Eta an, warf den Mantel ab und wusch sich mit klarem Wasser den gröbsten Schmutz von Armen, Händen, Gesicht und Hals.

»Verstehst du dich aufs Reiten?«, erkundigte sich Vlad.

»Bescheiden gut. Solange das Pferd nicht galoppiert, wird es gehen. Es ist hundertmal besser, als zu laufen.« Sie schüttelte die letzten klaren Tropfen von den Fingern. Das vergossene Blut war abgespült, nun waren die Kratzer auf der hellen Haut besser zu sehen.

»Du könntest warten, bis Sorin und ich fertig sind und zumindest diese Nacht mit uns ziehen«, schlug er vor und legte erst eine schlichte Schabracke, danach einen hochlehnigen Sattel auf den Rücken einer Schimmelstute.

Eta pochte auf den Dolch an ihrem Gürtel. »Ich weiß damit umzugehen. Danke für Eure Rettung und Euer Angebot, mich noch eine Weile beschützen zu wollen.«

Sie zog sich den Mantel erneut an und stieg in den Sattel, was versierter wirkte, als Vlad angenommen hatte. Sie ritt nicht zum ersten Mal. *Hat sie geflunkert?*

»Führt zu Ende, was Ihr begonnen habt, Vlad.« Eta beugte sich zu ihm hinab und küsste ihn zum Abschied, traf wie durch Zufall seine Lippen. »Ich vergesse Euch nichts.« Der Blick aus ihren hellen Augen wurde hart. »Und der Schwarzen Königin ebenso wenig.«

Mit einem anfeuernden Ruf preschte sie auf der Stute davon und verschwand in der Dunkelheit der Nacht, beleuchtet vom Sternenfirmament und dem silbernen Mond.

Vlad stand verdutzt vor den Stallungen und sah Eta hinterher. Sein Mund war noch warm von der Zärtlichkeit der jungen Frau.

Während er darüber nachdachte, wie sie ihre Worte gemeint haben könnte, kam ihm eine ungewöhnliche Verletzung an ihrem rechten Unterarm in den Sinn, die ihm wegen der Kratzer und dem Schmutz bei ihrem Zusammentreffen in Izvorul Subteran zunächst nicht aufgefallen war: zwei kleine Punkte dicht nebeneinander in der Haut.

Sie erinnerte Vlad an den Biss einer Katze. Aber er entsann sich nicht, in der Stadt Haustiere gesehen zu haben.

***

Sorin hatte die ersten Fässer mit dem Schwarzpulver nahe dem Palast rund um eine große Felssäule drapiert. Weitere würden folgen.

An genau festgelegten Orten in Izvorul Subteran würden sie ihre größte vernichtende Wirkung entfalten und die Decken zum Einsturz bringen. Selbst wenn nur die Hälfte der Bomben zündete, würden tonnenschwere Felsbrocken die unselige Stadt unter sich begraben und unbewohnbar machen.

»Das Ende, wie wir es uns erdachten«, sagte Sorin leise und legte mit einem Eimer eine Pulverlinie weg von den großen Behältnissen. Die Zündspur zum Untergang.

Neben dem bereits gut geleerten Fass, aus dem er das Pulver schöpfte, blieb er stehen und öffnete den Deckel, um den Eimer neu zu befüllen.

Sein Blick schweifte zufrieden über die faulenden, vergehenden Strigoi-Leichen. Seine Vârcolac-Ahnen konnten stolz auf ihn sein. Mit Vlad hatte er ihr großes Ziel erreicht und die verhassten Fürstenlinien gestürzt. Wandelwesen und Anderswelt mussten sich nicht länger vor ihnen fürchten. Mit Vlad als Woiwode der Walachei säße bald jemand auf dem Thron, der die Vârcolac mochte. Ihre Zahl konnte sich erholen.

Sorin fühlte eine enorme Last von sich abfallen. Eine Pflicht, an der viele vor ihm gescheitert waren, war erfüllt.

Leises Schwingenschlagen näherte sich, und mit dem nächsten Atemzug flog Malphas heran, um sich auf dem Rand des großen Pulverfasses niederzulassen. Er krächzte zufrieden und sah über das unterirdische Izvorul.

»Das hast du gemacht. Schau, was unsere Spioniererei geleistet hat«, lobte ihn Sorin. »Wir haben gewonnen.« Der dämonische Vogel war ihm nicht geheuer, auch wenn Barbara seine Dienste schätzte. Er traute ihm nicht. »Aber was machst du hier? Bringst du eine Botschaft der Königin?«

Malphas krächzte leise und legte den Kopf schief, betrachtete Sorin wie einen fetten Happen. Der Ausdruck in den schwarzen Augen schien wissend, die Farbe wechselte für mehrere Herzschläge ins Violette.

»Ist das eine Drohung?« Langsam beugte sich Sorin vor. »Ah, verstehe. Du bist es wirklich gewesen, in Curtea de Argeş«, flüsterte er angespannt. »Du weißt, was ich getan habe, um Vlad den Thron zu verschaffen. Stimmt's?«

Malphas krächzte einmal.

»Und was willst du mit deinem Wissen tun, da du nicht sprechen und mich …« Sorin stockte. Ihm fiel ein, dass er den dämonischen Raben mit der Klaue hatte schreiben sehen. Malphas konnte ihn jederzeit an Vlad und Barbara verraten. »Oh, ich weiß, warum du es noch nicht getan hast. Du wartest auf eine gute Gelegenheit, mich zu erpressen! Vielleicht damit ich dir helfe, den Bann der Königin zu brechen?«

Das *Krah-krah* des stattlichen Vogels mit dem schwarzblauen Gefieder klang nach Zustimmung und übelster Belustigung zugleich.

»Und du meinst, ich soll so lange untätig abwarten?« Sorin stülpte den Eimer rasch über den Raben und warf ihn in das fast leere Pulverfass. »Oh, nein, Dämon. Ich werde gewiss nicht dein heimlicher Handlanger! Was immer du planst – ich werde es vereiteln.«

Zeternd und aufgebracht rumorte Malphas in dem Gefängnis aus Holz, dumpf hackte der Schnabel gegen die Wände.

Schnell hob Sorin den Fassdeckel und drei der herausgezogenen Haltekeile vom Boden auf, mit denen der Deckel verankert worden war, und rammte sie in den Spalt. Sicherheitshalber trieb er sie mit Schlägen des Dolchgriffes fester. Damit war Malphas im fast leeren Pulverfass eingesperrt.

»So schlau bist du doch nicht.« Lachend kippte Sorin das Fass und rollte es zu den anderen an der Felsensäule. »Weder mache ich mich zu deinem Spielball, noch wirst du mich wegen Argeş verraten, Dämon.« Er stellte das Behältnis ab und wuchtete ein zweites, volles darauf. »Du vergehst in dieser Höhle. Mit Flammen und Hitze kennst du dich bestens aus.« Er pochte an die Seitenwand. »Sei dankbar, Prinz. Ich erlöse dich von deinem unwürdigen Dasein.« Lachend machte sich Sorin wieder an die Arbeit.

Jetzt fühlte sich der Sieg über die Strigoi perfekt an.

***

KÖNIGREICH UNGARN, NAHE DEM DORF BAGAMÉR,
BURG TUDÁS, OKTOBER ANNO DOMINI 1418

Draga hatte im Laufe ihrer langen Gefangenschaft sämtliche Gefühle durchlaufen, die sie kannte, und war inzwischen bei Resignation angelangt.

Die Schwarze Königin und Vlad verstanden sich bestens darauf, sie gelähmt und gefesselt zu halten. In Ketten und mit einem immobilisierenden Pflock in einer Ecke ihres Herzens, gab es keine Aussicht auf Flucht. Mit erzwungener Fütterung wurde die Nobilis am Leben gehalten, untersucht, geschnitten, leicht vergiftet, aufgepäppelt, und das Prozedere begann wieder von vorne. Ihre Hölle, ihre Marter.

Draga vermochte zu hören und zu sehen. Mehr jedoch nicht. Der Rest von ihr bestand dank des Pfahls an ihrem Herzen aus Blei.

Ihr neuestes aufgeschnapptes Wissen marterte sie schlimmer als gewöhnlich: Cosmins und Lucians Städte waren in dieser Nacht gefallen. Beide Fürsten konnten der Alchemie nichts entgegensetzen. Draga hatte die verheerende Wirkung mit eigenen Augen mehrmals mitansehen müssen.

Noch dazu machte die Schwarze Königin das Blut der Menschen mit transmutiertem Getreide ungenießbar für Strigoi. Draga befürchtete, dass es sich nicht nur auf Siebenbürgen und die Walachei beschränkte. Bald gäbe es nirgends mehr etwas zu trinken. Wer den Überfall dieser Nacht überstand, würde elendig verhungern – inmitten von Blut im Überfluss.

Es nützte ihr nichts, das Kind einer Besonderheit zu sein. Nach dieser Nacht war sie die Letzte ihrer Art. Draga gab sich nicht der Illusion hin, dass Barbara nach ihrer Rückkehr vom Kreuzzug noch Verwendung für sie hatte.

Wahrscheinlich würde die Königin einen weiteren Dämon beschwören und ihn aus reiner Neugier in sie eindringen lassen wie damals in Octavian, um ihre letzten Geheimnisse von innen heraus zu ergründen. Ob sie dabei starb oder nicht, spielte keine Rolle mehr.

Leises Flattern erweckte ihre Aufmerksamkeit, ihre granatfarbenen Augen zuckten suchend nach rechts und links.

Malphas zwängte sich durch die engen Gitter ihrer Zelle, einen Schlüsselbund im Schnabel. Schnell hüpfte er zu ihren Füßen, dirigierte einen Schlüssel ins Schloss der Schelle und löste sie mit einem geschickten Drehen. Dabei schimmerte sein Gefieder blauschwarz auf, an einigen Stellen wirkte es angesengt, als sei er zu dicht an eine Flamme geflogen.

Klackend öffnete sich das Eisen.

Was tut dieser Dämon da? Draga sah ungläubig dabei zu, wie der stattliche Rabe ihre Beine und Arme von den Ketten befreite. Der Schlüsselbund klirrte auf dem Steinboden.

Mit einem leisen Krächzen und zwei, drei raschen Schwingenschlägen landete er auf dem herausragenden Pflockende. Er sah der Strigoi in die Augen, seine Pupillen leuchteten amethystfarben auf, als wollte er sie beruhigen.

Oder ist es reine Bosheit?

Danach begann der Rabe, Dragas Fleisch rings um die Eintrittswunde des Pflocks herauszupicken und gierig zu verschlingen. Der Schnabel schnitt tief und scharf wie eine Messerspitze in die Nobilis, die vor Schmerzen gerne geschrien hätte. Aber noch lähmte sie das Holz.

Tief und tiefer bohrte sich Malphas in Dragas Brust, legte den Pflock mehr und mehr frei. Das Blut, das dabei austrat, trank er fröhlich krächzend. Dann schlossen sich die Krallen fest um das obere Stück, und er flatterte beständig, wippte auf und ab, flatterte, fraß noch mehr Fleisch aus der Gefangenen.

Ruckartig wich der Pflock aus Esche, Weißdorn und Wacholder aus der Herzecke. Klappernd landete er auf dem Boden.

Wie eine Erstickende sog Draga Luft ein, und der Muskel in ihrer Brust begann unbändig zu schlagen. Die Wunde in ihrem Oberkörper schloss sich.

Malphas hatte sich zur Tür der Zelle zurückgezogen und krächzte freudig, nickte mit dem gefiederten Kopf auf den Schlüsselbund und verschwand mit raschen Flügelschlägen.

Draga spürte, dass es nicht mehr lange bis zum Sonnenaufgang dauerte. Die Dunkelheit musste zur Flucht genutzt werden, sie war zu geschwächt, um sich auf Kämpfe einzulassen. Zu Lucians Rettung käme sie zu spät. Daher wollte sie sich in Sicherheit bringen und gründlich überlegen, wie sie weitermachte.

Mit dem passenden Schlüssel öffnete sie ihr Verlies und trat in das verhasste Laboratorium. Schnell warf sie sich eine fleckige, dunkle Robe über, um nicht durch ihre Blöße aufzufallen. Wenn sie sich gebeugt bewegte und klein machte, würde man sie hoffentlich weniger beachten.

Die Soldaten der Burg hätten ohnehin gleich Besseres zu tun, als sie aufzuhalten. *Ich verschaffe mir eine Ablenkung.*

Wahllos kippte Draga alchemistische Zutaten, vorbereitete Elixiere und Rohstoffe zusammen, um hernach sämtliche Ölschläuche aufzuschlitzen. Die entzündliche Flüssigkeit plätscherte zu Boden.

Erster Qualm entstand, nahm verschiedene Farben an. Die stofflichen Reaktionen griffen die Fugen, die Anrichte und sogar die Steinplatten samt Eisen an.

Der Boden des Gewölbes, die Buchsammlung, die Aufzeichnungen und Notizen der Schwarzen Königin erhielten von Draga ein großzügiges Ölbad, bevor sie die zwei Amphoren mit hochprozentigem Branntwein umkippte und eine Lampe vom Haken nahm, die sie rasch mit einem Feuerstein und Eisen entzündete.

Ein kräftiger Wurf, und aus dem Dochtflämmchen wurden in dem See aus brennbaren Flüssigkeiten Lohen, die gegen die Decke schossen und etliche Schritt weit mit Ruß und bunten Farben züngelten.

Diese vermaledeite Burg soll bis auf die Grundfesten niederbrennen!

Der Schlüsselbund öffnete Draga den Ausgang, und die einströmende frische Luft fachte den Brand an. »Feuer«, schrie sie und bückte sich, um wie ein groß gewachsener Mann zu wirken. »Aufgewacht! Es brennt!«

Sie rannte in den Hof und tat, als wollte sie beim Löschen helfen, während die grellen Flammen bereits aus der Tiefe emporstiegen. Ein Höllenschlund schien sich geöffnet zu haben.

In dem aufkommenden Durcheinander gelang Draga die Flucht von Tudás mit Leichtigkeit. Ein Sprung brachte sie über die niedrige Mauer und in die Freiheit.

Sie schwenkte sogleich auf den Wald ein, der ihr Schutz versprach. Sie lief und lief in lockerem Trab und gelangte ins Unterholz. Im nahen Dorf Bagamér würde sie sich ein paar Schlucke junges, reines, unvergiftetes Blut gönnen.

Das Ende von Cosmin, Lucian und den Städten hatte auch einen Vorteil, wie sie im Laufen überdachte: Der Weg für sie war frei.

Nichts anderes hatte sie gewollt, seit sie in Lucians Leben getreten war. Sie war die letzte Nobilis, es gab keinen Blutsauger mehr, der ihr das Wasser reichen konnte, nicht einmal die Viesczy und Murony, die ihre läppischen Magiekräfte maßlos überschätzten. Sie musste sich nicht länger verstellen und das Liebchen sein, um ihre Pläne zu verwirklichen.

Allerdings benötigte Draga dazu mehr Zeit. Und obendrein etwas, das die Schwarze Königin, Vlad und Sigismund mit seinem Ritter Hunyadi genügend beschäftigte, damit sie sich nicht um Strigoi kümmern konnten.

Das gelang am besten mit einem Krieg.

Mit *zwei* Kriegen.

Für die würde Draga im Handumdrehen sorgen. Sie hatte von den böhmischen Hussiten gehört; Anhänger des verbrannten Jan Hus, die Rache schworen und Sigismund die Treue verweigerten.

Der erste Krieg.

Zudem würde sie Sultan Mehmed eine Botschaft senden, in der sie als Dschinn um seine Hilfe bat. Sie würde die Lage der vernichteten Städte exakt angeben, damit Mehmeds Spione die unterirdischen Gebäude und Verwüstungen fanden. Wenn Draga die Gespräche von Barbara und Vlad richtig vernommen hatte, würde Mehmed sich umgehend auf den Weg in die Walachei machen.

Der zweite Krieg.

Sie blieb stehen und sah zurück zu Burg Tudás, die lichterloh in Flammen stand.

Warum Malphas sie befreit hatte, konnte sie nur vermuten. Der Dämon wollte sich wahrscheinlich dafür rächen, dass ihn Barbara in die Gestalt eines Raben bannte und auf der Erde festhielt. Das Böse war nicht leicht zu betrügen.

Und es rächt sich stets. Draga verfolgte, wie eine bunte Stichflamme, so hoch wie der Bergfried, in die zurückweichende Nacht stach. Barbara und Vlad würden sie nach dieser Feuersbrunst für Asche halten und sich sicher vor ihr glauben.

Ich bringe das Ende. Zufrieden lief sie weiter. *Sowohl dem Königreich als auch euch beiden.*

***

KÖNIGREICH UNGARN, NAHE DEM DORF BAGAMÉR,
OKTOBER ANNO DOMINI 1418

Vlad, Sorin und Barbara hatten die Pferde auf dem Weg zur Burg angehalten, über der im Anbruch der zarten Morgenröte dünne, schwarze Qualmwolken sichtbar wurden; die Schwaden hielten sich gegen den Wind, als besäßen sie einen eigenen Willen.

»Dein Laboratorium«, schätzte Vlad. »Ich wüsste nicht, was auf der Festung sonst derart brennen kann, ohne dass die Mauern oder der Bergfried in Flammen steht. Oder inzwischen zusammengestürzt wäre.«

»Das denke ich auch«, sagte Barbara missmutig und ließ Malphas auf ihrer Schulter landen. Der Rabe hatte sich eine Weile rargemacht und war zerzaust zu ihr zurückgekehrt, das Gefieder wirkte an einigen Stellen nachgewachsen und von stärkerem blauschwarzem Schimmer.

Sie war sich keines Fehlverhaltens bewusst. Alle gefährlichen Reagenzien lagerten getrennt von den anderen, sie hatte kein Feuer brennen lassen und kein Experiment begonnen, das in ihrer Abwesenheit misslungen sein könnte.

»Und es stinkt grauenvoll nach Alchemie«, steuerte Sorin bei. Er sah Malphas unentwegt fassungslos an, verriet den Grund jedoch nicht.

»Diese Wissenschaft ist doch gefährlicher als gedacht.« Vlad korrigierte den Sitz im Sattel. »Bei allem, was sie uns Gutes brachte.«

Gutes? Das fand Barbara untertrieben. Es waren Durchbrüche im Kampf gegen die Blutsauger gewesen. Dennoch legte der Anblick des Brandes einen schwarzen Schleier auf ihr süßes Triumphgefühl.

Letztendlich waren sie ohne Johann Hunyadi und seine verbliebenen Ritter nach Tudás aufgebrochen. In Bagamér hatten sie bereits von dem Brand auf der Burg gehört und dass das größte Feuer inzwischen gelöscht sei, aber noch etwas in den Gewölben kokele.

Daher hatte das Trio beschlossen, keine Eile an den Tag zu legen. Es war ohnehin zu spät.

»Einige Bücher im Laboratorium haben mich viel Geld gekostet.« Barbara schmerzte der Verlust. Es hatte sich glücklicherweise überwiegend um Abschriften, nicht um unersetzliche Originale gehandelt. Diese bewahrte sie in Ofen auf, ebenso wie das vollständige *Abramelin* und weitere Zauberbücher.

»Wenigstens sind wir Draga los. Die Temperaturen im Gewölbe müssen heißer als in einer Schmelze geworden sein.« Vlad wirkte erleichtert. »So sind die Nobilis für immer beseitigt. Und damit sämtliche Strigoi, die Cosmin und Lucian folgten.«

Malphas schimpfte krächzend, als empörte er sich ebenfalls über die Zerstörung auf Tudás, und schwang sich in die Luft.

»Ich hoffe es, Herr. Wir waren so gründlich, wie wir nur sein konnten. Am besten wäre es gewesen, wir hätten sämtliche Dämonen zur Hölle geschickt.« Sorin schnupperte. »Ja, kein Zweifel. Alchemie liegt in der Luft. Wer weiß, was Ihr später im Keller findet, Herrin? Am Ende wurde Backstein zu Gold?«

Barbara hielt ihm zugute, dass er versuchte, sie ein wenig aufzumuntern. Er spielte mit den »Dämonen« natürlich auf Malphas an. »Schließe

Frieden mit dem Raben, welchen Streich er dir auch spielte. Ich brauche ihn noch eine Weile.«

Die Strigoi-Städte waren mit fassweise Pulver gesprengt worden, die Decken und Eingänge eingestürzt. Falls es jemals Zugänge in die Tiefe gegeben hatte, wo Lucian die rätselhaften Nephilim-Wesen gehalten haben sollte, waren sie abgeschnitten. Es würden keine neuen Nobilis in die Welt gesetzt werden.

Schrecklich blieb, dass die Blutsauger in sämtlichen Städten ihre entführten Menschen, ihre Blutsklaven, in Raserei und Furcht umgebracht hatten. Ein hoher Preis für einen unbezahlbaren Sieg.

»Die Schlacht ging an uns«, sprach Barbara leise. »Aber ich fürchte, der Krieg wird länger dauern.«

»Du meinst die herkömmlichen Strigoi, die aus den Gräbern der Dörfer steigen?«, fragte Vlad und streichelte seinen Schimmel. »Sie sind bald verhungert. Dank deiner Behandlung der Kornkeimlinge. Es wird Jahr um Jahr mehr transmutiertes Getreide geben, das sich über unsere Grenzen hinaus verbreitet.«

»Aber noch ist es nicht so.« Der Anblick des brennenden Laboratoriums machte sie zusehends niedergeschlagen. Unwiederbringlich verlorene Essenzen und Destillate waren ein Raub der Flammen geworden. »Meine Befürchtung ist, dass die Strigoi sich an das gewandelte Blut der Menschen anpassen«, gestand sie. »Oder gar ein Gegenmittel entwickeln.«

Sorin und Vlad lachten.

»Du bist die beste Alchemistin, die es gibt, Barbara«, stellte Vlad fest. »Wie sollten Strigoi an deine Leistung heranreichen?«

»Es wird eine Frage der Zeit sein.« Sie sah die beiden Männer an. »Daher darf ich mich nicht ausruhen. Die transmutierenden Veränderungen des Korns und des Bluts müssen unentwegt variiert werden, damit sich die Bestien nicht darauf einstellen können.«

»Das erscheint mir sinnvoll, Herrin.« Sorin deutete auf Vlad. »Ebenso sinnvoll, wie ihn zum Woiwoden der Walachei zu machen. Was denkt Ihr?«

»Fängst du schon wieder damit an?«, fuhr Vlad ihn an.

»Er hat recht«, entgegnete Barbara. »Mehmed wird nicht mehr lange stillhalten. Da braucht das Fürstentum einen Mann mit Schwert und Verstand. Schlagen sich Michael und Dan noch immer um den Thron?«

»Ja, Herrin«, antwortete Sorin. »Und ein weiterer hält sich bereit, den Sieger anzugreifen. Lucian und Cosmin unterstützen diese Zwiste zwar nicht mehr, aber das beendet den Streit um die Woiwodschaft längst nicht.«

»Eher im Gegenteil«, murmelte Vlad. »Ich sagte schon einmal, dass ich nicht denke, dass meine Zeit gekommen ist.«

Der Hinweis auf einen Zwist fiel in Barbaras Gedanken auf fruchtbaren Boden. »Was wäre, wenn das omanische Sultanat erneut in innere Nöte geriete?«, überlegte sie laut. »Ein neuerliches anhaltendes Interregnum. Aufstände gegen Mehmed. Etwas in der Art, wie die Hussiten es bei uns tun.«

»Ich fürchte, das … wird nicht so leicht. Es bräuchte ein kleines Wunder, das über Alchemie hinausgeht.« Vlad sah hinauf zu Malphas, der seine Kreise um die Burg zog. »Was ist mit *ihm?*«

»Dem Raben?«

»Dem Dämon. Kann er Mehmed nicht umbringen?« Vlad grinste.

»Ich behalte Malphas noch eine Weile. Er ist sehr nützlich. Zum Aufspüren von Blutsaugern ist er besser als jeder Falke. Und schlauer.« Barbaras Überlegungen kehrten zu Mehmed zurück. »Vlad, wir müssen die Osmanen unter allen Umständen davon abbringen, die Strigoi-Städte zu suchen.«

»Sie gelangen nicht hinein«, setzte er beruhigend an. »Wir haben –«

»Du unterschätzt das Feuer, das im Sultan brennt. Es ist seine Leidenschaft, eine ihm von Allah gegebene Aufgabe. Es ließe sich unauffällig mit der Eroberung der Walachei und Siebenbürgen verbinden«, führte sie aus. »*Niemals,* verstehst du? Wenn er auch nur ein Trümmerstück oder Gebein findet, das ihn bestärkt, gräbt er das Land auf der Suche nach den Nephilim um – oder was auch immer er zu finden hofft. Sollten wir nicht gründlich genug gewesen sein, wird es übel.«

»Was meinst du mit ›unter allen Umständen‹?«, hakte Vlad nach.

»Dass es um ein größeres Ziel geht als unseren eigenen Ruf oder den unserer Kinder.« Barbara deutete an sich herab. »Mich heißen sie schon Schwarze Königin. Es wird mich viel Arbeit kosten, mein Ansehen halbwegs wiederherzustellen, damit ich eine vorzeigbare Königin an Sigismunds Seite bin. Er soll dich ja in den Drachenorden berufen.«

»Da hat sie recht, Herr«, pflichtete Sorin bei.

»Du bist der kommende Woiwode der Walachei. Daran zweifle ich nicht«, begann sie. »Und du wirst ein guter Feldherr, ein starker Ritter sein, der auf das Wohl der Unschuldigen bedacht ist. Aber wenn es gegen die Blutsauger geht, darf nichts anderes gelten. Keine noch so abwegige Lösung darf ausgeschlossen sein.«

»Du meinst, ich soll auch eine Allianz mit den Osmanen eingehen?«, übersetzte er ihre eindringlichen Worte. »Darüber sprachen wir bereits. Vor langer Zeit.«

»Wenn es sein muss. Du, deine Kinder, alle Herrscher deiner Linie in der Walachei. Gehe Pakte ein, gib ihnen Geiseln von deinem Blute, sei den Osmanen nahe, und lerne sie kennen. Damit wir sie durchschauen und sehen, was sie mit dem Land nach einer möglichen Eroberung beabsichtigen«, erklärte Barbara eindringlich. »Ich unterstütze dich bei allem. Mal aus der Ferne, mal aus der Nähe.«

»Geiseln von meinem Blute.« Vlad sah nicht begeistert aus. »Bei den Osmanen. Dabei ist mir jetzt schon unwohl.«

»Ich sagte, du wirst heiraten, Herr. Spätestens, wenn du Woiwode geworden bist.« Sorin schloss die Augen und ließ die Herbstsonne auf sein Gesicht scheinen; die silbernen Strähnen leuchteten im langen braunen Haar. »Deine eigenen Kundschafter beim Feind. So wie du Sigismund zu lesen verstanden hast.« Dann grinste er. »Ich werde auch schnell Kinder machen, damit sie mit deinen zusammen aufwachsen und sie beschützen wie ich dich, Herr.«

Barbara lachte auf. »Ganz genau. Sorin hat es begriffen.«

»Einverstanden. Aber ich brauche weiterhin deine Elixiere, Barbara. Für mich und meine Nachfahren«, sagte Vlad. »Diese Tränke sind im Kampf von Nutzen.«

»Solange alle deine Kinder von gleicher ehrenhafter Art sind, soll es so sein.« Barbara dachte an die veränderten Verhaltensweisen ihrer Versuchstiere. Diese Gefahr blieb stets bestehen. Sie hoffte, dass sich Vlads gefestigter Charakter bei seinen Kindern durchsetzte und er eine gute Wahl bei seinen Frauen traf. *Auch den Geliebten.* »Nach Tudás! Bringen wir der Besatzung etwas Beistand und Münzen für die Mühen und Gefahren, die sie beim Löschen eingegangen sind. Hoffentlich kam niemand ums Leben.«

»Bis auf Draga. Sie ist ein Häufchen Asche, verbacken und aufgelöst in einer alchemistischen Pfütze«, bemerkte Vlad freudig. »Ich hätte sie zu gerne selbst gepfählt. Das wäre ein Zeichen an die Menschen und die Strigoi gleichermaßen gewesen: Seht, die Schrecken sind beendet. Wer immer mich herausfordert, wird aufgespießt enden.«

»Überlass das doch einem deiner Söhne, Herr«, schlug Sorin vor. »Erst machen wir dich zum Woiwoden.«

Sie ließen die Pferde antraben und ritten den Weg weiter auf die arg geschundene Festung zu. Malphas setzte sich erneut auf Barbaras Schulter und krächzte leise vor sich hin, als spräche er mit ihr.

Sie versuchte, ein aufmunterndes Lächeln auf ihrem Gesicht entstehen zu lassen, je näher sie Tudás kamen. Die Menschen erwarteten Zuversicht von ihrer Herrscherin. Nicht weniger als das sollten sie bekommen.

Dennoch würde sie die kleine Burg räumen und hernach schleifen lassen. Der Krieg gegen Cosmin und Lucian war vorüber. Nichts sollte mehr daran erinnern. Tudás hatte ihren Zweck erfüllt und durfte vergehen. Für kommende Versuche griff Barbara auf ihre anderen Burgen mit riesigen Laboratorien zurück.

»Flieg, Malphas. Ich will nicht mit einem Galgenvogel einziehen«, sprach sie zu dem Raben und scheuchte ihn auf. Krächzend flog er los und umkreiste den Bergfried. »Es gab genug Tod. Er soll bei meiner Ankunft nicht auch noch auf meiner Schulter sitzen.«

KAPITEL 13

RUMÄNIEN, STADT TEMESWAR,
GEGENWART, WINTER

Len verschlief den ganzen Tag. Nach der Unterhaltung mit Klara und der Schwarzen Königin war er todmüde ins Bett gefallen und erst gegen 18 Uhr von einer Hotelangestellten zum Abendessen geweckt worden.

Vor dem Fenster, jenseits der weißen Vorhänge, herrschte ein klarer, dunkler Himmel, der Sterne über den Lampen der Stadt glimmen und funkeln ließ. Mit der Nacht kamen zahlreiche Kreaturen der Anderswelt aus ihren Verstecken, was Len ein ungutes Gefühl bescherte. Ein Wissender zu sein war ein Fluch.

Als er gleich darauf leicht verschlafen das gemütlich eingerichtete Restaurant betrat, winkte ihn Klara zu sich und Oma Mokka an den Tisch.

Die Bediensteten wuselten umher, legten den älteren Leutchen auf die Teller, was sie haben wollten, sodass niemand von ihnen zum aufgebauten, reichhaltigen Büfett gehen musste. Die Rechauds arbeiteten unter den Edelstahlwannen mit Wasser und hielten die Speisen warm, bedufteten den Raum appetitlich.

»Der Service kann sich sehen lassen.« Len setzte sich und bekam ungefragt einen Rotwein eingeschenkt. Dunkel wie flüssiger Rubin rann er ins Glas, das aufsteigende Aroma war lockend und voll.

»Der kleine Langschläfer. Der Hunger hat dich wach gemacht, was?«, neckte ihn Oma Mokka und deutete auf die Hackfleischröllchen. »Das sind Mititei. So eine Art Cevapcici, nur anders gewürzt. Und dazu das gekochte Rotkraut, Mămăligă, Maisgrieß mit …« Sie sah sich nach einer Bedienung um. »Entschuldigung, was ist das noch mal für ein Käse?«

»Das ist unser Burduf, salzig und mit kräftigem Aroma. Viel besser als Feta«, schwärmte die ältere Frau in der schwarz-weißen Livree. »Eine viel leichtere, weichere Textur. Reine Schafsmilch.« Sie sah betrübt auf Lens leeren Teller, als wäre er eine Beleidigung. »Darf ich Ihnen –«

»Ich gehe schon selbst«, wehrte er freundlich ab. »Nur keine Umstände, danke.«

»Das Roggenbrot ist der Hammer! Selbst gebacken.« Klara stopfte sich einen großen Bissen davon in den Mund. Sie schnappte sich ihren Teller und erhob sich. »Komm, wir drehen eine Runde am Büfett. Ich erkläre dir alles.«

Len nahm sein Geschirr und folgte ihr. »Was hast du den ganzen Tag gemacht?«

»Während du geschlafen hast?«, stichelte sie.

»Ja.« Er errötete leicht.

»Das *Abramelin* gelesen. Wieder und wieder. Auch die Aufzeichnung der Schwarzen Königin. So langsam verstehe ich die Formeln, die Zeichen, die Symbole und die Abläufe bei den Anrufungen«, berichtete Klara und gab erst ihm, danach sich von allen Gerichten ein bisschen auf den Teller. »Alchemie, okkulte Riten. Es fühlt sich dabei an wie … Wissenschaft. Ich weiß, das erscheint mir selbst verrückt. Als würde das alles, was sie gesammelt und beschrieben hat, wirklich funktionieren. Das hat nichts mit dem Physik- oder Chemieunterricht zu tun, den ich hatte.«

»Der Fortschritt geht so schnell?«

Die junge blonde Frau nickte. »Es tut sich von selbst. Die Schwarze Königin … ihre Seele oder was auch immer sickert aus dem *Abramelin* während des Lesens in meinen Verstand und scheint die richtigen Bahnen für das Wissen freizuschalten. Klingt irre, aber so fühlt es sich an.«

Len nickte anerkennend. »Und dir geht's gut dabei?«

»Ja. Ich habe keinen Zweifel an der Pflicht, wie du es genannt hast.«

Len lächelte. »Was habt ihr sonst noch besprochen?«

»Wie meinst du das?«

»Na ja. Sie ist in einer Welt, die ihr vollständig fremd ist. Du hast ihr bestimmt viel erklären müssen.« Len wusste nicht, wie er die heikle Frage anschneiden sollte.

»Ach so. Sicher.« Klara betrachtete das Bratenfleisch in der Warmhaltewanne vor ihnen. »Aber sie meinte, dass meine Ausbildung Vorrang hätte. Das Übrige würde sich ergeben. Sie muss die moderne Zeit noch nicht in Gänze begreifen.« Sie warf ihm einen abschätzenden Blick zu und legte ihm eine Bratenscheibe auf den Teller. »Du fragst aber aus einem anderen Grund. Das sehe ich dir an.«

Len war gleichermaßen ertappt und erleichtert. Es belastete ihn, sein Wissen bezüglich der weiteren Planung der Schwarzen Königin nicht zu teilen. Da sich das *Abramelin* nicht bei ihnen befand, konnte er es ansprechen, ohne dass Barbaras Geist etwas davon erfuhr. Mit Sicherheit fände die Seele es nicht angemessen, dass er es ausplauderte.

»Sie will, dass du schnell Kinder bekommst«, brach es ungeschickt aus ihm heraus.

Klara grinste. »Oma will das immer. Aber dass sie das mit dir bespricht –«

»Nein. Die Schwarze Königin! Sie wird von dir verlangen, die Blutlinie fortzuführen, bevor dir etwas zustößt.« Len schluckte, als er sah, wie sich Klaras Gesicht verfinsterte. »Das hat sie mir gesagt, als sie durch dich zu mir sprach. Am besten gleich … nächstes Jahr.«

»Aha. Ist das so?«

»Ja.«

»Und warum sagt sie mir das nicht direkt?«

»Ich nehme an, dass sie auf einen besseren Moment wartet. Nach deiner Ausbildung vielleicht?« Len ließ sich noch ein Stück Fleisch von ihr geben. Dass ihm verboten worden war, mehr als Freundschaft zwischen ihnen entstehen zu lassen, verschwieg er ihr. Er wollte das eine nicht mit dem anderen vermengen.

Klara sah ihn von der Seite an. »Was hast du darauf geantwortet?«

»Dass du eine moderne Frau bist, die sich nicht bevormunden lassen wird. Und dass du das selbst entscheidest, wenn es an der Zeit ist.« Len sah sie an. »Bei allem anderen hätte ich mich sehr getäuscht, oder?«

Klara nickte langsam. »Das hat sie mir wirklich nicht gesagt.« Unbewusst legte sie eine Hand auf ihren Bauch und schüttelte sich. »Nein, ich will keine Kinder. Schon gar nicht mit meiner derzeitigen Aufgabe.«

Das beruhigte Len. Sein schlimmstes Szenario würde sich vorerst nicht erfüllen: ein fremder Mann an Klaras Seite.

»Da ist noch was«, sagte er.

»Können wir das am Tisch besprechen? Wir stehen schon so lange am Büfett herum.«

»Oma Mokka sollte es nicht erfahren.«

Klara tat so, als könnte sie sich bei der Salatauswahl nicht entscheiden, und schindete Zeit. »Lass hören.«

»Es kann sein, dass jemand mein Auftauchen im *The Grand Hotel Vígľaš* dem Netzwerk der Strigoi meldet«, begann Len schnell. »Falls die Vampire nicht annehmen, dass ich bei dem Brand gestorben bin, werden sie nach mir suchen. Nach mir und dem *Abramelin.* Sie wissen, dass ich zur Reisegruppe gehöre.«

Klara schürzte die Lippen. »Das bedeutet, dass wir in Gefahr sind.«

»Nicht unbedingt. Die Strigoi wissen nicht, dass du die Reinkarnation der Schwarzen Königin bist. Insofern werden sie nur nach mir und dem Werk suchen.« Len tunkte ein Stück dunkles Brot in die braune Soße, die himmlisch beim Abbeißen schmeckte. »Ich werde morgen abreisen und sie auf eine falsche Fährte locken, sollten sie mir folgen. Ich stelle ihnen eine Falle und schaue, wer auftaucht.«

»Du ganz alleine?« Klara staunte ihn an. »Len, du bist –«

»Ich weiß. Aber ich habe inzwischen ein paar Tricks drauf, gegen die Vampire wenig machen können«, erwiderte er. »Sobald die Luft rein ist, überlegen wir uns, wie wir weiter vorgehen. Wir sind ein Team.«

»Das sind wir.« Klaras Miene blieb ernst. »Denkst du, dass sie nach Deutschland reisen, um deine Oma als Druckmittel einzusetzen?«

»Was?«, brach es entsetzt aus ihm heraus. Daran hatte er nicht gedacht. Dabei lag es auf der Hand. Da sie seinen Namen kannten, wäre der Rest ein Kinderspiel. »Fuck.« Er musste seine Großmutter aus der Schusslinie bringen, bis Klara ein gutes alchemistisches Mittel gegen die Vampire erschaffen hatte. Sei es abschreckend oder vernichtend. »Ich rufe sie an, um zu hören, wie es ihr geht und ob was … Ungewöhnliches passiert ist.«

»Mach das. Wir kehren übermorgen eh heim. Wenn Oma Mokka und ich die Busreise abbrechen, machen wir uns verdächtig, falls die Vampire dir gefolgt sein sollten.«

Len stimmte ihr zu. Gemeinsam kehrten sie an ihre Plätze zurück und aßen.

Dabei erzählte er eine Geschichte über die Probleme bei der Wiederbeschaffung seiner Papiere, wie der Dieb doch gefasst worden sei und er alles bis auf das Geld zurückbekommen habe. Und dass er dringend morgen nach Hause zurückmüsse, weil er Aussichten auf ein Stipendium habe und Unterlagen beschaffen müsse.

Erleichtert sahen sich Klara und er an, als Oma Mokka die Geschichte glaubte. Jede ihrer Nachfragen war bis zum Dessert beantwortet, und sie ging zusammen mit Klara auf ihr Zimmer.

Noch größere Erleichterung stellte sich ein, als Len eine Stunde später den Telefonanruf mit seiner Großmutter beendete. Es ginge der alten Dame blendend, und es gäbe keine rätselhaften Vorkommnisse in ihrer Umgebung.

Len würde dafür sorgen, dass es so blieb.

Noch am gleichen Abend reiste er ab und bereitete eine Falle für etwaige Verfolger vor.

Außerdem galt es herauszufinden, welche herausragenden Eigenschaften er als Vârcolac besaß. Learning by trying. Im Gegensatz zu Klara hatte er niemanden, der ihn unterrichtete und unterwies.

Len wusste genau, welcher Ort sich dafür eignete.

***

DEUTSCHLAND, STADT LEIPZIG,
GEGENWART, WINTER

Marek verfolgte den Vortrag von der letzten Reihe und aus dem Halbdunkel heraus sehr aufmerksam.

Er hätte einen anderen Ort in Leipzig für das Treffen mit der Weißen Königin bevorzugt, aber der Vorlesungssaal der Universität hatte sich ergeben. Zu Hause wollte er sie nicht aufsuchen; und nach Sonnenuntergang war sie stets beschäftigt.

Also blieb nur der karge Raum mit schräg aufwärts verlaufendem Boden wie in einem Amphitheater, überheizt, stickig, angefüllt mit Gerüchen verschiedener Deos und Ausdünstungen der Wandfarbe, die wohl erst vor ein paar Wochen aufgestrichen worden war.

Die letzten Worte der Weißen Königin verhallten. Ihr Vortrag über die Heilkraft von Wildkräutern, den sie für die Volkshochschule hielt, war beendet.

Eine Mischung aus Beifall und Pochen auf die Holztische setzte ein. Das gedimmte Licht im Vorlesungssaal wurde leicht hochgefahren, die Projektion des Beamers verlor an Leuchtkraft.

Marek machte sich auf dem Sitz kleiner, damit er wegen seiner Größe zwischen den übrigen Leuten nicht auffiel. Entgegen seiner Gepflogenheit trug er für das bevorstehende Treffen herkömmliche Straßenkleidung, eine graue Mütze verbarg seinen platinweißen Irokesenschnitt.

Eine Reihe weiter oben saß seine persönliche Assistentin Tereza, für ihre Verhältnisse ebenfalls unauffällig angezogen, und achtete auf Bedrohungen. Der Rest des Teams hatte sich rings um die Universität am Augustplatz positioniert.

Marek ging nicht davon aus, dass er Hilfe benötigte. Aber er befand sich nicht auf seinem angestammten Boden und vielleicht sogar in Feindesland. Umsicht. Aufmerksamkeit. Absicherung.

Die Weiße Königin stand hinter dem Pult, packte ihre Sachen zusammen und beantwortete geduldig Rückfragen von Männern und Frauen, die überwiegend höheren Alters waren. Doch auch einige Jugendliche hatte der Vortrag über Kräuterheilkunde und das Wissen der weisen Frauen angelockt.

Marek sah zwei, drei schwarz Gekleidete, die sich angeregt mit der Weißen Königin unterhielten und die er der hiesigen Gothic-Szene zurechnete. Er hatte auf seiner Reise nach Leipzig davon gelesen – ein guter Nährboden für seinesgleichen. Nach einigen Minuten verabschiedeten sie sich freundlich von der Frau am Pult und verließen als Letzte der Zuhörerschaft den Raum.

Schließlich waren Marek und Tereza mit ihr alleine.

»Sie zwei haben vermutlich eine Frage, die nicht für das Plenum gedacht ist?«, richtete die Weiße Königin ihre Worte direkt an sie. Sie sprach angstfrei, voller Neugierde und Wachsamkeit. Beiläufig schloss sie die Schnalle an ihrer alten braunen Ledertasche, die auf dem hohen Tisch stand, und legte die Hände auf den Griff. Ihre Kleidung war praktisch, einen Tick zu weit geschnitten, aber geschmackvoll. Gedeckte Farben und vorgetäuschte Unauffälligkeit.

»Entschuldigen Sie den unkonventionellen Besuch, Frau Cornelius.« Er erhob sich und richtete sich zu seiner vollen Größe von 2,30 Meter auf. »Mein Name ist Marek Dvorak. Ich bin mit meiner Assistentin zu Ihnen gekommen, um mit Ihnen über etwas zu sprechen, was Sie interessieren müsste.«

Geneve Cornelius, äußerlich Mitte dreißig und gesegnet mit dem Geheimwissen etlicher Jahrhunderte, in denen sie gelebt hatte, hob auffordernd die Augenbrauen. »Sie sind dem Akzent nach aus dem östlichen Europa?«

Marek deutete eine Verbeugung an. »Wir verlassen Leipzig umgehend nach der Unterredung und kehren in unsere Heimat zurück. Sie müssen nicht befürchten, dass wir bleiben und für Unruhe sorgen. Uns steht nicht der Sinn nach Auseinandersetzung.« Er ging davon aus, dass sie längst wusste, mit wem sie es zu tun hatte.

»Das ist gut zu wissen.« Cornelius blieb die Ruhe selbst. Souveränität in Perfektion. »Wieso kommen Sie zu mir?«

»Ihr Ruf reicht weit. Ich weiß, dass man Sie gemeinhin *die Meisterin* nennt. Ihr Wissen um Heilkunde und die Alchemie macht Sie für mich zu wesentlich mehr als das.«

»Die Kunst der Alchemie ist mir bekannt, aber ich legte kein besonderes Augenmerk darauf.« Sie sah gespannt zwischen ihm und Tereza hin und her. »Da gibt es gewiss andere, die Ihnen bei Ihren Fragen helfen könnten.«

»Das mag sein. Aber Sie haben den Ruf, keiner Seite anzugehören. Weder der Dunkelheit noch dem Licht. Sie sehen sich als neutral an und helfen, wo Sie gebraucht werden«, sprach Marek. »Ich hörte, dass Sie sogar eine Lykanthropin als Lehrling bei sich aufgenommen haben. Das ist beachtlich.«

»Sagen wir, es gab latente Verschiebungen, was meine passive Einstellung angeht«, erwiderte Cornelius. »Ich mische mich mehr ein als früher. Aber reden Sie ruhig weiter, Herr Dvorak. Ich bin neugierig, was Vampire mit Alchemie zu schaffen haben. Oder geht es um die Suche nach Unsterblichkeit? In der Vergangenheit waren einige von Ihnen besessen davon.«

Marek stutzte. Da war ein undefinierbarer Unterton. »Es geht um Größeres«, setzte er zögernd zu einer Erklärung an. »Jemand ist im Besitz von alchemistischem Wissen, welches das Ende der Vampire bedeuten kann. *Aller* Vampire. Auf der ganzen Welt. Ein Genozid.«

Cornelius neigte leicht den Kopf, die schulterlangen braunen Haare rutschten in Strähnen nach vorne. »Das klingt … kryptisch.«

»Mit Alchemie lässt sich ein Mittel ersinnen, das meine Art auszurotten vermag. Gänzlich und für immer. Es wurde in der Vergangenheit bereits versucht«, fasste Marek zusammen. »Nun sind die zerstörerischen Unterlagen von damals aufgetaucht, in denen diese schreckliche Rezeptur enthalten ist. Bald wird die passende Person dazu auf der Bildfläche erscheinen und fortsetzen, was einst begonnen wurde.«

Cornelius atmete ein und aus. Weder erschienen Sorge noch Beunruhigung auf ihren Zügen. »Was kann ich dabei tun, Herr Dvorak?«

»Uns beistehen und ein Gegenmittel erschaffen, sollte unsere Feindin eine Formel entwerfen, die uns tötet«, verlangte Marek deutlich, aber nicht aggressiv. Man drohte der Weißen Königin nicht. »Sie sind die Meisterin, Frau Cornelius! Jahrhundertealt, versehen mit Wissen, an das die wenigsten von uns jemals heranreichen werden. Und da Sie sich der Gerechtigkeit in der Anderswelt verpflichtet fühlen, bitte ich Sie um Ihren Beistand. Vorausschauend.«

Cornelius machte einen Schritt hinter dem Pult hervor und setzte sich mit einer Gesäßhälfte auf den benachbarten Schreibtisch. »Nun ja. Die Wandelwesen sind mit Sicherheit froh, wenn die Vampire getilgt werden. Alte Feindschaften, nicht wahr? Viele, die kein Herz für die Langzähne haben, werden Ihnen keine Träne nachweinen.«

»*Sie* haben zumindest einen Sinn für Gerechtigkeit«, hielt Marek dagegen. »Auch wenn Sie uns nicht mögen.« Es war unübersehbar, dass die Frau sich wenig für seine Belange interessierte.

Cornelius lachte leise. »Sie machen sehr viele Geheimnisse um Ihr Anliegen, Herr Dvorak. Wer ist diese Person, die dieses Mittel erschaffen kann? Das lernt man nicht innerhalb von zwei, drei Jahren.«

»Das möchte ich Ihnen nicht sagen.«

»Dafür, dass Sie meine Hilfe brauchen, sind Sie reichlich unkooperativ. Ich mag Geheimnisse nur, wenn ich sie selbst habe.« Cornelius blieb in ihrer bequemen Haltung und bändigte die langen, braunen Haare in einem losen Knoten am Hinterkopf. »Sollte es stimmen, was Sie sagen, haben Sie mit einer Sache recht: Es wird das Gefüge in der Anderswelt massiv verändern.«

Marek erlaubte sich latente Erleichterung. »Sehr! Das Gleichgewicht wäre für immer zerstört. Das hätte Folgen für *alle*. Und bedenken Sie: Kann man ein alchemistisches Mittel gegen uns entwerfen, wird es möglich sein, eines gegen jede beliebige Anderskreatur zu ersinnen.«

Cornelius sah nachdenklich zur Decke des Hörsaals. »Welcher Art ist das Mittel? Wird es von Menschen und Säugetieren absorbiert, um den Vampiren die Nahrung zu entziehen? Greift es Vampire direkt an? Eine Art Virus oder Bakterium auf alchemistischer Basis oder eine Modifikation von etwas Bekanntem? Eine Art Ebola gegen Vampire?«

»Ich weiß es nicht.«

»Damals wurde es bereits versucht, sagten Sie. Wie lief es ab?«

»Ich weiß es nicht. Die Berichte aus dem fünfzehnten Jahrhundert sprechen von massenhaftem Sterben meiner Art auf dem Balkan.« Marek ärgerte sich im gleichen Moment. Damit hatte er der Weißen Königin einen Anhaltspunkt gegeben. Sogar mehr als einen.

Cornelius hakte nicht nach. »Das klingt nach einer großen Gefahr, Herr Dvorak. Ich fühle mich geehrt, dass Sie mir und meinem Wissen zutrauen, dagegen angehen zu können.«

»Sie retten einem ganzen Volk das Leben, Frau Cornelius. Global.«

»Sofern ich mich dafür entscheide. Sie könnten mich nämlich auch frech belügen.« Cornelius betrachtete Marek, und der Blick aus ihren unterschiedlich farbigen Augen war selbst über die große Distanz quer durch den Raum und die Steigung hinauf intensiv. »Womöglich ist es ein gut vorgetragener Vorwand, um sich meiner Unterstützung zu versichern, und dabei führen Sie etwas gänzlich anderes im Schilde?«

»Nein, Frau Cornelius. Ich würde es nie wagen, die Meisterin zu belügen«, kam es sofort über seine Lippen. »Die Lage kann binnen kürzester Zeit sehr ernst und lebensbedrohlich für mich werden. Für jeden Vampir und jede Vampirin auf dieser Erde.«

»Es bedarf Nachforschungen, um Ihre Worte zu überprüfen, Herr Dvorak«, sagte sie bedächtig. »Sobald ich mir sicher bin, nicht Opfer einer Lüge zu sein, werde ich mich um alles Weitere kümmern.«

»Nein!« Marek verließ die hintere Reihe und eilte mit langen, raumgreifenden Schritten die Stufen abwärts auf Pult und Schreibtisch zu. »Es könnte zu spät sein. Wir sind bereits auf der Suche nach den verhängnisvollen Unterlagen. Begleiten Sie mich, Frau Cornelius. Sie reisen First Class und sollen die Erste sein, welche die antiken Aufzeichnungen sichtet. Ihre Erfahrung, Ihr Wissen wird Sie verstehen lassen, was uns Vampiren droht und was man dagegen tun könnte. Wir brauchen ein alchemistisches Antidot.« Er blieb vor ihr stehen, sah auf die Frau herab, die durch ihr Sitzen auf dem Schreibtisch noch kleiner wirkte. »Ich bitte Sie!«

Cornelius rührte sich nicht. »Nur weil Sie vor mir stehen und eine spannende Geschichte erzählen, die zu dramatischen Entwicklungen führen kann, werde ich Ihnen nicht unbesehen Glauben schenken. Dafür lebe ich schon zu lange.« Sie legte den Kopf leicht in den Nacken, um zu ihm hinaufzuschauen. Der Ausdruck auf ihrem Gesicht blieb furchtlos. *Eine Königin durch und durch,* wie Marek fand. »Ich brauche Bedenkzeit, Herr Dvorak. Recherchezeit. Daran werden Sie nichts ändern.«

Ein unwillkürliches, dumpfes Fauchen entwich Mareks halb geöffnetem Mund. Frust, Wut und Verzweiflung brachen sich Bahn.

»Pán!«, rief Tereza auf Rumänisch. »Nicht! Halten Sie sich zurück. Sie ist unsere einzige Chance, wenn es hart auf hart kommt.«

Cornelius erhob sich langsam und ging ans Pult, um ihre Tasche zu holen. »Denken Sie wirklich, wir hätten nicht gewusst, dass Sie mit Ihrer Entourage in unserer Stadt angekommen sind?«, fragte sie leichthin. »Oder dass Sie mich besuchen?«

Marek dachte, er habe sich verhört. *Wer ist ›wir‹?*

Die rechte Tür auf Bodenniveau des Hörsaals öffnete sich.

Eine schlanke, fast zierliche Frau in schwarzer Motorradkombination betrat den Raum, ungefähr so groß wie Cornelius. Die langen roten Haare trug sie in einem Pferdeschwanz, die Rechte hielt ein gezogenes Katana, das sie mit der geschwärzten Schneide nach oben lässig schulterte.

»Er ist ein Strigoi Morți Nobilis«, sagte sie anstelle einer Begrüßung. »Ich dachte, die sind ausgerottet. Sie sind so selten, dass mein Vater mir während der Ausbildung nur in ein, zwei Nebensätzen von ihnen berichtet hat. Er hielt sie für Legenden.«

Marek erstarrte. Die roten Haare, ihr spürbares Charisma, die hervorblitzenden Eckzähne ließen nur einen Schluss zu, so abwegig er im ersten Moment anmutete. »Eine Judastochter?«, stieß er verblüfft aus.

»Ich weiß. Von meiner Art sollte es auch keine mehr geben.« Sie bleckte die Zähne und zeigte ihm ihre langen Fänge, mit denen sie ein Opfer mit einem Biss töten konnte. »Überraschung. Aber ich markiere meine Nahrungsquelle nicht mehr mit drei X. Diese Tradition habe ich aufgegeben.«

»Die Liga der Dunkelheit wacht über diese Stadt«, erklärte Cornelius. »Und wir sind viele. Wandler, Dämonen, Seelenwanderer. Eine schwarzbunte Mischung.«

»Deine Leute rund um den Campus sind ausgeschaltet«, sagte die rothaarige Vampirin zu Marek. »Du und deine Strigoi Vii sind die Letzten, die stehen. Aber keine Sorge.« Sie tippte einmal gegen das Katana. »Sie leben. Noch. Es hängt von deinem Benehmen ab, wie der Ausflug für euch endet.«

In Mareks Gefühlswelt ging es drunter und drüber. *Eine Judastochter! Sie muss ... fast so alt wie die Meisterin sein.* Seine Überraschung hielt ihn gefangen. Die Judaskinder hatten einst auf alchemistische Weise im siebzehnten Jahrhundert nach der Quelle des ewigen Lebens für Vampire geforscht, bevor sie durch ihre eigene Arroganz ausgelöscht wurden.

Das hatte Marek geglaubt – bis zu diesem Abend.

Die plötzliche Erkenntnis überwältigte ihn schier: Vor ihm standen gleich *zwei* Auswege aus dem Dilemma, welches das *Abramelin* und die Schwarze Königin bedeuteten.

Was die Liga der Dunkelheit war, mochte er nicht zu ermessen, aber er, Tereza und sein Team würden niemals gegen sie bestehen. Geballtes Wissen, geballte Macht. Leipzig war eine mehr als gesegnete Stadt.

Unvermittelt änderte sich Mareks Ziel.

Er musste lebendig nach Hause gelangen und einen positiv-verzweifelten Eindruck bei Cornelius hinterlassen. Das Auftauchen der Judastochter war ein Vorteil, denn es wäre in ihrem Interesse, die drohende Vampirapokalypse aufzuhalten. *Sie wird auf die Meisterin einwirken, um ihr langes Leben zu behalten.*

»Sie steigen mit Ihrer Strigoi in den Jet, Herr Dvorak, mit dem Sie aus Bratislava gekommen sind.« Cornelius hängte sich ihre Ledertasche um, als hätte sie eine Plauderei mit einem Studenten beendet. »Ihre Leute senden wir hinterher, sobald uns danach ist. Ich ziehe Erkundigungen ein. Über Sie. Über das Vampirsterben im fünfzehnten Jahrhundert auf dem Balkan. Und erfrage, was die Liga der Dunkelheit diesbezüglich unternimmt.« Sie deutete mit dem Zeigefinger zur bewaffneten Judastochter. »Sie werden verstanden haben, dass wir über eine ausgezeichnete Expertise verfügen, was Alchemie anbelangt.«

Besser hätte es Marek nicht sagen können. »Ich entschuldige mich, sollte ich anmaßend gewirkt haben.«

»Das hast du! Über die Maßen.« Die rothaarige Vampirin nahm das brüniert-damaszenerartige Katana von der Schulter. »Gib mir noch einen Grund, Strigoi Morţi Nobilis, und ich schlage dir zur Strafe den Kopf vom Nacken!« Dunkel surrend ließ sie die Klinge kreisen, die zu einem schattenhaften Wirbel wurde. »Ich *hasse* den Namen Marek. Das macht es verführerisch.«

Er wich langsam zurück und nahm die Stufen des Hörsaals in Richtung des oberen Ausgangs. »Danke, dass Sie mich angehört haben, Frau Cornelius.« Tereza stieß an der Tür zu ihm. »Ich melde mich bei Ihnen, sobald ich mehr berichten kann.«

Gemeinsam mit seiner Assistentin verließ er den Raum und eilte durch den Korridor der Universität.

Geneve Cornelius würde sich nicht aus Leipzig wegbewegen und sich auch nicht dazu zwingen lassen. Er hatte die Anderswelt der Stadt komplett falsch eingeschätzt. Ein taktischer Fehler.

Und über eine Sache machte sich Marek ebenso nichts vor: Die Meisterin und die namenlose Judastochter kämen durch simple Rückschlüsse aus seinen unachtsamen Äußerungen darauf, dass es um das *Abramelin* ging.

Und die Rückkehr der Schwarzen Königin.

Noch bevor Tereza sich sichtlich aufgewühlt an ihn wenden konnte, zückte Marek sein Smartphone und kontaktierte die Heimat.

»Die Weiße Königin ist blockiert«, sagte er säuerlich, sobald sein Anruf angenommen wurde. »Kleine Rochade. Über den Damenflügel.«

»Einundzwanzigstes Capitl
Sich selbst in mancherley Gestalt zu verwandeln.

1. In einen alten Mann.
2. In ein alt Weib.
3. Zu einem Jüngling.
4. Zu einer Jungfrau.
5. In einen Knaben.«

Aus: Die egyptischen großen Offenbarungen, in sich begreifend die aufgefundenen Geheimnißbücher Mosis; oder des Juden Abraham von Worms. Buch der wahren Praktik in der uralten göttlichen Magie und in Erstaunlichen Dingen, wie sie durch die heilige Kabbala und durch Elohym mitgetheilt worden. Sammt der Geister- und Wunder-Herrschaft, welche Moses in der Wüste aus dem feurigen Busch erlernet, alle Verborgenheiten der Kabbala umfassend. Aus einer hebräischen Pergament-Handschrift von 1387 im XVII. Jahrhundert verteutscht und wortgetreu herausgegeben. Köln am Rhein, bei Peter Hammer 1725. Viertes Buch, S. 361/62.

CAPITULUM X

Verschriftlichung der diktierten Tonaufzeichnung, dramatisiert, basierend auf persönlichen Aufzeichnungen, verfasst nach dem Studium von originalen, bislang unausgewerteten Quellen von und um Barbara von Cilli. Preisgabe der zeitgenössischen Schriftstücke/Quellen nicht genehmigt.

Die nachfolgenden Geschehnisse beschäftigen sich mit einem Schwur, den Barbara vor geraumer Zeit leistete.

Jahr: 1421
Historischer Hintergrund: Die Hussitenkriege begannen bereits Ende 1419 mit ersten Unruhen in Prag und brachen 1420 in Böhmen vollends aus, wie manche es schon bei der Hinrichtung von Jan Hus fünf Jahre zuvor befürchtet hatten.
Böhmen erkannte Sigismund nach dem Tod von dessen Bruder, König Wenzel, nicht als Herrscher an und schlug zahlreiche Schlachten gegen die ausgesandten Heere (vgl. ausgerufene Kreuzzüge).
Zwischenzeitlich kehrte Sigismund 1419 nach Ungarn zurück, es kam zu einem Zerwürfnis mit Barbara wegen der Reichsführung und ihrer Entscheidungen während seiner Abwesenheit. Ihr wurde der eigene Hof entzogen und sie aus Ofen weggeschickt. Seither kümmert sich Sigismund um die Bekämpfung der Hussiten.
Auch wenn die Chronisten behaupten, die Verbannung habe Barbara sehr gegrämt, ist das Gegenteil der Fall.
Sie nutzt die Zeit für ihre eigenen Nachforschungen in Sachen Alchemie, *Abramelin*, Zauberbücher und den Ausbau ihrer Laboratorien.
Trotz einer Aussöhnung bleibt das Verhältnis zwischen den Eheleuten angespannt. Es wird lange dauern, bis Sigismund ihr wieder mehr Rechte gibt.

***

OSMANISCHES REICH, HAUPTSTADT ADRIANOPEL/EDIRNE, 26. MAI ANNO DOMINI 1421

Barbara war auf dem quirligen Basar umgeben von Einheimischen und Händlern, die in Edirne Handel trieben und die verschiedensten Waren anboten. Sie genoss die vielen Sprachen – Türkisch, Persisch, Arabisch, Griechisch, ein paar Brocken Hebräisch, sogar Deutsch erklang in dem Treiben um sie herum.

Und niemand beachtete Barbara.

Sie hatte sich an einer Ecke im Freien unter gespannten groben Tuchbahnen im Schatten auf den Stufen eines antiken, halb zerstörten Säulenganges niedergelassen; darunter gab es kleinere Stände und eine Siedeküche, die von süßen Küchlein bis Herzhaftes alles bot.

Entschieden hatte sie sich für dünn geschnittene Scheiben einer Rinderleber, die der Koch paniert und in Öl ausgebacken hatte. Dazu gab es aufgeschnittene, rohe Zwiebeln und gebratene rote Paprikaschoten, alles zusammen in ein Fladenbrot gewickelt. Ein Gericht, das es in Ofen so nicht gab und das ihr ausgezeichnet mundete.

Malphas saß über ihr auf einem Sims und beobachtete den Basar, krächzte gelegentlich leise.

Dass man sie in Frieden ließ, lag daran, dass sie für die Menschen nicht aussah wie eine Frau aus dem Abendland.

Sie trug weite Pluderhosen, Schnabelschuhe, einen bestickten Überwurf, der von einem breiten Gurt zusammengehalten wurde, sowie einen schlichten Turban auf dem Schopf und hatte sich mit einem Zauber aus dem *Abramelin* die Gestalt eines älteren Mannes verliehen. Bis zum Abend würde die Tarnung bestehen. In Sachen Zauberei machte sie endlich Fortschritte, auch wenn sie dieser Macht nicht gänzlich vertraute.

Sie mochte das frühsommerliche Edirne, das vor der Eroberung durch die Osmanen und die Umwandlung zur Hauptstadt den Namen Adrianopel getragen hatte.

Die Anfänge der Stadt reichten bis in die Antike, sie war von den Byzantinern übernommen und ausgebaut worden. Danach fiel sie in die Hände des bulgarischen Reichs, ging zurück an die Byzantiner und wieder an die Bulgaren, bis sie sich vor etwa fünfzig Jahren die Osmanen genommen hatten.

Diese Mischung verschiedener Kulturen sah Barbara bei jedem Schritt, den sie während ihres kurzen Aufenthalts in der Stadt machte. Wie gerne wäre sie geblieben und eingetaucht, hätte nach Schriften und Weisheiten gestöbert.

Aber der Täuschungszauber hielt nicht ewig.

Außerdem durfte sie nicht zu lange fernbleiben, auch wenn Sigismund sie kaum als Regentin benötigte. Dank der Hussitenkriege schlugen die Wogen im Königreich Ungarn hoch. Die Anhänger von Jan Hus hatten ihrer Wut in Böhmen deutliche Taten folgen lassen – und fuhren beachtliche Siege ein.

Dies schwächte Ungarn und das Heilige Römische Reich, und somit geriet auch Sigismunds Stärke ins Wanken. Der hatte alle Hände voll damit zu tun, den Schaden zu begrenzen, den die Kurie mit der Hinrichtung von Hus ausgelöst hatte. Denn natürlich lasteten die Aufständischen in Böhmen Sigismund den Tod an. Sie würden ihn niemals als König anerkennen.

Johann Hunyadi nahm derweil an den Feldzügen gegen die Hussiten teil und verteidigte den wahren christlichen Glauben, wie er es sich zur Aufgabe gemacht hatte. Seit ihrem gemeinsamen Kampf gegen die Strigoi hatten sie nicht mehr miteinander gesprochen. Das Schweigen sollte das gesehene, erlebte Grauen bedecken.

Damit der Sultan nicht auf den Gedanken kam, den Aufruhr im Abendland für einen Einmarsch in die Walachei zu nutzen und ein Heer zu entsenden, war Barbara nach Edirne gereist. Sie hatte das Vorhaben zu lange aufgeschoben.

Malphas krächzte plötzlich warnend, und schon huschte ein Schatten von der Seite heran.

Ein schwarzhaariger Junge von etwa elf Jahren in abgewetzter Kleidung, die voller Farbflecken war, setzte sich neben sie auf die Stufen. Und linste auf ihre Mahlzeit. Er roch nach Zitrusobst und Gewürzen, die er durch die Gegend geschleppt hatte. »Salam.«

»Salam. Hungrig?«, fragte Barbara auf Türkisch. Auch ihre Stimme klang tiefer, um die Maskerade perfekt zu machen.

Der Junge nickte.

Kurzerhand riss sie den unteren Teil ihres Essens ab und reichte es ihm. »Bitte sehr.«

»Das ist nett von dir«, sagte er und schlug die Zähne in Rinderleber, Zwiebelscheiben und die ausgebackene Paprika, es knusperte laut. »Allah wird dich segnen.«

»Du wirst es dir verdient haben. Wer immer dich schuften lässt, du solltest ihn bescheißen, wenn er dir nichts zu essen gibt.« Barbara lächelte. »Du sollst dem Ochsen, der da drischt, nicht das Maul verbinden, wie ein weiser Mann sagte.«

Der Junge lachte mit vollem Mund laut auf. »Paulus, erster Brief an die Korinther.«

Barbara hielt erschrocken mit dem Kauen inne, ein Schauder lief ihr über den Rücken. »Woher …?«

»Ihr seid nicht die Einzige, die ihre Gestalt verändern kann, Königin Barbara.« Der Junge zwinkerte und biss herzhaft ab. »Aber ich würde Euch empfehlen, keine Zitate aus der Bibel zu nutzen, wenn Ihr Kleidung und Gestalt eines Osmanen nachahmt.«

Das Schlucken gelang ihr nur mit sehr viel Mühe. »Wer bist du?«

»Jemand, der Euch dabei beobachtet hat, wie Ihr vorhin einen Zauber gewoben habt, woraufhin Sultan Mehmed bei seinem Ausritt einen rätselhaften Anfall erlitt und vom Pferd zu Tode stürzte«, sprach der Junge leichthin. »Ihr habt da einen schönen Aufruhr verursacht, Königin.« Er verschlang einen weiteren Bissen. »Und dies war Eure Absicht: das Osmanische Reich in Unordnung zu bringen, nicht wahr?«

Barbara starrte den Jungen an, der keiner war. »Wer bist du?«, wiederholte sie entgeistert.

Malphas krächzte erneut und hüpfte vom Sims, um sich vor die beiden zu schwingen und sie nacheinander aus schwarzen Augen anzublicken.

»Die Osmanen neigen zur Verheimlichung des Todes von Sultanen«, redete der Junge heiter weiter; dabei sprangen ihm Zwiebelstückchen und Leber über die Lippen. Sofort war ein Hund da, der die Brocken aufnahm. Auf den großen Raben mit dem gefährlichen Schnabel achtete der Vierbeiner nicht. »Die Großwesire haben bereits nach seinem Sohn

Murad geschickt. Sie wollen Unruhe und Zwist verhindern. So schlau Euer Plan war, es wird keine Schwächung des Reiches geben, Königin.«

Barbara ging zum Angriff über. »Da du schon so viel weißt, hast du bestimmt vernommen, was ich *außerdem* in die Wege geleitet habe?«

Der Unbekannte hatte sie nicht auffliegen lassen. Also war er für eine Unterredung erschienen.

»Einen weiteren Zauber von Euch habe ich nicht bemerkt.« Jetzt klang der Junge neugierig. »Seid Ihr so gut geworden?«

»Die Macht einer Königin sollte nicht alleine auf Zauberei, Alchemie und gutem Aussehen fußen«, gab sie süffisant zurück. »Doch es ist eine gute Basis.«

»Das ist es. Nun? Wollt Ihr es mir verraten?«

»Wenn du mir sagst, wer du wirklich bist.«

Der Junge verspeiste das letzte Stückchen Brot und ließ den Hund die Finger abschlecken. Malphas krächzte schimpfend und flatterte auf eine nahe Säule. »Das erfahrt Ihr, bevor ich gehe. Oder Ihr kommt von selbst drauf.«

Barbara nickte einmal. »Also gut. Ich habe den Kaiser von Byzanz gebeten, Mustafa freizulassen, der in dessen Gefangenschaft sitzt. Du weißt, wer das ist?«

»Nein.« Der Junge klang ehrlich erstaunt.

»Einer der Söhne von Sultan Bayezid I., nach dessen Tod das osmanische Interregnum ausbrach«, erklärte sie ihm und warf die Reste ihres Essens ebenfalls dem Hund hin. Bis auf ein Stückchen Leber – das schleuderte sie in die Luft, und Malphas tauchte sogleich danach, um sich mit seiner Beute auf das Sims zurückzuziehen. »Mustafa denkt, er kann seinen Neffen Murad leicht besiegen. Mit der Hilfe der Byzantiner.«

»Also doch ein Machtkampf um das Sultanat.« Der Knabe deutete Applaus an. »Ganz und gar weltlicher Zauber.«

»Und manchmal wirkungsvoll.« Barbara hatte keinen Schimmer, wer sich hinter der Fassade des Jungen verbarg. »Manuel von Byzanz erkennt Mustafa als rechtmäßigen Thronfolger an. Unter der Bedingung, dass Mustafa sich im Falle eines Erfolges für seine Befreiung mit der Abtretung einer großen Anzahl wichtiger Städte erkenntlich zeigt.« Sie hob die Hand, um den Hund zu streicheln. Aber er knurrte warnend, während er

Fleisch und Brot verschlang. »Ich sehe einen Krieg und mit etwas Glück ein Interregnum. Du auch?«

»Zumindest habt Ihr gute Voraussetzungen geschaffen, Königin.« Er wischte sich die speichelfeuchten Finger an den fleckigen Hosen ab. »Ich tat übrigens einst das Gleiche wie Ihr.«

»Einem Herrscher das Leben schwer machen?«

»Ich beging einen Mord.« Der Junge sah sie ernst an. »An Eurer Vorgängerin.«

»Ich verstehe nicht ...«

»Maria. Die erste Gemahlin von Sigismund. So wie Ihr heute Mehmed umgebracht habt, täuschte ich den Jagdunfall mithilfe von Zauberei vor. Sie musste weichen, um Euch Platz zu machen.« Der Junge sah sie gespannt an. »Ihr wisst, dass ich nicht lüge.«

»Nein, das tust du nicht«, sagte Barbara überrascht. »Warum?«

»Erklärte Euch das nicht schon Abraham von Lyptzk? Er brachte Euch das *Abramelin* und die Weissagung der Sterne.« Der Junge lehnte sich an die beschädigte Säule, kramte in seiner ausgebeulten Tasche und nahm einen kleinen Granatapfel heraus, den er an der Kante zerschlug. Eine triefende Hälfte reichte er an Barbara. »Wisst Ihr *nun,* wer ich bin?«

Sie starrte ihn an. »*Du* bist Abramelin!«, raunte sie.

Der Junge pulte geschickt zwei, drei süße rote Kerne heraus und warf sie sich in den Mund. »Ausgezeichnet. Eigentlich ist mein Name Abramelim.« Er zerbiss die Obststeine und ließ den Saft herausspritzen. »Die Sterne sagten mir, dass Ihr dazu auserkoren seid, die Plage der Untoten aufzuhalten. Ich selbst hätte nie vermocht, was Ihr erreichen könnt: als wunderschöne Königin, als begnadete Alchemistin, als talentierte Zauberin und kühne Strategin.« Er deutete eine Verbeugung an.

»Aber es brauchte dich, um mich in diese Position zu hieven.«

»Das Land brauchte Euch.« Abramelim lächelte und verzehrte seinen Teil des Granatapfels, ein Kernchen nach dem anderen. »Das war der Grund, weswegen ich Abraham anwies, sein Wissen mit Euch zu teilen. Und ich meine in den Sternenbahnen gelesen zu haben, dass Ihr große Erfolge gegen die Vampire errungen habt.«

»Ja, so ist es. Meinen Dank«, brachte sie endlich heraus. »Es kam inzwischen ... einiges hinzu«, sagte sie, ohne recht zu wissen, was sie davon halten sollte. Der Weise, der ihr diesen Schicksalsweg ermöglicht hatte, saß zum Anfassen nah – in Gestalt eines kleinen Jungen.

»Das glaube ich Euch sofort und unbesehen. Und es ist gut. Doch die Blutsauger werden sich alsbald erholen und überlegen, was sie gegen Euch ausrichten.« Abramelim warf die leere Schale weg. »Und sie werden lernen. Ihr seid berüchtigt unter ihnen, und sie fürchten Euch. Doch sie suchen nach Mitteln, Euch zu schaden.« Er senkte die Stimme. »Angenommen, Eure List mit Mustafa geht nicht auf, habe ich schlechte Neuigkeiten: Murad ist ebenso von der Walachei besessen wie sein toter Vater. Kann er sich auf dem Thron halten, steht eine Invasion bevor.«

»Vlad ist vorbereitet«, erwiderte sie, um sich und ihn zu beruhigen. »Wir haben verschiedene Strategien im Sinn. Ganz gleich, ob Mustafa, Murad oder sonst wer Sultan sein wird.« Scheulos ergriff sie die kleine Hand. »Auch für mich ist die Vernichtung der Strigoi das größte Ziel. Bei aller Reichspolitik, die ich betreibe.«

Abramelim bedachte sie mit einem Nicken. »Wäre es Euch recht, wenn ich Euch von Zeit zu Zeit Nachrichten schicke, so ich etwas erfahre, was für Euch von Belang ist?«

»Tue dies unbedingt.« Barbaras Angst war verflogen, sie fühlte sich nicht mehr unwohl.

»Gut.« Er stand auf. »Kehrt gesund nach Hause zurück, Königin. Die Königreiche brauchen Euch. Salam.« Dann wandte der Junge sich um und rannte mitten zwischen die Menschen im Basar, wo er sogleich verschwand.

Barbara bezweifelte nicht, den wahren Abramelim getroffen zu haben.

Die kurze Unterhaltung hatte sie in dem bestätigt, was sie Vlad bereits nach der Vernichtung der Strigoi-Städte gesagt hatte: *Unsere Arbeit ist noch nicht beendet.* Aber sie hatten fortan einen besonderen Verbündeten, der sich melden würde. Alles andere lag an ihr, ihren Fertigkeiten und ihrer Umsicht.

Die Menschen benötigten Schutz vor den Strigoi. *Jetzt und in Zukunft.* Sollte sie eines Tages wahrlich den Stein der Weisen erschaffen, sollte sie einen Weg finden, unsterblich zu werden, so würde sie ihn unter allen Umständen beschreiten.

Barbara erhob sich von den Stufen und ging zum Abschied über den

Basar. Malphas flog über sie hinweg und folgte ihr. Sie sog die Eindrücke, das Sprachengewirr, die Gerüche von Edirne tief in sich auf.

Zu Hause wartete eines von vielen Laboratorien auf sie. *Ich brauche mehr. Viel mehr davon.* Barbara schenkte den halben Granatapfel einem der spielenden Straßenkinder. Es wurde Zeit für die Rückkehr. Außerdem wartete Vlad auf eine neue Lieferung Elixiere.

Wir werden vorbereitet sein, dachte Barbara grimmig. *Jetzt und immerdar.*

***

An dieser Stelle endet der Zugriff auf die einmalige Quelle.
Für die nachfolgenden Jahre fehlen verlässliche Hinweise und Schilderungen.
Möglicherweise wird sich das in absehbarer Zeit ändern. Denn gerade die Jahre danach bergen jede Menge Konflikte und sind, was die Ereignisse abseits der weltlichen Politik angeht, leider noch unaufgearbeitet.

KAPITEL 14

RUMÄNIEN, NAHE DEM DORF MURANI, GEGENWART, WINTER

Len saß nackt am Rand des fast gänzlich zugefrorenen Sees. Ihm war übel.

Die Kadaver und die ausgerissenen Federn zweier Enten lagen vor seinen blanken Füßen. Blutflecken umgaben ihn, hafteten teils auf seiner Haut.

Die Übelkeit rührte nicht nur vom Magen her, sondern auch vom Kopf.

Das Aroma von rohem Fleisch, von warmem Blut und Innereien hing am Gaumen, jedes Aufstoßen brachte einen ekelhaften Geschmack mit nach oben. Der Hase und das Reh, die er in den Stunden zuvor gerissen und von denen er die edelsten Teile verzehrt hatte, fühlten sich nicht besser an.

Es lag demnach weniger an der Auswahl der Beute als an der fehlenden Gewöhnung, vermutete Len.

Er wackelte mit den Zehen und wunderte sich, wie wenig ihm die Kälte ausmachte. Seit er zum Vârcolac geworden war, hatte sich seine Statur verändert. Er war sehniger und hatte eine dichte, dunkle Körperbehaarung bekommen.

Seine Kleidung hatte er in einer Hecke versteckt, zusammen mit seinem Gepäck. Nach dem Besuch in Temeswar war er ins nahe gelegene Murani gefahren, an jenen Ort, aus dem seine Familie stammte.

Dort wiederum gab es ein zweihundert Hektar großes Naturschutzgebiet namens Mlaştinile Murani, das Muraner Ried, eine Sumpflandschaft mit kleinem See und einem angrenzenden Wald, wo er seine neu gewonnenen Kräfte als Vârcolac austesten konnte.

Die karge Umgebung eignete sich hervorragend, um etwaigen Verfolgern eine Falle zu stellen. Er sah in der ebenen Sumpflandschaft kilometerweit, ob sich ihm jemand näherte. Gleichzeitig gab es genug Dickicht, um sich zurückziehen zu können.

Len rülpste wieder und atmete angewidert aus. *Leber. Scheußlich.* Danach konzentrierte er sich auf die Wandlung von der menschlichen in die Hundeform.

Es begann mit einem ankündigenden Prickeln, dem ein heißer Schmerz in sämtliche Knochen folgte, die sich gleich darauf knackend verformten. Vom Rückgrat bis zu den Beinen, Armen, Füßen und Händen transformierte er sich innerhalb weniger Sekunden in einen riesigen, zotteligen Hund. Sein Spiegelbild prüfte er im See, der Verstand blieb ihm auch in der Tierform erhalten.

Es geht immer rascher. Len trabte in seiner neuen Gestalt durch das Schilf und nahm die Gerüche seiner Umgebung wahr.

Er roch die Tiere im Muraner Ried auf viele hundert Meter, die saubere Beschaffenheit des Wassers und der torfigen Erde, erschnüffelte die Fährten im Untergrund und könnte sie spielend leicht verfolgen, wenn ihm danach wäre.

Inzwischen machte es Len Spaß, als Hund umherzustreunen. Schon als Mensch nahm er mehr Gerüche, Geräusche und Eindrücke wahr als andere, was sich nach der Wandlung zum Vierbeiner um etliche Faktoren steigerte.

Len hatte angenommen, dass ihm die Strigoi folgten, doch bislang zeigte sich niemand Verdächtiges im Naturschutzgebiet. Die Spaziergänger aus dem Ort oder Besucher von weiter weg waren gewöhnliche Menschen, wie deren Spuren verrieten.

Len duckte sich flach in den Schnee und schob sich ins Dickicht des Waldes, schwenkte auf sein Versteck ein.

Noch hatte er es nicht gewagt, in die berüchtigte Halbform überzugehen, wie er sie aus Werwolffilmen kannte. Die Bestie in Halbgestalt, aufgerichtet auf den Hinterbeinen und mit großem Kopf und einer Schnauze voller scharfer, spitzer Zähne. Vielleicht war das bei einem Vârcolac gar nicht vorgesehen? Es gab nur Mensch oder Hund, aber nicht beides?

In seinem Unterschlupf aus umgestürzten Bäumen, Farn und einer halbkugelförmig gewachsenen Brombeerhecke wandelte er sich in seine menschliche Gestalt zurück, was schneller und weniger schmerzhaft ablief. Er gewöhnte sich allmählich daran.

Flink schlüpfte er in seine Klamotten, die sich seltsam einengend und ungewohnt auf der Haut anfühlten. Nebenbei bemerkte er, dass ein langer, blutiger Kratzer auf dem Unterarm, den ihm die Dornen der Hecke beschert hatten, vor seinen Augen verheilte.

Als hätte es die Verletzung niemals gegeben. Len grinste. Er mochte es, Vârcolac zu sein. Sehr sogar.

Danach nahm er sein Tablet, dessen Batterie sich in der Kälte viel zu schnell entleerte, und prüfte den Nachrichteneingang.

Klara schrieb ihm, dass in Temeswar alles in bester Ordnung sei. Die Gruppe unternehme einen letzten Ausflug. Sie habe sich unter dem Vorwand, unpässlich zu sein, aufs Zimmer zurückgezogen und studiere mit ihrer Geistesmentorin das *Abramelin.* Am Tag darauf ginge es mit dem Bus zurück nach Deutschland.

Len atmete auf.

»Hier ist auch alles bestens«, setzte er eine Sprachnachricht an Klara ab. Seine Finger waren noch zu kalt zum Tippen. »Mache große Fortschritte. Aber es zeigt sich niemand. Scheint, als wäre ich meinen Verfolgern entkommen.« Er lauschte auf das Knacken im Unterholz und roch sofort, dass es sich dabei um einen Fasan handelte, der auf der Suche nach Futter umherstrich. »Ich schlage vor, dass ich morgen zur Abreise wieder zu euch stoße. Ich sage einfach, ich hätte mich bei den Formularen und der Rückreise im Tag geirrt. Dann können wir unterwegs …«

Ein eingehender Anruf unterbrach die Nachricht: Klara.

Lens Freude stieg ebenso wie die Befürchtung, dass sich etwas Schlimmes in Temeswar ereignet haben könnte.

Hastig drückte er auf das grüne Hörersymbol.

***

DEUTSCHLAND, FLUGHAFEN LEIPZIG/HALLE, GEGENWART, WINTER

Marek sah aus dem Fenster des Privatflug-Bereichs hinaus auf das nächtliche Rollfeld, wo sein gecharterter schwarzer Learjet im Licht mehrerer starker Scheinwerfer startklar gemacht wurde.

Der Kapitän und sein Offizier umrundeten die kleine Maschine und nahmen eine letzte Sichtprüfung vor, der Tankwagen dockte den Stutzen ab. Lange konnte es nicht mehr bis zum Abheben dauern.

So rasch wie möglich musste Marek zurück in die Heimat und sehen, welchen Effekt seine Rochade haben würde. Auf das zügige Eingreifen von Geneve Cornelius oder der Judastochter setzte er nicht. Die Worte der Meisterin waren unmissverständlich gewesen: Sie benötigte Zeit, um mehr herauszufinden.

Bis dahin kann es zu spät sein. Marek hörte Tereza im Hintergrund telefonieren. Sie organisierte die weiteren Schritte ihrer Reise und prüfte den Stand der Dinge zu Hause.

Um seine Leute, die von der Liga der Dunkelheit abgegriffen worden waren, machte er sich weder Gedanken noch Sorgen. Zum einen verließ er sich auf die Zusage der Meisterin, sie unbeschadet gehen zu lassen, zum anderen waren diese Begleiter entbehrlich.

»Pán.« Tereza machte auf sich aufmerksam und hielt das Telefonmikro zu. »Wir haben Neuigkeiten zur Reisegruppe. Lenau war bei ihnen und für wenige Stunden im Hotel, wie der Empfangsmitarbeiter bestätigt hat. Er reiste am gleichen Abend jedoch weiter.«

»Also hat er das Feuer im *Vígľaš* überlebt.« Marek fühlte Erleichterung und Beklemmung gleichermaßen. »Und das *Abramelin?*«

»Konnten die Hotelangestellten nicht sagen. Er reiste mit leichtem Gepäck.« Sie dachte für ein paar Sekunden nach. »Lenau wird es bei sich haben und es zur Schwarzen Königin bringen. Sonst ergibt seine Route keinen Sinn. Oder, Pán?«

»Etwas in der Art.« Marek erschien Lenaus Verhalten seltsam. Anstatt das für ihn gefährliche Osteuropa sofort zu verlassen und in die vermeintliche Sicherheit nach Deutschland zu fliehen, drang der junge Mann tiefer ins Feindesland vor.

Zur Reisegruppe. Jemand befand sich darunter, dem Lenau vertraute. Geheimnisse anvertraute. »Ursprüngliche Aktion abbrechen. Wir disponieren um«, befahl er Tereza. »Ein anderer Zug ist nötig.« In aller Knappheit gab er neue Befehle. Aus der kleinen wurde eine große Rochade.

»Ja, Pán.« Sie widmete sich erneut der Unterhaltung und machte sich an die Vorbereitungen.

Im Fensterglas wurde neben Marek die unvollständige Spiegelung eines fein geschnittenen Männergesichts sichtbar. Die Temperatur fiel spürbar, als sich der Vierzigjährige näherte. Er trug einen dunklen Anzug, weißes Hemd und schwarze Krawatte.

»Wer hätte gedacht, dass ich dich auf *diesem* Flughafen treffe, Marek?«

Er wandte sich nicht um. »Nur ein kleiner Zwischenstopp, Eanraig. Wie bei dir.«

»Brauchst du einen Reisesarg? Ich kann dir einen verkaufen.« Der dunkelblonde Mann kam neben Marek zum Stehen, roch dezent nach Weihrauch und Balsam. Er zog eine weiße Visitenkarte aus der Sakkoinnentasche und reichte sie der verdutzten Tereza. »Meine Auswahl ist riesig. Du kannst dich darin vor den mitleidigen Blicken wegen deiner Garderobe verstecken.«

»Nein. Es wird ein rascher Tripp. Die Nacht reicht aus.« Marek ging über die bösartige Stichelei hinweg und sah auf den silbergoldenen Aufdruck.

Pietät Institut Celestial
Oststraße 119, Leipzig
Rund um die Uhr für Sie und Ihre Trauer

Dazu gab es eine Telefonnummer, Website, E-Mail-Adresse.

»Es hat Gründe, weswegen ich unauffällig unterwegs bin«, sagte Marek.

»Kleines geheimes Sightseeing in Westeuropa, oder planst du etwas?«, erkundigte sich der Bestatter.

»Was geht dich das an?«

»Ich möchte Schwierigkeiten im Vorfeld vermeiden.« Eanraig zeigte zum Hubschrauber, der abseits vom Rollfeld im Zentrum mehrerer Scheinwerfer stand. Zwei Piloten stiegen in die Kanzel und legten Headsets an. »Ich expandiere. Wollte schnell noch nach Berlin und Hamburg zur Eröffnung der Zweigstellen. Die ersten Pfeiler für mein neues Bestattungsimperium.«

»Du warst früher nicht derart in Europa engagiert.«

»Zeiten ändern sich. Die Westeuropäer sind überaltert, und da möchte ich mich rechtzeitig in Position bringen. Es gibt jede Menge zu holen. Auf vielen Ebenen.« Eanraig lachte leise. »Leipzig wird mein Flagship-Store, mein Aushängeschild.«

»Tu dir keinen Zwang an. Ich habe keinerlei Geschäfte in der Stadt am Laufen.« Marek vermied den Seitenblick zu dem sehr gefährlichen Mann, der viele Namen trug. Einmal waren sie aneinandergeraten, in Istanbul, durch eine unglückliche Fügung. Auf eine Wiederholung legte er keinerlei Wert.

»Dann bin ich beruhigt.« Eanraig bekam von der Hostess der First Class ein Tablett mit Champagner und einem halben Dutzend Crackers mit verschiedenen Kaviarsorten gereicht. Er verschlang den ersten Snack und spülte ihn mit einem Schluck des teuren Alkohols hinab. »Leipzig ist neu für mich. Hast du Einblicke in die hiesige Anderswelt? Irgendjemand, der mir Ärger machen könnte?«

»Nein«, log Marek. »Für den Ärger sorgst du im Allgemeinen ganz alleine.«

»Dieses Mal nicht. Ich habe mir vorgenommen, unauffälliger zu agieren.« Eanraig aß den nächsten Kaviarcracker, als wäre es ein schnöder Kartoffelchip. »Ich habe einen neuen Businessplan für meine Aktivitäten. Aber ich langweile dich nicht damit. Du wirst bald was in *Forbes* oder im *Time Magazine* über mich lesen.«

»Mister Dagda, Ihr Helikopter ist bereit«, meldete die Hostess. »Sie können losfliegen.«

Die Rotoren des Hubschraubers hatten das Kreisen begonnen und scheuchten die winzigen Schneeflöckchen auf und davon.

»Sehr gut, danke.« Mit dem Tablett und den restlichen Crackers in der Hand wandte er sich langsam um. »Unser Wiedersehen war eine nette Abwechslung. Man sieht sich ja meistens mehrmals im Leben.« Er zwinkerte. »Obwohl, in diesem Fall reicht uns beiden *dieses* letzte Treffen, oder?«

»Da stimme ich dir voll und ganz zu.« Marek nickte kaum merklich. »Gute Geschäfte.«

»Danke. Werde ich haben. Gestorben wird immer. Sogar Kreaturen wie du. Melde dich bei mir, wenn du einen Vorsorgevertrag schließen willst. Wir berücksichtigen selbstverständlich Kleidungswünsche der Kunden.« Eanraig verließ auflachend die Lounge.

Tereza trat zu Marek. »Pán, wer war das?« Sie sah verwundert auf die blütenweiße Visitenkarte.

»Jemand, den wir uns besser vom Hals halten«, antwortete er.

Unter anderen Umständen hätte er Geneve Cornelius und ihre Liga der Dunkelheit vor dem Mann gewarnt. Eanraig war niemals die Nummer zwei an einem Ort. Entweder man unterwarf sich ihm, oder man starb. Und danach wurde es für den Verlierer noch schlimmer.

Die Meisterin konnte die Abreibung für ihr störrisches Verhalten ihm gegenüber gebrauchen. Sie würde entweder einen Weg finden, den Nekromanten in seine Schranken zu weisen, oder ihn als neuen Herrn über Leipzig anerkennen.

»Wie stehen die Dinge in Rumänien?«

»Die Rochade ist abgeschlossen, Pán.« Tereza steckte das Kärtchen ein. »Die Falle ist aufgebaut.«

»Mister Dvorak, Ihr Jet ist fertig zum Start«, meldete sich die Hostess aus dem Hintergrund. »Sie und Miss Minunat können an Bord gehen. Alles ist vorbereitet.«

»Vielen Dank«, sagte er über die Schulter und ging mit Tereza langsam zum Ausgang.

Der Ausflug war enttäuschend verlaufen. Auf das Handeln der Weißen Königin war kein Verlass, es kam im schlimmsten Fall zu spät. Dennoch wollte er herausfinden, was es mit der Judastochter auf sich hatte. Sie stünde ihm vielleicht bei einem zweiten Besuch in Leipzig offener gegenüber als Cornelius.

Für Marek gab es derzeit nur einen einzigen Weg, die alchemistische Bedrohung im Keim zu ersticken: Len finden, ihn ausschalten und das *Abramelin* vernichten. Ohne ihre gefährlichste Waffe wäre die Schwarze Königin nur ein Echo aus der Vergangenheit.

***

RUMÄNIEN, NAHE DEM DORF MURANI,
GEGENWART, WINTER

»Klara, was ist los?«, sagte Len, ohne ihren Gruß abzuwarten. Etwas stimmte nicht. Das hatte er im Gespür.

»Sie sind verschwunden«, haspelte sie atemlos. »Oma Mokka und die ganze Reisegruppe! Sie sind weg.«

»Weg?« Len fuhr der Schreck in die Glieder, ihm wurde nun doch kalt. Damit hatte er nicht gerechnet. »Ich verstehe nicht, wie sie einfach weg sein können.«

»Nein, verschollen. In der Bärenhöhle. Der letzte Ausflug der Reise fand heute statt. Sie sind nach Chişcău und dort in diese Höhle gestiegen«, erzählte Klara aufgeregt.

»Wie können die mit den alten Leutchen in eine Höhle klettern?«

»Nein, keine … in der man sich bei jedem Schritt was brechen kann. Die Peştera Urşilor ist touristisch gut erschlossen. Vom geführten Rundgang sind sie nicht zurückgekommen samt dem erfahrenen Guide. Keiner weiß, wo sie abgeblieben sind.« Klaras Stimme zitterte. »Es gab kein Erdbeben und keinen spürbaren Einbruch. Die Medien vor Ort sind ratlos, und die ersten Gruselgeschichten machen die Runde. Als wären sie …«

»Entführt«, vervollständigte Len ihren Satz. »Aber nicht von Höhlengeistern.« Damit war Realität geworden, was er bei Beginn ihres Anrufs befürchtet hatte. »Das ist eine Falle für mich. Das Vampirnetzwerk weiß, dass ich bei der Gruppe und im Hotel war. Sie halten Oma Mokka und die anderen als Geisel. Im Austausch für das *Abramelin.*« Gleichzeitig war er erleichtert, dass Klara nicht mit in die Unterwelt gestiegen war.

»Das denke ich auch.« Sie schaltete die Bildübertragung ein, sodass er sie sehen konnte. Sie sah müde aus, ihre Augen waren gerötet. »Was macht die Vampire so sicher, dass du nach Chişcău fährst?«

Len konnte nur raten. »Ein Test. Wenn ich Oma Mokka und die Gruppe mit dem Buch nicht freikaufe, werden sie es erneut versuchen. Mit Menschen, die mir mehr bedeuten.« Er dachte an die eigene Großmutter und seine Freunde. Und Klara. Sie schwebten in Gefahr, solange sich das *Abramelin* nicht in den Händen der Blutsauger befand. *So eine Scheiße!* Fieberhaft überlegte er. »Gelangst du in mein Zimmer? Eine Schlüsselkarte habe ich dir ja gelassen. Vielleicht liegt dort eine Nachricht an mich?«

»Ich kann nachschauen.« Sie erhob sich und verließ den Raum.

»So oder so: Wir müssen los und Oma Mokka mit den anderen rausholen.«

»Dann willst du das Buch eintauschen?«

»Nein. Wir greifen an.« Er sah, dass sich ihre Augen weiteten und wie sich in ihr Widerspruch regte. »Es ist das Beste, was wir tun können. Sie wissen nichts von dir, Klara. Sie denken, *ich* habe das *Abramelin* und kann nichts damit anfangen. Sie fürchten sich vor der Rückkehr der Schwarzen Königin, ohne zu ahnen, dass sie längst da ist. Durch dich.«

»Ich soll ... Vampire attackieren?«, sagte sie leise. »Aber ich stehe noch ganz am Anfang meiner Ausbildung. Und wir haben kein Material, um irgendwas Tödliches herzustellen, wie es in Mělník gelagert war. Nicht mal ein Laboratorium.«

»Wir brauchen für diesen Anlass keine Ausbildung, sondern Mittel und Tricks, die auf die Schnelle gegen die Blutsauger wirken. Ich bin sicher, dass Barbaras Seele einige kennt, die sie durch dich umsetzen kann. Ein Bluff meinetwegen. Um sie in Schach zu halten.« Len wunderte sich über seinen eigenen Tatendrang und die aggressive Zuversicht. Team Angriff statt Team Rückzug. »Die Schwarze Königin wird auf unserer Seite sein, Klara. Hab keine Furcht.«

Sie wirkte nicht überzeugt und betrat Lens Zimmer, das aufgeräumt worden war. »Da liegt wirklich ein Umschlag.« Klara schwenkte die Kameralinse auf das Kuvert, auf dem Lens Name stand.

»Lies vor«, bat er angespannt.

Mit einer Hand und bebenden Fingern schüttelte sie das gefaltete Papier aus dem Umschlag, klappte es auseinander und räusperte sich die Kehle frei.

»Werter Herr Lenau,
bitte entschuldigen Sie die Theatralik. Ich hoffe sehr, dass Sie meine Nachricht rechtzeitig erhalten.
Wir kennen uns nicht persönlich, doch das werden wir nachholen.
Sie haben etwas aus dem Gewölbe des Grand Hotels Vígľaš mitgenommen, das Ihnen nicht zusteht.
Ich habe mir etwas aus Ihrem Umfeld genommen, das mir ebenso wenig zusteht.
Auch wenn mir nicht klar ist, wie sehr Sie die Menschen Ihrer Reisegruppe mögen, wird die eine oder der andere darunter sein, den Sie oder Ihre Großmutter vielleicht wiedersehen möchten. Lebendig.

Zum Austausch – das Abramelin gegen die Menschen – kommen Sie bitte in die Peştera Urşilor nach Chişcău. Meine Leute vor Ort werden Sie erkennen und geleiten. Sie erhalten die Reisegruppe im gleichen Zustand zurück, in dem sich das Abramelin befindet.
Sollten Sie sich entscheiden, den Bewahrer und Beschützer des Werkes zu spielen und auf den Austausch zu verzichten, sind die Leben der Männer und Frauen verwirkt. Sie werden bei einem tragischen Unglück sterben.
Danach spielen wir das Spiel so lange, bis es niemanden mehr in Ihrem Umfeld gibt, den Sie noch persönlich kennen. Angefangen bei Verwandten über Freunde bis zu Ihrem Briefboten und der Brötchenverkäuferin. Man wird bald bemerken, dass die Toten mit Ihnen in Verbindung standen, und das wird die Polizei auf den Plan rufen. Nach den Geschehnissen in Prag werden die Untersuchungen sehr gründlich ausfallen.
Von mir und dem Gesetz verfolgt zu werden, das wollen Sie nicht, Herr Lenau.

Ich erwarte Sie und das Abramelin binnen 72 Stunden in Chişcău. Sonst könnten die älteren Herrschaften verdurstet sein. Es war keine Zeit, für Essen und Trinken zu sorgen.
Sollten Sie die Nachricht nicht innerhalb der Frist gefunden und gelesen haben, tut es mir leid. Die Menschen werden nach Ablauf der Zeit nicht länger leiden, das verspreche ich Ihnen.
Meine Leute und ich werden Sie alsbald ausfindig machen und Ihnen eine neue Nachricht zukommen lassen.

Mit den besten Grüßen
M. D.«

Klara senkte den Brief und sah direkt in die Kameralinse des Handys. »Du hast recht! Es ist nur die Rede von dir. Sie rechnen nicht mit mir.«

Len hoffte, dass es sich noch immer so verhielt. Wenn jemand die junge Frau beim Betreten des Raums gesehen hatte oder sie unter Beobachtung stand, könnte ihr Vorteil dahin sein.

»Kehre in dein Zimmer zurück«, bat er sie. »Danach rufst du an der

Rezeption an und lässt dir von der Apotheke Medikamente gegen Fieber und was zum Schlafen bringen. Das sollte ausreichen, um sie glauben zu lassen, dass du außer Gefecht bist.«

»Denkst du, sie werden mich auch entführen?«

»Nein, du stehst bestimmt …« Rasch biss er sich auf die Lippe.

»Schon klar«, sagte Klara. »Ich stehe auf der Ersatzliste. Das wolltest du sagen, oder?«

»Wahrscheinlich ist es so, ja.«

Sie nickte langsam und rieb sich durch die kurzen blonden Haare. »Also gut. Dann spreche ich mit Barbaras Seele. Bis du bei mir bist, weiß ich hoffentlich mehr.«

»Gut. Ich tauche offiziell im Hotel auf, lese die Nachricht, und die Vampire werden erfahren, dass ich mich zu ihnen aufmache.« Len versuchte sich an einem aufmunternden Lächeln. »Wir holen Oma Mokka und die anderen raus. Das verspreche ich dir.«

Klara wollte die Zuversicht erwidern, produzierte jedoch nur ein verkniffenes Gesicht. »Bis später.« Sie unterbrach die Verbindung.

Len sah auf das dunkle Display, auf dem der Startbildschirm erschien. »Bis später«, erwiderte er ins Nichts und erhob sich. Es wurde Zeit, die Dornenkuppel zu verlassen und sich den Gegnern zu stellen.

Während er ins Freie kroch, den Wald verließ und zum Wagen zurückkehrte, den er im Ort abgestellt hatte, dachte Len darüber nach, was sie unternehmen konnten.

Mit Sicherheit kannten sich die Strigoi in der Peştera Urşilor bestens aus, auch in jenen Bereichen, die nicht der Öffentlichkeit zugänglich waren. Die entführte Gruppe zu finden und zu befreien, sie zurück ans Tageslicht zu führen, mochte so gut wie aussichtslos sein.

Alles in allem standen die Chancen für ihn und Klara nicht besonders gut, sollte Barbaras Seele nichts einfallen, um gegen die lauernden Vampire zu bestehen.

Das beste Druckmittel blieb das *Abramelin* und die größte Überraschung Klara als reinkarnierte Schwarze Königin.

»Uns muss etwas einfallen«, murmelte Len und näherte sich dem Dörfchen Murani, aus dem seine Familie stammte.

Der alte Len hätte stundenlange Pläne gemacht, gehadert und gezweifelt, um schließlich aufzugeben und den Vampiren den Sieg zu gewähren. Der neue Len bleckte die Zähne und zeigte ein grimmiges Grinsen, als er den vereisten Wagen erreichte und einstieg. Er hatte die letzten aufreibenden Tage nicht überlebt und war zum Vârcolac geworden, hatte rohes Fleisch vertilgt und Jolanas Tod miterlebt, um jetzt aufzugeben und den Strigoi ihren Willen zu lassen.

Widerstrebend sprang der Motor an, die Batterie war spürbar schwächer als zuvor. Das Gebläse heulte langsam erwärmende Luft aus den Schlitzen und gab sich Mühe, die innere Eisschicht zu schmelzen.

Len ging von außen mit einem Plastikschaber gegen den kristallinen Belag an.

Notfalls würde er in der Höhle improvisieren. Aber das *Abramelin* bekamen sie nicht. Weder in den kommenden 72 Stunden noch sonst irgendwann. Nicht von ihm.

***

RUMÄNIEN, NAHE DEM DORF CHIŞCĂU,
GEGENWART, WINTER

»Sind wir noch in der Frist?« Angespannt sah Klara auf die Uhr. Zum vierzehnten Mal in den letzten zwei Stunden.

»Sind wir. Wir haben noch drei Stunden Zeit, und wir haben die Höhle in dreißig Minuten erreicht.« Len steuerte den Hyundai Tucson durch das dichte Schneetreiben, das die Sicht auf weniger als zehn Meter drückte.

Die abrupt eingebrochene Dunkelheit verschlechterte die Umstände ihrer Reise. Die wirbelnden, hektischen Flocken reflektierten das Licht der Scheinwerfer und blendeten ihn, anstatt für besseren Blick zu sorgen.

Daher verließ sich Len auf seine Vârcolac-Sicht.

Er nahm Wärmebilder von Tieren am Fahrbahnrand wahr. Bären waren mehr als einmal am Waldrand erschienen, zwei Wildschweine hatten die Straße gekreuzt, ohne dass Klara sie bemerkt hatte. Len hingegen schon.

»Da! Ein Hinweisschild«, rief Klara erleichtert.

Sie näherten sich Peştera Urşilor, der Bärenhöhle. Sie hatte ihren Namen nicht umsonst und schien die großen Raubtiere nach wie vor anzulocken.

Damit endete ihre zweitägige Odyssee, die nicht zu ihrer Zufriedenheit verlaufen war.

Barbaras Seele hatte ihnen verraten, dass sich auf der alten Burg von Vlad III. ein geheimes Laboratorium befand, in dem sie Klara unterweisen wollte, jene einfachen Mittel zu erschaffen, mit dem man Untote im Kampf vernichten konnte. Es war das Pulver, mit dem Jolana in Mělník den Vampir Matyas ausgeschaltet hatte.

Klara war nicht davon überzeugt, die Substanz unter Anspannung herstellen zu können. Auf dem Weg in den Süden Rumäniens zur Burg Poenari und nicht etwa nach Schloss Bran, das sich zum Touristenmagnet entwickelt hatte, verbreitete sie trotzdem größtmögliche Zuversicht. Vlad III. sei niemals auf Bran gewesen, wie Barbara betonte, wohl aber auf Poenari.

Unterwegs waren sie mehrmals in Apotheken eingebrochen, um an Zutaten zu gelangen. Der Erfolg war mäßig, aber es ließe sich damit arbeiten, meinte die Alchemistin.

Das böse Erwachen kam bei der Ankunft an Burg Poenari.

Nicht nur, dass es mehr als tausend Stufen gab, die als einziger Zuweg hinaufführten. Zwei große Stücke der Festung waren nach Erdbeben abgebrochen und in die Tiefe gestürzt.

Das Laboratorium, das Vlad III. auf Barbaras Wunsch heimlich in den Fels darunter hatte graben lassen, bestand nur noch aus vergammelten Überresten. Wasser war durch die Verwerfungen von oben durch die Decke eingedrungen und hatte die meisten Reagenzien vernichtet. Das alchemistische Arbeiten mit den antiken Zutaten war unmöglich.

Klara war der Verzweiflung nahe gewesen.

Wenigstens hatte sie unter Anleitung von Barbaras Seele ein einfaches Gift erschaffen. Atmeten Strigoi es ein oder bekamen sie es in die Augen, löste es eine starke Reaktion aus, die sie für mehrere Minuten lähmte und ihnen die Sicht raubte. Tödlich war es nicht. Für einen Bluff reichte es aus. Für genau einen.

Bei der Gelegenheit lernten Klara und Len, dass man Vampire über

Nahrungsmittel vergiften konnte, nicht nur durch das Blut, das sie aufnahmen. Manche Blutsauger genossen den Geschmack irdischen Essens, auch wenn es keinen Nährwert für sie besaß.

Danach war es ungefähr dreihundert Kilometer nach Norden zur Höhle gegangen.

»Hier ist ein Parkplatz.« Len steuerte den Wagen auf die kleine befestigte Fläche, um die sich einige wenige Gebäude erhoben, die nur anhand der beleuchteten Fenster schemenhaft im Schneetreiben erkennbar waren.

Er hielt den Hyundai SUV an und schaltete Motor sowie Scheinwerfer ab. Leise raschelnd warfen sich die Flocken gegen den Wagen, als wollten sie ihn erstürmen. Deutlich sah Len den bewaldeten Hügel, unter dem sich die Bärenhöhle befand, in der man auf ihn wartete.

»Sollten nicht Rettungskräfte hier sein?« Klara versuchte, etwas durch Schwärze und Schnee zu erkennen. »Kein Blaulicht, keine Wagen. Oder?«

»Die Leute sind bestimmt in die umliegenden Restaurants und Hotels zurückgepfiffen worden. Die Strigoi werden dafür gesorgt haben, dass sie nicht gestört werden.« Len zeigte geradeaus den stark bewaldeten Hügel hinauf. »Da gibt es einen Trampelpfad. Der Karte nach sollte sich dort oben der Eingang in die Höhle befinden.« Er schaute zu Klara und nahm ihre Hand. »Es wird uns gelingen.« Etwas an ihrem Gesichtsausdruck war unerklärlich, rätselhaft für ihn. Als habe sie auf den letzten Kilometern einen Entschluss gefasst, den sie vor ihm verheimlichte. »Es bleibt bei unserem Plan?«, vergewisserte er sich.

Sie bestätigte mit einem Nicken und zog den Reißverschluss bis unter die Nase hoch, setzte ihre blaue Mütze auf. »Ziehen wir es durch und retten Oma Mokka.« Sie öffnete die Tür und stieg aus.

Len verließ den Tucson und zerrte den Rucksack aus dem Kofferraum. Darin befanden sich die letzten Ausrüstungsstücke von Jolana: vier Handflammpatronen, ein Handflammenwerfer mit zugekauften Gaskartuschen und eine Pumpgun sowie vier Ikonen, die er und Klara sich umhängten. Eine über die Brust, eine über den Rücken.

Danach stapften sie durch das weiße Wirbeln, stemmten sich gegen den starken Wind und traten erleichtert zwischen die aufragenden Stämme der Tannen, die etwas Schutz vor Kälte und Sturm boten.

Das Holz ächzte und knarrte, die Nadeln erschufen ein beständiges dunkles Rauschen wie von einem unsichtbaren, bedrohlichen Meer oder einer heranrauschenden Flut.

Klara rückte näher an Len heran und nahm seine Hand.

Am Ende des Trampelpfads stand das hell erleuchtete Museumsgebäude, durch das Touristen geschleust wurden, um mehr über die Geschichte der eiszeitlichen Bärenhöhle zu erfahren.

Len erinnerte sich. Die Hohlräume waren erst bei Steinbrucharbeiten 1975 gefunden worden, das Skelett des Bären im Innern war mehr als 15 000 Jahre alt. Es gab verschiedene Galerien mit Fossilien, Stalagmiten und Stalaktiten, die für den Besuch freigegeben waren, und gesperrte Bereiche, die sich durch den ganzen Berg und das Umland zogen.

Im Vorfeld hatte Len sich noch mehr dazu angelesen, aber gerade war das alles wie weggeblasen. Seine Gedanken fokussierten sich auf die bevorstehende Auseinandersetzung mit den Vampiren. Der Bluff mit dem Pulver musste gelingen.

Vor ihnen erkannte Len eine menschengroße Gestalt in einem dicken Mantel, die aufrecht und ruhig im Chaos aus Böen und surrendem Schnee stand. Sie deutete hinüber zum Museum und ging voraus.

»Da ist jemand«, rief Klara erschrocken. Ihre Augen waren nicht die eines Vârcolac.

»Ich weiß. Wir sollen folgen.« Len zog eine Hafla aus dem Rucksack. Damit begann das Improvisieren früher als gedacht. Er drückte Klaras Hand, um ihr Mut zu geben. »Halte das Pulver bereit.«

Bald standen sie im Eingangsbereich des aus Holz errichteten Museums, in dem ein nachgebauter Höhlenbär, auf Hinterbeinen stehend, mitten im Raum für passende Begrüßung sorgte. Es gab außerdem einen kleinen Souvenirshop, einen Ticketschalter und im hinteren Bereich eine Cafeteria.

Vor der Abbildung des Höhlenbären stand ein riesiger Mann mit einem platinblonden Irokesenschnitt, gekleidet in gesteppte, bunte Winteroutdoorkleidung; die Füße steckten in Moonboots.

»Lenau und Groller. Sie sind allein gekommen, Pán.« Die Gestalt, die sie zum Museum geführt hatte, schlug die Kapuze des eleganten, dicken Mantels zurück. Darunter kam eine dezent geschminkte Frau zum Vorschein, die neben dem weit über zwei Meter hohen Strigoi klein wirkte, obgleich sie so groß wie Klara war.

»Ich bin Marek Dvorak. Sie haben meine Nachricht rechtzeitig gefunden, Herr Lenau. Wie erfreulich für die Geiseln. Übrigens, Tereza und ich kamen nicht alleine. Meine Leute sind in den Höhlen bei den Geiseln und im Museum verborgen.« Der Nobilis betrachtete die Menschen neugierig. »Ich sehe Waffen, Ikonen, Rucksäcke, aber kein *Abramelin.* Das werden schwierige Verhandlungen, schätze ich.«

»Es gibt keine Verhandlungen«, erwiderte Len. Die Lügengeschichte begann. Wenn sie nicht funktionierte, gab es nur noch Eskalation und den Pulverbluff. »Ich habe es nicht.«

Marek steckte die Hände in die Taschen, der Kunststoff rieb aneinander. »Das ist überraschend. Ich bin ganz Ohr.«

»Die Professorin und ich waren im *Grand Hotel Vígľaš,* und wir haben auch das Laboratorium entdeckt. Danach ist der Night Manager mit seinen Helfern aufgetaucht. Ich glaube, er hieß Ondrej«, erzählte Len. »Waffen wie diese« – er hob die Handflammpatrone an – »kamen zum Einsatz. Die eingelagerte Alchemie der Schwarzen Königin reagierte und löste eine Kettenreaktion aus. Sie kennen das Ergebnis. Dabei verbrannte das Buch, bevor die Professorin es retten konnte. Zusammen mit ihr.«

Marek sah aus dunkelgrauen Augen auf die Hafla. »Alt. Aber tauglich. Weißer Phosphor, richtig?« Len nickte. »Genau das Richtige, um ein Holzgebäude wie dieses niederzubrennen.« Danach warf er einen Blick auf Klara. »Wir haben uns um Ihre Großmutter gekümmert, Frau Groller. Es geht der alten Dame gut.« Er drehte leicht den Oberkörper und zeigte die Richtung an. »Sie wartet hinten in der Kühlkammer. Vielleicht bringe ich sie gleich zu Ihnen, bevor sie erfroren ist. Und sobald mir Herr Lenau« – die Augen richteten sich erneut auf Len – »mein *Abramelin* übergibt. Es befand sich im Schloss Vígľaš auf meinem Grund und Boden.«

»Ich sagte doch, es ist verbrannt.« Len legte Nachdruck in die Lüge.

»Das sagten Sie.« Er zog sein Smartphone aus der rechten Jackentasche, erneut rieb der Kunststoffbesatz aneinander. Nach zwei, drei Mal Displaywischen hielt er Len und Klara eine Aufnahme aus dem verbrannten Gewölbe hin. »Sie erkennen das Räumchen, Herr Lenau?«

»Ja.«

»Den Scherben nach lag das *Abramelin* unter einer Glasabdeckung. Und dort, wo sich die Asche und Überreste hätten befinden müssen, gab es nichts. Nichts außer ein bisschen Dreck und Staub.« Marek verstaute das Handy wieder in der schrecklich bunten Jacke. »Ihre Lüge ist nicht sonderlich glaubwürdig. Das wiederum bringt das Leben der Geiseln in Gefahr.« Er sah zu Klara. »Tut mir leid, Frau Groller.« Langsam ging er rückwärts. »Um die Leben vieler alter Menschen, die ich mir nacheinander holen werde, bis ich –«

»Halt«, rief Klara plötzlich.

Len entsicherte heimlich die Hafla und sah zu ihr. Der Bluff mit dem Pulver stand unmittelbar bevor.

»Nanu, Frau Groller? Wollen Sie sich gegen Ihre Großmutter austauschen lassen?« Marek blieb stehen. »Ich denke nicht, dass sie damit einverstanden ist.«

»Es stimmt, was Sie sagen. *Wir* haben das *Abramelin*«, erwiderte Klara. »Die Schwarze Königin hat mich zu ihrer Nachfolgerin erkoren. Len ist ein Vârcolac und mein Wächter.«

Len machte große Augen. Damit würden die Strigoi nicht eher Ruhe geben, bis sie das Buch besaßen.

Sie sprach weiter, bevor er etwas sagen konnte. »Ich weiß, dass weder Sie noch ein anderer Vampir auf dieser Welt das Buch anfassen können. Ein mächtiger Bann schützt es vor Ihrem Zugriff. Und vor Zerstörung. Es wird die kommenden Jahrhunderte überdauern.«

Das war ebenso gelogen wie der Beginn. *Sie versucht sich an einem neuen Bluff?* Len blieb stumm und hielt sich bereit.

»Ah, wir kommen voran. Sehr gut.« Marek lächelte, wobei die Reißzähne sichtbar wurden. »Die Verhandlungen beginnen.«

»Es ist mehr eine Abmachung. Ein Waffenstillstand«, übernahm Klara das Wort. »Solange Sie, Ihre Leute und keine sonstigen Vampire gegen mich, Len und unsere Liebsten vorgehen, werde ich nichts unternehmen, um Sie und Ihresgleichen zu bekämpfen.«

»Verstehe ich das richtig: Sie würden sich damit begnügen, das *Abramelin* zu *besitzen* und an einem geheimen Ort aufzubewahren?«, vergewisserte sich Marek lauernd.

»Pán …«, schaltete sich seine Begleiterin alarmiert ein.

Er brachte sie mit einem Wink zum Schweigen.

»Wie ungewöhnlich«, befand er.

»Sie und die Strigoi werden sich nicht in die Belange der Menschen einmischen oder versuchen, die Anderswelt zu unterwerfen. Ein Status quo – alles bleibt, wie es ist«, bekräftigte Klara. »Andernfalls nutze ich das *Abramelin,* um Sie aufzuhalten.«

»Alles bleibt, wie es ist«, wiederholte Marek und wiegte den platinblonden Kopf nach rechts und links. »Ich weiß nicht, Frau Groller. Ich könnte meinen Plan in die Tat umsetzen und so lange Menschen umbringen, bis Sie und Lenau einknicken. Oder« – er richtete sich leicht auf – »ich töte Sie einfach. Sie beide. Das *Abramelin* mag bleiben, wo immer Sie es versteckt haben.«

»Der Geist der Schwarzen Königin ist an das Buch gebunden. Sie wird es verteidigen und eine neue Nachfolgerin berufen, sobald ich sterbe«, entgegnete Klara. »Und *dann* wird ein Krieg ausbrechen, den Sie verlieren. Denn die nächste Nachfolgerin wird sich gewiss mit Feuereifer an das Erschaffen von tödlichen Krankheiten, Seuchen und Viren machen, die gegen Vampire wirken.« Sie zeigte auf sich und Len. »Wählen Sie den Pakt mit uns, leben Sie in Frieden.«

»Zumindest bis Sie eines Tages sterben, Frau Groller.«

»Das weiß ich zu verhindern. Die alchemistischen Geheimnisse der Schwarzen Königin wurden mir zuteil«, konterte sie ernst. »Eine kleine Kostprobe. Lassen Sie es gerne untersuchen.« Sie langte behutsam in die Tasche und streute eine Handvoll des Pulvers vor seine Füße. »Noch ist es harmlos.« Dabei achtete sie darauf, ihn nicht zu treffen. »Oh, ich hörte, dass Vampire nicht ewig leben? Stimmt das?«

Len hielt die Luft an. Alles in ihm rebellierte gegen den Waffenstillstand – und doch war er die letzte reelle Chance für Klara, Oma Mokka und die Geiseln. Er als Vârcolac entkäme womöglich den Strigoi und aus dem Museum. *Als Einziger.* Ihm dämmerte, weswegen seine Freundin das Abkommen vorschlug.

Marek schwieg mehrere sehr lange Sekunden, bis er die Lippen zu einem lauten, begeisterten Lachen öffnete. »*Das* war eine *freche* Bemerkung. Sie gefallen mir! Anstatt sich in einen sinnlosen Kampf mit mir,

Tereza und meinen Leuten zu werfen, machen Sie einen vernünftigen Vorschlag, von dem wir beide profitieren.« Er sah auf die Hafla in Lens Hand. »Sonst wären viele Unschuldige gestorben. Aber danke, dass Sie mit mir einen Blick in Gegenwart und Zukunft geworfen haben. Ihre wird vermutlich wirklich länger reichen als meine.«

»Ich habe mit der Anderswelt nichts zu schaffen. Ich wollte keinesfalls die Nachfolgerin der Schwarzen Königin sein. Dieses Schicksal traf mich gegen meinen Willen. Es hat nichts mit dem Leben zu tun, das ich führen will«, sagte Klara. »Von daher verhalte ich mich neutral. Ich bin nicht Barbara von Cilli, und Len ist kein Drăculești. Es ist nicht unsere Aufgabe, Vampire zu vernichten, sofern –«

»Sofern wir uns an den Pakt halten. Verstehe.« Marek zog die Hände aus der Jacke und klatschte einmal. »Das riecht doch nach einer Abmachung!« Er richtete den Blick auf Len. »Herr Lenau scheint wenig erfreut, wenn nicht sogar überrumpelt von Ihrem Vorschlag, Frau Groller?«

Langsam sicherte Len die Handflammpatrone. »Mein Weg wäre ein anderer gewesen.«

»Den ich nicht zulassen konnte. Du bist mein Wächter, aber ich entscheide«, sagte Klara mit fester Stimme.

»Ein gewagtes Experiment. Aber ich werde es eingehen.« Marek verbeugte sich tief. »Ich schwöre hiermit, dass ich mich an unsere Abmachung halten werde. Bei meiner Ehre und bei meinem Leben, das Sie mir nehmen können, wenn ich dagegen verstoße.«

Len lachte einmal verächtlich auf. »Das ist recht billig im Vergleich zu dem, was Sie von uns erhalten.«

»Damit Sie sehen, wie ernst es mir mit unserem Bündnis ist, bezahle ich Ihnen beiden jedes Jahr eine Apanage. Steuerfrei. Jeweils eine Million Euro oder den Gegenwert in einer Währung Ihrer Wahl oder in Edelmetall. Sie finden die Million in einem Schließfach, das ich Ihnen nenne. Außerdem verdopple ich Ihren Schutz, Frau Groller.« Marek deutete auf seine Begleiterin. »Das ist Tereza Minunat, meine persönliche Assistentin. Im Gegensatz zu mir ist sie eine Strigoi Vii. Eine lebendige Vampirin, wie die Übersetzung lautet, auch wenn es nicht ganz richtig ist. Sie ist eine außergewöhnliche Frau mit besonderen Kräften, die nach ihrem Tod die Umwandlung zu einem Strigoi Morți erfahren wird. Das ist gewiss.« Er winkte sie zu sich.

Überrascht, in den Deal einbezogen zu werden, trat sie an seine Seite. »Pán …«, setzte sie erneut an.

»Du wirst Frau Groller begleiten, Tereza. Überallhin und an jeden Ort dieser Welt. Als ihre Leibwächterin. Jeglicher Versuch, ihr Leid anzutun, wird entschlossen von dir abgewehrt«, befahl Marek. »Sollte die Anderswelt ein Auge auf das *Abramelin* werfen und sein Wissen gegen uns Vampire einsetzen wollen, möchte ich es verhindert wissen. Wir haben genügend Feinde.« Er sah Len an. »Auch ein Vârcolac wird einmal Schlaf benötigen. Gemeinsam werdet ihr ausreichend achtgeben können. Auf die Schwarze Königin und das *Abramelin.*« Er legte seiner Vertrauten eine Hand auf die Schulter und wirkte wie ein Vater, der seine kleine Tochter hinaus in die Welt sandte. »Du unterrichtest mich über besondere Vorkommnisse, Tereza.«

Sie schlug den Blick nieder. »Selbstverständlich, Pán.«

Len wusste genau, warum Marek das tat. Er gab ihnen eine Spionin mit, die sie überwachte und auf die Einhaltung des Paktes achtete. Und natürlich versuchen würde, so viel wie möglich über das Werk herauszufinden. Ihre Aufgabe als Leibwächterin war ein extrem durchschaubarer Vorwand.

Zu seinem Leidwesen machte Klara keinerlei Anstalten, dieses vergiftete Geschenk abzulehnen. Nach kurzem Überlegen zeigte es ihm jedoch, dass seine Freundin wesentlich schlauer war als er. Sie spielte das Spiel des riesigen Nobilis mit und verhinderte so eine Eskalation. Wie Marek richtig gesagt hatte: Viele Unschuldige würden sonst das Leben verlieren, in der Gegenwart und in der Zukunft.

Es bereitete Len ein bisschen Freude, dass man Tereza ansah, wie wenig einverstanden sie mit der Lösung war. In gewisser Weise fühlte er sich ihr dadurch verbunden.

»Wir übernehmen keinerlei Haftung, was die Unversehrtheit von Frau Minunat angeht«, stellte Klara fest. »Wenn sie stirbt und nicht als Strigoi zurückkehren kann oder danach ums Leben kommt, ist das kein Grund, unsere Vereinbarung aufzukündigen.«

»Nein, ist es nicht«, bestätigte Marek. »Tereza wird sich nützlich machen, Frau Groller. Sie besitzt viele Organisationstalente, die Ihnen zugutekommen.« Er lächelte kalt. »Eines davon wird darin bestehen, dass sie die Geiseln noch an diesem Abend zurück ins Hotel nach Temeswar bringt. Unversehrt. Sie müssen nicht warten und können vorausfahren.«

»Wird das traumatische Erlebnis denn keine Fragen bei der Gruppe aufwerfen?«, warf Len ein. Er hatte keine blasse Vorstellung, wie der Strigoi und seine Helfer mit den Alten umgegangen waren.

Marek verneinte. »Ich habe Vorkehrungen getroffen. Die Geretteten werden einstimmig zu der Meinung gelangen, eingeschlossen gewesen und befreit worden zu sein. Jede sonstige Erklärung wäre aberwitzig, oder?« Er deutete auf den Ausgang hinter den beiden. »Gute Rückfahrt nach Temeswar. Das Wetter hat sich beruhigt. Es sollte keine Probleme geben.«

»Wie sollen wir erklären, dass Klara wie aus dem Nichts eine … Aufpasserin hat?« Len sah zu viele Schwachstellen in dem Lügenkonstrukt.

»Machen wir aus ihr eine entfernte Verwandte, mit der Frau Groller schon länger in Kontakt stand. Cousine Tereza kommt aus dem winzigen Murani, genau wie die Familien Lenau und Mokka, und will in Deutschland auf die Suche nach einem Job gehen.« Der Strigoi legte eine Hand auf die Brust. »Ich bleibe stets im Hintergrund und eile herbei, wenn es sein muss.« Er schritt rückwärts aus dem Lampenschein und verschwand in der Dunkelheit des hinteren Museumsbereichs.

Len war nicht entgangen, wie doppeldeutig die Formulierung war. Ohne abzuwarten, wandte er sich um und ging zur Tür, öffnete sie und trat hinaus in die kalte Winternacht. Er hielt es im Museum nicht länger aus und musste sein erhitztes Gemüt abkühlen. Das Ganze fühlte sich nach Verrat an trotz Klaras cleverer Lösung. *Sie hätte mich früher einbeziehen müssen.*

Der Schneefall hatte aufgehört, und die letzten Wolken zogen ab. Der Wind war eingeschlafen. Sternenschein beleuchtete den Wald und die Umgebung, ein halber Mond stand hell am Firmament.

Die großen, wütenden Schritte brachten Len auf dem Trampelpfad schnell voran.

»Len, warte!« Klara schloss rennend zu ihm auf und blieb an seiner Seite. Sie versuchte erst gar nicht, seine Hand zu nehmen. Seine Ungehaltenheit dampfte aus jeder Pore. »Ich versteh, dass du sauer auf mich bist. Aber auf einen Kampf konnte ich es nicht ankommen lassen. Der Bluff hätte schiefgehen können. Mit fatalen Folgen für uns. Uns und unsere Liebsten.«

Len blieb stehen. »Ich bin sauer! Weil du es mir vorher nicht gesagt hast!«

»Meine Entscheidung fiel erst im Museum.« Klara lächelte beschwichtigend. »Du weißt ebenso wie ich, dass es eine Lüge war.«

Nein, Len wusste es nicht. »Was … was meinst du?«

»Dass ich das *Abramelin* nicht gegen Vampire einsetzen werde.«

Seine Verwunderung stieg und stieg. »Aber –«

»Natürlich werde ich das! Nicht heute, nicht in den kommenden Monaten oder ein, zwei Jahren«, sprach sie weiter und hakte sich bei ihm unter. »Doch es *wird* geschehen.« Sie warf einen Blick über die Schulter zum Museum und ging langsam los. »Ebenso wenig wird sich Marek an seinen Schwur halten. Aber bis dahin nehmen wir ihm sein Geld ab.«

Nun verstand Len gar nichts mehr. Er schwenkte mit ihr gemeinsam auf den Weg zum Parkplatz ein. »Erklär mir das, bitte.«

»Für Marek und uns war die beste Option Waffenstillstand. Der Nobilis konnte und kann die Situation nicht einschätzen: Wie gefährlich bin ich? Könnte es mit meiner Nachfolgerin schlimmer für ihn kommen, oder ist mein Tod doch die bessere Lösung?« Klara setzte die Stiefel vorsichtig im frischen Schnee auf, knirschend drückte das Profil Spuren ins pulvrige Weiß. »Erst wenn er genau weiß, woran er ist, kann er reagieren.«

»Und das verhindern wir *wie?* Er hat uns seine Spionin aufgedrängt. Sie wird –«

Klara lachte. »Sie wird nichts. Außer vor der Tür sitzen und auf uns aufpassen. Dafür sorgen wir.«

Sie verließen den Pfad und die Schwärze der Tannen, um aus dem Dickicht zu treten und auf den leicht zugeschneiten Hyundai zuzugehen.

Zwischen den Gebäuden herrschte unvermittelt reges Treiben. Rettungswagen von Feuerwehr und Rotem Kreuz brausten aus Garagen und Toreinfahrten den Weg hinauf zur Bärenhöhle, der Reisebus der Gruppe folgte mit etwas Abstand. Zwei Wagen mit erkennbarem TV-Logo auf den Seiten vervollständigten die Karawane. Marek hatte Wort gehalten. Das Wunder der Rettung würde innerhalb der nächsten Minuten geschehen.

»Ich habe geschworen, gegen die Vampire vorzugehen«, sagte Klara neben Len. »Ich *bin* die Schwarze Königin. Aber ich brauche Zeit, um zu lernen. Um das Wissen zu verinnerlichen und Laboratorien einzurichten. An verschiedenen Orten auf der ganzen Welt.«

Len wandte sich zum Wald um. »Das ist sehr teuer und kostspielig. Mit den zwei Millionen kommen wir vermutlich nicht weit. Oder?«

»Barbara hat verborgene Horte angelegt, die wir nutzen werden. Gold, Len. *Sehr viel* Gold. Jeder Hort ist mehr als ein fetter Lottogewinn.« Klara zog ihn mit sich. »Wir werden uns auf den Tag vorbereiten... nein, vielmehr auf die Nacht, in der Marek das Abkommen bricht. Und das wird er auf jeden Fall.«

»Und dann?« Len suchte in seiner Tasche nach dem Autoschlüssel. Er fand es erstaunlich, wie entschlossen sie klang. Aus ihrer anfänglichen Verzweiflung war Trotz und Überzeugung geworden, was gewiss an dem Einfluss von Barbaras Geist lag.

»Werde ich tun, was er bei seiner Ehre geschworen hat: mir sein Leben nehmen. Und gegen die Vampire vorgehen.« Klara drückte sich an ihn und gab ihm einen Kuss auf die Wange. »Ohne dich werde ich es nicht schaffen. Du hast mir den ersten sicheren Halt gegeben. Dafür werde ich dir immer dankbar sein. Unsere gemeinsame Reise, unsere Mission beginnt, Len.«

Das sah er genauso. Auch wenn ihm verboten worden war, ihr mehr als ein Freund zu sein. Er spürte Klaras warme Lippen noch auf seiner Haut und wünschte sich, er könnte sie eines Tages auf seinen erleben.

Dass sich Len an die Vorgabe der Schwarzen Königin hielt, das wollte und konnte er nicht versprechen. Gefühle blieben unberechenbar. Gerade die eines impulsiven Vârcolac.

EPILOG

RUMÄNIEN, STADT TEMESWAR,
GEGENWART, WINTER

Len und Klara saßen nebeneinander im mollig warmen Bus, der mit laufendem Motor vor dem Hotel parkte. Außer ihnen war noch niemand eingestiegen. Und das hatte einen Grund, wie sie durch die große Panoramascheibe sahen.

»So, bitte! Keine Interviews mehr. Sie sind schon bekannt und berühmt genug, meine Damen und Herren.« Der Reiseleiter scheuchte die Rentnerinnen und Rentner vom Bürgersteig zum wartenden Gefährt. Zu ihnen gehörte auch Oma Mokka, die sich fröhlich winkend von einem Reporterteam verabschiedete.

Die geplante Abfahrt wäre schon vor einer halben Stunde gewesen, aber die örtlichen und überregionalen Medien ließen sich das *Wunder von Peştera Urşilor* nicht entgehen. Sie hatten vor der Unterkunft gewartet, um Statements, O-Töne und Interviews einzufangen. In Temeswar lebten genügend Deutschstämmige, die das Schicksal doppelt interessiert verfolgten. Für Quote und Klicks gab es kaum etwas Besseres.

Len und Klara grinsten sich an, während die Gruppe nach und nach den Bus enterte und die Plätze einnahm.

»Sie genießen das richtig«, stellte er amüsiert fest.

»So viel Aufmerksamkeit. Fame für die Ewigkeit.« Sie legte die Hände im Schoß zusammen. »Wie gut, dass man sie nach dem ›Erdrutsch‹ gefunden hat.«

Die betagten Männer und Frauen unterhielten sich angeregt, lachten und scherzten erleichtert über die Abenteuer der letzten Tage. Der Schreck war nach der entspannten Nacht abgeklungen, die medizinischen Untersuchungen hatten keine Auffälligkeiten ergeben. Die Erinnerungslücken wurden auf Wassermangel und Sauerstoffknappheit in der engen Höhle geschoben, in der sie festgesessen hatten. Nicht im Traum wäre man darauf gekommen, dass etwas Übernatürliches involviert gewesen war.

»Schau mal, was ich aus dem hiesigen Hort mitgenommen habe.« Klara nahm eine Goldmünze aus der Tasche und reichte sie Len.

»Wann hast du die geholt?« Er wog das schwere Stück in der Hand. »Wie viele haben wir davon?«

»Gezählt habe ich sie nicht, aber sie wiegen ungefähr zweihundert Gramm. Ist nur ein Bruchteil. Barbara hat mir verraten, wo sich das Versteck in Temeswar befindet. Eins von vielen.« Sie bekam die Münze von Len zurück. »Kurz nach dem Frühstück, als du deine Sachen gepackt hast, bin ich rasch los. Und noch zu einem Paketservice.«

Len sah zu Tereza Minunat, die den Bus gemeinsam mit dem Reiseleiter betrat. In grauem Bleistiftrock, schwarzen Stiefeln und schwarzem Rollkragenpullover wirkte sie wie eine Innenarchitektin, die auf ihrer Studienreise aus Versehen ins falsche Fahrzeug gestiegen war.

Offiziell war sie Klaras entfernte Verwandte aus Murani, die auf einen Abstecher mit nach Deutschland kam, um nach Arbeit in der Modebranche zu suchen. Da es freie Plätze im Bus gab, hatte sich die Mitfahrgelegenheit fast von selbst ergeben.

»Hier drüben«, rief Klara und zeigte auf den leeren Doppelsitz vor ihnen. »Habe ich dir freigehalten, Tereza.«

Mit gespielter Freundlichkeit kämpfte sich die Frau zu ihnen durch. Sie achtete darauf, keinen der Passagiere zu berühren, als hätten sie eine ansteckende Krankheit.

Len und die Strigoi Vii verband mehr, als er zunächst gedacht hatte. Sie beide haderten mit der Situation – und sollten sie ihre Leben verlieren, kehrten sie als Vampire zurück. »Schön, dass du mitkommst«, log er sie an.

»Es gibt keinen Ort, an dem ich lieber wäre«, log Tereza ebenso und ließ sich aufs Polster fallen. Braungrauer Staub quoll aus den Nähten und stieg empor. »Ich bin schon so gespannt auf Deutschland. Und die Fahrt. Stundenlanges Geschaukel im Bus statt Reisen im Learjet, den wir auch hätten nehmen können. Häppchen, Kaviar.« Sie lächelte verkrampft. »Dieser verdammte unnütze Luxus.«

Len musste unwillkürlich grinsen.

Das *Abramelin* war mit einem zuverlässigen Express-Paketservice unterwegs, was sie der Strigoi Vii nicht verrieten. Mittels App verfolgte Klara den Standort des wertvollen Buchs, das vielleicht sogar vor ihnen zu Hause ankam. Um genau zu sein: an eine Packstation. Dort würde niemand danach suchen.

Zudem *fühlte* Klara, wie es um das außergewöhnliche Buch stand. Dank der gelegentlichen Verschmelzungen mit Barbaras Geist gab es eine Verbindung zu ihm. Auch ohne Paketverfolgung würde sie wissen, wo es sich befand, behauptete sie.

Die Fahrt wollten Len und Klara nutzen, um Tereza auf den Zahn zu fühlen: wie sie tickte, wie man sie reizen konnte, wie sie sich die Zusammenarbeit vorstellte und derlei. Trotz allen Misstrauens waren sie Verbündete, aneinandergeschmiedet durch ein brüchiges Abkommen. Das Ausloten begann.

»Dafür sieht man doch mehr vom Land«, erwiderte Len auf ihren Kommentar. »Aus den Wolken herab ist alles nur bunt und ohne Details.«

»Versuch nur, es mir schönzureden. Es wird dir nicht gelingen.« Tereza seufzte. »Was tue ich nicht alles für den Pán?«

»Du tust das für deine Zukunft«, fügte Klara leise hinzu. »Ein Burgfriede, der allen nützt. Euch und uns.«

»Kann man so sehen. Muss man nicht.« Tereza richtete sich im Sitz leicht auf. Auch sie hätte im Museum die Auseinandersetzung gesucht. »Wann darf ich es sehen?«

»Nie«, antwortete Len sofort. Er wollte Mareks Spionin nicht in der Nähe des *Abramelins* wissen.

»Dafür ist nach unserer Ankunft in Deutschland Zeit«, revidierte Klara. »Jetzt lernen wir uns erst einmal ein bisschen besser kennen.«

»Ach, Kinder! Was für eine Aufregung.« Oma Mokka hielt neben ihren Sitzen an. »Da hat deine Großmutter ganz schön was verpasst.« Sie sah zu Tereza. »Und eine unvermutete Verwandte haben wir auch noch gefunden. Das ist so eine gute Sache!«

Len und Klara lächelten halbherzig.

»Wir kriegen eine Anstellung für Sie, Herzchen. So gut, wie Sie aussehen, klappt das im Handumdrehen. Das Modegeschäft hat auf Sie gewartet. Ich spüre das.« Oma Mokka tätschelte Terezas Wange, noch bevor die Strigoi Vii vor der faltigen Hand zurückzucken konnte. »Ich spüre das.«

»Anschnallen, Damen und Herren«, rief der Reiseleiter etwas zu laut ins Mikro und brachte die Lautsprecher zum Scheppern. »Es geht los!«

Freudiger Beifall kam auf, die betagten Damen und Herren machten »Oh« und »Hui«. Jemand begann »Hoch auf dem gelben Wagen« zu schmettern, in das rasch weitere Stimmen einfielen.

Tereza verdrehte die Augen und sackte im Sitz zusammen.

Len und Klara tauschten einen intensiven, langen Blick.

Vârcolac und Schwarze Königin traten eine gemeinsame Reise an.

Vordergründig ging es von Temeswar nach Deutschland, aber in Wahrheit ging es auf zu neuem Wissen und großer Macht, bis beides in einer brachialen Auseinandersetzung zum Einsatz kommen würde. Ein Kampf im Schatten.

Ob in zehn oder zwanzig oder mehr Jahren, spielte keine Rolle. Sie wären bereit und würden das Übel vernichten. Im Blick des anderen gab es keine Zweifel.

ENDE

NACHWORT

Die Schwarze Königin kreuzte bereits vor vielen Jahren meinen Weg, und ich war sowohl von ihr als historische Persönlichkeit als auch dem Potenzial für einen Roman sofort fasziniert.

Alleine die Schlagworte Königin, Astronomin, Alchemistin, Vampirin lasen sich fantastisch. Zumal es noch kein fiktionalisiert-historisches Buch zu ihr gab, was mich positiv irritierte: Wie hatte man diese einmalige Frau übersehen können, der sogar nachgesagt wird, sie sei die Vorlage für Sheridan Le Fanus *Carmilla* gewesen?

Umso besser für mich!

Aber wie so oft: Mir fehlte die Zeit für eine adäquate Umsetzung …

Dennoch ließ mich das Thema nicht los, sodass ich nebenbei weiter über Barbara recherchierte und über die erstaunliche Tatsache stolperte, dass sich Barbara und Vlad II. *(der Vater des späteren Pfählers)* gekannt und viel Zeit miteinander verbracht haben mussten. Die entscheidende Schnittstelle war Sigismund.

Damit nicht genug.

Auch wenn ihr Ruf als Schwarze Königin auf Verleumdungen ihrer Gegner basiert, kam mir bei der Recherche zu Zauberbüchern der damaligen Zeit das *Abramelin* unter.

Und wie habe ich gestaunt (und mich gefreut), als ich sah: Es passt perfekt!

Die Verbindung zu Leipzig, die jüdische Delegation auf dem Konzil von Konstanz, die Regesten von König Sigismund, der die Leipziger Juden gleich zweimal mit seinem Schutz bedachte, und die Erwähnung des späteren Kaisers im Werk selbst.

Mosaikstein um Mosaikstein fügte sich und ergab beim Plotten, dem Anlegen des Romans, ein Bild, das mich schlicht begeisterte.

Bereits früher wunderte ich mich, wie Bram Stoker ausgerechnet Vlad III. Ţepeş, den Pfähler, zu einem Vampir hatte machen können. Jemand, der reihenweise Menschen aufspießt, war für mich jemand, der aus Furcht vor Blutsaugern Tabula rasa in seinem Land macht.

Und übrigens, im Volksglauben wurden Vampire nicht nur durch das Herz gepfählt, um sie zu vernichten. Es galten durchaus auch andere Körperstellen; die Details erspare ich Ihnen an dieser Stelle.

Für mich schloss sich der letzte Kreis: Barbara von Cilli und die Linie Vlads II. hatten den Kampf gegen die Strigoi aufgenommen.

Letztlich gab es kein Halten mehr für mich: Die Schwarze Königin wollte geschrieben werden.

Dabei verlegte ich mich im historischen Teil bewusst auf die Jahre, die Barbaras Weg in die Alchemie zeigten. Ich habe mich bemüht, die mitunter verwirrenden Vorgänge am Beginn des 15. Jahrhunderts einzubinden, ohne den Erzählfluss zu bremsen. In diesem Fall gab ich der Erzählung Vorrang vor den ausufernden mediävistischen Abhandlungen. Allein die teilweise dreifach möglichen Bezeichnungen für Städte (deutsch, ungarisch, tschechisch) in den Fürstentümern und Regionen zeigen, wie verzwickt das Quellenstudium hier sein kann.

Wer mehr über Vampirismus im Volksglauben wissen möchte, dem sei mein Lach- und Sachbuch *Vampire, Vampire!* empfohlen. Darin zeigt sich, wie vielfältig die Blutsauger sein können. Leserinnen und Leser der *Judas*-Reihe sind natürlich längst Wissende.

Meine Hoffnung ist, die Begeisterung beim Schreiben an die Leserinnen und Leser weitergegeben zu haben.

Und wer weiß?

Vielleicht wird es noch einen Teil geben, in dem wir Vlad III. bei der blutigen Arbeit sehen; in dem wir erfahren, wie es mit Johann Hunyadi und Vlad II. endete; wie es zum Bruderkrieg zwischen Vlad III. Țepeș und Radu dem Schönen kam, ob der nach seinen Jahren als osmanische Geisel dem Sultan treu blieb. Oder wie es mit den Nobilis weiterging und wie die Vampire … nein, keine Spoiler.

Es gibt noch so viel Potenzial, eine vermeintlich bekannte Geschichte neu zu erzählen.

Bis dahin empfehle ich das Selbststudium und die Nachforschung rund um Barbara von Cilli.

Auch Len und Klara werden gewiss noch viel erleben. Wann genau – vielleicht steht es in den Sternen? Wüsste man die Gestirne doch nur zu lesen wie die Schwarze Königin.

Mein Dank geht an dieser Stelle an Lektorin Hanka Leo, die den Vamps stets auf den Zahn fühlte, und dem Team des Knaur Verlags.

Ach ja, wer sich für Merch rund um meine Romane interessiert, dem sei ein Klick auf www.mahet.de empfohlen.

Markus Heitz,
Dezember 2022

Alte Götter, neue Morde – und ein Fall für Interpols
Abteilung für divine Verbrechen

Band 2 mit dem Ermittler Malleus Bourreau

MARKUS HEITZ

AERA 2 – DIE SCHWÄRZESTE NACHT

ROMAN

Reale Gottheiten, alte Gottheiten mit einst vergessenen Namen, und das auf sämtlichen Kontinenten – Normalität seit dem Jahr 2012. Nur Christen, Moslems und Juden warten immer noch auf den Einen. Die einst mächtigsten Religionen der Welt wurden so zu bedeutungslosen Sekten, während Göttinnen und Götter die Weltordnung umkrempelten. Und eigene Pläne mit den Sterblichen schmieden.

Nur Interpol-Ermittler Malleus Bourreau ist Atheist geblieben und geht Verbrechen nach, in die Entitäten verwickelt sind.

Der neueste Fall beginnt harmlos: Ein Mann wurde von einer Gottstatue erschlagen – Unfall oder Mord durch göttliche Hand? Aber schon bald stecken Malleus und seine Kollegin Lagrande tiefer in den Intrigen der Entitäten, als ihnen lieb sein kann.

Die Zwerge schärfen ihre Äxte für ganz neue Herausforderungen – zur Freude alter und neuer Fans!

MARKUS HEITZ

DAS HERZ DER ZWERGE 1

ROMAN

Eigentlich wollte der Zwerg und Gemmarius Goïmron nach den aufregenden Abenteuern in Malleniaswacht Ruhe finden und seiner Liebe Rodana nahe sein. Aber das Auftauchen einer gefährlichen Sumpfhexe, die auf der Suche nach einem Artefakt ist, wirbelt alles durcheinander. Zudem erhebt der mysteriöse Zwerg Vraccimbur wie aus dem Nichts seinen Anspruch auf den Thron des Großkönigs. Seltsamerweise unterstützt ausgerechnet Tungdil Goldhand, der größte Held seines Volkes, als Einziger dessen Anliegen. Irrt sich der Greis?
In die Wirren um den höchsten Titel kommt die Kunde von einem grausamen Wesen, das den Fortbestand des Geborgenen Landes bedroht. Orks rotten sich unter ihrem Anführer Borkon kampfbereit zusammen, und auch die Albae sind längst nicht besiegt. Goïmron und seine Gefährten müssen sich neuen, gefährlichen Herausforderungen stellen, denn das Geborgene Land braucht ihre Hilfe dringender denn je zuvor …

Der zweite und abschließende Teil von
»Das Herz der Zwerge« von Bestsellerautor-Markus Heitz

MARKUS HEITZ

DAS HERZ DER ZWERGE 2

ROMAN

Der Zwerg Goïmron hofft vergeblich auf ruhigere Zeiten: Wie aus dem Nichts erhebt der mysteriöse Vraccimbur Anspruch auf den Thron des Großkönigs. Seltsamerweise unterstützt ausgerechnet Tungdil Goldhand, der größte Held der Zwerge, als Einziger Vraccimburs Anliegen. Irrt sich der Greis? Mitten in die Wirren um den Thron platzt die Kunde von einem grausamen Wesen, das den Fortbestand des Geborgenen Landes bedroht. Orks rotten sich kampfbereit zusammen, und auch die Albae sind längst nicht besiegt. Goïmron und seine Gefährten müssen sich neuen, gefährlichen Herausforderungen stellen, denn das Geborgene Land braucht ihre Hilfe dringender denn je zuvor.

Selbst 20 Jahre nach dem furiosen Start der erfolgreichsten deutschen Fantasy-Saga warten neue Abenteuer: Die Kleinen werden die Größten sein!

KNAUR